이상화 문학전집

**엮은이** 이상규

　시인이자 평론가이며, 울산대와 경북대 교수, 도쿄대 객원연구교수, 국립
국어원장, 교육부 인문학육성위원, 통일부 겨레말큰사전편찬위원, 대한민국
국회입법고시 출제위원을 역임하였다. 현 문화체육관광부 세종학당재단 감사
이자 경북대학교 명예교수이며, 책 읽는 공간 여수서재의 주인이다.

　『현대시학』, 『13월의 시』, 『오래된 불빛』, 『이상화시전집』, 『새롭게 교열한
이상화 정본시집』, 『이상화 문학전집』, 『이상화 시의 기억 공간』, 『국민혁명군
이상정의 북만주기행』 외 다수의 책과 논문을 발표하였으며, 일석학술장려상
(1986), 외솔학술상(2000), 봉운학술상(2001), 대한민국 한류전통문화대상
(2014), 한국문학예술상(2015), 매천황현문학대상(2017) 등을 수상하였다.

이상화 문학전집

**초판 인쇄** 2023년 6월 5일
**초판 발행** 2023년 6월 23일

**엮은이** 이상규
**펴낸이** 박찬익
**편집** 강지영
**책임편집** 권효진
**펴낸곳** ㈜박이정 **주소** 경기도 하남시 조정대로45 미사센텀비즈 8층 F827호
**전화** 031)792-1195 **팩스** 02)928-4683 **홈페이지** www.pjbook.com
**이메일** pijbook@naver.com **등록** 2014년 8월 22일 제2020-000029호
**ISBN** 979-11-5848-895-6 (03810)
**책값** 38,000원

# 이상화 문학전집

### 새로 발굴한 정본

이상규 엮음

박이정

# 머리말

이상화는 빼앗긴 들판에 서서 하늘을 향해 광복의 봄을 예언하고 부활의 동굴에서 마돈나를 호명하면서 어두운 식민 시절 가파른 역사의 고된 길을 걸으며 식민 극복과 힘에 겨운 식민 조선의 가난한 사람들의 삶을 고발한 의지의 시인이다. 이상화는 달구벌의 한복판에서 태어나 우리나라 20년대 현대시문학의 문을 선도하며 활짝 열어주었다. 그는 오직 식민 조선의 광복을 위해 평생을 던져버린 시인이다. 이상화가 글쓰기로 일제에 저항하려고 했던 꿈은 오래가지 못했다. 1927년 이후 글쓰기를 포기할 수밖에 없었던 나머지 그의 생애에 대해 어떤 이도 제대로 조명하지 않았다. 문학 외적인 삶이라는 이유 대문이었을까? 필자는 이 숨가쁜 1927년부터 죽기까지 문학 활동의 긴 공백기의 삶을 추적하는 것이 매우 중요하다고 판단하였다. 그는 이 기간 일제에 저항하기 위해 대구지역을 중심으로 문화예술 활동과 조국광복을 위한 의혈단과 연계한 대구신간회 그리고 근우회 활동을 비롯한 교육운동을 통해 노력을 보여준 매우 일관성 있는 삶을 살았던 한 시대의 영웅이라고 판단하고 있다.

이상화의 시집과 전집이 그동안 줄을 잇고 있지만 그의 삶과 시의 텍스트를 온통 오류투성이로 만들어 놓은 지난 잘못을 바로잡아야 한다는 마음으로 이상화 문학전집의 정본화를 꾀하기 위해 그리고 최근 새롭게 발굴된 귀중한 자료들을 모아야 하겠다는 열망으로 이 책을 묶었다. 한 시인의 삶과 문학에 대한 정당한 평가를 내리는 일도 중요하지만 실은 원자료에 대한 소홀함으로 인한 해석의 오류가 가장 많았던 작가가 바로 이상화 시인이 아니었을까? 우리나라 학계나 평론계가 얼마나 사실과 자료 접근에 취약한 지를 반성하면서 이상화 문학텍스트의 불완전성을 극복하여 해독의 오류를 최소화해야 할 필요가 있다.

문학사는 한 작가의 문학 텍스트가 지닌 가치 평가 그 자체이기 때문에 글 쓰는 이의 인식과 해석의 결과에 따라 다소 재편될 수도 있다는 면에서 문학사나 문학의 독해는 평론가나 독해자의 견해에 따라 굴절되거나 전혀 엉뚱한 방향으로 편향되기도 하여, 그 결과가 오류투성이의 단면을 드러낼 수도 있다. 1920년대 상화는 가장 앞서서 문학사조를 수용하면서도 가장 토속적인 화법으로 자유시 형식을 시험하고 또 심미적인 은유와 상징으로 시를 쓴 시인이다. 다만 그의 토속적인 시적 표현으로 인해 후세 사람들에게 많은 오독의 흔적이 남아 있다. 따라서 이상화의 삶과 문학 텍스트에 대한 재해독은 어쩌면 필자 스스로가 이상화에 대한 굳은 신념을 독자들에게 설득하기 위한 글쓰기의 행위write on a faith였다는 게 훨씬 더 솔직한 표현일지도 모른다. 이 책 또한 그러한 오류를 극복하려는 의지로 쓴 것이지만 그런 오류의 범주를 다시 뛰어넘지 못하리라는 우려를 금할 수 없다.

1920년대 일제 저항 시인 이상화는 『백조』 동인 시인으로 문단에 등단하여 「파스큐라」와 『카프』 동인으로 활동하면서 너무나 유명한 「나의 침실로」와 「빼앗긴 들에도 봄은 오는가」라는 주옥같은 시를 우리들에게 남겨준 시인이다. 사실 그의 본격적인 문학 활동 기간은 불과 6~7년이 되지 않는다.

이상화가 작품 활동한 시기는 일제 식민의 어두웠던 시기이면서 맞춤법 통일안이 나오기 이전 표기법의 혼란과 더불어 대구방언이 촘촘하게 둥지를 틀고 있어서 이를 현대어로 바꾸는 과정에서 생겨난 엄청난 오류가 아무런 검토나 반성 없이 28여 종의 현대 시집으로 출간되었다. 시어의 혼란은 물론 연행 구분의 혼란, 정서법에 맞추어 옮기는 과정에 나타난 오류들이 그대로 남게 된 것이다. 프랑크푸르트 문창과 교수를 지낸 하인리히 뵐(1979)이 "살 만한 제 나라에서 살 만한 언어를 찾는 게" 문학의 목표라고 했듯이 상화는 민족의 수난 앞에서 결코 좌절하지 않고 살 만한 제 나라를 되찾는 일을 위하여 살 만한 제 지방의 말로 제대로 된 시를 쓴 시인이다. 민족 수난과 시련은 그의 시적 언어 문법과 놀랍게도 일치를 보여주었다.

이상화 사인의 현존하는 텍스트 속에서 그리고 이미 역사의 무대로 숨어버린 사라진 내면의 언어를 역사 속에서 어떻게 재구성할 수 있을 것인가? 엄청나게 변해버린 이 사회의 현실 속에 지난 시대의 오래되어 묵은 목소리를 어떻게 새로 담아낼 수 있을 것인가?, 그동안 많은 연구자들의 글을 읽으며 내가 인식하고 있는 사실과 너무나 다른 그 큰 괴리를 어떻게 매울 수 있을까?, 그리고 한 시인의 파란만장한 개인의 역사를 과연 제대로 구축할 수 있을까?

30여종의 시집을 촘촘하게 대조해 보면 어렵지 않게 오류들을 찾아 낼 수 있을 정도이다. 그리고 시집마다 실려 있는 작품의 숫자도 들쭉날쭉하다. 이상화는 우리에게 큰 문학 유산을 남겼지만 총제적인 텍스트 비판도 제대로 한 적 없이 수십 편의 박사학위 논문이 쏟아져 나왔다. 그동안 이상화 시작품의 정보화와 문학 텍스트를 총제적으로 수집, 연구해온 성과들이 많지만 필자가 2002년에 조사한 바로는 시작품 67편, 창작소설 2편, 번역소설 5편, 평론 12편, 수필 7편, 기타 3편 정도였다. 그 가운데 이상화의 작품 유무에 대한 시비도 없지 않았다. 정진규에 의해 창작소설 「초동」이 이상화의 작품이 아니라는 논의가 있었고, 이기철(1982)이나 김학동(2015)에 와서도 이상화의 문학 작품의 총량이 확정되지 못했다.

이번 『이상화 전집』에는 새로 발굴한 『삼천리』에 실린 이상화의 「나의 침실로」의 축약 시, 『동아일보』에 실린 동요 1편과 이상화 작으로 알려진 구전 「망향가」가 추가되어 72편이 되었으며, 번역소설 「노동―사―질병」이 한 편 추가되어 번역소설 6편, 문학평론도 『중외일보』에 실린 「문단제가의 견해」(중외일보 1928.6.30.)가 추가되어 총 13편, 수필 및 기타가 「민간교육 특질은 사재간 거리」(조선중앙 1935.1.1.)와 「이상화의 사진과 육필자료」라는 글이 추가되어 12편으로 늘어났다. 또한 새로 발굴한 이상화의 편지와 문서 24편을 새롭게 소개하였다.

더욱 획기적인 것은 이상화의 편지가 1919년 4월 무렵 일본 동경에 공부하러간 시절에 큰집 백부에게 보낸 편지를 포함하여 24편의 새로운 자료가 발굴이 되어 그동안 이정수가 쓴 소설에 기대어 쓴 평전이 대폭 수정되지 않으면 안 되게 되었다. 특히 일본에서 거주하던 주소가 확실하게 다 들어났으며 그의 삶의 행적을 추적할 결정적인 자료가 발굴된 것이다. 그 외에 이상화가 1932년『조선일보』경북총국 경영의 실패로 매우 곤궁한 삶을 살면서 집을 팔았던 문서와 그의 이력서 등의 중요한 자료가 발굴되어 이상화의 문학과 전기 연구에 획기적인 사료들을 이 책에 고스란히 담았다. 지금까지 이상화 문학 텍스트를 총합하여 정리한『이상화 문학전집』에는 시(영시, 번역시), 동요, 시조, 구전가사 포함 72편, 문학평론 13편, 창작소설 2편, 번역소설 6편, 수필 및 기타 12편, 새로 발굴한 편지 24편을 모아 실었다.

2022년 미국 뉴욕에 크로스컬처 커뮤니케이션에서 이성일 씨가 이상화의 시를 영역판으로 출판하여 전 세계에 알리는 계기를 만들어 주었다. 이와 함께 이번에 간행한 이상화의 문학 텍스트를 전면 새롭게 읽고 연구할 수 있도록 세심하게 이 책자를 구성하였다.

이상화의 참다운 시 정신을 잣아올려 다시 찾아온 봄의 들판에 골고루 뿌려야 할 것이다. 상화는 과거이면서 현재이고 또 우리 미래의 대지인 동시에 하늘이자 생명이며 하늘에 떠 있는 한 역사의 별인 것이다. 이 책은 이상화를 연구하거나 사랑하는 사람들에게 이정표가 될 만한 이상화 문학 텍스트를 총결산한 것이다.

문화적 우월성과 순수성이야 말로 오염된 바깥 세상의 풍파를 막는 물막이 역할을 할 수 있다. 일제 저항 정신이 그런 물막이의 역사적 역할을 다할 수 있었다는 자부심을 이상화의 문학 세계로부터 내려 받기를 바란다.

2023. 5. 31.
여수재에서 이상규

# 차례

## 제2부 이상화 산문전집

### 1장 문학 평론

## 제3부 이상화 시를 바라보는 눈

# 이상화 사진자료

이상화 사진

이상화와 가족

이상화와 친구들

이상화, 권기옥, 이상정

O과회

제2회 대구향토회

이상화 생가 사진

이상화 고택

달성공원 시비

수성못 시비

이상화 번역 시집(이인수, 이성일 번역)

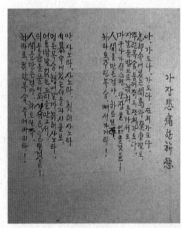

이상화 육필

이상화 그림(이형수 화백)

제1부

# 이상화 시전집

지금은 남의 땅 – 빼앗긴 들에도 봄은 오는가
나는 온몸에 햇살을 받고,
푸른 하늘 푸른 들이 맞붙은 곳으로
가르마 같은 논길을 따라 꿈속을 가듯 걸어만 간다.

– 「빼앗긴 들에도 봄은 오는가」 중에서

『백조』, 창간호 1922년 1월

# 말세의 희탄

저녁의 피 묻은 동굴 속으로
아— 밑 없는 그 동굴 속으로
끝도 모르고
끝도 모르고
나는 꺼꾸러지련다.
나는 파묻히련다.

가을의 병든 미풍의 품에다
아— 꿈꾸는 미풍의 품에다
낮도 모르고
밤도 모르고
나는 술 취한 집을 세우련다.
나는 속 아픈 웃음을 빚으련다.

『백조』, 창간호 1922년 1월

# 단조

비 오는 밤
가라앉은 하늘이
꿈꾸듯 어두워라.

나무잎마다에서
젖은 속살거림이
끊이지 않을 때일러라.

마음의 막다른
낡은 띠집에선
뉜지 모르나 까닭도 없어라.

눈물 흘리는 적 소리만
가없는 마음으로
고요히 밤을 지우다.

저―편에 늘어섰는
백양나무 숲의 살찐 그림자에는
잊어버린 기억이 떠돎과 같이
침울 몽롱한

「캔버스」 위에서 흐느끼다.

아! 야릇도 하여라.
야밤의 고요함은
내 가슴에도 깃들이다.

벙어리 입술로
떠도는 침묵은
추억의 녹 낀 창을
죽일 숨 쉬며 엿보아라.

아! 자취도 없이
나를 껴안는
이 밤의 홑짐이 서러워라.

비 오는 밤
가라앉은 영혼이
죽은 듯 고요도 하여라.

내 생각의
거미줄 끝마다에서도
적은 속살거림은
줄곧 쉬지 않아라.

『백조』, 2호 1922년 5월

# 가을의 풍경

맥 풀린 햇살에 반짝이는 나무는 선명하기 동양화일러라.
흙은 아낙네를 감은 천아융 허리띠 같이도 따스워라.


무거워 가는 나비 나래는 드물고도 쇄하여라.
아, 멀리서 부는 피리소린가! 하늘 바다에서 헤엄질하다.


병들어 힘 없이도 섰는 잔디 풀― 나뭇가지로
미풍의 한숨은 가는 목을 매고 껄떡이어라.


참새 소리는, 제 소리의 몸짓과 함께 가볍게 놀고
온실 같은 마루 끝에 누운 검은 괴이 등은 부드럽게도 기름져라.


청춘을 잃어버린 낙엽은 미친 듯 나부끼어라.
서럽게도 즐겁게 조으름 오는 적멸이 더부렁거리다.


사람은 부질없이 가슴에다 까닭도 모르는 그리움을 안고
마음과 눈으론 지나간 푸름의 인상을 허공에다 그리어라.

「백조」, 2호 1922년 5월

# To—, S. W. Lee.—

What use is poem, what use is to say,

Only, when I would embrace thee again, never more

Without affection, lonesomely —dangerously, spending this

day.

Thou went too early in the cosmosic circulation.

Thy bequest, that thou planted in my heart deep,

Unavaingly yet croons chasing the days of glorification.

O Honey! why my rosy face paled like the moon—

And my thoughtful soul whenever look for thee

But't was in vain, thy country was too dark and ruin.

Only night, I build thy heavenly figure adumbral

Upon my vision's sighful canvas.

And then, my eyes was a stormed channel.

O void forgetfulness! May I rest in thy pond deep.

And I would no more want, except one thing _

Let me sleep — without wake — let me sleep


—From the "Bereft Soul"

『백조』 3호 1923년 9월

# 나의 침실로

—"가장 아름답고 오—랜 것은 오직 꿈속에만 있어라"—'내말'

'마돈나' 지금은 밤도 모든 목거지에 다니노라 피곤하여 돌아가려
는도다.

아, 너도 먼동이 트기 전으로 수밀도의 네 가슴에 이슬이 맺도록
달려오너라.


'마돈나' 오려무나. 네 집에서 눈으로 유전하던 진주는 다 두고 몸
만 오너라.

빨리 가자. 우리는 밝음이 오면 어딘지도 모르게 숨는 두 별이어
라.


'마돈나' 구석지고도 어둔 마음의 거리에서 나는 두려워 떨며 기다
리노라.

아, 어느덧 첫닭이 울고— 뭇 개가 짖도다. 나의 아씨여 너도 듣느
냐.


'마돈나' 지난밤이 새도록 내 손수 닦아 둔 침실로 가자. 침실로!
낡은 달은 빠지려는데, 내 귀가 듣는 발자욱— 오, 너의 것이냐.


'마돈나' 짧은 심지를 더우잡고, 눈물도 없이 하소연하는 내 맘의

촛불을 봐라.

　양털 같은 바람결에도 질식이 되어 얕푸른 연기로 꺼지려는도다.


　'마돈나' 오너라 가?. 앞산 그리메가 도깨비처럼 발도 없이 이곳 가까이 오도다.

　아, 행여나 누가 볼는지— 가슴이 뛰누나, 나의 아씨여 너를 부른다.


　'마돈나' 날이 새련다, 빨리 오려무나, 사원의 쇠북이 우리를 비웃기 전에

　네 손이 내 목을 안아라. 우리도 이 밤과 같이 오랜 나라로 가고 말자.


　'마돈나' 뉘우침과 두려움의 외나무다리 건너 있는 내 침실 열 이도 없느니!

　아, 바람이 불도다. 그와 같이 가볍게 오려무나, 나의 아씨여. 네가 오느냐?


　'마돈나' 가엾어라, 나는 미치고 말았는가, 없는 소리를 내 귀가 들음은—

　내 몸에 파란 피— 가슴의 샘이 말라버린 듯 마음과 목이 타려는도다.

'마돈나' 언젠들 안 갈 수 있으랴, 갈 테면 우리가 가자. 끄을려 가지 말고!

너는 내 말을 믿는 「마리아」— 내 침실이 부활의 동굴임을 네야 알련만…….

'마돈나' 밤이 주는 꿈, 우리가 얽는 꿈, 사람이 안고 뒹구는 목숨의 꿈이 다르지 않으니

아, 어린애 가슴처럼 세월 모르는 나의 침실로 가자, 아름답고 오랜 거기로.

'마돈나' 별들의 웃음도 흐려지려 하고, 어둔 밤 물결도 잦아지려는도다.

아, 안개가 사라지기 전으로 네가 와야지. 나의 아씨여, 너를 부른다.

『백조』, 3호 1923년 9월

## 이중의 사망
―가서 못 오는 박태원朴泰元의 애틋한 영혼에게 바침

죽음일다!
성난 해가 이빨을 갈고
입술은 붉으락 푸르락 소리 없이 훌쩍이며
유린 받은 계집같이 검은 무릎에 곤두치고 죽음일다!

만종의 소리에 마구를 그리워 우는 소―
피난민의 마음으로 보금자리를 찾는 새―
다― 검은 농무의 속으로 매장이 되고
대지는 침묵한 뭉텅이 구름과 같이 되다!

"아, 길 잃은 어린 양아, 어디로 가려느냐
아, 어미 잃은 새 새끼야, 어디로 가려느냐"
비극의 서곡을 리프레인 하듯
허공을 지나는 숨결이 말하더라.

아, 도적놈의 죽일 숨 쉬 듯한 미풍에 부딪쳐도
설움의 실패꾸리를 풀기 쉬운 나의 마음은
하늘 끝과 지평선이 어둔 비밀실에서 입 맞추다.

죽은 듯한 그 벌판을 지나려 할 때 누가 알랴,
어여쁜 계집의 씹는 말과 같이
제 혼자 지즐대며 어둠에 끓는 여울은 다시 고요히
농무에 휩싸여 맥 풀린 내 눈에서 껄덕이다.

바람결을 안으려 나부끼는 거미줄같이
헛웃음 웃는 미친 계집의 머리털로 묶은─
아, 이내 신령의 낡은 거문고 줄은
청철의 옛 성문으로 닫힌 듯한 얼빠진 내 귀를 뚫고

울어 들다─ 울어 들다─ 울다가는 다시 웃다─
악마가 야호野虎같이 춤추는 깊은 밤에
물방앗간의 풍차가 미친 듯 돌며
곰팡슬은 성대로 목 메인 노래를 하듯……!

저녁 바다의 끝도 없이 몽롱한 머─ㄴ 길을
운명의 악지 바른 손에 끄을려 나는 방황해 가는도다.
남풍에 돛대 꺾인 목선과 같이 나는 방황해 가는도다.

아, 인생의 쓴 향연에 부름 받은 나는 젊은 환몽의 속에서
청상의 마음, 위와 같이 적막한 빛의 음지에서
구차를 따르며 장식의 애곡을 듣는 호상객처럼─
털 빠지고 힘없는 개의 목을 나도 드리우고

나는 넘어지다— 나는 거꾸러지다!

죽음일다!
부드럽게 뛰놀던 나의 가슴이
주린 빈랑의 미친 발톱에 찢어지고
아우성치는 거친 어금니에 깨물려 죽음일다!

『백조』 3호 1923년 9월

## 마음의 꽃
—청춘에 상뇌 되신 동무를 위하여


오늘을 넘어선 가리지 말라!
슬픔이든 기쁨이든 무엇이든
오는 때를 보려는 미리의 근심도—


아, 침묵을 품은 사람아 목을 열어라.
우리는 아무래도 가고는 말 나그넬러라.
젊음의 어둔 온천에 입을 적셔라.


춤추어라, 오늘만의 젖가슴에서
사람아, 앞뒤로 헤매지 말고
짓태워 버려라!
그을려 버려라!
오늘의 생명은 오늘의 끝까지만—


아, 밤이 어두워 오도다.
사람은 헛것일러라.
때는 지나가다
울음의 먼 길 가는 모르는 사이로—

우리의 가슴 복판에 숨어사는

열푸른 마음의 꽃아 피어버려라.

우리는 오늘을 기리며 먼 길 가는 나그넬러라.

「동아일보」 1923년 10월 26일

독백

나는 살련다, 나는 살련다.
바른 맘으로 살지 못하면 미쳐서도 살고 말련다.
남의 입에서 세상의 입에서
사람 영혼의 목숨까지 끊으려는 비웃음의 살이
내 송장의 불쌍스런 그 꼴 위로
소낙비같이 내려 쏟을지라도— 짓퍼부울지라도
나는 살련다, 내 뜻대로 살련다.
그래도 살 수 없다면—
나는 제 목숨이 아까운 줄 모르는
벙어리의 붉은 울음 속에서라도 살고는 말련다.
원한이란 이름도 얼굴도 모르는
장마진 냇물의 여울 속에 빠져서 나는 살련다.
게서 팔과 다리를 허둥거리고
부끄럼 없이 몸살을 쳐보다
죽으면— 죽으면— 죽어서라도 살고는 말련다.

『동아일보』 1923년 10월 26일[1)]

# 동요

낭글 심가 낭글 심가 낙동강에 낭글 심가

그 나무가 자라나서 열매 하나 여럿더내

무슨 열매 여럿던고 해와 달이 여럿더내

열매 하나 써어다가 해님을랑 안을 넛코

달님을랑 것흘 내여 줌치 한 개 지여내어

중별 싸여 중침 노코 상별 싸여 상침 노아

무지개로 선 두르고 당홍실로 섯밥 처서

---

1) 이기철(1982), 243은 "『동아일보』 1923년 음 9월 17일자 지방 소개호에 시
「독백」과 함께 다음과 같은 동요가 실려 있는데 작자가 명기되지 않아 이상
화의 작품이라고 확증은 어려우나 같은 단의 앞 시 「독백」에 이상화 시 작자
가 명기되어 있는 점, 『조선중앙일보』에 도시도 발표한 적인 있는 점 등으
로 미루어 이상화 작의 동요가 아닌가 추측되며 내용은 민요와 같으나 동요
라는 구분으로 명칭을 달고 있다."면서 이 작품을 처음 소개하였다. 필자가
원문을 검토해 본 겨로가 대구지방 사투리가 섞여 있으며 이상화의 시작품
「독백」과 연이어 실려 있으므로 이상화 작품으로 판단한다.

동래 팔선 끈을 다라 한길 가에 거러노코

올라가는 구감사야 나려오는 신감사야

저줌치를 구경하소 그 줌치를 누 솜시로

누가누가 지어냇노 어제 왓던 순금씨와

아래 왔던 선이씨와 둘이 솜시 지어냇내

저줌치를 지은 솜시 은을 주랴 금을 주랴

은도 실코 금도 실소 물명주-석자 수건

이내 허리 둘너 주소

「개벽」, 54호 1924년 12월

## 허무교도의 찬송가

오를지어다, 있다는 너희들의 천국으로—
내려 보내라, 있다는 너희들의 지옥으로—
나는 하느님과 운명에게 사로잡힌 세상을 떠난,
너희들의 보지 못할 머—ㄴ 길 가는 나그네일다!

죽음을 가진 뭇떼여! 나를 따라라!
너희들의 청춘도 새 송장의 눈알처럼 쉬 꺼지리라.
아! 모든 신명이여, 사기사들이여, 자취를 감추어라.
허무를 깨달은 그때의 칼날이 네게로 가리라.

나는 만상을 가리운 가장 너머를 보았다.
다시 나는 이 세상의 비부를 혼자 보았다.
그는 이 땅을 만들고 인생을 처음으로 만든 미지의 요정이 저에게
반역할까 하는 어리석은 뜻으로
"모든 것이 헛것이다" 적어둔 그 비부를

아! 세상에 있는 무리여! 나를 믿어라.
나를 따르지 않거든, 속 썩은 너희들의 사랑을 가져가거라.
나는 이 세상에서 빌어 입은 "숨기는 옷"을 벗고
내 집 가는 어렴풋한 직선의 위를 이제야 가려함이다.

사람아! 목숨과 행복이 모르는 새 나라에만 있도다.

세상은 죄악을 뉘우치는 마당이니

게서 얻은 모-든 것은 목숨과 함께 던져버려라.

그때야, 우리를 기다리던 우리 목숨이 참으로 오리라.

『개벽』, 54호 1924년 12월

# 지반정경
―파계사 용소에서


능수버들의 거듭 포개인 잎 사이에서
해는 주등색의 따사로운 웃음을 던지고
깜푸르게 몸꼴 꾸민, 저편에선
남모르게 하는 바람의 군소리― 가만히 오다.


나는 아무 빛 갈래도 없는 욕망과 기원으로
어디인지도 모르는 생각의 바다 속에다
원무 추는 영혼을 뜻대로 보내며
여름 우수에 잠긴 풀 사잇길을 오만스럽게 밟고 간다.


우거진 나무 밑에 넋 빠진 옛 몸은
속마음 깊게― 고요롭게― 미끄러우며
생각에 겨운 눈알과 같이
이름도 얼굴도 모르는 빈 꿈을 얽매더라.


물 위로 죽은 듯 엎드려 있는
끝도 없이 열푸른 하늘의 영원성 품은 빛이
그리는 애인을 뜻밖에 만난 미친 마음으로
내 가슴에 나도 몰래 숨었던 나라와 어우러지다.

나의 넋은 바람결의 구름보다도 연약하여라.

잠자리와 제비 뒤를 따라, 가볍게 돌며

별나라로 오르다— 갑자기 흙 속으로 기어들고

다시는, 해묵은 낙엽과 고목의 거미줄과도 헤매이노라.


저문 저녁에, 쫓겨난 쇠북소리 하늘 너머로 사라지고

이 날의 마지막 노래로 어린 고기들 물놀이 칠 때

내 머리 속에서 단잠 깬 기억은 새로이 이곳 온 까닭을 생각하노라.

이 못이 세상 같고, 내 한 몸이 모든 사람 같기도 하다!

아, 너그럽게도 숨 막히는 그윽함일러라, 고요로운 설움일러라.

『개벽』, 54호 1924년 12월

# 방문거절

아, 내 맘의 잠근 문을 두드리는 이여, 네가 누구냐— 이 어둔 밤
에?
「영예!」
방두깨 살자는 영예여! 너거든 오지 말아라.
나는 네게서 오직 가엾은 웃음을 볼 뿐이로라.

아, 벙어리 입으로 문만 두드리는 이여, 너는 누냐— 이 어둔 밤에
「생명!」
도깨비 노래하자는 목숨아, 너는 돌아가거라.
네가 주는 것 다만 내 가슴을 썩인 곰팡이 뿐일러라.

아, 아직도 문을 두드리는 이여— 이 어둔 밤에
「애련!」
불놀이하자는 사랑아, 너거든 와서 낡아가거라
네겐 너 줄, 오직 네 병든 몸 속에 누운 넋 뿐이로라.

「개벽」, 55호 1925년 1월

# 비음
## ―「비음」의 서사

이 세기를 물고 너흐는 어두운 밤에서
다시 어둠을 꿈꾸노라 조으는 조선의 밤―
망각 뭉텅이 같은 이 밤 속으론
햇살이 비추어오지도 못하고
하느님의 말씀이, 배부른 군소리로 들리노라.

낮에도 밤―, 밤에도 밤―
그 밤의 어둠에서 스며난 두더지 같은 신령은
광명의 목거지란 이름도 모르고
술 취한 장님이 머―ㄴ 길을 가듯
비틀거리는 자욱엔 핏물이 흐른다!

『개벽』, 55호 1925년 1월

# 가장 비통한 기욕
−간도 이민을 보고


아, 가도다 가도다 쫓아가도다.
잊음 속에 있는 간도와 요동벌로
주린 목숨 움켜쥐고 쫓아가도다.
자갈을 밥으로 햇채를 마셔도
마구나 가졌더라면 단잠은 얽맬 것을──
사람을 만든 검아, 하루 일찍
차라리 주린 목숨 빼앗아 가거라!


아, 사노라 사노라 취해 사노라.
자포 속에 있는 서울과 시골로
멍든 목숨 행여 갈까, 취해 사노라.
어둔 밤 말없는 돌을 안고서
피울음을 울었더라면 설움은 풀릴 것을──
사람을 만든 검아, 하루 일찍
차라리 취한 목숨, 죽여버려라!

『개벽』, 55호 1925년 1월

# 빈촌의 밤

봉창 구멍으로
나르—ㄴ하여 조으노라.
깜작이는 호롱불—
햇빛을 꺼리는 늙은 눈알처럼
세상 밖에서 앓는다, 앓는다.

아, 나의 마음은
사람이란 이렇게도
광명을 그리는가—
담조차 못 가진 거적문 앞에를
이르러 들으니, 울음이 돌더라.

『개벽』, 55호 1925년 1월

## 조소

두터운 이불을
포개 덮어도
아직 추운
이 겨울밤에
언 길을 밟고 가는
장돌림, 봇짐장수
재 너머 마을
저자 보려
중얼거리며,
헐떡이는 숨결이
아―
나를 보고, 나를
비웃으며 지난다.

『백조』, 55호 1925년 1월

# 어머니의 웃음

날이 맛도록
온 데로 헤매노라—
나련한 몸으로도
시들픈 맘으로도
어둔 부엌에,
밥 짓는 어머니의
나보고 웃는 빙그레 웃음!

내 어려 젖 먹을 때
무릎 위에다
나를 고이 안고서
늙음조차 모르던
그 웃음을 아직도
보는가 하니
외로움의 조금이
사라지고, 거기서
가는 기쁨이 비로소 온다.

# 무영당에서
### ―미들래톤 작2)

나는 일찍 못 들었노라.

참된 사랑이 속 썩지 않고 있다는 말을

그는 애타는 마음, 벌레가 봄철의 예쁜 기록인―

장미꽃 잎새를 뜯어먹듯 하기 때문이어라.

――미들래톤

---

2)  영국의 작가 Washington Irvin(1778~1859) 원작소설『단장』을 번역하기
    전 번역가의 말을 싣는 글 가운데 이상화가 시인 미들래톤 시를 번역하여
    인용한 작품에서 발췌한 것이다. 이상규(2001),『이상화시전집』정림사에서
    처음으로 발굴하여 새로 소개한 작품이다. 제목 미상인 이 작품을 "무영당
    에서"로 붙였다.

『신여성』, 18호 1925년 1월

## 머나먼 곳에 있는 님에게[3]
－토마스 무어 작

머－나 먼 곳 그의 젊은 님이 잠자는 데와 친한 이의
한숨들이 안 들리는 거기에서,
그들의 주시를 벗어나 그가 울도다.
그의 마음 님 누운 무덤에 있음이어라.

조국의 애닯은 노래를 쉬쟎고 부르도다.
가락마디가 님이 즐기던 것을 말함일러라.
아 그의 노래를 사랑할 이가 얼마나 되며
부르는 그 가슴의 쓰림을 뉘라서 알랴!

그의 님은 사랑으로 살았고 나라로 죽었나니
이 두 가지가 그의 목숨을 잡아맨 모든 것이어라.
나라로 흘린 눈물 쉬웁게 안마를 테며

---

3) 이 작품은 이상화의 번역소설 『단장』의 머리말 격인 "역자의 말" 뒤에 실린
무어의 시를 번역한 것이다. 이 작품의 원전을 찾기 위해 전 매일신문사 최
미화 논설실장과 함께 오리곤주립대학에 가서 연구 중인 경북대 영문과 최
재헌 교수의 도움으로 원전 「She is Far From the Land」를 찾아내었다. 번
역시의 제목은 달려 있지 않았으나 필자가 원전 제목을 번역하여 「머나먼
곳에 있는 님에게」로 달아두었음을 밝혀 둔다. 이상규(2001), 『이상화시전
집』(정림사)에서 처음으로 발굴하여 소개한 작품이다.

못 잊던 사람 그의 뒤를 따를 때도 멀지 안으리라!

오 햇살이 나리는데 그의 무덤을 만들어라.
그리고 눈 부시는 아침이 오마 하였단다.
그리면 그의 님이 있는 비애의 섬에서
저녁의 미소처럼 자는 그를 비추리라.


－토마스 무어[4]

---

[4] Thomas Moore(1779~1852), 「She is Far From the Land머나먼 곳에 있
는 님에게」라는 작품을 이상화가 번역한 시.

『조선문단』 6호 1925년 3월

## 이별을 하느니……

어쩌면 너와 나 떠나야겠으며 아무래도 우리는 나눠야겠느냐?
남 몰래 사랑하는 우리 사이에 우리 몰래 이별이 올 줄은 몰랐어
라.


꼭두머리로 오르는 정열에 가슴과 입술이 떨어 말보담 숨결조차
못 쉬노라.
오늘밤 우리 둘의 목숨이 꿈결같이 보일 애 타는 네 맘속을 내 어
이 모르랴.


애인아, 하늘을 보아라 하늘이 까라졌고 땅을 보아라 땅이 꺼졌도
다.
애인아, 내 몸이 어제같이 보이고 네 몸도 아직 살아서 네 곁에 앉
았느냐?


어쩌면 너와 나 떠나야겠으며 아무래도 우리는 나눠야겠느냐?
우리 둘이 나뉘어져 생각고 사느니 차라리 바라보며 우는 별이나
되자!


사랑은 흘러가는 마음 위에서 웃고 있는 가벼운 갈대꽃인가.
때가 오면 꽃송이는 곯아지며 때가 가면 떨어졌다 썩고 마는가.

남의 기림에서만 믿음을 얻고 남의 미움에서는 외롬만 받을 너이었더냐.

행복을 찾아선 비웃음도 모르는 인간이면서 이 고행을 싫어할 나이었더냐.


애인아, 물에다 물탄 듯 서로의 사이에 경계가 없던 우리 마음 위로

애인아, 검은 그리메가 오르락내리락 소리도 없이 어른거리도다.


남 몰래 사랑하는 우리 사이에 우리 몰래 이별이 올 줄은 몰랐어라.

우리 둘이 나뉘어져 사람이 되느니 차라리 피울음 우는 두견이나 되자!


오려므나 더 가까이 내 가슴을 안아라 두 마음 한 가닥으로 엄어보고 싶다.

자그마한 부끄럼과 서로 아는 믿븜 사이로 눈감고 오는 방임을 맞이하자.


아, 주름 접힌 네 얼굴— 이별이 주는 애통이냐, 이별은 쫓고 내게로 오너라.

상아의 십자가 같은 네 허리만 더우잡는 내 팔 안으로 달려만 오너라.

애인아, 손을 다오 어둠 속에도 보이는 납색의 손을 내 손에 쥐어다오.

애인아, 말 해다오 벙어리 입이 말하는 침묵의 말을 내 눈에 일러다오.


어쩌면 니와 나 떠나야겠으며 아무래도 우리는 나눠야겠느냐?

우리 둘이 나눠어 미치고 마느니 차라리 바다에 빠져 두 머리 인어나 되어서 살자!

『개벽』, 57호 1925년 3월

# 폭풍우를 기다리는 마음

오랜 오랜 옛적부터
아, 몇 백년 몇 천년 옛적부터
호미와 가래에게 등심살을 벗기우고
감자와 기장에게 속기름을 빼앗기인
산촌의 뼈만 남은 땅바닥 위에서
아직도 사람은 수확을 바라고 있다.

게으름을 빚어내는 이 늦은 봄날
「나는 이렇게도 시달렸노라……」
돌멩이를 내보이는 논과 밭―
거기에서 조으는 듯 호미질하는
농사짓는 사람의 목숨을 나는 본다.

마음도 입도 없는 흙인 줄 알면서
얼마라도 더 달라고 정성껏 뒤지는
그들의 가슴엔 저주를 받을
숙명이 주는 자족이 아직도 있다.
자족이 시킨 굴종이 아직도 있다.

하늘에도 게으른 흰구름이 돌고

땅에서도 고달픈 침묵이 까라진
오— 이런 날 이런 때에는
이 땅과 내 마음의 우울을 부술
동해에서 폭풍우나 쏟아져라— 빈다.

『개벽』, 57호 1925년 3월

## 바다의 노래
—나의 넋, 물결과 어우러져 동해의 마음을 가져온 노래

내게로 오너라, 사람아 내게로 오너라.
병든 어린애의 헛소리와 같은
묵은 철리와 낡은 성교는 다 잊어버리고
애통을 안은 채 내게로만 오너라.

하느님을 비웃을 자유가 여기에 있고
늙어지지 안는 청춘도 여기에 있다.
눈물 젖은 세상을 버리고 웃는 내게로 와서
아, 생명이 변동에만 있음을 깨쳐 보아라.

『개벽』, 59호 1925년 5월

# 극단

펄떡이는 내 신령이 몸부림치며
어제 오늘 몇 번이나 발버둥질하다.
쉬지 않는 '타임'은 내 울음 뒤로
흐르도다 흐르도다 날 죽이려 흐르도다.

별빛이 달음질하는 그 사이로
나뭇가지 끝을 바람이 무찌를 때
귀뚜라미 왜 우는가 말없는 하늘을 보고?
이렇게도 세상은 야밤에 있어라.

지난해 지난날은 그 꿈속에서
나도 몰래 그렇게 지나 왔도다
땅은 내가 디딘 땅은 몇 번 궁굴려
아, 이런 눈물 골짝에 날 던졌도다.

나는 몰랐노라, 안일한 세상이 자족에 있음을
나는 몰랐노라, 행복된 목숨이 굴종에 있음을
그러나 새 길을 찾고 그 길을 가다가
거리에서도 죽으려는 내 신령은 너무도 외로워라.

자족 굴종에서 내 길을 찾기보담
남의 목숨에서 내 살이를 얽매기보담
오 차라리 죽음— 죽음이 내 길이노라.
다른 나라 새살이로 들어갈 그 죽음이!

그러나 이 길을 밟기까지는
아, 그날 그때가 가장 괴롭도다.
아직도 남은 애달픔이 있으려니
그를 생각는 그때가 쓰리고 아프다.

가서는 오지 못할 이 목숨으로
언제든지 헛웃음 속에만 살려거든
검아 나의 신령을 돌멩이로 만들어 다고.
개천 바닥에 썩고 있는 돌멩이로 만들어 다고.

『개벽』, 59호 1925년 5월

# 선구자의 노래

나는 남 보기에 미친 사람이란다마는
내 알기엔 참된 사람이노라.


나를 아니꼽게 여길 이 세상에는
살려는 사람이 많기도 하여라.


오, 두려워라 부끄러워라.
그들의 꽃다운 살이가 눈에 보인다.


행여나 내 목숨이 있기 때문에
그 살림을 못살까─ 아, 죄롭다.


내가 알음이 적은가 모름이 많은가,
내가 너무 어리석은가 슬기로운가.


아무래도 내 하고저움은 미친 짓뿐이라
남의 꿀 듣는 집을 문훌지 나도 모른다.


사람아, 미친 내 뒤를 따라만 오너라.
나는 미친 흥에 겨워 죽음도 보여 줄 테다.

『개벽』, 60호 1925년 6월

## 구루마꾼

"날마다 하는 남부끄러운 이 짓을
너희들은 예사롭게 보느냐?"고
웃통도 벗은 구루마꾼이
눈 붉혀 뜬 얼굴에 땀을 흘리며
아낙네의 아픔도 가리지 않고
네거리 위에서 소 흉내를 낸다.

『개벽』, 60호 1925년 6월

# 엿장수

네가 주는 것이 무엇인가?
어린애게도 늙은이게도
짐승보담은 신령하단 사람에게
단맛 뵈는 엿만이 아니다.
단맛 너머 그 맛을 아는 맘
아무라도 가졌느니 잊지 말라고
큰 가위로 목탁 치는 네가
주는 것이란 어째 엿뿐이랴!

『개벽』, 60호 1925년 6월

# 거러지

아침과 저녁에만 보이는 거러지야!
이렇게도 완악하게 된 세상을
다시 더 가엾게 여겨 무엇하랴 나오너라.

하느님 아들들의 죄록인 거러지야!
그들은 벼락 맞을 저들을 가엾게 여겨
한낮에도 움 속에 숨어주는 네 맘을 모른다, 나오너라.

## 금강송가[5)
중향성 향나무를 더우잡고

금강! 너는 보고 있도다— 너의 쟁위로운 목숨이 엎디어 있는 가
슴— 중향성 품속에서 생각의 용솟음에 끄을려 참회하는 벙어리처럼
침묵의 예배만 하는 나를!

금강! 아, 조선이란 이름과 얼마나 융화된 네 이름이냐. 이 표현의
배경 의식은 오직 마음의 눈으로만 읽을 수 있도다. 모—든 것이 어
둠에 질식되었다가 웃으며 놀라 깨는 서색의 영화와 여일의 신수를
묘사함에서— 게서 비로소 열정과 미의 원천인 청춘— 광명과 예지
의 자모인 자유— 생명과 영원의 고향인 묵동을 볼 수 있느니 조선이
란 지오의가 여기 숨었고 금강이란 너는 이 오의의 집중 통각에서 상
징화한 존재이여라.

금강! 나는 꿈속에서 몇 번이나 보았노라. 자연 가운데의 한 성전
인 너를— 나는 눈으로도 몇 번이나 보았노라. 시인의 노래에서 또는
그림에서 너를— 하나, 오늘에야 나의 눈앞에 솟아 있는 것은 조선의
정령이 공간으론 우주 마음에 촉각이 되고 시간으론 무한의 마음에
영상이 되어 경의의 창조로 현현된 너의 실체이여라.

---

5)  백기만(1951)의 『상화와 고월』에서는 2, 3, 6연이 누락되었음.

금강! 너는 너의 관미로운 미소로써 나를 보고 있는 듯 나의 가슴엔 말래야 말 수 없는 야릇한 친애와 까닭도 모르는 경건한 감사로 언젠지 어느덧 채워지고 채워져 넘치도다. 어제까지 어둔 살이에 울음을 우노라— 때아닌 늙음에 쭈그러진 나의 가슴이 너의 자안과 너의 애무로 다리미질한 듯 자그마한 주름조차 볼 수 없도다.

금강! 벌거벗은 조선— 물이 마른 조선에도 자연의 은총이 별달리 있음을 보고 애틋한 생각— 보배로운 생각으로 입술이 달거라— 노래 부르노라.

금강! 오늘의 역사가 보인 바와 같이 조선이 죽었고 석가가 죽었고 지장미륵 모든 보살이 죽었다. 그러나 우주 생성의 노정을 밟노라— 때로 변화되는 이 과도 현상을 보고 묵은 그 시절의 조선 얼굴을 찾을 수 없어 조선이란 그 생성 전체가 죽고 말았다—어리석은 말을 못하리라. 없어진 것이란 다만 묵은 조선이 죽었고 묵은 조선의 사람이 죽었고 묵은 네 목숨에서 곁방살이하던 인도의 모든 신상이 죽었을 따름이다. 항구한 청춘—무한의 자유—조선의 생명이 종합된 너의 존재는 영원한 자연과 미래의 조선과 함께 길이 누릴 것이다.

금강! 너는 사천여 년의 오랜 옛적부터 퍼붓는 빗발과 몰아치는 바람에 갖은 위협을 받으면서 황량하다. 오는 이조차 없던 강원의 적막 속에서 망각 속에 있는 듯한 고독의 설움을 오직 동해의 푸른 노래와 마주 읊조려 잊어버림으로 서러운 자족을 하지 않고 도리어 그 고독으로 너의 정열을 더욱 가다듬었으며 너의 생명을 갑절 북돋우었도다.

금강! 하루 일찍 너를 찾지 못한 나의 게으름— 나의 둔각鈍覺이 얼마치나 부끄러워, 죄스러워 붉은 얼굴로 너를 바라보지 못하고 벙어리 입으로 너를 바로 읊조리시 못하노라.

금강! 너는 완미頑迷한 물도 허환虛幻한 정도 아닌— 물과 정의 혼융체 그것이며, 허수아비의 정도 미쳐 다니는 동도 아닌— 정과 동의 화해기 그것이다. 너의 자신이야말로 천변만화의 영혜 가득 찬 계시이여라. 억대조겁의 원각 덩어리인 시편이여라. 만물상이 너의 운용에서난 예지가 아니냐 만폭동이 너의 화해에서 난 선율이 아니냐. 하늘을 어루만질 수 있는 비로— 미륵 네 생명의 승앙을 쏘이며 바다 밑까지 꿰뚫은 팔담, 구룡이 네 생명의 심삼을 말 하도다.

금강! 아 너 같은 극치의 미가 꼭 조선에 있게 되었음이 야릇한 기적이고 자그마한 내 생명이 어찌 네 애훈을 받잡게 되었음이 못 잊을 기적이다. 너를 예배하려온 이 가운데는 시인도 있었으며 도사도 있었다. 그러나 그 시인들은 네 외포미의 반쯤도 부르지 못하였고 그 도사들은 네 내재상의 첫 길에 헤매다가 말았다.

금강! 조선이 너를 뫼신 자랑— 네가 조선에 있는 자랑— 자연이 너를 낳은 자랑— 이 모든 자랑을 속 깊이 깨치고 그를 깨친 때의 경이 속에서 집을 얽매고 노래를 부를 보배로운 한 정령이 미래의 조선에서 나오리라. 나오리라.

　금강! 이제 내게는 너를 읊조릴 말씨가 적어졌고 너를 기려 줄 가락이 거칠어져 다만 내 가슴속에 있는 눈으로 내 마음의 발자국 소리를 내 귀가 헤아려 듣지 못할 것처럼— 나는 고요로운 황홀 속에서— 할아버지의 무릎 위에 앉은 손자와 같이 예절과 자중을 못 차릴 네 웃음의 황홀 속에서— 나의 생명 너의 생명 조선의 생명이 서로 묵계되었음을 보았노라 노래를 부르며 가벼우나마 이로써 사례를 아뢰노라. 아 자연의 성전이여! 조선의 영대여!

　「부기」 인상기를 쓰라는 주문에 그것은 수응치 못하고 이 산문시를 내는 것은 미안한 일이다. 인상기를 쓴대도 독자의 금강산에 대한 감흥을 일으키기에는 동일하겠다기보다 오히려 나을까 하여 지난해 어느 신문에 한 번 내었던 것을 다시 내면서 핑계 비슷한 이 말을 붙여둔다.

『여명』 2호 1925년 6월

# 청량세계

아침이다.

여름이 웃는다. 한 해 가운데서 가장 힘차게 사는답게 사노라고 꽃불 같은 그 얼굴로 선잠 깬 눈들을 부시게 하면서 조선이란 나라에도 여름이 웃는다.

오 사람아! 변화를 따르기엔 우리의 촉각이 너무도 둔하고 약함을 모르고 사라지기만 하고 있다.

그러나 자연은 지혜를 보여 주며 건강을 돌려주려 이 계절로 전신을 했어도 다시 온 줄을 이제야 알 때다.

꽃 봐라 꽃 봐라 떠들던 소리가 잠결에 들은 듯이 흐려져 버리고 숨가쁜 이 더위에 떡갈잎 잔디풀이 까지끝 터졌다.

오래지 않아서 찬이슬이 내리면 볕살에 다 쬐인 능금과 벼알에 배부른 단물이 빙그레 돌면서 그들의 생명은 완성이 될 것이다.

열정의 세례를 받지도 않고서 자연의 성과만 기다리는 신령아! 진리를 따라가는 한 갈래 길이라고 자랑삼아 안고 있는 너희들의 그 이지는 자연의 지혜에서 캐 온 것이 아니라 인생의 범주를 축제함으로써 자멸적 자족에서 긁어모은 망상이니 그것은 진도 아니오 선도 아니며 더우든 미도 아니오 다만 사악이 생명의 탈을 쓴 것뿐임을 여기서도 짐작을 할 수 있다.

아 한낮이다.

이마 위로 내려 쪼이는 백금실 같은 날카로운 광선이 머리가닥마다를 타고 골속으로 스며들며 마음을 흔든다 마음을 흔든다.— 나뭇잎도 번쩍이고 바람결도 번쩍이고 구름조차 번쩍이나 사람만 홀로 번쩍이지 않는다고—.

언젠가 우리가 자연의 계시에 충동이 되어서 인생의 의식을 실현한 적이 조선의 기억에 있느냐 없느냐? 두더지같이 살아온 우리다. 미적지근한 빛에서는 건강을 받기보담 권태증을 얻게 되며 있닿은 멸망으로 나도 몰래 넘어진다.

살려는 신령들아! 살려는 네 심원도 나무같이 뿌리 깊게 땅속으로 얽어매고 오늘 죽고 말지언정 자연과의 큰 조화에 나누이지 말아야만 비로소 내 생명을 가졌다고 할 것이다.

저녁이다.

여름이 성내었다 여름이 성내었다. 하늘을 보아라 험상스런 구름 떼가 빈틈없이 덮여 있고 땅을 보아라 분념이 꼭대기로 오를 때처럼 주먹 같은 눈물이 함박으로 퍼붓는다.

까닭 몰래 감흥이 되고 답답하게 무더우나 가슴속에 물기가 돌며 마음이 반가웁다. 오 얼마나 통쾌하고 장황한 경면인가!

강둑이 무너질지 땅바닥이 갈라질지 의심과 주저도 할 줄을 모르고 귀청이 찢어지게 소리를 치면서 최시와 최종만 회복해 보려는 막지 못할 그 일념을 번갯불이 선언한다.

아, 이 때를 반길 이가 어느 누가 아니랴마는 자신과 경물에 분재된 한 의식을 동화시킬 그 생명도 조선아 가졌느냐? 자연의 열정인 여름의 변화를 보고 불쌍하게 무서워만 하는 마음이 약한 자와 죄과를 가진 자여 사악에 추종을 하던 네 행위의 징벌을 이제야 알아라.

그러나 네 마음에 뉘우친 생명이 구비를 치거든 망령되게 절망을 말고 저-편 하늘을 바라다 보아라. 검은 구름 사이에 흰구름이 보이고 그 너머 저녁놀이 돌지를 않느냐?
오늘밤이 아니면 새는 아침부터는 아마도 이 비가 개이곤 말 것이다.
아, 자연은 이렇게도 언제든지 시일을 준다.

『개벽』 61호 1925년 7월

## 오늘의 노래

나의 신령!
우울을 헤칠 그날이 왔다!
나의 목숨아!
발악을 해볼 그 때가 왔다.


사천 년이란 오랜 동안에
오늘의 이 아픈 권태 말고도 받은 것이 있다면 그게 무엇이랴,
시기에서 난 분열과 거기서 얻은 치욕이나 열정을 죽였고
새로 살아날 힘조차 뜯어먹으려는—
관성이란 해골의 떼가 밤낮으로 도깨비 춤추는 것뿐이 아니냐?
아— 문둥이의 송장 뼈다귀보다도 더 더럽고
독사의 삭은 등성이 뼈보다도 더 무서운 이 해골을
태워버리자! 태워버리자!


부끄러워라, 제 입으로도 거룩하다 자랑하는 나의 몸은
안을 수 없는 이 괴롬을 피하려 잊으려
선웃음치고 하품만 하며 해채 속에서 조을고 있다.
그러나 아직도—
쉴 사이 없이 옮아가는 자연의 변화가 내 눈에 내 눈에 보이고
"죽지도 살지도 않는 너는 생명이 아니다"란 내 맘의 비웃음까지

들린다 들린다.

　아 서리 맞은 배암과 같은 이 목숨이나마 끊어지기 전에

　입김을 불어넣자. 핏물을 드리워 보자.


　묵은 옛날은 돌아보지 말려고 기억을 무찔러버리고

　또 하루 못살면서 먼 앞날을 좇아가려는 공상도 말아야겠다.

　게으름이 빚어낸 조을음 속에서 나올 것이란 죄 많은 잠꼬대뿐이
니

　오래 병으로 혼백을 잃은 나에게 무슨 놀라움이 되랴.

　애달픈 멸망의 해골이 되려는 나에게 무슨 영약이 되랴.

　아, 오직 오늘의 하루로부터 먼저 살아나야겠다.

　그리하여 이 하루에서만 영원을 잡아 쥐고 이 하루에서 세기를 헤
아리려

　권태를 부수자! 관성을 죽이자!


　나의 신령아!

　우울을 헤칠 그날이 왔다.

　나의 목숨아!

　발악을 해 볼 그때가 왔다.

『조선문단』, 12호 1925년 10월

# 몽환병
## —1921년작

목적도 없는 동경에서 명정하던 하루이었다.

어느 날 한낮에 나는 나의 「에덴」이라던 솔숲 속에 그날도 고요히 생각에 까무러지면서 누워 있었다.

잠도 아니오 죽음도 아닌 침울이 쏟아지며 그 뒤를 이어선 신비로운 변화가 나의 심령 위로 덮쳐 왔다.

나의 생각은 넓은 벌판에서 깊은 구렁으로— 다시 아침 광명이 춤추는 절정으로— 또다시 끝도 없는 검은 바다에서 낯선 피안으로— 구름과 저녁놀이 흐느끼는 그 피안에서 두려움 없는 주저에 나른하여 눈을 감고 주저앉았다.

오래지 않아 내 마음의 길바닥 위로 어떤 검은 안개 같은 요정이 소리도 없이 오만한 보조로 무엇을 찾는 듯이 돌아다녔다. 그는 모두 검은 의상을 입었는가—하는 억측이 나기도 하였다. 그때 나의 몸은 갑자기 열병 든 이의 숨결을 지었다. 온 몸에 있던 맥박이 한꺼번에 몰려 가슴을 부술 듯이 뛰놀았다.

그리하자 보고싶어 번갯불같이 일어나는 생각으로 두 눈을 비비면서 그를 보려하였으나 아— 그는 누군지— 무엇인지— 형적조차 언제 있었더냐 하는 듯이 사라져 버렸다. 애달프게도 사라져 버렸다.

다만 나의 기억에는 얼굴에까지 흑색 면사를 쓴 것과 그 면사 너머에서 햇살 쪼인 석탄과 같은 눈알 두 개의 깜작이던 것뿐이었다. 아무리 보고자 하여도 구름 덮인 겨울과 같은 유장이 안계로 전개될 뿐이었다. 발자국 소리나 옷자락 소리조차도 남기지 않았다.

갈피도— 까닭도 못 잡을 그리움이 내 몸 안과 밖 어느 모퉁이에서나 그칠 줄 모르는 눈물과 같이 흘러내렸다— 흘러내렸다.
숨가쁜 그리움이었다— 못 참을 것이었다.

아! 요정은 전설과 같이 갑자기 현현하였다. 그는 하얀 의상을 입었다. 그는 우상과 같이 방그레 웃을 뿐이었다.— 보얀 얼굴에— 새까만 눈으로 연붉은 입술로— 소리도 없이 웃을 뿐이었다. 나는 청맹관의 시양으로 바라보았다.— 들여다보았다.
오! 그 얼굴이었다.— 그의 얼굴이었다.— 잊혀 지지 않는 그의 얼굴이었다. — 내가 항상 만들어 보던 것이었다.

목이 메이고 청이 잠겨서 가슴속에 끓는 마음이 말이 되어 나오지 못하고 불길 같은 숨결이 켜이질 뿐이었다. 손도 들리지 않고 발도 떨어지지 않고 가슴 위에 쌓인 바윗돌을 떼밀려고 애쓸 뿐이었다.

그는 검은 머리를 흩뜨리고 한 걸음— 한 걸음— 걸어 왔다. 나는 놀라운 생각으로 자세히 보았다. 그의 발이 나를 향하고 그의 눈이 나를 부르고 한 자국— 한 자국— 내게로 와 섰다. 무엇을 말할 듯한 입술로 내게로— 내게로 오던 것이다.— 나는 눈이야 찢어져라고 크게만 떠보았다. 눈초리도 이빨도 똑똑히 보였다.

그러나 갑자기 그는 걸음을 멈추고 입을 다물고 나를 보았다.— 들여다보았다. 아, 그 눈이 다른 눈으로 나를 보았다. 내 눈을 뚫을 듯한 무서운 눈이었다. 아, 그 눈에서— 무서운 그 눈에서 빗발 같은 눈물이 흘렀다. 까닭 모를 눈물이었다. 답답한 설움이었다.

여름 새벽 잔디풀 잎사귀에 맺혀서 떨어지는 이슬과 같이 그의 깜고도 가는 속눈썹마다에 수은같은 눈물이 방울방울이 달려 있었다. 아깝고 애처로운 그 눈물은 그의 두 볼— 그의 손등에서 반짝이며 다시 고운 때묻은 모시 치마를 적시었다. 아! 입을 벌리고 받아먹고 싶은 귀여운 눈물이었다. 뼈 속에 감추어 두고 싶은 보배로운 눈물이었다.

그는 어깨를 한두 번 비슥하다가[6] 나를 등지고 돌아섰다. 흩은 머리숱이 온통 덮은 듯하였다. 나는 능수버들같은 그 머리카락을 안으려 하였다.— 하다못해 어루만져라도 보고 싶었다. 그러나 그는 한 걸음— 두 걸음 저리로 갔다. 어쩔 줄 모르는 설움만을 나의 가슴에 남겨다 두고 한 번이나마 돌아 볼 바도 없이 찬찬히 가고만 있었다. 잡을래야 잡을 수 없이 가다간 갑자기 사라져 버렸다. 눈알이 빠진 듯한 어둠뿐이었다. 행여나 하는 맘으로 두 발을 괴고 기다렸었다.

---

6) "비스듬하게 기울이다가", "기우뚱하다가"의 의미.

하나 그것은 헛일이었다. 아무것도 보이지 않았다. 이리하여 그는 가고 오지 않았다.

나의 생각엔 곤비한 밤의 단꿈 뒤와 같은 추고— 가상의 영감이 떠돌 뿐이었다. 보다 더 야릇한 것은 그 요정이 나오던 그때부터는— 사라진 뒤 오래도록 마음이 미온수에 잠긴 얼음 조각처럼 부류가 되며 해이되나 그래도 무정방으로 욕념에도 없는 무엇을 찾는 듯하였다.

그때 눈과 마음의 렌즈에 영화된 것은 다만 장님의 머릿속을 들여다보는 듯한 혼무뿐이요 영혼과 입술에는 훈향에 미친 나비의 넋 빠진 침묵이 흐를 따름이었다. 그밖엔 오직 망각이 이제야 뗀 입 속에서 자체의 존재를 인식하게 된 기억으로 거닐 뿐이었다. 나는 저물어가는 하늘에 조으는 별을 보고 눈물 젖은 소리로

"날은 저물고
밤이 오도다
흐릿한 꿈만 안고
나는 살도다"고 하였다.

아! 한낮에 눈을 뜨고도 읽던 것은 나의 병인가, 청춘의 병인가? 하늘이 부끄러운 듯이 새빨개지고 바람이 이상스러운지 속살일 뿐이다.

『신민』, 6호1925년 11월, −G. W. Russel의 번역시

## 새 세계

나는 일찍 이 세상 밖으로
남 모를 야릇한 나라를 찾던 나이다.
그러나 지금은 넘치는 만족으로
나의 발치에서 놀라고 있노라.

이제는 내가 눈앞에 사랑을 찾고
가마득한 나라에선 찾지 않노라,
햇살에 그을은 귀여운 가슴에
그 나라의 이슬이 맺혀 있으니.

무지개의 발과 같이 오고 또 가고
해와 함께 허공의 호흡을 쉬다가
저녁이면 구슬 같이 반짝이며
달빛과 바람과 어우러지도다.

저무는 저녁 입술 내 이마를 태우고
밤은 두 팔로 나를 안으며,
옛날의 살틋한 맘 다 저버리지 않고
하이얀 눈으로 머리 굽혀 웃는다.

나는 꿈꾸는 내 눈을 닫고
거룩한 광명을 다시 보았다.
예전 세상이 그 때에 있을 때
우리가 사람을 잊지 않던 것처럼.

이리하여 하늘에 있다는 모든 것이
이 세상에 다— 있음을 나는 알았다
어둠 속에서 본 한 가닥 햇살은
한낮을 꺼릴 만큼 갑절 더 밝다.

이래서 내 마음 이 세상이 즐거워
옛적 사람과 같이 나눠 살면서
은가루 안개를 온 몸에 두르고
무르익은 햇살에 그을리노라.

—G. W. Russel

『개벽』, 65호 1926년 1월

# 조선병
―1925년 작

어제나 오늘 보이는 사람마다 숨결이 막힌다.
오래간만에 만나는 반가움도 없이
참외 꽃 같은 얼굴에 선웃음이 집을 짓더라.
눈보라 몰아치는 겨울 맛도 없이
고사리 같은 주먹에 진땀물이 굽이치더라.
저 하늘에다 봉창이나 뚫으랴 숨결이 막힌다.

『개벽』, 65호 1926년 1월

# 겨울마음
### —1925년 작

물장수가 귓속으로 들어와 내 눈을 열었다.
보아라!
까치가 뼈만 남은 나뭇가지에서 울음을 운다.
왜 이래?
서리가 덩달아 추녀 끝으로 눈물을 흘리는가.
내야 반가웁기만 하다. 오늘은 따습겠구나.

『개벽』, 65호 1926년 1월

# 초혼
-1925년 작

서럽다 건망증이 든 도회야!
어제부터 살기조차 다— 두었대도
몇 백년 전 네 몸이 생기던 옛 꿈이나마
마지막으로 한 번은 생각코나 말아라.
서울아, 반역이 낳은 도회야!

『문예운동』, 창간호 1926년 1월

# 도-쿄-에서
-1922년 가을


오늘이 다 되도록 일본의 서울을 헤매어도

나의 꿈은 문둥이 살기같은 조선의 땅을 밟고 돈다.


예쁜 인형들이 노는 이 도회의 호사로운 거리에서

나는 안 잊히는 조선의 하늘이 그리워 애달픈 마음에 노래만 부르

노라.


「동경」의 밤이 밝기는 낮이다― 그러나 내게 무엇이랴!

나의 기억은 자연이 준 등불 해금강의 달을 새로이 솟친다.


색채와 음향이 생활의 화려로운 아롱사를 짜는―

예쁜 일본의 서울에서도 나는 암멸을 서럽게― 달게 꿈 꾸노라.


아, 진흙과 집풀로 얽맨 움 밑에서 부처 같이 벙어리로 사는 신령

아

우리의 앞엔 가느나마 한 가닥 길이 뵈느냐― 없느냐― 어둠뿐이

냐?


거룩한 단순의 상징체인 흰옷 그 너머 사는 맑은 네 맘에

숯불에 손 데인 어린 아기의 쓰라림이 숨은 줄을 뉘라서 알랴!

벽옥의 하늘은 오직 네게서만 볼 은총 받았던 조선의 하늘아
눈물도 땅속에 묻고 한숨의 구름만이 흐르는 네 얼굴이 보고 싶다.

아, 예쁘게 잘 사는「동경」의 밝은 웃음 속을 온 데로 헤매나
내 눈은 어둠 속에서 별과 함께 우는 흐린 호롱불을 넋 없이 볼 뿐
이다.

「시대일보」 1926년 1월 4일

# 본능의 노래

밤새도록 하늘의 꽃밭이 세상으로 옵시사 비는 입에서나
날삯에 팔려, 과년해진 몸을 모시는 흙마루에서나
앓는 이의 조으는 숨결에서나, 다시는
모든 것을 시들프게 아는 늙은 마음 위에서나
어디서 언제일는지
사람의 가슴에 뛰놀던 가락이 너무나 고달파지면
「목숨은 가엾은 부림꾼이라」 곱게도 살찌게 쓰다듬어 주려
입으론 하품이 흐르더니— 이는 신령의 풍류이어라.
몸에선 기지개가 켜이더니— 이는 신령의 춤이어라.

이 풍류의 소리가 네 입에서 사라지기 전
이 춤의 발자국이 네 몸에서 떠나기 전

그때는 가려운 옴 자리를 긁음보다도
밤마다 꿈만 꾸던 두 입술이 비로소 맞붙는 그때일러라

그때의 네 눈엔 간악한 것이 없고
죄로운 생각은 네 맘을 밟지 못하도다.
아, 만 입을 내가 가진 듯 거룩한 이 동안을 나는 기리노라.
때마다 흘겨보고 꿈에도 싸우든 넋과 몸이 어우러지는 때다.

나는 무덤 속에 가서도 이같이 거룩한 때에 살고프노라.

『개벽』, 67호 1926년 3월

# 원시적 읍울
-어촌애경
-1922년 작


방랑성을 품은 에머랄드 널판의 바다가 말없이 엎드렸음이

멧 머리에서 늦여름의 한낮 숲을 보는 듯― 조으는 얼굴일러라.

짜증나게도 늘어진 봄날― 오후의 하늘이야 희기도 하여라.

게선 이따금 어머니의 젖꼭지를 빠는 어린애 숨결이 날려 오도다.

사선 언덕 위로 쭈그리고 앉은 두어 집 울타리마다

걸어 둔 그물에 틈틈이 끼인 조개껍질은 머―ㄹ리서 웃는 이빨일러
라.

마을 앞으로 엎드려 있는 모래 길에는 아무도 없고나.

지난 밤 밤낚기에 나른하여― 낮잠의 단술을 마심인가보다.

다만 두서넛 젊은 아낙네들이 붉은 치마 입은 허리에 광주리를 달
고

바다의 꿈같은 미역을 거두며 여울 돌에서 여울 돌로 건너만 간다.

잠결에 듣는 듯한 뻐꾸기의 부드럽고도 구슬픈 울음소리에

늙은 삽사리 목을 뻗고 살피다간 다시 눈감고 졸더라.

나의 가슴엔 갈매기 떼와 수평선 밖으로 넘어가는 마음과

넋 잃은 시선―어느 것 보이지도 보려도 안는 물 같은 생각의 구름
만 쌓일 뿐이어라.

『개벽』, 67호 1926년 3월

# 이해를 보내는 노래
## -1924년 작

「가뭄이 들고 큰물이 지고 불이 나고 목숨이 많이 죽은 올해이다. 조선 사람아 금강산에 불이 났다. 이 한 말이 얼마나 깊은 묵시인가. 몸서리 치이는 말이 아니냐. 오 하느님— 사람의 약한 마음이 만든 도깨비가 아니라 누리에게 힘을 주는 자연의 정령인 하나뿐인 사람의 예지—를 불러 말하노니 잘못 짐작을 갖지 말고 바로 보아라. 이 해가 다 가기 전에—. 조선 사람의 가슴마다에 숨어 사는 모든 하느님들아!」

하느님! 나는 당신께 돌려보냅니다.
속 썩은 한숨과 피 젖은 눈물로 이 해를 싸서
웃고 받을지 울고 받을지 모르는 당신께 돌려보냅니다.
당신이 보낸 이 해는 목마르던 나를 물에 빠뜨려 죽이려다가
누더기로 겨우 가린 헐벗은 몸을 태우려도 하였고
주리고 주려서 사람끼리 원망타가 굶어 죽고만 이 해를 돌려보냅니다.
하느님! 나는 당신께 묻조려합니다.
땅에 엎디어 하늘을 우러러 창자 비—ㄴ 소리로
밉게 들을지 섧게 들을지 모르는 당신께 묻조려합니다.
당신 보낸 이 해는 우리에게 「노아의 홍수」를 갖고 왔다가

그날의 「유황불」은 사람도 만들 수 있다 태워 보였으나
주리고 주려도 우리들이 못 깨쳤다 굶어 죽었던가 묻조려합니다.
아, 하느님!
이 해를 받으시고 오는 새해 아침부턴 벼락을 내려줍쇼.
악도 선보담 더 착할 때 있음을 아옵든지 모르면 죽으리다.

『문예운동』, 2호 1926년 5월

# 설어운 조화[7]

일은 몸 말 없는 하늘은

---

7) 2001년 탄생 100주년 문학인 기념문학제대산문화재단/민족문학작가회의
   주최에서 김윤태 님이 발표한 작품연보에서 처음 이 자료가 공개되었다.
   "이 시들은 조사자가 새로 찾은 자료들이다. 그러나 조사자가 소장하고 있
   던『문예운동은』2호는 복사 자료로서, 시「설어운 조화調和」의 첫행이 "일은
   몸 말업는 한울은"만 남은 채 그 뒷부분과 시「머―ㄴ 기대企待」가 수록된 한
   면(28면)이 사라지고 대신 광고로 채워져 있다. 시 두 편이 한 면 정도밖에
   안되는 것으로 보아 아주 짧은 시편들로 짐작될 뿐, 아쉽게도 시의 전문을
   현재로서는 확인할 수가 없다. 다만 목차에서만 확인될 뿐이다."김윤태 님
   작성: 자료집 102쪽 참조
   위에서 살펴 본 바와 같이 카프의 중심 문예지이자 이상화가 직접 편집을
   담당했던『문예운동』2호에 실린 작품으로 시 2편「설어운 조화」,「머―ㄴ 기
   대」과 수필 1편「심경일매心境一枚」이 낙장으로 발견되었으나 이 시 작품은 1
   행만 남아 있다. 오랫동안 불온서적으로 분류되어 온 문예지『문예운동』2
   호가 앞으로 발견된다면 이상화의 시 2편이 새로 발굴될 가능성이 있다.

『문예운동』, 2호 1926년 5월

# 머—ㄴ 기대[8]

.

---

8) 카프의 중심 문예지인『문예운동』2호에 실린 작품으로 시 2편「설어운 조
화」,「머—ㄴ 기대」과 수필 1편「심경일매」가 낙장으로 발견되었으나 이 작품
은 제목만 남아 있다. 앞의 작품과 마찬가지로 오랫동안 불온서적으로 분류
되어 온 이 문예지가 앞으로 발견된다면 이상화의 시 2편이 새로 발굴될 가
능성이 있다.

『개벽』 68호 1926년 4월

# 시인에게
## -1925년 작

한 편의 시 그것으로
새로운 세계 하나를 낳아야 할 줄 깨칠 그때라야
시인아 너의 존재가
비로소 우주에게 없지 못할 너로 알려질 것이다.
가뭄 든 논끼에는에는 청개구리의 울음이 있어야 하듯—

새 세계란 속에서도
마음과 몸이 갈려 사는 줄풍류만 나와 보아라
시인아 너의 목숨은
진저리나는 절름발이 노릇을 아직도 하는 것이다.
언제든지 일식된 해가 돋으면 뭣하며 진들 어떠랴.

시인아 너의 영광은
미친개 꼬리도 밟는 어린애의 짬 없는 그 마음이 되어
밤이라도 낮이라도
새 세계를 낳으려 소댄 자국이 시가 될 때에— 있다.
촛불로 날아들어 죽어도 아름다운 나비를 보아라.

『개벽』, 70호 1926년 6월

# 빼앗긴 들에도 봄은 오는가

지금은 남의 땅— 빼앗긴 들에도 봄은 오는가?


나는 온몸에 햇살을 받고
푸른 하늘 푸른 들이 맞붙은 곳으로
가르마 같은 논길을 따라 꿈속을 가듯 걸어만 간다.


입술을 다문 하늘아 들아
내 맘에는 내 혼자 온 것 같지를 않구나.
네가 끌었느냐 누가 부르더냐 답답워라 말을 해다오.


바람은 내 귀에 속삭이며
한 자욱도 섰지 마라 옷자락을 흔들고
종다리는 울타리 너머에 아씨같이 구름 뒤에서 반갑다 웃네.


고맙게 잘 자란 보리밭아
간밤 자정이 넘어 내리던 고운 비로
너는 삼단 같은 머리를 감았구나, 내 머리조차 가뿐하다.


혼자라도 가쁘게나 가자
마른 논을 안고 도는 착한 도랑이

젖먹이 달래는 노래를 하고 제 혼자 어깨춤만 추고 가네.

나비 제비야 깝치지 마라.
맨드라미 들마꽃에도 인사를 해야지
아주까리 기름을 바른 이가 지심매던 그들이라 다 보고 싶다.

내 손에 호미를 쥐어다오
살찐 젖가슴과 같은 부드러운 이 흙을
발목이 시도록 밟아도 보고 좋은 땀조차 흘리고 싶다.

강가에 나온 아이와 같이
짬도 모르고 끝도 없이 닫는 내 혼아
무엇을 찾느냐 어디로 가느냐 우스웁다 답을 하려무나.

나는 온몸에 풋내를 띠고
푸른 웃음 푸른 설움이 어우러진 사이로
다리를 절며 하루를 걷는다 아마도 봄 신령이 집혔나보다.

그러나 지금은── 들을 빼앗겨 봄조차 빼앗기겠네.

『개벽』 70호 1926년 6월

# 비 갠 아침

밤이 새도록 퍼붓던 그 비도 그치고
동편 하늘이 이제야 불그레하다.
기다리는 듯 고요한 이 땅 위로
해는 점잔하게 돋아 오른다.


눈 부시는 이 땅
아름다운 이 땅
내야 세상이 너무도 밝고 깨끗해서
발을 내밀기에 황송만하다.


해는 모든 것에게 젖을 주었나 보다
동무여 보아라.
우리의 앞뒤로 있는 모든 것이
햇살의 가닥—가닥을 잡고 빨지 않느냐.


이런 기쁨이 또 있으랴
이런 좋은 일이 또 있으랴
이 땅은 사랑 뭉텅이 같구나
아, 오늘의 우리 목숨은 복스러워도 보인다.

『개벽』, 70호 1926년 6월

## 달밤-도회

먼지투성인 지붕 위로
달이 머리를 쳐들고 서네.

떡잎이 짙어진 거리의 「포플러」가 실바람에 불려
사람에게 놀란 도적이 손에 쥔 돈을 놓아 버리듯
하늘을 우러러 은쪽을 던지며 떨고 있다.

풋솜에나 비길 얇은 구름이
달에게로 달에게로 날아만 들어
바다 위에 섰는 듯 보는 눈이 어지럽다.

사람은 온몸에 달빛을 입은 줄도 모르는가,
둘씩 셋씩 짝을 지어 예사롭게 지껄인다.
아니다, 웃을 때는 그들의 입에 달빛이 있다, 달 이야긴가 보다.

아, 하다못해 오늘 밤만 등불을 꺼버리자.
촌 각씨같이 방구석에서 추녀 밑에서
달을 보고 얼굴을 붉힌 등불을 보려무나.

거리 뒷간 유리창에도

달은 내려와 꿈꾸고 있네.

『신여성』 1926년 6월

# 달아

달아!
하늘 가득히 서러운 안개 속에
꿈 모다기같이 떠도는 달아
나는 혼자
고요한 오늘밤을 들창에 기대어
처음으로 안 잊히는 그이만 생각는다.

달아!
너의 얼굴이 그이와 같네
언제 보아도 웃던 그이와 같네
착해도 보이는 달아
만저 보고 저운 달아
잘도 자는 풀과 나무가 예사롭지 않네.

달아!
나도 나도
문틈으로 너를 보고
그이 가깝게 있는 듯이
야릇한 이 마음 안은 이대로
다른 꿈은 꾸지도 말고 단잠에 들고 싶다.

달아!
너는 나를 보네
밤마다 솟치는 그이 눈으로—
달아 달아
즐거운 이 가슴이 아프기 전에
잠 재워 다오— 내가 내가 자야겠네.

『신여성』 1926년 6월

# 파—란 비

파—란 비가 '초—ㄱ초—ㄱ' 명주 찢는 소리를 하고 오늘 낮부터 아직도 온다.

비를 부르는 개구리 소리 어쩐지 을씨년스러워 구슬픈 마음이 가슴에 밴다.

나는 마음을 다 쏟던 바느질에서 머리를 한번 쳐들고는 아득한 생각으로 빗소리를 듣는다.

'초—ㄱ초—ㄱ' 내 울음같이 훌쩍이는 빗소리야 내 눈에도 이슬비가 속눈썹에 듣는고나.

날 맞도록 오기도 하는 파—란 비라고 서러움이 아니다.

나는 이 봄이 되자 어머니와 오빠 말고 낯선 다른 이가 그리워졌다.

그러기에 나의 설움은 파—란 비가 오면서부터 남부끄러 말은 못 하고 가슴 깊이 뿌리가 박혔다.

매몰스런 파—란 비는 내가 지금 이와 같이 구슬픈지는 꿈에도 모르고 '초—ㄱ초—ㄱ' 나를 울린다.

『개벽』 68호 1926년 4월

# 통곡
## −1925년 작

하늘을 우러러
울기는 하여도
하늘이 그리워 울음이 아니다.
두 발을 못 뻗는 이 땅이 애달파
하늘을 흘기니
울음이 터진다.
해야 웃지 마라.
달도 뜨지 마라.

『조선지광』, 61호 1926년 11월9)

# 병적 계절

기러기 제비가 서로 엇갈림이 보기에 이리도 서러운가
귀뚜리, 떨어진 나뭇잎을 부여잡고 긴 밤을 새네.
가을은 애달픈 목숨이 나누어질까 울 시절인가 보다.


가없는 생각 짬 모를 꿈이 그만 하나 둘 잦아지려는가,
홀아비같이 헤매는 바람 떼가 한 배 가득 굽이치네.
가을은 구슬픈 마음이 앓다 못해 날뛸 시절인가 보다.


하늘을 보아라 야윈 구름이 떠돌아다니네.
땅 위를 보아라 젊은 조선이 떠돌아다니네.


---

9) 『조선문단』 1935년 5월호에 재수록하였다.

『별건곤』, 1호 1926년 11월

# 지구 흑점의 노래
-1925년 작

영영 변하지 않는다 믿던 해 속에도 검은 점이 돋쳐

—세상은 쉬 식고 말려 여름철부터 모르리라—

맞거나 말거나 덩달아 걱정은 하나마

죽음과 삶이 숨바꼭질하는 위태로운 땅덩이에서도

어째 여기만은 눈 빠진 그믐밤조차 더 내려 깔려

애달픈 목숨들이— 길욱하게도 못 살 가엾은 목숨들이

무엇을 보고 어찌 살꼬, 앙가슴을 뚜드리다 미쳐나 보았던가.

아, 사람의 힘은 보잘 것 없다 건방지게 비웃고

구만 층 높은 하늘로 올라가 사는 해 걱정을 함이야말로 주제넘다.

대대로 흙만 파먹으면 한결같이 살려니 하던 것도

—우스꽝스런 도깨비에게 흘린 긴 꿈이었구나—

알아도 겪어도 예사로 여겨만 지는가.

이미 밤이면 반딧불이 같은 별이나마 나와는 주어야지

어째 여기만은 숨통 막는 구름조차 또 겹쳐 끼여

울어도 쓸데없이 — 단 하루라도 살뜰이 살아 볼 꺼리 없이

무엇을 믿고 잊어 볼까 땅바닥에 뒤궁글다 죽고나 말 것인가

아, 사람의 맘은 두려울 것 없다 만만하게 생각고

천 가지 갖은 지랄로 잘 까불이는 저 하늘을 둠이야말로 속 터진
다.

『조선지광』, 61호 1928년 7월

# 저무는 놀 안에서
## -노인의 구고를 읊조림
## -1925년 작

거룩하고 감사론 이 동안이
영영 있게스리 나는 울면서 빈다.
하루의 이 동안- 저녁의 이 동안이
다만 하루만치라도 머물러 있게시리 나는 빈다.

우리의 목숨을 기르는 이들
들에서 일깐에서 돌아오는 때다.
사람아 감사의 웃는 눈물로 그들을 씻자.
하늘의 하느님도 쫓아낸 목숨을 그들은 기른다.

아, 그들의 흘리는 땀방울이
세상을 만들고 다시는 움직인다.
가지런히 뛰는 네 가슴속을 듣고 들으면
그들의 헐떡이던 거룩한 숨결을 네가 찾으리라.

땀 찬 이마와 맥풀린 눈으로
괴론 몸 움막집에 쉬러 오는 때다.
사람아 마음의 입을 열어 그들을 기리자.

하나님이 무덤 속에서 살아옴에다 어찌 견주랴.

거룩한 저녁 꺼지려는 이 동안에 나 혼자 울면서 노래 부른다.
사람이 세상의 하느님을 알고 섬기게시리 나는 노래 부른다.

『조선지광』, 61호 1928년 7월

# 비를 다오
-농민의 정서를 읊조림
-1925년 봄 작


사람만 다라워진 줄로 알았더니
필경에는 믿고 믿던 하늘까지 다라워졌다.
보리가 팔을 벌리고 달라다가 달라다가
이제는 곯아진 몸으로 목을 댓 자나 빼놓고 섰구나!

반갑지도 않은 바람만 냅다 불어
가엾게도 우리 보리가 황달증이 든 듯이 노랗다.
풀을 뽑느니 이장에 손을 대 보느니 하는 것도
이제는 헛일을 하는가 싶어 맥이 풀려만 진다!

거름이야 죽을 판 살 판 거루어 두었지만
비가 안 와서― 원수ㅅ 놈의 비가 오지 않아서
보리는 벌써 목이 말라 입에 대지도 않는다.
이렇게 한 장 동안만 더 간다면
그만― 그만이 다 죽을 수밖에 없는 노릇이로구나!

하늘아 아, 한 해 열두 달 남의 일 해주고 겨우 사는 이 목숨이
곯아 죽으면 네 맘에 시원할 게 뭐란 말이냐

제-발 빌자! 밭에서 갈잎 소리가 나기 전에
무슨 수가 나주어야 올해는 그대로 살아나가 보제!

다라운 사람 놈의 세상에 몹쓸 팔자를 타고나서
살도 죽도 못해 잘난 이 짓을 대대로 하는 줄은
하늘아! 네가 말은 안 해도 짐작이야 못 했겠나.
보리도 우리도 오장이 다 탄다, 이러지 말고 비를 다고!

「조선문예」 2호 1929년 6월

# 곡자사

응희야! 너는 갔구나
엄마가 뉜지 아비가 뉜지
너는 모르고 어디로 갔구나!

불쌍한 어미를 가졌기 때문에
가난한 아비를 두었기 때문에
오자마자 네가 갔구나.

달보담 잘 났던 우리 응희야
부처님보다도 착하던 응희야
너를 언제나 안아나 줄꼬

그러께 팔월에 네가 간 뒤
그 해 시월에 내가 갇히어
네 어미 간장을 태웠더니라.

지내간 오월에 너를 얻고서
네 어미가 정신도 못 차린 첫 칠 날
네 아비는 또다시 갇히었더니라.

그런 뒤 오온 한 해도 못되어
갖은 꿈 온갖 힘 다 쓰려던
이 아비를 버리고 너는 갔구나.

불쌍한 속에서 네가 태어나
불쌍한 한숨에 휩쌔고 말 것
어미 아비 두 가슴에 못이 박힌다.

말 못하던 너일망정 잘 웃기 따에
장차는 어려움 없이 잘 지내다가
사내답게 한평생을 마칠 줄 알았지.

귀여운 네 발에 흙도 못 묻혀
몹쓸 이런 변이 우리에게 온 것
아, 마른 하늘 벼락에다 어이 견주랴.

너 위해 얽던 꿈 어디 쓰고
네게만 쏟던 사랑 뉘게다 줄고
응희야 제발 다시 숨 쉬어다오

하루해를 네 곁에서 못 지나본 것
한 가지로 속 시원히 못해준 것
감옥방 판자벽이 얼마나 울었던지.

응희야! 너는 갔구나
웃지도 울지도 꼼짝도 않고.

불쌍한 선물로 설움을 끼고
가난한 선물로 몹쓸 병 안고
오자마자 네가 갔구나.

하늘보다 더 미덥던 우리 응희야
이 세상엔 하나밖에 없던 응희야
너를 언제나 안아나 줄꼬—

『별건곤』, 5권 9호, 1930년 10월

# 대구행진곡

앞으로는 비슬산 뒤로는 팔공산
그 복판을 흘러가는 금호강 물아
쓴 눈물 긴 한숨이 얼마나 쌨기에
밤에는 밤 낮에는 낮 이리도 우나

반 남아 무너진 달구성 옛터에나
숲 그늘 우거진 도수원 놀이터에
오고가는 사람이 많기야 하여도
방천둑 고목처럼 여윈 이 얼마랴

넓다는 대구 감영 아무리 좋대도
웃음도 소망도 빼앗긴 우리로야
님조차 못 가진 외로운 몸으로야
앞뒤 뜰 다 헤매도 가슴이 답답타

가을밤 별같이 어여쁜 이 있거든
착하고 귀여운 술이나 부어 다고
숨 가쁜 이 한밤은 잠자도 말고서
달 지고 해 돋도록 취해나 볼 테다.

『만국부인』, 1호 1932년 10월[10)

예지

혼자서 깊은 밤에 별을 보옴에
갓모를 백사장에 모래알 하나같이
그리도 적게 세인 나인 듯하여
갑갑하고 애달프다가 눈물이 되네.

---

10) 이선영의 「식민지 시대의 시인」, 『현대한국작가연구』, 민음사, 1976.에서
이 시 일부를 인용하고 있다. 대구 조양회관에서 열린 제2회 영과회전시회
에 시화 작품으로 출품하였다.(1928. 4. 28. ~5. 2.)

『신가정』 7호 1933년 7월

# 반딧불이
### –단념은 미덕이다–루낭

보아라 저게!
아–니 또 여게!

까마득한 저문 바다 등대와 같이
짙어가는 밤하늘에 별 낱과 같이
켜졌다 꺼졌다 깜박이는 반딧불이!

아, 철없이 뒤따라 잡으려 마라.
장미꽃 향내와 함께 듣기만 하여라.
아낙네의 예쁨과 함께 맞기만 하여라.

『삼천리』, 제7권 제1호, 1935년 1월 1일[11]

## 나의 침실로

「마돈나」 지난밤이 새도록, 내 손수 닥가둔 침실

로 가자,

침실로—

낡은 달은 빠지려는데, 내 귀가 듯는 발자욱—오 너의 것이냐.


「마돈나」 짧은 심지를 더우 잡고, 눈물도 업시 하소연하는 내 맘의

촉불을 봐라.

양털가튼 바람결에도 질식이 되어, 얄푸른 연긔로 꺼지려는도다.


「마돈나」 오르라 가자, 압산 그름애가, 독갑이처럼. 발도 업시 갓가

히 오도다.

아, 행여나, 누가 볼는지—가슴에 뛰누나, 나의 아씨여 너를 부른

다.


---

11) 이상화 시인이 이미 절필한 시점인 1935년 1월 1일 무렵에 잡지사에서 신
년 원고 청탁을 했을 것이다. 시인은 그해 1월호인 『삼천리』 제7권 제1호에
「나의 침실로」의 핵심 구절인 4연, 5연, 6연과 11연과 12연을 골라 뽑고 약
간의 손질을 하여 지난 시절의 '꿈' 식민조국의 광복을 새해 첫날의 메시지
로 다시 발표하게 된 것이다. 그에게는 오로지 빼앗긴 들판에 봄을 부르듯
하늘을 우러러 새해 첫날 자신의 소망이 담긴 '마돈나'를 호명한 것이다.
발표한 원문을 그대로 전제한다.

「마돈나」 밤이 주는 꿈, 우리가 얽는 꿈, 사람이 안고 궁그는 목숨의 꿈이 다르지 안으니, 아, 어린애 가슴처럼 세월 모르는 나의 침실로 가자, 아름답고 오랜 거긔로.

「마돈나 별들의 웃음도 흐려지려 하고 어둔 밤 물결도 살아지려는도다.
아, 안개가 살아지기 전으로, 네가 와야지, 나의 아씨여, 너를 부른다.」

「조선중앙일보」, 1933년 10월 10일

# 농촌의 집

一.

아버지는 지게지고 논밭으로 가고요어머니는 광지고 시냇가로 갔어요자장자장 울지 말아 나의 동생아네가 울면 나 혼자서 어찌하라냐.


一.

해가 져도 어머니는 왜 오시지 않나귀한 동생 배고파서 울기만 합니다.자장자장 울지마라 나의 동생아저기저기 돌아오나 마중 가보자.

『시원』 2호 1935년 4월

## 역천

이때야말로 이 나라의 보배로운 가을철이다.
더구나 그림과도 같고 꿈과도 같은 좋은 밤이다.
초가을 열나흘 밤 열푸른 유리로 천장을 한 밤
거기서 달은 마중 왔다 얼굴을 쳐들고 별은 기다린다 눈짓을 한다.
그리고 실낱같은 바람은 길을 끄으려 바래노라 이따금 성화를 하
지 않는가.

그러나 나는 오늘밤에 좋아라 가고프지가 않다.
아니다 나는 오늘밤에 좋아라 보고프지도 않다.

이런 때 이런 밤 이 나라까지 복되게 보이는 저편 하늘을
햇살이 못 쪼이는 그 땅에 나서 가슴 밑바닥으로 못 웃어 본 나는
선뜻만 보아도
철모르는 나의 마음 홀아비 자식 아비를 따르듯 불 본 나비가 되어
꾀이는 얼굴과 같은 달에게로 웃는 이빨 같은 별에게로
앞도 모르고 뒤도 모르고 곤두치듯 줄달음질을 쳐서 가더니.

그리하여 지금 내가 어디서 무엇 때문에 이 짓을 하는지
그것조차 잊고서도 낮이나 밤이나 노닐 것이 두려웁다.

걸림 없이 사는 듯 하면서도 걸림뿐인 사람의 세상—

아름다운 때가 오면 아름다운 그때와 어울려 한 뭉텅이가 못 되어지는 이 살이—

꿈과도 같고 그림과도 같고 어린이 마음 위와 같은 나라가 있어

아무리 불러도 멋대로 못 가고 생각조차 못하게 지천을 떠는 이 설움

벙어리 같은 이 아픈 설움이 칡넝쿨같이 몇 날 몇 해나 얽히어 틀어진다.


보아라 오늘밤에 하늘이 사람 배반하는 줄 알았다.

아니다 오늘밤에 사람이 하늘 배반하는 줄도 알았다.

『조광』 2호 1935년 12월

# 나는 해를 먹다

구름은 차림옷에 놓기 알맞아 보이고
하늘은 바다같이 깊다라—ㄴ하다.


한낮 뙤약볕이 쬐는지도 모르고
온몸이 아니 넋조차 깨운— 아찔하여지도록
뼈 저리는 좋은 맛에 자스러지기는
보기 좋게 잘도 자란 과수원의 목거지다.


배추 속처럼 핏기 없는 얼굴에도
푸른빛이 비치어 생기를 띠고
더구나 가슴에는 깨끗한 가을 입김을 안은 채
능금을 바수노라 해를 지우나니.


나뭇가지를 더위잡고 발을 뻗기도 하면서
무성한 나뭇잎 속에 숨어 수줍어하는
탐스럽게 잘도 익은 과일을 찾아
위태로운 이 짓에 가슴을 조이는 이때의 마음 저 하늘같이 맑기도
하다.


머리카락 같은 실바람이 아무리 나부껴도

메밀꽃밭에 춤추던 벌들이 아무리 울어도
지난날 예쁜 이를 그리어 살며시 눈물지는,
그런 생각은 꿈밖에 꿈으로도 보이지 안는다.

남의 과일밭에 몰래 들어가
험상스런 얼굴과 억센 주먹을 두려워하면서.
하나 둘 몰래 훔치던 어릴 적 철없던 마음이 다시 살아나자.
그립고 우습고 죄 없던 그 기쁨이 오늘에도 있다.

부드럽게 쌓여 있는 이랑의 흙은
솥뚜껑을 열고 밥 김을 맡는 듯 구수도 하고
나무에 달린 과일― 푸른 그릇에 담긴 깍두기 같이
입안에 맑은 침을 자아내나니.

첫가을! 금호강 굽이쳐 흐르고
벼이삭 배부르게 늘어져 섰는
이 벌판 한가운데 주저앉아서
두 볼이 비자웁게 해 같은 능금을 나는 먹는다.

『중앙』, 4권 5호 1936년 5월[12)

# 나의 어머니

이 몸이 제 아무리 부지런히 소원대로
어머님 못 모시니 죄스럽다 뵈올 적에
남이야 허랑타 한들 내 아노라 우시던 일

---

12) 「나의 어머니」란 설문답 중에 있는 시조

『문장』, 25호 1941년 4월

## 서러운 해조

하이얗던 해는
떨어지려 하야
헐떡이며
피 뭉텅이가 되다.

샛붉던 마음
늙어지려 하야
곯아지며
굼벵이 집이 되다.

하루 가운데
오는 저녁은
너그럽다는 하늘의
못 속일 멍통일러라.

일생 가운데
오는 젊음은
복스럽다는 사람의
못 감출 설움일러라.

「고 이윤수씨 소장 모필 필사본에서」[13]

# 눈이 오시면

눈이 오시면—

내 마음은 미치나니

내 마음은 달뜨나니

오, 눈 오시는 오늘 밤에

그리운 그이는 가시네

그리운 그이는 가시고

눈은 자꾸 오시네


눈이 오시면—

내 마음은 달뜨나니

내 마음은 미치나니

오 눈 오시는 이 밤에

그리운 그이는 가시네

그리운 그이는 가시고

눈은 오시네!

---

13) 제목이 없어 가칭 「무제」로 알려졌으나 상화의 다른 작품 가운데 「무제」라
는 제목을 가진 작품이 있기 때문에 작품의 첫 행을 활용하여 「눈이 오시
면」으로 제목을 새로 정했다. 김용성, 『한국문학사탐방』에 1927년 이후 대
구에서 술로 마음을 달랠 무렵, 기생 소옥의 방 벽에 써두었던 시로 알려
져 있다. 후에 이윤수가 『한국일보』 1963.5.17.에 유고작으로 대신 발표하
였다.

「상화와 고월」 1951년 9월. —발표지 및 연대 미상

# 쓰러져가는 미술관
## -어려서 돌아간 인순의 신령에게

옛 생각 많은 봄철이 불타오를 때
사납게 미친 모-든 욕망-회한을 가슴에 안고
나는 널 속을 꿈꾸는 이불에 묻혔어라.

조각조각 흩어진 내 생각은 민첩하게도
오는 날 묵은 해 뫼너머 구름 위를 더위잡으며
말 못할 미궁에 헤맬 때 나는 보았노라.

진흙 칠한 하늘이 나직하게 덮여
야릇한 그늘 끼인 냄새가 떠도는 검은 놀 안에
오 나의 미술관! 네가 게서 섰음을 내가 보았노라.

내 가슴의 도장에 숨어사는 어린 신령아!
세상이 둥근지 모난지 모르던 그날그날
내가 네 앞에서 부르던 노래를 아직도 못 잊노라.

클레오파트라의 코와 모나리—자의 손을 가진
어린 요정아! 내 혼을 가져간 요정아!
가차운 먼 길을 밟고 가는 너야 나를 데리고 가라.

오늘은 임자도 없는 무덤— 쓰러져가는 미술관아
잠자지 않는 그날의 기억을 안고 안고
너를 그리노라 우는 웃음으로 살다 죽을 나를 불러라.

『상화와 고월』 1951년 9월, ─발표지 및 연대 미상

# 청년

청년─ 그는 동망憧望─ 제대로 노니는 향락의 임자
첫 여름 돋는 해의 혼령일러라.


흰옷 입은 내 어느덧 스물 젊음이어라.
그러나 이 몸은 울음의 왕이어라.


마음은 하늘가를 날으면서도
가슴은 붉은 땅을 못 떠나노라.


바람도 기쁨도 어린애 잠꼬대로
해 밑에서 밤 자리로


청년─ 흰옷 입은 나는 비애의 임자
늦겨울 빚은 술의 생명일러라.

『상화와 고월』 1951년 9월, ―발표지 및 연대 미상

# 무제

오늘 이 길을 밟기까지는
아, 그때가 가장 괴롭도다.
아직도 남은 애달픔이 있으려니
그를 생각는 오늘이 쓰리고 아프다.

헛웃음 속에 세상이 잊어지고
끄을리는 데 사람이 산다면
검아 나의 신령을 돌멩이로 만들어다고
제 살이의 길은 제 찾으려는 그를 죽여다고

참웃음의 나라를 못 밟을 나이라면
차라리 속 모르는 죽음에 빠지련다.
아, 멍들고 이울어진 이 몸은 묻고
쓰린 이 아픔만 품 깊이 안고 죽으련다.

## 그날이 그립다
### —1920년 작

내 생명의 새벽이 사라지도다.

그립다 내 생명의 새벽— 서러워라 나 어릴 그 때도 지나간 검은 밤들과 같이 사라지려는도다.

성여의 피수포被首布처럼 더러움의 손 입으로는 감히 대이기도 부끄럽던 아가씨의 목— 젖가슴 빛 같은 그때의 생명!

아, 그날 그때에는 낮도 모르고 밤도 모르고 봄빛을 머금고 움 돋던 나의 영이 저녁의 여울 위로 곤두박질치는 고기가 되어

술 취한 물결처럼 갈모로 춤을 추고 꽃심의 냄새를 뿜는 숨결로 아무 가림도 없는 노래를 있대어 불렀다.

아, 그날 그때에는 낮도 없이 밤도 없이 행복의 시내가 내게로 흘러서 은칠한 웃음을 만들어만 내며 혼자 있어도 외롭지 않았고 눈물이 나와도 쓰린 줄 몰랐다.

네 목숨의 모두가 봄빛이기 때문에 울던 이도 나만 보면 웃어들 주었다.

아 그립다, 내 생명의 새벽— 서러워라 나 어릴 그때도 지나간 검은 밤들과 같이 사라지려도다.

오늘 성경 속의 생명수에 아무리 조촐하게 씻은 손으로도 감히 만지기에 부끄럽던 아가씨의 목– 젖가슴 빛 같은 그때의 생명!

## 교남학교[14] 교가

태백산이 높솟고
낙동강 내달은 곳에
오는 세기 앞잡이들
손에 손을 잡았다.
높은 내 이상 굳은 너의 의지로
나가자 가자 아아 나가자
예서 얻은 빛으로
삼천리 골골에 샛별이 되어라.

---

14) '교남학교'는 현재 대구시 수성구에 소재하는 대륜중고등학교의 전신이다.

1929년 대구상업고등학교, 졸업앨범에 실린 시조.

# 만주벌

만주벌 묵밭에 묵은 풀은
피맺힌 우리네 살림살이
회오리 바람결 같은 신세
이 벌판 먼지가 되나 보다

# 망향가

아리랑 아리랑 아라리요 아리랑 고개로 넘어간다
만지벌 묵밭에 무엇 보고 우리 옥토를 떠났거나
언제나 언제나 돌아가리 내 나라 내 고향 언제 가리
압록강 건널 때 지은 눈물 아직도 그칠 줄 모르노라
언제나 도아가리 내 나라 내 고향 언제 가리밤마다 그리운 코고무
신은 백두산 마루를 넘나드네
언제나 언제나 돌아가리 내 나라 내 고향 언제 가리

---

15)  이 작품은 이상화 시인이 아리랑을 지었다는 이야기가 전해 오는데 그 원
    문을 확인할 수 없다. 그러나 상화 시인의 아내인 서온순 여사가 구전으로
    전해 준 가사를 채록한 작품이다. 이기철(1982) 참조.

# 없는 이의 손[16]

---

# 아씨와 복숭아[17]

---

17) 이 작품은 제2회 영과전전시회 시화전에 이육사와 함께 출품한 작품으로
이상화 시인이 출품한 세 편의 시 가운데 한 작품인데 원문은 아직 발굴되
지 않았다.

132 • 이상화 문학전집

제2부

# 이상화 산문전집

상화는 성장 과정에서 몸에 배어있는 유가적 심성을 토대로 사회와 시대에 대한 비판적 성찰을 매우 중요한 덕목으로 여기고 있었음을 알 수가 있다. 그와 함께 상화에게는 글쓰는 사람으로서 '조선'이라는 '자신의 나라말'에 대한 중요성을 기본 덕목으로 삼고 있다.

1장
문학 평론

# 1. 선후에 한마디

금번 대구지국에서 한, 소년 문예 모집은 대체로 보아 성공이라 할 수는 없었다. 응모되기는 시가 37수, 문이 46수, 소설이 8편 밖에 되지 않았다. 그러나 우리는 이것으로 그다지 실망치는 않았다. 원래 모집이 그다지 대규모적이 아니고 기간도 단촉한 혐嫌이 불무不無한 데 비해서는 오히려 상당한 성적으로 여기고자 한다. 그리고 분량으로만 하기보다 내용에 들어가 볼 때에 다만 한둘이라도 그 천재적 섬광閃光이 발휘되는 데는 우리는 만심탄희滿心歎喜로 축하하지 않을 수 없다. 모집의 주요 정신이 그 점에 있은 즉 강호에 숨은 소년 준재俊才가 금번에 과연 얼마나 응모하였는지 않았는지는 의문이지마는 다만 몇몇 부분이라도 그를 발견케 된 것은 기쁜 일이다. 그래서 금반에 고심노작苦心勞作한 응모 제군의 성의에 대하여 먼저 사의를 표한다. 이로부터 부분을 나누어 개관적인 평가를 시도할까 하는 동시 소위 선발하는 자라고 할 우리도 분망한 중에라도 제 딴은 시, 문, 소설 간에 낱낱이 숙심정선熟審精選한 것을 말하여 둔다. 말하자면 고선考選이란 응당 대가 반열에 드는 사람도 잘 선발하기는 쉬운 일이 아닌데 또 초학자인 우리가 아무리 신중 정사精査하였더라도 혹이나 실수나 없을까 하는 우려를 끝까지 놓을 수 없었다.

여기 특히 부언할 것은 원래 발표한 규정에 이십 세 이내라고만 연

---

1) 이 글은 이상화와 최소정 두 사람이 문예작품 응모 심사 후기로 쓴 것인데 어휘와 필치로 보아 이상화가 쓴 글임이 여러 곳에서 드러난다.

령을 제한하였음으로 자연 이십 세 이내에선 유년, 소년 2부로 나누지 않을 수 없었다. 그래서 2부로 나누어 고선할까 까지 하였으나 다행히 입선된 작품의 작자는 연령이 18세 중간 연령의 16~7세임으로 일괄하여 고선하였다. 그러나 작품의 가치가 비슷비슷한 것에는 연령도 다소간 참작한 것도 양해해 주어야겠다.

더욱 소설에는 연령 문제로 불평까지 들은 일이 있다. 그것은 신문 지상 광고에는 상재되지 못 하였으나 광고[비라]에는 소설은 18세 이상자 응모를 요한다 하였다. 질문자는 왜 소설에는 십팔 세 이상으로 하였느냐 하지마는 이는 소설은 단순히 문장만 보는 것이 아니라 적어도 작자가 상당한 인생관이 확립한 후에라야 자기의 주의라든지 인생에 대한 관찰을 표현할 수 있으며, 따라서 창작의 가치를 드러내는 것이다. 그래서 어떤 작가는 이십오 세 이하 청년이 소설을 지어라 함은 망상이라 까지 말한 이도 있다. 꼭 이 말에 구이拘泥2)하는 것은 아니지마는 주최자 측에서는 가히 소년 문예를 모집함에 소설을 뺄 수는 없으나 문예를 유희시遊戲視하지 않는 엄정한 의미에서 다만 얼마라도 성년에 가까운 이의 응모를 원하였음인 바 지상에까지 발표가 못 되어서 비라(광고)를 못 본 원방에서는 십팔 세 이하자도 응모하였을 뿐 아니라 이등 당선자가 십칠 세인 즉 질문자에게는 더욱 미안하나 십팔 세란 세칙을 보지 못하게 된 것은 그의 잘못이 아닐 뿐더러 나이 적을수록 그의 재분은 더욱 감탄할 만함으로 십칠 세 조인기趙仁基 군 작품을 입선 식힌 것과 원래 십팔세 제한을 말한 까닭을 이에 변명한다.

---

2) '구애받다'의 뜻, '니泥'는 '막히다'의 뜻으로 사용됨.

조조條條이 말할 여유는 없지마는 금번에 비록 입선이 못된 것이라도 선외選外가작에도 참여치 못한 것이라도— 여망과 전정前程이 풍유豊裕하여 차마 할割하기 어려운 것도 불소하나 너무 무제한하게 할 수 없어서 작자와 선자가 함께 후기를 기하자 한다.

　이에서 분문 이평異評을 하려는 것은 지금은 시간 관계로 도저히 매거枚擧치 못하여 또한 후기로 추推하거니와 취중就中 소설은 우선 약언하여 둘 것은 전부 응모된 것이 불과 팔 편에 당선된 이 편 외에는 선외가작이라 할 것도 없어서 억지로 말하자면 진주 서상한徐相翰 군의 「쓰린 이별」과 대구 김대곤金大坤 군의 「사랑의 눈물」의 공정功程이 가관이라 할까 부득이 이등 삼등만 선하였는데 이등인 조趙 군의 「양심」은 일등 되기도 부끄럽지 않으나 차등을 연속할 만한 것도 없고 또는 소년 작품을 너무나 모두[3] 최상급으로 입등하기에는 장래 여망에 어떨까 하여 그와 같이 선하였다.

　마지막 신건新建 문단의 영경아寧馨兒가 될 제군의 건강과 노력을 빌고 붓을 던진다.

---

3)　너무나 모두

  심사 후기다. 당시 『동아일보』 대구지국이 주최하는 청소년 대상 문
예작품 공모에서 작품 선정 과정을 아주 상세하게 밝힌 글이다. 1920년
대 전반기에 지방의 신문 지국에서 주최하는, 그것도 청소년을 대상으
로 하는 문예작품 공모가 있었다는 점은 당시 신문학에 대한 사회적 관
심도를 잘 말해 준다. 그리고 소설 창작에서 중요한 것은 문장의 기법
이 아니라, 인생을 관찰하는 인생관의 확립이라는 지적에서 소설에 대
한 인식이 상당한 수준에 도달했음을 알 수 있다. 이 글은 이상화와 최
소정崔韶庭의 공동 집필한 것으로 표기되어 있다. '어휘와 필치'로 보아
집필자를 이상화라고 추정하는데, 그렇게 단정할 만한 분명한 근거는
없다. 언문일치를 이룬 당시 평론문의 일반적인 문체 특징을 보여 주고
있을 따름이다.

「개벽」 58호, 1925년 4월호

## 2. 문단측면관
— 창작 의의의 결핍에 대한 고찰과 기대

### 1. 관찰의 결핍

현재 문단이란 모둠 속에는 관찰성이라든 관찰안이라던 관찰력이라는 관찰이 없다 할 만큼 결핍하다고 않을 수 없다. 재래에 있던 것이 핍절乏絶된 것이 아니라 작품이 출산될 때부터 가져온 선천부족先天不足이다. 개성에 대한 관찰성, 사회에 대한 관찰안, 시대에 대한 관찰력—이 세 가지 가운데에 아무것에서 하나도 못 가졌다 하기보다는 거의 가질 맘이 없었다 하여도 폭언이 아니겠다. 겨우 요즘 한두어 사람의 논평 그도 개평槪評 월평에 지나지[4] 않지마는 이 작자와 및 작품에 대한 요구를 하였다. 그 요구가 아직 그리 명료한 것은 아니나 그 산만한 의사를 모아 보면 사회 관찰안을 가지자는 충고적 친분이 많이 있다. 그나마 반가운 일이라 않을 수 없다. 이로부터 작가의 두뇌에 별다른 영양분을 흡수할 한갓 기능이 생길 줄 믿는다. 오늘끝 나온 그 작품들을 자세히 본, 이면 짐작도 하려니와 거의 다—사특한 장난에 지지나 않았다. 이것은 작자 자신들이 그때의 창작욕을 반성해 보아도 알 것이고, 또 오늘 문단이 얼마쯤 수사와 기교를 수획한 것 말고는 아무것 내놓을 것이 없음을 보아도 알 것이다. 이런 수획이라도 없었더면 하는 생각을 할 때는 그만 다행한 기쁨이 나

---

4) '지나지'에서 '지'의 탈자.

오지 않는 배 아니나 이런 수확을 얻기만스리 마지막 속없는 장난이 되고 말 짓을 언제든지 할 것은 아니라고도 않을 수 없다. 개성과 사회와 시대—말하자면 이 세상과 접류接流가 없이 살아보려는 마음이 있으면 그는 하루 일찍 하늘로나 물 밑에나 사람 없는 곳으로 가야 할 것이다. 왜 그러냐 하면 사람이 된 개성이 어찌 살까 하는 관찰이 없고 개성이 살 사회가 어떠한가 하는 관찰이 없고 사회가 선 시대가 어떠하다는 관찰이 없이는 적어도 이러한 관찰을 해보려는 노력이 없이는 그의 모든 것에서 사람다운 것이라고는 하나도 볼 수 없기 때문이다. 사람다움은 사람의 양심에서 나온 것이니 사람이 아니고는 찾을 수 없는 이러한 미를 사람이 살 땅 위에 가져오게스리 애쓰려는 관찰이 없이는 사람 작자 노릇은커녕 노릇을 않겠다고 함이나 다르지 않기 때문이다.

## 2. 의의의 상실

더우든 문단으로 말하면 어느 나라에서나 별달리 책임을 가지고 있다. 물론 그 책임 가운데는 자기의 양심에서 스며난 창조력으로 말미암아 그도 모르게 책임을 짊어질 때도 있고 또는 개성과 사회와 시대를 관찰함으로 그의 양심이 그러하지 않고는 만족할 수 없음에서 책임을 알면서 질 때도 있다. 책임이람은 다른 것이 아니라 자신이 그 나라 사람으로서 그 나라 말로 그 나라에서 추구하는 사람의 모든 노력을 아울러 영원한 추구라 할 수 있다. 하는 바를 말하는 사람이 되었으면 그에게는 그 나라 사람으로서 글 쓰지 않는 그 사람들보다는 무엇 한 가지 더 가질 책임이 있다. 그렇다고도 한 개씩 가진 눈을 세 개, 네 개나 가지라든지 하나뿐인 머리를 둘씩 셋씩 가지라는 짬 없는5) 요안은 아니다. 말하자면 글 안 쓰는 사람들이 그날의 공급과 그날의 존재를 얽매기에 바빠서 마음으로나 몸으로나 사람답게 살아야 할 아름다운 생활을 생각지 못할 때나 또는 그 생활의 아름다움을 가지지 않을 때마다 이는 모독이다 이는 자멸이다. 할 만한 마음과 다시 그런 결함 있는 자리를 보담 더 완미玩味한 마당으로 만들 수 있다는 설계서를 꾸밀만한 관찰성, 관찰안, 관찰력과 및 그를 계속할 성실을 의미한 책임이다. 책임 한 가지를 더 가진다고 하는 것은 그 책임질 만치 한 가지의 노동(마음으로나 몸으로나)을 더함이다. 여기서 글 쓰는 사람의 즐겨 하는 희생적 향락이 있고 이로서 문단의 존재가 있다고 할 만한 정명적定命的 의식을 가지게 된다. 이 의식의 심핵心核을 가지지 못하고 따라서 이 향락의 저의底意를 잡지 못한 때에는 흔히 참되지 못한 노동—곧 사특한 장난을 하면서도 한 가지 더 노동한다는 망상만으로 그만 본질에 대한 의식을 빼앗기고 잃어버리고 만다. 그러한 가운데서는 전진이 없고 자족이 있으며, 창조가 없고 미봉彌縫이 있으며 열등熱騰이 없고 한축寒縮이 있으며 젊은 듯 하기를 꺼리고 늙은 체하기를 즐겨 해서 마치 제 때에 먹는 끼니를 싫어하고 호작질 비슷한 군입 다시기를 좋아함이나 다름이 없는 그 따위 망령을 부리게 되나니 의식을 잃어버린 문단에는 다만 아무도 모르게 모든 것을 빼앗아 가고는 말 죽음이 오기를 기다리는 헛소리인가 날 뿐이다.

---

5) 어림없는, 도저히 될 가망이 없는.

## 3. 저조한 경향

내가 말하고자 하는 것은 이 위의 말한 바와 같이 늘 본질로 보아서 말할이다. 아무라도 그렇게 생각했을 테지마는 요즘 달마다 나는 한 두어 개의 잡지에 몇 개 안 되는 작품을 읽어보면 거의 다 앉은 자리에서 쓴 것이다. 만일 그렇지 않고 많은 애를 써서[6] 만든 것이라면 그는 확실히 작자의 관찰과 의식이 없었거나 또는 쓰기에 적당하지 않은 자신을 깨닫지 못함이거나 일 것이다. 그 작자들 가운데 몇 사람은 일찍이 관찰을 해보아서 생명 있고 힘 있는 작품을 쓰기에 훌륭한 사람이 있었다. 하나 요즘 나온 것으로 보아서야 어데 사람의 마음을 깨우칠 것이 있으며 어데 사람의 마음을 아름답게 할 것이 있던가. 시대에 대한 경고도 없고 사회에 대한 비평(작자 기완 技腕에 따라 구관句關이 없을 줄 안다고 해도) 없다. 의식이고 관찰이고 아무것도 없는 것은 사특한 장난이니 말할 것도 아니지만 몇 사람의 의식과 관찰을 조금이나마 가진 듯한 것도 그리 신통치 못한 경험에 군더더기를 붙인 것이고 별로 느낄 것 없는 상상에 분박재기[7]를 가린 것이다. 이 현상으로만 나간다면 백년 이백년은 두고 단 십년 이십년 뒤에서도 오늘의 문단을 돌아보면 이른바 조선문학을 건설하는 사람의 위치(이런 위치임을 알았거나 몰랐거나 오늘 글 쓴다는 이에게는 불행인지 행인지 그리 되었다.)에 있었으면서도 아무러한 의식을 못 가졌기 때문에 이렇다 할 만한 의식나마 남기지 못하게 될 그 부끄러움을 생각할 수 있을 것이다. 사고로나 체험으로 나의 생활은 하루만치도 않은 재료로 욕

---

6) 써서.
7) 분粉 바가지.

량憿量에와 작품에는 일생을 지나 본 듯한 표현을 하려 하니 옛이야기에 있는 글 잘하는 귀신이 옆에서 일러주기 전에야 그 내용이 어떠할 것은 해가 뜨면 낮이 되고 해가 빠지면 밤이 되듯 한 사물의 이치 그대로일 것이다. 어떤 이는 "그렇게는 말할 게 아니라"든지 또 "아직 그럴 밖에 더 있나" 하든지 해서 여러 가지 변박辯駁이 있을지 모르나 아부튼지 허심탄회로 문단 의식을 성찰한 이면, 그 이의 생각은 오히려 이보담 더할 줄 안다.

## 4. 양과 질

이렇게 귀엽지 못한 경향이 있게 된 것은 그 동기를 오로지 양과 질에 대한 고려가 없었음에서 비롯하였다 않을 수 없다. 이 고려가 없었음은 문학이란 것을 그다지 계통 있게 사구思究하지 않고 나부터 그렇지만 작자 전부가 아니라 대부분 험담이 아니라 그야말로 이 개천 치다 금 줍는 격으로 아무 짬없는 작물을 인쇄로 보고 갑자기 작자인 척하는 그 졸렬한 속에서 얻은 자만심이 오늘껏 반성할 기회도 없었으리만큼 그 고려성을 빼앗았기 때문에 쓰기만 쓰면 작품이려니해서 그만 양—곧 생명의 그림자를 그리면서도 질—곧 생명의 그 자신을 가져올 줄 알았던 것이다. 물론 개성들이 모여 사는 그 사회가 어찌 살까 초로焦勞하는 그 시대가 아니고 개체로나 전부로 나가 다—안정 풍유한 그 기절이면 생명의 그림자의 그림자를 그려서 도깨비 소리를[8] 할 수도 있고 또 그러는 것이 도리어 그날의 생명을 한

---

8) 활자를 분명하게 확인하기 어렵다. '소'도깨비 소리 혹은 '노'도깨비 놀이로 읽을 수 있다.

번 웃게 할 웃음꺼리도 될 것이다. 하나 조선의 문단이 가진 시대와
사회와 개성—곧 세상에서는 생명 그것을 어쩌면 빼앗기지나 않을
까 하는 그 기절을 밟고 있다. 아—니다, 생명다운 생명—내 몸이 사
는 맛을 못 보던 그 자리서 잃어버렸던 내 생명을 내 몸으로 찾아오
려는 그때이다. 다시 말하면 남의 세상을 모방한 양적 재를 읊조리기
보담 나의 세상을 창조한 질적 생명을 부르짖을 때다. 순진한 예술은
모방성을 안 가진 창조열에서 난다던 말을 반성하고 체험할 때다. 나
는 이런 의미에서 요즘 작품의 거의가 사회라든지 인생에 대한 같은
번민煩悶도 없고 생기 있고 아름다운 심원心願도 없이 다만 현장 만족
에서 난 오락 기분이나 또는 한가롭게 지은 듯한 흥미 이야기로 보일
뿐이다. 이래서야 문학이 인생에 대한 가치 같은 그 점으론 말고도
어디에 조선이 제 문단을 가졌다고 할 거리가 있으며, 무엇을 문단이
조선에 있는 보람이라 할까? 지금 문단에 본질적 추구가 없는가 있
는가는 성실한 기지氣志와 엄숙한 태도로 관찰을 한 작품이 있고 없
음을 찾아보면 알 것이다.

## 5. 생활, 언어, 작가

현재의 작품을 모조리 외어外語로 번역하여서 외국인에게 읽게 한
뒤에 감상을 들어 본다면 그의 입에서 조선의 냄새를 맛보았노라 하
는 말이 나올까? 조선이란 그 생명 덩어리의 어떠한 것과 얼마만 한
것인 즉은 희미하게 라도 보았다고 하리만큼 조선의 생명이 표현되
었을까? 만일 "조선의 생명이 표현된 작품을 있느냐 없느냐고 묻는
말은 문단이란 성형成形조차 못 된 오늘이라 너무 이르다." 하는 말

이 있다 하면 그는 확실히 지금 글 쓰는 이를 모욕侮辱 질타叱咤보담 더 참혹하게 죽이는 연민憐憫의 소리일 것이다.

왜 그러냐 하면 조선이란 나라에도 사람이 있는 이상 그 사람들 모두가 임종석臨終席에 누워있는 반귀신이 아닌 이상 그들에게도 살려는 충동이 쉬지 않을 것이다. 그 충동이 있는 것만치는 그들에게도 생활이 있을 것이다. 어떤 나라에서든지 그들의 생활이 있고 그들의 언어가 있는 이상 그들의 생활이 천국 살이가 아니고 대지로 밟은 이상 그들의 언어도 사람의 감각과 배치背馳하는 괴물이 아니고 사랑의 통양痛痒을 지시하는 표현이라면 그들에게도 추구하려는 울음이 있을 것이오, 미화하려는 부르짖음이 있을 것이다. 그 울음과 그 부르짖음을 어더 듣지 못하고 그 울음과 그 부르짖음을 그대로나마 기록하래도 못하는 사람이 그 나라의 생명을 표현하는 작자가 되었다면 글 쓸 사람의 의식을 못 가진 죄가 얼마나 클 것이며, 작자 자신의 본질을 빼앗긴 허물은 어찌나 될 것인가? 조선에도 생활이 있고 언어가 있는 바에야 조선의 추구열追求熱과 조선의 미화욕美化慾 곧 조선의 생명을 표현할 만한 관찰을 가진 작자가 나올 만한 때이라 믿는다. 다시 말하면 오늘의 조선 생명을 관찰한 데서 새로운 생활양식을 구성할 곳 실감 있는 생명의 창조를 시험할 창작가가 나올 때라 믿는다.

## 6. 창작

창작은 결코 소설만을 말한 것이 아니다 문학 형식으로야 어떠하든지 현실의 관찰을 망친 상상想像 추구열과 미화욕이 있는 데에 새로운 사회의 환경을 그리고 그 사회의 규정으로 말미암아 거기서 인생을 생활하게만 하였으면 아무것이든지 창작이라 할 수 있다. 그런데 작가가 분류되는 것은 작가들의 개성이 다른 때문이고 그 사회와 시대가 다른 것은 아니다. 작가의 관찰하는 태도와 감촉 받는 방법이 각자의 개성이 다름에 따라 인생을 소설 장편이나 단편, 희곡, 시, 비평이란 여러 형식으로 표현하는 것이다. 바꾸어 말하자면 작가는 그의 개성을 따라서 인생을 시, 희곡, 장편소설, 단편소설의 형식으로 생각키도 하고 느끼기도 하는 것이다. 그러므로 작가 한 사람이 한 가지 이상의 형식으로 표현을 한다면 그만치 그 작가의 성격이 다각적으로도 명료明瞭하기를 요구한다. 절대로 불가능한 일은 아니다. 그러나 결코 단편을 복잡하게 연장延長한 것이 장편이거나 장편을 간단하게 축소한 것이 단편이라고는 할 수 없다. 따라서 시를 산문으로 고친다면 그는 산문이 창작이 될 것이나 시가 산문으로 변했다고는 못 할 것이다. 또 비평도 어떤 작품을 이리저리 금을 그어서 여기는 살아서 좋고 저게는 죽어서 나쁘더라만[9] 하는 독후감 비슷한 따위는 말고 독특한 경지를 가지고 있는 비평가의 관찰 감촉이 보일 표현 곧 비평이라야만 창작이라 할 수 있다.

## 7. 기대

여기서 나는 지금 문단에서도 창작하기에 천분天分이 있대도 과언이 아니고 몇 분들에게 충고와 기대를 드린다.

상섭想涉, 빙허憑虛, 도향稻香 같은 이들은 하루 일찍 유탕遊蕩 생

---

9) 나쁘더라고만.

활, 쭉 과장誇張된 말일지 모르나 하여간 기분 상으로라도 유탕생활을 버리고 될 수 있는 데까지는 오늘 조선의 생활을 관찰한 데서 얻은 감촉으로 제일의적 대작이 될 만한 총서叢書를 짓기로 지금부터 착공하였으면 한다.

그리고 회월懷月, 월탄月灘, 명희明熙, 석송石松, 기진基鎭 같은 이들은 다— 시 쓰는 이들로써 소설 전 사인 비평 후 일인까지 쓰는 이들이니 남달리 가진 두뇌와 남달리 서있는 위치를 다시 둣 고지告知하여서 그들의 예사롭지 않은 책임을 다—함으로 말미암아 문단에서 섰지 못할 이중수과二重收果가 있게스리 바란다.

어떤 이는 문단의 역사적 배경이 없음으로 이 기대를 과분하다 할는지 모르나 우리는 오히려 그리 보배롭지 못한 전통력 물론 전부를 말함은 아니다. 전통에 의뢰依賴를 피하려 하고 또 곡형에 사로잡히지 않으려 애쓰지 않고 있는 정력이란 정력을 오직 현재와 미래를 위하여만 쓰기 때문에 우리의 할 일이란 다만 창조뿐이다. 혹 잘못 생각하게 되면 지금의 문단에서 애쓰는 자신을 터전 닦는 이 희생으로만 여기게 된다. 하나, 이 마음은 일종의 자폭自爆이다 일층의 타락이다. 우리의 가진 전부는 언제든지 새로운 것을 창조함에서 생명을 얻게스리 자연의 은총恩寵을 받은 것은 무엇보담 먼저 감명을 하여야한다. 그러면 우리에게는 희열喜悅이 있으며 용기가 있겠고, 자시自恃가 돋으며 활력이 날 줄 안다.

## 문단측면관

이상화의 문학 비평문 중에서 가장 뛰어난 글이다. 당시 문단의 문제점을 조목조목 들어서 비판한다. 사회와 시대에 대한 관찰력의 결핍, 민족이나 국가에 대한 작가로서 책임 의식 상실, 시대나 사회에 대한 비판의식 저조, 당대 조선이 처한 현실이나 고유한 특성을 살피지 못하고 밖의 것을 양적으로만 모방하는 태도 등을 지적한다. '저조한 경향'이란 대목에서 알 수 있듯이, 그의 문학관은 경향 문학을 지향한다. 그리고 시대에 대한 경고와 사회에 대한 비판을 주문하는데, 이는 그의 '생활 문학론'과 '민족문학론'의 출발점이기도 하다. "조선에도 생활이 있고 언어가 있는 바에야 조선의 추구열과 조선의 미화욕 곧 조선의 생명을 표현할 만한 관찰을 가진 작자가 나올 때"라는 발언에 당시 이상화 문학관이 집약되어 있다.

『개벽』 60호, 1925년 6월호

# 3. 지난달 시와 소설

소설부터 먼저 말하겠다.

## 「흙의 세례」—성해 작 『개』

이것은 성격 전환을 보이려는 작품이다. 사색적 경향이 있던 생명
—곧 여러 가지 갈래로 살피려던 그 성격이 실천적 경향을 가진 생명
—곧 한 갈래의 길로만 살아가려는 그 성격으로 옮아가는 경로를 말
한 것이다.

나는 '경향'이란 것을 붙인 것에 많은 의미를 가졌다. 이 작품에 대
한 비평의 의미가 '경향'이란 그 두 자 속에 거의 다 있다.

왜 그러냐 하면 「흙의 세례」를 받은 전후의 명호가 다 무슨 결정된
행위를 일찍 찾지 못 하였기 때문이다. 그는 사상(사색에서 얻은 결정적
행위)이랄 만한 것을 가지지 않았다. 있다면 장차에는 생산될 수 있는
'불평' 한 가지 뿐이었다.

한데 처음부터 명호가 순전한 '불평'만 가졌더라면 그에게는 울분
이 날 터임으로 한 가지의 사상(사색함)이었든 양식으로든지 반드시
나왔을 것이다마는 그의 맘이 유굴. 이타하였음으로 반열 그대로 살
지 못하였고 또 그래도 자신을 반성할 만한 양심은 있었기 때문에
모—든 것에 모르는 척할 냉정한 그 생활(혹은 은둔생활)도 하지 못하였
다. 이리하여 그에게는 도회에 있으나 향촌으로 가나 향방 없는 불평
과 자신에 대한 불만이 그를 떠나지 않았다. 말하자면 제 생명의 공

허(물론 이것을 확인은 못하였다)를 채우지 못한 데서 얻은 고민이 그의 생명을 여러 가지로 살펴보게 하려던 경향과 동기는 주었던 것이다. 하나 그는 그 경향을 그 동기에 받았을 뿐이고 한 자욱 더 들어가지는 않았다. 그러므로 '흙의 세례'를 받기 전 그의 성격에 사색적 경향이 있었다고 한 말은 이성과 오성을 아직 부인할 줄 모르는 그 시기 생활의 몽롱 상태를 의미함이나 다르지 않다.

그리고 또 그가 냉정 생활의 제일보(실천에서어든 결정적 행위)로 밭갈이를 오늘 하루 동안 한 결과 순전한 은둔생활을 하겠다고 하면서도 "이것이 또한 영원이 우리의 시달린 영혼을 잠재워 줄 것으로(아무리 현하의 경우이지마는) 믿을 수는 없다" 한 것을 보면 그에게는 아직도 사상(실천할)이 없음을 아는 동시에 다만 실천 생활을 할 듯 싶어만 보이는 그 꼴을 알 수 있다. 이리하여 그에게는 저리로 가보자고 하나 진실을 못 가진 회의적 기분이 있고 한 갈래의 길을 따라가기에는 그의 인식한 생명의 발광이 너무나 가엽게도 희미하였다. 다시 말하면 지금 그의 성격을 지배하는 그 '불평'은 '불평' 그대로 실천하기엔 환상이 아직 순화를 못하였다. 그러므로 '흙의 세례'를 받은 뒤 그의 성격에 실천적 경향만이 있다고 한 말은 정의와 의지를 분간할 줄 모르는 그 시기 생활의 혼돈 상태를 의미함이나 다르지 않다. 그리하여 명호의 생활엔 참된 각오가 없다는 것이 이 작품에 대한 비평의 축어다.

그러나 이것을 작품에 대한 비평으로만 말할 수 없다. 나는 이 작품에 힘 입어서 현하 조선 사람의 내적 생활을 관찰하였음으로 말이다. 아마도 우리나라의 식자들 가운데는 거의가 다─명호와 같을 줄 안다. 계몽 시기에 있느니 여명기에 있느니 하는 짧은 시일을 가진 조선이니 물론 이렇게도 자신과 사회와 시대와 생명에 대한 관찰이라던 비평에 허황한 것이 무리는 아닐 줄 아는 바이나 오늘의 현상을 미래에까지 연장해 볼 때에는 참으로 하루 바삐…… 하는 마음이 불일 듯 한다. 이런 말은 그만 두기로 하고 나는 작자에게 한 가지 묻고자 하는 것이 있다. 그것은 이것이다.

작자는 이 작품을 쓸 때 조선 식자(명호를 대표로)의 내적으로 불철저, 비자각인 것을 폭로시키기 위하여 쓴 것인가, 그렇지 않으면 명호의 생활을 의의가 있게 생각하여서 그의 생활에서 무엇을 발견하라고 쓴 것인가? 만일 전자의 의미 같으면 모르거니와 후자의 의미일진댄 나는 실념 않을 수 없다. 왜 그러냐 하면 근본적 의미에서 창작을 쓸 사람은 그 자신이 선지자와 같은 충분한 관찰을 가져서 한 개의 작품에 완전한 "새 세상을 보이거나", "새 살이"를 보여야 할 것이다. 적어도 그리할 만한 동찰動察은 보여야 할 것이다. 그것을 보이기에는 이 작품에 표현된 작자의 관찰이 너무 협근狹近하다 하리만큼 자포 관념이 많다. 자포와 발악은 유사한 듯하나 아주 다르다. 그것은 심전과 유동과의 차이와 같다. 이것을 주의삼아 충고해 둔다.

그리고, 끝으로 아무렇든지 지난달 창작 가운데서 가장 무게 있는 작품인 것을 말하지 않을 수 없다. 소위 양심을 일치 않은 식자의 "사상과 생활의 통일"에 대한 고면을 말한 것이라고도 볼 수가 있다. 이와 같은 내면생활에 대한 작품이 나오기를 바라리만큼 작자의 새로운 면을 보인 노력을 다시 감사한다.

## 「가난한 사람들」─이기영 작─「개」

이것은 상상에서 나온 것이 아니다. 아마도 어떤 실생활의 단편을 기록한 것 같다. 이만큼 실감이 읽는 이에게 핍주乏主가 된다. 하나 결코 구상이든 기교를 통하여서 오는 감흥이 아니고 전혀 말하자면 염치없어진 거지의 '타령'하는 듯한 그런 참담한 생활의 고미苦味를 독상獨像함에서 오는 것뿐이다.

그러므로 소설이란 형식으로 보아서는 구비하기에 부족한 것이 너무나 많다. 차라리 수필로나 서간으로 썼더면 작자의 보배로운 열정이 얼마나 더 읽는 이를 충동까지 시켰을까 한다.

## 「정희」─김동인 작─「조」

이 작품은 아직 무엇인지를 모르게스리 게재가 되었음으로 그만두기로 하고 이렇게 끊어낸 것에 대해서만 한 두어 마디나 해 보자.

첫째, 이 작품을 보면 무슨 그러기일 만한 것도 아니겠는데 왜 어찌 이렇게 보기 흉없도록 내여서라도 작품과 독자와의 감흥을 상하게 할 필요가 무엇이든가 하는 의소意所를 참을 수 없다.

둘째로는 이것이 비록 적어 보이는 일이나 사실인즉 창작이라는 것에 대한 견해를 말할 만한 것이다. 그런데 작자나 편자가 작품에게 어찌 이렇게 대우를 하였을까 함이다.

## 「계집 하인」─도향 작─「조」

남의 집 '어멈'살이의 일면을 보인 것이다. 전편이 거의 대화로 된

데서도 아무 부자연한 것이 없이 장면의 변화를 가져온 것과 도 처음부터 끝까지에 옆길로 달아난 설명조차 없어서 한 번에 죽 내려읽도록 된 그 연활한 기교는 감복하고도 남을 것이다. 참으로 구상이나 형식이 단편의 그것을 다 갖추었다고 할 작품이다.

내용의 주의를 잠간 할 테면 '계집하인'인 '양천집'이란 여자가 '짝어뱅이' '애꾸눈'인 것과 시골 사람임으로 교활미狡猾味를 못 가진 데서 생활에 학대를 빈는 일종의 애화다. 말하자면 웃으우면서도 눈물나는 그런 이야기다. 작자는 독자에게 도회 인성과 향촌 인성의 장극長劇을 살그머니 보이는 동시에 어쩔 수 없는가 하는 한갓 비애와 버리지 못할 것이다 하는 무슨 문제를 웃는 눈에 눈물을 흘리면서 갔다주려던 것이다.

그런데 나는 이 작품에 나타난 작자의 관념과 태도가 조화를 살피지 않았음으로 작품의 원 생명에 아까운 미자를 끼쳤다고 생각한다. 그것은 '양천집'의 가진 그 비애를 발견한 작자의 현실에 대한 그 온정인 관념과 그 비애를 알려준 작자의 표현에 대한 그 냉정한 태도와의 사이에 아무러한 교섭이 없었기 때문에 이 작품이 다만 그다지 따신 맛 없는 웃스운 이야기로도 오해를 받을 만하다는 그것이다.

## 「박돌의 죽음」—서해 작—「조」

북방 어느 산촌의 가난한 집에 자라난 어린 박돌이가 남의 집에서 썩었다고 내버린 고등어 대가리를 주어서 삶아먹고 중독이 되어 생명이 위기에 있을 그 순간—어린 생명의 전부가 다—멸망될 그 순간에까지도 '초시'의 악지바른 착취욕으로 말미암아 치료를 못 받고 죽었으며 또 박돌의 어머니까지 남과 같은 생명을 잃어버리게 됨을 따라 드디어 '초시'도 그만 그 보복을 받게 되었다는 이야기다. 말하자면 현상 세계에 많을 비극에 인과 관념을 우의한 듯한 작품이다.

제육 구초와 같은 그런 묘사는 고르끼—외 기완을 연상시키리 만큼 썼었다고 할 수 있다. 그리고 또 억색된 비통을 감내하기에는 너무나 애상이 많케 살아온 박돌 어머니의 신경이 자기 전생의 광명으로 알던 외동아들을 원통하게도 빼앗기다시피 잃어버린 설음으로 말미암아 그만 질식이 되고 다시 착란이 되었다가 마지막 발광까지 하는 그 경면들도 여실한 감이 있다.

그러나 이 작품 전체의 감흥적 효과로 보아서 그가 썩은 고등어 대가리를 먹게 된 그때의 정경(먹고 싶었더라고만 하기보담도 고기에 줄였던 그 식욕이 보여서야 할 것이다) 이 부족한 것과 결말에 미친 박돌 어머니가 '초시'의 얼굴을 물어뜯는 것을 본 군중이 말리느니 욕하느니 놀라느니 해서 아무 혼잡한 상태가 없이 미처버린 그것이 애닲게 생각된다.

끝으로 나는 이 작자가 남과 같이 섬세와 유연한 맛이 없는 대신에 언제든지 소박과 순성을 남달리 가진 대서 반드시 얻기 어려운 건실한 작품을 우리의 앞에 내보이리라는 믿음성 있는 기대를 말하여 둔다.

## 「꿈 묻는 날 밤」―김탄실 작―「조」

이것은 '남숙'이란 여자가 이미 남의 가장이 되고 남의 아버지까지 된 Y이란 사람을 그 사람도 멀리 사랑은 하면서 자기의 애정과 및 환경에 대한 성찰을 말지 않은 결과로 그의 의지가 그만 잊어버리지 못하던 그 꿈을 영영 환상 속에다 묻어버리게 하였다는 이야기다. 말하자면 우리나라에는 일찍 드러나지 않은 그런 신면을 보인 작품이다.

이 작품의 주의로써는 틈틈이(셈셈이) '남숙'이의 생각을 묘사한 문구에 삽체한 언어(안국동을 지날 때의 생각을 말한 것과 맨 마지막에 그의 결정된 생각을 보이던 것)가 몇 마디 있음이 험점이랄른지는 모르나 성공한 것이라고 할 만한 작품인 것은 사실이다.

하지마는 작자가 '남숙'이를 「포애태쓰」10)로 쓴 것만큼 시인에 대한 견해가 적은 「포애태쓰」인 것을 말하지 않을 수 없다. 이 말이 좀 옆길 퍼질 듯하나 이미 시인이란 말이 났으니 아주 짧게나마 몇 마디 하겠다.

직실한 의미에서 '남숙'이는 시 쓸 사람이 아니다. 시를 쓰기에는 너무나 공리욕이 많다. 그리고 또 자신이 성실한 데서 나온 겸손이 없다. 다만 '무리 앞에 놓도록'—곧 처음부터 한갓 교양만 되도록—하겠다는 공리욕보다도 더 어려운 과대망상이 있을 뿐이다. 그에게는 팽창膨脹하는 생명력이 없다. 순정이 없고 열성이 없다. 공아空我가 있고 미온微溫이 있을 뿐이다. 그러므로 그에게는 시를 쓴다는 것이 한갓 두려움 많은 자기의 피난처가 되었다. 그렇게 짐작만 했으면 또 모르겠으되 도리어 그러는 것으로써 거룩한 희생이나 된 듯이 과장을 하는 치행癡行을 알라. 생명이 발랄된 데서 나온 생활을 저지르는 그 목숨에서 나올 것이 무엇이려. 가장 산뜻한 생명을 가진 이라야만 시인이 될 것이다. 왜 그러냐 하면 시란 것은 가장 산뜻한 생명

---

10)  poetess(여류시인).

의 발자국이기 때문에. 그런데 '남숙'이는 산뜻한 생활을 저버리고 난 한숨을 시로 알았으니 작자가 '남숙'의 웃어운 이 생각을 풍자로 썼으면 모르거니와 그렇지 않으면 작자의 시에 대한 오견인 것은 면할 수 없다.

## 「서문학자」—임영빈 작—「조」

요즘 '문학청년' 가운데 일종 허위적 기분을 가진 자를 풍자한 해학 작품이다. '선옹'의 심리 경과가 여실히 묘사되었다. 우서우면서도 연증한 생각이 나게 한 것은 작자의 암시력을 볼 수가 있다. 별미 있는 작품이다.

하지만 나는 작자가 소설로 쓰기에는 용의라든지 구상이든지가—곧 내용에 너무나 단순하다는 감이 없지 않든가 함이다.

그리고 또 작자에게 의견 삼아 말해 둘 것은 보기에 구토가 나게스리 흉없지 않을 만큼만 한자를 써주었으면 하는 것이다.

## 「동경」—한병도 작—「조」

이것은 S란 사람이 애쓰던 미적 추구를 그림으로 표현하렴에서 나온 동경과 K란 여자가 한 번 만난 이성에게 가졌던 연모에서 난 동경憧憬—이 두 사람의 동경이 뜻하지 않는 기회에 서로 만남으로 말미암아 조화경造化景으로 교융交融이 되었다는 이야기다.

젊은 시기에 흔히 있을 만한 순수한 그런 공상 같지 안케스리 자연스러운 풍미를 얼마큼 보인 것은 작자의 옅지 않게 세련된 기완嗜玩

을 짐작할 수 있다. 그러나 한 가지 유감되는 것은 암시가 모자라는 서술에 가까워서 다만 막연한 환상 생활을 그리워하는 듯한 그것이다.

어쨌든지 이 작품 가운데서 나오는 노력―내적으로나 외적으로나 묘사에 치밀하려는 그 노력이 창작할 기면의 어느 부분을 말하는 듯해서 작자에게 감사를 않을 수 없다.

## 「상환」―자아 작―「조」

이것은 비유해 말하자면 눈 코 입이 없는 그런 얼굴을 가진 사람일 것이다. 머―ㄹ리서 보면 사람 같기는 하나 가까이 가보면 사람이라고 할 수 없을 것과 같이 보기에는 무슨 작품 같기는 하나 읽으면 도무지 신문에 사회면 기사처럼 '아내를 상환償還'하였다는 그 사건을 보고 비슷하게 쓴 그 의미뿐이다. 필치와 구상 사이에 차이가 너무 많다.

창수가 홍득의 아내를 어찌해서 왜 대리고 도망하게 되었으며 또 홍득이가 창수의 아내와 어찌해서 살기가 되었는가? 이리된 '까닭'이 이 작품의 주의 생명일 것 같은데 그 암시가 도무지 없으니 이것을 무엇이라고 할런지는 지은이와 읽은 이가 다시 한 번 본 뒤의 느낌에 맡긴다.

## 「첫날밤」―김랑운 작―「생」

'순희'란 어린 여자가 집안의 빈곤으로 말미암아 넉넉한 살림을 빙자하고 음탕한 생활을 제멋대로 살아온 짐승 같은 늙은 색마에게 셋집 첩으로 들어간 것이 '순희'의 갖은 소망을 다 부수고 다시 '순희'의 목숨까지 빼앗기고 말았다는 애틋한 작품이다.

'첫날밤'이란 것은 작자가 '순희'의 생명도 사는 보람이 있게 살려고 하던 그 첫날밤이 '순희'의 생명은 언제 있었더냐 비웃는 듯한 그 마지막날 밤—곧 영원한 파멸의 '첫날밤'이 되고 말았다는 우의寓意에서 명제命題를 한 것이다.

나는 이 작자의 필치(이 작품에만. 다른 것은 못 보았기 때문에)가 모파상의 「윤느·리브」에 있는 '첫날밤'의 묘사를 연상시키리만큼 여실하다는 것을 적고 둔다.11)

지난달 창작으로는 다 된 셈이다. 「생장」에 「옥순」이—이종명 작과 「절교」—곰보 작—란 작품이 있으나 그것은 당선된 것과 벌써 선자의 소평이 있었음으로 그만둔다. 그리고 또 신문에 작자와 및 제명을 기억할 수는 없으나 어찌했든 작품이 한 두어 개 게재된 것이 짐작은 되지마는 부끄러운 말씀으로 읽지를 못하였기 때문에 거기 대하여서는 말 못하게 된 것을 많이 사과한다.

끝으로 한마디 할 것은 많이 나온다고 무조건으로 반갑다고 할 것은 아니나 그래도 속담에 "닭이 천 머리면 봉이 한 머리"란 셈으로 반드시 많기만 하면 각 편 가작이 나올는지도 모를 터이라 한 달에 겨우 십여 편밖에 나오지 않는 창작단의 은성殷盛을 바라지 않을 수 없다는 그것이다.

이로부터는 지난달의 시로 옮아가 보자.

---

11)　적어 둔다.

## 「형제들아 싸우지 말자 동방이 아직도 어둡다」—석송 작—「생」

사람은 개성의 내적으로나 개성과 개성의 접촉되는 그 사이에서나 생명에 대한 투쟁이 끊이지 않고 있음으로 말미암아 개체의 영육 균형을 얻으며 두 개 이상의 무수한 생명이 통일을 얻는 것이다. 물론 생명에 대한 투쟁과 분요紛擾는 다르다. 이 시는 분열 이산離散이 되고 말려는 금일의 분요된 생명에게 주는 간곡한 성성 그것이다. "형제들아 동방이 틈을 기뻐하여라. 오 그때의 땅 위에 열릴 것은 춤터뿐이다" 한 것은 작자가 우리에게 조화경造化景을 가르친 것이다.

그런데 전편으로 보아서는 암시력暗示力이 너무나 들어나지 않은 까닭인지 모르나 아차하면 읽는 이에게 "작자는 행여나 피사성詖辭性을 가지지 않았는가?" 하는 뜻하지 않은 의아疑訝를 받을 만큼 표현이 흐렸다면 흐렸다고 할 시이다.

## 「까뭉개어진 얼굴」—「지렁이의 죽음」—기진 작—「생」

「까뭉개어진 얼굴」은 우리의 가난한 사람에서 짓쭈그러지려는 생명을 발견한 것이다. 두려움을 주는 시이다. 작자의 생명의 행의行誼가 없음이 서운하다. 그리고 「지렁이의 죽음」은 확실히 상상력이 많은 것이다. 심통을 가진 암시의 시다. 두 편에 제각금 넘치는 열정을 다—감격을 하면서도, 나는 「지렁이의 죽음」을 시상으로 보아서 몇 번 읽을 것이라고 한다.

### 「실망과 후회」—김려수 작—「생」

평범한 언어로서 인생을 미묘하게 풍자한 시다. 그러나 어쩌면 야비野鄙에 빠지지 않을까 하는 충고를 하게 하는 묵감黙感이 있다. 작자의 기능은 많이 존경한다.

### 「고요한 저녁 때」(외 이편)—랑운 작—「생」

「고요한 저녁 때」란 것은 저녁 정경에 아무러한 발견이 없다. 내용에 아무것도 없는 것을 형식으로만 미화를 하려 했으니 작자의 시적 기교에 결흠缺欠된 것을 알 수 있다. '김'이란 것에서는 본질을 더 나타내었다. 열정 한 가지로만 보아서 '애인'이란 것이 낫다고 한다. 그것은 "살아서 이렇게 얼굴을 맞대고 울고 싶어요" 한 구절이 있는 까닭이다.

### 「나의 옛집에 돌아오도다」—류춘섭 작—「생」

이 시에선 익숙한 솜 씨를 남달리 보인 것이다. 하나 것보다도 나는 이 시상詩想에서 흐르는 성실을 더 반가워한다. 그것은 이 뒤의 생명에 많은 희망과 믿음(企仰)을 두지 않을 수 없기 때문이다.

### 「무덤에서 나와서」—강애천 작—「생」

이것은 작자의 사상을 말할 만 시인데 너무 배치에만 힘을 썼고 따라서 현실에 경탄하는 태도가 너무 경첩輕倢하여서 아직 어리다는 감이 있으나 역량의 광대하려는 노력을 기려둔다.

## 「고양이의 꿈」─「겨울밤」─이장희 작─「생」

이채 있는 시다. 「고양이의 꿈」이란 것은 환상의 나라로 달아나는 작자의 시정詩情이다. 여기서 작자의 시에 대한 태도를 볼 수가 있다. 그는 확실히 정관靜觀 시인이다. 그 대신 생명에서 발현된 열광이 없음을 말하지 않을 수 없다. 그리고 「겨울밤」은 기교나 암시가 조금 모호하다.

## 「기원」─「나무장사의 한탄」─김창술 작─「생」

이 두 편은 내재 의식이 확실히 현실적이다. 이런 것을 불구하고 그의 표현은 아직도 기교 편중하는 태도를 갖어 보인다. 「개벽」에 게재된 「촛불」이란 시가 차라리 작자의 관념과 태도를 구체화한 것으로 보아서 읽을 만한 것이라고 생각는다.

## 「인류의 여로」─오천석 작─「조」

이것은 적어도 작자의 용의用意와 노력한 것만큼 감상하기를 요구하는 귀중한 '시극'임으로 한 두어 편의 시와 같이 그렇게만 짐작할 수 없다. 그래서 다음 어느 기회로 미루어 두고 시란 것이 아직도 그다지 이해를 못 받는 현 문단에서 이만한 영역까지 들어간 작자의 행적을 감사만 해 두고 따라서 「죽음보다 아프다」란 박 월탄 작의 '시극'과 함께 일찍은 수확으로 가진 우리의 기쁨도 우선 말을 해둔다.

## 「법성포 십이경」―조운 작―「조」

이것은 시조이기 때문에 여기에 대한 식안識眼을 못 가진 나이라 그만둔다. 물론 시조에서도 어묘語描와 경이驚異를 발견하는 데야 다를 것이 없을 줄은 아나 그래도 여기는 특용어(토, 형용사 등에)가 있음으로 그의 시비론과 함께 이 뒤 식안을 얻게 될 때까지 미룬다.

## 「늙어지오라」(외 삼편)―이단상 작―「조」

이 네 편 시 가운데 작자의 민감敏感을 보인 「늙어지오라」와 또 후자의 본질을 말한 「흙에서 살자」는 두 편을 취하고저 한다. 「심장」에서도 열정을 볼 수는 있으나 「실제」와 같이 너무 기교에 애쓰는 자취가 보여서 작자의 감흥을 도리어 무너뜨렸다.

## 「나는 악시를 쓴다」―이동원 작―「조」

이 시의 제명을 처음 볼 때에 나는 번쩍 생각하기를 타협妥協 인습因襲 시기에 대하여 발악을 하는 노래로 알았다. 하나 이것은 나의 헛된 짐작이었다. 작자가 시로 쓴 것이 다만 무슨 이름도 못 부칠 유식한 '타령'으로 되고 만 것이다. 무엇보담도 작자가 자신의 생명을 아무 보람없이 만든 것은 "나는 일 없이 악시惡詩를 쓴다" 하는 그 의식이다. 사람도 아무것도 아니라고 한 작자에게 청춘은 어데 있으며 그것을 아까워할 정의는 어디서 날까? 아무랬던 이렇게 길게 쓴 노력과 상량上梁은 감심感心한다.

### 「신랑신부」—파인 작—「조」

발랄한 시상을 가진 시인이다. 말하자면 물에서 뛰어나온 고기와 같이 파닥파닥하는 생명을 보이는 사람이다. 그러므로 기교와 태도에 남다른 색채를 띠고 있다. 이 시는 예리한 감수성에 냉열한 풍자미를 가진 귀여운 것이다.

### 「창궁」—탄실 작—「조」

이것과 「언니 오시는 길에」와 두 편 시다. 그런데 절주가 어찌 좀 미끄럽지 못하고 또 시상이 정제된 것만치 기교가 모자랐던 혐이 있다. 이 가운데서 나는 「창궁」을 취한다. 왜 그러냐 하면 "오오 가을 하날 우리의 집아……" 하는 시구는 확실히 작자가 발견한 자연과의 동화감에서 나온 보배로운 그 소리이기 때문이다.

### 「봄과 마음」—「한빗 아래서」—유도순 작—「조」

두 편이다— 미묘하기는 하나 이 작품의 태도에서 본 작자의 장래將來할 진정을 위하여 생명의 열광을 더 추구하지 않은 시의 형해形骸라고 할 속이 빈 기교만 남게 되리라는 것을 말하고 둔다.

### 「봄이로소이다」—「신음」—강애천 작—「조」

무슨 작품이든 잘못 써서 읽는 이에게 비열하다는 생각을 일으키지 않으려마는 애연愛緣에 대한 정을 솜 씨 없이 표현한 것만큼 작자의 생명까지 비열하게 느끼게 하는 것이 없다. 작자의 주의를 빈다.

이 두 편 시 가운데서 바랄 것은 「봄이로소이다」의 속에 나타난 열정의 미래가 성실을 잃지 말라는 그것이다.

이제는 더 쓸 것이 없어 그만 마치기로 하고 딴 말 한마디만 적어 놓자. 이것은 별말이 아니다. 물론 우리의 생활이 글 쓰는 것으로만 지탱을 할 수 없는 것은 사실이지마는 이미 글 쓰는 사람이면 어느 한도까지는 생활에서 시달린 건강으로도 쓸거리를 찾아야 하고, 쓰지 않으면 안 될 의무를 자부한 것만큼은 애를 써야 할 것이다(그리 생활에 부대끼지 않는 이로써야 말 할 것도 없지마는). 그런데 요즘이라도 몇 달이 못 되기야 하지만 소설 쓰던 이나 시 쓰던 이 가운데에 몇 분의 작품이 나오지 않는 것은 여간 서어롭다 못 할 것이다. 물론 상과 이력을 잠축潛蓄한다면 도리어 반가운 기대를 가지고 있겠다. 그래도 글쓰는 사람의 주위와 시기를 살펴본 이면 한 달에 한 개쯤이야 쓰지 않을 수 없을 줄 안다. 이것은 결코 수요에 대응의 의미로 써라 하는 것이 아니다. 우리 경위에는 쓰려면 얼마라도 쓸 수 있는 생활이 있으니 쓰자 하는 그 뜻이다. 실상인즉 우리나라만큼 혼잡된 생활이 어데 있겠으며 순화된 생활을 찾는 데가 어디에 있겠느냐? 이런 가운데서 글 쓸 감흥이 글을 쓸 수 없도록 나오지 않는 데서야 너무나 글 쓰리라던 자신의 몰렴치한 태도를 짐작 못한 말이 아닐까 하고 적어 둔다.

## 지난달 시와 소설

월평이다. 이상화 실제비평의 대표적인 평문이라 하겠다. 집필 시점까지 발표된 소설과 시작품을 거의 빠뜨리지 않고 비평 대상으로 삼았다. 일정 기간 지면에 발표된 모든 작품이 한 비평가의 시야에 다 들어오는 시기다. 문단이 협소한 만큼 작가나 시인의 창작 경향이나 수준은 금방 노출될 수밖에 없다. 이는 문인들에게 부담이지만, 창작을 계도하는 긍정적인 영향을 미쳤을 수도 있다. 1920년대 이 같은 월평은 우리 비평사에 실제비평의 한 형식으로 오랫동안 지속하여 왔다. 이 평문에서도 현실 관찰을 중시하는 생활문학론이 그 바탕에 깔렸다. "사상과 생활의 통일"을 강조한다. 비평가로서 이상화는 시보다 소설에 더 많은 관심을 쏟았던 것 같다. 시인만이 아니라 비평가로서의 역량과 태도를 짐작할 수 있는 대목이다.

『개벽』 60호, 1925년 6월

# 4. 감상과 의견
## — 조선문단 합평회에 대한 소감

'합평'의 가치 여하는 말하자면 평자 그들의 여하에 있다고 생각는다. 한데 대체로 보아서 지금까지 나온 '합평'이란 것은 평자나 피평자에게 그다지 있음직하다 할 만큼 필요를 끼치지 못 하였음으로 아무러한 획득이 없는 일성이었다.[12] 왜 그러냐 하면 문단 일반에게 '합평'이란 것이 경시輕視가 되었을 뿐, 평가 그 사람을 얻지 못하였고 따라서 그 태도들이 비평의 선외로 달아난 냉조冷嘲 책략策略아도 阿諂 만과漫誇[13]와 같은 불순不純한 기분이 보였음으로 말이다.

이것은 '합평'에 대한 감상이고 다음으로는 의견을 짧게 적고 그만두겠다.

'합평'이란 것이 월평과 같이 있는 것이 좋을 줄 안다. 좋다는 까닭은 그런 것이 있으면 여러 가지로 향은響應이 되기 때문에 읽는 이에게나 쓰는 이에게 한층 더 긴장미를 가지게 할 것이다. 물론 그 만큼 소리를 낼만한 작품이 나고 안 난 것은 작자와 평자와 구비具備되어야 할 것이다. 작자는 그만한 작품을 썼어야 할 것이고 평자는 그만한 것을 발견하여야 할 것이다. 그런데 작품을 전혀 독자의 감상에만 맡기지 않으려고 있게 된 '합평'일 것 같으면 자기 생명을 파악把握하기에 애쓰는 그런 작자를 수고롭게 할 것 없이 될 수 있으면 비판의

---

12) 하나의 소리 일성一聲, 말 한 마디.
13) 지나친 자랑.

감상력이 보이고 여력餘力을 가진 이를 고르는 것이 좋을 줄 안다.

그리고 '합평'의 형식은 총괄적으로 하는 것과 또는 그 달 작품 가운데 가장 고려가 많이 보이는 몇 개를 선택하여서 아주 해부적解剖的으로 하는 것―이 두 가지 형식을 취하였으면 비평이란 그것에 대한 견해까지 독자에게 파급波及이 될 줄 안다.

## 감상과 의견

'합평회'에 대한 감상과 의견을 피력한 단상의 평문이다. 서구 문학이론 수용과 함께 시작한 우리 근대문학비평은 1920년대에 오면 문학 제도에 편입되어 분명한 자기 위치를 확보한다. 이 당시 비평가는 작가와 자주 논쟁을 벌이며 문단에서 자신의 역할을 확대해 나간다. 합평회도 한국 근대비평 초기부터 비평의 한 방식으로 자리 잡아 지금까지 그 맥을 이어왔다. 이상화는 당시 합평회가 작가와 평자 모두에게 필요한 소리를 내지 못함으로써 경시되는데, 이는 비평이 본연의 책무를 다하지 못하고 냉소, 아첨, 정론성, 자기 과시 등으로 쏠린 탓이라고 진단한다. 그리고 비평이 제대로 이뤄지려면 작가와 평자 모두가 자질을 갖춰야 함을 강조한다. 메타비평에 해당하는 이 단상에서 비평가로서 이상화의 모습을 확인해 볼 수 있다.

『시대일보』, 1925년 6월 30일

## 5. 시의 생활화
### ― 관념 표백에서 의식 실현으로

시는 어떠한 국민에게든지 항상 그 국민의 사상의 핵심이 되고 그 국민의 생명 배주胚珠가 됨에서 비로소 탄생의 축복과 존재할 긍정을 받는 것이다. 여기서 축복과 긍정이란 것은 시 자체의 의식 표현을 암시하는 말이다. 시와 그 주위와의 관계를 말한 것이다.

그러므로 오늘의 시인은 한편으로는 사상의 비판자이어야 하고 또 한편으로는 생활의 선구자이어야 한다. 그러나 결코 이 비판과 이 선구는 남을 말미암아 하는 것이 아니고 모두 나라는 의식과 생명을 순전히 추구함에서 나와야 할 것이다. 그 뒤에야 비로소 그 주위 생활의 동력을 나의 마음에 추향趨向케 하며 나의 의식을 그 생활 위에다 활동시킬 수 있을 터이다.

그때에 시인에게는 생활이란 것이 다만 그 자신의 생활만이 아닐 것이다. 우주 속에서 인생 가운데서의 일생활일 것이다. 모든 생활을 이 근본정신으로써 통솔統率할 만하여야 한다. 오직 시학 상으로의 사상이란 것은 존재할 수 없는 것이다. 이 시대에 호흡을 같이하는 민중의 심령心靈에 부합符合이 될 만한 방향을 지시하여야 할 것이다. 그것은 곧 시란 것이 생활이란 속에서 호흡을 계속하여야 한다는 까닭이다. 현실의 복판에서 발효醱酵하여야 한다는 까닭이다. 생활 그것에서 시를 찾아내어야 한다는 까닭이다.

경제학자나 정치가나 철학가나 사회학자도 그 생활 반면半面에 시를 잃어버리지 않은 데서 비로소 그 생활의 진실이 나며 그 의의意義의 균제均齊를 얻고 따라서 그 생명의 골자를 삼는 것과 같이 시인은 이 여러 생활에 대한 모든 방향을 지시할 만한 생명의식을 파악把握함에서 시인이란 생명을 가진다고 할 수 있을 것이다. 왜 그러냐 하면 전자들은 생활의 방편의 견제牽制가 되기 쉽고 후자는 생명의 비약飛躍에 분방奔放을 일삼기 때문이다. 저것은 방류傍流이고 이것은 주조主潮인 까닭이다. 다만 시인은 그의 사상을 시 위에서 행위할 뿐이다. 하나 여기서 시라고 한 것은 문자의 시만이 아니라 사실事實의 시─보담도 시의 사실을 의미한 것이다. 생명의 본질을 말한 것이다. 그러고 보면 현실에서 나올 시 곧 현재할 시는 반드시 자연과의 종합성을 깨친 것이라야 할 것이다. 나는 사람이면서 자연의 한 성분인 것─말하자면 나이란14) 한 개체가 모든 개체들과 관계 있는 전부로도 된 것이라야 할 것이다.

거기서 진실한 개성의 의식이 나며 철저한 민중의 의식이 날 것이다. 따라서 생명의 진면이 날 것이다. 그리하여 찰나刹那에도 침체沈滯가 없이 유전流轉하여 가는 자연의 변화를 인식한 데서 얻은 영원한 현실감을 갖게 될 것이다. 그때 그 시인의 행위야말로 경박輕薄한 관념적 유희가 아니라 진중珍重한 생활적 표현일 것이다. 어떠한 생활인지 그 생활에 대한 검찰檢察도 없이 부질없게 그 생활을 아름답게 한다고 자신도 살지 못한 타협적 생활로 그 주위에까지 염색을 하려 하면서 그리도 못하고 다만 그 주위로 하여금 막연漠然한 속에서 상양徜徉만 하게 하는 그 시인보담은 너나할 것 없이 다 가진 생활에

14) 나란.

서 각기 품고 있는 새 생명을 찾자할 그 시인이 얼마나 더 미덥고 얼마나 더 힘다울 것이냐.

물론 이런 거장巨匠한 의식 그대로 살아갈 시인은 반드시 별다른 천품天稟의 향수자享受者일 것이다. 혜민慧敏한 감성과 비약飛躍하는 생명으로 용왕勇往하는 실행자일 것이다. 과연 우리 시대에 와 우리 주위에는 이런 시인 한 사람을 요구 않을 수 없는 기운이 이미 오고 말았다. 하나 우리는 현재에 없는 사람을 기대만 하고 있을 수는 없다. 아무리 둔감인 성질로도 성근誠勤된 시험이며 시련시련을 받을 수는 없지 않을 것이다.

아무랬던 우리의 생명이 생활의 속에서 발현될 것은 사실일 것이다. 그러면 나갈 길은 오직 생활의 속에 있을 뿐이다. 실현의 등뼈를 밟고 나가는 데 있을 뿐이다. 그러나 시인의 결국結局 할 일은 생활에게 시라는 것을 던져 주는 그것이 아니라 생활에게서 우리의 시를 찾아서 생산을 시키려는 그것이다. 다시 말하면 생활을 시화시키려는 태도를 갖지 말고 시를 생활화하려는 행위를 하여야 한다는 그것이다.

— 취운정翠雲亭에서

## 시의 생활화

　짧은 시론이다. 하지만, 이상화 시론의 전부를 짐작할 수 있을 만큼 압축된 평문이다. 이 무렵 이상화의 문학적 지향이 뚜렷하였고, 그 논리가 선명했음을 잘 말해 준다. '시의 생활화'라는 제목은 "생활에서 시를 가까이 대하자"라는 의미가 아니다. 부제가 암시해 주듯이, 관념적인 시에서 탈피하여 생활에 바탕을 둔 의식을 형상화해야만 인간 생명의 진실을 드러낼 수 있다는 주장이다. 즉, 현실 생활에서 시를 찾자는 것이다. 그의 '생활문학론'과 같은 맥락이다. '시의 생활화'와 배치되는 것이 '생활의 시화'라고 한다. 삶과 동떨어진 환상의 세계에 머무르는 시를 말한다. 시는 경박한 관념의 유희가 아닌 진중한 생활 표현이 되어야 한다는 주장에서 그의 초기 낭만주의 시적 지향이 크게 전환되었음을 알 수 있다.

## 6. 독후 잉상孕像

고애苦愛와 인신人神의 일원적 행자行者로써 진실의 화신인『도스토
엡스키』— 씨 탄생 백삼주년 기념호

나는 아직 도스토엡스키의 작품을 전부 다—읽지 못하였다. 읽은
것이라고는 열 개가 못 되는 그 속에도 인상성이라든 감상력이 넉넉
지 못한 그해—한 살이라도 더 젊었을 그때—에 본 것이 많음으로써
낱낱이—말해 낼 수가 없다.

그 가운데서도 오늘까지 내 기억에서 떠나기는커녕 도리어 마음
속으로 파고드는 그의 정신이 「카라마조프가의 형제」니 「백치白痴」니
「죄와 벌」이니 하는 그 작품을 통하여 하루 이틀이 갈수록 나의 눈 앞
에 이따금 환영으로 현현現顯까지 된다. 그것은 무엇보담도 도스토엡
스키15)가 '사람'이란 계선界線을 벗어나려고 안 한 '사람다운 사람'—
곧 '진실' 그것의 화신으로 말미암아 미와 선을 수태受胎하게 된 그 생
명의 파악把握에 있다.

한대 이런 생각을 구체적으로 발표하기에는 이 작자에 대한 연구

---

15) 표도르 미하일로비치 도스토엡스키(Фёдор Михáйлович Достоéвский,
Fyodor Mikhailovich Dostoevsky), 1821.11.11.~1881.2.9. 러시아 상
트페테르부르크 태생, 러시아를 대표하는 대문호 중 한 명이다. 그의 문학
작품은 19세기 러시아의 불안한 정치, 사회, 영적 분위기에서 인간의 심리
를 탐구하며, 다양한 현실적인 철학과 종교적인 주제를 다루고 있다. 그의
작품과 사상은 당대의 내로라하는 지성인들에게 큰 영향을 끼쳤고 많은
인물들에게 천재 또는 위대한 작가/사상가라는 평가를 받고 있다.

적 사색이 적음으로 몇 개 작품 속에서 가장 내 마음을 끌었던 그 감상이 나는 대로만 간략하게 써 보겠다.

◇

맨 먼저 「카라마조프가의 형제」 가운데 '이봔'의 시詩의 심판자로써 '그리스도'의 애愛를 공박攻駁하여 "너는 하늘의 밥을 주겠노라고 말하였지만 그 밥이 우리 인간의 몸 덩이를 기르는 이 땅의 밥과 같을 것인가? 만일 하늘 밥을 얻기 위하여 천사람 만 사람이 너를 쫓아갔다면 하늘 밥보담도 이 땅의 밥을 버릴 수 없게 된 그 나머지 몇 백만 몇 억만 사람은 어떻게 되느냐"고 한 것을 보아라. 이렇게도 그는 신혹辛酷한 무신론자인 말을 하였다.

그때 그로 말하면 열광신자熱狂信者란 평판評判이 있었기 때문에 여러 사람에게 많은 비난을 받았다고 한다. 하나 만일 '신'이란 것이 인성 가운데에 있는 '양심'을 가리키는 것이라면—God is in thy self—라고 하는 말이 신인是認된다면 그의 공박攻駁이란 것이 얼마나 옳은 것이며 그의 인품이란 것은 얼마나 진실한 것일까.

◇

그리고 또 「백치」에서 그는 여주인공 '나타샤'로 하여금 "추상적 인류애는 이기주의에 넘지 않는다"고 하였다. 참으로 현재와 미래를 통하여 이런 인도주의를 떠드는 때로 하여금 민사憫死케 할 만한 말이다. 이 세상의 악인과 죄인과 같은 심정으로 같은 생활을 하여 온 그 사람이 아니면—그만큼 물적 추해追害를 받았거나 심적 고민을 맛본 사람이 아니면—과연 사람의 사랑이란 것을 말할 수 없을 것이다. 도스토옙스키는 이런 사람의 사랑을 가졌기 때문에 개인, 민족, 인류의 서로 모순되기 쉬운 관칙에서도 아무러한 당착撞着이 없었을 뿐 아니라 도리어 서로 일치된 융합의 가능성을 체현體現하였다.

「죄와 벌」에서는 다른 무엇보담도 가난으로 말미암아 매음賣淫을 하는 '소냐'에게 '라스콜리니코프'가 왜 이렇게도 남부끄럽고 분한 짓을 해가면서 사느냐—하는 말에 "신은 나를 위해서 무슨 일이든 다—해주십니다"라고 하는 '소냐'를 '라스콜리니코프'는 종교에 미친 계집이다 종교를 도망갈 길로 만들었다고 하였다. 하나 그 길은 고뇌 그것이었다. 숨결을 틀어막는 고뇌 그것이었다. 고뇌 가운데서 가장 인욕적忍辱的 고독孤獨을 받지 않을 수 없는 우순愚純한 고뇌이었다. 그래서 그도 '소냐'와 같은 추고자追苦者자가 되었다. 거기서는 인생의 가장 서러운 비극적 심정이 있었기 때문이었다. 그것을 맛보지 않을 수 없던 때문이었다. 이것은 곧 작자 자신의 열정을 말한 것이다. 이만큼 인생을 떠나기는커녕 도리어 그 속에서 나는 울음을 찾는 것이다. 그렇게도 인생에게 애착愛着을 가진 사람이다. 가장 사람다운 사람이다.

도스토옙스키가 진실하게도 인간미 있던 것은 그의 전기에서 연애戀愛에 대한 그의 생활을 보면 또 한 가지 알 수가 있다. 그의 심령心

靈이 어른과 같이 냉정冷靜하기에는 너무나 어린아이에 가까웠다. 이것은 채 젊었을 때 일이지마는 그와 사랑을 하던 '마리아 · 드미트리엡나'가 '쿠스내크'란 지방으로 전임을 가는 가장을 따라가게 되었을 때 '새미파라틴스크'란 마을에서 아무 보람없는 부질없는 짓인지도 모르고 남몰래 만나서 온 밤을 울고 새웠다는 것과 또는 그 뒤 얼마 되지 않아서 그리다 못하여 '쿠스내크'와 '새미파라틴스크'와 사이에 있는 어느 마을에서 — 약 20리나 되는 그 마을까지라도 가서 애인을 만나려고 헛기다리던 — 그런 것을 보면 짐작할 것이다. 그의 이런 성격이 「학대받는 사람들」이나 「가난한 사람들」이나 「백치」의 주인공들을 만들어 놓은 것을 보면 알 것이다.

이제는 지한紙限도 있고 하니 간단簡單히 그를 비평한 어느 평전評傳에서 본 기억되는 대로 몇 마디만 쓰고 마치겠다.

"오 위대한 도스토옙스키키! 그는 깊이로는 심연의 심연이오, 높이로는 절정絶頂의 절정이다. 이 사람이야말로 거룩하다고 안 할 수 없을 것이다. 그의 사명이란 다만 '슬라브' 민족을 세계화시켰을 뿐 아니라 신과 인(사람)의 일원을 찾았으며 하늘과 땅을 동체同體로 만들었다. 그가 우리에게 여러 준 새 세계는 참으로 놀라운 장대壯大한 세계다. 거기는 폭풍이 사납고 전광電光이 번쩍이며 소나기가 퍼붓고 욱조旭照가 내려쏜다. 사람 영혼靈魂의 비밀, 궁오穹奧한 생명은 그의 가슴에서 놀고 격렬 비통한 정서도 숭고정적한 감정도 어느 것 할 것 없이 신비로운 현실의 집착執着에서 난 사랑에 쌓여 우리에게 놀라운 시계視界를 보여 준다. 그는 어둠 속에서 광명을 찾아냈고 고통 가운데서 행복을 구했으며 비천卑賤에서 숭고를 ─찰나刹那에서 영원을 발현하였다. 그의 작물作物은 어리석은 죄많은 우리를 악마의 유혹에서 신과의 회합會合으로 끌고 가는 우주의 교량橋梁이다. 밑 없는 그의 '힘' 갔 모를 그의 사랑 참으로 그의 사상은 세계 모든 사상의 종합일 것이며 또 그의 인격은 전 인류의 애愛를 체현體現한 '교주敎主'의 인격과 마주볼 것이다." 종

**독후잉상**

  도스토예프스키에 대한 인상기다. 부제가 말하듯이, 도스토옙스키 탄생 103주년을 맞이하여 신문사에서 기념 특집으로 학예란에 게재한 글이다. 주로 필자는 「카라마조프가의 형제들」, 「백치」, 「죄와 벌」 등 세 작품에 관심이 쏠렸다. 인간 존재의 의미와 삶의 진실을 추구해 온 작가 정신을 높이 평가한다. 톨스토이, 고리키, 도스토옙스키 등과 같은 러시아 문호들은 근대문학 초창기부터 활발하게 수용되었다. 이 같은 외국문학 수용은 일본을 통해 이뤄졌으나, 우리 근대문학 출발에 큰 영향을 미쳤다. 이상화가 외국문학에 대해 남다른 관심이 있었다는 증거는 없다. 하지만, 작가를 소개하는 과정에서 드러나는 논리성과 이해도는 상당한 수준이라고 하겠다. 신문에 발표된 글로서 이 정도 짜임새를 보여 주기는 쉽지 않다.

『조선일보』 1925년 1월 10, 11일

# 7. 잡문횡행관雜文橫行觀

## 1.

　금년부터 글 쓰던 이들 가운데서는 이상한 징후가 한 가지 생겼다. 그것은 필자들의 내면으로 보았든지 외면 곧 표현상으로 보았든지 말인데 다른 것이 아니라 잡문의 발흥勃興을 일으킬 만한 그 행동을 가리킨 것이다. 이것은 무거운 통증通症이었다. 초기니 초창 시대니 하는 그 나라에서 이런 별조別兆가 보인다는 것은 얼마나 남부끄러운 현상일는지도 모를 일이다. 실상實狀인즉 우리에겐 그런 시간이 없을 것이고 없어 보여야 할 것이다.

　온갖 방면의 여러 형식으로 창작만 쓰든지 또 남의 작가나 어느 시대의 사상을 본데서 얻은 지식으로 연구나 소개를 하는 그것이 초기의 필연적 진정進程인 것이다. 그것은 되나 안 되나 창작만 써야겠다는 그 말이 아니라 현대와 우리의 사이에서 나는 욕구欲求와 지적指的을 찾이라는 그 뜻이며 남의 것이나 묵은 것에서 본보려는 그 의미로써 말이 아니라 작가와 시대와의 관련이라든 또는 이 두 가지사이의 서로 교환되는 그 영향이라든지를 비판 관찰함으로써 오늘 우리 출발점의 기준을 가질 수 있음으로 말이다.

　우리에게는 글 쓰는 사람이 있고 작품이 몇 개나마 나오니 말이 문단이지 결코 글 쓰는 기관이라든 그 외 다른 정경을 보아서야 참으로 너무나 가난한 것은 사실이다. 하나 이런 것을 번연히 알면서 글을 줄곧 쓰는 사람이 있는 바에야 문단의 뿌리를 세우기 위해서라도 일종의 자폭적自暴的 자조적自嘲的 부오浮傲한 태도로 초기니 초창 시대니 하는 그 말만 말고 그럴수록 이때의 할 일을 살펴보고 마음에 켜이는 대로 근저根底될 만한 일을 해야만 할 것이다.

이런 시기는 열성 있는 노력을 요구하는 철이니 다만 그것만 보여야 할 것이겠고 되지도 못한 과대망상誇大忘想의 추행醜行이 없을 것은 말할 것도 아니려니와 따라서 순수 진실한 태도만 있어야 할 것이다.

## 2.

그런대 요즘 우리나라의 문단을 보아라. 몇 가지 안 되는 잡지에서 몇 개 안 되는 학예란에서 창작 시나 소설이나 몇 편 말고는 연구나 소개나 평론 같은 것은 자취도 없다. 모두 붓 장난뿐이다. 그 가운데라도 참다운 감상이나 또는 형식을 벗어난 것만큼 분방奔放한 섬정閃情이나 있으면 그는 수긍을 할지도 모르나 우습게도 내용이라곤 과기誇己이거나 사욕적 허식虛飾이 보이는 그 따위 잡문만이 예사로이니 말이다.

이 달에도 예외가 있으니 인상도 아니오 비평도 아니오 칭송도 아닌 '쇄담瑣談'이 그러하고 반평反評도 아니오, 공박攻駁도 아니오, 별호別號 풀이인 '독폐獨吠'가 그러하고 문예지도 아니고 언론지도 아니고 부동조不同調로 미화된 기형지畸形誌인 '가면仮面'이 그러하다. 남의 시를 실어주고 싶으면 그 시의 잘된 것만 집어낼 것이고 "내 본래 슬픔이 많은 사람이라"는 그따위 연설衍設은 정행正行이 아니며 남의 평을 꾸짖고 싶거든 그 평의 오상誤賞된 것을 찍어내야 할 것이지 "가로 세운 윷가락을 좌로 위로 보았다"는 게나 "어찌 좀 거북스럽다"는 혐사嫌詞를 쓴 끝에 별명 푸리를 첨부한 것은 반평反評이 못된 잡문의 성질이며 더욱 창간지는 염가廉價인 체면體面으로도 내용을 고쳐야겠다.

초창 시대도 오히려 오지를 않았든가 그렇지 않으면 조선의 문단은 언제나 벌써 정체停滯까지 되는 셈인가?

물론 이것만이 아니라 잡문이 횡행橫行하려는 이런 현상은 위태롭고도 남부끄러운 일이다. 더욱 그 태도들이 밉다. 비유比喩해 말하면 논바닥에서는 '피'가 나려 하고 밭고랑에서는 잡풀이 나려는 것 같다. 뿌리가 박히기 전에 헛일을 말도록 하여야 될 줄 안다. 이런 잡문이야말로 한가閑暇를 용비兀費하였다는 과장을 말함이니 뒷날 하기로 미루기를 바란다.

### 잡문횡행관

　당시 문단의 잡문 발흥을 신랄하게 비판하는 글이다. 신문학 초창기라고 말하면서도, 이 시기에 부합하는 열정적이고 순수한 문학 창작을 외면하고 잡문을 생산하는 문단을 비판한다. 꼭 작품 창작만이 중요하다고 보는 것은 아니다. 초창기일수록 작가나 사상을 소개하고 연구하는 이론적인 활동이 필수적임을 인정한다. 필자가 문제로 지목하는 것은 개인적인 욕망에 사로잡혀 자신을 과장하거나 거짓으로 꾸미는 글이다. 여기서 김억이 창간한 『가면』이란 잡지를 두고 문예지도 아니고 언론지도 아닌 기형지라고 비난한다. 이것을 빌미로 두 사람이 사이 논쟁이 벌어진다. 이 잡문 비판에서 이상화는 신문학이 가야 할 길을 나름대로 제안한다. 작가는 개인 세계에 함몰되지 말고, 시대 현실을 비판적으로 인식해야 한다는 것이다.

## 8. 가엾은 둔각鈍覺이여 황문荒文으로 보아라
### —「황문에 대한 잡문」 필자에게

세상에 불쌍한 인물이 장님 벙어리 귀멍청이 앉을뱅이 곱사등이 가지가지로 많을 터이지마는 그보다도 더 불쌍한 인물이 하나 있다면 그것은 생선生鮮 비웃 눈알 같은 두 눈 뜨고 무엇을 본다면서 실상은 못 보는 게나 마찬가지로 삼십 본생에 글 공부했다면서도 국한문 섞어 쓴 것을 짐작조차 못 한다고 철면을 겹겹이 뒤집어 쓴 듯이 만목소시萬目所視에다 도리어 생목 따던 격으로16) 마구 떠들던 그 둔각鈍覺의 소지자—「황문에 대한 잡문」이 필자일 것이다.

왜 그러냐 하면 글을 볼 줄 모른다는 것은 일보를 더 들어간 말이니 그만두고 글을 읽고 나서 그 글을 읽은 이야기를 하면서도—그 글에서 들은 말을 옳다고 말은 하면서도—그 글을 알아볼 수 없다고 하는 그런 착각적錯覺的 행동을 했으니 말이다. 이것은 확실確實히 필자의 둔각질을 설명할 만한 것이며 따라서 요양療養을 시켜야 할 것이다. 그 요양법療養法은 오직 필자의 정신을 바로잡아 주는 것이 제일 책이겠으므로 지난 착각적 행동을 지금 가르쳐 주는 것이다.

"잡문횡행관의 필자는 초기에 잡문이 발흥勃興해선 부끄러운 일이라 한 뒤에 창작이나 남의 작가이나 어느 시대의 사상을 지식적으로 연구 소개할 것이라—는 의미에 말은 나 역시 동감일 뿐더러 도시都是 초재삼기니 할 것 없이 창작 연구 소개를 하지 않아서는 안 될 것

---

16) 생목 따든 격으로, 억지로 멱살을 다잡아 쥐는 격으로.

이다. 이런 의미에서 그 필자의 잡문이란 것은 '자폭적 자조적 부오浮傲한 태도'를 가리키는 것이 되니 옳은 말이다"고 하였다.

이렇게도 영리怜悧하게 문의文意를 짐작이나 한 듯이 태도를 불이다가 드디어 그 말이 가면假面에 부딛치자 그만 망지소조罔知所措한 꼴로 황문이니 황설荒說이니 했으니 벼룩도 상판이 있거던 이것을 소위 반박이라고 쓴 셈인가. 이 행동이 온전한 정신의 앞뒤를 생각하는 버릇인가?

참으로 받기에도 황송惶悚하게 여겨야 할 그 '황문'을 도리어 모독冒瀆하려 하였으니 물론 그 짓이야 하늘을 우러러 가래침 뱉는 노릇이겠으나 그래도 필자의 전정前程을 위한 이 노파심老婆心은 부질없이 가엾은 생각을 품게 된다. 그러나 내가 일찍 꾸중을 하려 안 했으면 모르거니와 이미 말을 낸 바에야 꾸중을 타고 안 타고 하는 그 성취성成就性은 생각할 것도 없이 한 번 더 일러만 두는 것이다.

잡지를 한 개 낸다는 것은 여간 어려운 일이 아닐 것도 사실이며 또 여간 반가운 일이 아닐 것도 사실이다. 하나 그 어려운 것과 반가운 것은 다─그 잡지의 내용을 조건으로 해서 하는 말이다. 더욱 문예를 위하여 난 것이라면 아무리 빈약하더래도 그 시대 그 민족정신을 가져야 할 것이 마땅한 일이다─언제든지 그 민족 문예는 그 민족의 내적 생명 집약을 도모圖謀하는 것이니 말이다.

한데 「가면」에 있던 것은 무엇이었느냐!

모자帽子타령 머리타령 화장化粧타령 안경眼鏡타령 수염타령 옷 타령─홍동지 탈춤 추는 그것도 못 된 탈 타령에서 무슨 진실이 뚜덕뚜덕 흐르고 예술가의 양심이 가게의 개업開業 광고를 예사 작품삼아

내놓은 모양이니 이것이 과기<sub>誇己</sub>와 사욕적 허식<sub>虛飾</sub>이 아니고 무엇이며 이 따위 글들로 겨우 한 두어 개 창작 시만 끼워두었음이 그 잡지의 문예성을 띄지도 못한 내장<sub>內腸</sub>과 동시에 불문조<sub>不聞調</sub>로 미화<sub>未化</sub>된 기형지<sub>畸形誌</sub>인 추면<sub>醜面</sub>을 자파<sub>自破</sub>하지 않았느냐. 그리고 다만 그런 글로 자랑꺼리 못 되는 글로 문예지라고 고창<sub>高唱</sub> 절규를 하니 이만큼 필자의 문예관이 자폭적 자조적 부오한 태도임을 사실이 증명을 하고 말지 않았느냐. 이런 짓을 몰랐어도 둔각이 아니겠느냐. 예증<sub>例證</sub>을 더 들 것이나 그 중에 가장 '방소첨태공<sub>放笑瞻太空</sub>' 할 것만 취하여 보였고 나머지는 모진 자 곁에 있다 벼락 맞는다는 어떤 미안<sub>未安</sub>을 끼칠까 해서 그만둔다.

나의 문학관은 이따위 소위 문예를 머리부터 발까지 부정한 지 오랜 줄만 기억해 두고 나의 잡문관은 '방백'만큼이나 형식을 벗어닌 것만치 분방한 사상과 섬정<sub>閃情</sub>을 가질 그때에 알려고 하여라. 왜 그러냐 하면 '방백'이란 말조차 모르는 머리에 사상이나 감정이 이입될 수 없으니 말이다. 방백이라고 흰 백자<sub>白字</sub>가 달렸으니 그런 문자로 오직 아는 독백이란 것을 행여나 이게 아닌가 하고 비겨본 셈인가. 이미 백자 모둠을 해보려면 과백<sub>科白</sub> 취백<sub>就白</sub> 이태백<sub>李太白</sub>은 왜 쓰지 않았는가? 공연한 추상적 화재<sub>禍才</sub>로 나부끼지 말고 구체적 양지<sub>良知</sub>를 닦기로도 가엾은 착각적<sub>錯覺的</sub> 행동을 말아야 비로소 진실을 짐작할 평인이 될 것이다.

이렇게도 필자의 두뇌가 아직 본인 이하에 있고 보니 소위 '싸케스틱'한다고 한 그 '싸케즘'은 도리어 '싸키-'권미원<sub>捲尾猿</sub>의 작반이 되었을 뿐이고 소위 '조크'란 것도 현대에 맞지 않는 '쪼밀러'(캐쾌 묵은

웃으게)를 시절도 모르고 주절거리는[17] 소리가 되었으며 '황문'을 황
문으로 아는 필자의 '진실'된 태도는 양과 같은 독자들의 마음을 불순
不純하게 더럽힐 염려念慮가 있다. 그러기에 나는 이런 것을 언제 어
디까지든지 그대로 방관傍觀만 하고 있을 수 없게 여기는 사람이 되
었어라도 상대가 되어 줄 터인즉 둔각의 눈에서도 회전悔悛의 피눈물
이 나게스리 설왕설래가 되도록 바란다.

—11월 19일

**가여운 둔각이여 황문으로 보아라**

　김억과의 논쟁으로 쓰인 글이다. 1925년 11월에 김안서에 의해 창간
된 잡지 『가면』에 대해 이상화가 「잡문횡행관」『조선일보』, 1925.11.11.
에서 "문예지도 아니고 언론지도 아니고 부동조로 미화된 기형지畸形誌"
라고 비판한다. 이에 김안서가 「황문에 대한 잡문—'잡문횡행관'의 필자
에게」『동아일보』 1925.11.19.란 글로 반박하자, 이상화는 다시 이 글
을 발표하여 신랄한 어조로 대항한다. 논쟁은 더 이어지지 않았으나 한
차례씩 오고 간 반박문에서 1920년대 당시 우리 문단의 문학논쟁이 어
떤 모습으로 전개되었는지를 짐작할 수 있다. 잡지를 창간하려면 적어
도 그 시대의 민족정신을 담아내야 한다는 상화의 주문은 틀린 말이 아
니지만, 실현 가능성이 문제다. 논쟁이 문제의 핵심을 벗어나서 개인의
인식공격까지 드러낸다.

---

17)　지저기는.

『문예운동』 창간호, 1926년 1월호

# 9. 문예의 시대적 변위變位와 작가의 의식적 태도론
## —개고槪考

### 1.

어제까지의 문예란 것은 취미였으며 향락이었다. 취미의 취미를 따르다가 취미의 골격을 잃어버린 취미였으며 향락의 향락을 쫓아가다가 향락의 형체만 더우 잡은 향락이었다. 둘이 다—생활의 내면을 동제洞祭하지 못한 데서 보든 '태평'이란 그것을—그림자의 그림자 같은—외적 현상을 헛짐작 하게 된 그 착오錯誤에다 까닭을 둔 때문이었다.

어느 시기에나 어떤 방토邦土에나 모든 것이 모조리 '태평하였으며' 따라서 모조리 행복된 일이 있어 본 것도 아니어든 하물며 전대의 남의 문예를 그대로 이른바 지식계급, 비록 그 정도程度대로라도 다만 전수 탐닉耽溺만 했음이려.

이것이 어제까지의 취미와 향락의 옆길로 들어간 남부끄러운 발점이었다. 사람답지 못한 자멸지대自滅地帶에 첫 발자국을 들여놓은 것이었다. 이리하여 남의 생명의 시대적 변위變位는 생각지 못하고 오직 남의 생명의 공간적 존재만 본보게 되려 하였다.

### 2.

남의 전대前代 문예에는 참으로 아름다운 인간의 생활을 대지大地

에서 찾으려고 부르짖은 작가가 물론 소설일지언정 있었던 것이 사실이 아니냐. 그러나 그때에도 외면의 태평을 겨우 억제抑制만 해 가던 그 인습 생활에서는 인생의 사명으로 알던 그 순진한 규도 오직 공상空想의 한마디 잠꼬대였으며 다만 예술의 한 가지 갈래였을 뿐이었다. 얼마나 애닯은 일이려.

이 같은 공상空想과 이 같은 예술이 곧 그 취미와 그 향락이 어찌 한마디 잠꼬대와 한 가지 갈래로만 평가가 되고 말 것이었을까? 그 예술의 힘 미드운 기운과 그 공상의 보배로운 정신이 무슨 기교니 어떤 형식이니 하는 그 따위 분류에만 입적入籍이 되고 말 것이었을까? 어제까지의 문예가 이 생각을 거쳐서 나온 것이냐? 처음 뜬 눈이 남의 존재만 본 것이었느냐?

## 3.

사실은 그 시대와 그 사회에 언제든지 아무 성각省覺이 없이 존재된 대로 기생寄生만 하며 기생된 대로 난숙爛熟만 해지는 그 문화는 그 시대가 다른 시대로 바뀌려고 하고 그 생활이 다른 생활로 고치려 할 때에 반드시 동요가 생기면 충돌이 나나니 이것은 다—오려는 정명적定命的 회복恢復과 오려는 필연적 창조를 말하는 현상이다.

그리하여 존재된 취미趣味에서만 찾든, 그 취미와 존재된 향락에서만 찾든, 그 향락은 이런 기생寄生에서 난숙爛熟에서 퇴당頹唐—이라는 도정道程을 밟다가 그 생활의 시대적 변혁으로 말미암아 그 취미를 포옹抱擁할 수 없으며 그 향락을 호흡할 수 없을 뿐 아니라 드디어 죄악시하게 되고 마지막 무용화되고 마는 것이다. 이것은 오로지 그 생명의 시대적 변위를 사색하지 못한 창조력의 결제缺除된 것이 취미와 향락으로 문예를 만든 까닭이었다. 살려는 그 의지가 없던 까닭이었다.

## 4.

그런데 오늘 조선은 어떠한 시대에 있는가? 어떤 문화를 놓을 선조先兆로 문예가 나왔는가? 그리고 우리 민중은 외적으로 드러난 이 '태평'이 내적 현상을 말한다고 할 수 있을까? 우리 생활에는 억제抑制해가는 가태假態가 있지 않을까? 보담 완성된 그 세계에 믿음을 가졌으리만큼 생활에 대한 의욕과 감정이 꼭대기로치밀었는가? 이것을 민중은 짐작을 하는가? 이것을 제각금 깨쳐야 할 것이 아닌가.

요즘 사상상으로 계급에 대한 문견聞見이 떠들어 있으나 깊이 전적 충동을 이르키려는 그 초조焦操가 없이 발정發程 전의 각침기覺寢期로 생각될 뿐이며 더우든 보담18) 완성의 추구에 마음을 가진 취미趣味가 얕고 그 생활의 실현에 생명을 기르는 향락이 너무나 적음으로 서로 기대를 못 가지게 되어 드디어 분렬이 되고 마는 것이 아닌가? 어제까지의 문예가 이러한 생각이 없이 남의 존재에 대한 가엾은 그 모방模倣인 것은 여기서 증좌證左가 되지 않는가?

## 5.

이러므로 조선의 작가는 민중의 성격이 되다시피 된 이 인습因襲을

---

18) 더욱이 보다.

벗어난 그 본능 심적, 물적을 기점으로 하여 그기서 비로소 생명을 찾을 그 취미와 생활을 누릴 향락이 오게스리 해야만 참 완성 추구의 의의와 자연이 부합附合될 만한 문예를 낳게 될 것이다. 그러기에 이런 취미와 향락을 가지려 할수록 생명은 사라지고 형체만 남은 그 인습의 존독存毒이 우리 전적 생활을 얼마나 붕색崩塞시키는가 하는 비판적 사색에 게으르지 않아야 할 것이다. 외면으로 드러난 그 '태평'의 속까지 투시透視를 하여야 할 것이다.

이것이 오는 시대와 오는 사회를 볼 수 있게 할 수도 있을 것이고 생명과 이 생활을 구조救助해 낼 수도 있는 것이다. 여기서 개체와 전부의 이존적離存的 통일이 아무 거리낌없이 짐작도 될 것이다. 이것이 언제든지 작가의 태도로 되어야 작가의 생명을 바로 가진 작가가 될 것이다.

6.

그러고 보면 이때야말로 우리 작가들은 하루 빨리 실현적 관찰로써 창조될 생활의 터전이란 그 시대의 맞이할 차림을 고지告知하기 위하여 비판적 격종激㕘과 해부적 질타叱㐫 속으로 들어가야 할 것이다. 그 격종激㕘으로는 시대 문화를 지배하려는 식군識㕡이 전향 질주疾走케 할 수 있으며 그 질타로는 사회생활을 계승하려는 청년이 탈심悅心 궐기蹶起케도 할 수 있을 것이다.

거기서 어제까지의 문예는 본질 생명의 극소 부분의 부작용인 모방의 취미와 유령幽靈 생활의 몰아沒我 맹종盲從의 착각태인 인습의 향락이 없어지고 자아의식을 가진 생명 원체元體가 나올 것이며 창조의 생활이 비롯할 것이다.

이만큼 작가의 직책職責이 중대할수록 작가는 본능 생활 의무 순화에 대한 제작을 자신의 할 일로 아는 그런 반성과 속망屬望을 일종의 새 윤리관으로 각지覺持하여야 한다. 그리하여 인습으로 '태평'을 억제해 가는 그 생활과 그 생활을 인생의 본능으로 보는 그 취미와 향락의 생녕 모독성을 부숴버림으로서 예술의 없지 못할 그 이유를 세워야 한다. 거기서 새로운 미를 가져야 한다. 이것이 사람으로써의 생활을 추구적追求的으로 순정적殉情的으로 지표指標하는 아름다운 생명의 파지자把持者 ― 의식 있는 그 작가의 반드시 가지게 되는 태도일 것이다.

### 문예의 시대적 변위와 작가의 의식적 태도

주장이 분명하고 논리가 명확하다. 이상화의 대표적인 비평문의 하나다. 그는 당시 조선 문예가 취미와 향락에 빠져 생활의 내면을 통찰하지 못한다고 보았다. 시대 흐름에 따라 문화와 생활도 변화한다. 그런데 문예는 정지된 공간의 태평스러운 겉모습에만 시선이 미치고, 그 이면에 내재하는 시대적인 변화에 인식이 미치지 못함으로써 창조력을 발휘하지 못하고 단순한 취미나 향락에 빠지게 되었다는 것이다. 다가오는 시대와 사회를 전망하려면 현실 생활에 대한 관찰과 비판적인 인식이 필수적이라고 말한다. 문예에 창조적인 역할은 시대와 사회에 대한 관찰을 통해 현실을 비판적으로 인식해야 한다는 현실주의 문학관이 잘 드러난다. 이 시기 이상화의 비평이 경향 문학에 뿌리를 내리고 있음을 확인해 준다.

## 10. 무산 작가와 무산 작품 1

―이것은 소개로보담도, 다만 독물讀物 턱으로19) 보기 바랍니다.

현대 작가라고만 하여도 그 수는 한량이 없다. 그리고 또는 그들의 현대에서 영향된 환경도 다 각기 다를 것이다. 만일 상세한 통계로 그들이었던 환경에서 생성이 된가를 분류만 할 수 있다면 그것은 아마도 무용한 사업이 아닐 것이다. 현대와 같은 시대에서 유산계급에 나서 질서 있는 학교 교육을 받은 예술가와 무산계급無産階級에 나서 눈물과 땀 속에서 아름다운 심령心靈을 가지게 된 그 예술가와의 차별로 말미암아 현대의 사회 제상諸相이 또는 인생 의의가 얼마나 틀리는 각도角度로 표현이 될 것인가. 그것은 반드시 고찰하지 않을 수 없는 한 가지의 사업이겠으나 지금은 시간도 식량識量도 그만큼 가지지 못하였다. 몇 가지 생각나는 대로 여러 작가들 가운데서 먼저 각별恪別하게 근대 혹은 현대 무산계급 작가의 특조特調를 가진 작가 몇 사람과 다음에 무산계급을 주제로 한 작품을 약설하려고 한다. 이하에 쓰려는 네 작가 가운데서 조지 · 기싱20)만은 연대로 보아도 다른

---

19)  대신으로, 보답으로.

20)  조지기싱(George Robert Gissing) 1857.11.22.~1903.12.28. 영국 소설가 겸 수필가. 중류 이하 빈민 계층의 생활을 사실적으로 그려 유명하다. 『신 삼류문인의 거리』, 『유랑의 몸』에서 지식인 등이 그의 교양 때문에 자기가 속해 있는 빈민층에 안주하지 못하는 비극을 다룬 점에 있다. 그러나 사회주의에 대해서는 비관주의로 기울어 후기에 갈수록 고전적 교양의 세계를 동경하였다.

작가보담 오래 전 사람이다. 그는 1857년에 나서 1903년에 죽었다. 그러나 다른 작가들은 아직도 현대에 생존하였다. 물론 살아 있대도 그들의 왕성旺盛한 창작력은 다—지나갔다. 만일 신시대를 대표할 만한 신작가를 요구한다면 그는 필연한 일이나 그것은 여기서 빼기로 하였다.

## 작가

덴마크의 수부首府인 코펜하겐 포리치켄의 신문사 편집실에서 일어난 이야기다.

어느 날 청년 한 사람이 원고 한 묶음을 가지고 편집실 안으로 들어왔다. 실내에는 편집 기자인 게오르그 · 부란데스[21]가 있었다. 아무러한 기자들의 관례慣例로 그 원고 내용을 자세히 보지도 않고 너무 장황長遑하다는 구실로 거절拒絶하려고 하였다. 하나 차마 그 말을 입 밖에 내지 못한 것은 그 청년의 얼굴을 한 번 걷더 본[22] 때문이었다. 그때 끝 그 포리치켄 신문사를 드나들던 사람 가운데서 그렇게도 비참한 자태를 그렇게도 쇠약衰弱한 사람이 온 일이 없었을 것이다. 그렇게도 파리해지고 헬쓱해진 얼굴의 표정에는 말 못할 무엇이

---

[21] 게오르그 브란데스(GEORG MORRIS COHEN BRANDES) 1842.2.4.~ 1927.2.19. 덴마크 코펜하겐 출신 작가. 덴마크의 문학비평가, 인문학자로 1870년대부터 20세기 초까지 스칸디나비아 문학에 큰 영향을 미쳤다. 덴마크를 비롯한 북유럽 국가의 문예운동인 "근대의 돌파구"의 이론을 정립하였으며, 덴마크, 노르웨이, 스웨덴의 여러 예술가와 교류하여 덴마크에 서유럽식 인문주의를 이식하였다.

[22] 쳐다본.

그래도 감춰져 있었다. 유리창 뒤에서 가까이 보이는 바다와 같은 그 눈동자가 까닭도 없이 부란데스의 마음을 끌은 것이었다. 그래서 부란데스는 그 원고를 집으로 가져 가서 읽기를 비롯하자 등한等閑하고 냉정하였던 자신을 혼자 속으로 질욕叱辱을 하였다. 왜 그러냐 하면 그 작품에 주인공 같은 젊은 천재는 먹을래야 먹을 것이 없어 심신이 공피共疲가 되어있을 때이었음으로 거기서 그는 처음보는 작가의 주소가 쓰인 괘투卦套에 10크오내 지폐를 넣어서너 빨리 부치고 다시 그 글을 읽고 있을 때에 그 청년이 왔던 것이다. 그 돈을 받고 어떻게 반가웠든지 미칠 번이나 하였다고 하던 것이었다. 그럴 것이다. 그만한 금액은 그 주인공이 처음 가져보는 많은 돈이었으니까.

그날 밤에 부란데스가 스웨덴 비평가 아키새르 · 룬대갈드를 만나 이상한 이름도 없는 청년 작가의 작품에 자기의 감동된 것을 이야기하였다. "그건 다만 문제文才가 있어 그럼이 아니라 영위 목구멍을 쥐어짜는 듯한 심각미深刻味가 있어 말이다. 말하자면 도스토예프스키와 같은 그런 무슨 힘이 있단 말이다⋯⋯." 이 말에 룬데갈드가 "응 참으로 그렇게 굉장宏壯한 것이던가! 그래 표제는 무엇이던지?" 물었다. "표제는 「The Hunger」 기아飢餓이고 작자는 「Kunut Homeun」 쿠누트 · 호먼이란 사람이라"고 하였다.

1920년 가을에 스웨덴 왕에게 노벨 문학상을 받은 노르웨이諾威[23]의 현대작가 쿠누트 · 호먼은 이국異國 덴마크에서 비로소 발견이 된 것이었다. 그의 작품 「방랑자」 The Wanderer나 또 「기아飢餓」의 주인공과 같이 그는 적신공권赤身空拳의 무산자로서 위대한 예술가로 발

---

23) 노르웨이.

견이 된 것이었다. 이리하여 그는 부란데스의 호의로 처녀작 「기아」를 코펜하겐에서 가장 신사상을 대표한다든 『New Soil』 신토란 잡지에 게재하게 되었다. 그것은 188년경 호먼이 극도의 절망으로 미국에서 돌아와 덴마크를 석 달 동안이나 방황할 때이었다.

△

영국에 「The House of Cobweb」 거미줄집이란 단편이 있다. 이상한 청년이 역시 이상한 성격과 생활철학을 가진 청년에게 거미줄 투성이가 된 다 부숴진 집 방을 빌리려고 하는 데서 이야기가 시작된 것이다. 빌리려는 청년이 그 전 하숙방에서 한 시간 전에 잠은 깨었어도 아직 누운 채 이런 생각을 하고 있다. 시절은 6월달 어느 아침 여섯 시였다. 벽선지壁線紙로 비치는 아침 햇볕이 종이 위에다 꽃그림자를 그리는 듯하였다. 그것은 어떤 식물학자라도 하나도 모를 야릇한 꽃뿐이었으나 그는 다만 부드럽게 흘러내리는 여름 햇살에서 꽃밭이라든, 들판이라든, 풋나무 울타리 같은 것을 연상만 하고 있었다. 아무래도 석 달 동안은 될 텐데 어찌 지나갈까—한 주일에 15 실링씩으로야 방세 밥값 빨래삯—어찌 살아나가나. 그러면 이 집을 떠날까? 실상인즉 이것도 사치奢侈는 아니지마는 예서야 아무리 절약節約을 한대두 25실링으로는 살아날 수 없지……. 게다가 이번 작품은 석 달 동안 써야 할 테지. 만일 그래도 못 쓴다면 목매 죽어도 좋다. 그러면 출판상을 만나야 할 텐데—그때까지 내 할 일은 가만히 들어앉아서 이 작품을 물고 너흘24) 것뿐이다. 여름철이 되어서 만행萬幸

---

24) 물고드리워질.

이다. 난로가 쓸데없다. 고요만 하고 햇살만 비치는 구석이면 아무러한 데라도 괜찮다. 대채 이 바닥에서는 방세와 밥값 얼러서[25] 한 주일에 15실링쯤 해 주는 데는 없나? 팔자소관이다. 한번 쏘대보자.

이리하여 용하게 찾은 것이 거미줄 집이었다. "나는 꼭 참말로 합니다. 내가 조금 반질하게 차렷지마는 가진 돈은 몇 푼 못 됩니다. 그나마라도 석 달 동안을 먹고 살려구 해요. 그것은 내가 지금 책을 지으니 그것만 다 되어서 판다면 아무 일이 없을 테지요마는 그게 아무래도 석 달 동안은 써야 할 것입니다. 그러기에 고요만 하다면 어떤 방이라도 괜찮습니다. 어떻시유? 빌려주실 테요."

이 말을 듣던 사람의 얼굴에 차츰 놀라는 기운이 더하여졌다. 눈동자가 두려워하는 동정動靜이었다. 그리자 휘파람이나 불려는 듯이 입술을 뽀족하게 모으면서 "책을요?—당신—당신은 책을 쓰신다구요! 그러면 당신은 문사文士이십니까?……." "애—쫓아내는 판입니까?. 하지만 동행을 하려거든 가난한 사람끼리 가란 말도 있습지요……." "그러면 죤손 박사 같으신 최터톤 같으신……. 아 —니 최터톤의 임종 때와 같으실 양반이 아니실 줄은 믿습니다마는……. 그러면 골드스미드 같으신!" "아무렇든 올리버의 명망名望을 반쯤은 가졌습니다. 골드스미드가 아니라 나는 골드솔프니까요." 이래서 방은 빌리게 되였다. 그럭저럭 석 달 동안 살 원고가 책사冊肆에서 책사로 돌아다니던 끝에 어떤 출판회에서 50파운드에 매수買收할려는 편지를 받았는데 그때는 정월 어느 날이었다. 그날은 골드솔프의 문단적 역사에 잊어버리지 못할 그 하룻날이었다. 이리하여 이 작가는 그 다음날에 런

---

25) 합쳐서.

던으로 만유漫遊를 하였다.

참으로 이 작가만큼 빈궁과 싸우고 빈궁 그것을 연상케 하는 작가도 드물 것이다.[26] 그는 생활의 거의를 빈궁에서만 살아난 무산자이었다. 다만 후반생의 단기短期는 먹고 지낼만 했으나 그것도 그리 충분한 것은 아니었다. 그러면서도 그는 초인주의자超人主義者요 귀족주의자였다. 그래서 언제까지든지 빈궁이란 것을 미워하였다. 만일 경우만 용인했더면 어떤 귀족적 향락을 하였을른지. 또는 조금만 더 노동하였더면 위연만한[27] 생활이야 못하였을까. 그렇지만은 게으름을 부리면서 항상 실어하는 빈궁에 그을리고 있었다. 거기에서 그의 빈궁에 대한 암매暗昧와 상약傷弱과 반항이 늘 있게 된 것이었다. 이러므로 어느 비평가는 그를 빈궁을 향락하면서 살던 작가라고 하였다. 그러면 이 작가는 누굴까? 영국의 조지 기싱이다. 19세기말 영국 문단에서 현실주의파의 웅장雄將이던 그 작가이었다.

△

그는 1872년 3월에 노르웨이에서 태어났다. 그는 스트린드벌그와 같은 여비女婢의 아들이었다. 어머니는 그를 양육할 수 없어 어느 산촌 농가에 주어버렸다. 거기서 참혹慘酷하던 그의 생활이 「거대한 기아」라든지 또는 다른 작품에 여실하게 묘현描現이 되었다. 그의 생모 이야기를 여러 사람이 할 때마다 왜 그들은 그 애를 '불쌍한 자식이다!' 하느냐. 동무들이 골이 나면 왜 그를 '애비도 없는 자식!'이라고

---

26) 드물 것이다.
27) 웬만한.

욕질을 하였으며 비웃었느냐. 그러면서도 그 필이란 애는 마음새 좋은 얼근백이 트로앤의 처를 어머니라고 불렀고 또 그 여자의 호랑이 같은 가장을 아버지라고 불렀다. 이리하여 대장간에서 메질을 할 때도 쪽배로 바다에 고기 잡으려 갈 때도 시키는 대로 그들의 말을 쫓았다. 그래서 그의 유년 시대는 웃는 것을 죄악이라고 생각한 듯한 그런 촌민 속에서 지냈다. 이 촌민들은 뿌리박힌 빈궁과 찬미나 부르기와 지옥의 두려움에만 마음이 다— 빼앗겨서 어둠침침한 바다 안개와 같이 음울陰盎한 사람들이었다라고 「The Great Hunger」 거대한 기아에 주인공 필의 생력生歷을 이렇게 썼다.

그는 포르드에서 고기를 잡았다. 여름은 들에서 염소와 소를 먹었다. 학교는 한 주일에 한 번씩— 일요일에만 교회를 가게 되었다. 산촌 소학교를 처음 갈 때는 그가 열다섯 살이었는데 그때야 비로소 문학이니 시니 하는 것이 현세에 있는 줄 안 것이었다. 그 학교를 마치자 그는 어느 부농富農의 용인이 되었으나 공부를 하려는 마음이 끊어지지 안았다. 그리다가 어찌 허락을 얻어서 어느 하사관이 경영하던 사립학교에 입학하였다. 거기서는 월사月謝 의복 같은 것을 줌으로 3년 동안이나 있었다. 그의 마음에는 어대든지 돈 안 드는 교육이면 어대서든지 지식을 얻으려고 하였다. 그때 같이 영어를 배우던 호텔 문지기가 살인죄로 입옥이 되었다. 그 모델이 그의 소설에 나온 것이다. 그리고 공개강의 같은 것이 있으면 어찌했든지 다니든 판에 햄만방과 쿠누트·헴즌의 강연이 그에게 특별한 인상을 주었다. 그런데 그때 그의 희망으로 말하면 자그마한 지주나 또는 군조軍曹가 되려고만 하였다. 왜 그러냐 하면 군조만 되어야 전쟁만 나면 장관의 지위까지도 승진할 기회가 있으니까. 그러나 이제는 이따위 야심이 다 사라지고 그는 다만 시인이 되려는 초원焦願을 가지게 되었다.

　이렇게 몽상을 하던 것이 현실고에 부디치자 그만 그는 아름다운 시가의 꿈은 보고 있을 수 없었다. 생활의 박해迫害가 아무 용서 없이 들어 밀었다. 거기서 그는 하사관의 학교를 나오면서 장사를 해서 그 다음해까지에 여러 직업을 겪었다. 포로트 군도에서 어부 노릇도 하고 여기저기서 인부 짓도 하였다. 재봉기상裁縫機商의 외교원도 하였고 무역회사의 서기도 하였다. 회사에 다닐 때는 불어문전을 연구하더니 시를 쓰느니 밤에는 희곡이니 소설을 각색脚色하려고 고안稿案을 하느니 하다가 그 이튿날 집무도 못 하게스리 두통으로 앓던 일이 예사이었다. 그래서 그가 쓰는 장부란 것은 우습고도 불쌍하게 볼 만큼 지저분한 먹 투성이었다.

　현대 노르웨이 문단에서 쿠누트·함즌과 병립한 작가 요한·보앨이야말로 이런 과거를 가진 의지의 작가이다.

△

　그가 아홉 살 때는 양화 수선상의 고노雇奴이었다. 주인은 지극하게도 잔인한 사람이었다. 이 작가는 이렇게 말하였다. "나는 어느 날 물을 끌이다가 보시기를[28) 떨어뜨려서 손을 많이 다쳤다. 그날 밤에 그만 그 집을 달려 나왔으므로 할아버지에게 꾸중을 듣고 그 다음에 또 칠漆장사의 종놈이 되었다"고. 그러나 그는 거기도 오래도록 있지

---

28)　반찬류를 담도록 사기로 만든 그릇.

못하였다. 이때부터도 그의 심령은 송두리째 '표랑성漂浪性'에게 빼앗겼던 것이다. 조각사彫刻師의 제자도 되었다. 남의 집 정원지기도 되었다. 그러다가 한참 동안 정착이 되기는 「뽈가」로 다니는 기선汽船에서 주부廚夫 노릇을 한 때이었다. 인쇄된 문자에 대한 호기심에 끌려서 열여섯 살 되는 소년의 몸으로 카잔의 대학촌에 와보았다. 그러자 "이런 아름다운 것을 무료로 배워보자"는 말래야 말 수 없는 욕망이 그로 하여금 곧 대학을 방문하게 하였다. 그러나 얼마나 참혹한 허위인가. "무료 교수란 것이 학교 규칙에는 절대로 없다"는 그 완명頑冥으로 말미암아 귀여운 그의 희원希願은 헛꿈이 되고 만 것이다. 유산과 무산으로 교육의 균등이 차별이 되었다. 그것으로 사회의 불합리한 것이 얼마만큼인 것을 알 것이다. 그렇게 있지 못할 사회의 불합리가 얼마만치나 학대虐待받은 이 소년의 가슴을 상했을 것이며 썩혔을 것인가. 절망된 그 소년은 그만 두어 달 뒤에 어느 동리에서 빵장사가 되었다. 한 달에 4원이라는 과급科給으로 그는 음식을 먹으면서 더럽고 숨 막히는 집 마루턱 방에서 살았다. "빵장사 집에서 빵을 구어 주고 있을 그때의 내 생활은 일생 가운데서 가장 고통스럽던 2년인 것을 생각하면 얼마큼이나 비참한 인상을 가진 듯한 생활이었다"고 어느 단편에 말하였다.

"천정天井에는 그으름 거미줄이 꽉 끼었다. 곧 내려앉을 듯한 천정 밑에서 장군 같은 여섯 놈이 그 나무판자우리 속에서 살았다. 밤이 되면 진흙과 곰팡이 투성인 벽 사이에 끼었다. 일어나기는 새벽 다섯 시었다. 이러니저러니 할 동안에 여섯 시가 된다. 그러면 또 일을 시작한다. 일이란 것은 다른 게 아니라 우리가 자는 동안에 만들어 둔

가루로 먼동이 튼 때부터 밤 아홉 시나 열 시까지나 테이블에 기대선 채 하루 종일 빵을 굽게스리 반죽을 이기는 것이다. 우리는 가끔 왼 몸이 저리는 것을 없애려고 줄곧 허리와 등을 앞뒤로 흔들기도 하고 틀기도 해야만 한다. 괴물과 같은 커다란 가마솥이 이글이글한 불꽃을 큰 입을 벌리듯이 벌리고 더운 김을 우리에게 뿜는다. 그리고 그 옆으로 뚫린 바람이 드나들는 구멍 두 개가 둥글게 뜬 눈깔같이 끝도 없이 하는 우리의 일을 언제든지 살피고 있다" "이렇게 우리는 밀가루와 먼지와 발바닥에 무겁게 달려 다니는 진흙과 숨막히는 더운 김 속에서 날마다 가루를 이기고 비스킷을 만들고 빵을 굽기에 우리의 땀을 짜낸 것이다. 우리는 이런 일이 말 못하게스리 미웠다. 그래 그 럼인지 우리는 손수 만든 빵은 먹지 못하고 그런 향긋한 것보담도 개 떡 같은 것만 먹고 살았다"

거처가 흉악하였고 음식이 흉악하였다. 그의 건강은 더 오래도록 거기에 있지 못하게 하였다. 이래서 그는 부두埠頭 인부로 되었다가 그 이튿날은 초부樵夫가 되었다가 하였다. 이렇게 온 러시아를 떠돌 아다녔다. 그는 주머니에 한 코패크만 있어도 책과 신문을 사서 그 날 밤이 새도록 읽었다. 여름이면 들판에 자고 겨울이면 빈집이나 동 굴에서 잤다. 1889년 그가 스무한 살 때 자살까지 하려고 흉부胸部를 쏘았으나 죽지를 않았다. 이렇게 상약嘗若을 하던 그야말로 드디어 세간 도덕이란 티끌같이 보고 무엇에든 구속되지 않는 자유혼으로 사회의 불합리를 향하여 궁전宮殿을 하던 작가 무산계급 예술가의 호 과豪誇를 영원히 전할 막심 · 고르끼였다.

## 작품

「기아」나 「방랑자」에 나온 무산자는 거의 다 배 속이 편한 지하인들이다. 양편의 주인공은 다 소유한 것이 없음으로 문명사회에서 포기抛棄가 되어먹는 듯 마는 듯한 꼴로 휘황輝煌한 도시를 헤맨다. 더군다나 「기아」의 주인공은 며칠 동안이나 굶었다. 그는 신명을 저주咀呪하면서 개 먹인다는 핑계로 고기집에서 뼉다구를 얻어 온다. 옷자락 밑에다 그것을 감춰 가지고 남의 집 문간 뒤에서 뜯어먹어 보았으나 진이 나게스리 줄인 오장五臓이 받아 드리지를 않았다. 그래서 구토嘔吐를 하였다. 눈에서 눈물이 쏟아졌다. 온몸이 부르르 떨렸다. 견디다 못해서 필경은 나무 껍질를 씹어 잠간 동안 허기를 잊었다. 그 나무껍질 맛이 똑똑한 감각으로 보였다. 배 고픈 심리 감각을 어떤 심리학자라도 이렇게 심각深刻하게 연구한 사람이 없을 것이다. 그는 다만 창자 빈 것이 신경과 감각을 못 견디게 구는 그 고통의 낱낱을 과학자의 세심으로 실험만 할 뿐이다. 그 고통을 주는 빈 창자를 사회의 세포가 왜 가지지 않은 것인가 하는 것에는 아무러한 관심과 흥미를 갖지 않았다. 거기서는 오직 어떤 주린 사람의 임상臨床 일지를 있는 대로 보일 것뿐이다. 사회 조직이 어떠하단 것이 이 사람과 무슨 교섭이 있으려. 그러므로 이 작품에는 머리도 끝도 없다. 그리다가 주인공을 크리스찬의 시중市中으로 돌아만 다니게만 함이 무엇하든지 작가는 섭섭하게도까지 굶주린 주인공에게 "집집마다의 들창에 눈부시게도 밝은 크리스찬이여 잘 있거라"라고 시키고 "영국으로 가는 배에 수부水夫가 되어 갔다"고 하였다.

한데 이것은 작가의 경향을 생각해 보면 곧 해결이 될 것이다. 대개 노르웨이 국민성에는 이종의 전형이 있다. 하나는 해적 시대의 유전성으로 항상 새로운 동경憧憬을 찾고 무엇인지 외부에서 억압하려는 것에 반항을 해서 영구 유전의 생활을 하려 한다. 이러므로 탐검자探檢者도 되고 수부도 되고 아무 게라도 된다. 말하자면 절대 자유를 찾는 것이다. 나머지 하나는 출생한 국토에 달라붙어서 조선祖先에게서 받은 신성한 대지를 더욱 더 경굴耕堀하려는 것이다. 함즌의 작품은 그 두 가지 경향이 전기 후기로 나누어 보이는데 「기아」라든 「방랑자」라든 「목양신牧羊神」이란 것은 다―표박자漂泊者의 향락을 중심으로 한 것이다. 그것은 자신의 체험을 어느 부분까지 채용했음으로―곧 무산자에겐 문명 도회에서 코기럭지 만한29) 돈벌이에 깐작깐작하기보담 차라리 한 푼 없이라도 맘대로 다니는 것이 그들의 본망本望이기 때문이다. 그러므로 그들이 무산자인 것은 그런 변기성變氣性으로 말미암아 자유롭게 구원이 되는 셈이다. 물론 이런 심리를 가진 작품이 현대의 계급투쟁을 주제로 한 것과 전혀 질이 다른 것은 잔말을 할 것이 아니다.

△

고르끼30)의 마칼·추드라의 주인공은 말했다. "자― 들어봐. 쉰

---

29) 코의 길이만큼, 매우 조금만큼.

30) 고르끼(Maxim Gorky), 1868.~1936. 러시아의 작가, 비판가. 본명 Aleksej Maksimovich Peshkov. 19세기 러시아 고전적 리얼리즘을 완성하고 사회주의 리얼리즘의 창시자. 혁명적 낭만주의의 작품을 써서 밝은 미래에의 욕구를 표현 했는데 뒤에 리얼리즘과 낭만주의를 융합한 사회주의 리얼리즘의 창작방법을 확립하였다. 문화의 근원은 민중의 노동이라고 하여

여덟 되는 오늘까지 나는 갖은(온갖) 것을 많이 보았다. 내가 안 가본
촌이라곤 없을 테야. 그려는 것이 내가 살아가는 방법이라네. 다녀
라 다녀라 그러면 온갖 것이 다 보인다. 한 군데 지룩하게 있어선 못
써. 버릇만 들면 아무게라도 다―못 쓴다. 그러니 사람의 세상을 싫
지 않게 여기려면 달마다 같은 생활을 치워버리고 거서³¹⁾ 빙빙 돌아
다녀라. 꼭 밤과 낮이 영원히 달음박질을 하는 게나 마찬가지로 말이
야……" 코냐로프가 말을 잇는다. "여보게. 난 세상을 돌아다니기로
작정을 했네. 뭐―ㄴ지두 모르지만 세상에는 느―ㄹ 새 것이 있어. 아
무 것도 생각지 말아라―바람이 불어 사람의 마음에 잡티를³²⁾ 다 실
어 준다는 데 그래. 맘대로 다 속편하다. ―누구 하나 괴롭게 구는 게

---

민중에서 떠난 문학의 타락을 지적 하고, 혁명적(진보적 혹은 능동적) 낭
만주의를 반동적(소극적) 낭만주의로부터 구별, 현실의 변혁, 인간의식 개
조의 무기로서의 문학적 의의를 강조했다. 1892년 자신의 첫 작품 『마카
르 추드라』를 발표하였다. 1895년 『러시아의 부』지에 『체르카시』를 발표하
여 크게 절찬을 받았고 이어서 〈오를로프 부부〉 등의 단편을 발표하였다.
1905년 사회 민주당에 가입하였으나 제정 러시아 군대의 민중 학살 사건
에 항의한 것 등으로 인해 회원에서 제명되었고 곧 투옥된다. 1906년 세
계 지식인들의 석방 요청에 의해 석방된 후 이탈리아 카프리섬에서 망명
생활을 하였다. 1913년 귀국하여 『유년 시대』 등을 집필하는 한편, 무산
계급 작가 양성 지도에 힘을 쏟았다. 1932년 소련 작가 동맹 제1회 대회
의장에 취임, 후진 작가의 육성과 노동자 지식인들을 위해 일하다가 사망
하였다. 스탈린의 대숙청 당시 부하린 등이 고리키를 독살했다는 혐의로
기소되었으나 이 재판은 다른 대숙청의 재판과 마찬가지로 조작 재판의
혐의가 짙다.
31) 거기서.
32) 잡된 티끌을.

없구, 배가 시장하면 거기 쉬면서 이틀 동안 돈벌이를 하지. 일터[33] 돈 벌 일이 없대두 돌아만 다니면 아무나 줄 테지. 이래서 여러 군데 첨보는 구경도 할 수 있다는 게지"

예언자의 어머니라고 하는 어머니의 주인공을 보아라. 노동자이오, 사회주의자의 자식 파웰이 십자가의 순교자처럼 시베리아로 방축放逐이 된 뒤 부인의 심령이 비로소 진리의 광명을 보게 되었다. "이 지구는 너무 많은 부정과 비애를 운반하기에 염증이 났다. 그래서는 사람의 가슴에서 돌아 오르는 새 태양이 보고싶어 남몰래 떨고 있다" 그 부인은 없는 아들의 할 일을 하러—이웃 마을로 가서 착한 말을 선전하려고—기차를 타려 할 때에 경관에게 잡혔다. 이제는 그만이라고 생각한 그 노모는 군중에게 이렇게 부르짖었다. "들어보시요, 저들은 내 아들이며, 당신 동무들이 여러분에게 진리를 일러드리려고 한다고 그들을 처벌했습니다. 우리는 노동으로 말미암아 다— 죽어 갑니다. 배고프고 추위로 못 견디고 있습니다. 우리는 언제든지 흙탕 속에 잠겨 있습니다. 그래서도 언제든지 부정한 속에 있습니다. 우리 인생은 죽음이 되고 어둔 밤이 되었습니다." "마님, 만세"라고 한 사람이 떨었더라. 그리자 경관이 그 부인의 가슴을 쥐질러서[34] 부인은 비틀거리다가 의자 위에 넘어졌어도 또 부르짖었다. "여러분 여러분의 모든 전력을 한 사람의 지도자 밑에다 결합을 시켜야만 됩니다." 경관의 붉고 억센 큰 손이 이번에는 부인의 목을 쥐질렀음으로 부인은 뒤꼭지를 벽에다 부딛혔다. "입 닥쳐 빌어먹던 늙은년!"

---

33) 설령, 예를 들면.
34) 쥐어지르다. 손으로 쥐어박다.

하였다. 이렇게 경관이 욕질을 하자 부인의 눈은 더 크게 뜨면서 반들반들하였다. 그리고 턱을 바르르 떨면서 "누가 부활復活한 사람을 죽일 수 있느냐."고 부르짖었다. 경관은 더욱 험상스러워지며 이번에는 바로 얼굴을 내려 갈겼다. 그러자 검붉은 물이 그 부인의 눈을 캄캄하게 하면서 입으로 피가 좔좔 흘렀다. "옳은 사람을 빠져 죽이는 것은 피가 아니다……."고. 노모老母는 부르짖으면서 힘을 잃고 비틀거리다가 문득 군중의 눈들이 사납게 번들거림을 보았다. 더욱은 그 부인의 친히 아는 눈이.

또 "…… 아무렇게 크게 피바다를 만든 대도 저들에게는 진리가 잡히지 않는다……"고. 부인이 말을 마치자 경관이 또 몹시 목을 쥐질렀다. 그 부인이 께르께르하는 목에서 겨우 가늘게 "불쌍한 사람들."이라고 할 때 한 사람이 깊은 한숨으로 부인에게 대답을 하였다.

「참회懺悔」에서는 신을 찾다가 크리스트 신에 절망을 하고 노동자 속으로 들어가 고생을 하다가 오직 하나인 자기의 이상신理想神을 최후에 민중에게서 발견한 맛츠뵈-가 있다.

"민중이여! 네야말로 나의 신이다. 너희들의 번거로운 노역인 탐구 속에서 너의 아름다운 심령을 만들었다. 모든 신의 창조자인 너희들이야말로 곧 나의 신이다. 너희들 말고는 땅 위에 다른 신은 하나라도 두지 말게 하여라. 왜 그러냐 하면 너희들이야말로 기적의 창조자인 오작 하나인 신이니까."

△

이만한 혁명혼과 반역성反逆性은 나머지 세 작가에선 못 볼 것이다. 그런데 이상한 것은 「핸리 · 라이크로프트 일기」 작가로 「신구락부新俱樂部街」 작가로 「현세지옥現世地獄」의 동정자同情者라고 부르는 조지 · 기싱이란 작가이다. 그는 자기가 그렇게도 작품은 빈궁貧窮을 주제로 했음에도 불구하고 마음속까지 빈민을 싫어했음은 어떤 모순矛盾일까? 이상한 게 아니다. 그는 개인주의자였고 귀족 취미를 그리워하던 가난한 사람인 까닭이다. 그는 장편 「데모스」Demos로 데모크라시의 체체를 사상思想한 것이다. 데모크라시란 것은 천민의 대집大集에 지나지 않는다. 사상이며 예술은 그 천민을 각하脚下에 두고 볼 권위를 허득許得한 듯이 생각하였다. 그래서 빈민은 하류 계급은 취미도 지식도 한번 세련洗鍊이 못 된 무지의 떼이다. 자기는 장구한 반생半生을 더 그런 계급과 살아왔음으로 갑절 명료하게 그들의 무지를 보았다고 생각하였다. 고르끼의 「참회」에 있는 맛츠뵈-와 여기서 반대되는 것을 발견한 것이다. 그러면 이 무지의 본원本源이 어데 있느냐? 기싱은 함즌과 같이 이런 일선一線으로 시력視力을 몰아넣는 흥미를 갖지 않았다. 런던 같은 도회를 마차로 다닐 것은 생각도 못하였다. 그는 너무도 가난했음으로 시간이 드는 것도 발이 부르틈도 헤아리지 않고 열두 시간 열다섯 시간이나 걸어 다녔다고 「라이크로프트 일기」에서 말하였다. 그는 그의 후반생에 노동 문제에 대한 논문을 써달라는 어떤 잡지의 의뢰依賴를 받았을 때 "나는 이제 빈민 생활의 문제 같은 것은 일체 흥미가 나지 않는다"고까지 하였다. 그러나 그는 '중류 계급의 역사가'라고 불릴 만큼 「이오니안 해반海畔에서」 속에 쓴 것처럼 노동과 힘없는 말로 말미암아 병신이 된다싶이 상처

투성이가 된 손과 오래도록 빗질을 잊어버린 리숫과[35] 아무라도 옷
으로는 보지 못할 더럽고 헤어 진 누더기를 입은 중년 나이쯤 된 아
낙네의 그 사람다워 뵈지 않는…… 비참한 꼴을 잊어버리지 못하였
다. 다면 너무나 오래도록 그의 길음도 하던[36] 빈궁과 불행이 언젠
지도 몰래 그로 하여금 모든 인간에 대하여 알 수 없는 시들픈 마음
을 가지게 하는 동시에 굳센 교양을 가진 그는 이른바 군중의 무지에
까지 내려가서 그 속에 뒤쎾이지만 말고 그런 취미를 가지지 못한 것
이다.

△

요한 · 보앨로 말하면 또 다른 특체特彩가 있다. 그는 오래도록 무
산계급에 자라서 학대虐待받는 그 계급의 고노苦勞를 맞았다. 하나
그는 그 현상을 전도顚倒시킴에 고르끼와 같이 산업혁명과 사회주의
로 사회를 개조하려고 안 했다. 그는 학대받는 편의 불합리를 고찰
한 동시에 그 계급 자신에게도 또 구원救援하여야만 할 그 무지를 발
견하였다. 세계의 번뇌煩惱번란 것은 말할 것도 없이 이 두 편의 무지
와 무지와의 투쟁에서 나는 것이다. 그것은 지식 문제가 근본이 됨으
로 당박當迫된 사회 개조는 먼저 심령心靈 개조에 있고 다음이 양식樣
式 개조일 것이라고 그가 생각하였다. 그 심령의 개조를 종교의 신앙
에 가져오려던 것이 곧 「거대한 기아飢餓」이고 인도적 정신에서 행진
을 하려던 것이 「The Face ofthe World」 세계의 얼굴이나 또는 「Our

---

35)   머리숱과 인 듯.
36)   길기도 하던.

Kingdom」우리나라이다. "어머님 당신은 학대虐待받는 사람이 어떤 사람들인지를 아십니까? 그것은 학대받는 사람을 학대하게스리 받는 사람 위에 없애려고 하는 그 사람들을 가르친 것입니다. 노동자가 흔히 비싼 임금을 받을 때에는 어떻습니까? 그들의 일하는 성적은 더욱 불량합니다. 우리가 돌아다니는 세상을 보고서 그 진보進步되어 가는 것을 자랑하시요! 대륙은 민족 증오憎惡로써 혼자 떠들고 있습니다. 정당 내의 각 단체는 서로 미워하고 단원團員끼리 암살을 합니다. 그것은 내 혼자만 다른 단체 위에서 그 단체를 정복하려고 하기 때문입니다. 나는 그런 모든 것을 향하여 그것을 개조改造하려고 합니다. 이− 내가!" 하는 이것이 보앨의 세계 개조의 신념이다.

— 계속 —

# 11. 무산 작가와 무산 작품 2
## ─「소개로보담도 독물讀物 턱으로 보기 바랍니다」

### 그의 작가와 작품

"세계 역사적 신세기의 여명黎明은 인류의 선혈鮮血로써 붉게 되었다. 학살된 국민의術예술이란 반드시 장엄壯嚴하여야 한다. 그렇지 않으면 존재할 수 없을 것이다. 인류가 일찍 취재取材취재하던 어느 것보담도 넓고 전쟁보담도 크고 업業보다도 가밀고37) 사랑보담도 높은 한 가지의 시야視野가 이제는 예술의 앞에 제 몸을 비치려 왔다. 그것은 노동이다. 인류가 이마에 땀을 흘리므로 살아온 오늘 여자를 누리고 전쟁을 하던 세계를 자양滋養시킨 노동은 이제 인류의 시詩에 빗비취지 않게 되었다" "우리의 위로 내려진 고뇌가 그 불가사의한 운명의 바다에다 인류를 흘려보내는 현대에 미래로부터 우리를 불러주는 듯한 소망 있는 소리가 조금도 들리지 않는 것은 무슨 까닭일까? 용기 많은 국민이 놀라운 인류의 노력을 보이고 있는 것을 마음 있는 사람들은 가만히 바라보고 있다. 이렇게 광휘光輝 있는 노력에서 이렇게 사나운 괴로움에서 이렇게 소망이 많은 것에서 왜 생각 깊은 지인智人이 일어서서 그 울리는 말로써 새로운 양식을 참 좋아지 않는가? 오느라 시인이여, 세계는 너를 기다린다." 이렇게 부르짖은 프방스의 피앨함프도 무산계급에서 태어난38) 작가이다. 그의 민

---

37) 넉넉하고, 풍부하고.
38) '자란'에서 '자'의 탈자.

중이란 일편은 그가 노동자이든 자신의 체험을 기축機軸으로 해서 노동자의 세계에 새로이 터져 나온 근대라는 새로운 자기의식을 내면으로 관찰한 권화權化된 습작習作이었다. 그는 가난한 빵장사로써39) 깊은 예술 심령을 날카로운 사회의식의 속에다 포화飽和를 시켜버렸다. 이러한 학대를 받은 노동자의 눈을 통하여 본 사람마다의 아름답다는 모든 것은 돌 틈 사이에 낀 잡풀이 그 돌 밑에서 애처로운 꽃봉오리를 피우고 있는 듯이 도리어 학대받는 편에 있었다. 그 비틀려는 졌으나 그래도 필연의 생명의 표장表章의 미가 얼마나 가엾은 자태로 구현되어 있는가. 학대받은 미, 칙취搾取된 미, 여기 함프의 거증巨憎이 있다. 밀매음蜜賣淫의 집, 개에게 하루 백 수-짜리의 요리가 먹힌다. 뼈다귀가 없다시피 칼질을 하여서 기름끼를 너무 넣지 말라는 주문이 있다. "얼마나 사람의 말 못할 수치羞恥냐? 나는 두 달 동안 배를 말려본 적도 있다. 아무 것도 먹지 못한 날이 며칠이나 될지도 모른다. 그런데 개 한 머리에게 백 수-짜리의 대접이란 다— 무엇이냐" 이것을 만들던 보이가 곧 침을 뱉으면서 "여기는 뼈다귀라곤 들었지 않았습니다"라고 할 때 그 동무 보이도 그 음식에다 침을 뱉으면서 말을 하였다. "이리하여 그들의 부상負傷이 되었던 정의 관념이 복수復讐된 것이다고 한 「요리집에서」란 단편은 그의 지긋지긋한 체험이 아니고 무엇일까? 또 「The Rich City」 부촌에 전개된 무산자의 각상各相을 보아라. 스트라이크를 한 뒤의 쓸쓸한 동리의 불안에서 빈부 양계급兩階級이 뒤범벅이 된 투쟁의 심리를 얼마나 세밀하게 정의의 한 길을 찾는 그의 성찰이 있느냐? 그는 프랑스의 고르끼-란

---

39) 빵 장수로서.

말을 듣는다. 그는 젊어서부터 빵을 찾아 영국 스페인 독일로 끌려 다니듯이 아무데나 방랑을 하였다. 파리의 인민대학의 학생이 된 제가 26세 때인데 그 뒤는 북부 프랑스 철도에서 7년 동안이나 노동을 하였다.

△

빵 장사하던 노동자에서 나온 현대 예술가로는 고르끼-와 함프 말고 또 한 사람이 있다. 그는 벨기에[40] 작가 스틴스트라우프르스이다. 노동자의 생활만 모운 「The Gass of Life」 인생의 노정이란 단편집 작가이다. 그도 문단에 나올 때까지는 서부 프란다-스의 아프래므에서 농부와 농부의 단골집 빵장사를 하고 있었다. 이 속에 묘사된 노동자는 방랑자요 농부요 노동자의 자식뿐이다. 그는 「기화奇禍」의 주인공과 같이 흔한 사회의 불합리에 분노한 때도 없지 않았다. "왜 그는 일하지 않으면 안 되는가, 언제든지 끊히지 않고 일하지 않으면 안 되는가, 아무것도 않고도 살기만 하기는커녕 아무 것도 않고도 안락安樂한 생활을 싫도록 하고 있는 사람이 얼마나 많은데"라고 하는 반항도 뿌리박히지 않은 것은 아니나 그보담도 그는 몇 갑절 더 심령의 애통哀痛을 노동자들이 가진 그 환경으로 쏟기에[41] 바빴다

그것은 「「파이프」를 물고나 「파이프」 없이나」라는 스케치만에서도 그의 애듯한 정서를 맛볼 수 있다. 거기는 어떤 젊은 소년이 밀을 실은 구루마를 밀고 간다. 노중에 수레를 멈추고 담뱃가게의 진열창陳

---

40) 벨기에.
41) 쏟기에.

列悉을 정신없이 들려다 보았다. 파―란 솔문같이 쌓아 둔 담뱃갑 위에는 길기도 긴 육주수柶柱樹 파이프가 색실에 꿰어 있다. 점잔하게도 큼직한 담뱃대 골통에는 임검이다 검둥이다 예쁜 아 씨들의 얼굴이 새겨져 있고 호박琥珀 물쭈리가 달린 해포석海泡石대도 있다. 온 갖42) 종류의 담뱃대가 있다. 소년은 한숨을 한 번 쉬면서 "이렇게도 예쁜 게 이렇게 도 많구나! 이머니가 삯일을 맡기만 하만……" 하였다. 그는 코를 유리창에다 바짝 누르고 넉 빠진듯이 「파이프」의 모양과 값을 살펴보았다. "아 어머니" 소년은 맘에 드는 「파이프」가 가지고 싶었다. 어머니는 삯일만 맡게 되면 한 개 사주겠다는 약속을 오늘도 하고 나갔다. 그는 단념을 하고 수레채를 잡아 쥐고 큰길로 정거역까지 밀고 가서 거기서 돌아올 어머니를 기다리고 있었던 것이다. 한낮 햇살이 돌맹이를43) 이들하게스리44) 물고 너흐는 악착한 더운 날이다. 마차 안에서는 마부가 졸고 있다. 말은 머리를 빠트리고 세 다리로 서서 가끔 생각한 듯이 파리를 날리려고 한 두어 번 발을 굴린다. 집 없는 떼거지가 서늘한 나무 그늘 밑에서 잠을 자고 있다. 소년은 남의 집 울타리에 기대서서 목을 뻗치고 기다렸다. 그리자 기차가 들어왔다. 맨첨에 내리는 사람이 뚱뚱하게 살찐 신사이었다. 다음에는 부인 그 다음에도 부인 그리고는 다― 다른 사람뿐이었다. 맨나중에 어머니가 내려왔다. 어머니의 어깨 위에는 푸르덩덩한 빈 포대기가 얹혀있다. 어머니는 그 포대기를 밀 구루마 위에다 힘없이 집

---

42) 온갖.
43) 돌멩이를.
44) 미상.

어던지면서 가늘고도 힘없는 소리로 "또 일이 없더라. 아이구 하느님 제발 살려만 줍소—" 하였다. 이리하여 모자는 다시 더 한 마디 말도 않고 멀고 먼ㅡㄴ 촌길을 걸으면서 시덜푼[45) 집으로 향하였다. 담배가 가를 지날 때 소년은 선뜻 그 진열창을 것더보고는[46) 무엇인지 시성노[47) 노래를 혼자 불렀다. 집은 아직도 머ㅡㄹ다. 햇살은 찌지고 있다.

막심 코르키ㅡ가 양화수선 집의 사복使僕인 것과 같이 덴마크의 현대 작가인 마르틴·안데르샌·네기추도 소년 시대를 그렇게 지나왔다. 그는 코팬하겐의 빈민굴에서 태어난 사람으로 문단에 나올 때까지는 벽돌 장사로 살아왔다. 그의 4부 장편 「승리자 패를래」에서는 무산자인 한 소년이 세상과 싸우고 세상에 서서 고뇌를 하고 있었다. 그러나 필경은 그 싸움에 이기고 대규모의 사회 개조자로써 영업할 역사를 잡은 것이다. 그런대 댓디ㅡ 가운데는 고집 많고 착한 빈촌의 처녀가 어떻게 참혹慘酷한 운명에게 저주를 받고 드디어 창부娼婦에까지 타락이 된 것이 3부의 장편에 여실하게 기록이 되어있다. 그런대 「승리자 페를래」는 작자 자신을 어느 점까지 모형模型한 것으로써 "1877년 5월 초승의 어느 새벽이었다. 바다 저편에서는 회색 꼬리를 무겁고 물 위로 끌고 바다 안개가 슬금슬금 밀어온다"던 북구의 해안에서 직업을 찾아서 예까지 건너온 부자들의 처음 내려보는 그 감상이 그림과 같이 인상이 되어있다. 주인공인 페를래가 사회주의도 근

---

45) 고달픈.
46) 거들떠보고는.
47) 저절로.

대 산업조직도 아직 들어오지 않은 적은 산촌에서 양화洋靴 장사의 공복工僕이었을 때까지는 괜찮았다. 한번 코펜하겐의 대도회에 뛰어나온 뒤로는 그의 투쟁의 용의用意는 모두가 현대의 노동 문제이었다. 그는 제일선의 용자勇者로써 언제든지 고주雇主와 관헌官憲의 횡포과 싸웠다. 작자는 또 자기의 몸소 겪은 체험으로써 이 투쟁의 의의意義를 내면으로 관찰하기도 잊어버리지 않았다. 작자는 창일漲溢할 만한 상상력을 가졌으면서도 감상자일 혐의嫌疑는 조금도 없었다. 「페를래」는 드디어 이겼다. 그리하여 그는 승리에서 획득한 자금으로 노동자 공동생활을 위하여 전원도시를 건설하게 되었다. 댓디-는 풍진 세상의 진흙 수렁 속에 빠져서 올 수도 없이 까무러졌다.48) 거기는 그 여자가 의지로써 어찌할 수 없는 운명의 힘이 있기야 하지마는 아무렇든 댓디-자신의 도덕적 책임이 조금도 없다.

## 무산자를 주제로 한 작가와 작품

벨기에의 현대작가 조르즈 · 애쿠-는 「The New Carssage」 새로운 「카르세지」의 작자로써 주인공 파리댈에게 무산계급자로써의 분노와 반항을 비장悲壯하게도 강열하게 표현을 시켰다. 라우랜트 파리댈은 아버지가 죽고 고아가 된 까닭으로 아버지와 동업同業을 하던 상인 드보사이스의 집에서 하인 비슷 손님 비슷하게 자랐다. 학교에도 다넷스나 드보사이스의 딸, 기-나에게 사랑을 하다가 거절을 당하였을 뿐 아니라 그만 그 집에서 쫓겨났다. 그리고 기-나는 기선

---

48) 까무러졌다.

회사의 주인이면서 영리怜悧한 사기詐欺를 예사로 하는 악덕자본가인 패야-드의 처가 되었다. 이리하여 어려서부터 안트와프 지방에 집도 절도 없는 거지 속에서 프로레타리아의 생존권을 요구하기와 회복恢復하기 위하여 있는 힘을 다해서 싸웠고 있던 파리댈은 지금 정면의 대적인 패야-드부터 없애야 할 것이었다. 그런대 그때는 패야-드의 횡포한 이욕과 착취가 갑절 더 심해저서 이민회사를 계획해서는 이민을 파선시키기도 하고 위태한 탄약彈藥 공장을 세워서는 여공과 아공兒工을 소사燒死케 하였다. 사랑하는 기-나의 행복을 위해서는 착취搾取되는 무산계급에게든 아무래도 더 참을 수 없게 된 파리댈은 불난 탄약 공장 밑에서 패야-드를 안은 채 타죽고 말았다.

이 작품이 나온 뒤로 안토와프로 가는 사랑은 무기武器를 준비하여야 할 만큼 그렇게 두려워하였다고49) 한다. 이런 사실적 평판을 일으킨 것은 이 작장作長 가운데서 파리댈이 섞여 노는 무의자들의 생활이 그런 위협을 줄 만큼이나 심삼深滲이 되어 보였기 때문일 것이다. 그처럼 그 무산자들은 법률과 도덕에 대한 공포恐怖를 느끼지 않는 사람이며, 그만한 밑도 없는 증오를 포악暴惡한 자본가에게 던지던 사람들이었다. 한대 파리댈이 실제 행동에서 쓴 수단은 결코 최후의 그 장면뿐만이 아니었다. 시회의원의 선거에서 파리댈 등 무산당의 후보자가 참혹하게도 금권당金權黨의 「패야-드」로 말미암아 파산이 될 때에도 민중측에서는 불꽃같은 분노를 일으켰다. "이 싸움의 마지막 결과로 무서운 혼란과 노기怒氣가 안토와프의 민중을 동요시켰다. 금권당은 다만 부패와 무기력으로써도 겨우 승리만 얻었을

---

49) 하였다고: 하였다고.

뿐임으로 미워 못 견디는 새빨간 얼굴과 원한 가득한 파란 얼굴이 애닲은 눈물을 쥐어뿌리면서 독시毒矢 같은 타매咤罵와 험담險談을 민중의 머리에서 주저도 없이 터져나오던 것이었다." "19세기말의 안토와프의 현실을 잡게 된 이 작장作長이 '새로운 카르쎄지—'라고 명명이 된 것은 상업시로 된 옛날 카르쎄지-가 멸망된 것과 같이 새 상업도시로 된 오늘 안토와프가 금권金能 정치의 부패힌 속에서 파멸이 되어가는 것을 상징하려고 한 것이다.

△

애쿠-와 같은 근본 관념에서 무산계급의 주인공을 계급투쟁사상의 용장勇將과 같이 선택한 것은 스페인의 피오 바로하50)의 3부작 「The Struggle for Life」인생의 투쟁일 것이다. 또 같은 경향을 취한 작품으로는 「The City of」51)주의 깊은 도회이다. 「인생의 투쟁」에선 말하자면 작자의 주의가 현대의 사회 조직이 인생의 생활미를 극단

---

50) 피오 바로하(1872~1956) 1872년 12월 28일 스페인 북부 바스크 지방의 해안 도시 산 세바스티안에서 태어났다. 대학에서 의학을 전공한 뒤 의사로 취직하였지만 곧 사직하고, 이후 스페인의 '98세대'라 불리는 젊은 문인들과 교류하며 문학에 몰두했다. 20세기 스페인 소설의 새로운 막을 열었다는 평을 받은 첫번째 단편집 『음울한 삶들』(1900)을 시작으로 『모험가 살라카인』(1909), 『과학의 나무』(1911), 19세기 스페인의 역사를 조망한 22권짜리 소설 『어느 행동가의 회고록』(1913~1935) 등의 대표작들을 차례로 출간하였다. 60여 년에 이르는 문학적 생애를 통해 66편의 장편소설, 5편의 단편집, 4편의 콩트집, 2편의 희곡, 3편의 자서전 등 100편이 넘는 방대한 양의 작품을 남기고 1956년 10월 30일 84세를 일기로 사망했다.
51) '주의 깊은'이라는 영어 단어가 탈자.

으로 괴롭게 하고 그 편견과 무자無慈한 것이 자연의 인간성을 학살시키고 있는 것을 보다 못하여 그에 대한 맹렬한 항의를 제출하려고 한 것이다. 제1부인 '탐구'란 것은 누추한 하숙의 여비공女婢工 노릇을 하는 패트라의 아달 되는 마누앨이란 청년이 마드릿드로 처음 와서 양화 수선공이 됨에서 시작이 된다. 그는 오자마자 부랑자浮浪者 무직자와 드디어 매음굴賣淫窟에까지 출입하게 되면서 피투성인 싸움과 죽을 줄 모르는 색투色鬪와 그 때뿐인 탐닉耽溺과 개짐승보담도 더러운 빈민굴의 악취가 영원의 주마등과 같이 뒤범벅이 된 그의 황난荒亂한 생활의 인상에 그을리게 된다. 그리고 지하층의 사회가 무서운 원시적인 영악獰惡 그것으로 예사롭게 전개가 된다. 그러나 숨결이 막히는 하해下海 인생의 분위기 속에 마누앨은 작가와 같이 그 의의를 관찰하고 있다. 야밤의 정적과 신비는 인세人世에서 자각自覺줄 대도회의 일초 동안이다. 마드릿드의 새벽에 서서 있는 마누엘의 자세는 참으로 장엄壯嚴 그것이었다. 야수夜守의 각등角燈 불이 열푸르게 동트는 속에서 어슴푸레해져서 연회색軟灰色 거리 위로 춤을 추고 있었다. 검은 누더기 줍는 사람의 그림자가 한길에 떨러진 헌 찌꺼기를52) 주우려고 허리를 굽힐 때 그것은 낡은 누더기에서 난 도깨비 같은 반갑지 않은 그 영자影姿이었다. 저고리를 얼굴까지 싸고 바싹 야원 거지가 날이 세기 전에부터 이처럼 가만가만히 자취를 감춘다. 그 뒤로는 노동자들이 지나간다.……. 그 여러 일꾼들로 말미암아 정직한 마드릿드란 마을은 이제부터 또 분요어紛擾於 이 날의 준비를 차리고 있는 것이었다. 소리 없는 그 밤의 혼잡에서 눈부시는

52) "헌 찌꺼기" 곧 '쓰레기'를 뜻한다.

아침의 활동으로 옮아가는 이 일순간이 마누엘로 하여금53) 끝도 없이 깊은 명상으로 기어들게 하던 것이다.

그는 이렇게 해석하였다. 이 마을 부엉이의 존재와 노동자들의 생존은 결코 평행선 위에서 조금도 서로 어울릴 것은 아니다. 한편에는 환락 악덕의 밤이요 한편에는 노역 피곤한 아참이다. 그는……? 그에게는 그가 제2의 계급에 부속付屬되지 않을 수 없다고 여겼다. 말하자면 어둔 그늘 속으로 돌아다니는 것 말고 햇발 밑에서 일하는 그것으로 말이었다.

길쭉한54)인생의 제1기인 '탐구'는 그들이 결론까지 가게 하였다. 그리고 제2부 이하는 자각한 노동자로써의 그의 부활을 의미한 것이다.

그의 「주의 깊은 도회」에서도 시대에 자각한 무산자의 눈에 비친 예리銳利한 문명 비평이 있다. 주의 많은 도회! 그것은 너무나 주의할 것이 많아서 생기를 다—잃은 도회이다. 아니 그것은 도회가 아니라 스페인 그 나라이다. "민중은 모두 죽었다. 그들의 두뇌는 일을 두었다. 스페인은 관절關節 경화병으로 앓고 있는 한 몸둥아리다. 조금만 꼼작하여도 그만 아파서 죽을 지경이다. 그러므로 진보를 한대도 천천히 하여야 될 것이었다—비약은 할 수가 없다." 이렇게 다 죽어가는 스페인을 혼수昏睡에서 잡아 일으키기에는 가진 노력을 아끼지 안한 주인공 콴친도 "양심이란 무엇인가 약한 마음 그것뿐이 아닌가. 정직이란 무엇인가 기계적인 어떤 것에 지나지 않는다" 하였다. 스페

---

53)  하여금.
54)  길쭉한.

인 사람은 오직 무아 사람같이 일을 하고 주—와 같이 돈만 벌면 그만이라고 어둡고도 무거운 그 맘을 품고 은가루가 흐르는 달밑에서 남몰래 울 수밖에 없었다.

△

블라스코 · 이바녜스55)도 에스파냐 작가로서 「The Shadow of Cathedral」 승완僧阮의 그림자와 「The Fruit of the wine」 포도 열매의 작자이다. 두 편이 다—무산계급의 사회 개계심改階心을 개조로한 것으로 두 편이 다—참패로 끝을 마친 것이 이 작가의 문명 비판일 것이다. 「승완의 그림자」에서는 다윈과 푸루동에게 많은 힘을 받은 젊은 승려인 「카브리엘루나」가 우상화된 종교의 형각形殼을 내면부터 부수고 무산자의 광명으로써 신종교를 창조하려고 한다. "산몸으로 충분한 자양滋養을 섭취하여야 할 여러분이 맛없는 감자甘藷와 빵만으로 처자 되시는 이의 장위를 속이고 있는데 이 사원의 신명이란 목제의 우상은 어떻습니까? 제한도 없는 사치奢侈—진주와 황금 투성이가 아닙니까. 여러분은 그날 그날의 끼니를 찾아 잡수시기

---

55) 블라스코 이바녜스(Vicente Blasco Ibáñez), 1867.~1928. 에스파냐 작가. 공화주의자로 반왕제(反王制)운동에 참가하여 여러 번 망명하였으며, 향토 작품의 걸작 《초가(草家) La Baroca(1898)》, 제2기 사회 문제 소설로는 《피와 모래 Sangre y Arena(1908)》 등이 유명하다. 자연주의의 영향을 가장 많이 받은 작가이지만 선이 굵은 묘사와 대규모의 구성이 독특한 문체와 더불어 매력적인 통속 소설로서 성공하였다. [네이버 지식백과] 블라스코 이바녜스 [Vicente Blasco Ibáñez] (인명사전, 2002. 1. 10., 인명사전편찬위원회)

에도 넉넉지 못하여 비참한 우리속에서 앓고 있지 않을 수 없는 그동안에 아무 쓸데없는 이런 우상들이 왜 이런 호화豪華를 해야만 하는가를 여러분은 조금도 의심한 적이 있습니까?"고 하였다. 강단에서 젊은 승려가 이렇게 노후怒吼를 하자 "듣는 이들이 무슨 불덩이에 얻어맞은 듯이 놀라서 서로 눈을 들여다보고 있다." 한참 동안은 의아疑訝가 그들의 마음에 깔려 있었으나 결국 견고한 각성覺醒의 확신이 그들의 얼굴을 빛나게 하였다. 맨 처음 음울陰鬱한 목청으로 종을 치는 사내가 "참말이다"고 하자 신발장사도 "참말이다"고 맞장구를 쳤다. 그러나 이 금벽金璧이 찬란한 대사원의 모퉁이에서 한 푼 없이 병에 찌들린 투사는 결국 서러운 절망으로 영원의 눈을 감고 말았다. "대지는 그의 죽음의 비밀을 감추고 있었다. 얼굴을 안 보이는 어머니 같은 대지는 지금까지 이 일생의 투쟁을 무감각하게 지키고 그의 모든 위대도 야심도 비참도 우행愚行도 그가 체후替後까지 표적을 하던 인생의 풍요와 혁신과 함께 다―대지의 품속에서 섞지 않으면 안 될 것으로 알고 있었다"고 작자는 앓고 또 절망을 하였으나 새로 나는 건설의 후원대後援隊는 세계의 사방에서 돌진을 하여왔다. 그 전면戰線은 조금도 흩어지지 않고 그의 이상은 결코 대지의 품속에서만 섞고 있지 않았다.

「포도 열매」에선 포도주 공장의 직공들을 중심으로 하고 노동자 「패르난도」가 날뛰는 것이다. "세계는 이제야 수천 년의 수면睡眠에서 눈뜨기 비롯하였다. 유아 시대에 빼앗긴 것을 탈환하려는 용감한 항의가 지금 나오기 시작는다. 토지는 그대들의 것이다. 뉘가 그것을 만들었다고 할 것이 아니다. 그러기에 토지는 다― 그대들의 것이다.

만일 토지 위에 어떤 개량이 시행된다면 그 시행은 그대들의 땀투성이인 손에서 된 것일 것이다. 그러므로 그대들의 소유로 반드시 돌아갈 것이다. 인간은 공기를 호흡할 권리가 있다. 일광日光에 쪼일 권리가 있다. 그러면 그대들을 유지하는 그 토지의 소유권을 요구한다는 것은 조금도 이상할 것이 없는 말이 아니냐" "자선이다? 자선이란 것은 미덕의 가명을 뒤집어쓴 이기주의란 말이다. 착취한 잉여가치의 극소분을 희생이란 명의로서 자기의 형편이 좋을 때에 분배하게 되는 그것이 아니냐. 자선? 아니 정의다. 그의 가진 것은 만인에게 나누어야 할 것이다.", "인류를 구조할 것은 다만 정의뿐이다." "정의는 천국의 것이 아니다. 지상의 것이다." 이 나라는 넓다 그러나 이 나라의 부력은 겨우 80명이나 100명의 자본가로 말미암아 착취되고 있다. 그것은 얼마만한 불합리일까? 패르난도는 이 포도주 공장의 직공들에게 공장 자본가의 정체를 항상 폭로시켰다. 하나 관헌官憲과 자본가의 대항하는 편은 적수공권인 그보담 더 실력이 있었다. 노동자들은 모조리 자본가들의 품속에 안겼다. 지금은 누구 한 사람도 패르난도의 열변熱辯에 귀를 기우리는 이가 없다. "흔히 노동운동에 오는 이와 같이 저치도 지도자―ㄴ 체하는 훌륭한 사사기詐師欺이다. 저치의 선동煽動으로 노동하는 인간들은 지금 다―공동묘지의 흙 밑에서 썩은 꿈을 꾸고 있다……. 아무렇든 설교는 적고 수확은 많아야 노동자의 참동무는 임금을 주는 고주雇主뿐이다. 임금을 주면서 덤으로 포도주 몇 잔만 마셔주면 그야말로 참 좋은 고주다." 노동자의 한 사람이 동무에게 이렇게 말하고서 원지도자인 패르난도에게 멸시하는 눈치를 주었다.

포도의 열매는 점점 알이 잘 배고 자본가의 재양財襄은 차츰 불어 갈 뿐이다.

△

오스트리아奧智利의 안드레스 랏코는 「Men in Battle」 싸우는 사람들에서 강렬한 반군국주의를 제창하였을 뿐이 아니다. 「Home again」 귀향에서 조국을 위하여 부상負傷을 하고 전쟁에서 돌아온 용사가 전쟁으로 졸부猝富가 된 강욕强慾한 공장주를 자살한다. 그것은 전쟁 중에 공장이 되어 이 용사 복단의 친분 있던 처녀가 직공으로 거기를 다니다가 공장주에게 정조貞操를 강매强賣하게 되었다. 그리하여 사치奢侈해진 그 여자는 다시 가난뱅이 복단을 걷어보지도 않았다. 더군다나 복단은 포약砲藥으로 말미암아 두 눈이 다─어두워진 가엾은 병신이 되었으니 말도 할 것이 없어 보이던 것이다. 이러므로 그의 절망을 전선戰線에서 득양養得을 한 그 잔인성이 그만 채질을 하여서 극단의 증오를 공장주에게 품게 되었다. 그리고 또 동리 사람들이 이 공장의 덕택으로써 갑절 부유하게 되었다고 추종追從을 하는 꼴이 아니꼬웠다. 그리하여 그는 자기가 전장에서 돌아올 때 동구에서 만났던 사회주의자 미할래라는 사람의 뼛속을 얘이는 비꼬는 말이 아직도 잊어바릴 수 없이 새롭게 기억이 되던 것이다. "자네는 두 눈을 없애고 얼마나 먹나? 일필─筆에 5백 파운드나 되나. 그보다 갑절 1천 파운드나 되나. 허지만 전장에서 가마귀 밥이 된 인간들은 아무것도 못 받았지. 그러나 어때. 자 공장 주인은 말이야! 하루에 몇 백 파운드를 벌면서도 손가락 하나 다치기나 했느냐 말이야. 더군다나 그 돈을 주머니에 담뿍 집어넣고는 공장의 여공을 마구잡이로 남기지 않고 죄다 유인誘引을 하지. 지금이야 그 놈도 동리에서 제일 큰 졸부가 되었지.”

이리하여 복단은 드디어 공장주를 죽이고 그도 자살을 하고 말았다.

△

그리고 러시아의 무산계급을 말한 예술로 말하면 나 같은 빈무貧務한 지식으로도 헤아릴 수 없을 만큼 많다. 도스토옙스키의 「Crime and Punishment」 죄와 벌과 「Poor Folk」 가난한 사람들 그런 것이다. 또 알치바세프의 「Tales of the Revolution」 혁명이야기. 크푸린의 「The River of Life」 생명의 하수河水에도 러시아 학생 계급의 비참悲慘이 얼마나 시커멓게56) 보이느냐? 시체의 우각슬관절右脚膝關節 위에 14호라고 조악粗惡한 잉크로 쓰여 있다. 해부 강대講臺로 올라가는 순번이다. 참혹하게도 엄숙한 작자의 리얼리즘에 실생활의 잔인이 부합이 되었다. 로프신의 혁명을 포착捕捉한 「The Pale Fass」 창백한 말과 「What never Happned」 아무 일도 없던 것에서 더 올라가서는 고-골의 「The Frask」 외투 래시코프의 단편집 「톨스토이」 「투르게네프」 「코로랜코」 「비래새에프」 같이 거례擧例키 어렵다. 다민 래오니드 · 안도레프의 「국난을 만난 민중의 고백」에서는 별다른 자극을 받을 것이다. 그것은 1914년의 세계대전을 만나 직업도 지위도

---

56) 시커멓게.

안착된 생활도 함께 없애 바린 무산 중류계급자의 고백으로써 절박한 현실의 세계가 시커멓게 흐르는 안도래프의 인생 회의懷疑를 더욱 음참陰慘케 하였고 지옥의 불에 타는 죄인의 고백을 상미想味케 한다. "인간이란 것은 얼마나 서러운 것인가. 이 세상에 있는 인간의 운명은 얼마나 괴롭고 수수께끼와 같은 혼령魂靈에 대한 가책인가? 무엇을 찾겠다고 인간의 혼백이 더듬으며 돌아다니느냐. 피와 눈물 속에서 발버둥치던 나머지는 대체 어디로 간단 말인가" 그는 끊이지 않고 이렇게 앓으면서 눈을 가리운 도장屠場의 가축과 같이 내일 모르는 운명의 의미를 정방定方도 없이 짓헤맨다.

그리고 또 이채異彩있는 옛 작가 의미있는 작품 턱으로 스테프데크 Stepniak, S.(1851~1895)의 「The Carnier of a nihilist」 허무주의자의 생애를 제출하려고 한다. 고리고 또 「Underground Russia」 지하의 러시아도. 한데 이 두 편의 내용에 대한 소개는 쓰기를 둔다. 왜 그러냐 하면 경개梗槪를 축설縮說하자면 러시아 왕조정부와 사회를 근본적 혁명하려는 것으로써 부절不絶히 비밀운동秘密運動을 하는 니힐리스트의 생활을 그런 것이니 그리 누누이 쓸 것이 없다.

이 밖에 근대 노동자의 자각을 파착把捉한 것으로써는 프랑스의 애밀·졸라의 쎄르미날이라던 킹슬레-의 「알톤록크」라든 갈스워리-의 희곡 「쟁투」 같은 따위일 것이다. 요즘 더군다나 공장 생활을 제재로 한 작품이 많으나 소-대스몬드의 「데모크라시」 발보아의 「Against the Red Sky」 붉은 하늘을 향하여 같은 것은 아직도 인상이 새로운 것이다.

다른 작가와 및 작품은 다음번— 같은 무산계급을 관찰한 작품에

서도 대개 그 시야야가 3계로 나뉘어 있는 것을 설명할 때—에 몇 날
57) 더 쓰려고 한다. 다음번 이것을 보시려면 이번 작가들과 및 먼저
번에 실린58) 작가들의 태도를 한 번 더 자세하게 미리 보아 두어야
할 것을 말해둔다.

— 계속 —

## 무산작가와 무산작품

『개벽』 1926년 1호와 2월호에 연재된 글이다. 서구문학사에서 빈곤
한 생활을 했던 작가와 가난한 생활을 내용으로 하는 작품을 소개하고
있다. 본문에 들어가기 전에 필자는 "이것은 소개로보담도, 다만 독물讀
物턱으로 보기 바랍니다"라고 하였다. 이는 세계의 무산작가와 무산작
품에 대한 소개라고 하기에는 작가 및 작품 선정에서 뚜렷한 기준이 없
고, 전체를 망라하지 못했다는 뜻이다. 임의적인 것이니 가벼운 읽을거
리로 봐달라는 자기 방어적인 언급이다. 또한 글을 쓴 사람을 표기함에
있어서도 '상화尙火 초抄'라고 적었다. '초抄'는 '어떤 글에서 필요한 부분
을 가려 뽑는다'는 의미다. 따라서 이 글은 이상화가 자신의 지식을 바
탕으로 하여 직접 집필한 것이라기보다는 기존 문헌들로부터 초록抄錄
한 것으로 볼 수 있다. 어쨌든 경제적 빈곤을 주제로 설정했다는 점은
그의 문학관이 신경향파와 무관하지 않음을 말해 준다.

---

57) '몇 개'의 대구방언.
58) 쓰인.

## 12. 세계 삼시야三視野
—「무산 작가와 무산 작품」의 종고

이 편은, 2월 1일에 쓰인 그런 반항 정신을 가진 것과는 좀 다른 태도인 것을 먼저 말해둔다.

### 삼시야

A는 무산계급자가 무산자인 까닭으로 현대 산업 조직의 밑바닥에 살아는 가면서도 기계 공업에게는 뒤쫓겨 지고 자본가에는 착취착취가 될 뿐이다. 그 비참도극한悲慘到極한 정태를 가없는 동정과 못참을 분노로써 표현한 작품이다.

B는 유산계급이란 그 한계를 없애 버리고 일종의 문명 비평에서 기점基点을 가진 것이다. 다만 원시적인 야성과 방랑성이 문명의 화화豪華에게 반항을 하면서 대자연에게 향하게 되나니 이것은 복잡한 현재 생활 기관의 기구를 배반하고 힘자라는 대까지 본능 일선인 순박성으로만 돌아가려고 하는 것이다.

C는 삼파로 나눌 수 있으니 제일은 인도적 정신에서 통찰洞察을 하는 것이고 제이는 인세人世의 항하사고恒河沙苦를 소멸하려는 뜻으로 작위爵位작위도 부재富財도 특권 등속等屬의 일절 과장을 다 집어던지고 몸소 무산계급에 들어가서 그들과 함께 고행의 생활을 하는 것이다. 제삼은 무산자의 환경에 나서 무산자의 지위에 안주하면서 크게는 세계를 적게는 개인의 고민을 인도적 혼과 희생성혈犧牲性血로 얼

마만큼이라도 가볍게 하려는 박해迫害와 참고慘苦의 속을 용감하게 걸어가는 것이다.

A

A의 부류로는 아메리카의 업튼 · 싱클레어59)가 지은 「Gungle」총 지叢地 같은 것일 것이다. 「총지」는 러시아에서 온 완박頑朴한 농부 — 율기스 · 루독스의 가족이 시카고市俄古60) 어떤 도육屠肉 회사에 편용扁傭이 되어서는 평안하였으나 열한 식구나 되는 가족이 남자 세 사람의 노동으로 그날그날을 먹고는 지냈으나 그들이 현대 산업 조직의 잔악殘虐한 대우를 받기는 그 뒤의 곧 일이었다. 회사 안에는 이것저것에 다―쓰이는 가진 치차齒車(톱니바퀴)가 마주 돌고 있다. 감독이

59) 업튼 싱클레어(Upton Beall Sinclair), 1878~1968.는 1878년 9월 20일 메릴랜드 주 볼티모어에서 출생, 10살 때 뉴욕으로 이사, 15살 때부터 돈 벌이용 소설을 쓰기 시작한 이 불우한 작가는 뉴욕 주립대학을 거쳐 컬럼비아 대학에서 수학했는데 싸구려 소설로 학비를 충당했다. 1901년부터 몇 편의 소설을 발표했으나 큰 주목을 받지 못하다가 1906년 시카고 식육 공장 지대의 비인간적 상황을 리얼리즘 기법으로 적나라하게 묘사한『정글(The Jungle)』을 출간해 일약 작가로서의 명성을 얻었다. 정열적인 사회운동가이기도 했던 그는『정글』의 성공으로 얻은 수익금으로 뉴저지 주 잉글우드에 Helicon Home Colony를 세우고 이상주의적 공동체를 실험했으나 화재 사고로 성과를 거두지 못했고, 이어 캘리포니아 주로 이주한 뒤 미국 상 · 하원 선거에 출마했으나 번번이 낙선했다. 사회 활동 중에도 식지 않는 창작열로 소설『King Coal』(1917),『Oil!』(1927),『Boston』(1928) 등을 발표했다. 대공황기에는 '캘리포니아 빈곤추방운동(EPIC, End Poverty in California)'을 조직해 활동하면서 1934년 캘리포니아 주지사 선거에 출마해 선전했으나 역시 낙선하고 말았다.
60) 시카고.

니 — 순시니 —하는 것들이 차례대로 임금賃金을 착취搾取하는 것이
다. 직공에게는 몇 시간이라도 계관係關할 것 없이 노동을 시키고 될
수 있는 대로 임금을 싸게 주었다. 그래도 누구누구 할 것 없이 아무
든지 다— 일자리를 잃어버릴 것이 두려워서 불평도 말도 못하고 억
제로 일을 하고 있다. 전가족의 고상苦狀은 이루 말할 것이 아니었다.
필경은 어린애들까지 공장으로 다녀야 할 형편이었다. 이 사회에선
몇 분이라도 늦게 출장을 하여도 한 시간 임금이 날라가는 판이었다.
그러나 오십분 동안 일을 하였다면 한 시간 임금도 주지를 않았다.
여기서 노동하는 것은 그야말로 공장 기계와 경쟁을 하는 것이었다.
만일에 기계보담 뒤처지는 적이 있으면 공장 문 밖에는 그들 대신으
로 들어오려는 무산자 떼들이 들어밀 것만 생각할 뿐이었다. 이러다
가 마지막 율기스는 병들어 눕게 되었다. 회사에서는 곧 계약을 해제
하였다. 다행이 병이 낫은 뒤에 맡은 일은 전보담 몇 갑절이나 괴로
운 일임으로 독소毒素와 더러운 속에 허덕이는 참혹慘酷한 꼴이었다.
그만이라도 무던할 터인데 어느 날 밤 그의 아내 나나가 공장에서 돌
아오지 않았다. 이튿날 아침에야 돌아와서는 무엇이라고 변명을 하
였다. 그 뒤부텀 이런 일이 자주 계속되었다. 율기스가 생각하건댄
회사 감독이 돈 있고 세력 있는 자세로 나나를 농락弄絡한 줄로 알고
서 분노한 결과 그는 감독이란 자를 힘껏 때렸다. 이 까닭으로 그는
감옥에 갇혔다. 그의 가족들까지 퇴사를 당하고 말았다. 이런 인간
소비의 잔인殘忍한 것이 물질문명의 정점頂点에 있다는 그 대도회에
서 활개를 치고 황행을 하던 것이다. 그러나 생각해보면 그것이 야릇
한 것이 아니다. 물질문명이란 것은 결국 경제 문명이요 생산 문명이

다. 거기서는 몇 천만 기계의 톱니바퀴齒輪가 쉴 사이 없이 고함을 치면서 짓밟힌 무산계급의 고통하는 그 소리조차 휩쓸어 죽이는 것이다. "노동자는 노예다. 그들은 다만 건설하기 뿐이므로 오직 언제든지 일만 할 뿐이다. 그들의 피와 땀은 지상 모든 건설물의 시멘트이다. 그들은 그들의 노동으로 말미암아 짓 찌그러져 가면서도 받는 보수라고는 깃드릴 움막조차 없고 참으로 살아간다고 할 만한 음식조차 먹지 못한다."고 한 고르끼의 말이 과언過言이 아닐 것이다.

B

문명이란 것이 만일 그런 것이라면 이 세상에 문명보담 더 진절머리 날 것이 없을 것이다. 그들은 문명이 낳은 일체의 구투舊套를 벗어버리고 일체 회사 법칙에 속박束縛을 받지 않고 일직하게 야만스런 자연아가 되어 적라赤裸한 인간의 본체를 나타내어 보면서 허위의 문명에게 도전을 하려는 것이다. 그러므로 그들의 한 사람은 자기가 자기를 이렇게 부른다. "이 친구와 떨어지려고 말고 일생을 여기서 같이 지낼 만한 인내성을 기를 테면 자네들도 문명사회에 나지 않으면 안 되네. 거기서야말로 자네들을 방해할 가진 속박束縛이 있다. 악독한 허위의 습관으로써 승인이 된 속박이 거기에 있다. 자기애의 병적인 중심이 거기 있다. 간단히 말하자면 마음을 흐틀고 감정을 참게 하는 허영虛榮의 허영이 거기 있다. 아무러한 옳은 이유도 없고 아주 허황스럽게 일반으로 문명이라고 부르게 되는 그것이 곧 그것이다." 「Bneatunes hat and wene Man」한 번은 사람이 어떤 짐승의 주인공은 이러한 이상을 대표한 것이다.

이 위에서 든 B의 작품은 방랑자를 주인공으로 하였으나 고르끼의 자연아와는 타입이 다르다. 짜크 · 론돈의 작품에 나온 사람들과 플레트 · 하—트의 작품에 나온 사람들이 그것이다. 왜 그러냐 하면 고르끼에 나온 절름바리 떼와 세계고世界苦의 사람들은 다— 문명의 의식을 배경으로 하여 그 속박에서 도면逃免된 자유와 환희에 자지러지는 것이나 론돈과 하—트의 쓰는 인물은 처음부터 문명에 대한 흥미를 가지지도 않았다. 오직 나온 그대로의 자연아로써 가장 순진하게 더럽혀지지도 않고 대자연에게만 포육哺育이 된 원시인의 자연애를 가졌을 뿐이다. 그들은 어수선한 인간 사회의 법칙에 속박이 되어서 살기보담도 의지상으로 그 본능과 욕망을 가로막지 않을 생물의 세계와 자연의 생명에게 무궁무진한 자유를 항상 찾으려고 한다. 론돈에게서는 이런 황박荒朴한 장엄주壯嚴奏와 의지미를 볼 수가 있다 한다. 하—트에게서는 그 위에 인간미가 첨가된다. 거기는 아주 야성을 품고 있는 유랑의 떼가 있다. 그것으로 말하면 문명 사회에서는 부랑자도 되고 싸움꾼도 되고 음부淫婦라고 조소받는 추방자가 되고 해서 이 세상에서 가장 부도덕한 사람도 가장 축수畜獸 같다는 사람도 그들뿐이라는 지목指目을 받으면서도 한편으로 허위 충만한 문명사회에서는 얻어 볼 수도 없을 놀라운 타애성他愛性과 희생심—의 아름다운 감정을 안고 있다. 예를 들자면 「The Hock of Hoauing bamh」성꾸러기의 「우막」이나 또는 「The out casts of pockor plat」 푹카, 푸라트의 추방자이니 읽어 보면 알 것이다.

# C의 1

C의 제일에 부속될 것으로는 영국의 작가 미하엘·패아레스의 「The Hoad manler」[61) 도로공부道路工夫 같은 것을 들 만할 것이다. 나는 이 작가가 어떤 경력을 가진 사람인지는 모른다. 그러나 그는 아마도 겸손하고 경건敬虔한 사람으로서 인류 축복의 봉사자로써 도로공부로 석수로 현실의 인생 영자影姿를 가많이 보살필 그 찰나에 심해와 같이 가라앉은 맑은 동자瞳子를 생각게 하고 또는 성자와 같은 내화內和를 심장의 고동에서 느끼게 한다. "나의 이상은 다 되었다. 나는 도로공부다. 어떤 이는 석공(돌쪼시)이라고도[62) 부른다. 아무렇게나 옳은 말이다." "우리가 젊었을 때에 우리는 자주 우리의 이상이란 어떤 것이란 것을 제 맘대로 의론도 하였다. 그러나 나 말고 몇 사람들이나 그 이상대로 가게 되었는가. 또 몇 사람이나 이렇게 이상대로 된 나의 마음을 알아줄 텐가. 결국 현세와 미래의 우리들은 동포와 사괘이고 살고 봉사하겠다고 할 것밖에 ─ 또는 대지의 가슴 위에서 신의 얼굴 볼 것밖에 ─인생에게 찾을 것이 무엇이겠느냐? 굽이굽이 쳐 있는 한길 바닥 옆에 다리를 멈추고 우리 동포의 발자국을 위하여 봉사를 하는 그 찰나─ 모─든 것이 다 ─나의 것으로 보인다. 거기는 벌써 탐욕과 비수悲愁가 나의 인생이란 그 속으로 들어올 만한 틈이 없어졌다" 이러한 도로 공부의 인생 관찰은 농후濃厚한 종교미를 띠고 신중하게 전개가 되었다.

동일한 종교미와 인도적 정신으로 본 무산자로 스웨덴의 여성 작

---

61) The Road Mangler의 오자.
62) 돌을 쫓는 사람, 석수장이.

가 뿔마·라개르래프의 「The outcast」 기각棄却된 사람이 있다. 세상에 오전誤傳된 풍설風說로 파산이 된 젊은 수반의 무참無慘한 박해를 못 이겨 고적한 소도小島로 가서 그 부락의 인도적 개발과 자선사업을 경영함으로 애닲은 추억를 잊어버리게 한 존귀한 이상으로는 여사의 단편 「A Chrimnias guest」 성탄제야聖誕祭夜의 손님과 공통된 일미一味의 신념이 있다. 「Jnaisibhle Clhins」63) 불가견不可見의 쇠사슬이란 작품 가운대의 한 편이다. 음악이란 것이 어떤 것인지도 잘 모르는 마을에 갑작이 연봉을 탈실奪失케 된 루스탤에게는 꼼작도 할 수 없는 곤경이었다. 왜 그러냐 하면 그의 직업이란 것은 악보를 조사造寫하는 것과 고적鼓笛을 놀리는 것뿐이었음으로 이리저리 돌아다녀 보았으나 마땅한 직업이 없었다. 말지 못하여 그는 본래 그리 친의親誼가 깊지도 못하는 유명한 재금가提琴家 릴래크로나의 집에 붙어있기로 하였다. 그리자 크리스마스가 되어 매년 가족끼리만 모여 서로 크리스마스를 즐기든 이 집에서는 금년에 루스탤로 말미암아 자못 방해妨害가 될 듯하였다. 이것을 짐작한 루스탤은 어디로 여행을 가야겠다고 해서 까닭 없는 길을 방향도 없이 떠났다. 그러나 선량하고 친절한 이 집 인만은 마음세 좋은 루스탤을 쫓아내다시피 보낸 것이 마음에 끼여서 어쩔 줄 몰랐다. 행인지 불행인지 루스탤은 도중에서 눈 속에 파묻혀 질식이 된 것을 동민들이 발견을 하고 일 음악가의 집으로 업고와 버렸다. 이리하여 결국은 그 크리스마스에 루스탤도 참가하게 되었다. 그리고는 주인은 말할 것도 없으려니와 주인의 부인도 루스탤의 재미성 있고도 착한 인품에 감심을 하게

---

63) Invisible chains의 오자.

되어 무정하게 쫓아냈던 것을 스스로 후회하였다. 그래서 어린 아이들의 음악 교사로 촉탁囑託을 함으로 그해 크리스마스는 모두가 마음 가득한 기쁨으로 예년例年보다도 더 유쾌스럽게 즐거워하였다. 어찌 조금 옛이야기 맛이 있기는 하나 이것이 라개르래프 여사 작품의 특성이니까. 말하자면 모든 사람의 감정을 서로 따습게 얽어매는 '불가견의 쇠사슬'이 얽혀 있는 것이다.

## C의 2

C의 이에 부속될 것으로는 네덜란드의 작가 루이 · 쿠페루스[64]의 「Magesty」 왕위란 속에 나온 사회주의자 짠치(잔챙이)이다. 그는 본래 왕국의 화족華族이요 또는 중신이었다. 그러나 한 번 사회주의의 이론을 상미賞味하자말자 그날로부터 대대 선조로부터 물려받은 영작榮爵을 누더기같이 벗어버리고 초라한 농부가 되어 그 궁정을 떠나버렸다. 이래서 그는 한 평민이 되어서 공산주의의 사도使徒로 새로운 이상을 농부들에게 선전을 하였다. 그는 국내를 순시하고 온 황태자 옷트마의 앞에서 이렇게 말을 하였다. "도회는 부패하였습니다. 향촌의 생활은 가장 성화聖化된 것입니다. 여기서 그들이 살고 있습니다. 나는 벌써 오래 전부터 전답과 목장을 다— 농부에게 바쳤습니다. 나는 그들을 위하여 가진 가축까지도 사서 바쳐야겠습니다" "그러면 자

---

64) 쿠페루스(Louis Couperus), 1863.6.10.~1923.7.16., 네덜란드의 소설가로 섬세한 자연주의적 심리묘사에 뛰어났다.《엘리네 페레》(1885),《소인물》(4권, 1901~1903),《노인들》(1906),《빛의 산》(1905~1906),《고대여행》)(1911),《이스칸데르》(1920) 등의 작품이 있다.

네는 농부들을 그렇게 못해서 지배를 하려는가?"고 황태자가 무를 때에 그는 웃으면서 "천만千萬에 말씀이외다 — 지배한다는 것이야 당치도 않습니다. 그들로 말하면 나의 농부가 아니라 그들은 그들 자신의 농부입니다. 그들은 다— 자신을 위해서 노동을 합니다. 나는 그들과 같이 다만 농부의 한 사람으로써 일을 할 뿐이니까 말하자면 우리끼리는 서로서로 다— 평등일 뿐입니다"고 예사롭게 대답을 하였다. 「왕위」란 작품은 이 사회주의자의 딸과 황태자와의 연애를 중심으로 한 왕위의 전통과 시대의 고민이 삼각적으로 갈등葛藤이 되어 보이는 것이다. 그 외 한 사람은 보헤미안 현대의 여성 작가 카로티네 · 페리시아이다. 이 사람의 것에는 보헤미안의 민중이 오스트리아의 전제에서 독립을 하려고 농민의 사이에 한 가지 종교 단체가 일어났다. 그것을 지도하는 것이 귀족의 따님으로 아름다운 마리아 · 페리시아이었다. 또한 사람은 페리시아의 별저別邸 문지기의 아들인 한 청년이 있다. 오스트리아의 조셉 2세는 황태자 가운데서는 보헤미아와 및 다른 종족에게 동정과 평민의 친분을 품고 있는 것이지 한 번 황제가 된 뒤로는 도리어 오스트리아로 보헤미아를 병합하려고 하였다. 그것을 페리시아가 간파看破를 하고 자작의 외동딸로 자기에게 돌아올 영지領地와 별장과 영예도 뿌리채 던져버리고 문지기의 아들인 그 청년과 결혼을 하였다. 그리하여 단순한 무산계급자 아내로 농부의 자유의 — 진정進程을 위하여 탈투奪鬪한다는 그것이 개의概意다.

## C의 3

C의 3에는 독일의 게르하르트 · 하웁트만의 「The goolinbhrist」크리스트의 우자愚者와 알치바세프의 「이봔 · 란대」가 첫째일 것이다. 「크리스트의 우자」에서는 그의 희곡 「기공機工」에 채취採取된 그의 고향인 '순박한 시레시아'가 여기도 주인공의 무대로 전개되어 있다. 그런데 「기공」에 표현된 기공의 동리의 비참한 생활이 여기도 역시 주인공의 심리에 부합이 되어 있다. 이 향토에서 아주 빈궁한 집에 자라난 앰마누엘 · 퀸트는 소년 때부터 크러스트의 복음福音을 설교하려는 열정으로 마음을 태우고 있었다. 그리하여 곧 제자들이 필경은 많아지고 말았다. 왜 그러냐 하면 이렇게 가난하고 괴로운 속에 시달리는 지방地方처럼 신의 자애를 동경하기에 적절한 장소가 없는 그 때문이었다. 박탈剝奪된 물질적 은혜를 천국에서 듣는 복음으로써 위로慰勞할 밖에는 도리가 없어 보임으로 점점 종교적 「마니아」가 그의 전인격을 파지把持하게 된 것이다. 그는 신의 소리로서 이 끝도 없는 지상의 오뇌懊惱를 구원하려고 결심을 하였다. 박해가 오면 올수록 그의 신념과 제자의 수가 차츰 팽대澎大되어 갔다. 그리하여 입옥入獄한 퀸트가 법설 속에서 그리스도의 강림降臨을 보고는 그 자신이 그리스도인 것을 드디어 확신하였다. 그가 말하는 것은 데모크라스트인 사회평등을 기조로 한 무사無私의 노勞와 그 교지인 것과 같이 원시 그리스도교에 환원을 강조한 천진한 그 마음의 소리였다. 박해는 아무리한 곳에서나 일어나던 것이다. 여러 사람들은 거운 다[65]—그

---

65) 거의 다.

를 한갓 광신자로 간주하였다. 하나 거기서는 합리적으로 그의 이론 바 신에 대한 가르침을 부정하는 사람들뿐이었다. 과거 천수數千 년 래年來로 신을 우리는 찾았다. 그러나 신은 보이지 않았다. 가령 보았 다고 하드래도 좋다. 어쩻든지 나는 단언을 한다. 신은 찾을만한 거 리가 못 된다고. 아무래도 이 수천 년 동안을 신은 여간 머리를 썩이 지 않았을 것이다. 그래도 아직 이 사회 평등의 문제가 조금도 해결 이 못된 그대로만 있고 또는 신이 그런 일에 아무러한 흥말를 가지지 않았다면 신이 우리에게 하등의 가치가 있다고 할 것이냐 고크로스 키가 냉소冷笑하였다. "운명이 인간에게 내려온다고?"라고 어떤 목사 가 힘찬 주먹으로 테이블을 친다. "나는 이 테이블을 칠 수 있다. 그 렇지마는 운명은 인간을 치지는 못한다. 신은 그런 힘을 운명에게 주 지를 않는다. 신은 인간에게 자유 의지를 주었다. 그는 선행엔 보상 을 주고 악행에는 형벌을 내린다. 신과 인간의 앞에서 너의 죄악의 책임을 가질 것은 운명의 것이 아니다. 책임을 맡을 것은 오직 인간 이다"라고 그는 어대까지든지 퀸트의 신의 의지를 부정하였다. 하우 프트만은 그 엄숙한 현실주의의 동제洞祭로 아무러한 심판을 내리지 는 않고 이 새로운 「광 크리스트」의 진정進程을 다만 무사의 청안靑眼 으로 바라보았다. 그러다가 행위行衛 불명이 된 퀸트는 오랜 뒤에 시 체가 되어서 스위스 국경의빙설층에 파묻혀 있는 것이 발견이 되었 다. 말하자면 가다가 넘어져 얼어 죽었을 터이다. 그의 호주머니 속 에는 오직 종이 조각 하나가 나왔을 뿐이었다. 쓰인 문자라고는 '천 국의 신비'였다. 아무도 그 의미를 알지 못하였다. 퀸트는 깨치고 죽 었는가 그렇지 않으면 의심만 하다가 죽었는가? 이 한 조각 종이는 아마도 문제의 열쇠를 가진 것이다. 그러나 결국 무엇을 의미한 것일까? '천국의 신비'…… 작가는 여기서 붓을 던져 버렸다. 고뇌의 근원이란 물질인가 영혼인가? 물적 개조인가? 심적 개조인가? 작가는 이미 「기공」에서도 동일한 의아疑訝를 가졌다. 금일이야말로 이 작가가 그 회의의 운무雲霧를 쪼개고 나올 그 시기가 숙도된 때가 아닐까?

　알치바쇠프의 「이반란대」는 퀸트와 같은 성순聖純하고 경건敬虔하여서 그와 같은 인욕忍辱을 받는 성자이기는 하나 그렇다고 퀸트처럼 굳센 열광을 가진 종교인은 아니다. 난대로 말하면 다만 크리스트에게 차라리 인도적 정신과 고민의 구세혼을 발견하려고 하니 이웃 사람에 대한 사랑의 권화權化를 발견하는 그것이다. 그는 인간이란 어떻게나 미소한 것인가 순간마다 또는 백만분의 한 찰나에 이 거대한 지구도 어떤 두려운 힘으로 말미암아 전혀 생각도 할 수 없는 거리에 휩쓸어가고 말 그런 공포에 떨고있다. 이래서 인생의 공허를 그기까지 느끼면서 또 "아주 사소한 적의 있는 그 힘이 우리의 존재를 앗고 말 수가 있다"고 믿으면서도 이 우주의 진핵眞核으로 볼 인도의 역사적 발전은 극히 적으며 또는 자유인 것을 보고 있다. 사람은 모두 냉각하여서 무엇이 우리의 지구에서 나오기를 기대하고 있는 듯이 보인다고 하였다. 그 무엇이란 것을 반드시 나올 것이다. 나오지 않으면 안 될 것이다. 그것이 나오는 그날에야말로 모든 것이 교란攪亂이 되고 동요가 될 것이다. 거기서 비로소 파괴가 일어나고 거기서 비로소 창조가 나올 것이다. "새로운 광명은 우리의 앞에 나오고 새로운 생명 — 새롭고 또 가장 놀라울 만한 인생이 거기서 솟아날 것이다" 한 신념을 그는 내심 깊이서 느꼈던 것이었다.

난대야말로 그 사람이었다 — 불쌍한 어떤 학생이 수백 리 상거相距나 되는 머—ㄴ 지방에서 앓는다는 소리를 듣고 앉지도 서지도 어쩔 줄 모르던 그 사람은 그렇지만 길을 떠날래야 동전 한 푼이 없었다. 하는 수 없음으로 그는 도보徒步로 몇 백리를 걸어 가서라도 간호를 하려 하였다. 시수마리오프가 무모한 짓이라고 만류挽留를 하였다. 그러나 그는 "우리는 서로 사랑하지 않으면 안 될 것이다. 서로 어여쁘게 여겨야만 될 것이다. 그 외에 일은 자연히 어떻게 될 것이다. 모—든 것은 오로지 고뇌의 세례洗禮를 치른 뒤에 비로소 성취가 되는 것이다. 이하 99항에 이어짐.

만일 이 세상에 고통되는 것이 없었더라면 영혼은 정체停滯가 되어 드디어 사멸하고 말 것이다"라고 이상한 말을 하였다. 그리고는 길도 없는 황야를 돈도 없이 걸어가다가 그만 목적지의 반을 못 다가서 어느 숲속에서 기갈飢渴을 못이겨 객사를 하고 말았다. "하느님! 하느님!"이라고 그는 나직이 불러보았다. 그믐밤같이 어두운 그 숲 속에는 나직한 그 소리가 두렵게도 똑똑하게 그의 귀속으로 맞장구를 칠 뿐 죽은 듯이 소리가 없었다. 비가 함박으로 퍼부었다. 그는 아무러한 지각이 없게 되고 말았다. 반들거리는 눈들을 가진 친한 사람들의 얼굴이 기다란 행렬을 지어 그의 앞에서 인사를 하고는 그 자리를 지나가던 것이다. 뒤에서 뒤에서 꼬리를 이어 오다가는 다시 머얼리 저 편으로 사라져 버리던 것이다. …… "아—아—아—!" 알는지 우는지 모를 가느디 가는 부르짖음이 아득하게스리 어둠속을 흘러가고 말았다. 다만 그것뿐이었다.

## 세계 삼시야

「무산작가와 무산작품」에 연속되는 글이다. 앞의 글이 반항적인 의도를 가지고 쓰인 까닭에 주관성이 강하다면, 이 글은 빈곤 문제를 다룬 작품을 객관적인 입장에서 크게 세 가지로 분류·설명하였다. 첫째는 무산계급자의 생활고와 자본가의 착취를 다룬 작품이다. 둘째 유형은 문명비판의 입장에서 자본주의 사회 구조를 비판하고 원시성과 자연을 이상으로 삼는 것이다. 셋째는 유산자나 무산자나 모두 경제적인 욕망을 버리고 휴머니즘을 지향하는 유형이다. 각 유형의 개략적인 윤곽을 제시하고 그 예가 되는 소설 작품의 줄거리를 상세하게 설명하였다. 이 글에서는 이상화의 문학적 태도가 직접 드러나지 않는다. 하지만, 그가 가난한 현실 생활과 무산계급에 대한 관심이 없었다면 이런 글은 발표되지 않았을 것이다.

통상 이상화를 대구의 거부 집에서 태어난 부잣집 아들로 기술하고 있으나 사실은 일찍 아버지를 여의고 큰집으로 물려받은 재산으로 여러 차례 사업을 실패와 일방 낭비로 무척 힘겹게 살았음을 최근 아내 이름으로 살던 집을 매각하는 집문서를 통해서도 알 수가 있다.

# 13. 문단 제가의 견해

　『중외일보』 1928년 6월 30일에 실린 이상화의 「문단 제가의 견해」
를 소개한다.

2장
창작 소설

# 1. 숙자

보슬보슬 내리는 봄비는 개이고 하늘에는 한 점 구름도 없이 다만 담록색이 맑고 깨끗하게 나타난다. 따스한 봄바람은 꽃향기를 힘껏 실어가지고 가는 곳마다 사분사분이 뿌려주고 이 산과 저 언덕에는 온갖 꽃이 봄빛을 맘대로 자랑하며 피어있다. 꽃을 찾아 이리저리 휘날리는 봉접들은 무르익는 듯한 꽃향기에 취하여 펄펄 춤을 추며 방긋방긋 웃는 예쁜 꽃에 키스를 하고 벗 부르며 처마 끝에서 지저귀는 어린 새들의 소래가 더욱 즐겁게 들린다. 아! 이 신비의 대자연미를 그 누가 찬미하지 않을까? 그러나 이 자연미의 품에 있는 만은 인류 중 어떤 자는 춘흥을 못 이기어 기뻐 뛰며 하루라도 이 봄이 더디 갔으면 하는 자도 있고 그와 반대로 주린 배를 움켜쥐고 헐벗은 몸으로 비록 봄은 왔으나 봄 너는 나와 아무 상관이 없다는 한탄을 하는 자가 더욱 많을 것이다. 아! 고르지 못한 이 세상의 일이 생각할수록 딱하다.

× × ×

오늘도 이 W군에 갑부라는 이름을 듣는 최○○의 집 후원에는 파릇파릇하게 새 입이 돋는 금잔디 밭에 아릿다운 애교가 흐르는 듯한 얼굴에 애닯은 수심이 가득 차고 그 마음속에는 누가 아지 못하는 비밀의 고통과 번민이 잔득 북바친 듯한 어떤 젊은 여성 한 사람이 손에 피봉에 주소와 수신인을 구문歐文으로 쓰고 또 그 옆에는 붉은 잉크로 최숙자崔淑子 씨라고 쓰인 편지 한 장을 들고 오더니 마음 안에 모진 상처의 아픔을 못 이기어 얼굴을 찡그리며 한숨을 휴—내쉬고는 힘없이 풀 빝에 주저앉았다.

그는 눈을 스르르 감고 무엇을 상상하더니 다시 눈을 뜨고 정신없이 자기 치마자락에 날아와 붙는 한 쌍의 범나비를 보다가 다시 그의 얼굴에는 과서의 무잇을 뉘우치며 에처로이 여김을66) 못 금하여 거의 울 듯한 표정이 떠오른다. 그는 다시 한숨을 휴—내쉬고 들었던 편지를 뜯고 칠팔 페이지 되는 긴 편지를 읽기 시작하였다.

—옛날에 나의 애인이었던 숙자 씨에게!!

중략 아! 숙자 씨! 생각이 나습니까? 아무리 그 사이 긴 세월이 지났다 하더래도 이것만이야 당신의 뇌에 희미하게라도 기억이 되리다. 지금부터 삼 년 전 지내던 일이요? 물론 생각이 나실 줄 믿습니다. 아! 오늘에 추억을 하니 다시금 생각할수록 아슬아슬하고 지기지기하외다.67) 그때야말로 나는 당신이 없이는 못 살 것 같았고 당신이 역시 나 없이는 살 수가 없을 것 같았지요. 그로부터 삼 년이라는 시간이 지나 오늘에 이르기까지 당신의 그 무엇이 나의 가슴에 날카로운 칼을 몇 백 번 몇 천 번을 던져서 다시 돌릴 수 없는 상처를 내었습니까? 생각을 하면 소름이 끼치고 몸서리가 납니다. 나는 어래於來 삼 년 동안이나 나와 아무 상관이 없어진 당신을 잊으려고 애도 많이 써 보았습니다. 그러나 그러나 잊어버리고저 하는 대로 그때의 일이 하나씩 둘씩 더욱 또렷또렷하게 머리 속에 뛰여 나오더이다.

---

66)  여김을.
67)  지긋지긋합니다.

그 중에도 나의 팔딱팔딱 뛰는 이 심장을 쥐어 뜯는 듯이 나의 가슴을 아프게 하는 것은 삼 년 전 십이월 이십구일 흰 눈이 오고 찬바람 불든 그날 저녁 내가 당신의 집에 갔을 때 일이외다.

당신과 나는 이 세상의 모든 거리낌을 떠나 당신의 침방에서 오직 단 둘이 앉았을 때 당신은 부끄러움을 다 잊어버리고 내 가슴에 꼭 안겨서 열정에 끓어나는 음성으로 "내 몸은 벌서 당신께 맡겼으니 당신의 맘대로×××. 나는 당신을 거짓이 없는 참으로 사랑합니다— 당신은—"할 때에 나는 아침 이슬에 무르익은 앵두 같이 빨갛고 또 말랑말랑하는 당신의 뺨에×××××××××××××으며 "오—숙자 씨! 당신은 나의 영원한 사랑이올시다."라고 부르짖던 일이요.

그밖에 또 한 가지 그로부터 석 달이 지나 내가 당신의 영광스러운 졸업식에 참예하려고 평양에 갔다가 나의 고향 W읍으로 돌아오던 날 저녁에 당신은 내가 유하던 그 여관에 오셨던 때 일입니다. 떠날 시간이 점점 가까워 올 적에 당신은 내 가슴에××××× 애가 타고 피가 끓는 듯한 어조로 "나를 이곳에 혼자 두고 당신은 어대를 가시렵니까? 당신을 못 떨어져 우는 나를 떨쳐버리고 발길이 잘돌아서실[68] 터입니까? 못가세요, 못가세요 당신 혼자는 아무 데도 못 갑니다 죽든지 살든지 이렇게 하고 같이 있읍시다.……네 ?……성신成信 씨……" 하며 어린애처럼 떼를 쓰며 울음으로 말 끝를 맺고 이별의 서러운 눈물을 뜨거운 내 가슴에 흘리던 일과 시간이 되어 당신과 나는 정거장까지 나왔을 때에 당신이 나의 손길을 할 일 없이 놓치고 남부끄러운 생각도 없이 흐득흐득 느껴 울던 일이요?

---

68) 떠나실.

아! 숙자 씨! 그때야말로 나의 환경만 허락하였으면 차라리 내 어머님을 못 뵈옵더라도 당신의 곁을 영 안 떠나고 싶었습니다. 중략

머나먼 이 나라에 와서 객창에 몸을 붙인 지도 벌서 일 년이외다. 뜻밖에 고향에 친구로부터 당신이 당신의 시가로부터 쫓김을 받아 친가에 와서 날마다 슬픔의 생활을 하신다는 놀라운 소식을 들었습니다.

아! 숙자 씨! 이 소식을 들은 나는 당신이 새 애인과 재미있게 지나신다는 말을 들을 때보다 대단이 섭섭하였습니다.

황금만능 물질주의인 당신의 부모와 이 불합리한 사회의 악착한 행동으로 말미암아 당신의 귀여운 전정이 애처롭게 짓밟혀 버리고 만 것을 생각할 때에 인정상 금할 수 없는 인류애 즉 우리 조선에 만은 여성들이 당신과 같이 죽음의 생활을 하는 것이 가련하고 불쌍하다는 느낌을 못 금하겠습니다. 그러면 옛날에 나의 애인이었던 당신에게 오직 이 말 한 마디로 충고를 하나이다.

이것은 당신도 당당한 개성을 가진 사람인 것을 똑똑히 깨다르시고 이 불합리한 이 사회 즉 피려는 꽃 같은 당신을 이렇게 만든 이 사회에 대하여 당신의 취할 길이 무엇이며 의무가 무엇인가를 자세히 깨달아 그것을 위하여 분투하시란 말이외다. 다시 말하면 현하 여자에게 당신과 같은 여러 여성들을 참혹하게 멸망의 험굴로 몰아넣는 악마를 대적하여 선전포고를 하고 반항의 깃발을 두르시오. 승전의 푯대를 향하여 하루 바삐 당신의 꽃다운 청춘이 다 가기 전에 꽃이 떨어지고 봄이 이울기 전에 어서어서 한시 바삐 출발의 종을 울리시오.

아직껏 당신은 눈 못 보는 소경이었고 속이 없는 허수아비였기 때문에 지금 이런 비운에 설움과 눈물의 생활을 하게 되었답니다. 그러나 당신은 선천적으로 그런 약자이었고 또 앞으로도 영원토록 이 모양으로 꼭 살아야 한다는 것은 결단코 안입니다. 당신은 이렇게 만든 그 무엇이 있어요. 그러면 그것은 당신의 원수요. 일반 여성들의 적이올시다. 생각을 하면 이가 갈리고 치가 떨립니다. 당신과 또는 일반 여성들의 개성을 죽이고 자유를 빼앗고 사랑을 깨뜨리고 정조까지 더럽히게 하는 악마같은 그 원수를 흔적도 없이 죽여 버리고 이상적 평화의 신인간을 건설하기 위하여 용감스러이 싸우는 새 사람이 되시라는 말씀이외다.

이것이 오직 당신의 유일의 활로입니다. 그 다음에야 참다운 사랑의 낙원이 당신을 향하여 나타날 것이외다. 그러면 나도 당신을 다만 그 무엇을 위하여 같은 전선戰線에 싸우는 동지로의 우애友愛로써 길이 사랑하여 드리리다. 안녕이 계십시오.

……옛날에 당신의 사랑받던 이성신 씨—

그는 편지를 다 읽고는 힘없이 잔디밭에 쓸어져 흑흑 느껴운다. 그 울음은 옛날에 지내던 사랑의 품안에서 열정에 뛰던 그 무엇을 회상하며 과거의 자기 잘못 끝없이 뉘우치고 따라서 자기를 이렇게 만든 그것을 힘끝 원망하는 서러움이었다.

아! 그러면 그 편지는 어떤 사람에게로부터 온 것일까? 그런 편지를 쓰며 받게 된 내면에 무슨 사정과 모르는 비밀이 얽혔을까? 꽃으로 치더라도 한참 피려는 모란 같은 그를 꽃 피는 아침과 달 돋는 저녁에 가슴을 태우며 눈물을 뿌리게 만든 것이 무엇일가?

× × ×

벌써 삼 년 전 어떤 여름날이었다. 육칠 년이나 갖은 고생을 다 겪으며 고학생활을 꾸준이 하여 ○○전문학교에서 우수한 성적으로 공부하던 이성신李成信은 참을 수 없는 느낌을 받고 그해 봄부터 학업을 중지하고 운동에 몸을 바쳤다. 시골 계신 늙은 어머니에게 근친차로 그의 고향을 오던 길이었다. 경의선 역에서 내려 성신의 집을 오려면 반드시 숙자의 집이 있는 이 ○○동을 지나야 한다. 그 동리 바로 앞에는 용소龍沼라는 꽤 큰 못 하나이 있다. 성신은 찌는 듯한 더위에 방울땀을 흘리면서 이 못가에까지 와서 먼 길에 피곤한 몸을 쉬려고 못가 서늘한 정자에 앉아서 사면에 천연 경치를 바라보았다.

푸른 물이 잔잔한 못가 서편에는 우거진 갈밭 속에 동무를 부르는 갈새들이 지저기고 못가에 드리운 수양버들가지는 황금빛 꾀꼬리의 청아한 노래가 울어 나온다. 못 남편 가에는 욱어진 송림 사이로 서늘한 맑은 바람이 불어와서 고요이 피어 있는 못물에 목욕을 하고 지나간다. 못 한가운데는 겨우 십여 세나 되어 보이는 두 어린 아이가 적은 배에 몸을 실고 고기를 낚으면서 무엇이라고 천진난만하게 속살거린다. 성신은 이 그림같은 좋은 경치를 우두커니 앉아서 바라보았다.

어데서 "아─ㅅ" 소래가 갑자기 들렸다. 성신은 깜작 놀라 사면을 살펴보았다. 못 가운데서 재미있게 놀던 어린 아이 하나가 실수하여 물에 빠지었다. 배 가운데 다른 아이는 소리 쳐 울며 발을 동동 구른다.

성신은 운동에도 누구에게 지지 않는 선수였고 또 헤엄치는 대는 놀라운 재주를 가진 청년이었다. 웃옷을 벗어버리고 내의를 입은 채로 물에 풍덩 뛰어들었다. 마치 성난 고래가 모진 파도에서 날뛰는 것 같다. 이윽고 성신은 어린 아이를 껴안고 배를 저어 자기가 앉았던 그늘 밑으로 돌아왔다.

이대에 평양○○여자고등보통학교에 공부하다가 하기휴가에 자기 집에 와 있는 숙자는 찌는 듯한 더위를 못 이기여 자기 집 이층 다락으로 올라가 서늘한 바람을 마시면서 학과를 복습하고 있었다. 그는 책 보던 뇌를 쉬이는 듯이 다락 난간에 몸을 의지하여 남쪽으로 바라보이는 용소 경치를 구경하며 자기 어린 동생이 이웃집 아이와 같이 연못 한 가에서 배타고 고기 낚는 것을 보고 어린 아이들의 재미있게 노는 것이 고와서 빙긋이 웃었다. 뜻밖에 자기 동생이 실수하여 못물에 빠지는 것을 보고 깜짝 놀라 어쩔 줄을 모르고 "어머니-" 소리를 치며 안방으로 뛰어나려 왔다. 마침 그때는 집에 아무도 없었다. 숙자는 황망이 연못으로 내달아 왔다.

이야말로 의외였다. 숙자는 어떤 청년이 자기 동생을 구하여 가지고 나와 못 가 큰길 역 정자 아래서 물을 토하게 하는 것을 보았다. 어린 아아는 염려 말라는 듯이 손을 흔들며 "괜찮아!" 하고 나무를 의지하여 앉았다. 숙자는 뜻밖에 기쁨을 못 이기여 그 청년이 있는 나무 아래로 뛰어갔다. 두 사람은 마주쳤다.

그 청년은 다른 사람이 아니라 숙자와 6년전 이 ○○동 소학교를 같이 졸업한 이성신이었다.

"아! 성신 씨!"

"아! 숙자 씨가 아닙니까?"

"이것—어찌된 일입니까? 언제 오셨어요?"

"네! 바로 지금 오는 길이올시다. 잠간 지체를 하다가—그런데 저 애는 뉘집 어린애입니까! 하마트면—"

"글쎄올시다. 참말 성신 씨가 아니었더라면—저 애는 제 동생이예요"

"아! 그러세요—숙자 씨가 평양서 공부하신다는 소식은 들었습니다. 참 만나난 지 오래 되었습니다— 재미 많으세요?"

"그렇지요—아이—정—공부를 그만두시고 일을 보신다지요? 참 수고 많이하시겠습니다—"

"……"

숙자는 자기 동생을 일으켜 안으며 자기의 온몸을 한 번 살펴보았다. 과연 황망이 뛰어나왔기 때문에 상반신엔 웃옷을 안 입고 얇은 내의만 입었다. 스스로 부끄러움을 못 이기여 몸을 움칫하였다.

성신은 숙자가 그의 집으로 들어가자는 간청을 들을 때 실로 들어가 보고 싶은 생각도 많았섰다만은 늙은 어머니가 기다릴 것을 생각하여 집으로 가고 말았다.

숙자는 어린 동생을 없고 집으로 돌아와 다시 다락으로 올라갔다. 방금 전에 지내던 광경을 하나씩 둘씩 되풀이하여 보았다. 피가 와글와글 끓고 근육이 펄떡펄떡 뛰는 듯한 성신의 남자다운 체격과 싱글싱글 웃으면서 좀 굳세인 듯하고도 은근한 표정이 있는 그의 활발한 음성이 퍽 귀여웠고 또 부러웠다. 내가 왜 좀 더 친절이 감사의 치하를 하지 않았나 하는 후회도 하여 보았다.

더우기 오 년 전 숙자가 ○○동소학교를 졸업할 제 자기는 이호로 성신은 삼호로 졸업하고 우등생 사진을 박힐 때 성신이가 자기 어깨 위에 손을 걸치던 것이 싫지도 않고 도리어 기뻤던 그 생각을 하였다.

자기가 내의만 입고 뛰어나온 것이 부끄러워서 어쩔 줄을 모를 제 그가 벌써 눈치를 채리고 고개를 숙이며 빙긋이 웃던 그의 화기가 넘치는 듯한 얼굴이 퍽 다정하여 보였다. '아! 그러면 그가 지금 집에 가서 내 생각을 하고 웃을 것이지!' 하며 일변 부끄러운 생각을 못 금하여 치맛자락으로 얼굴을 가리어보기도 하였다. 하여튼 이삼일 동안을 숙자는 성신을 동경憧憬하였다.

성신이 역시 숙자와 작별을 하고 집으로 돌아와서 오랫동안 그립던 어머님을 만나 얼마동안은 아무 생각도 못하였으나 이삼일을 지나면서 자연이 숙자를 생각하였다. 다시 한층 숙자의 얇은 내의를 통하여 비치던 그의 육체미를 겸하여 동경하면서 숙자가 부끄러워서 어쩔 줄 모르고 안달하던 것이 더욱 애처로웠다.

그로부터 나흘을 지나 이 ○○동의 주최로×××을 거행하게 되었다. 그 중 성신은 한 사람의 내빈으로 조리 있고 의미 깊은 축사를 하였고 숙자는 독창을 하였다.

성신이가 열열한 웅변을 토할 적에 제일 미칠 듯이 환영을 하며 박장을 한 사람은 숙자이었고 숙자가 고운 음성으로 청아한 독창을 할 적에 손뼉이 깨어져라 하고 제일 힘 있게 박수를 하는 사람은 성신이었다.

회가 필한 후에 성신과 숙자는 다과회에서 만났다. 이상하게도 두 사람은 식탁을 마주하게 되었다. 두 사람의 시선이 서로 마조 띠자 아무 말 없이 얼굴을 붉히며 빙그레 웃었다. 그 웃음에야말로 무엇이라 말 할 수 없는 무슨 뜻 깊은 의미가 있었다.

식장으로부터 나온 두 사람은 약속이나 한 듯이 숙자의 집 앞까지 속살거리며 갔다. 숙자는 성신에게

"언제 또 서울로 가세요?"

"오는 토요일 오후 차로 가겠습니다."

"그러면 저와 같이 정거장까지 가십시다. 저도 그날 평양으로 갈 터인데요 네?——"

"좋습니다. 같이 가십시다. 벌써 개학인가요?"

네! 성신은 숙자를 작별하고 집으로 갔다. 숙자는 가는 성신의 뒷모양을 우두커니 서서 안 뵈일 때까지 바라보았다. 흐르는 세월은 어느 때던지 쉽 없이 가고 또 달아나서 벌써 약속하였던 날이 되었다.[69]


숙자는 이 십 리나 되는 정거장까지 오면서 성신에게 여러 가지 이야기를 들었다. 그의 말은 대개가 다 숙자에게 저 헐벗고 못 먹는 조선의 여성 더우기 가진 압박에 여지없는 학대를 받는 그들을 저 세계로 인도하는 선도자가 되어달라는 의미 깊은 부탁이었다.

세 시간 동안이나 성신의 말을 들은 숙자는 아직껏 자기가 모르는 진리를 처음으로 듣는 듯이 퍽 재미있게 들었다. HK역 오후 두 시 남행차는 성신을 싣고 우렁찬 소리로 구름 덮인 산과 산을 울리면서

---

69)  여기까지가 『신여성』 1926년 6월호 수록.

검은 연기를 토하며 남으로 남으로 멀리 사라지고 말았다.

그리하여 성신은 남으로 숙자는 북으로 헤어졌다. 과연 두 사람은 다 성격이 좋은 사람이다. 숙자가 성신의 그 아름다운 성격과 이상을 아는 것 같이 성신도 역시 숙자의 성격을 잘 이해하였다. 그러나 숙자가 성신에 대하여 어떤 생각을 가지고 있는지 성신이 숙자에게 대하여 무슨 뜻을 가지고 있는지 피차에 서로 알지를 못하고 다만 서로 "저이가 나를 사랑하여 주었으면" 하는 애타는 생각만 서로 가슴속에 깊이 품고 있었다.

아직껏 아무런 생각이 없이 지내던 숙자는 이 사회에 대하여 자기의 의무가 무엇이며 자기의 취할 길이 무엇인가를 깊이깊이 생각하여 보았다.

숙자는 오백여 리를 격하여 있는 성신에게 자조자조 편지를 주고받았다. 숙자의 편지에는 반드시 자기가 이 불합리한 이 사회에 대하여만은 심적 고통을 받는다는 말과 ××에 대한 많은 가르침을 달라는 말이 써여 있었다.

흐르는 세월은 변함이 없이 달아났다. 어느덧 잎 떨어지는 가을이 가고 흰 눈이 나리는 겨울이 되었다. 어떤 날 숙자는 성신에게 이런 편지를 써 부쳤었다.

빈한과 곤궁에 시달리어 부귀에게 멸시를 받고 권력에게 짓밟힘을 당하는 많은 우리의 동무들을 위하여 주야로 분투하시는 성신 씨에게!! 중략

저는 이제 이틀만 있으면 동기 방학을 하고 집으로 가겠습니다. 만일 하실 수 있으면 제가 ○○동에 있는 동안에 한 번 와주시요. 저는

당신의 그 ××에 대한 가르침을 더 듣고 싶습니다. 네! 성신 씨! 중략 썩어진 이 거짓의 탈을 벗어버리고 참다운 살림을 하고 싶어 애타는 저를 당신은 손잡아 인도하여 주시지 않으시렵니까? 하략

성신은 이 W군 ××××에 참여할 겸 숙자를 만나려 ○○동에 왔다.

펄펄 날리는 흰 눈과 닥쳐 부는 찬바람이 온 세상을 차디찬 얼음으로 화하여 버리는 듯한 십이월 이십구일 밤이었다. 숙자와 성신은 이 세상의 모든 거리낌을 떠나

× × × × × × × × × × × × × × × × × × × × × × × × × × × ×

× × × × × × × × × × × × × × × × × × × × × × × × × × × ×

× × × × × × ×

실로 이 기회야말로 두 사람의 가슴에 파묻고 혼자 혼자 썩이던 모든 생각을 서로 쏟아놓고 나는 이렇게 당신을 사모하여 왔습니다라고 할 만한 둘도 없는 기회이었다.

숙자는 지금 부끄러운지 슬픈지 기쁜지

× × × × × × × × × × × × × × × × × × × × × × × × × × × ×

× × × × × × × × × ×

× × × × × × × × × × × × × × × × × × × × × × × × × × × ×

× × × × × × × × × × × × × × × × × × × × × × × × × × × ×

× × ×

"아! 성신 씨! 당신도 물론 짐작하실 줄 압니다. 하여튼 지금 저는 성신 씨가 업이는 살 수가 없을 것 같습니다. 참으로 당신을 사랑합니다.……그러면 성신 씨 당신은 저를……?"

×××××××××××××××××××××××××××××××××××
×××××

성신은 가장 엄숙한 말로 한숨을 휴— 내쉬며

"숙자 씨! 고맙습니다. 이 몸이 저 청산에 한 줌 흙이 되기 전에는
당신의 그 넘치는 사랑을 안 잊겠습니다. 물론 저 역시 당신을 힘껏
사랑합니다만은 숙자 씨가 저를 사랑하고 제가 숙자 씨를 사랑한다
고 맹세하기 전에 반드시 해결하여야 할 큰 문제가 있습니다. 이것은
숙자 씨가 우리의 사랑이 아름다운 열매가 맺힐 수 있도록 분투할 만
한 용자勇者가 되어달라는 것이외다. 보세요! 제에게는 아무것도 없
습니다. 저의 이 굿센 주먹과 아무른 권세와 황금을 가진 자라도 빼
앗지 못할 이 샛빨간 마음 밖에는 이무 것도 없습니다. 당신의 그 뜻
을 어떻다고 말할 수는 없습니다 만은 황금만능주의에 중독이 되어
있는 당신의 부모의 또 지금 당신이 처하여 있는 이 사회는 결단코
당신과 저 같은 놈의 사랑을 허락지 않을 것입니다. 그러니까 만일
당신과 나의 사랑을 성공시키려면 당신은 먼저 백절불굴의 무서운
싸움을 하는 전사가 되어야 하겠다는 말씀이외다."

성신의 말은 과연 목 메이고 떨리는 음성이었다.

"아! 그러면! 성신 씨! 당신은 여태껏 저를 어떤 사람으로 보았단
말씀입니까? 아이 참! 어쩌면 그리 야속하시오? 저는— 저는 옛날의
숙자는 아니예요 네! 그 더러운 돈이 썩은 가정. 저 불합리한 사회에
게 나의 귀여운 그 무엇을 빼앗길 나는 아닙니다. 저것들과 저는 아
무 상관이 없어요. 성신 씨를 사랑하려는 저는 벌서 깨달음이 있었답
니다. 어쩌면 그리 사람을 아니 알아주시우……" 하고는 흐느껴 울었

다.

성신은 부지불식간에 숙자의 손을 잡으며

"아 숙자 씨! 숙자 씨! 그러면 저는 당신을 사랑합니다. 참으로― 당신은 나의 영원한 사랑이올시다."

그리하여

× × × × × × × × × × × × × × × × × × × × × × × × × × × × ×
× × × × × × × × × × × ×

길이―백년가약의 굿은 맹세를 하였다.

그러나 그 꽃이 과연 아름다운 열매를 맺을까? 더우기 물질주의의 가정에서 황금만능이란 생각으로 자라난 숙자의 가슴에 갔돋아 나오는 그 엄이 과연 모진 서리의 침노가 없이 잘 자라날까?

지는 해와 돋는 달을 그 누가 멈추리요. 어느덧 먼 산에 싸였던 백설은 다 녹아 버리고 보드라운 봄바람이 사분사분이 불어오는 봄이었다.

성신은 숙자의 졸업식에 참예하고자 평양에 왔다가 다시 상경하려는 날 밤이었다.

숙자는 성신이 가류하는 P여관으로 찾아갔다. 연인과 연인의 이별을 위로함인지 창공의 맑은 달이 두 사람이 앉은 창에 고요히 비쳐주었다.

성신은 이제 두 시간만 있으면 떨어지기 싫은 애인을 혼자 두고 머나먼 서울로 가야하는 피치 못할 길이었다.

숙자는……

성신은……

"아! 숙자 씨! 울지 마세요. 당신은 저 많은 동무들을 위하여서는 우리의 그 무엇이든지 희생하여야 할 것을 잊었습니까?⋯⋯⋯깊이 생각하세요. 이별에 설워서 가슴 아픈 나를 당신은 왜 위로하여 주지 않으십니까? 자! 울지 마세요— 네—"하는 그의 말은 목 메이고 또 떨렸다.

숙자는 정거장까지 성신을 전송하려 나갔다. 어김없이 정각에 떠나는 기차는 생명같이 귀히 여기는 애인 성신을 싣고 남으로—고요히 잠든 밤공기를 깨뜨리며 점점 멀리 갈 적에 모자를 벗어 내어 흔들든 성신의 자태가 점점 희미하여지다가 아주 사라졌다. 숙자는 남부끄러운 생각도 않고 수건으로 얼굴을 가리고 흑흑 흐느껴 울다가 할 일없이 돌아서고 말았다.

그 후 숙자는 평양 어떤 학교 훈도로 시무하게 되었다. 자연이 숙자와 성신의 사이를 숙자의 부모가 알게 되었다. 자유가 무엇인지 인권이 무엇인지 개성이 무엇인지 말부터 모르고 더욱이 금전만능에 황금주의자인 그의 부모가 그들의 사랑을 허락할 이치는 만무하고 더욱이 예수교 독신자인 숙자의 부모야말로 성신 같은 (사회주의자)를 원수와 같이 보는 판이었다. 그리하여 자기 딸 숙자에게 "차라리 너를 이 세상에서 다시 못 볼지언정 이성신과 너와의 혼인은 절대로 허락할 수 없다"라는 편지를 하였다.

숙자가 교편을 잡은 학교에는 C군에 갑부요 예수교 장로의 아들로서 그 학교에 명예로 시무하는 교무주임 김영화金永化라는 청년이 있었다.

김영화는 숙자를 만나자 그의 아름다운 미색에 아니 놀랄 수가 없었다. 그리하여 영화는 갖은 수단과 묘한 계교로 숙자와 그의 아버지를 꾀어서 '어쨌든 숙자를 자기에 손에 넣으려 하였다.

세월은 흐르고 인심은 변한다. 사람의 맘을 누가 알리요. 그리 뜨겁고 열렬하던 숙자의 맘은 열 번 찍어 안 넘어지는 나무가 없는 격으로 고만 차디찬 얼음과 같이 식어버리고 말았다.

숙자의 가슴에 갔 돋아 나오던 그 귀여운 무엇은 그의 부모와 김영화의 갖은 꾀임에게 고만 짓밟혀버리고 말았으며 따라서 그의 귀여운 정신은 가엾게도 황금으로 장사를 지내버렸다.

성신은 숙자에게서 편지를 빈은 지가 벌서 이십여 일이 되었다. "어디가 탈이 났는가. 사흘이 멀다고 편지를 하던 그가 왜 이렇게 소식이 없을까" 혼자 중얼거리며 그날도 ××××관에 갔다.

뜻밖에 성신은 평양에 있는 어떤 친구로부터 숙자가 김영화라는 부호와 친하여 가지고 미구에 정식으로 혼인하리라는 조롱 비슷한 편지를 받았다. 그러나 성신은 그 편지를 부인하였다.

"저를 단념하여 주시요. 아무래도 우리의 처지가 성신 씨와 저 사이에 사랑을 허락지 않습니다"라는 암중출권暗中出拳 같은 편지를 받은 성신은 하도 어이가 없어서 얼마 동안은 아무 정신이 없이 저 서천에 가울어지는 붉은 해를 원망하듯이 바라보다가 무슨 결심을 한 듯이 허허 웃으며 평양을 향하였다.

평양에 와서 숙자가 과연 김영화라는 사람과 단꿈을 꾸는 것을 친히 목도하고 당장에 달려들어 "이 더러운 계집애야! 너는 왜 나를 속였니?" 하며 뺨을 갈기고 허리를 차 던지고 싶으리만치 흥분되었건만은 성신은 북받쳐 오르는 모든 감정을 꿀꺽 참고 "당초에 잘못이니

라. 나에게는 연애보다 더 급선무가 있지 않느냐?" 부르짖으며 무엇을 이겼다가 다시 생각이 난 듯이 고개를 끄덕—하고는 서울로 올라왔다.

"에라 그만두어라. 잊어버리자. 이 세상 프로의 하나로서 의지가 박약하고 수양이 부족한 여자는 응당 그럴 것이다. 그러나 그의 가슴에 돋아 나오던 그 무엇이 무참히 꺾어지고 만 것이 분하다" 부르짖으며 망각忘却의 길을 밟게 되었다.

아! 이것이 뉘의 탓일까? 이성신의 처음으로 순화하려던 사랑의 핏줄을 끊고 또 소금을 뿌리며 그의 새로 피려던 즐거움의 꽃봉오리에 모진 서리를 퍼부은 것은 과연 무엇일가?

돈만 알고 더욱이 예수교 독신자인 숙자의 부모가 이성신 같은 무산자요 또 (사회주의)를 배척하는 것은 유혹 모르거니와 어린양 같은 숙자의 그 뜨겁고도 힘 있던 사랑을 하루아침에 안개로 화하여 버린 그 무엇이 있다.

성신은 그것을 원망하였고 결단코 숙자를 원망하지 않았다. 도리어 그의 장래에 대하여 애처로운 생각을 못 금하였다.

변함없이 자꾸자꾸 가는 세월은 어느덧 여름 지나고 일은 가을이 되었다. 성신은 이 W군(사회주의)에 선동자煽動者라 하여 철창생활을 하게 되었다.

설상에 가상으로 실연의 애곡을 부르짖다가 다시 일동일정에 자유가 없는 옥중 생활을 하는 성신은 부자연한 이 사회에 대한 반항이 더욱 격렬하여지며 따라서 어떻게 할 각오覺悟가 더욱 분명하여졌다. 실로 성신의 옥중 생활은 그를 더욱 용감한 전사가 되게 하였고 그의 사상에 대한 분투에 결심을 일층 더 굳게 하였다.

기쁜 사람 앞에서나 슬픈 사람의 앞에서나 다 같이 사라져버리는 광음은 어느덧 그 이듬해 뜨거운 구름이 흩어지는 여름이 되었다. 일 년이라는 긴 세월을 옥중에서 한만이 허비하고 성신은 말기 출옥을 하였다

성신은 감옥으로부터 나와 얼마동안 집에서 휴양을 하다가 여러 동지들의 권면도 있고 또 그가 옥중에 있을 때에 결심한 바가 있어서 소련으로 건너가 학창에 몸을 부치었다.

눈물이 있으면 웃음이 있을 것이요 눌림을 받는 자에게도 자유롭게 일어설 때가 있는 것이다. 흥진비래興盡悲來는 이야말로 만고불변의 진리이다. 김영화와 혼인을 하여 향내가 나고 꿀이 흐르는 듯한 스위트홈을 이루었던 숙자는 어찌 되었을끼?

일 년이 못 지나서 김영화는 다시 다른 여자를 사귀어 가지고 그와 정식으로 혼인을 하는 동시에 숙자를 축출하여 버렸다. 진정한 사랑이 없이 일시적 충동으로 결합된 부부가 어쩐지 장구히 계속 되리요.

이리하여 쫓김을 받은 숙자는 친정으로 돌아와 눈물과 한숨으로 세월을 보내게 되었다. 더우기 그의 가슴을 못살게 아프도록 하는 것은 옛날의 성신의 추억이었다. 아! 후회한들 무슨 소용이 있으며 추억을 한들 쓸 데가 있으리요. 때는 벌써 늦었다.

성신이가 모스코바에 온 지도 벌서 일 년이다. ×××대학 앞에 나서는 성신의 두 눈에는 이전보다 더 한층 강한 광채가 번득이었다. 그는 우리 조선에 헐벗고 못 먹으며 또 학대를 받는 동무들을 생각할 때에는 "염려 마라! 우리의 때가 온다"는 듯이 빙긋이 웃고 다시 주

먹을 부르쥐며 또 떨었다.

그는 어떤 날 본국에 있는 친구로부터 숙자가 김영화에게 쫓겨나서 자기 친정에 와 있다는 편지를 받고 삼 년 전 과거에 그의 애인이었던 숙자의 모든 일을 회상하여 보았다.

실로 성신은 알에만은 동지들과 같이 손길을 마주잡고 반드시 나타날 새 인간을 향하여 나가는 재미에 삼 년 전 그의 가슴에 상처는 흔적도 없이 다 잊었다. 그러나 숙자야말로 가엾고 불쌍하게 되었다. 대지에 검은 장막이 거치며 동천의 붉은 해가 솟을 때부터 온 세상이 황혼에 물들 때까지 온종일을 눈물을 흘리며 울음 우는 그를 위로하여 주고 불쌍해 하여 줄 사람도 없다. 더우기 십오야 밝은 달이 창틈으로 흘러들고 사면이 죽은 듯 고요할 때는 지금부터 삼 년 전 십이월 이십구일 성신의 품에서 백년의 굳은 약속을 하던 그 생각이 뛰어나오며 따라서 쏟아지는 눈물과 터지는 울음을 아니 흘리며 아니 울 수가 없었다.

자연이 숙자는 온 세상에 모든 물건을 대할 때 스스로 부끄러웠다. 그리하여 그는 과거의 모든 과실을 뉘우치며 자기를 그렇게 만든 그 모든 것을 힘껏 원망하였다.

성신은 "그렇게 될 줄은 미리 알았노라"는 듯이 고개를 끄떡―하면서 "아! 지금 숙자를 만났으면 그가 이 앞으로 어떻게 하여야 하겠다는 것이라도 가르쳐 주었으면 하며 자기가 옛날에 숙자를 얼마쯤 사랑하였나 기념으로 편지 한 장을 써 부친 것이었다.

― 끝 ―

## 소설 「숙자」

　1926년 「신여성」 6월과 7월 2회에 걸쳐 연재된 단편 소설이다. 부잣집의 딸 '숙자'와 가난한 농촌 출신인 청년 '성신'의 만남, 사랑, 이별을 시간 순서에 따라 회상 형태로 구성한 작품이다. 숙자 부모의 반대로 사랑을 이루지 못한 두 사람은 이별 후에도 각각 고난의 길을 걷는다. 숙자는 부모의 강권으로 학교 교무주임 김영화와 결혼을 하지만 곧 버림받고, 성신은 배반당한 첫째 원인이기도 황금만능주의 불합리한 사회에 맞서 투쟁의 대열에 나서다가 투옥된다. 감옥에서도 성진은 사회에 대한 반항심을 버리지 않고 개혁 의지를 불태운다. 봉건적인 결혼제도의 불합리성에 대한 비판정신과, 계급의식의 각성을 통해 새로운 사회를 건설하려는 이상주의 정신이 드러나고 있다. 남녀의 로맨틱한 사랑을 그리는 낭만주의 요소와 부르주아 계급에 대한 비판을 앞세운 현실주의 요소가 공존하는 소설이다.

## 2. 초동初冬

팔월 한가윗날―

오릿골 복순 아비는 김 마름댁에 요공으로 수탉 한 마리를 갖다 주었다.

닭은 붉은 바탕에 검은 빛깔이 얼린―죽순竹筍을 먹고 예천醴泉에 마시고 벽오동 가지에 누웠는 봉황의 기개보다 늠름하였다. 복순 아비는 김 마름이 수탉을 받으며 자별히 치사하는데 죄나 진 듯이 저어하였다. 그는 집으로 돌아오며 쾌감을 느꼈다.

한 쌍 닭에서 암탉마자 추석날 아침에 국거리로 들어가고 복순네 뜰 안은 닭이 없어서 한결 넓어진 듯 싶었다. 그 뒤로 다시 닭은 놀70)생각을 하지 않았다.

음력으로 팔월 그믐께 해서 삼수동三水洞에 사는 최 지주 영감의 생신이 왔다. 복순 아비는 그랬으면 닭이나 놓았을 걸 하고 후회하였다. 그는 추석날 집에서 암탉을 없앤 것을 새록새록 후회하였다. 마름집에 간 숫닭은 생각하지 않았다. 그러나 저러나 복순 아비는 지주댁에 닭이나 한 마리쯤은 부조해야겠다고 속으로 생각하고 속죄贖罪할 궁리를 해보았다.

지주의 생신을 너닷새 앞두고 복순 아비는 삼수동으로 나갔다. 그날은 마침 장날이었기 때문에 복순 아비는 집신 여남은 켤레를 자락 구석에 넣어 가지고 팔러 나갔다. 그러나 집신은 팔리지 않았다. 그

---

70) '놓다'의 활용형. '놓다'는 '키우다', '치다'라는 대구 방언.

도 세상의 변천으로 집신 따위는 돌아보지도 않았다. 자정이 기웃하여 아마 파장될 지음에 집신은 일여덟 켜레나 팔리었을까 수입은 일원도 못되었다. 복순 아비는 그나마 가지고 륙십 전으로 쓸쓸한 암탉 한 마리를 사들었다. 그리고 지주댁으로 가보니까 그 곳에는 벌서 다른 작인들의 공궤하는―닭, 게란 따위가 벌려 있었다. 복순 아비도 암탉을 지주 앞에 고분히[71] 내놓았다. 지주는 매지근한 미소를 지우며 "웬 걸 다 가져 오나?"하며 겸사를 피웠다. 그리고 지주의 장부에는 복순 아비의 이름을 적은 아래 게일수雞一首라 하였다. 복순 아비는 육십 전에서 이처럼 거룩한 기쁨을 일찍 맛보지 못하였다. 그는 지주 앞에 두 발 묶인 채로 누어서 말뚱거리는 암탉을 빙그레하며 보았다. 암탉은 한 번 꿈틀하였다. 최 지주의 생연[72]은 삼수동을 근방으로 인근에 파문을 떨치었다.

생신 전날―

김 마름은 추석에 작인들에게 받은 닭, 게란 따위를 송두리체 지주에게 간다바쳤다. 김 마름이 가져 온 닭은 근 이십 수나 되었다. 그 중에 복순 아비가 요공한 숫닭이 가장 이채를 띠웠다. 한 번 갈기면 피를 팍 토하고 넘어트릴 세찬 발굽을 소리 없이 뚜벅뚜벅 옮기고 있었다. 지주는 마름을 돌아보며 어쩌자고 이렇게 많은 닭을 가져 왔느냐고 꾸중을 하였다. 마름은 희의의 미소를 입매에 띠우며

"집에서 좀 났던 닭이기에 몇 놈 가져 왔습죠!"하며 뒤통수를 툭툭 쳤다.

---

71) '공손히', '조심스럽게'.

72) 생연生宴.

"자네네가 언제 이렇게 많은 닭을 낳았던가?" 하며 지주는 웃는 얼굴을 복순네 수탉으로 돌렸다. 마름도 따라 보았다. 지주는 메를 찾는 듯이[73] 머리를 끼웃거리며 서성거리는 붉노랑 빛깔의 수탉을 탄상하는 듯이 멍하니 보았다. 마름은 뒤에서 득의의 미소를 지웠다.

지주의 생신이 되었다.

최 지주의 일가나 마름패나 작인패들은 물론 사돈의 팔촌 최 지주의 전장과 접경이나 헌 사람들까지 다 모였다.

복순 아비도 오리ㅅ골에서 몇몇 작인들과 함께 지주댁으로 모여갔다. 김 마름은 그 전날 최 지주 집에서 밤을 새우며 제 일처럼 만사를 정성드려 처리하였다. 지주의 생연은 상상 이상으로 성대하였다. 어떻든 차일遮日을 여섯이나 그 넓다란 마당에 ─가을이면 너댓 마당을 한꺼번에 하고 노적露積을 산듬이처럼 이십 길이나 쌓아올리는 ─ 치고도 좁다 하여 대청 안마루까지 사람들로 꽉 찾었다. 지주는 여름 등불에 끌어오는 불나비떼 같은 이 사람들에게 어른에게는 간 거른 방문주 한 잔씩이라도 어린애에게는 인절미 한 점이라도 빼지 않고 주었다. 거지 떼들이 이삼십 명 모여들어 법석이었다. 그들에게도 골고루 먹이가 돌아갔다. 거지 떼 가운데 누가 살그머니 전육煎肉육 조박을 훔쳤다. 이것이 마새[74]가 되었을 때 지주는 전육을 다섯 접시나 더 내다 주었다. 이날은 공중에 나는 새도 취하여 갈팡질팡하였다.

복순 아비는 김 마름과 점심을 한방에서 하게 되었다. 그래서 그런

---

73)  찾는 듯이.
74)  마수.

지 복순 아비에게도 특별이 김 마름과 마찬가지로 백반에 닭국이 들어왔다. 복순 아비는 과분하게 융숭한 대접을 받으매 의심에 불안을 느끼며 죄나 진 듯 상 싶었다. 복순 아비는 저녁때 돌아오며 최 지주 영감의 거룩한 흥덕을 찬앙하였다.

그는 닭국 마신 것이 무엇보다도 마음에 기뻤다. 닭국과 최 지주의 덕과를 혼동 하였다.

지주댁 뒷간에는 복순네 수탉닭의 붉노란 털깃이 고스란히 흩어져 있었다. 그리고 복순 아비의 집신 팔아 산 암탉의 털깃도 고요히 엿보였다.

× × ×

복순이가 열네 살 되던 삼 년 전 봄 ─

그는 한 동리오릿골에 사는 오뭇장이의 아들과 약혼이 되었다.

─그해 어떤 날.

복순 아비가 삼수동 장에서 얼큰히 취해 가지고 곤드레만드레 해 돌아왔다. 복순 어미는 그를 부축해 드리어 아랫목에 누였다. 그는 세상 모르고 잠 드러 버렸다.

복순 어미가 그의 머리 맡에서 바느질을 하다가 삼경이 지난 때 쯤 해서 그만 일거리를 주섬주섬 치울 때 복순 아비는 부시시 깨더니 냉수를 찾았다. 아내가 갔다주는 냉수를 들이키고 난 그의 입에서는 아직 술 냄새가 나는 듯하였으나 그는 새삼스레 무엇을 잊었다가 찾은 듯이 마누라를 보며 말을 할 듯 할 듯 입술을 들먹거렸다. 복순 어미는 개키든 옷감을 든 재로 남편을 보고

"무엇이 어쨌소?" 하며 의아한 듯이 물었다.

그는 이윽고 입을 떼었다.

"복순 어맘! 그 일 말야! 그 일이 그렇게 되고 말았어 오장의도 승낙하고"

아내는 알아채렸다는 듯이

"그렇게 되었어요, 그러면 초례醮禮는 언제쯤?"

"그야 뭘 서두를 것 없지 걔가 복순이보다는 한 살 아래인가 보지 그러니까 이태쯤 넉넉히 넘겨잡고 그동안에 어떻게……" 여기까지 말하다가

"우리가 하시절에 남처럼 번듯이 할 형편도 못되고" 하며 그는 혼잣말처럼 중얼거렸다.

복순 어미는 봄밤의 나긋한 추위에 쪼그리고 두 손을 호호 불다가

"오장의는 뭐랍디까?"

"그 이야긴 건드리지도 않았어 …… 그런데 오장의 말이 삼백 쉰 냥밖에는 더 못 될 형편이라고……"

그는 비상 국을 마시는 듯이 여기서 말끝을 막고 말았다. 아내는 고즈넉이 피마자[75]기름의 피시시 타오르는 불똥을 보고만 있었다. 한편 구석에 누더기 속에 누었던 복순이는 가느다란 잠소리를 하였다. 그는 열네 살의 계집애 아닌가.

그해 봄은 —

이러해서 —복순의 약혼으로 오장의에게 받은 삼십오 원으로 춘궁을 겨우 넘겼다.

---

75) '아주까리'의 대구방언형임.

가을이 왔을 때 복순이 초례시킬 이야기는 쌍방에서 다 같이 하지 않았다. 농사가 말이 아니었기 때문이었다.

그러든 것이 재작년 가을에 와서는 좀 농사가 되어 절구 소리도 나게 되었다. 복순네는 이에 혼례 이야기를 끄집어 내었다.

어느 날 삼수동 장에서 복순 아비는 오장의를 술집 구석방으로 이끌고 들러갔다. 둘은 술잔을 주고받으며 허튼 이야기를 하다가 복순 아비가

"장애! 어떻게 올에는 치르고 말지요!"

"낸들 생각이 없겠소마는 망지조[罔知措]이구려!76) 저번에도 말하지 않았소 한 해나 보자고"

"난 늘 그년이 걱정이 돼서……"

"그도 오는 가을에 하느니 올에 하면 짐도 덜겠지만! 공도 알다시피 내 집 식구가 몇이요? 오는 해엔 내 큰 녀석이 분가도 해야겠고 하니……"

복순 아비는 그에게 더 종용[慫慂]할 용기가 없었다. 자기의 생각대로 한다면 자기의 삶에 대한 큰 힘 없는 고문[拷問]이요 위협인 복순이 —아니 그는 그에 대하여 맹장[盲腸]적 존재일지도 모른다. 늘 속히 출가시켰으면 하였다.

둘은 갓모를77) 바로 하며 술집을 나섰다. 복순 아비가 장에서 돌아오자 아내는 남편의 기색을 살폈다. 아까 아침에 복순 어미는 남편에게 오늘은 꼭 결말을 지라고 부탁하였든 까닭이다. 복순이는 한편 구

---

76) '망지조[罔知措]', "어찌할 바를 모름."

77) '갓 모자를'.

석에서 다소곳이 버선을 시칠 때78) 그의 어미는 이윽고 내려다보더니

"너 그 무슨 버선코냐 유자코냐?" 하며 딸을 나무랬다. 딸은 코끝을 가위 끝으로 내밀어도 보고 실에 꿰어 당기어도 보았으나 좀체 모양은 되지 않았다.

복순 아비는 아내에게 '왜'라는 표정을 지으며 아랫목으로 가서 주저앉았다. 그리고 불똥에 번득이는 딸의 얼굴을 멍-하니 바라보다가 혼자말로 "열다섯 살" 하고 외웠다.

× × ×

복순이가 열여섯이던 작년.

오장애의 아들은 어느 가을날 남모르게 동네 청년들과 같이 일본으로 출분하였다. 열다섯 밖에 아닌 그가 인생의 아름다운 꿈을 그리며 물을 건너갔다. 그러나 그것은 당연 이상의 그의 한낱 망동으로 공연이 고생과 금품을 허비하고 올 이른 봄에 돌아오고 말았다.

그러기 때문에 작년 가을에는 꼭 이루려던 복순이 혼례가 또 다시 연기되었다.

이때까지의 복순이는 아무 감각과 반응이 없는 존재였다. 그리다가 작년부터 몽롱한 가운데 자기라는 처녀를 생각하고 따라서 인식하였던 것이 가을에 자기의 배우配偶자의 일본으로의 출분에 비로소 적확한 감각을 얻었다. 그는 자기의 배우를 처음에는 인식하고 전환

---

78)  '시침질을 할 때'.

하여 엄연한 사랑을 발견하였다. 그러나 그는 도리어 이러한 생각을 죄악의 망상이라 하였다. 올부터 이 오릿골에 창설된 수리조합에 물이 돌았다. 동구 밖으로 원편에 산기슭 부디친 곳까지 퍼진 갈밭이 논으로 된다고 최 지주네는 좋아하였다. 그래서 최 지주는 본대 수리조합이 되기 전에 이 노전을 헐값으로 매수하였던 것이 자기가 열렬한 수리조합의 발기자가 되어 일반의 연서까지 얻은 이후 착착 사고 없이 진행하여 최 농장이란 간판을 걸고 전화까지 걸었고 이십 여명의 사무원을 두었다. 그래서 올해에는 그곳에서 쌀이 나왔다.

그러나 쌀값은 참락하여[79] 최 지주는 안절부절을 못하였다. 왜냐하면 수세水稅가 삼백 평에 십이삼 원이요 옛날에는 소지황금출掃地黃金出이던 기성답들도 야릇한 노릇에 걸리어 높은 백미에는 팔구 원 하던 백미에는 오륙 원의 수세를 지불하게 되었다.

이리하여 최 지주와 작인 간에는 수세 때문에 승강이 되었다. 복순네나 오장애네나 이 오리꼴이나 삼수동이나 이 시수리 조합 동리 구역 안의 주인들은 전전긍긍하였다.

복순네도 벼를 끌어드리[80]지 않았다. 수세에 도조에 채무에 남는 것이 얼만가를 똑똑히 알기 때문이다.

어느 날 밤.

복순이가 잠이 들었을 때 복순 어미는 남편에게

"여보 먹을 껀 없는 데 딸년만 끼고 있으면 대수요? 그 년을 굶겨

---

79) '폭락하여'.
80) '끌모으다-어-들入입-이'의 어휘구성으로 '끌어들이다'의 의미를 가진 대구방언형이다.

죽일 수도 없고……"

"상주더러 제일날[81] 다투자네!?"

"비꼴 게 아니라 내일은 가서 좀 떡심을[82] 써봐요!" 하는 아내의 말끝은 한숨으로 싸늘하다.

복순이는 아까부터 어렴풋이 깨었다가 이야기를 듣고 가슴이 저리었다.

자기 딴에도 빨리 출가하여 어버이의 근심을 덜고 싶었다. 그는 가많이 벼갯닛을 만져 보았다. 눈물방울이 젖어있었던 것이다.

이튿날 복순 아비는 아내의 권고라기보담 사정이기 때문으로 오장애를 찾아갔다. 음력 시월 초순의 날은 무엇이 고을 듯하여 찌푸릇하였다.

복순 아비는 오장애를 만나서 넌짓이

"장애 어떻할테요!?" 하고 물었다. 그의 얼굴에는 질문이라니보다 애수가 얽켜 있었다. 그러나 오장애의 얼굴도 복순 아비에 못하지 않았다.

"사세가 딱한데 올만 속는 셈치고 참으시우. 내 큰 녀석이 분가도 못하고 그리고 몸 아파 누어있는 사람도 있어서"

이 말을 하는 오장애의 가슴 속에는 의혹의 반발反撥로 일어나는 크다란 울분의 뭉텅이가 파혼破婚이라는 섬광閃光을 보였으나 오장애는 무한지옥을 빠저 나오는 셈치고 모든 것을 참았다. 복순 아비는 달갑잖은 대답에 헛기침을 기치며 침을 뱉으려고 문을 열었다. 밖에

---

81) '제일祭日'.
82) '미련을 부려, 억지를 써서'.

는 첫눈이 펄펄 날리고 있었다.

"허허 벌써 눈인 걸!"

둘은 앵무처럼 같이 뇌이고 다시금 벌에 내버린 나락을 생각하였다. 그들 둘의 가슴은 창밖에 나리는 눈ㅅ발처럼 느긋한 듯하고 싸늘하였다.

복순 아비는 고침을 후기며[83] 일어섰다. 오장애는 복순 아비를 붙잡으며 잠간 기다리게 하고 밖으로 나갔다.

"눈도 오기도 한다" 하며 오장애가 들어올 때에 밖에는 절구 찧는 소리가 났다. 오장애는 몇 말 되는 나락이 있었기 때문에 시방 그것으로 점심을 짓게 하고 들어온 것이다.

복순 아비는 점심 지으려고 나락을 찧는 절구 소리를 듣고 그래도 오장애네는 우리보다 낫구나 하고 생각하였다. 그는 오장애에게 "웬 절구소리요?" 하고 물었다. 오장애는 열적은 웃음을 지우며

"쌀을 파라오지 못해서 집엣 것으로 점심이나 좀 지으려고……" 하고 대답하였다. 복순 아비는 점심을 마치고 오장애 집을 나왔다. 한 그릇 흰밥에 풀렸던 마음도 눈길을 거를 때에는 다시금 가시가 도치기를 시작하였다. 암루暗淚에 젖어 어데라 호소할 곳 없이 고민하는 복순의 얼굴이 그윽이 떠올랐다. 눈은 속절없이 내려 복순 아비의 등덜미를 덮었다.

—구고舊橋에서

---

83) 추스르며.

## 소설 「초동」

1932년 「신여성」에 발표된 이상화의 두 번째 창작 단편소설이다. 오 릿골이란 농촌을 배경으로 농민들의 가난한 삶의 이야기를 회상 형식 으로 구성하고 있다. 복순이와 오장이의 아들은 삼 년 전에 혼약했는데 도, 양 집안이 가난하여 초례를 올리지 못한다. 양가 모두 굶기를 밥 먹 듯 하는 형편이다. 복순이 아버지는 딸을 시집보냄으로써 입을 덜고자 하고 오장이는 며느리를 새로 들어오는 것이 은근히 부담스러워 핑계를 대어 초례를 미룬다. 이 와중에 지주나 마름에게 명절과 생일 때 요공 을 바쳐야 하는 소작인의 처지를 형상화하여 당시 궁핍하고 모순된 농 촌 현실을 반영하고 있다. 하지만, 소작농인 등장인물은 현실을 비판하 거나 저항하지 못하고 순응하는 선량한 사람으로 그려진다. 이런 점에 서 이 작품은 본격적인 프로문학의 다가가지 못하고 자연 발생적인 계 급문학의 수준에 그치고 말았다.

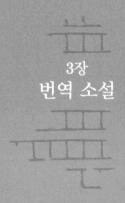

3장
번역 소설

# 1. 단장斷腸

## 『역자의 말』

미국은 18세기 말 독립전쟁이 나기 전에도 그들의 문학을 가졌었
지만 그는 다—그리 귀엽지는 못한 것이다. 한 나라로 존재된 뒤—
워싱턴 · 어—빙[84]으로 비롯하여, 문학사의 첫 페이지가 열리게 되었
다.

그 이는 1783년 월 3일 뉴욕에서 나서, 1809년 11월 28일 선사이
드 어빗톤에서 죽었다. 어려서 법률을 배우려다가 치워버리고 장사
를 하려 하였다. 그때 그때, 한갓, 재미로 스위프트 · 애디손 의른들

---

84) 미국 문학 개척자 워싱턴 어빙 『스케치북』을 쓴 작가이다. 아메리카 문학
개척자인 어빙(Washington Irving)은 미국 역사상 큰 획을 그은 인물 중
한 사람이다. 그는 『주홍 글씨』를 쓴 호손, 『인생 찬가』, 『에반젤린』를 비롯
주옥같은 시를 남긴 롱펠로, 허먼 멜빌, 에드가 앨런 포 등 최고 미국 문학
가들에게 큰 영향을 끼쳤을 뿐 아니라, 유럽에까지 이름을 떨친 작가이다.
어빙의 『스케치북』(1819~20)은 처음에 두 가지 버전으로 나왔다. 페이
퍼백 미국판과 하드백의 영국판이다. 영국판에는 미국 연재형 원본에 포
함되지 않은 3편의 에세이가 실려 있었다. 어빙은 1848년 조지 푸트남 출
판사의 스케치북 수정본에 수록된 에세이 〈런던의 일요일〉과 〈골동품이
있는 런던 풍경〉을 덧붙였다. 그때 어빙은 에세이를 다시 정리했다. 따라
서 오늘날 스케치북에는 32개 이야기가 모두 수록되어 있다. 이 책은 그
32개를 빠짐없이 옮긴 국내 최초 완역판이다. 『스케치북』은 풍자와 기이한
착상, 사실과 허구, 구세계와 신세계가 혼합된 작품으로, 여기에 실린 32
편의 글 가운데 근대 단편소설의 효시로 불리는 〈슬리피 할로우의 전설〉,
〈립 밴 윙클〉, 〈유령 신랑〉 등이 있다.

을 보았다. 그리다가, 그는 스물한 살 되던 해, 영국으로 나서 인해 <sup>85)</sup> 만에 돌아와, 주간잡지를 발행함으로부터, 그의 재조를 남들에게 알리게 되었다.

하나, 그가 문학가의 한 사람으로 기대를 받게 되기는, 1809년『뉴욕사』를 쓴 뒤부터이다. 그 뒤 1815년에, 다시 도영渡英한 3년 만에 돌아와서 지은 것이 있다. 이로 말미암아, 그의 명성은 본국에서 많이 아니라, 영국에서까지 떠돌게 되었다. 그것이 스케치북— 1809— 이었다. 이 외에도, 그의 작품이, 여간 많지 않을 뿐 아니라 스케치북은 그가 영국 순유巡遊에서 얻은 추억, 사실, 감상의 모둠이다. 풍자 속에도, 애수哀愁가 돌고, 장중 한가운데서, 웃음이 들려—그가 남달리 가진 정열을 짐작할 수 있다. 이 정열을 보기 위하여, 여러 편 가운데서「단장」을 번역합니다.

그리고 또, 이「단장」이, 얼마만큼이나, 사람의 마음에 핍주逼注된 것을 증명하기 위하여 재미있는 사실 이야기를 간단하게 쓰겠다. 어-빙 씨가『스케치북』을 내자 그 가운데서「단장」을 보고 참으로 다 같은 문자로써로 아름답게 쓴 천재이며 아울러 여성에 대한 숭열한 이해야말로 얼음같은 지혜를 가졌다 하여 치하와 감사로서 손님과 편지가 물밀 듯하였다. 그 가운데는 아낙네들이 많았다고 한다.

이외에 이방 사람으로 감화된 시인 한 분이 있었다. 그는 바이런 <sup>86)</sup>이었다. 그는, 어느 날 그를 찾아온 손님에게 이「단장」을 얻으려

---

85)  이 년.

86)  제6대 바이런 남작 조지 고든 바이런(영어: George Gordon Byron, 6th Baron Byron, FRS, 1788년 1월 22일~1824년 4월 19일)은 영국의 철학

하였다.87) 그 손님은 미국인이었다. 그는 소리를 나직이 하여 읽기를 하다가 그도 그만 흥분이 되어 시인을 보지도 않고 읽다가 드디어 다—읽고 보니 바이런은 흑흑 느끼며 울고 있었다. 손도 아무 말을 못하고 있더니 시인은 손님에게 "내가 우는 것을 보셨지요? 나도 눈물은 그리 많지 않으나, 「단장」을 볼 때는 그만 웁니다. 제절로 울어집니다." 하였다.

이렇게도 가엾게 「단장」이 조선 말에도 그의 열도를 그대로 가져올른지 모르나 아무렇든지 본 뜻은 옮아왔을 줄 믿는다.

—대구무영당大邱茂英堂에서88)

<hr />

자이자 작가이다. 존 키츠, 퍼시 비시 셸리와 함께 낭만주의 문학을 선도했던 인물로 알려져 있다. 영국 런던에서 태어나 어려서부터 훌륭한 글재주로 주위의 칭찬을 받으며 자랐다. 2살 때 스코틀랜드의 애버딘으로 집을 옮겼으나 세 살 때 아버지가 죽고 1798년에 큰아버지인 제5대 바이런 남작이 죽었으므로 제6대 바이런경이 되어 조상의 땅 노팅검으로 옮기게된다. 이듬해, 런던에서 나와 해로우 스쿨에 들어간 뒤 1805년에 케임브리지 대학교에 입학하여 역사와 문학을 전공하지만 학업에 신경을 쓰지 않고 나날을 보냈다. 1808년에 케임브리지를 떠나, 1811년까지 포르투갈, 스페인, 그리스 등을 여행하고 귀국한 뒤 런던에 살다가 1812년에는 『차일드 해럴드의 순례』(Childe Harold's Pilgrimage)를 출판하여 일약 유명해졌다. 그 후 『돈 주앙』(Don Juan) 등 유명한 작품을 계속 발표하여 19세기 낭만파 시인의 대표적인 존재가 되었다.

87) '읽어 달라'의 오류인 듯함.
88) 1925년 이근무李根茂 씨가 대구시 중구 서문로 58번지에 무영당을 창업하였는데 그의 호의로 상화가 이곳에서 워싱턴 어빙의 작품 「단장」을 번역하였다고 한다.

나는 일찍 못 들었노라

참된 사랑이 속 썩지 않고 있단 말을

그는 애타는 마음, 벌레가 봄철의 예쁜 기록인—

장미꽃 입새를 뜯어먹듯 하기 때문이어라.

　　—미들래톤


　모-든 사랑의 이야기를 비웃으며 꿈길을 가는 듯한 정열의 소설을 다만 시인 소설가의 꿈인 말로만 아는 것은 느낌 많은 젊은 시절을 일찍 거치는 사람이나 방탕한 살이에서 아무 마음 없이 사라온 그이들의 예사로 하는 버릇이다. 사람의 천성에 대한 나의 식찰識察은 나로 하여금 이이들과 별달리 생각게 한다. 사람의 성질이 세상살이로 말미암아 냉정하여지며 사교의 술책에 끄을려 헛웃음을 웃게 되었더래도 그 차디 찬 가슴속 깊이는 잠자듯 한 불꽃이 아직도 남몰래 숨어 있다. 거기 한 번 불이 붙으면 그야말로 사나오리라. 이뿐이랴, 때로는 그 불꽃을 이 세상에 선사를 수 없게까지도 되리라. 참으로 나는 진실한 맹목신의 신도며 그의 교지를 정성껏 쫓는 나이다. 내가 고백을 하려? 나는 사랑을 그려 창자唱者들여 이는 이의 옳음을 믿으며 사랑을 잃고서 죽는 이의 마땅함을 믿노라. 그러나 나는 아무래도 이것이 남자 만에 적은 듯 목숨에[89] 두려운 병이라. 생각지 않는다. 다만 예쁜 아 씨들을 많은 무덤 속으로 까무러지게 하는 무서운 병이라고만 믿는다.

　남자는 호기야심의 동물이다. 그의 본질은 그를 세상의 다름과 떠

---

[89] '남자男子만에 그러하듯 목숨에'의 오류인 듯하다.

덤 속으로 끈다. 사랑은 그의 많은 시절에 한갓 비름이 될 뿐이오. 또는 극막이 쉬는 사이에 알리는 음악이 될 뿐이다. 그는 명예를 찾으며 재산을 찾으며 세계사상에 지위를 찾으며 동족의 위에서 지배권을 찾는다. 그러나 여자의 전생은 애련의 역사이다. 심정 하나가 그의 세계다. 나라를 세우려 애쓰는 마음도 거기 있으며 숨은 보배를 캐려는 욕심도 거기 있다. 그는 그의 동정으로 위태로운 일을 하며 그는 그의 전령全靈을 배에 실고 애련의 바다로 저어간다. 만일에 파선이 된다면 그의 경우야말로 절망이다―이는 심정에 멸망인 때문이다.

사랑을 잃음이 사내에게도 얼마쯤은 쓴 애통이 될 것이다. 이 괴로움이 그의 연정軟情을 썩힐 것이며―이 괴로움이 그의 행복을 상할 것이다.[90] 그러나 그는 민활敏活한 인물이라―가진 사업의 분요紛擾 속에서 그의 생각을 쌓을 수 있으며 환락歡樂의 조수潮水 속에서 그의 마음을 잠길 수도 있고 또 사랑을 잃은 그 자리가 너무나 쓰린 생각을 일으킬 때면 그는 하고 싶은 대로 그의 자리를 바꿀 수 있으며 새들의 아침 나래를 가진 듯이 이 땅의 머―ㄴ 끝까지 나서 평안이 있게 될 수도 있다.

그러나 여자의 살이는 정착 은둔 명상적이다. 그는 그의 가진 생각과 느낌이 무엇보담 더 동무다운 동무이다. 아―만일에 그의 생각과 느낌이 비애를 따르는 종이 되어 보아―어데 가서 그의 위안을 찾으려? 그의 운명은 사랑하여서 이김에 있다. 그러나 그의 사랑 속에 악행이 있었다면 그의 마음은 원수에게 점령된 성새城塞와 같이 빼앗겨

---

90) 행복幸福을 상하게 할 것이다.

져서 내버려져서 황량한 것만이 남게 되리라. 반들거리는 눈들이 얼마나 많이 흐려졌으며—보드라운 볼이 얼마나 많이 야위어졌으며—아릿다운 몸들이 얼마나 많아 무덤 속으로 사라졌으되 그들의 아름다움을 시들게 한 까닭은 말 할 이도 없도다.—내 목숨을 빼앗을 화살을 맞고도 그를 덮고 감추노라. 두 나래를 움켜 안는 비둘기 같이 부상된 사랑의 쓰라림을 세상에게 숨김이 아 씨의 천성이다. 유연한 여성의 사랑은 항상 부끄러워하고 말이 없다. 비록 행복스러울 때라도 그는 혼자만 들을 수 있게스리 숨을 쉬거든 하물며 불행이 올 때야 그는 가슴의 가장 깊은 곳에다 숨결을 파묻고 몸은 쭈그려 소리도 없는 파멸 속에서 걱정을 잊어버리려 한다. 그는 그의 애틋한 심원과 함께 실패를 하였다. 그는 정신을 기쁘게 하며 맥발脉搏을 빠르게 하여 혈관을 지나는—생명의 시내를 건강한 여울로 흐르게 하려는 양생법까지 얼시년스럽게 글긴다. 그의 안식은 부서졌으며—생기를 주는 단잠은 우울의 쓴 꿈에 독살이 되고—"바싹 마른 애통哀痛이 그의 피를 빨아먹어" 드디어 그의 쇠약한 몸은 외계의 조그마한 상인傷因으로 말미암아 그만 시들어지고 말게까지 한다. 오래지 않아 그를 찾으면 그의 때 아닌 무덤 위에 애닯은 울음만을 볼 것이다 그렇지 않으면 이즘까지도 생생하고 예쁘던 그이가 갑자기 저렇게도 '음침하고 벌레 먹게' 되었는가 놀라게 된다. 너는 이르기를 겨울에 촉한觸寒이 되었거나 몸 간수를 잘못하여서 그가 늘어졌다 할 것이다—마는 그의 강력을 뻘써 빨아먹고 그로 하여금 저충蛆虫의 미끼밥이 되게 한 마음에 새긴 병은 아무도 모르리라.

그는 삼림森林의 자랑과 아름다움을 차지한 부드러운 나무와 같다.

가슴 속엔 벌레가 먹었어도 숭아崇雅한 태도와 휘황輝煌한 맵시를 가진 그 나무와 같다. 더 새롭고 더 꽃다울 시절은 되었어도 갑자기 그 나무만 시들어지며 가지마다는 땅으로 떨어지고 입새는 하나씩 하나씩 떨어지다가 마지막 그 나무는 곯고[91] 마른 채 삼림의 고요한 속에서 스르륵 넘어질 것이다. 그러면 우리는 거칠어진 그 자국을 드려다보고 부질없이 돌개바람과 모진 벼락의 악착한 짓이라 생각는도다.

나는 아 씨들이 타락이 되고 자기自棄가 되어 그만한 울로 사라지듯 이 세상에서 차츰 없어지는 사실을 많이 보았다. 그리고 나는 폐로肺勞 충한衝寒 허약 뇌심 우울—이 갖은 병으로 그들을 죽게까지 하는 경로를 생각해 보았다. 나는 사랑을 이름이 거의 다 그 초증임을 알았다. 실례의 한가지로 어느 나라에서 이름있는 이야기를 이즈음 내가 들은 대로 쓰겠다.

누구든지 아일랜드愛蘭, Ireland의 젊은 지사 E의—비극 같은 이야기를 생각해 보아라. 그리 쉽게 잊어버리기에는 너무나 감명이 되는 이야기다. 아일랜드에 반란이 있을 동안에 그는 갖은 애를 쓰다가 잡혀 대역大逆이란 정죄定罪로 사형을 받았다. 그의 죽음은 모-든 사람의 동정에 깊은 인상을 주었다. 그는 영민하고 지혜롭고 용감한 청년이었다. 그는 심판을 받으면서도 담대膽大하였으며 위의威儀가 있었다. 역적이란 말을 분책憤責한 것이며—저의 굳은 명성을 말한 열변이며—선고 받을 때의 그 절망 속에서도 후예에게 애국열을 부르짖던—이 모-든 것이 여러 사람의 가슴을 꿰뚫었으며 원수까지도 그에게 대한 혹형酷刑을 원망하였다.

---

91) ‘곯다’는 ‘마르다’ 또는 ‘굵다’의 대구방언.

그러나 이 보담 그의 설움을 다 그리지 못할 가슴이 하나 있었다. 청년은 지난날 행복스러울 때 귀염성 있는 유명한 변호사의 따님의 사랑을 받았다. 그는 여성들의 손끝하고 뜨거운 첫사랑으로 그를 사랑하였다. 세상의 공론이 그를 반박反駁할 때나 운명에게 저주를 받을 때나 위태로움과 어둠이 그를 휩싸일 때나 그 아 씨는 그 가격은 그 오뇌懊惱보담도 더 속을 태우며 그를 사랑하였다. 원수에게까지 동정을 일으켰거든 하물며 그의 영혼을 다 차지한 아 씨의 속 씨린 설움이야 어떠했으랴! 서로서로 이 세상에선 한 사람뿐이라고 사랑하던 그들의 사이에 무덤의 겹문이 갑자기 닥치며 가장 아름답고 살뜰한 이를 잃어 버리고 터ㅡㅇ빈 세상에서 무덤의 문턱만 지키게 된 그의 설움을 말해보아라.

아 이러한 무덤의 두려움이여! 이리도 놀랍고 이리도 명예롭지 못하여라! 넓은 이 세상에선 나누던 이 애상哀傷을 쓰다듬을 만한 아무 기억도 없었다.—나누던 그 자리를 그립게 할 만한 숨 막히는 정황이나마 없었고—나뉘어졌노라. 불타는 가슴을 다시 살리려고 하늘의 이슬과 같이 서러움을 녹일만한 복 많은 눈물조차 없었다.

그의 홀진 살이는92) 갑절 더 외롭게 도리어 그를 떠나지 않는 불행은 아버지의 노념怒念에 대질려 마침내 집에서 쫓겨나게까지 하였다. 놀램으로 말미암아 흩어리지고 시달린 그의 정신이 여러 동무의 애쓰는 동정과 친애를 받기야 해서도 그는 아무러한 위안이라도 쓸데 없음을 겪을 뿐이었나니 이는 그도 의협義俠과 아낄 줄 모르는 민

---

92) 홀진 삶.

감敏感을 가진 아이랜드의 민족인 때문이었다. 그는 가멸고[93] 벼슬 높은 이들에게 가장 예쁘게 보여 그들이 마음 두게까지 되었다. 그리하여 그는 사교장으로 끌려갔었다. 그들은 온갖 事業사업과 갖은 娛樂오악으로 그의 근심을 없새 버리고 그의 사랑의 설은 이야기를 잊어버리려 하였다. 그러나 그것은 부질없는 일들이었다. 오히려 행복당게 아는 목숨이 있는 곳에 들어와서 그의 영靈을 골아지게[94] 하며 불태워서—다시는 엄도 꽃도 못 피게 함이야말로 차마 못할 재앙이다. 그는 영영 환락을 가까이 하지 않았다. 사막 복판에 있는 듯 외로울 뿐이었다. 그를 둘러 있는 세상은 보려도 않고 다만 서러운 묵상 속으로만 거닐 뿐이었다. 그는 여러 동무의 달콤한 말을 비웃으며—예쁜 이의 노래를 삼가지 말고 너무나 슬기롭게 그를 속이지 마라 불렀다.

그의 이야기를 하는 사람은 그를 어느 가장 무도회舞踏會에서 보았다 한다. 그리도 가엾고 놀라게스리 참혹하게 된 봄이 이 세상에서 또는 없으리라. 환락에 어우러진 뭇 가운데 그도 성장盛粧을 하고 나왔으나 헬슥하게 야위었으며 근심 듯는 그 얼굴을 보면—도깨비같이 찬김이 나고 낙樂도 없는 잿빛 세상으로만 돌아다님을 보면—그들이 잠간 동안이라도 설음을 잊어버리게 하려 가엾은 그의 마음을 속이려 했으나 아무 쓸데없는 헛일이 된 것을 알겠다. 그는 눈부시게 차린 뭇사람 속으로 넋 잃은 듯 돌아다니다가 관현악대위에 올라서서 아무러한 마음 없이 휘ㅡㄱ 둘러보더니 멍든 마음의 미친 짓으로 자

---

93) 부유하고 재산이 많고.
94) '골아지다'는 '말라비틀어지다', '여위다'의 대구방언.

그만한 애곡哀曲을 떨며 불렀다. 본래 그의 목청이 아름다웠지만 그 날은 이렇게도 비참悲慘하게 된 영靈이 부르는 노래이기 때문에 그 리 참다웠으며95) 그의 가슴을 여의는 듯하였다. 뭇사람은 말없이 고 요히 그를 에워싸고 듣다가 아무 말 없이 그만 눈물 속으로 잦아지고 말았다.

이 애틋한 이야기는 온 나라에 물 끌 듯한 감흥을 줄 수 받게 없었 다. 이 이야기에 느낀 어느 용감한 젊은 사관은 죽은 이에게라도 각 근할96) 때야 산 사람에겐 얼마나 사랑을 주려 생각하며 결혼을 청하 였다. 그는 사절을 하였다. 이는 그의 모든 생각이 버릴래야 바릴 수 없는 애인의 기억에게 빼앗긴 때문이었다. 그는 그의 소원을 굳이 말 하였다. 그는 그의 애정도 애정이려니와 그의 보배로운 성격을 원함 이었다. 그는 자기의 공로로써 동무의 집에 부침살이를97) 하는 그를 도왔다. 짧게 말하자면 젊은 사관士官은 마침내 그를 얻게스리 되었 다. 그러나 그의 마음은 잊을래야 잊을 수 없는 그 애인의 것이었다. 젊은 사관은 그를 대리고 시실리 섬으로 갔다. 그는 오랜 서러움의 기억이 자리를 옮기면 사라질까 함이었다. 그는 사랑스럽고 뽑볼 만 한 아내가 되어 남을 기쁘게 하려 힘써보았다. 마는 그의 영 속에 뿌 리 깊게 박힌 침묵과 그를 삼키고 말려는 우울은 아무래도 낫게 하지 못하였다. 그는 차즘 차즘 애닲게도 시들어지면서 그날그날을 보내 다가 오래지 않하 가엾은 단장斷腸의 희생犧牲이 되어 무덤 속에 까물

---

95) 웃으며.
96) '각근하다'는 "특별하고 깍듯하다"라는 의미의 대구방언.
97) 곁살이를.

어져 버렸다.

그를 위하여 아이랜드에서 이름 있는 시인 무ー어[98]가 이 아래의
노래를 지었다.

머ー나면 곳 그의 젊은 님이 잠자는 데와 친한 이의
한숨들이 안 들리는 거기서,
그들의 주시注視를 벗어나 그가 울도다
그의 마음 님 누은 무덤에 있음이여라

조국의 애닲은 노래를 쉬잖고 부르도다
가락마다가 님이 즐기든 것을 말함일너라
아 그의 노래를 사랑할 이가 얼마나 되며
부르는 그 가슴의 쓰림을 뉘라서 알려!

그의 님은 사랑으로 살았고 나라로 죽었나니
이 두 가지가 그의 목숨을 잡아맨 모든 것이어라
나라도 흘린 눈물 쉽게 안마를 테며
못 있던 사람 그의 뒤를 따를 때도 멀지 않으리라!

오 햇살이 내리는데 그의 무덤을 만들어라
그리고 눈부시는 아침이 오마 하였단다
그리면 그의 님이 있는 비애의 섬에서

---

98) Thomas Moore 1779~1852, 「She is Far From the Land 머나먼 곳에 있
는 님에게」라는 작품을 이상화가 번역한 시.

저녁 해의 미소처럼 자는 그를 비추리라!

## 단장

미국의 낭만주의 작가 어빙Irving Washington의 단편소설이다. 어빙이 도영 3년 만에 귀국하여 발간한 단편집 「스케치북」 1819에 수록된 작품 중 하나다. 사형을 받은 젊은 지사 E와 어느 변호사 딸과의 지순하고 애틋한 사랑 이야기다. '역자의 말'에서는 작가가 이 작품을 창작하여 발표하기까지의 경위를 설명하고, 이 작품이 발표되고 나서 극찬을 받았다는 후일담을 소개한다. 그리고 곧바로 작품으로 들어가 등장인물 중심 이야기를 전개하지 않고 일인칭 화자의 사랑에 관한 생각을 지문 형식으로 길게 진술한다. 이는 구체적인 형상화의 방법이 아니라 논설적인 진술로 이뤄진다. 지순하고 뜨거운 사랑의 속성을 다소 흥분된 어조로 번안하고 있다는 점에서 이상화의 낭만주의적인 성향을 엿볼 수 있다.

『신여성』 19호, 1925년 2월

## 2. 새로운 동무
— 폴 · 모랑 작

—드라이댄은 그의 작품 속의 애인들에게, 자랑도 하고 또는 음탕한 말을 하였다………볼테르

나는 내 몸보담도 그 여자를 더 아는 듯하다. 그래도 나도 아직 한 번도 그 여자를 만난 적이 없다. 그 여자의 이름을 폴라라고 하니 이름까지가 내 이름과 비슷하다. 파리란 곳은 이상한 데라 한 자리에서도 우리들은 흔히 서로 엇갈리고 또는 서로 꼬리를 따라가게 된다. 그러나 언제 어떤 데서든지 서로의 얼굴을 가랄 만하게 두텁고 또 서로의 숨결을 들을 만하게 엷은 벽을 가리던 것이다. 나는 그 여자가 지붕 마루턱 방에 있는 줄을 알고 있다. 누군지 내게 그 여자의 방 천정에서 새들이 부리를 울리는 그 소리가 들린다고 말하였다. 저 멀리 봐래리앙 산줄기가 단쇠 같은 바다 위에 떠 있는 듯이 보였다.

나는 한 번 그 여자 집 들창을 보려간 적이 있었지마는. 그 집 헌함이 흠칫하게 꺼져 있었음으로 아무 것도 볼 수 없었다. 그 여자는 창문을 열지 않았다. 그 여자에겐 몇 사람 못 되는 동무뿐이었으나 그 대신 서로의 친분으로 말하면 아주 간절하고 정리 두터운 사이기 때문에 도로 헷갈리지 않는 사고임이라고 하는 편이 더 마땅할 것이었다. 이마와 턱만이 아슴푸레한 섬과 같이 밝고 한편 뽈은 예술 그것처럼 기름진 그림자 속에 빠져있던 한 근대식으로 찍은 그 사진으로

보면 그 여자의 얼굴에는 아망스럽고도[99] 깊은 정이 있어 보이는 그런 성질이 드러났다. 그 여자에게 대한 나의 호기심이 넘어도 많아서 어떤 때로는 새벽같이 그 여자의 쓰레기통 속을 뒤져서는 시든 꽃이니 편지 쪽이니 과실 껍질이니 하는 것을 주어온 일도 있었다. 나는 또 언젠가 그 여자의 센 머리털이 참빗살에 얽혀 있는 것을 본 적도 있었다. 누군지 지금은 잊어버렸지마는 나에게 모래사장 위에 보작이의 발자국과 같이 똑똑하게도 자국이 진 그 여자의 발자국을 보여 준 사람이 있었다. 그 여자는 몸이 너무 야위어서 서서 있으려면 쇠로 만든 신발을 신잖고는 비틀거린다든 그런 비극 시인과 같은 그런 여자는 아닌 듯하였다. 그렇지마는 그 여자는 본래 진중하고도 아무 짬 없고 철모르는 원수 같은 여자이었다. 그 여자는 무슨 싸움과 같이 나를 열중시켰다.

『포아뿌리스』처럼 나도 이 싸움에 출전까지 하지는 않았으나 거기서 물러오는 여러 사람의 눈에서 나는 병술과 정치의 중요한 것을 살펴보는 것이다. 나는 항상 그 여자를 얄밉게 여겼다. 나는 거운 그 여자를 사랑하고 있었다. 왜 그러냐 하면 나는 그 여자가 내 취미의 거운 다―를 가지고 있는 줄을 알므로―그리고 그 여자는 내가 아니라도 적어도 내가 있었으면 하든 것과 비슷함으로―그리고 그 여자도 역시 나처럼 사랑함으로.

아니에스

나는 혼자 식탁 앞에 앉아 있다. 나는 아니에스가 오기를 기다리고 있다.

---

99) 고집스럽고도.

오늘밤 이 만찬회는 그 여자의 생각으로 그 여자가 말한 것이다. 『파리』성 밖에 있는 이 요리집에서 남 몰래 만나자는 것도 그 여자가 말한 것이다. 그래서 나는 이리로 와서 약속한 종려나무와 진달래꽃과를 바라보고 있다. 그 여자가 꼭 와야만 할 그 시간은 어쩐 일인가 벌써 지났다. 그러나 우리 둘 사이에 시간이란 것을 서로 지키는 것이 아니다. 시간은 실상인 즉 그 여자의 재산처럼 제 맘대로 하는 것이다. 그 여자가 내게 준 시간 가운데 여자는 가진 것을 다—넣음으로 그 여자가 나를 절하는 시간 가운데 그 여자 제 몸이 스스로 쳐지게 됨으로 말하자면 나는 그 여자와 갈리지 않은 것이나 마찬가지 결과이었다. 나는 아니에스를 사랑하고 있다. 나는 또 그 여자도 그 여자의 태도로 나를 사랑하고 있다고 여긴다. 그래서 그 태도를 나는 좋아한다. 나는 또 그 여자는 아무와 갖지도 않다고 믿는다. 그것은 믿는 단 것이 배속을 유하게 해서만 그런 것 안이다. 다른 여자들은 언제든지 눈물이니 성정머리니 월경이니 보선이 헤여졌느니 하는 말썽 뿐이었으나 아니에스에게는 그 여자가 생길 것을 짐작하던 그일 말고는 아무 일도 없었다. 그리고도 예사로운 일은 결단코 나지 않았다. 그 여자의 생활은 열두 시간 동안의 잘못과 열두 시간 동안의 건망증으로 된 것이었다. 그것은 일종 물끼도 있고 쓸 대도 있는 건망이었음으로 그 여자를 맑게 하고 그 여자를 침착하게 한 효험이 있어서 그 덕분으로 그 여자는 그 어린애 같은 얼굴로 저를 만족하게 하지 않을 모든 예사로운 행복에 대한 힘센 열정을 언제라도 잃어버리지 않게 되는 것이다. 말하자면 아니에스는 사랑스러운 영리한 위로 굽어진 코를 가진 여자이었다. 그래서 그 여자 몸에는 아래로100) 굽어진 코를 가진 사내 몸과만 일어날 큰 위태한 일이 생기는 것이다. 숨소리도 그치지 않고 그 여자는 자기 운명이란 기차의 모든 것을 쫓아다니고 있는 것이다. 그 여자는 훌륭한 가문에 태여났다. 그러면서도 그 여자에겐 천성이 미련한 그 사람들의 장끼인 설워할 줄 모르는 성질과 살려는 그 힘과를 자졌기 때문에 그 여자는 여태껏 가진 운명의 시험에 견뎌온 것이었다. 그 여자의 현란스러운 행동에서도 항상 속 쓰린 맛이 있었다. 그 여자의 위로 속에도 어떤 형편에서도 그 여자는 커다란 지혜를 잃어버리지 않았다. 아니에스는 누구보담도 미친 짓 같은 것과 짬성이 없는 일을 하였다. 그렇지만 내가 또 말을 하겠다―그 여자는 똑똑한 비판력과 속속들이 조심성 가득한 방법으로 지극히 간단하게 일을 하였다. 그 여자는 떠드는 속에서 살려고 하였다. 우리들에게는 골통이 쪼개질 듯한 소리도 그 여자에게는 참으로 재미로웠다. 지난날과 오늘에 그 여자의 생활이 로맨틱한 성공의 놀라운 것이면서도 나는 그 증거를 말하려고 하지 않는다. 왜 그러냐 하면 그 여자를 우리들이 짐작할려면 그 여자가 여기 와서 내 앞에 앉아서 눈 한 번 깜짝일 그 사이에 그 여자의 오늘이란 하루의 묵은 터전을 헤아려 보아서 아무러한 거짓 잘난 것이 없이 이야기하는 지난날의 여러 가지를 말하는 것을 보고 이 위태로운 장난 괴로운 장난 까부는 장난이 그 여자와 함께 드러나서 나처럼 아무렇지도 않게 그 여자와 가까이 지나는 사람에게 보일 것만 본대도 넉넉히 알 줄 생각는다.

오늘밤 나는 아니에스를 내 혼자가 가질 수 있을 듯하다. 우리들

---

100) 아래로.

은 언제든지 그 여자를 내 것으로 만들지는 못하였다. 무슨 권리로써 우리들에게 이 사회적인 보배를 혼자 차지하게 될 것이랴. 어찌 지붕밑에서 남이 압박을 한다면 집이라도 날려 보낼 듯한 그 폭풍우를 보존할 수 있으랴? 왜 그러냐 하면 아니에스는 친연스러운 얼굴로써 그 여자 주위에 야릇하게도 갑작스럽게 폭발이 되는 그 행동을 함으로 말이다. 그 여자는 사내들을 향하여 "당신이 만일 아무 것도 않으시려면요 내 댁으로 찾아가리다"라고 하던 대전쟁 이전 여자들의 어리석은 것을 웃든 것이다. 그 여자는 귀엽게 각근한 태도로 옳은지도 모른다. 그것도 역시 그 여자 성질의 어느 모퉁이다. 더군다나 사람이 그 여자를 자세히 보지 않은 듯해 보일 때에 그 여자가 그리는 버릇이다.

내가 기다리고 있건마는 아니에스는 아직도 오지 않는다. 보이가 이럴 때마다 나의 기다리기 지겨운 것을 짐작하고 그것을 잊으라는 듯이 내 앞에다 새 수저를 바꿔주고 갔다. 나는 옛날 그리움에 기다리기에 싫증이 난 '혼인날 신부'와 비슷하다고 여겼다. 지금은 벌써 밥 먹던 손들이 차츰차츰 일어날 때이다. 서로 가까이 들어앉아서 서로서로 서로의 속으로 들어간다. 춤출 자리를 만드노라고 복판에 있는 식탁을 옆으로 치운다. 바이올린 타는 악사가 제 악기 위에 제 잇발을 떠들어 보이려는 듯이 때가 묻은 수건을 거기다 편다. 그러고는 나에게 사슴과 같이 거만스럽게 표범과 같은 눈을 굼부린다. 그리다간 체경에101) 비친 제 몸을 보고는 제 물에 반한 듯이 눈을 반들거린다. 하늘은 아직 밝다. 그러나 하늘 구석은 벌써 밤이다. 서쪽으로

101) 체경體鏡에.

불려가는 기다란 구름이 바쁘게도 걷고 있다. 나는 기가 막혀서 지금 내 앞에는 파리가 있다는 것도 말할 줄도 모르는 판이다. 파리와 나와의 사이에는 연붉은 꽃을 감은 마로니 강과 아름다운 반사광선을 보이는 세느 강이 흐르고만 있다.

"―안녕하세요. 아니에스가 아직 오잖았나요?"

"―폴라?"

"―그럼은요 폴 씨"

"―어째서 나 인줄을 아셨나요?"

"―아무리 보아도 당신이더만요 의심할 것도 없이 말이예요."

세상에 나서 처음 나는 그 여자의 소리를 듣는 것이다. 그 여자는 말하였다.

"―또 한 사람의 자리를 준비해 두어야 해요. 오늘밤에는 『아니에스』가 우리 둘을 대접하려는 모양이예요. 늦어질지도 모르니 자기 오기를 기다리지 말고 진지를 잡수어달라고 그러더만요."

이리하여 아니에스가 나와 폴라나 두 사람이다.―이렇게 서로 대면하게 됨을 안다면 이리로 오지 않을 것이라고 짐작을 하고서 일부러 우리에게는 그런 눈치를 보이지 않은 것이다. 이리 하고 그 여자는 우리 둘만을 서로 '만나게' 한 것이다―만나게 한다. 그것은 사람과 사람 사이의 사귀는데 가장 아무렇지도 않은 관계이고 두 사람을 한 자리에다 갖다 두는 것에 지나지 않는 것이다. 이러하여 우리는 그 여자가 와야만 비로소 즐거워질 우리는 지금 그 여자도 없이 이렇게 마주보고 앉아있다. 이 모양으로 아니에스는 좁은 자리에 이때껏 나눠져 있던 그 여자의 가장 큰 재산을 그 여자를 가장 사랑하는 줄 아는 그 두 사람을 괴롭게 여기게 하면서도 그래도 그 여자의 하고 싶은 것 하고 싶지 않은 것을 존중히 여겨서 그 여자의 뜻대로 쫓는 우리 두 사람을 만나게 해보려던 것이다. 그런 까닭으로 말하면 폴라나 내나 둘이 다―한 해 전부터 순전하고 곧은 마음으로 아니애스를 사랑하는 터이니 말이다.

폴라는 말도 없어 내 앞에 앉았다. 우리는 서로서로 이러려니 생각하던 그 태도 그대로이다. 그것은 참으로 잘도 들어맞게 어울린 것이다. 『폴라』는 화장을 하였다. 그 여자는 그 위에다 도 흰 분을 바르는 것이다. 그 여자의 얼굴은 붉은 횡선橫線을 끄은 흰 우단 평원반平圓盤인데 복판에서 검은 뼈로 절반을 나누어 두었다. 뼈 꼭대기에서 쪽 곧게 보이는 것은 모자이었다. 이렇게 내게 보이는 그 여자는 아주 적은 한 부분뿐이었다. 하지만 그것만이라도 실상인즉 여간 큰 발견이 아닐 것이다.

오랫동안 아니에스의 간절한 계획에 뜻밖에 나온 다른 사람을 이렇게도 정답고 가깝게 있어서 살 껍질 주름까지 들여다 보이고 만저 보게도 되고 손이 닿게스리 가깝게 쳐다보게 되리라는 것을 뉘가 오늘까지 생각이나 하였으랴?

"―나는 몇 번이나 당신을 죽여 버리려고 생각했더랍니다."라고 『폴라』가 말하였다.

"―지금 이 자리에서도 나는 당신의 죽음을 빌고 있습니다."라고는 하지마는 별로 아무렇게도 위태로운 것이 없음으로 우리는 서로 웃는 수 밖에는 다른 일이 없을 듯하였다. 그래서 우리는 소리쳐 웃어야 할 것이다.

이렇게 사랑하는 사람끼리 만난 것처럼 같이 친하게 밥을 먹고 있는 우리를 우리가 보고서. 그런대 우리에게는 재미스러운 맛이 없다. 우리는 둘이다.—점잖고 미련하게도 정직하기 때문에 서로 마주 앉아 고개를 빠트리고 있을 뿐이다. 아니에스가 없음으로 우리는 어쩔 줄 모르고 있다. 눈에는 보이지 않는 연붉은 유방乳房이 있는 사령 장관이 우리사이 있어서 진지를 잡솟고 있다.

뉘가 남 먼저 그 여자의 이름을 말할 터인가?

보이—가 왔다. 아니에스에게서 전화가 온 것이다. 그 여자는 오늘 밤에 이리로 못 오는 것이다. 몸이 피곤해서 그 여자는 잠자려고 하는 것이다. 우리는 밥 먹을 수 밖에 없다. 그렇지만 이것은 대체 갑자기 일어난 일인가 또는 미리 계획을 다—해두었던 일인가? 오냐, 아뭏든 그 여자를 잘 아는 우리에게는 지금 이번 일이 자기 뜻대로 성공되었다고 즐거워하는 그 여자의 태도가 눈으로 보이는 듯하다. 그 여자는 이것을 너무 큰 짓이라고 할 것이다. 철모르는 보드러운 마음도 없이 폴라는 나에게 그 여자가 나 보담도 더 오래도록 아니에스와 알게 된 것을 말하고 래망이란 호수 위로 돗배 놀이를 하던 것과 노르만디에 꽃이 성한 능금나무 밑에서 주고받는 입 맞추는 그 이야기를 되씹기로써 나에게 대한 그 여자의 우월권優越權을 먼저 가지려고 애를 켜는 셈인가? 언제와 같이 그 여자는 자기의 사랑에 대한 계획을 설명하여서 들려주려는 것인가? 그러나 섭섭하게도 나는 아무 것도 모르는 민주주의자임으로 옛글 같은 게야 하나 존경하지 않는다. 그 여자의 나온 코를 납작하게 해주어야겠다. 요긴한 때에는 나는 아니에스가 그 여자의 곁에서 지내던 작년 팔월 그 달을 나도 같은 시골 여관에서 남몰래 지나던 것까지 말해버려야겠다. 그리면서 가만히 그 여자의 눈을 들여다보아야겠다. 그때는 아참마다 새벽에 아니에스가 폴라의 별장에서 몰래 빠져나오던 것이다. 나는 그 여자를 추근추근하고 어수선한 이부자리위에서 눌러 문지르던 것이다. 그러므로 나는 여자들의 포시라운[102] 위로니 가스자 수염이니 하는 것은 한번 선웃음에 붓치고 돌아보지도 안는다고.

폴라가 모자를 벗었음으로 내가 짐작하던 것은 한 가지도 일어나지 않고 말았다. 그 여자가 모자를 벗었다. 그러자 그 여자의 앞이마가 나왔다. 타ㅡㄱ 터진 가까워질 온순한 앞이마이었다. 영위[103] 딴 사람이다. 그 여자는 머리를 깎지 않았다. 그 여자의 입도 지금껏 내가 의미를 잘못 알았던 것이다. 지금 내 앞에서 밥 먹고 있는 사람은 "맘대로 친하게 쉬운" 부드러운 털실에 쌓인 목사님의 마음이다. 나는 오늘껏 몰랐다.—우리의 비판력이 이렇게도 광선의 조화로 예쁘고 언짢은 것이 영위 달라지는 것인 줄은. 지금은 나는 나와 같이 끼웃끼웃하고 있는 그 사람과 마음이 서로 어울려지고 있다. 그 사람의 심장도 여기서 원수 갔던 그 사람의 앞에 있게 된 고마운 느낌으로 주저를 하고 있는 것이다. 폴라는 내가 바라던 것과 같은 잘난 것과 못난 것을 하나도 가지지 않았을까? 쌈성이[104]가 없이 용서 잘하는 누나는 아닐까?

이때 나는 우리와 같은 여자 동무를 지켜주어야 할 예의와 그 여자

---

102) 호화스럽고 사치스러운.
103) 영 판이한, 영 다른.
104) 미상.

의 험담을 함으로써 가장 쉽게 빨리 폴라와 사이가 좋아지고 말고 싶은 그 욕심의 꼭대기에 올랐다.

"—아니에스를 재판해볼까요?"고 내가 물었다.

"—결석 재판이면은 아무래도 서운해요."

"—그 여자에게 사형私刑을 줍시다."

"—온갖 사람의 손에 쪽쪽이 뜯기고 말 것을 이전부터 나는 참 잘 죽는 죽음이라고 여겼어요. 그런데 그건 아무에게나 죽을 수 없는 죽음이예요. 하지만 우리의 아니에스에게는 아무래도 꼭 들어맞는 죽음입니다요. 사형이 마친 뒤에 모디가 귀중한 듯이 그 여자의 살점 뭉텅이를 하나씩 가지고 갈 것을 생각해보서요."라고 폴라가 말하였다.

"—당신은 어떤 살점을 갖고자 원하십니까?"

"—여러 사람이 뒤범벅이 되었을 때는 나는 가리기도 싫고 쥐이는 대로 아무데나 뜯을 것이려니 해요. 그렇지만 정말로 말하면 그 여자의 손까락을 나는 좋아합니다만 반지가 끼었기 때문에 그게 그리 쉽게 내 손에 들어올 것 같잖습니다요. 그러니까 나는 여자의 입술이나 바랄까 싶읍니다요."

"그러면 우리는 그 입술을 가지기로 합시다."했으나 이 말은 나도 몰래 나의 입에서 흘러나온 말이다. 그와 같이 이때에 어떤 그림자가 내 눈에 떠돈다. 그것은 세 사람이 한꺼번에 입을 맞추는 그림자이다. 두 시실리 나라의 기장紀章인 다리 셋이 있는 몸뎅이보담도 더 보기 무엇한 삼각형 입술 끝들만이 이웃 입술 끝에 닿을 뿐이면서 입은 부질없이 애를 켜면서 셋 아궁지처럼 불김 같은 숨결 속에서 공기를 마시고 있는 입술들의 분주한 꼴…….

나는 겨우 마음을 까라 앉히고 말을 이었다.

"—한대 그래두 말 못하는 그 여자의 입을 참 무엇 하겠나요? 연지 속에든 말 말고 무엇이겠나요?"

우리는 피와 이상한 것뿐인 이 엘리자베드 시대 취미의 이야기는 그만 두었다. 왜 그러냐 하면 우리의 말소리가 지금은 우리의 심장이 말하게 하였음으로 말이다. 처음 만난 두 사람 사이의 말은 없어도 빗가래가 있는 듯한 사고임 그것으로 말미암아 서로의 사이가 긴해 지고105) 말이 나면 나오는 그대로 하면서 그 자리의 심심파적 이라 는 마음에도 없는 것을 말하고 있는 사고임이 흔히 있는 것이다. 우 리의 지금 사고임도 실상 그것이었다.

그리다가 우리는 둘이다— 같은 이유로 아니에스를 사랑한다고 하 는 것이 가장 쉽게 짐작한 것이다. 말하자면 사랑할 것은 아무 것이 든지 다— 온갖 사람에게다 같이 맛보여지고 있지 않은가? 이런 일 에 생각이 된 즐거움과 섦은 것을 우리는 사릴 수가 없었다. 아니에 스의 웃음과 그 여자의 사늘한 손 그 여자의 변덕 많은 마음—그 여 자는 진실이란 것을 사랑하던 다음에 아무에게나 진실하다고 하였 다.—그 여자가 자기의 행동을 노래로 만들어서 노래를 부르던 버릇, 사람이 있어도 노래에 있는 말로써 남몰래 만나자는 약속을 하던 것 —아이구머니나 당신에게도 그러세요? 채칼처럼 그 여자가 내내 뿜 는 향기 육신의 괴로움으로 말미암아 그만두지 않을 수 없는 그 여자

---

105) '긴해지다'는 대구방언에서는 '매우 중요하다', '비밀스럽다'라는 의미로 사용된다.

의 음탕—두통—여자에게 드문 안온한 것을 싫어하는 마음 그 여자의 어릿광대 같은 살림살이 그와 반대로 그 여자의 비극 시인의 풍이 있는 인생에 대한 짐작, 그 여자의 어린애같이 연한 살성 같은 것들이 우리 두 사람을 아니에스에게 매즘을 맺는 것이었다. 그런데 그 여자가 없음으로 오늘밤 우리 둘은 못 박은 듯하였다.

달은 파리의 위에서 구멍을 뚫고 있었다. 이상스럽지 않은 속편한 마음이 우리 두 사람을 찾이하였다. 꿀물을 짓바른 딸기가 다 팔렸대도 우리는 그리 서운하게 여기지도 않았다. 오른 편에는 꺼진 솔개가 먹고 남긴 코릿새와 같이 보이는 봔브의 까스탕크 위에 크라마르의 달아나는 과실 위에 연기가 자고[106] 있다. 왼편에는 공업적工業的인 안개는 사라지고 보아 · 드 · 불로느의 숲 위로 식물성의 노을 깔려 있다. 파리의 파노라마 위에 솟아 있는 많은 기념비 밑을 금언金言 모양으로 등불들이 다림질을 하고 있다. 밤에 경계하려는 경관이 사이드 · 카—를 타고 지나간다.

폴라가 그것을 가리켜 보이면서

"—저 사람들은 밤에 경찰 같은 것이 될 줄 아는 모양이지요?"라고 하였다.

"—잠간 동안에 모든 것이 아주 간단하게 해결이 되고 빈틈없이 다 될 줄 아는 지금 같은 시대의 경찰이 될 것입니까? 시절이 예전 같으면 우리 둘은 서로 시기로 깐보면서 오늘밤에 죽이기도 하고 독약을 먹이기도 했으리라고도 싶습니다. 그런대 우리는 지금 이렇게 함께 서로 사랑의 무거운 짐을 지고 있습니다. 사랑하는 사람들의 외과적

---

106) '잦다'는 '꽉 끼어 있다'라는 의미를 가진 대구방언.

인 시간을 보내기에는 아무러한 부조도 아직 모자랍니다. 보서요 엉터리없는 만남도 그게 한꺼번에 두 사람의 희생을 낼 경우에는 얼마나 즐거운 노릇이 되는지 말입니다. 이런 새로운 우정을 말할 때는 어떤 말을 써야겠어요? 예전부터 살던 집에 아무렇지도 않게 있는 게나 마찬가지로 우리는 예전부터 있는 그 말을 씁니다 그려. 사는 것이야 별다르지마는 그렇다고 새집을 새울 꺼리가107) 없으니 말입니다. 세상 사람들에게는 눈에 보이는 드러난 일만 알 뿐입지요. 그래서 누구든지 속으로는 또 다른 것이 있는 줄을 모르고 있습니다.

우리는 일어섰다. 나는 폴라의 팔을 꼈다. 우리는 아니에스를 생각고 있었다. 우리는 더군다나 알고 싶게 여겼다. 그 여자가 사랑하는 사람이라고 우리 둘 가운데서 누구를 더 많이 사랑하는지를? 하나 겨우 마음을 바로 앉힌 우리의 걱정이 우리의 손 끝으로 조금 억제가 되고 가라앉게 된 오늘밤이 위에108) 더 그것을 놀라게 해서 좋을 것인가? 우리는 포앙·드쥬르 편으로 내려갔다. 말도 없이 우리는 자칫하면 오늘 뿐일지도 모르는 행복다운 휴전休戰을 맛보는 것이다. 우리는 눈에 가리는 것도 없이 서로서로의 싸움터로 끌려 온 것이었다.

---

107) 어떤 근거나 이유.
108) 어찌.

「새로운 동무」

　1925년 2월 「신여성」에 발표한 프랑스 소설가 모랑Morand Paul의 단편소설이다. 이상화는 1년 후인 1926년 1월에도 같은 작가의 작품 「파리의 밤」을 번안하다. 두 작품 모두 화자인 '나'가 만나는 여성인물에 대한 이야기다. 이 작품은 '폴라'와 '아니에스'라는 두 여성을 일인칭 관찰자 시점으로 그린다. 두 여성 인물에 대한 '나'의 생각과 느낌이 주를 이룬다.

## 3. 염복艷福

1

오 프랑한 프랑에 일화주日貨州 9구전 은화로 셈을 치르고, 그 나머지 돈을 받은 「듀로아이」는 요리점을 나왔다.

그는 천품이 튼튼한데다, 더욱이 군대 단련으로 말미암아 체격이 좋았기 때문에 몸을 쭉 펴고 수염을 틀면서 아직도 흥청거리고 있는 손들을 쓰-ㄱ 훑어보았다. 그 눈짓은 그물과 같이 자라는 대까지는 볼 수 있는 눈짓이었다.

여자들은 차츰차츰 다 그를 보았다.—여직공 셋과, 머리는 흐트러진 채, 늘 만지 투성이인 모자를 쓰고 몸이 비틀어진 듯이 옷을 입은 중년 여음악사와 장사하는 가장들과 같이 먹고 있는 부인들과—이들은 다, 이 집 단골꾼이었다.

밖으로 한길에서 그는 잠간 동안 어쩔가 생각해 보았다. 오늘이 육월 이십팔일인데 주머니에는 그믐날까지 살아나갈 돈이라곤 6프랑 40 산팀에 일화 4리 뿐이었다. 런치를 말고 디너를 두 번 먹든지 그렇지 않으면 디너를 말고 런치를 두 번 먹든지 해야 만 할 형편이었다. 런치는 한 끼에 20슈 1슈에 약 2전요 디너는 한 끼에 30슈니 런치만 먹는다면 1프랑 20산팀이 남을 것이다. 그러면 그 놈으로 빵 두 쪽 소시지, 비루 두 병을 부르봐르에서 먹을 수 있다고 생각하였다. 지금 생각한 이것은 그의 가장 큰 호사이었고 그의 가장 즐거워하는 밤 재미이었다. 이리하여 그는 노트르담 거리로 갔었다.

그는 군인으로 있을 때 기병 군복을 입고 지금 바로 말 등에서 내려온 듯이 가슴을 내밀고. 거름을 빨리 걸으며 여러 사람을 헤치기도 하고 남의 어깨를 문지르기도 하였다. 그는 헤어진 모자를 한 편에 비스듬히 쓰고 발꿈치로 길바닥을 굴렀다. 아무 일 없는 세상에 있으면서도 아직 기병으로 있을 때의 용기와 거만이 남은 듯이 길가는 사람이나, 집이나, 온 시가나 무엇이니 누구니 할 깃 없이들, 다 그는 멸시하는 듯하였다.

비록 60프랑 짜리 옷을 입었을망정 남달리 아름다운 몸집은 숨길 수 없었다. 키가 얼벙도[109] 하려니와 모양도 훤칠하며 곱슬 수염 틀어 올린 게든지 동자가 작고도 영롱한 파란 눈이든지 저절로 꼽돌아 저서 한복판에, 갈음자가[110] 난 검뿕은 머리라든지가 말하자면 통속 소설에 있는 색마와 다를 것이 없었다.

파리의 바람끼가 차츰 사라지는 듯한 여름 저녁이었다. 아궁이처럼 더운 시가는 숨가쁜 밤에 더워 못 견디는 듯하였다. 수채는 화강석 터진 구멍으로 독한 냄새를 피우고 지하실 부엌에서는 기명물[111] 썩은 초간장 냄새가 들창으로 나와서 한길에 가득하였다.

속옷만 입은 문지기들은 파이프를 물고 커다란 집 어구마다[112], 마차가 다니는 문간 안에 의자를 타고 앉아 있었다. 그리고 길가는 사람은 모자를 벗어 쥐고 맨머리로 아무 힘없이 걷고 있었다.

---

109) '얼벙하다'는 "키가 커서 어리석어 보이다."라는 의미이다.
110) 가르마.
111) 그릇을 씻은 물.
112) 어귀마다.

듀로아이는 부르봐르에 오자마자 다시 어쩌면 좋을까 생각하였다. 셍재리재에서 불로느 가로수 밑으로 가면서, 깨끗한 바람이나 쐬어 볼까하였다. 허나 또 다른 욕심이, 사랑에 대한 욕심이 그를 끌었다.

어떤 사랑이 생길까? 그는 알 수 없었다. 허나 그는 벌써 석 달 동안이나 밤낮으로 기다려 섰다. 가끔, 제 예쁜 얼굴과 호기 있는 태도를, 몸소 고마워하면서 여기저기 사랑의 찌꺼기를 주어 보았다. 그리면서도, 그는 항상 보담 더 높고 보담 더 좋은 것을 바라고 있었다.

빈 주머니와 더운 피만 가진 그는 골목 어귀에서 "여보세요, 우리 집으로 같이 가실테야요?" 하는 돌아다니는 계집들을 만나면 반갑게는 여겼으나 그는 그들을 따라가지 못하였다. 줄 돈이 없던 것이었다. 그래서 다른 것—거의 값없을 천한 키쓰를 바라고 있었다.

그는 언제든지 여자들이 모이는 곳—여자의 무도장, 여자가 오는 카페, 여자가 다니는 한길을—좋아하였다. 여자 어깨에 문지르기와 여자를 데리고 이야기하기와 여자를 놀려주기와 여자들의 달콤한 향기를 맡기와 여자들과 가까이 있기를 그는 좋아하였다. 아무렇든 저의들은 여자이나, 여자란 사랑을 받게스리 된 것이다. 하는 호화롭게 큰 사람이 흔히 가지는 이런 경멸하는 마음으로 여자를 업신여기지는 않았다.

더위에 부대껴 거리로 나온 뭇사람 떼의 뒤를 따라 미들랜느를 향하고 그는 갔다. 가장 큰 카페에는 손님이 한길까지 꽉 차서 눈이 부시게스리 술자리를 차리고 있었다. 그들의 앞에 있는 둥근 식탁에나 모난 식탁에는 붉고 누르고 푸르고 보랏빛 나는 잔들이 놓여 있었다. 그것은 술병을 채워 놓은 맑은 빛을 서늘하게 하려는 것이었다.

듀로아이는 목이 바작 마른 김이라 먹고 싶은 마음이 나서 그의 빌자욱이 늘어지게 되었다.

2.

더운 갈증渴症이, 여름밤의 그 갈증이, 그의 뒷덜미를 집었다. 그는 싸늘한 물이, 천장으로 흘러가는 듯하였다. 허나 오늘 저녁에, 맥주 두 잔을 먹고 나면 내일은 그, 만나지 못한 저녁밥조차 굶을 형편이다. 그리하여 그는 그믐께의 가장 괴로운 동안을 또 다시 겪을 뿐이었다.

그는 혼자 중얼거렸다. "열점까지는 참아야 한다, 그때쯤 해서 아메리칸—카페로 나가서 한 잔쯤 먹지, 아무리 목이 말라도." 그는 테이블 옆에 앉아서 제 마음대로 목을 적시고 마시는 사람들을 한참이나 훑어보았다. 그는 연기를 내고, 거만한 태도로 여러 카페를 지나면서 손님들의 옷과 모양을 보아, 한 사람이 얼마씩이나 돈을 가졌을는지를 한번 선뜻 보고, 짐작을 하면서 걸어갔다. 편안히 앉아 있는, 사람들에게 대한 분노가 마음속에 치밀었다. 아마 저들 주머니 속에는 금화, 은화, 동화를 볼 수 있을 것이다. 적어도, 하나 앞에 두 투이(프랑스 구금화舊金貨의 이름, 20프랑의 값이 있는 금화)씩은, 가졌을 것이다. 카페 한 집마다에, 백 명씩은 들어 있을 테니, 두 투이가 백 번이면 사만 프랑이다. 그는 그들의 앞을, 점잖게 지나치면서 '돼지'라고, 중얼거렸다. 그 중에 하나쯤, 어둔 골목에서 만났더라면, 그는 야전연습野戰演習때에 흔히 촌집 닭과, 오리를 잡아먹던 모양으로, 조금도 주저없이, 목을 잘랐을 것이다.

이리하여, 그는 아프리카에서, 남방 전초대前哨隊대로 두 해나 있는 동안, 아라비아 사람에게서, 약탈掠奪하던 일이 생각되었다. 올르말란 종족을 셋이나 죽이고, 닭 스무 마리, 염소 두 마리, 금덩이 몇 개와, 여섯 달 동안이나, 웃음꺼리가 될 것을, 자기와 몇 친구끼리, 나누어 가지던, 그 약탈을 생각하고는 잔잉하고도 속 시원한 웃음이 그의 입술 위로 빙그레에 떠돌았다.

그 범인들은 영영 잡지 못하였다. 그보담 더한 것은, 아라비아 사람을 군인들의 미끼 밥으로[113] 아는 듯이, 수색조차 하지도 않았던 그것이었다.

파리에서는, 그리 못할 다른 것이 있었다. 아무든지 관리에게 들키지 않게스리, 허리에 총칼을 차고서, 약탈을 할 수 없는 곳이었다. 듀로아이는 빼앗은 나라에서, 제 욕심대로, 방탕된 준사관準士官의 온갖 본능을 마음에 느꼈다. 그는 참으로 아라비아 사막에서, 지내던 이태 동안을 그리워하였다. 무슨 운명이, 그를 거기 있게스리 않았든가? 허나, 그때 그는 고국으로 돌아오며, 더 좋은 일이 있으려니 바랐다. 그러나 지금은─아! 그럼, 지금도 썩 좋지 않은가?

그는 입천장이 바싹 마른지 알아보려고, 혀를 껄껄 차 보았다.

뭇사람은 찬찬히, 그의 곁을 지나갔다. 그는 아직도 생각하면서, "이 개 돼지들─이 병신 같은 놈들은, 호주머니ㅅ속에, 다 돈을 가졌을 테지"라고, 여러 사람을 대지르고, 속 편한 소리를 남몰래 휘파람질하였다. 그의 팔꿈치에 대질린 산 아이는 돌아보고 중얼중얼하며, 여자들은 "어찌 저렇게도 부랑스러울까!" 하였다.

---

113) 미끼 밥, 미끼.

그는 보르뷔르 극장을 지내서 아메리칸 카페 앞에까지 왔을 때 목이 못 견디리만큼 마르기에, 한 잔 먹을까 하고 거름을 멈추었다. 그는 작정하기 전에, 전기 시계를 쳐다보았다. 시간은, 아홉 점 십오 분이 지났다. 그는 눈앞에 맥주잔이 놓였기만 하면, 단숨에 들이켜버릴 것을 잘 알았다. 그러면, 열한 점까지는 무엇을 할꼬?

그는 지나왔다. "미들랜까지 가자, 갔다가, 또 찬찬이 돌아오지" 하였다.

그가 로페라 모퉁이에 이르자마자, 건장한 젊은 사람과, 마주 지나쳤다. 그 얼굴은, 어데선지, 낯익은 듯한 생각이 났다. 여러 가지, 예전 기억을 생각하면서 "대체, 이 친구를 어데서 내가 알았던가?" 하고, 제법 큰소리로 혼자 중얼거리며, 그 사람의 뒤를 따라갔다.

아무리 생각해보아서도, 생각이 나지 않았다. 그리다가, 갑자기 이상한 기억이 나자마자, 눈앞에, 더 야위었고, 더 젊었을 때, 기병 군복을 입은, 그 사람의 태도가 보였다. 그는 큰소리로 "무엇, 포레스티에로군!"이라고 부르짖으며, 가까이 가서, 그 사람의 어깨를 쳤다. 그는 돌아서서 듀로아이를 보고 "왜 그리십니까?" 하였다.

듀로아이는 너털웃음을 웃으며 "자네 날 모르겠나?" 하였다.

"모르겠소"

"기병 육연대에 있던 듀로아이일세."

포레스티에는 손을 내밀면서

"무엇, 자넨가. 그동안 잘 있었나?"

"아무 일 없었네, 자네는?"

"응, 그리 신통찮네! 생각해 보게, 나는 지금 가슴에 멍이 들다싶

이 되었네. 사 년 전 파리에 오던 해 부르봐르에서 얻은 감기로 일년
여섯달은 기침을 꼭 하네 그려"

「이하 생략」

「염복」

　모파상의 장편 「벨 아미Bel Ami」 1885의 번역 작품이다. 1925년 7월
4일 「시대일보」에 처음 연재될 때에는 번역하였는데, 그 이후에는 독자
에게 이해의 편의를 주기 위해 번안으로 바꾸었다. 가난한 철도국원인
주인공 '듀로아이'는 타고난 미모와 재치로써 사교계의 총아가 되어 여
성의 인기를 독차지한다. 이 과정에서 주인공은 모든 수단과 방법을 동
원하여 출세의 길을 달린다. 프랑스 제2공화국 시대 부르주아 사회의
타락상을 권세를 추종하는 한 사람의 냉혈한을 통해 리얼하게 형상화한
작품이다. 당시 파리의 풍속과 문란한 남녀 관계를 객관적인 관점에서
선명하게 부각시켜 많은 독자를 확보했다고 한다.

『신여성』 1926년 1월호

## 4. 「파리」의 밤
### — 폴·모랑 작

구주대전 이후 어느 나라 할 것 없이 향락적 퇴폐적이던 것을 새로운 '감각적 논리'로 쓴 "밤이 열리도다." 하는 노래 속에서 그때 프랑스의 사회상을 보인 「육일 경주의 밤」이란 한 편 가운데서 한 구절을 번역한 것이외다.

표현하는 형식이나 기교가 다름으로 처음 보는 이에게는 이상할 줄로 압니다. 그리고 이 제명은 역자의 자작입니다.

이상화李相和

벌써 사흘 동안이나 밤마다 그 여자가 거기에 왔다. 그 여자에게는 데리고 오는 사람이 없었다. 춤출 때 말고는 언제든지 혼자뿐이었다. 춤은 하나도 빠지지 않고 남과 같이 다―추었다. 춤 가르치는 선생이나 여자들이 그 여자와 같이 추었다. 다른 사내들이 같이 추자고 소청을 하면 그 여자는 꼭 거절을 하였다. 내가 이리로 와서 있는 것은 그 여자를 만나러 온 거라고 그 여자는 알고 있으면서도 그래도 그 여자는 나를 거절하던 것이었다.

내가 마음이 끌리게 된 것은 그 여자의 우윳빛 같은 등심살도 아니고 그 여자의 검은 비가 오듯이―검은 구슬이 어른거리던―그 옷도 아니고 귀찮스럽게도 온몸에 오지조지 발린 호박 같은 그 따위 보석도 아니고 귀초리에 대여달린 호박 귀고리와 같은 그 여자의 길쭉하게 찢어진 그 눈 때문에도 아니었다. 나는 차라리 그 여자의 펑퍼짐한 코와 앞으로 불쑥 내민 그 여자의 가슴과 가을 포도 잎사귀처럼 노릿노릿한 빗가래가 있어 보이는 유태ㅅ 사람과 같은 그 여자의 아름다운 얼굴빛과 어쩐지 까닭이 있어 보이는 그 여자의 사람을 호리지 않는 그 행동에 마음이 끌렸던 것이었다. 그리고 또 밤마다 반드시 두어 번 씩은 그 여자가 자리를 떠나서 화장실로 가거나 전화하러 가는 것을 보고서 나의 호기심이 차차 사무치게 된 것이었다.

그 여자는 제가 먹은 음식 값을 제가 치뤘다. 그러나 보이에게는 한 푼도 주지 않았다. 그 여자는 단술이나 쓴술이나 다—마셨다. 사흘 젠가 되는 오늘밤 자정에서 두 시까지 동안에 그 여자는 쌤판느를 두 잔 아니쎗드를 여섯잔 코냑을 한 병 마신 것이었다. 이수시게와 호도 값은 받지 않는 것이었다.

그 여자가 또 전화를 걸려고 일어섰다. 나도 그 여자의 뒤를 따러가 보았다.

뢰아애요. 맛좋은 우유가 있어요? 돌았어요? 옆구리가 결리던 것은 이젠 결리잖 아요? 잡수셨어요? 응……? 기계로요?

랏샐 분가루와 남몰래 만나기와 코카인과 부숴진 인형과 보릿짚 홰기와 꽃 잎사귀 같은 것으로 물끼도 없이 지저분한 그 화장실에서 우리 두 사람이 아주 더 서로 알게 되었다. 그 여자는 석경[114] 속의 입술에 입을 맞춘 듯이나 다가서서는 램프 앞에서 제 몸을 드려다 보고 있었다. 그 여자의 숨결이 석경 위에 구름처럼 끈 위에다 나는 심장의 형상을 그리었다. 그 여자는 어깨를 소스라쳤다.

---

114)  거울 곧 석경石鏡.

그 여자는 은빛 같은 중국인 관리가 탑 앞에 서서 생각하고 있는 듯한 무늬115) 있는 바지를 입었던 것이었다. 그 여자의 가슴 위에 이런 무늬가 여러 층으로 여기저기 있는 그 탑문을 낮낮치 손가락으로 누르면서 나는 물어보았다.

"셋방이 없을런지요?"

그 여자는 전례篆書로 쓴 글자 처름 앵돌아지면시116)

"—무슨 소리를 하세요?"

방지기로 있던 할멈이 걸려 있는 외투에 딱던 손을 떼고서 우리 편으로 돌아보다가는 나를 생각는 듯이 사화를 시켰다.

"—어찌 당신은 점잖은 양반같이 보이기는 하는데 그건 내가 술이 취해서 그래 뵈는 게로구먼요."라고 뢰아가 말하였다.

바리콘 난간에 기대어보니 검둥이 음악대가 흰 옷을 입고서 학질 든 놈처럼 몸을 떨면서 볼을 불룩이면서 악기를 울리고 있었다. 꼬부라진117) 꽃 같은 구리쇠 가등街燈이 공장도 굴뚝도 없는 대신에 시詩가 넘치는 조각구름을 띄운 세느 강 두던의 뒷경치를 비추고 있었다. 춤추는 방안에서는 춤추는 사람들이 밀어붙이고 끌어당기노라 발끝을 놀리었다. 거기서는 고기국 냄새와 썩은 게란 냄새와 겨드랑이 냄새와 향수 "오래잖아 그 날이 올 것이다" 이 냄새가 떠오고 있었다.

"—당신 댁이 어디신가요? 나는 그만 영위 어찌할 줄을 모르게 되었습니다"고 내가 말하였다.

---

115) 무늬.
116) 획 돌아서면서.
117) 굽혀진.

"—농담이십니까? 그렇잖으면 참말로 반해셨나요?"

"—언제든지 두 가지다—입지요"

이러자 그 여자가 말하였다.

"—어디선가 또 한 번 당신을 본 듯한 생각이 듭니다요."

"—당신은 내 누의야 없어선 안 될 누의야."라고 그 여자의 옷자락에 입을 맞추면서 내가 말한 것이다. 그 여자의 눈에 내가 상판 두텁고 야비하게 여길 짬성이 없는 사내애 같이 보여서 그 여자는 핑계를 하였다.

"—당신은 퍽 급작스런 양반이구려."

"—그리 급작하지도 못합니다마는 나는 무슨 일을 할 때라두 닥치는 대로 급히 서들다간 필경 헛일을 하고 맙니다. 그래두 또 꾸물꾸물 한다면 꼭 그만 염증이 생긴 것을 내가 알고 있으니까요."

"—이젠 벌써 두 점입지요 나는 이 자리를 떠나갈 시간입니다."

"—가기 전에 왜 당신은 가끔 나갔던 것을 들려주시지요. 그걸 여기서도 팝니까?" 그것은 「코카인」

그 여자는 떨어뜨린 계란과 같은 둥근 눈을 뜨고서

"—사람을 똑똑히 보고 말씀을 하세요. 나는 죄인이 될 만한 짓은 않습니다요."

"—그러면 뭣하러 나가셨어요?"

"—일하고 있는 우리 집 바깥영반 소식을 무르려고 그랬지요."

"—당신의 좋은 사람은118) 뭘 하는가요?"

"—선수예요……'육일 경주'의 선수예요……"

---

118) 배우자.

"—엿새 동안을 다름박질 한답니다. 당신은 푸티마류의 소문을 못 들으셨서요? 어쩌면 그러시우!"라고 하자 그 여자는 몸을 홱 틀면서 흰 토끼털로 만든 외투에 몸을 드르륵 말았다.

"—오늘 밤은 마부를 보내버렸습니다. 택시를 한 채 불러주시지요. 가기는 그룬내르까지라구요."

휙 굽으러진 세느 강가를 끼고서 자동차 발동기가[119] 미친 염통과 같이 굴렀다.

쿠르 라 랜느의 등불은 연분홍 진주를 짓뿌려둔 듯이 보였다. 인燐 불빛 같은 하수도의 물기침하는 듯한 그 소리, 나는 가진 수작을 붙여서 샹 드 마르스쯤 가서는 바른 토정을[120] 해보려고 하였다. 벌써 풋나물 파는 저자로 가는 배추 짐이 다닌다.

나는 말했다.

"—나는 마차가 좋아요. 오늘밤도 우리가 마차를 탔더면 합니다. 그래서 그 속에서 며칠이든지 그 마차 등잔이나 창문이나 고무수레 바퀴 같은 것을 연구까지 다—해보도록 타보았으면 좋을 것이었어요. 더군다나 마차를 탄대두 유르밴의 집 마차들 창에 있는 그 휘장은 들창밖까지 밖에 더 내려오지 않는 것, 기운 빠진 망아지처럼 비틀비틀하면서 남의 말과 맞부디치는 것도 파리가 뒤로 멀리 차츰 까무러지는 것을 바라보면서 부질없어질 사랑하는 이끼리 서로 즐길 때에는 그래도 괴로움이 되지 않을 것.……그런 여러 가지는 알아두어야 합니다."

---

119) 자동차 바퀴가.
120) 구토嘔吐.

그룬내르다. 쇠다리 밑에서 물이 꺾어져 쌓이고 있다. 애인과 같이 볼 그란간에는 붉은 램프 장사하는 이들이 볼 그란간에는 푸른 램프 십사 프랑 이십오 산틈.

나는 걱정을 하였어.

"─당신 댁은 파리에 있잖습니까?"

"─어쩐 헛소리 만하세요. 뉘가 내 집 이야기를 하던가요? 나는 지금 두시에 있는 현상경주懸賞競走를 보려고 동기자전거冬期自轉車 경쟁장으로 가는 길입니다."

「파리의 밤」

소설가 모랑Morand Paul의 소설집에 수록된 작품 「육일 경주의 밤」 이란 가운데 한 부분을 번역한 것으로 「파리의 밤」이란 제목은 번역자 이상화가 붙인 것이다. 화자인 '나'는 파리의 어느 무도장에서 아름답고 독특한 행동을 보이는 '뢰나'라는 여자에 끌리어 그 여자를 관찰하고 만나 대화를 나눈다. 작품 일부를 번역한 것이어서 완결된 이야기가 없이 여성 인물의 성격을 부각하는 데 집중되고 있다. 모랑은 세계 제1차 대전 후의 파리의 퇴폐적인 사회상을 감각적으로 재치 있게 묘사한 작가로 널리 알려졌다. 감각적이고 서정적인 문장은 세계적으로 주목받았다. 이태준의 『문장강화』에서도 "불란서 문단에서 가장 비전통적 문장으로 비난을 받는" 작가로 소개된 바 있다.

『개벽』 71호, 1926년 7월

# 5. 사형死刑받는 여자
## — 스페인西班牙 브라스코 · 이바니에스

한 해 두 달 동안이나 라파에르는 좁은 옥방에서 살아왔다.

그는 해골 빛 가리개와 같은 네모진 벽으로 세상을 삼았기 때문에 그 벽마다에 틈이 진 데와 으스러진 자리까지도 눈에 보이는 듯이 알고 있었다. 손바닥 만한 푸른 하늘을 가로 모로 얽어맨 쇠살창이 있는 조그마한 높은 들창이 그의 해이었다. 한 간이 될 듯 말 듯한 그 방에서도 그가 몸을 움지기는 반간 간격이 겨우될 뿐이었다. 왜 그러냐 하면 갑자기도 요란한 쇠사슬 소리가 나면서 그 쇠사슬 끝에 달린 쇠고리가 그의 발목을 움켜쥐어서 복사뼈를 파먹는 듯이 아픈 까닭이었다.

그는 '사형선고'를 받고 있었다. 그의 재판에 대한 모든 서류가 맨 마지막 검사를 마칠 그 동안 그는 거기서 산송창이 된 대로 한 달 또 한 달을 보내고 온 것이었다. 그래서 넋이 아직도 떠나지 못한 송장과 같이 옷칠한 널 속에서 썪어지면서 차라리 단번에 못할 노릇으로도 차마 못할 이 노릇을 집어치웠으면—하듯이 목이 잘릴 매일 그때가 빨리 와서 다—한꺼번에 끝장을 내어주기를 그지없게 여길만치 기다렸다.

그가 가장 마음 괴롭게 여기는 것은 '깨끗'한 것이었다. 누진 기운이[121] 돗자리를 내서 그의 뼈속까지 쓰며들 듯이 날마다 꼭 쓸고 딱

---

[121] 눅눅하거나 더러운 기운.

고 하는 마룻바닥이었다. 먼지 하나 앉아 보지도 못하게 되는 그런 벽들이었다. '추접은 것(더러운 짓)'과는 사귀어 보지도 못할 만큼 죄수에게는 '금령'을 내려둔 것이었다. 참으로 외롭다. 만일 거기 쥐 한 마리가 나오면 그는 적은 밥일망정 나누어 먹고 좋은 동무와 같이 이야기를 한다. 또 만일에 어느 구석에서 거미 새끼라도 보인다면 그는 먹여주기 버릇으로써 스스로 위로를 한다.

그 무덤 속에서는 한갈 같은[122] 그 생활밖에 다른 생활이 들어오지는 못하게 되었다. 어떤 날─아 라파에르는 얼마동안이나 그것을 잊어버리지도 못하였을까?─참새 한 마리가 까부르는 어린애와 같이 높은 들창에서 엿보고 있었다. 햇빛과 하늘의 장난꾸러기는 땅 밑에 누렇게 야윈 이 가엾은 짐승이 한여름이란대도 머리에다 수건을 두르고 다 낡은 담요 쪽으로 허리를 감으면서 추의에 떠는 것을 보고 야릇하게 여긴다는 것을 보이는 듯이 재재굴거리고 있었다.

그 새는 짓씹어 놓은 종이와 같이 핏기 없이 하여 광대뼈가 드러난 그 얼굴에 놀라기도 하고 또는 '야만'같이 밖에 안 보이는 그 차림에 두려운 마음이 나서 들창으로 너머 나오는 무덤 냄새와 썩은 털 냄새를 피해가는 듯이 드디어 나래를 치고 날라가 버렸다.

그의 귀속으로 들어오는 단 한 가지 소리는 감방으로 돌아가는 죄수들이 감옥 마당을 지나가는 것이었다. 그들은 아무렇더라도 머리 위의 넓디넓은 하늘을 보고 있었다. 바람을 쏘인 대도 들창에서 들어오는 그 바람이 아니었다. 두 다리도 자유롭고 또는 같이 귀속질할 만한 그 사람조차 없는 것이 아니었다. 사람의 세상에 '불행'하다는

─────
122) 한결같은.

것은 그 가운데서도 층계와 분별을 가지고 있었다. 언제든지 사람을 떠나지 않는 '불만'이란 것이 라파에르에게 느껴졌다. 그렇다 나는 마당으로 돌아다니는 사람들을 부러워해서 그런 경우를 가장 갖고 싶은 듯이 생각하고 있으나 옥안에 있는 이들은 다, 밖에 사람을—말하자면 제 맘대로 사는 그 사람들을 부러워하고 또 지금 거리 위로 다니는 사람들도 아마 제 팔자에 만족하지 않고 어떤 가지가지의 욕심으로 애를 쓰고 있을 것이 아닌가!⋯⋯'자유'란 것은 참으로 참말 거룩한 것인데 말이지 어쨌든 한 번쯤은 여기 들어와 보는 게 좋다!

그는 '불행'의 매-ㄴ 꼴지에서 제 몸을 보았다. 어떤 발악이 날 때는 마룻바닥을 파제치고 도망질을 해보려고도 하였다. 그러나 지키는 눈은 빈틈이 없이 덜미를 집듯이 그를 내려눌렀다. 그가 노래를 부르면 떠들지 말라고 호령을 한다. 옛날 어머니에게서 귀동냥한 뗌뗌이 아는 그 기도를 콧소리로 외어 보아서 그것으로나마 위로를 하려고 하면 그것조차 입을 다물게 한다.

—이게 왜 이래 미친친 체—해 보려고? 꼼짝도 말고 죽은 듯이 있어—

'사형집행자'가 얼마 남지 않은 그의 몸에 손을 대지 않게스리 그가 마음과 몸을 바로 가지기가 가장 소원이었다.

아 미치광이! 그는 그렇게 되기를 참으로 싫어하였다. 그러나 꼼짝이지 못한 것과 왕모래 같은 밥이 그를 상하고야 말았다. 그는 미친 생각이 가위에 눌리듯 하였다. 밤이 되면 한 해 두 달을 지나왔어도 아직 길들이지 않은 등불에 기가 막혀서 눈을 감을 때 그의 원수—누구라고는 말할 수 없으나 그를 죽이려고 하는 모든 인간들—이 그의 잠드는 것을 엿보아 그의 창자를 뒤집는다.—는 웃스꽝스러운 생각으로 무서운 증이 들게 하였다. 창자가 찢어지는 듯이 아픈 것은 꼭 그 때문이라고만 하였다.

낮에는 언제든지 자기의 지난 일을 생각하고 있었다. 그러나 '기억'이 너무도 어수선해져서 꼭 다른 사람의 경력을 듣고 있는 듯하였다.

그는 어떤 사람을 뚜드린 그 까닭으로 처음 죄수가 되었다가 궁벽한 골짝에 있는 적은 자기의 고향으로 돌아왔을 때에 일을 생각해 보았다. 그의 이름은 이웃 동내 가까운 마을에 떠돌게 되어 길거리 술집에 모이는 이들은 입에 침이 마르도록 그의 이야기를 하였다.

—정말 담 큰놈이야 라파에르가!—

그 마음에 가장 이야기꺼리였던 그 처녀가 사랑이란 것보다도 두려운 마음과 까닭도 없이 섬기고 싶은 그 생각으로 그의 아내가 되려고 결심하였다. 그 마음에서 남달리 대견타는 그런 사람들은 그 마을 경관의 총을 그에게 주면서 비위를 맞추고 그의 억센 용맹을 칭찬하여서 이 다음 '선거'할 때에 힘을 빌리려고 하였다. 그는 아무렇지도 않게 그 근방을 쥘락펼락하였다. '반대자'를 곧 세력이 없어진 그 '반대자'를 손도 발도 내보지도 못하게 하였다. 그리자 드디어 그들도 견기다 못해서 감옥에서 갔나온 어떤 싸움꾼을 청해 와서 라파에르와 마주서게 하였다.

—제-기! 이 장사로 모처럼 얻은 이름이다. 자칫하다간 이 노릇도 못해먹게 되겠군. 남의 밥을 빼서 먹으려고 주제 넘게 나온 자식 한 번 혼 꼴을 내주어야겠네—

이래서 필경에야 있고 말 결과란 것이 숨어있기와, 겨냥한 총질과,

소리를 지르거나, 발버둥질조차 못하게스리 총자루로 냅다 갈겨 '박
살'이 되었다.

  말하자면 그것은⋯⋯사내의 할 일이었다! 그래서 마지막 닿는 곳
은 오래간만에 보게 되는 동무가 많은 감옥과 그째까지 그를 무서워
하던 놈들이 그에게 이롭지 못할 증거를 대여 그날까지 죽도 못대 본
그 분풀이가 된 '재판'과 놀라운 '판결'과 오래지 않아서 죽음이 오려
니—기다리는 지긋지긋한 그동안이 한 해와 두 달이 된 것이다. 그에
게로 올 죽음은 이렇게 오래도록 끄는 것을 보면 아마도 '우차'를 타
고 오는 듯하다.

  그는 용기가 없던 것이 아니다. 그는 팡보르테—라나 협객 프렁시
스코애스태팡이나 돌아다니는 노래까지 된 그 '공명'을 그가 언제든
지 듣고 있는 그 위엄스런 사람들과 비겨볼 때에 어떤 변이 있어도
두려워하지 않던 자기의 담력도 그들보다 못하지 않은 것을 스스로
알기도 할 뿐 안이라 믿기도 하였다.

  그러나 이따금 그는 야밤에 눈에 않 보이는 용수철에 퉁겨진 듯이
자리에서 벌떡 일어나 발목에 달린 쇠사슬이 요란하게도 쩔거럭쩔거
럭하였다.

  그는 어린애 같이 울부짖고 갑자기 뉘우치면서 쓸데없는 그 따위
소리를 내지 않으려고 하였다. 그것은 그의 마음에게 부르짖는 다른
사람이었다. 그가 지금까지 모르던—아무 것에나 두려워하고 아무것
에나 울기 잘하는 다른 사람—제비콩과 무화과를 다려서 감옥의 커
피라는 뜨거운 그것을 대여섯 잔을 먹어도 잘 까라앉지 않는—다른
사람이었다.

빨리 끝장을 내고싶어 죽음을 원하든 그 라파에르로 보아서는 이제야 다만 그 껍데기밖에 남지 않았다. 그 무덤 속에서 새로 만들러진 라파에르는 한 해와 두 달이 발서 지나가서 필경에는 마지막이 가까워 오는 것을 생각하고 무서워 떨었다. 그런 비참한 속에서 또 한 해 두 달을 지내라고 한 때도 오히려 반갑게 허락을 할 것이었다.

그는 걱정으로 못 견딜 판이었다. '불행'이란 것이 곧 가까워짐을 짐작하고 있었다. 어디를 보든지 그것뿐이었다. 드나드는 문에 뚫려 있는 작은 들창으로 엿보는 점잖은 이의 얼굴에도 감옥의 '목사' 태도에도 그것을 볼 뿐이었다. '목사'는 요즘 찌는 듯이 더운 그 옥방을 사람과 이야기하기에 가장 좋은 데로—담배를 한 개 태우기도 제일 좋은 데로 아는 듯이 날마다 점심 때까지 내서 꼭꼭 드르던 것이다. 몹쓸 놈! 천하에 몹쓸 놈!

그런대 이 '심문'이 그를 가장 편치 않게 하는 것이었다. 왜 그는 옳은 기독교도 인가? 아닌가 물론입니다 '목사'님. 그는 '목사'를 거룩하게 여겼다. 손톱에 묻은 때만큼도 그들을 업신여긴 적이 없었다. 그의 집안으로 말하여도 하나 나무랄 것이 없었다. 왠 집안이 다—옳은 '교의'를 위해서 싸우기도 하였다. 말이야 그렇지만 그 마을 '목사'님이 그렇게 하라고 시켰기 때문이었다. 이런 대답을 하면서도 그는 자기가 '신자인' 것을 증명하려고 다해진 가슴을 재치고 떼 투성이 된 애스카푸라리오편聖布片와 매다리아聖徽章을 한주먹에 짚어내었다.

그러면 '목사'는 그에게 「예—쓰」의 이야기를 하였다. 예시쓰는 하느님의 아들이면서도 그와 같은 경위에 빠졌던 것을 말하였다. 이 비교는 불쌍한 반귀신을 감동시켰다.

—무엇이라구, 여쭈어야⋯⋯거저 황송합니다⋯⋯—

이렇게 비슷한 것을 즐거워는 하였지마는 그는 될 수 있는 대로 늦게 되기를 빌었다.

그리자 어느 날 벼락과 같이 그의 머리위로 무서운 말이 울려왔다 마지막으로 한다던 그 검사가 끝이 난 것이다. 이래서 죽음은 가장 빠르게스리 '전보'로 오려고 하였다.

어떤 '간수'에게 그의 아내가 그가 이리로 들어온 뒤에 낳은 어린 딸을 안고 감옥 앞을 헤메면서 그를 만나고 싶어 하더라―는 말을 듣자 그만 그는 의심을 하지도 않았다. 제가 그 촌에서 예까지 쫓아왔다면 그건 일이 다된 것을 말하는 것이었다.

그는 '특사'를 청해 보라―는 말을 들었다. 이래서 모든 '불행'한 사람들의 마지막 이 소망에 미친 사람처름 달라붙었다. 다른 사람들은 그렇게 된 사람도 있지 않는가. 그도 어찌 못할 사람이 어데 있을까? 더군다나 그의 목숨을 살린다는 것이 어질고 착하신 마리아크리스치나(스페인 국왕 알·폰소 13세의 모왕母王으로 1885년부터 1902년까지 섭정攝政하였다)에게 무슨 수고로움이 될 것이랴. 거저 '도장' 하나만 찍는 것뿐 아닌가?

그는 '우연'이나 또는 '의무'로 그를 찾아오는 사람―'매장업자' '변호사' '목사' '신문기자'―들에게 그들은 그를 살릴 수 있다는 듯이 떨면서 절하는 듯이 굽혀 물었다.

—어떻겠어요? 찍어주실 듯하오? 예?—

그는 이튼날에 '도수장'으로 넘기는 황소와 같이 묶여서 끌려 고향으로 보낼 것이었다. 거기서는 '사형 집행자'가 준비를 해두고 기다리고 있는 것이다. 그리다가 감옥 문을 나설 때에 그를 만나려고 언제라도 언제라도 그의 아내가 기다리고 있다. 검은 얼굴에 입술은 두텁고 눈썹은 짙은 아직 채 젊은 여자로 꼬챙이도 입지 않고 너틀너틀한 치맛자락이 마구간의 짚풀과 같이 쿡― 찌르는 그런 냄새를 뿜는 듯하였다.

그 여자는 자기가 거기에 있는 것을 놀란 듯하였다. 그 둥글고도 멀뚱한 눈에는 괴로움보다도 얼빠진 듯이 보였다. 그리다가 그 여자는 커다란 젖통이에 매여달린 어린애를 드려다 보고 비로소 두어 방울의 눈물을 흘리었다.

―아 하느님! 어미와 이자식이 남부끄럽게 살아! 제가 이럴 줄이야 몰랐구려 어린 이것이나 없었더면요!―

'목사'는 그 여자에게 위로하려고 하였다.

―단념을 하는 것이 가장 좋은 일이오. 과수가 된다면 당신을 더 복스럽게 해줄 그런 사람을 응―새로 맛나면 그만입지요.―

이 소리를 듣자 그 여자는 자기의 짬 없는 것을 깨치는 듯하였다. 그래서 자기가 처음으로 생각하든 그 사람 말까지 해버렸다. 그는 착한 젊은이로 라파에르가 무서워서 손을 내밀지는 못하지마는 요즘에도 마음에서나 들어갈까? 예서 그 여자를 보고는 무엇이라고 말하고 싶은 눈치를 보이든 것 같았다.

그러나 그 여자는 '목사'와 문지기들의 질색을 하는 듯 한 눈치를 알자 아주 시침을 떼고 흘리기 어려운 눈물을 다시 또 짰다.

해 저믈 때 '통지'가 왔다. 확실한 허락이 있었던 것이다. 그 어툰 ―라파에르의 생각에는 영원한 하느님이 절마다 있는 금침과 단장을 온 몸에 감고 있는 그것을 그려보았다.—은 온 데서 오는 '전보'와 '소지'를 보고는 '정죄'를 하였거나 '선고'를 하였거나 죄수의 목숨을 살려주시게스리 마련한 것이었다.

'특사'는 감옥 안에 있는 여러 천 마리 귀신이 떠드는 것같이 만들었다. 꼭 죄수를 낱낱이 '무죄방송'이나 된 듯이

—자 얼마나 즐거웁소—라고 문깐에서 '목사'가 특사된 죄수의 아내에게 말을 하였다.—이제 당신 가장되는 이는 '사형' 아니오. 그리고 당신도 과수가 안 되게 되었구려.—

젊은 여자는 머릿속에서 현기증이 날 만큼이나 이 생각 저 생각이 싸우는 듯이 아무 말이 없었다.

—그래요 좋지요—라고 겨우 천연스럽게 말하였다.—그러면 언제나 나온대요?—

—무얼! 나오다니?……정신없는 소리 말어. 나오는 게 다—뭐야 목숨만 산 것도 고맙게나 여기오. 언제 아프리카로나 귀양을 갈지 모르나 나이 젊어 몸이 튼튼하니까 괜찮아 아직도 이 십년이야 더 못 살라구?—

처음으로 여자는 참마음에서 울었다. 그러나 이것은 서러워 우는 울음이 아니고 소망이 끊어진 울음이었줄 모르는 미친 울음이었다.

—자, 이를게 아니오—라고 '목사'는 귀찮게 말하였다.— 이것이야말로 하느님을 시험해 보는 것이란 말이요. 아시겠소. 당신의 가장은 목숨이 살지 않았소, 모르것소? 이제는 '사형'을 안 받아도 좋다는 말이요.……그런데도 당신 마음에는 흡족하지 못하오?—

여자는 눈물을 그쳤다. 그 눈이 반들거리면서 미워한다는 뜻을 내

여보였다.

　—그래요 좋지요. 저 사람을 살려두기만 해줍쇼……나도 좋아는 한다오, 그렇지만 저 사람이 살기만하면 나는 어쩌란 말이요?……

　그리고 한참동안 있다가 빛 검고 피 끓는 짐승내 나는 그 몸뚱아리를 부르르 떨면서 고함소리로 이렇게 말하였다.

　—이러구 보면은 '사형'을 받기는 나로구료! 내가 사형을 받은 셈이로구료. 오, 맙소사.—

　— 상화 역 —


「사형받는 여자」

　스페인 작가 블라스코 이바네스Blasco Ibanez. V.1867~1928의 작품을 번안한 것이다. 세계 제1차 대전을 다룬 작품을 명성을 얻는 작가이다. 사형수 라파에르는 사형선고를 받고 집행을 기다리고 있다. 아내와 어린 딸을 만난 후 목사의 주선으로 특사를 청한다. 청이 받아들여져 그는 사형을 면하고 20년간 아프리카 귀양살이로 가게 된다. 이 소식을 들은 그의 아내는 울부짖으면서 말한다. 남편은 사형에서 귀양살이로 바뀌었지만, 자신은 남편과 평생을 헤어져 살아야 하니 사형을 받은 것이나 다름없다고. 결미에서 사랑의 절실함이 잘 표현된 작품이다. 이상화는 두 편의 창작소설에서는 경향성을 부분적으로 드러냈다면, 번안소설에서는 사랑을 주제로 한 여성취향적인 것에 관심을 보였다. 그가 도일하여 2년여간 불문학을 공부하면서 이러한 유럽 작가의 작품을 접했고, 그것이 계기가 되어 작품을 번안했던 것으로 추정된다.

# 6. 「노동勞働—사死—질병疾病」

—이이야기는 "남아메리카 인도" 사람들 사이에 있는 날 이야기다—

이 세상을 만든 이는 맨 처음 사람을 조금도 일하지 않도록 그렇게 편안하게 만든 것이었다. 그래서 집도 쓸 대 없고 옷도 음식도 쓸때 없을 뿐 아니라 더군다나 병이란 것은 어떤 것인지도 모르게 적어도 백살까지는 다들 살게 하였다. 얼마 뒤에 사람들이 어떠케 사는가—하는 궁금한 생각이 나서 한 번 구경을 와보았다. 사람들은 질겁고 편안하게 살지 않고 제가끔 맘대로만 하노라고 서로 싸호든 남아지에 그만 이 세상 살이를 즐거워하기는 커녕 도리어 그리 탐탐스럽지 않다고 원망하는 소리로만 부르지졌다. 그는 "이건 사람들이 제 맘대로만 살려고 하기 때문이라"고 해서 이런 일이 없도록 하자면 일을 하지 않고 살아갈 수가 없도록 하여야겠다고 해서 그렇게 만들어 버렸다. 그리자 사람은 춥고 배고픈 것을 피하기 위해서 집을 짓느니 땅을 파느니 곡식을 심느니 그놈을 베어 들이느니 하는 노동이란 것을 하게 되었다. 그가 생각하기는 "제가끔 따로 떨어져서는 연장도 못 장만할 테고 재목도 가져올 수 없을 것이고 집을 세우는 것도 곡식을 심는 것이나 비어 드리는 것도 실을 켜는 것이나 베를 짜는 것도 옷 만드는 것도 혼자로는 할 수 없을 것이다. 그러니 이렇게만 식혀 두면 필경은 서로 어울어져서 서로 돕기만 하면 온갖 것을 더 많이 어들 수도 있고 갑절 만들어 낼 것을 알게 될 것이다"고 한 것이었다. 오랜 뒤에 다시 그는 사람의 사는 꼴이 이제는 재미로운가 어떤가—하고 와 보았다. 재미롭기는 커녕 이전보담도 더 참혹한 살이를 하고 있었다. 하는 수 없이 어울어져서 일은 하고 있지마는 제각금 달리 떼를 지어서 다른 떼의 하는 일을 빼앗으려고 서로서로 남의 것을 없애버리려 하였다. 이렇게 싸우는 동안에 공연히 세월과 힘을 없애면서도 사람의 살이는 아무 보잘 것 없이만 되었다. 그는 이렇게 아니라 '죽음'이란 것이 언제 오런지 모르고 죽도록 하여야겠다고 해서 사람이 그만 제가 언제나 죽을는지 짐작을 하든 그 지혜를 잃어버리게 하였다. "저의들도 언제 죽을지 모른다—는 것을 알게만 되면 그리 오래도 못 가질 가여운 사욕으로 싸우기만 하다가 한 평생을 부질없이 보낼 까닭이 무엇이냐—고 해서 서로 사이좋게 지낼 것이다." 그러나 사람의 생각은 그가 짐작하던 것과 같지 않았다. 요사이는 사람들이 어찌 사는가 해서 또 세상으로 와 보았다. 하지마는 사람의 살이는 아직도 마찬가지였다. 힘센 놈은 사람이란 언제 죽을지 모른다—는 것을 핑계로 삼아 저보담 약한 놈을 제 맘대로 부리노라고 죽인다고 위협을 하고 또는 죽이기도 하였다. 그리다간 가장 힘 센 놈과 그 자손들과는 일은 하지도 않고 도리어 아무 할 일이 없어서 몸살을 치는 판에 약한 놈은 제 몸에 지치는 된 일을 하지 않을 수 없게 되어서도 한 번을 맘대로 쉬어 보지도 못하든 판이었다. 이래서 사람은 더욱이 참혹하게 되어가던 것이었다. 여기서 그는 자기의 제일 마지막 수단으로 사람에게 병이란 것을 써 보아서 세상을 고쳐 보려고 하였다. "아무 할 것 없이 병이 언제 들지 모르게만 해 두면 성한 놈은 앓는 놈을 가엾게 여겨서 간호를 할 것이다. 왜 그러냐 하면 언제든지 제 몸이 앓을 때에 남의 간호를 안 받을 수 없다는 그 생각을 비로소 가지게 될테니까.?―"그는 이렇게 생각하였다. 그리고 그는 세상을 떠나갔다. 그러나 오랜 뒤에 다시 와 볼 때에 병이란 것을 가지게 된 사람의 살이는 차라리 옛날을 그릴만큼이나 그렇게 더 참혹 하였다. 사람을 서로서로 화합하게스리 자기가 끼쳐준 그 병으로 말미암아 사람은 도리어 나눠져지게 되었던 것이었다. 힘이 많아서 남을 마구잡이로 부릴만한 놈은 제가 병들었을 때는 좋아하거나 싫어하거나 저보담 약한 놈을 다―부리고서도 경우가 바뀌어 약한 놈이 앓고 있을 때는 간호는커녕 위로 같은 것도 하지 않았다. 그러므로 힘 센 놈들을 간호만 하던 그 약한 놈들은 맥이 풀어지고 힘이 빠져서 얼른 제 몸을 돌아볼 사이도 없고 어떠냐고 묻는 놈도 한 놈 보지를 못하였다. 돈 있는 놈들은 성한 사람이 앓는 놈을 보면 마음이 시들퍼져서 우리의 재미성을 부순다고 해서 가엽게 병든 가난뱅이들은 따뜻한 마음으로 치료를 시키려는 그 아내나 가장이나 아들이나 딸의 간호와 위로를 받을 수 없는 외우진 집에다 갔다둠으로 말지 못해하는 간호와 억지로 하는 위로에 시달리고 있다가 그만 불쌍하나마 죽지 않을 수 없게 되어버리거나 한 평생을 그렇게 괴롭게 지나든 것이었다. 그뿐이랴! 어쩌면 이 병은 남에게 옮아간다고 해서 앓는 사람을 보려도 않고 필경은 간호한다는 놈까지 가까이 오지를 않던 것이었다. "이렇게 해 보아서도 사람이 저희들의 복 다운 세상과 재미로운 살이가 어데 있는지를 모를 것이면 가진 고생에 지쳐서 저희들이 깨치게 하는 수 받게 없을까보다." 이 세상을 만들었다는 그도 이렇게 단념을 하고는 사람을 내버리고 말았다.

## 「노동勞働—사死—질병疾病」

이상화의 번역 소설은 지금까지 「단장」, 「새로운 동무」, 「염복」, 「파리의 밤」, 「사형받는 여자」 5편이 알려져 있다. 그런데 김학동2015, 373이 이상화의 작품 목록 부록에 1926.1.2.『조선일보』에 원작자가 밝혀지지 않은 「노동勞働—사死—질병疾病」이라는 이상화의 번역 작품이 실려 있다고 하였으나 지금까지 그 원문은 소개되지 않았다. 최근 필자가 『조선일보』 유석재 차장에게 부탁하여 이 작품을 찾았다. 원문과 함께 간단한 설명을 덧붙여 둔다. 원문은 읽기 쉽도록 띄어쓰기를 한 것임을 밝혀 둔다.

소설이라기보다 짤막한 꽁트이다. 이 세상의 창조주의 이야기로 인간 세상의 노동과 죽음과 질병에 대한 인간의 대처 방식을 이야기로 꾸민 것이다. 인간 삶에서 가장 가혹하고 고통스러운 노동의 계급적 편중에 초점을 맞추어 쓴 작품으로 보인다.

4장
# 수필 및 기타 산문

『개벽』 57호, 1925년 3월

# 1. 출가사出家者의 유서遺書

"Alass! I can not stay in the house
And home has become no home to me·····??"
— R. Togore —


나가자! 집을 떠나서 내가 나가자! 내 몸과 내 마음아 빨리 나가자. 오늘까지 나의 존재를 지보支保하여 준 고마운 은혜만 사례해 두고 나의 생존을 비롯하려 집을 떠나고 말자. 자족심으로 많은 죄를 지었고 미봉성彌縫性으로 내 양심을 시들게 한 내 몸을 집이란 '격이사隔離舍' 속에 끼이게 함이야말로 우물에 비치는는 별과 달을 보라고 아무 쨈 모르는 어린 아이를 우물가에다 둠이나 다름이 없다. 이따금 아직은 다 죽지 않은 양심의 섬광閃光이 가슴 속에서—머릿속에 번쩍일 때마다 네 마음 반쪽엔 자족이 먹물을 드린 것과 그 남은 반쪽에 미봉—파먹은 자취를 오—나의 생명아—너는 얼마나 보았느냐! 어서 나가자—물들인 데를 씻고 이지러진 데를 끊어버리려 네 마음 모두가 고질痼疾을 품고 움직일래야 움직일 수 없는 반신불수半身不遂가 되기 전에 나가자나가자—힘자라는 데까지 나가자!


어떤 시대 무슨 사상으로 보든지 사람의 정情으론 집이란 그 집을 없애기와 또 집에서 나를 끄을고 나온 담은 무어라 할 수 없으리 만큼 그까지 서러운 장면일 것이다. 하지만 이 존재에서 저 생활로 가고는 말 그 과도기를 참으로 지나려는 사람의 밟지 아니치 못할 관문關門에는 항상 비극이 무엇보담 먼저 그를 시험할 줄 믿는다. 이 시험은 남의 맘에서나 내 생각에서나 얻은 짐작만으로는 아무 보람이 없는 것이다. 아─니 도리어 아는 척하는 죄만 지을 뿐이다. 오직 참되게 깨친 마음과 정성되게 살 몸뎅이가 서로 어울어져서 치러 보아야 할 것이다. 이것은 모르든 것을 발견함이나 또는 모를 것을 현성顯星과 같은 그런 자랑이 아니다. 다만 자연을 저버릴 수 없는 사람의 생활을 비롯함뿐이다. 자연은 언제 무엇에게든지 비극으로 말미암아 세 생명을 주는 것이다.

나의 반성에서 부끄러운 고백을 한다면 나의 집에 자그마한 불안이라도 나기 전에 내가 집은 없애지 못할 데도 나이란 나는 나왔어야 할 것이다. 얼굴 두꺼운 핑게일지 모르나 이러한 반성을 비롯한 그때는 반성의 지시를 곧 실행할 만한 의지가 뿌리 깊게 박히지 못한 열여덟 되던 해부터였지만 그 뒤 언제까지도 실행은 못하였다. 짧게 말하자면 모─두가 한갓 미련의 두렴 많은 억제에게 과단성을 빼앗긴 때문이었으며 이 행위의 내면에는 나이란 나의 살던 힘이 그만치 미약하였다는 사실이 숨어 있다.

이러한 사실로 지명誌銘된 나의 지난 생명을 읽을 때마다 언제든지 우리게도 한 번은 없어져야만 할 정명定命된 집을 구태여 있게스리 애쓰든 미봉성과 그러한 속에서 헛꿈을 꾸나니 차라리 하루 일찍 미치어지지 못한 속 쓰린 자족심을 볼 수 있을 것이다.

×××

　사람이면 다 가지게스리 마련이 된 자기의 양심이 없이는 그에게 한 사람이란 개성의 칭호稱號를 줄 리도 받을 수도 없음과 같이 그러한 개성이 아니고도 집을 차지한다면 그는 집이 아니라 그 집의 범위만치 그 나라에서와 그 시대 인류에게 끼치는 것이란 다만 죄악뿐이기 때문에 집이란 한 존재를 가질 수 없다. 아, 그 따위 것보담 나의 양심을 잃어버리지 않도록 애써야겠다. 그래서 나의 개성을 내가 가지고 살아야겠다. 양심 없는 생명이 무엇을 하며 개성 없는 사회를 어데다 쓰려. 모—든 생각을 한뭉텅이로 만들 새 생명은 지난 생활의 터전이든 내 몸의 성격을 반성함에서 비롯할 것이다. 이러할 양심에서 생겨난 반성은 곧 양심 혁명을 부름이나 다를 바이 없다. 이 길은 피할 수 없는 길이다. 나는 내 몸에게 이 길을 따러만 가자 빌어야겠다.

×××

　사람이란 누구이든 혼자 살 수 없는 것이다. 다만 개체로 보아서만이 아니라 개체가 모인 그 집도 한 집만이 살지 못한다. 그러므로 나에게는 그들을 섬기고 또 내가 섬겨질 그런 관계가 있다. 좀 더 가까운 의미로 말하자면 그리하지 않을 수 없는 선천적 의무와 이론적 구권求權이 있다.

　이 의무를 다하고 이 구권을 가지게 된 그때가 비로소 나란 한 사람—양심을 잃지 않는 한 개성—인 사람이 된다. 참으로 사람이 되려면 미봉彌縫과 자족自足으로 개돼지 노릇을 하는 가운데서 모―든 기반羈絆을 끊고 나와야 한다. 내 몸속에 있는 개돼지의 성격을 무엇보담 먼저 부셔야 한다. 세상에서 내가 가장 사랑하든 내 자신조차 아까움 없이 부셔야 할 그 자리에서 무엇 그리 차마 바릴 수 없는 것이 있으랴. 사람이 되려 애써 보아야겠다. 나이란 전신을 뭉쳐서 나이란 양심을 만들어야겠다.

×××

오늘 다시 생각하여도 하늘을 보기 부끄러운 것은 나의 둔각鈍覺이었던 것이다. 알게 된 것이 한 자 길이가 되면 그 길이만치는 내가 살아보아야 할 것이다. 그 길이만치 살려면서도 그 앞에 이른바 서러운 장면의 뒤에 올 성공을 미리 의아疑訝함에서 얻은 나겁懶怯으로 말미암아 주저躊躇를 하다가 드디어 자족과 미봉으로 지나던 둔각 그것이다. 그 생활에서 이미 살게 되었으면 그 생활대로나 충실하게 살아야 할 것이지만 그리도 못하고 헛되게 시절을 저주하였으며 부질없이 생명을 미워하던 그 둔각이다. 말하자면 자연을 감식鑑識할 만한 그런 반성이 없었던 것이다. 개념에서 짜낸 자각―입술에 발린 자각―이 넋 잃은 생활에게 무슨 그리 놀랄만한 소리를 들려줄 수 없었던 것은 마땅한 일이다.

×××

언제든지 한번 오고는 말 이 기운이 하루 일찍 오늘에라도 오게 된 것을 나는 속마음 깊이 기뻐한다. 사람의 몸으로 다른 성숙에 가서 살지 않는 바에야 저버릴 수 없는 자연의 가르치는 말을 듣지 않을 수는 없는 것이며 깨치지 않을 수 없는 것이다. '설음을 지난 뒤의 기쁨'이 양심 생명의 하나뿐인 희망이다. 영구의 희열은 자연이 방대(厖大)한 비극 너머에다 모셔 놓았다. 아, 나는 이 비극을 마중가야겠다. 양심과 자족미봉과의 싸움이다. 다시 말하면 사람과 개돼지와의 싸움이다.

× × ×

사람의 목숨이 본래 그리 오래지 못한 가운데 더우든 그 반생을 지났다고도 할 수 있는 나의 생명이 다하기 전에 진저리날 이 싸움이 마치게 되는지—그리하여 참으로 사람이 사는 듯한 세상에서 가진 꿈대로 다만 하루 동안이나마 살아볼는지—그는 내 마음으로도 풀이 못할 까마득한 일이다. 하나 나의 목숨이 일찍 자연의 비극이 바로 마친 뒤에 나지 못하고 영구한 희열로 건너갈 징검다리 턱으로 나오고 말았으니 자연은 그만치 나의 생명력을 바라는 것이다. 오—이것은 나의 정명이오 나의 활로이다. 무엇보담도 조심을 하여야 할 것은 가진 정성을 다—해서도 나의 앞을 보살펴서 길을 잃어버리지나 안을 그것 뿐의 참다운 아들이 되게스리 나의 마음을 가질 것뿐이다.

— 1. 20. 25. 차실에서—

## 출가자의 유서

이 글의 주제문은 '내가 집을 떠나자'이다. 떠나야 할 집은 자족 미봉
自足彌縫자족미봉의 삶이다. 이는 개와 돼지의 노릇을 하는 생활을 말한
다. 자기 자신의 개성과 정체성을 자각하지 못한 채 개와 돼지처럼 본
능적인 욕망만을 추종하며, 미래에 대한 대책과 주체성도 없이 미봉책
으로 살아가는 생활이 내가 떠나야 할 집이다. 이런 집은 양심을 시들
게 한다. 양심이 없으면 생명을 지닌 개성으로 존재한다고 볼 수 없다.
미래에 대해 확신을 하지 못하고 현실에 안주하면서 시대를 한탄하거나
회의에 빠져 자기 자신을 미워하는 태도를 버리는 것이 집을 떠나는 일
이다. 나태함과 겁에 빠져 주저하지 말고, 나약함을 던져버리고 과단성
있게 자신의 삶에 주인이 되어야 한다는 말이다. 이 글은 형식에서도
아주 특이한 측면을 보인다. 한 줄 띄우기로 구분한 8개 단락이 길이가
거의 같다.

## 2. 방백傍白

◇

진실한 융화融和는 개성을 소멸까지 시키는 그 희생에서만 획득을 할 수 있다. 진실한 미묘는 혼합과 이존離存이 되어야만 비로소 그 약동躍動을 볼 수 있다.

○

이것을 항상 모순으로만 여기는 사람은 외형만 보는 정신 통찰자洞察者가 아니다. 왜 그러냐 하면 한 송이 꽃을 험상스런 돌비렁에서 보기와 여러 송이 꽃을 혼색무混色霧처럼 된 온실에서 보기와 같은 이유이기 때문이다.

○

그러므로 융화나 미묘美妙가 그 경이적 가치에선 절대로 차위差違가 없을 것이다. 하나 한 송이 꽃이나 여러 송이 꽃이 서로 융화와 미묘로 될 만한 그 의욕을 결제缺除한 꽃이라면 그것은 꽃으로는 보지 못할 한갓 괴물에 넘지 않는다.

○

대개 개성을 소멸시킨다는 말은 소아小我에서 대아大我로 옮음을 의미한 것이고 혼합에서 이존을 한단 말은 대아에서 소아로 옮음을

의미함이다. 결코 다 자아의식이란 것을 몰각沒却한 뒤의 행위 같은
것은 아니다.

○

그런데 사람이 생명의식을 가장 정성되게 간절懇切하게 추색追索
하는 동안은 그 효과가 아직은 자신에만 있음으로 소아라고 할 수 있
다. 그러나 추색에서 얻은 그 '힘'이 참지 못할 충동으로 될 동안은 생
명의 의식이 남에게 미치기까지 실현이 됨으로 대아라고 할 수 있다.

○

이것을 가장 민첩敏捷하고 순진하게 전환시키는 사람이 참으로 생
명의 예술가이다. 꿀물 같은 미묘와 간장 같은 융화로 생명을 요리하
는 사람이다. 실현하리만큼 통찰을 하고 통찰한 것만큼 실현을 할 시
적 생명을 가진 사람이다.

○

인생은 완성물인 불완성품이다.
동물안과 진화론으로 보면 완성된 것이다. 인류심과 생명학으로
보면 불완성된 것이다.

○

그러나 인생이란 것이 불완성이란 범주 안에 숙명적으로 존재된

것이 아니라 완성으로 향행向行하는 도정道程 위에 가능적으로 추근追近하게 된 것이다.

○

우리의 지력이 미쳐가는 대로 적어둔 인류사를 보아라— 그것은 오늘까지 불완성에서 완성으로의 노력한 보고서가 아니냐? 다시 말하면 보담 완성 대 불완성의 투쟁 기록이 아니냐?

○

이러므로 그날의 생활에 주저를 하고 게을리 한 이는 현상 유지자나 및 현상 자족자自足者와 다름이 없는 우악愚惡한 이며 곧 동물 분류학에서만 사람이다. 투쟁은 필연의 과정임으로 말이다.

○

세계는 인생이 있어야 존립이 되는 것이다.
영원은 순간이 있고야 구성이 되는 것이다.
그러므로 나는 믿는다.—
영원한 세계는 순간마다를 사람답게 사는 때와 사람답게 사는 데서 조산肇産이 되는 것이라고—.

○

세계를 넘어 광대시廣大視해서 인생을 모욕侮辱하지 말아라.

영원을 넘어 신성화해서 순간을 모독하지 말아라.

살이가 진실치 않은 인생이 모여서도 세계란 의의가 자랑이 되느냐.

공허뿐만인 순간이 쌓였어도 영원의 가치를 지즐기겠느냐.

◇

생활은 존중하다. 사상은 존중하다.

흔히 우리가 하는 말이다. 그러나 이 말이 생활이란 것이 존재로만 있지 않고 사상이란 것이 언어에만 머물지 않을 그 의식의 충동에서 발원한 행의의 공음共音이 아니면 차라리 아─니 반드시 입을 다물 만한 굳센 마음을 가져야 할 것이다. 언어도 생명이 됨으로 말이다.

○

생활이 존중하온 까닭은 생활 그것의 배경인 사상이 있기 때문이고 사상의 존중하온 까닭은 사상 그것의 무대인 생활이 오기 때문이다. 그러므로 사상 없는 생활은 생물의 기생에 지나지 않고 생활 없는 사상은 간질癎疾의 발작에 다를 것이 없을 것이다. 본능이 그리 시키는 것이다.

○

일찍 우리에게 그만큼 깨친 자아의 의식이 있었다면 그 깨친 '힘'이 그렇게 말로 나오기 전에 아마도 그만한 물적 표현을 우리에게 먼저 가지도록 되어서만 할 것 같다. 이것은 사람이 의식이 충동 그대로 살아갈 때의 필연적 태도인 까닭이다. 진리는 거기서 비로소 나온다.

○

생명이 존중하다. 실현이 존중하다.

요즘 우리가 느낀 말이다. 그러나 이 말이 생명의 가려운 자리를 긁기만 하고 실현의 선잠 깬 소리를 거듭만 한다면 그 의식의 충동은 남부끄러운 만큼 미약한 것이다. 그 행의 의 공음跫音은 한 군데서 발버둥질하는 허향虛響일 뿐이다. 실현은 침묵에서 옴으로 말이다. 하나 사악邪惡도 이런 형식을 가지는 것은 우리가 미리 알아 두어야 한다.

◇

이 세계 민족 가운데 이성적 종족으로 특별히 현저하기는 튜톤 인종—곧 도이치 오란다 스웨덴, 노르웨이, 잉글리쉬— 와 및 중화민족이다. 이와 반대로 감성적 종족으로 특별히 현저하기는 라틴 인종—곧 프랑스, 벨기에, 이탈리아와 및 일본 민족이다.

○

말하자면 구라파에서는 튜톤족과 라틴족이 서로 대항을 하고 동양에서는 일본인과 중화인이 서로 대항을 하여 반대의 국민성을 가지게 되었으므로 이 두 종족은 과거 현재 미래를 통하여 영원히 상쟁할 운명을 품부稟負하고 있다. 물론 싸움뿐일 투쟁을 의미함이 아니다.

○

그러므로 조선이란 나라는 이 사이에 끼여서 확연한 성격을 못 가
진 데서의 비애와 붕새崩塞된 생활을 돌리기 어려운 데서의 고뇌와
싸우지 아니치 못할 진정進程의 가짐을 생각할 때에 조선이란 민족도
일종의 반항적 숙명을 전적으로 투쟁을 치름에서 해탈을 구하여야
할 것이 보인다.

○

거기서 완전한 국민성과 완전한 생명력의 파지把持될 것이며 실현
이 될 것이다. 또 오늘 조선이란 의식이 세계의 의식에 한목 끼일 여
료與料로 되려면 이 환경의 성각을 각근이 가질 때에서만 비로소 그
것이 분원噴源으로 될 것이다.

◇

박두迫頭된 새 문학은 아무에게든지 기대冀待와 화락和樂은 주려고
생각지 않는다. 그것은 생명의 의식이 충동으로 변함에서 못 쳐 나오
는 절미絶味 그것이기 때문이다. 이제 와서는 실현 전의 소리가 아니
라 실현후의 소리로 되었다. 아직은 실현이란 그것이 전부를 못 덮었
지마는.

○

그러기에 억압이 되었던 다수에게는 희망과 활력의 부조扶助가 될

터이나 특권을 가졌던 소수에게는 전율과 낙담의 공후恐吼가 될 것이다. 왜 그러냐 하면 새 문학이 그들의 반성조차 없던 사악의 모둠인 특권의 존재에 대한 항의를 말함으로 말이다. 이 항의의 잠재의식 — 곧 신건설을 다수 민중은 반김으로 말이다. 그때는 태양도 비로소 참 웃음을 웃기에 말이다.

○

"과거의 민중은 Nothing이었다.

현재의 민중은 Something뿐이다.

미래의 민중은 Everything이리라"고—

십구세기 초에 어떤 프랑스 시인이 말한 것이 있다. 천체天體의 운행이 느렸든지 우주의 변화가 쉬 어떤지 오래 전 그때의 '미래'가 요즘에야 빌자욱이 크게 들린다. 새 문학 속에서 똑똑히 들린다.

◇

항상 비통한 열정으로 인생을 추급追及하자.

모─든 진리의 자체인 그 생활도 거기서 나오며 모─든 진리의 화신인 그 지혜도 거기서 나온다.

인생은 자연의 본능이다. 자연의 성근誠勤이 인생의 열정이다.

## 방백

아포리즘의 형식이다. 각 분절된 화제가 스무 개 이상 연결되면서 전체적으로 통일성을 이룬다. 형식뿐만 아니라 내용에서도 주목된다. 이상화 문학 가운데에서 사상을 가장 깊고 집약적으로 표현 글일 것이다. 융화融和와 미묘美妙, 혼합混合과 이존離存, 대아大我와 소아小我, 완성과 미완성, 연원과 순간, 생활과 사상, 우연과 필연, 이성과 감상, 과거와 미래 등 많은 대립하는 두 극점을 상정한다. 이 대립 구조에서 이상화는 양자택일이 아닌 변증법적인 사고와 논리 전개를 뚜렷하게 보여준다. 가령 사상은 생활의 배경이고 생활은 사상의 무대라는 비유가 변증법적 사유의 한 예이다. 이 글의 핵심 주제는 문학의 생명의식이다. 생명은 양자의 투쟁 과정에서 생성되는 변증법적 지양이라는 것이다. 생명의식은 개성을 중시하면서도 그것의 융화인 보편적인 사상을 존중할 때 생성된다. 그것은 양 극점에 머물지 않고 지속적인 투쟁에 의해 민첩하고 진실하게 전환할 때 가능하다는 것이다.

## 3. 속사포速射砲

### 영혼경매靈魂競賣

B: 지난 12월 일본 프로 작가들이 동경 긴자에서 세계 문사文史 초기 록初記錄인 영혼경매식으로 원고 역마전을 보았다네, 그려.

D: 경제 사조가 팽창膨脹할수록 이상한 상품이 다─나오는군.

B: 그야 벌써부터 그래 왔지마는 이것은 원 너머도 창피하니 말이지 ─일 ─제일 고가 낙찰落札이 삼원 오십 전이라구?

D: 뭘, 가격 다소로야 말할 게 아니지만 경매씩으로 한 그 상매술이 창피는 하군!

A: 자네들이 참 창피하네. 그만큼 경제 조직組織이 되었다는 그 상징 으로 보지 못하네 그려!』

B: 여보게 그럴듯한 말일세마는 그리다가는 '영혼경매'도 안 되구 '영혼경매'가 되겠데.

D: 아니야 '영혼경매靈渾更昧'가 될 것 같데.

A: 그런다구 파묻칠 영혼이라든지 또는 눈코 못 뜰 영혼이 된다면 그건 해서 뭘 하겠나? B군! D군! 자네들의 생각은 그 '대차관계 貸借關係'를 돌려서 '영혼경매靈魂競賣'를 '영혼경매靈魂敬買'로 보 게. 영혼靈魂 상인商人의 할 일인가 아닌가?

**속사포**速射砲

　잡지사에서 단상으로 여러 사람의 글을 함께 수록한 것 중 하나다. 희곡의 양식을 빌린 수필인 셈이다. 수필의 서술처럼 문장을 늘어놓지 않고, 등장인물의 대화를 중심으로 화제가 빠르게 전환된다. '속사포'라는 제목은 말하는 방식을 두고 붙인 것이 아닌가 싶다. "영혼 경매식으로 원고 넝만전을 보았다"는 아마 오래된 육필 원고를 경매하는 현장을 목격했다는 말 같다. 이를 두고 작가는 인간 영혼을 경매하는 것이라고 보았던 것이다. 인간의 영혼조차 상품으로 매매하는 자본주의의 속성을 비꼰다. '영혼경매'를 동음이의어로 조어하여 말장난을 하는데, 이는 물질에 영혼을 파는 세태를 냉소하고 비판하는 데 매우 효율적이다. 이상화의 침울하고 무거운 다른 글에 비하면 밝고 재치가 넘치는 글이다.

『개벽』, 1월호 1926년 1월

## 4. 단 한마디
### — 신년의 문단을 바라보면서

"나라는 그 사람의 속아지지 않은 생활 감정만!"이란 단 한마디를 나의 요구삼아 말해 둔다.

왜 그러냐 하면 '나'라는 그 사람의 생활을 굳세고 살이 진실하게만 삶으로써 거기서는 그 혼귀魂鬼의 호흡이 우리의 가슴에 울려오도록 하여야 예술이란 가운데서도 문학의 별다른 그 직능이 드러나고 따라서 작가의 생명이 나올 것이니 말이다.

---

**단 한마대**

　1926년 『개벽』지 신년호에 수록된 글이다. "신년新年의 문단을 바라보면서"라는 설문에 현진건, 박영희, 이익상과 함께 답하는 형식으로 쓰인 글이다. 자기 자신을 속이지 않는 진실한 생활 감정의 중요성을 강조한다. 진실한 삶과 생활이 예술의 근원이고, 여기서 작가의 생명이 우러나온다는 것이다. 생활, 진실, 생명 등은 이상화의 문학정신을 지탱하는 핵심 개념이다.

## 5. 신년을 조상弔喪한다

세초부터 궂은소리를 한다는 것은 두 말할 것 없이 청승맞은 노릇일 것이다. 일년 열두 달을 내내 걱정으로만 지낼 요망한 짓일 것이다. 어째 생각하면 미운 노릇으로도 보일 것이다.

그러나 삼백육십일은 그만두고 삼만육천일을 눈물 속에서 헤엄질을 한대도 하고 싶은 마음이 나는 바에야, 하고 싶은 때인 바에야 이 마음을 막을 수도 어쩔 수도 없는 것이다. 만일에 나무라고 싶은 그 입이 있거든 행인지 불행인지 이 마음을 가지고 나온 우리 인생을 나무래려무나.

진저리나는 한 해를 죽을 판 살 판 겨우 지나서 태산이나 하나 넘어온 듯이 후유하게 한숨을 길게 쉬고 행여나 올해에는 복치례야 못할망정 하다만해 작년보다 가벼운 고통이라도 덜어질까 하여 헌 옷이나마 빨아서 입고 막걸리라도 한 잔을 마셔야 할 만큼 이런 사람에게도 올해나 반길 만큼 그렇게도 지난해는 언제든지 사람에게 아기자기한 생각만 남기고 사람의 가슴을 멍들인 체 가고 마는 것이다.

그러나 사람아 우리가 오늘껏 살아오는 그 동안에 허공에다 선을 그리듯이 시간 위에다 줄을 그려 예까지 일 년째까지 일년이라고 하며 하나씩 하나씩 건너올 때마다— 몇 백년이란 그 가운데 어느 것은 우리의 애끓던 소망을 받지 않은 일년이라 말할 수 있으려. 우리의 눈이 무형한 것을 본다면 모든 지난해에서 아직도 마르지 않은 핏물을 볼 것이고 우리의 귀가 공적空寂조차 듣는다면 모든 지난해에서 지금껏 물굽이 치는 아우성을 들을 수 있을 것이다.

보아라. 한번 웃음이라도 더 웃어 보고 한 방울 눈물이라도 덜 흘려 보려든 대물림하는 사람의 소망은 얼마나 오래도록 불쌍스러운 꿈으로만 굳어진 채로 쌓여 왔느냐. 설마 오늘부터나, 설마 올해부터나 걱정이 적어지리라 하는 판에 박아둔 새해 축복은 몇 만 사람의 입에서 돌이어 서로 비꼬아 하는 그 뜻을 가저 보이게스리 들려만 왔느냐. 몇 해 동안의 소망을 반분의 반분쯤으로나마 단 하루를 살고 또 염증이 날지라도 지금까지 품고 온 그 소망이니 오늘은 그 소망대로 한 번 살아볼 그 힘이 사람에게는 있는가 없는가. 사람의 소망이란 것은 모다 부질없는 한 자리의 꿈으로 되고 마는 것이니 차라리 하루 일찍 어수선한 생각을 흐르는 세월에다 실려나 보내고 돌아갈 그때만 기다리고 앉았을 그 힘이라도 사람에게는 있는가 없는가. 있는 것이 무엇인가.

세상에 나지를 않았더면 모르거니와 이미 나온 바에야 살아보려고 애를 켜보지 않을 수 없고 살아보지를 않았더면 모르거니와 이미 살아 본 바에야 덜 괴로우려는 소망을 갖게 되는 것이 사람의 사는 마음에 마땅히 있어질 것이다. 우리의 소망도 심심풀이로 즐긴다면 모르겠거니와 그렇지 않고 다만 털끝만치라도 덜 괴로우려는 그 마음에서 나온 것이라면 얼마나 애닯은 노릇이냐— 한결같은[123] 소망으로도 묵은 해를 보내고 새해만 맞는 것이 말이다.

우리가 오늘껏 살아온 가운데선 아직도 괴롬이란 것을 맛보지 못하였느냐? 그렇지 않으면 덜 괴로우려는 그 소망이 꿈으로만 갖게

---

[123] 한결같은.

될 것이었느냐. 사는 대로 살다가 죽는 대로 죽는 것이 세상으로 나온 것이었느냐. 그러나 버리려야 버릴 수 없는 소망인 것도 어쩔 수 없는 일이어든 하물며 살아간다는 생명에게 소망이란 것이나마 없으면 고통 가운데의 가장 못 견딜 굴종과 일체의 마지막인 멸망이 북받치듯이 내릴 터이니 누가 감히 소망을 사르고도 단 하루를 살아 있을 수 있다고 말할 것이냐.

이렇게도 사실은 우리가 알거나 모르거나 우리가 손수 몸덩이로 실증을 거듭하고 있다. 날마다 때마다 흘려버리는 한숨과 날려 보내는 선웃음도 우리의 목숨을 차마 못 버리는 본능의 충동이요 본능의 충동이 그 찰나에도 나는 소망의 발로가 아니고 무엇일까.

물론이다 우리의 본능인들 부족한 것이 아니요 우리의 생명도 불구인 것은 아니다. 오직 회오리 바람과 같은 한숨에 몰려온 지 오래고 아우성 같은 선웃음에 끌려만 다녔음으로 우리의 소망이란 것이 맥 풀린 열병 환자들의 잠꼬대 토막같이 저도 남도 알아 듣지 못하리만큼 서럽게도 우스꽝스런 짓이 되어온 것이다.

그러나 우리 신령의 눈썹 사이에 뿌리를 박은 듯이 덮고 있는 검은 구름을 한 겹 두 겹 빗길 것도 우리의 소망을 바로 잡는 대 있고 우리 목숨의 이마 위에 골짝마다 사태가 진 듯이 피어 있는 깊은 주름을 한 개 두 개 메울 것도 우리의 소망을 고쳐 잡는 대 있을 뿐이다.

시간만 흘겨보고 좋은 세월이 와서 우리의 고통을 가볍게 해달라는 그런 마음이 꿈꾸는 것은 아직도 소망이 본능에서 나온 것이 아니요 생명에서 솟아난 그 힘이 아니다. 이따위 것으로야 일년 열두 달

밥 대신에 눈물을 먹고 말 대신에 피를 토한 대도 아무러한 변화를 우리의 생활에 가져오지 못할 것은 지금껏 우리가 진이 나게 겪어온 바이 아닌가.

사람아, 우리의 힘이란 것을 무엇보담 먼저 알자. 한해가 가고 한해가 올 때마다 하염없는 시간의 두려움만 갖게 되어 그것만 잊으려 한 것을 우리는 힘으로 알아왔다. 물론 두려움이라도 강박한 관념이 아니었고 다만 흐리터분한 인식에 지나지 않는 것이었다. 우리의 힘이란 것은 있는 것이 모다 이 뿐일가? 덜 괴로우려는 그 소망대로 더 웃어보게 될 그 생명은 우리와 아무러한 관계도 없는 것인가. 그러한 관계는 우리의 힘을 우리가 알 때에 비로소 나오는 것일까. 그러면 올해 안에는 우리의 본능이 그만한 힘을 갖고 나오겠는가.

만일에 그렇지 못하면 해가 바뀐다는 우스깡스러운 때는 두고 하늘과 땅이 뒤범벅이 되는 그날이면 새삼스럽게 설워하느니 기뻐하느니 할 거리가 무엇이며 또 까닭은 무엇이려. 만일에 우리의 소망이 반분의 반분으로나마 단 하루를 살고 다시 염증을 낼지언정 그만한 소망이 없고 그만한 시절이 없는 올해라면 이 신년이란 것도 하루 일찍 가고 말라고 미리 조상이나 해두고 말 날이다. 축복은 주고받아 무엇할 것이며 생명은 있다 없다 할 게 무엇이냐. 우리에게 한숨만은 아직도 다 되지 않고 우리에게 선웃음은 언제나 끝날 것인가. 끝

## 신년을 조상弔喪한다

'조상弔喪'은 죽음을 애도하고 위로하는 행위다. 신년을 조상한다는 말은 신년이 죽었다는 말이다. 새로운 희망으로 새해를 맞이하는 것이 일반적인데, 그 새해를 조상한다는 것은 올 새해에도 별 희망이 없단 말인가. 작가는 비록 '핏물이 마르지 않고 아우성이 물굽이 치는' 현실이라 하더라도 새해에는 작은 소망이라도 가져야 한다고 말한다. 이 작은 소망조차 없다면 올 한 해도 일찍 가버리라고 미리 조상하자는 것이다. 소망을 갖자는 의도로 쓰인 글이긴 하지만, 전편에는 현실에 대한 비관적인 인식이 깔린 것 같다. 신년을 맞아 덕담하고 희망을 이야기하는 밝은 분위기가 아니다. 우리의 고통을 가볍게 해달라고 세월만 한탄해서는 생활에 변화를 가져올 수 없다. 소망하는 대로 되려면 생명에서 속아나는 힘이 필요하다는 것이 이 글의 요지다.

# 6. 웃을 줄 아는 사람들

## —감상

사람이 '진실'에 살 때 그곳에만 두려움이 없다. '진실'은 죽음을 능히 넘어서거니와 그 죽음을 한계로 두고 닥쳐오는 학대虐待와 불쾌不快 불의不義와 빈궁貧窮이 그 몸을 촌보寸步도 움직이지 못하게 얽매었다 하드래도 진실은 그것에 견디어 나아갈 수 있도록 모든 힘과 뜨거움과 눈물을 준다. 감격을 주고 생활의 굳센 술잔을 끼얹어 준다.

그러하나 이 잔은 맵고 쓰고 아프다. 그러하다. 그것은 생활의 술잔이다. 생활은 쓰다 아프다, 괴롭다.

—가장 쓴 생활의 술잔은 오늘날 우리 앞에 잔 가득 부어 넘쳐흐르게 놓여 있건마는 고달프고 지치고 눌린 사람들은 감히 그 술잔을 바로 잡으려 하지 않는다. 인생 생활은 아픔과 매움과 괴로움과 쓰림에 못 견디어 마치 독약을 마신 것이나 같이 비비꼬이며 시진해간다.[124]

그들의 머리 위에는 태양이 빛난다. 그들을 안는다. 그러나 그 태양은 그들을 위하여서는 제 자신의 비참하고 가련하고 허기진 꼬락서니를 빈정거리는 듯이 비추어 주는 저주詛呪의 빛이런가? 문명의 은총 안에 사는 사람들의 광택한 빛이런가?

인제 그 뜻에 니를지도 일반이 헤아릴 수 있듯이 사람의 눈과 발

---

124) '시진澌盡시진해 간다'는 "힘이 다 해 간다"라는 의미이다.

가는 곳에 그들을 세우고 실리고 안고 잠재우고 하는 그 대지는 그의 어머니로나 비길까? 그러나 그 땅은 벼이삭이 머리를 숙일 때까지 그들의 힘과 피와 정성을 받아들이면서도 마침내는 그들이 눈을 뜨고 손을 댈 때는 어느 때에 좁쌀 알갱이로나 강냉이로나 목을 쥐려 움켜드는 '돈'의 사도使徒의 흑수黑手로 변해 버리는 기적을 행해지는 곳이다. 그러하다, 그것은 기적이다. 과학의 증명이 너무니 넘어선 자본의 기적이다.

하늘에 닿는 큰 집, 하늘을 조롱하는 듯이 빠쳐있는 도회의 굴뚝, 능히 햇빛조차 흐리게 할 수 있는 석탄 연기, 그 속에서 쉴 새 없이 사람의 목숨에 주린 것 같이 덜커덩거리며 돌아가는 그 아귀餓鬼 기계의 무서운 잇발에 걸려들어 가는 수많은 공장의 생활을 찾는 사람들. 그들은 흡혈귀의 왕궁의 제물이라고나 할 것인가?

이들은 모두 생활을 찾아, 생활의 술잔에 힘껏 젓지 못하는, 그 근방에서 말라비틀어저 가는 생활을 잃은 무리다.

—그러하나 이 생활의 술잔을 바로, 가장 굳세게, 뜨겁게, 가장 용맹하게 들고 마시고 있는 사람들, 그 쓰리고 아픔에 능히 견디어가는 사람들, 진실의 이름 알에서 죽음을 넘어서는 사람들, 미래를 맞이하기 위하여 전신 전령을 작열灼熱하는 불 속으로 집어넣는 사람들, 야만인의 정력과 같이 넘치고 흐르는 생활력을 가지고 달음질하는 사람들—이 사람들의 앞에는 살이의 진실이 있다. 사람이 진실에 살 때, 그곳에는 힘이 있고 광명이 있고 눈물이 있고 감격이 있고 건강이 있고 미래가 있고 생이 있다.

아아—생활의 술잔은 쓰리다, 매웁다, 아프다.

벗아! 갈 때까지는 가보려므나. 갈 곳까지는 가 보려므나. 오직 네 심장의 피가 네 맘과 몸의 뜨거움을 안고 있는 동안에 그래서 네 맘이 아직 지치고 고달픔에 사그러지지 아니 했거든 또 네 맘이 아직 무서움에 떨어 '불진실'에 물들지 아니 했거던 또 네 맘이 네 힘을 믿지 못하고서 하늘을 우러러서 구원을 부르짖고 시픈 못 생긴 맘이 아직 나지 않았거든 생활의 닷줄을 움켜 빼앗아 쥐고는 위에 있는 사람들에게 머리를 수그리라며 네! 네! 이 잔을 받읍쇼. 이 나의 생활의 잔을 당신은 이것을 원하지 아니했습니까하며 아주 몰랑거릴 힘이 빠져버리지 아니했거든 또 생명의 거지 노릇을 하고 싶지 않거든 네 힘으로써 네 뜨거움으로써 네 신념으로써 네 생활의 술잔을 받아들일 만한 기운 있는 사람이거든 네 등 뒤에서 너를 돕고 너를 믿고 있는 사람들에게 대한 신뢰와 유애를 아직 잃어버리지 아니 한 사람이거든 진실한 사람이거든!

벗아 가거라. 세 번 까물어져서 세 번 다시 살아날 때까지 찬바람에 들리어오는 북국에 있는 벗들과 같이.

태양이 네 길을 밝혀주고 있지 아니하냐, 대지와 공기와 건강과 자유의 다함 없는 샘이 앞에 펼쳐 있지 아니한가.

× × ×

찬바람에 들려오는 북국의 소식은 '시장'의 곡이로구나. 벗아 우리는 울려? 부르짖으려 그렇지 아니하면 웃으려? 사람들은 흔히 아프거나 괴롭거나 설운 일을 당할 때 운다 부르짖는다 성낸다. 그러나 벗아 때로는 그 아픔과 괴롬과 쓰림을 가만한 웃음으로써 받아들이는 것이 필승을 위하여 이로울 때가 있다 그러나 그 웃음은 단념의 웃음이서도 안 되고 더욱이 타협의 웃음이어서는 못 쓴다. 오직 진실에 넘치는 웃음이어야만 한다. 그 절제의 때를 잘 아는, 가만한 웃음이어야 한다. 이 웃음을 잘 웃을 줄 아는 사람은 승리의 웃음을 아는 사람이다.

어떠한 때에 이 웃음의 힘은 강국을 무찌르는 무력으로도 전력으로도 권세로도 능히 당하지 못하는 때가 있다.

벗아! 웃자 우리의 심장을 소리 없이 흩으러 줄 때까지. 그래서 '진실'의 거화炬火에 우리의 맘을 맡길 때에.

## 웃을 줄 아는 사람들

「신년을 조상한다」와 같은 지면, 같은 날짜에 발표된 글이다. '웃음을 잘 웃을 줄 아는 사람이 진정한 승리자다.'가 이 글의 주제문이다. 생활에 만족하고 행복이 넘치면 웃음이 떠나지 않을 터이니 굳이 웃음을 웃자고 말할 필요가 없다. 웃을 수 없는 현실이다. 하늘에는 태양이 빛나건만 현실 생활은 아픔, 매움, 괴로움, 쓰림으로 견디기 어려운 실정이다. 그러나 진실을 바탕으로 밝은 미래를 맞이하기 위해 온몸과 마음을 태우고, 정열적인 생활력을 가지고 전진하면, 광명의 미래와 삶이 다가온다는 것이다. 즉, 현실 생활의 아픔과 괴로움에 좌절하지 말고 그것을 웃음으로 받아들일 때 승리의 삶을 살 수 있다는 말이다. 이때 웃음은 체념이나 타협이 아니라, 진실이 넘치는 웃음이어야 한다. 표면으로는 현실의 긍정적인 수용을 말하는 것 같으나, 이면에는 자조적이고 비관적인 색채가 엷게 깔렸다.

## 7. 심경일매心境一枚

어제도 이 모양이었고 오늘도 이 모양이니 내일인들 이 모양 아닐 이가 없을 것이다. 아무리 한 딴 짓을 할 만한 듯이 생겨나지 않은 이 제에서 어제같이 지나만 갈 오늘이 온 것은 마땅한 일이고, 별 노릇을 할 만한 맘이 솟아나지 않는 오늘에서 오늘같이 가고만 말 내일이 올 것도 마땅한 일이다.

어리석어 그럼인지 슬기로워 그럼인지 꼭 집어 말은 못하나 제 짓든 사람의 마음은 언제든지 감나무 밑에 입을 벌리고 누운 셈으로 기다리기만 하면 설마 무엇이 나오리니 하여 믿을 수 없는 '혈마!'라는 속 모를 그것을 위태하게도 믿고 지난다. 실상인즉 믿는다는 그것도 마음 뿌리조차 송두리채로 믿을꺼리를 알아서 믿는 것이 아니고 한 갓 그렇게 생각함으로 달뜨는 마음이 어찌 가라앉아 보이는 무서운 그 맛에 내 몸을 손수 속이다 시피 하는 그런 것이니 이렇게 사람은 용렬한 것인가. 모르겠나. 이런 짓이나 하였기에 목숨이 부터 왔고 이런 노릇을 하여야만 목숨이 살아갈지는.

하나 그렇다면 울음이 없어도 좋을 것이고 웃음을 몰라도 일 없을 것이며 지혜가— 생각이 없었어도 좋을 것 아닌가? 부질없는 눈물은 왜 가졌으며 쓸 대 없을 기쁨은 왜 찾게 되는가?

모든 것은 변하는 대서 아름다움이 있고 목숨이 나오게 되는 것이다. 한갈같이 있다는 그것은 기쁨도 설음도 없는 죽음이나 마찬가지다. 사라있대도 썩어지는 것이다. 대체로 사람이 산다고 하는 그것은 슬픔이란 날과 기쁨이란 씨로 목숨이란 한 필 베를 짜는 동안을 가리킨 것일 것이다. 슬픔만 있어도 슬픈 줄을 모를 것이고 기쁨만 있어도 기쁜 줄을 모를 것이다. 기쁨이 있기에 슬퍼하고 슬픔이 있기에 기뻐한다. 세상에 가진 것이 나기에 없어지고 없어지기에 나는 것과 만찬가지로.

그렇다 가장 옳게 잘 사려는 사람일수록 슬픔에서 기쁨을 찾고 기쁨에서 슬픔을 찾는다. 그것은 목숨이란 살아있는 그 아름다움이 오직 변하는 그동안에서만 볼 수 있다는 것을 말하는 것이니 일부러 할래도 할 수 없는 짓이고 살려는 마음과 살려는 그 뜻이 짜증나게도 한갈 같은 그 자리에서 스스로 뛰어나야 할 것이다.

더군다나 가슴 복판이 골아지고 골통 한 편이 시들어져도 '혈마'라는 말과 '그럭저럭'하는 뜻만 자리 잡고 앉은 바에야 기다릴 것은 무엇이고 살려고는 함께 뭣이려. 기다리려면 기대릴 것이라도 확실하게 믿어야 하고 살려면 살아날 것을 똑똑하게 해봐야만 비로소 목숨이 있는 줄을 내 몸으로도 알 것이다. 슬퍼할 때에 눈물이 마르도록 울어보지 못하고 기뻐할 때에 웃음이 다 되도록 웃어 보지 못하는 용렬한 짓도 슬픔이란 밥과 기쁨이란 반찬으로 살아간다는 사람의 본 마음이며 사람의 본 목숨일까?

말할 것도 없이 방금 슬픔 속에서 기쁨을 찾는 사람과 기쁨 속에서 슬픔을 찾는 사람과는 서로 닮을 것이다. 더군다나 슬픔 속에서 슬퍼만 하는 사람과 기쁜 속에서 기뻐만 하는 사람과는 아주 딴 판일 것이다. 그 사이에는 다른 세상이 서로 기름졌을 것이고 모를 마음이 각기 사무쳤을 것이다.

그러나 목숨이란 것은 오직한 모양에서만 착 달라붙어 있는 그것이 아니고 왼갖 모양으로 옮아가는 대서 빛이 보이고 나온 보람이 들어나는 것이라면 적어도 이런 목숨대로 내 몸을 옮겨놓지는 못 했을 망정 뜻대로 살아 보려는—그 힘이 몹쓸 버릇에 얽매여 발을 떼지 못하는 그 애닲은 부르짖음은 있어야 할 것이니 슬픔에서 기쁨을 찾는 이나 기쁨에서 슬픔을 찾는 이는 본 목숨을 어떤 옳은 일을 한달 수 있으나 슬픔에서 슬픔만 기쁨에서 기쁨만 가진 이는 목숨으로 보아서 헛된 일을 할 것뿐일 것이다.

실상인즉 뜻대로 살아야만 할 그 목숨으로 보아서는 부르짖음 조차도 뒤에ㅅ 일일 것이다. 글을 쓰고 노래를 지어 자기의 마음을 스스로 격동을 시키든지 남의 가슴까지를 아름답게 하려 한대도 내 맘이 느낀 그 뜻만큼은 내 몸살이도 그만하여야 할 것이다. 살아 보지 못한 그런 살이를 그런 글이나 못 살아보아서 지친 생각이 위는 노래야 입에서 침이 마르도록 나옴을 살아야 할—목숨에 무엇이 되려.

오직 내 목숨이 가야만 할—그 길을 아차하면 못 가게 구는 배임으로 되기가 쉽고 살려고 애쓰는 내 목숨에 그다지 큰 힘을 흔히는 주기 어렵게 되는 것이다. 어제도 그래 지나고 오늘도 그래 지나고 하루하루를 그러면 지나기가 모이고 쌓여서 드디어 한평생 동안을 그래만 지나는 한 가지 비롯으로 목숨을 살아가지 않고 목숨을 죽어가는 위태롭고도 우스꽝스런 노릇이 되고 말지도 모를 것이다. 슬픔으로 기쁨을 찾아 살이를 찾으려 하고 기쁨에서 슬픔을 보아 살이를 고치려 함에서—나의 목숨을 아름답게 부터 먼저야 할 것이다.

우리는 숨결이 막힐 일이 산듬이같이 있어도 일찍 눈물을 옳게 흘려 본 적이 없고 단 한 가지 사라갈 길을 때때로 보아도 아직 웃음을 바로 뿜어 본 때가 없다. 슬픔이란 무엇이고 기쁨이란 어떤 것인가— 하는 듯이 항상 한 모양으로 기다리는 것조차 똑똑하지 못하게 '그럭저럭'하는 뜻으로 '혈마–'를 저도 모르게 믿고 그때그때만 지날 뿐이다.

아무러한 딴 짓이나마 어떠한 별 노릇이라도 하여야 할 것이다. 어쩐지 밝다는 한 낮에 해조차 어둡고 떨리는 겨울도 가슴이 시원치 않다. 하다만해 이만큼이라도 중얼거리는 입이나마 다물고 살이를 해야할 것이다. 목숨이 하고져 원하는 그 뜻대로 제 몸을 살려가지 안는 몸덩이가 애닯다 못하여 도리어 미웁다. 참으로 용렬하고 부끄럽게 가장 서러운 것은 한 모양으로만 지나는 것이다.—그 짓이 싫어 무엇을 기다리는 듯이 어제와 오늘을 보내면서 내일만 또 기다리는 그 버릇이다. 아 이 버릇을 항상 빛을 그 힘이 우리가 제가끔 가진 나라는 본 목숨을 낮게 하는 어머니다. 참으로 아름답고 착한 것도 그의 발자국에서 비로소 나올 것이다.[125]

---

125) 2001년 탄생 100주년 문학인 기념문화제대산문화재단, 민족문학작가회의 주최에서 김윤태 님이 공개한 작가연보에서 발굴한 작품이다.

## 심경일매

『문예운동』 제2호에 수록된 수필이다. 2001년 민족문학작가회의가 주최하는 상화 탄생 100주년 기념문학제에서 시편 「설어운 조화調和」 첫 행만 확인와 「먼－ㄴ 기대企待」제목만 확인와 함께 처음으로 소개되었다. 다행이 이 작품만은 전편을 다 읽을 수 있다. 그런데 복사본이라서 인쇄 상태가 좋지 못하고, 다른 글에 비해 어휘나 문장에서 방언을 많이 구사하고 있어 원문 확인이 어려운 부분이 많은 편이다. 활자의 윤곽과 내용상의 문맥을 고려하여 판독하였으나 정확하지 않다. 빠른 시일 안에 원문이 발견되기를 기대해 본다. 작품의 중신 내용은 이렇다. 모든 존재는 한 곳에 머물러 있고서는 살아있다고 보기 어렵다. 그것은 기쁨도 슬픔도 없는 죽음이나 마찬가지다. 변화하는 데에서 존재의 의의와 가치가 생성된다는 것이다. 어제와 오늘, 오늘과 내일이 다르지 않은 일상에서 막연하게 내일을 기다리는 소극적인 태도를 박차버리고 생명이 하고자 원하는 대로 온몸을 던져버리는 생활이 필요하다는 것이다. 슬픔이나 기쁨 그 자제에 안주하지 말고 기쁨에서 슬픔을, 슬픔에서 기쁨을 역동적인 삶의 자세를 주장하고 있다.

『중앙』 4권 4호, 1936년 4월

# 8. 나의 아호

## ―설문답

상화尚火

그 자유란 것을 이렇다 라고 말 할 것이 못되기에 못 적습니다마는 소위 비호匪號로서는 상화尚火, 백아白啞 두 가지를 쓰는 것만 말씀드려 둡니다.

# 9. 나의 어머니

몇 해 전 심각하게도 감명感銘된 바 있어 지어둔 삼행시(時調型) 가운데의 한 편을 내 생각에 적당하다고 하여 물으신 두 가지의 의미를 아울러 대답하나이다.

미년

이 몸이 제 아무리 부지런히 소원대로
어머님 못 뫼시니 죄롭쇠다 비올 적에
남이야 허랑타한들 내 아노라 우시던 일.

**나의 어머니**

『중앙』 1935년 5월호에 나의 어머니라는 주제로 많은 사람들이 쓴 단상 가운데 하나다. 소설가 장혁우, 평론가 이헌구, 시인 이은상도 참여하였다. 시조 형식의 3행시로 대답한다. 어머니를 모시지 못하는 죄스러운 심정이 잘 드러난다. 불효하는 자신을 남들은 허랑방탕하다고 할지 몰라도, 어머니만은 자기를 이해주시며 우셨다는 대목이 감동적이다. 잘 짜인 한 편의 시조 작품이다.

여기에 실린 「기미년」이라는 시조 1편을 시집에 새로 삽입하여 소개하였다.

## 10. 흑방비곡黑房悲曲의 시인에게─

### 서한

말씀 안 해도 아마 짐작하시려니와 말없는 가운데서 서로 속 타리
만큼 그리는 마음이 얼마나 하오리까. 그야말로 말보다 더 말하는 침
묵이 아니겠어요, 종화 씨! 당신의 집으로 내가 가서 뵐 때의 파릿한
당신의 얼굴이 그리는 나의 눈알 위로 떠옵니다. 내려올 때는 수이
곧 만나보려니─ 먹은 마음이 그만 짬 모르는 어린 아이의 잠꼬대가
되고 말았습니다. 허나 글로써 다시 그러한 소원이야 않을 수 있어
요? 사람의 이지가 자각을 못 할 때는 순전한 백치白痴의 살림을 한다
고 생각을 하오면 이것을 각覺치 못할 떳떳한 일이라 하겠습니다.

보내신 『흑방비곡』─ 더우는 나의 마음과 멀지 않은 이웃에 계시는
당신의 마음이 북돋우어 기른 꽃분의 꽃! 그 꽃의 한 봉오리를 던져
주시는 당신의 친애親愛─ 나는 눈물이 흐르도록 감사를 드립니다.
나는 당신의 '글 모음'을 바라볼 때 그 '글 모음'이 나에게 주는 First
sight의 인상을 제목의 의의─ 여름의 그믐밤─ 그 밤의 검은 안개가
내 머리 속을 휘덮은 그것이었습니다. 자디잔 말이야 하나마나 그 범
위야 넘나지 않을 것이므로 감히 말씀을 드리지 않습니다. 다만 당신
의 마음과 같이 장신裝愼의 불쌍스러운 꼴을 아주 면하지 못 할 것이
어째서 외로워 그럼인지 마음 서러운 선웃음을 못 참겠습니다. 무엇
보담도 젊은 마음의 거의를 희생시킨 고마운 보람이 우리 백의인白衣
人의 마음 위에게 업도드리라─ 믿사오며 다시금 더욱 빕니다.

종화 씨! 행여나 겸양성 많으신 마음으로 나의 이 부족한 말씀을 도리어 옳지 못한 말이라 맙소서 하고 싶은 말이 어찌 이뿐이오리까마는 아무래도 글로 씀으로서야 속 시원치 못 할 것이므로 이만 아뢰오며 당신의 몸 호영護寧하시와 당신의 마음 갑절 펴오르시사 바라옵니다.

—1920년 대정 9년 12월

『흑방비곡』의 시인에게

이 상화가 월탄月灘월탄 박종화朴鍾和박종화에게 보낸 편지다. 박종화의 처녀시집 『흑방비곡』을 받고 그 답으로 쓴 글이다. 편지 끝에 날짜가 1920年년 12月월로 되어 있는데, 1924년의 오기인 것 같다. 시집 『흑방비곡』이 1924년에 출간되었기 때문이다. 이 편지는 1938年년 10月월에 『삼천리』지에 처음으로 소개되고, 1926년 2월 『문학사상』에 재소개된 바 있다. 이상화의 다른 글과 비교해서 아주 정중하게 예의를 갖춘 문체다. 시집 보내준 것을 꽃 한 송이를 던져주었다고 미화한다. 이는 편지글이어서 그렇기도 하지만, 상화와 월탄이 그만큼 친분관계가 두터웠음을 말해 주기도 한다. 현진건의 소개로 『백조』 동인이 된 상화는 월탄과 아주 가까이 지냈다고 한다. 이러한 친분 관계가 편지에 잘 묻어나고 있다.

## 11. 민간교육 특질은 사재간 거리접근

## 12. 이상화의 사진과 육필 자료

○ 1920년 5월 7일 서울에서 찍은 사진의 양 변에 남긴 상화의 육필[126]

"가장 健壯한 心身의 새로운 靑春을 맞아 七月의 正午와 갓흔 情熱
이 傲慢한 欲望의 넘치는 뜻으로 模倣生活에 어우러지든 얼골"

"가장 건장한 심신의 새로운 청춘을 맞아 7월의 정오와 같은
정열이 오만한 욕망의 넘치는 뜻으로 모방생활에 어우러지던
얼골"

---

126) 김재홍, 『이상화-저항시의 활화산』, 건국대학교출판부, 1996. 16쪽에서
떠옴.

○ 1921년 6월 15일 대구에서 찍은 사진의 양 변에 남긴 상화의 육
  필127)


"懊惱의 衰에 神經을 밋치게 만들든 마음과 生命의 死活이 情靈을
낙시질하든 설임과 흘러가는 時間의 품에다 葬禮를 지내고 다맛한
沈默과 瞑想에서 心願의 國을 차저 첫살림 살던 時節"

"번뇌의 애에 신경을 미치게 만들던 마음과 생명의 사활이 정령
을 낙씨질하던 심원과 흘러가는 시간의 품에다 장례를 지내고
다맛한 침과 명상에서 심원의 나라를 찾아 첫살림 살던 시절"


127) 김재홍, 『이상화—저항시의 활화산』, 건국대학교출판부, 1996. 16쪽에서
    떠옴.

5장
새로 발굴한 이상화 편지와 문서

# 1. 이상화가 아내 서온순에게 보낸 편지

【원문】
[친필 서간 원문 1.]

그 사람을 찾어갓든 바 오늘이 일요일인 까닭으로 촌례배당으로 간다고 하엿서 맛나지 못하엿소 래일 가서 다시 이약이를 해보겠는데 언젠가 내가 이약이한 바와 같이 그 사람의 의향이 그 가정학원에 대하야 적당한 사람이 있으면 시일을 보아 그에게 전 책임을 맛기어 주겠다는 그 생각이 확실하면 몰러도 그렇지 안흐면 공연히 그 사람에게 리용만 되겠는 까닭으로 처음부터 관계를 갖이 안는 것여 나흘까 하오 이 뜻은 그그적에 다음 기차를 기대리는 동안 용히 이모님에게 나도 말슴은 드려 두엇소 엇젯든 그 사람과 여러 가지 이약이로서 잘 해보고 [의]향을 다를 질 해보앗서 다시 용히 이모님에게로 통지 하도록 하겠소 실흔 그 사람도 삼히 아인 바에 야 내가 용히 이모님을 오도록 말하기를 이학원을 마터 간다면 알 종 사읍이 될 터이니 그만한 각오를 가지고 오라고 말을 하엿서 나오게 될 것이라 말하면 또 이 점에 대한 나의 言責에 아모런 거짓이 없도록 하겠느냐 물으면 그 사람 생각도 물론 닭어실 것이오 그리고 내가 만일 서울 갈 일이었으면 물론 회로에 공주

[친필 서간 원문 2.]

보낸 편지 뜻을 말슴해 드렷더니 이만 다행이 없다고 연겁허 말슴을 하섯다고 엿주오 주시오

그리고 떠나든 날 혼잡한 차간에 순순치 않은 두 아히를 다리고 엇지 감당을 햇스며 자동차를 밧구어 타는 데도 엇지 하엿는지 궁금하기 싹이 없엇고, 니여 자세한 편지 한 장이 없었기 싸에 아마 편지 한 장 쓸 경황이 없는가 하야서 가슴 조이든 바도 적지 않엇스나 이제는 가신 궁금한 것[은] 충히, 태히 두 아히놈 얼마나 못 견대기구로 온 집안이 우려 중으로 지낼 터인데 순순치 않은 두 아히놈 까닥에 용히 큰 외숙모님의 심장이나 샹하시게 안는지 그도 새상스러히 민망스럽게 생각이 드느구료 그그적게 아츰에 던보를 밧고 정거장으로 달려갓서 용히 이모님을 맛나기는 하얏으나 용히 이모님께서는 아마도 용히 어머니와 함께 달려든 마음이든 것을 그리 모하고 그 다음차로 총총히 떠나섯는데 무사히 도착이야 하섯겠지만 상기 궁금하다가 오늘 편지와 금지 이약이로 안심을 하얏지마는 서운하기 되엿소. 그리고 가정학원 것은 오늘

**[친필 서간 원문 3.]**
오늘 저녁 때 금지 편으로 편지를 받어 여러 가지로 궁금 답답하든 마음 다 노핫소 무엇보다도 어머님 환우 차효 게서 오라지 않어 텬화 되시겠다는 말 얼마나 반가운지 모르겠소 춘추 아모리 그만하시기로니 평소 근력이 매양 강장하신 터이오 집안에 어룬 이라고는 한본 뿐이신 터이라 항상 더 겝시기 심원이더니 이만 당행이 어데 있겠소 마음 가테서야 곳 달려갓서 혼궐들 사이에 한목끼여 깁은 마음을 함께 가지려는 욕심이 없는 배 아니로되 여러가지 일이 아모 하는 일 없으면서도 몸은 빠저나게 되게 어려운 탓으로 인정

과 도리에도 적지 안는 등한한 사람이 되오 그려 어머니에게도 반가온 뜻[으로] 글월을 올릴 일이로되 편찬으신 남아지 보시기에 해드실 일이겠기 상서를 묵묵하니 이뜻으로 말슴이나 엿주어 주시오 그 뜻을 말슴 들리 때 우리 어머니께셔 상서가 김천만 가터도 쫏처가 뵐 일이나 기차 자동차를 근력에 부치여 타기 어려운 까닭으로 못 가 뵙는다고 날마다 되푸리를 하시과자 오늘 저녁에

**[친필 서간 원문 4.]**

들른 것은 틀임 없겠스나 아즉은 예측하기 어렵게 되엿소
그런데 그저께부터 날세가 겨울 간기도 서둘르기 시작하는 모양인데 어룬이나 아히나 의복이 그랫서 엇지 있것소 어머님 환후 차도 보아 빨리 귀가하도록 하시오
용히는 매일 학교에 잘 다니고 별일없이 지나며 그이 서대로가 아모 탈 없으니 그적에 대하야는 안심하시오.
동봉한 편지나 큰옵빠에게 전해드리시오
그런데 일전에 용히 편지와 어머님 편지는 받어보앗소
용히도 용히려니와 어머님께서 일부러 친필로 밝지 못하신 시력으로 적어 보내신 그 편지를 밧잡고서도 오늘 금제 편으로 답장 하지 안햇스니 등한하고 죄송하게 되지 안헛소
만흔 말 다 못하고 오즉 하로 빨리 어머님 환후 완쾌하것다는 소식 가지고 도라오기 바라오

십월 이십칠일 밤 당신

용히부

고추 어대 한 날인데 래일이 새장이니 내가 나가보아 시세를 아러
보려니와 마늘 고추도 통제조합이 성입되엿서 불원간 대구에서도
귀하게 되거나 혹은 지나보고 시세가 비사지기가 펼연인 즉 소용
되는 수량을 드럿서 대금을 가지고 나서 붓처 보내도록 하시오

## [친필 서간 원문 1]

그 사람을 찾아 갔던 바, 오늘이 일요일인 까닭으로 촌예배당으로 간다고 하여서 만나지 못 하엿소. 내일 가서 다시 이야기를 해 보겠는데 언젠가 내가 이야기한 바와 같이 그 사람의 의향이 그 가정학원에 대하여 적당한 사람이 있으면 시일을 보아 그에게 전 책임을 맡겨 주겠다는 그 생각이 확실하면 몰라도 그렇지 않으면 공연히 그 사람에게 이용만 되겠는 까닭으로 처음부터 관계를 갖지 않는 것이 나을까 하오. 이 뜻은 그끄적에 다음 기차를 기다리는 동안 용희 이모님에게 나도 말씀은 드려 두었소. 어쨋튼 그 사람과 여러 가지 이야기로서 잘 해보고 의향을 다들 잘 해보아서 다시 용희 이모님에게로 통지하도록 하겠소. 실은 그 사람도 삼히 아닌 바에야 내가 용희 이모님을 오도록 말하기를 이 학원을 맡아 간다면 알종 사업이 될 터이니 그만한 각오를 가지고 오라고 말을 하여서 나오게 될 것이라 말하면 또 이 점에 대한 나의 언책言責, 말에 대한 책임에 아무런 거짓이 없도록 하겠느냐 물으면 그 사람 생각도 물론 닮었을 것이오. 그리고 내가 만일 서울 갈 일이었으면 물론 회로回路에 공주

## [친필 서간 원문 2]

보낸 편지 뜻을 말씀해 드렸으니 이만 다행이 없다고 연거퍼 말씀을 하셨다고 엿주어 주시오. 그리고 떠나던 날 혼잡한 차간에 순순치 안은 두 아이를 다리고 어찌 감당을 했으며 자동차를 바꾸어 타는 데도 어찌 하였는지 궁금하기 짝이 없었고, 이어 자세한 편지 한 장이

없었기 때문에 아마 편지 한 장 쓸 경황이 없는가 하여서 가슴 조이던 바도 적지 않았으나 이제는 가신家信 궁금한 것[은] 충희, 태희 두 아이놈 얼마나 못 견대기구로 온 집안이 우려 중으로 지낼 터인데 순순치 않은 두 아이 놈 까닭에 용희 큰 외숙모님의 심장마음이나 샹하게 않았는지 그도 새삼스러이 민망스럽게 생각이 드는구료. 그그적게 아침에 전보를 받고 정거장으로 달려가서 용희 이모님을 만나기는 하였으나 용희 이모님께서는 아마도 용희 어머니와 함께 가려든 마음이던 것을 그지 못하고 그 다음 차로 총총히 떠나섰는데 무사히 도착이야 하셨겠지만 상기 궁금하다가 오늘 편지와 금지 이야기로 안심을 하였지마는 서운하기 되었소. 그리고 가정학원 것은 오늘

### [친필 서간 원문 3]

오늘 저녁 때 금지 인편으로 편지를 받아 여러 가지로 궁금답답하든 마음 다 놓았소. 무엇보다도 어머님 환우患憂 차도 계셔서 오래지 않아 천화天和되시겠다는 말 얼마나 반가운지 모르겠소. 춘추 아무리 그만하시기로서니 평소 근력이 매양 강장強壯하신 터이오. 집안에 어른이라고는 한 분뿐이신 터이라 항상 더 계시기 심원心願이더니 이만 다행스러움이 어데 있겠소? 마음 같아서야 곧 달려가서 혼권混圈들 사이에 한목 끼여 깊은 마음을 함께 가지려는 욕심이 없는 배 아니로되 여러 가지 일이 아무하는 일 없으면서도 몸은 빠져나가기가 되게 어려운 탓으로 인정과 도리에도 적지 않은 등한한 사람이 되오 그려. 어머니에게도 반가운 뜻[으로] 글월을 올릴 일이로되 편찮으신 나머

지 보시기에 해 드실 일이겠기에 상서를 묵묵하니 이 뜻으로 말씀이
나 여쭈어 주시오. 그 뜻을 말씀 드릴 때 우리 어머니께서 상서<sub>上書</sub>가
김전김천만 같아도김천 정도만 같아도 쫓아가 뵐 일이나 기차 자동
차를 근력에 부치여 타기 어려운 까닭으로 못 가 뵙는다고 날마다 되
풀이를 하시고저. 오늘 저녁에

**[친필 서간 원문 4]**

들린 것은 틀림없겠으나 아직은 예측하기 어렵게 되었소. 그런데
그저께부터 날씨가 겨울 같게도 서두르기추워지기 시작하는 모양인
데 어른이나 아이나 의복이 그렇게 해서어찌 있겠소지내겠소. 어머
님 환후 차도 보아 빨리 귀가하도록 하시오.

용희는 매일 학교에 잘 다니고 별일 없이 지나며 그의 서이대로그
셋이가 아무 탈 없으니 그 점에 대하여는 안심하시오. 동봉한 편지나
큰오빠에게 전해 드리시오. 그런데 일전에 용희 편지와 어머님 편지
는 받아 보았소. 용희도 용희려니와 어머님께서 일부러 친필로 밝지
못하신 시력으로 적어 보내신 그 편지를 받잡고서도 오늘 금제 편으
로 답장하지 않았으니 등한하고 죄송하게 되지 않았소.

많은 말 다 못하고 오직 하루 빨리 어머님 환후 완쾌하겠다는 소식
가지고 돌아오기 바라오.

십월 이십칠일 밤 당신

용희 부

고추 어제 한거둠 날인데 내일이 새장새로 난 장, 남문시장에나 내가 나가보아 시세를 알아보려니와 마늘 고추도 통제 조합이 성입成入되어서 불원간 대구에서도 귀하게 되거나 혹은 지나보고 시세가 비싸지기가 필연인즉 소용되는 수량을 들어서 대금을 가지고 나서 부쳐 보내도록 하시오.

## 이상화가 아내 서온순에게 보낸 편지

발신자: 용희 부 이상화
수신자: 용희 모 서온순
발신 일자: 년도 미상 10월 20일
소장처: 대구문학관

　이 편지는 현재 대구문학관에서 구입하여 소장하고 있다. 이 편지
는 상화 용희 부가 아내 서온순에게 보낸 편지로 아내가 충청도 공주정
295번 친정에 다니러 간 사이에 공주로 보낸 편지로 추정된다. 용희 이
모와 학원 관리 문제로 의논하면서 집안에 홀로 계시는 노모와 두 아이
들의 안부를 보낸 것으로 보이는데 아마 셋째 태희가 태어난 후인 1938
년 이후에 쓴 편지로 추정된다.
　이상화李相和, 1901.4.5.~1943.3.21와 서온순徐溫順, 다른 이름은 서
순애徐順愛, 1902.9.18~1984.1.4
　○ 맏아들 용희龍熙, 1926~1950
　○ 둘째아들 충희忠熙, 1934~2018
　○ 셋째아들 태희太熙, 1938~2021

## 2. 이상화가 이상정에게 보낸 편지

【원문】

兄主 前 上書

月前 下書는 無違伏領이오나 憂擾難隙이라

未能達於 門候하와 悚懼下懷는 與日俱

長이옵 伏未審邇來長霖老炎에

旅裡內外分 氣候 護寧이옵신지 伏慕之至로

소이다 就白 舍弟는 慈候는 與日僅保이시되 伯父主

患候가 時沈刻重하와 才至於藥히 無效之境而

僅保氣息이오며 每日 時時로 覓我兄主이시니 在下之情

이 伏不勝焦이온 즉 許多長說은 未能盡修이오니 兄嫂

와 相議하신 後 一二個月 豫定으로 伯父主 臨終이나하옵

도록 此書 下覽 後 趁則束裝하시와 加鞭

還駕하옵시기 仰願伏望이옵 若此 旅費伯岳兄

便으로 貳百圓을 附送하야 兄主에게 更呈하도록하였슴가 不

足이실테니 엇잿든 兄嫂에게 爲先 百圓金만 給與하여서

一個月 餘日 生活하시게 하고 其 餘金을 北京까지라도 兄

主께서 來到하시오 舍弟 處打電하시면 卽日 周旋而

邀迎次가겠나이다 先히 幾百의 金額을 伏呈할

料量이엇사오나 伯父主 生前에 大小家 債務 整理

及諸般等事를 家中所收가 大異 前日이오

現存이 絕無하야 急貸 他人하야 以此伏모이오니
下諒하시고 速速 還駕하시옵소서 此機一
失이면 於義於情에 千秋遺恨이올 듯 餘不備上書
八月 二十六日
舍弟 相和 上狀


형님 전 상서

몇 달 전 내려준 글은 별일 없이 잘 받았사오나 걱정걱정 여러 가
지 어려움이 있습니다. 능히 문안을 자주 드리지 못해 송구스러운 마
음은 늘 오래 간직하고 있사오며 긴 장마와 무더위에 삼가 살피지 못
하였습니다. 여행 도중 내외분 기체후 안녕하옵신지 삼가 그리워하
는 마음 한량이 없습니다. 여쭙고자 하는 말씀은 집에 있는 이 동생
은 어머님의 상태는 매일매일 겨우 보전하시되 백부님은 병환이 시
간이 갈수록 더욱 위중하여 약을 끊을 날이 없으나 아무런 효용이 없
는 지경으로 겨우 생명 보전을 하오며 매일 시시로 형님을 그리워 찾
으시는 정이 삼가 타들어가는 마음 이길 길이 없는 즉 허다한 긴 이
야기는 다할 수 없으니 형수와 상의하신 후 1~2개월 예정으로 큰형
님 임종이나 하시도록 이 편지 보내오니 보신 후에 곧 행장을 차려
달려오시기를 우러러 원하옵니다. 만일 여비상악 형님 편으로 이백
원을 붙여보내어 형님에게 드리도록 하였습니다가 부족 하실 테니
어쨋튼 형수에게 우선 백원 금만 급여하여서 일 개월 여일 생활하시

게 하고 그 남는 돈을 북경까지라도 형님께서 오십시오. 집에 동생에
게 전화를 하시면 즉일 주선하여 열열이 환영을 가겠습니다. 먼저 기
백원의 금액을 삼가 보내올 요량이었으나 큰아버님께서 생전에 대소
가집안 채무 정리와 제반 일을 집안 수입이 전과 같지 않게 달라서
현재 돈이 다 떨어져서 급히 돈을 타인에게 빌려서 이렇게 삼가 송부
하오니 하량하시고 하루 빨리 집으로 돌아오시옵소서. 이번 기회를
한 번 잃으시면 옳은 정의에 천추에 유한이 될 듯합니다. 이만 여러
가지 예를 갖추지 못하였습니다. 상서

8월 26일

사제 상화 상장

## 이상화가 이상정에게 보낸 편지

발신자: 이상화
수신자: 이상정
발신 일자: 1927년 8월 29일
소장처: 이상화고택 전시중

상화가 상정에게 1927년 무렵 보낸 편지이다. 한문투의 시절안부를 물은 뒤에 큰집 백부인 이일우의 병환이 우중하여 혼몽 중에도 시시로 작은집 맏조카인 상정을 찾으니 중국에서 한 번 나와 임종이라도 볼 수 있기를 바라며 만일 차비가 필요할까 해서 종백형 상악으로부터 돈 구하기가 어려워 급히 빌려서 이백원貳百圓을 먼저 보내며 만일 더 필요하면 요청하라는 내용과 함께 백모가 돌아가지기 전에 가산을 분재한 것으로 보인다. 이 편지는 상화의 큰집 백모의 건강이 매우 악화하여 명재경각의 상황에서 중국에 있는 형님인 상정에게 백모가 돌아가지기 전에 집에 와서 백모님을 뵙도록 여비를 마련하여 보낸다는 내용이다. 아마도 이 편지를 쓴 시기가 1927년 여름 무렵으로 추정된다. 왜냐 하면이 편지 발신일자가 8월 26일자이니 백모가 돌아가신 날자가 1927년 9월 30일 그 사이에 배달된 것이라면 1927년 8월 26일에 보낸 편지임을 알 수 있다. 백부님은 소남 이일우(1868.10.4.~1936.8.15.)이고 내외분으로 백모는 수원백씨 성희聖熹의 따님인 백자화(1868.10.7.~1927.9.30.)를 가리킨다. 특히 이 편지의 수신자인 소남 이일우는 조카인 상정, 상화, 상백, 상오의 뒷바라지를 해 주었다. 결국 이상정은 1927년 9월 30일 그의 백모의 상을 당했을 때 귀국을 하지 못하였다. 얼마나 비통했을까? 그의 마음을 담아『표박기』에「백모의 별세!」라는 글에 먼 타국 중국에서 큰어머님의 죽음을 애통하게 애도하는 글을 올렸다.

# 3. 이상정이 이상화에게 보낸 편지

【원문】

相和吾弟

十年을 두고 그리오든 思親憶弟의 情이 一刻

이라도 나의 心情을 떠낫다면 나는 天良이 없실 사람일새

나의 鬢毛가 星星하여 짐을 따라 風躅의 老母를 伏慕할

時는 五腑에 얽매인 心事에 무엇이라 形容치 못하내 南

京에서 鄭裕澤 弟를 偶然이 만낫스나 꿈결갓치 路

上相逢만 이섯고 두 번 보지 못하엿내 日前 北方으로 붓허 至

今 杭州에 와셔 三週日 가량 滯在하고는 또 北行을 作하겟

네 萬言千言을 그만두고 君이 旅行을 作하겟다니 旅費

도 念慮 말고 부대부대 此生에 한 번 만나기만 바라며 수선한

가지가지의 이약이는 對面 說話하세

來時에 나의 出版物이 되지 안커든 原稿를 그대로 가지고

오개 于邑五聞 言不知所云하고 只自飮恨擱

筆하니 風日分屬한대 努力加餐하개 路

水宣一

兄 定書于 杭 五二

상화 내 동생

　십년을 두고 그려오던 내 동생을 생각하는 정이 일각이라도 나의
심정을 떠났다면 나는 타고난 하늘의 양심이 없을 사람일세. 나의 귀
밑털이 희끗희끗해 짐에 따라 바람 끝 철쭉風躅같은 노모를 우러러
바라 볼 때는 가슴에에 얽매인 심사 무엇이라 형용치 못 하내. 난징
에셔 정유택鄭裕澤 아우를 우연히 만났으나 꿈결같이 노상에서 서로
만나보기만 하였고 두 번 다시 만나보지 못 하였내. 일전 북방으로부
터 지금 항저우에 와서 삼 주일 가량 머물다가는 또 북행을 시작하겠
네. 만언천언을 그만두고 군상화이 중국 여행을 시작하겠다니 여비
도 염려 말고 부디부디 이 생에 한 번만이라도 만나기만 바라며 어수
선한 가지가지의 이야기는 대면한 후 이야기를 나누세. 올 때에 나의
출판물이 되지 않았거든 원고를 그대로 가지고 오게. 고을에서 다섯
가지 소문을 들리나 그 말을 알아들을 수 없고 다만 스스로 머금은
한스러움을 글로 놓아두니 바람 부는 날 괴로움 흩어지는대 더욱 만
찬을 위해 더욱 노력하게. 물길이 온화하길 바라네.

형 정서 항저우 52에서

## 이상정이 상화에게 보낸 편지

발신: 항주에서 이상정

수신: 대구부 이상화

발신일자 : 1937년 무렵

소장처: 미상

이 편지는 이상정이 동생 이상화에게 보낸 편지로 발송일자는 미상이다. 다만 이상화가 이상정의 소식이 궁금하여 1937년 중국 방문을 앞둔 시점에 이상정이 아우인 이상화에게 쓴 편지로 추정된다. 편지 글 속에 상정의 책 출판을 의뢰했는데 이것이 여의치 않으면 중국으로 올 때 원고를 가지고 오라는 말을 보면 짐작이 가능하다. 이 편지의 내용은 상정이 고국을 떠난 지 10여년이 되는 무렵이라는 내용을 보더라도 1935년 이후에 보낸 글임을 알 수가 있다. 상화에게 10여년의 중국 망명 생활 속에 애틋하게 동생을 그리워하며 "차생에 한 번 만나기"를 바라는 마음이 간곡한 담겨져 있다.

그런데 이 편지글 속에 항저우에서 우연히 경상북도 대구부 봉산정 46번지 출신의 정유택鄭裕澤을 우연하게 만났다는 내용이 있다. 1919년 3월 29일 3.1만세사건 직후 보안법위반으로 대구지방검찰청에서 증거 불충분 불기소95-1 17, CJA00 17402 불기소 출감CJA0017717된 인물로 이상정이나 이상화가 다 알고 있는 인물이다.

정유택은 이상정이 1923년 대구에서 『벽동사』라는 미술연구소를 개설했을 때 함께 동참했던 인물이다. 정유택은 이육사와도 매우 밀접한 관계를 갖고 중국 서탑거리에 함께 기거한 적도 있는 의열단원이었다.

## 4. 이상화가 동생인 이상백에게 보낸 편지

**【원문】**

도착倒着하자마자 자세仔細한 것을 알려주는 아오의 사랑—끔직하게도 반가웁고 고마워 무엇이 엇틋하, 이를 수 없다.

가장 반가온 것—First sight에 환희歡喜를 주게한 난—모든 경우境遇를, 나는 멀리서, 쓸데없이 그림을 그리였다.—그는 아오의 가슴 얼마쯤이라도 푸근하게 할 무엇을 감사感謝하기 위함이다. 다서 반가운 것은 어머님의 평안이 게심—집안의 일 없슴이다. 허나 이종형李從兄의 알코 누엇슴이 여러 의미意味로 불안不安스럽게 짝이 없다.

나의 떠나 있는 친절親切과 그대의 갓차이 있는 사랑과를 함께 모어 성실誠實한 위로慰勞를 하여라—어떠한 화사華奢 속에서라도 앓는 이의 가슴에서 우는 고독孤獨은 형이상경形而上境에서 고민苦悶함과 갓흐며—더우든 마음이 약弱하든 이의 병病든 것은 그의게 한限하얀 더 없는 외로움이다.—그대는 김작할 터이니, 길게는 않노라. 나의 귀성歸省은 어룬들께서 걱정하심이야 끚없는 죄송罪悚이나 장차 변백辨白을 들일 듯 하기에—과중過重하신 사랑에는 만어萬語가 쓸 데 없슬 듯 하기에—말삼도 들이지 않노라. 우리 집 자미滋味 많이 보고 오느라

상화相和 형兄


左記 書籍 持[來]事
練藜室記述 – 五册全帙
나의 雜記帳 – 普通 空册에다 글 적어둔 것 두 卷인가 세 卷인가

그러니 차저서―

英書籍―『personality』, 『pickwick-paper』, 『Aero』, etc.

圖書 雜帳―잘 살펴서 좀 빨리 보내라―

正月 旅[費]와 겸하야―

德潤이 보았나? 住所를 좀 알래다고


    도착하자마자 상세한 것을 알려주는 아우의 사랑―끔직하게도 반갑고 고마워 무엇이러하듯 하 이를 수 없다.

    가장 반가운 것―First sight에 환희를 자세한 난 ―모든 경우를, 나는 멀리서, 쓸데없이 그림을 그리었다. ―그는 아우의 가슴 얼마쯤이라도 푸근하게 할 무엇을 감사하기 위함이다. 다시 반가운 것은 어머님의 평안이 계심―집안의 일 없습이다. 허나 이 종형從兄의 앓고 누웠음이 여러 의미로 불안스럽게 짝이 없다.

    나의 떠나 있는 친절과 그대의 가까이 있는 사랑과를 함께 모어 성실한 위로를 하여라―어떠한 화사 속에서라도 앓는 이의 가슴에서 우는 고독은 형이상경에서 고민함과 같으며―더우든 마음이 약하든 이의 병든 것은 그에게 한하여서는 더 없는 외로움이다.―그대는 짐작할 터이니, 길게는 않노라. 나의 귀성은 어른들께서 걱정하심이야 끝없는 죄송이나 장차 변명이니 고백을 들일 듯 하기에―과중하신 사랑에는 만어萬語가 쓸 데 없을 듯 하기에―말씀도 들이지 않노라. 우리 집에서(방학 동안) 재미 많이 보고 오너라.

상화 형

왼쪽에 적은 책 지[참] 요망

『연려실기술』 – 오책 전질

『나의 잡기장』– 보통 공책에다 글 적어둔 것 두 권인가 세 권인가

그러니 찾아서

○ 서적―『personality』, 『pickwick-paper』, 『Aero』, etc.


도서 잡[기장]―잘 살[펴]서 좀 빨리 보내라―

정월 여[비]와 겸하여―

덕윤이 보았나? 주소를 좀 알려다오.

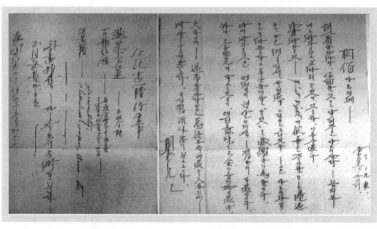

박용찬(2002:209)에 실린 사진을 따왔음을 밝혀둔다.

## 이상화가 동생인 이상백에게 보낸 편지

발신자: 이상화

수신자: 이상백

발신 일자: 대정 11년1922년 12월 29일

소장처: 미상전 문흥서림 소장

이 엽서는 박용찬의『한국 현대시의 정전과 매체』소명출판사, 2011에서 가져온 자료인데 그 원본의 소장처는 미상이다. 박 교수가 옛날 대구시 수성구 파동에 있던 문흥서림에 소장된 자료를 필사한 것이다. 앞으로 원본 출처를 조사하여 밝힐 예정이다.

『백조』동인 활동 도중 이상화는 1922년 9월 초에 불어 공부를 위해 동경의 아테네 프랑세에 입학하게 된다. 이 당시 이상화의 동경 근황을 알려 주는 새로 발견된 이상화의 서간을 통해 짐작해 보기로 하자. 아마 동경에서 동계방학이 되자 함께 하숙을 하던 아우 상백이 먼저 귀국하자 일본에 있던 상화가 대구로 상백에게 보낸 편지로 보인다. 이상백은 1915년 일본 와세다제일고등학원을 거쳐, 1927년 와세다대학 문학부 사회철학과를 졸업하였다. 아마 상화가 도일한 1922년 9월 경 도착한 후 겨울 방학기간 대구로 간 동생 상백에게 자신이 일본 갈 때 미처 챙겨오지 못한 책과 노트 등을 찾아서 개학할 무렵 가지고 오라는 내용의 편지다.

이 편지는 이상화가 본가인 조선 대구부 본정 2정목 11번지에 있는 이상백에게 보낸 것으로 대정 11년1922년 12월 29일 밤 동경에서 쓴 편지이다. 발신 봉투에 있는 발신지 주소는 일본 동경 시외 상호총○上戶塚○이다. 그런데 이보다 더 이른 시기에 상화가 동경에 도착한 1922년 9월 무렵에는 일본 동경으로 건너가자 동경 간다구神田區 3정목町目

9번蕃에 있는 미호칸美豊館에 먼저 유학을 와 있던 와세다제일고등학원 早稻田第一高等學院을 다니던 동생 상백과 함께 거처를 잡았다가 그 주변의 물가가 너무 비싸기 때문에 그해 12월에 동경시 외 도츠카上戶塚 575번지로 옮겨 친척동생인 상렬과 더불어 자취를 한다.

이 엽서는 대정 121923년 1월 1일자 소인이 찍혀 있는 것으로 보아, 이상화는 동경 에 머물고 있으며 방학 기간 먼저 조선으로 나간 아우 상백에게 쓴 편지이다. 동경 유학 중인 이상백이 대구의 본가로 먼저 다니러 나와 일본에 있는 형 이상화에게 쓴 편지에 대한 이상화의 답장이라 할 수 있다. 대구의 집안과 어머님 안부, 종형의 병세 걱정, 아우 이상백과의 극진한 정이 이 서간에 잘 나타나 있다.

또한 추서에 실린 글은 이상화의 책읽기의 관심 영역을 잘 보여 주고 있다. 3장 중 마지막 장인 추서에는 보이는 『연려실기술』은 조선조 시대사를 이해하는데 꼭 필요한 책이다. 이 책은 원래 전사본으로 유통되었는데 이상화와 사돈 관계였던 당대 최고의 지식인인 최남선이 1911년부터 조선광문회에서 연활자로 발간되어 널리 보급된 책이다.[128] 아마도 이미 백부 댁에 조선광문회 간 『연려실기술』을 5책을 우현서루를 통해 일괄 구매한 것이 아닌가 생각된다.

『연려실기술』 5책 이외에도 「나의 잡기장」 2~3권, 영어 서적 등을 보내달라고 요청하고 있다. 이미 20년대 초에 박태원으로부터 영어와 불어를 습득하여 일어와 함께 다양한 외국어를 구사할 수 있는 능력을 갖추었던 것으로 보이는데 『백조』 2호에 영시 「To」를 발표한 것 등은 이를 말해준다. 「나의 잡기장」은 이상화가 평상시에 글쓰기를 소홀히 하지 않았음을 보여 주는 증좌라 할 수 있다. 그런데 이 「나의 잡기장」은 일제 수색 과정에서 탈취되었을 가능성이 매우 높다.

---

[128] 신문관 판매부, 『신문관발매서적총목록』 제1호, 1914.05.01, 28~46쪽 참조.

# 5. 이상화가 박종화에게 보낸 편지

**【원문】**

鍾和 大仁 一大邱에셔 五. 十二.


昨年 村落으로 붙어 掃永하야

비로소 速次로 보내신

華論을 읽사오며 果然 새로히

悵然하여 짐을 늑겻나이다.

感傷的 氣分을 그 뜻 稱頌 할 것이야

못 외는 것이로되 이러한 刹那에

人生의 本能으로 불연듯 나오는 常佳

임을 생각할 때에는 다시닷 사랑스러운

데가 있는 듯 - 이러한 心思에 依賴

하얏서 말하자면

얼마나 그 동안의 寂莫하얏든 것이

한꺼번에 물밀 듯 하야 숨결이

喘提하여짐을 아올 별이 여섯나이요。

月灘！이렇게 얼골을 마조 보고

말을 건너듯 당신의 일홈을 부르기도

얼마나 오라 만인지！

한 대 이런 말성을 필랴면 事實

갓이 없을 터인즉 이믜 불어 차즉차즉

하여 갈 세음허고 먼첨 여저기 물어가면
서 글월을 보낸 마음을 구삽게 녀김니다.


종화 대인 —대구에서 5월 12일.

작년 춘락으로부터 영원히 귀환하여 비로소 연이어 보내신 꽃 같
은 논문을 읽사오며 과연 새로이 창연悵然하여 지는 것을 느꼈습니
다. 감상적 기분을 그 뜻 칭송할 것이야 못 되는 것이로되 이러한 찰
나에 인생의 본능으로 불연 듯 나오는 상가임을 생각할 때에는 다시
듯 사랑스러운 데가 있는 듯 — 이러한 심사에 의뢰하여서 말하자면
얼마나 그 동안의 적막하였던 것이 한꺼번에 물밀 듯 하야 숨결이 숨
이 차지는 것을 알, 별이 여섯이요. 월탄 ! 이렇게 얼굴을 마주 보고
말을 건너 듯 당신의 이름을 부르기도 얼마나 오라 만인지 ! 한 데 이
런 말썽을 피우려면 사실 같이 없을 터인즉 이리 불어 차즘차즘 하여
갈 셈을 하고 먼저 여기저기 물어가면서 글월을 보낸 마음을 구삽게
여깁니다.

## 이상화가 박종화에게 보낸 편지

발신자: 이상화

수신자: 박종화

발신일자: 1923년 5월 12일

소장처: 이상화고택 전시실.

이상화가 박종화에게 보낸 편지로 1923년 5월 11일 대구에서 서울의 박종화에게 보낸 편지이다. 월탄이 쓴 글을 읽고 간단히 감상을 써서 보낸 글이다.

# 6. 이상화가 종백형 이상악에게 보낸 편지

**【원문】**

從伯兄主 前 上書

伯父主 怒念이 常來 怒 從弟之 進省이라 敢不能
顯 前而秦上일세 緩依 從伯兄主之寬 懷하야
傳達 從弟之 所悷與苦衷하오니 庶幾 下量이
실지 長廣之辯은 必反犯 煩이요 且悚辨過이
옵기 敢慈以書로 欲代叩頭하오니 伏湏 下燭하옵
소서

從弟 相和 上狀

**【해석】**

종백형님 전 상서

　백부님 노여움이 아직까지 이르니 종제는 깊이 반성합니다. 감히
직접 백부님 앞에서 드러낼 수 없어 글로 받들어 올립니다. 너그러우
신 종백형님이 관대하게 품어서 전달해 주시기 바라며 종제의 뉘우
치는 바와 함께 괴로운 심경으로 바라건데 여러 가지 하량이 있기를
바라오며 길고 두서없는 변명은 반드시 번거로움을 범함이요 또 지
난 잘못에 대해 두렵고 송구하옵기에 감히 이 편지로 머리를 조아려
사죄하는 것을 대신하오니 모름지기 삼가 굽어 살피소서.

종제 상화 상장

## 이상화가 종백형 이상악에게 보낸 편지

발신자: 이상화
수신자: 이상악
발신일자: 미상
소장처자: 이상화문학기념관 이원호 관장

가장 최근에 발굴된 편지로 이상화가 종백형 이상악에게 보낸 편지인
바 상화가 큰 댁 백부에게 무슨 큰 죄를 지어 용서 받기를 원하며 종형
인 상악에게 백부에게 대신해서 잘못을 빌어달라는 내용이다. 구체적이
내용은 확인할 길이 없으나 이처럼 상화는 매우 정직하고 여린 품성의
소유자임을 느낄 수가 있다. 이 편지는 이상화의 큰아버지인 소남 이일
우 잡에서 도난된 편지 가운데서 되찾은 문서에 포함된 편지이다.

이상화의 큰집 가족은 아래와 같다.

소남 이일우日雨, 1868.10.4.~1936.8.15 배 수원백씨 성희聖熹 여 자
화自和, 1868.10.7.~1927.9.30., 계배 울산 박씨 종로鍾魯 여 홍선興先,
1907.10.16~1989.7.9

맏아들 상악相岳, 1886.9.24.~1941.1.8.

둘째아들 상무相武, 1893.7.30.~1960.1.30.

셋째아들 상간相偘, 1898.8.5.~1916.7.15.

넷째아들 상길相佶, 1901~1968

다섯째아들 상성相城, 1928~1993

맏딸 숙경淑瓊, 1893 부 파평 윤씨 윤홍렬尹洪烈

# 7. 이상화가 종백형 이상악에게 보낸 편지

**【원문】**

從伯兄主 前 上書

伏米審比來에

從伯母氣體候 一向萬支 하시며

從伯兄主 氣體萬寧하시며 大小

宅內諸節이 均慶否있가 伏慕

區區로소이다 從弟난 客裏眠食이 姑保

如前하오니 伏考이오며 就白數三

次 下戒事난 曷敢有違忘也

있가 伏須

從伯兄主난 無爲遠念焉하시옵쇼

서

餘不備 上白

九月 十五日

從弟

相和 上書

종백형님 전 상서

여태껏 삼가 살피지 못하였습니다. 종백모님 기체후 일향 만안하시며 종백형님도 기체 강녕하시며 대소댁 내 집안의 모든 사람들도 두루 잘 계십니까? 삼가 사모하는 마음 그지없습니다. 종제는 객지에서 자고 먹는 것이 아직도 여전히 부지하오니 삼가 살피오며 수 삼차 여쭌대로 말씀 내리신 일은 어찌 감히 잊고 거스르겠습니까? 삼가 마땅히 따르겠습니다. 종백형님은 너무 걱정하지 마시옵소서, 이만 줄입니다. 상사리.

구월 십오일

종제
상화 상서

## 이상화가 종백형 이상악에게 보낸 편지

발신자: 이상화
수신자: 이상악
발신일저: 00년 9월 15일
소장처: 소남이일우기념사업회

　2017년 1월 20일 소남이일우기념사업회 관계자와 함께 고택 가옥의 고방채에서 근현대 고문서 1,500여 점을 발굴하였다. 그 속에서 나온 자료이다. 이 근현대 자료에는 「우현서루」의 매각이 일제의 강압에 의한 것이라는 점을 시사하는 문서를 비롯하여 이장가의 방대한 재산규모를 알 수 있게 해주는 「전답매매문서」와 「전답안」과 「추수기」 등의 관리 문서, 경상농공은행의 설립을 비롯한 기타 상공경영 관리 문서, 이상화 시인의 편지 등이다. 이 때 나온 자료들은 소남이일우기념사업회에서 보관하고 있다.
　이 편지는 이상화가 큰집 종백형 이상악에게 보낸 안부편지이다.

# 8. 이상화가 종중형 이상무에게 보낸 편지

**【원문】**

從仲兄主 前 上書

伏米審伊間에
從仲兄主侍餘 氣體萬康
하시며 大小宅內諸節도 亦均慶
否있가 遠外伏慕區區로소이다 從弟
난 客裏眠食이 無慈하니 伏幸
千萬이외다
餘不備 上白

九月 十五日
從弟
相和 上書

종 중형님 전 상서

 저간에 삼가 살피건 데 종중형님 여유를 기다려 기체만강하시며 대소가 댁내 집안의 모든 사람들도 또한 두루 잘 계십니까? 멀리 가까이 삼가 사모하는 마음 그지없습니다. 종제는 객지에서 자고 먹는 것이 무사하니 삼가 천만다행입니다. 이만 줄입니다. 상사리.

구월 십오일
종제
상화 상서

## 이상화가 종중형 이상무에게 보낸 편지

발신자: 이상화
수신자: 이상무
발신일저: 00년 9월 15일
소장처: 소남이일우기념사업회

 이 편지도 2017년 1월 20일 소남이일우기념사업회 관계자와 함께 고택 가옥의 고방채에서 근현대 고문서 1,500여 점을 발굴하였다. 그 속에서 나온 자료이다. 앞에서 이상화가 큰집 백형에게 보낸 편지에 함께 중형인 이상무에게 보낸 편지를 넣어 인편으로 보낸 것이다. 따라서 별도의 봉투가 없다. 이 자료는 소남이일우기념사업회에서 보관하고 있다.
 이 편지는 이사오하가 큰댁 종중형 이상무에게 보낸 안부편지이다. 이상무도 구안버스회사와 무진회사를 경영한 경영인이었다.

# 9. 이상화가 백부 이일우에게 보낸 편지

【원문】

承 伏奏 慈欲告이엇사오나 無面表衷이와 敢上玆書하오니
伏願 下恕하옵소서 是非親親이오며 只恐 威譴이옴에
俯察小心之憐이시면 庶幾減罪일까하노이다.
自京還待以後로 無爲卒歲도 惟悚不已이옵거든 況却優遊
하야 如斯遣愁하오니 自量淺覺도 未稟 下囑之甚
이 無過於此이오나 若血奔情이 往往濫志하야 邃至這境이옴에
今纔悔捘이와도 債已五百이라 自認因果코 時百忍이오나 志亂
心迷하와 執業亂定이오니 伏乞 賜憫이시면 卽日着做하야
以供 下誠하오리다.


從子 相和 上狀


받들어 삼가 아룁니다. 사랑하는 마음 아뢰고 싶었사오나 직접 뵙고 말씀 드리지 못해 감이 이 글로 올리오니 삼가 용서를 원하옵니다. 옳고 그름이 가까이 있어 다만 두렵고 위엄으로 꾸짖음에 두루 굽어 살피시어 어린 마음 가련히 여기시면 여러 가지 죄가 조금이라도 줄어들까 하옵니다.

서울에서 돌아온 이후로 하는 일없이 세월만 까먹는 것도 이미 두려움도 없을 뿐이거든 하물며 걱정꺼리도 잊어버리고 놀고 있으니 이와 같이 세월을 보내니 걱정이 되며 스로 얄은 생각으로 헤아림도

아뢰지 못하오니 내려 살피시는 마음이 이와 같이 지나오나 만일 같은 피가 흐르는 점이 이따금 그 뜻이 넘쳐 아득히 이 지경에 이르렀음이 지금의 재주로 뉘우쳐 소치더라도 빚이 이미 오백이라 스스로 그 결과를 인정하고 시시로 인내하오나 뜻이 어지럽고

　마음은 미혹하여 일이 손에 잡히지 않고 안정이 어렵고 마음이 복잡하여 일이 손에 잡히지 아니하오니 삼가 바라건대 가엽게 여겨 주시오면 즉일 돈을 마련하여 받을 수 있게 해주시면 감사히 여기겠습니다.

종자 상화 상장

## 상화가 이일우에게 보낸 편지

발신자: 이상화
수신자: 이일우
발신일자: 연월 미상
자료 소장처: 대한민국역사박물관 소장 증23263

이 편지는 피봉이 남아 있지 않아서 발송처와 발송일자도 확인되지 않는다. 다만 내용을 통해 이상화가 경성에서 가 있는 동안에 보낸 편지로 추정된다. 빚에 쪼들리다가 백부에게 그 빚을 갚아 달라며 돈을 보내달라는 요지의 편짓글이다.

# 10. 이상화가 백부 이일우에게 보낸 편지

【원문】

[1]

큰아버님의게 밧자와 올리나이다.

이제는 뵈옵고 살월 勇氣도 없고, 다시는 이와 갓
치 書面으로도, 再次 이런 말삼은 들이지 안을랴는 저의 決
心으로, 마즈막 한 번만 엿주압나이다.
勿論 遠見하심과 豫量 하심이 게실 줄 아옵
나이다마는 저는 다시 알욈이로소이다. 제가 昨年 祈秋
부터 往往히 말삼하든 것이 아니옵나있까.
남다른 廉恥와 남다른 品性이 있는 저는 病席에 게신는
큰아버님 압헤서 强固히 살월 수 없사와 間接으
로 듸리압나이다. 저기 境遇가 安穩하오면

[2]

歲後 天和되실 때 말삼하옵겠사오나
境過가 넘으나 急迫하와 前後無奈이압게, 茲에
上告하옵나이다. 家債의 原因이야 어떠합든지
許多한 時日에, 모—든 境遇와 人情의 險惡한
苦悶으로, 相合한 懲罰이 되지 안핫나있까.
長上의 地位에 게시는 로든지 家庭을 圓滿
하게 整齋하고자 하시는 眞誠에셔는, 恒常 後

患을 恐懼하샤 滿足지 안흐실지 모르겠사오나
지나오 事情은, 다-人間生活에 흔히 있난 過失
이니 改悛만 하오면 卽善이 아니 옵나있까。

[3]
木石이 아닌 사람으로써야, 더우든 家勢가 委
縮되엿고, 世情의 難薄을, 許久하도록 當
하고도 自覺이 없겠삽나이까。萬一 이것을
아즉도 일적은 말삼을 否認하심이 아니라 하
시면, 그것은 이 말삼을 否認하심이라
곳, 사람이 아니라 하심이 압나이다。元來 그
사람의게 不正하다 嫌疑를 [깁히] 두면, 假使 그의 正
當한 行[動]에라도 十常八九는 不正하게 보이나이다。
改悛할 사람은 改悛도 하엿겠스며, 懲罰바들
時限도 滿迫이 되엿삽나이다。

[4]
淸整하여 주실려면 他亂을 排斥하시고라도,
歲下의 騷門之難이 없도록 하여주십옵기를
忠諫하옵나이다。저는 家庭의 處地가, 前
보다 現殊한 줄을 알면서도 저의 心身의 健康
을 爲하야, 아는 동모의게 幾元 빌려서 旅行
을, 엿줍지도 안코 나왓나이다。모-든 不敬은
스사로 제가 天賦하신 時怒를

없다려 信賴하옵나이다.

從子 相和 上狀

[피봉]
伯父前 上書
從子 上書

[1]
큰아버님에게 받들어 올립니다.

이제는 뵈옵고 말씀 사뢸 용기도 없고, 다시는 이와 같이 서면으로
도, 재차 이런 말씀은 드리지 않으려는 저의 결심으로 마지막 한 번
만 여쭙니다.

물론 멀리 다 내다보심과 미리 헤아리심이 계실 줄 아옵니다만 저
는 다시 외룁니다. 제가 작년 가을시제부터 여러 차례 말씀드린 것이
아니옵니까?

남다른 염치와 남다른 별란 품성이 있는 저는 병석에 계시는 큰아
버님 앞에서 강고히 사뢸 수가 없어 간접으로 말씀을 드립니다. 저기
경우가 조용하고 편안하면

[2]
설을 쉰 후 일기가 온화할 때 말씀 드리겠사오나 경과가 너무나 급

박하여 앞뒤 가리지 않고 따질 수 없으니 이에 고하여 올립니다. 살림빚의 원인이야 어떠하든지 허다한 시일에 모든 경우와 인정의 험악한 고민으로, 서로 합당한 징벌이 되지 않았습니까?

집안에서 최고 윗어른의 지위에 계시는 관찰로든지 가정을 원만하게 정재하고자 하시는 참된 정성로서 항상 후환을 두려워하시어 만족치 않으실지 모르겠습니다만 지나온 사정은 다ー 인간 생활에 흔히 있는 과실이니 잘못을 뉘우쳐 마음을 고쳐 먹으면 즉 선이 아니겠습니까?

[3]

목석木石이 아닌 사람으로써야 더욱 가세가 위축되었고 세정의 어렵고 야박함을 매우 오래 하락하도록 당하고도 자각이 없겠습니까? 만일 이것을 아직도 일찍은 말씀을 부인하시는 것이 아니라고 하시면 그것은 이 말씀을 부인하시는 것입니다. 곧 사람이 아니라 하시는 것입니다. 원래 그 사람에게 부정하다고 혐의를 깊이 두면 가사 그의 정당한 행동에라도 십상팔구는 부정하게 보입니다. 개전할 사람은 개전도 하였겠으며, 징벌 받을 기일도 다 찼습니다.

[4]

깨끗이 정리하여 주시려면 다른 난리를 배척하시고 라도 설 아래 문전이 소란해지는 난리가 나지 않도록 하여 주시기를 충심으로 말씀 올리옵니다. 저는 가정의 처지가 지난날보다 현저하게 특수한 줄 알면서도 저의 심신의 건강을 위하여 아는 동무에게 약간의 돈幾元을 빌리어서 여행을 여쭈지도 아니하고 나왔습니다. 모든 불경은 스스로 제가 하늘이 내린 현재의 노함을 삼가 신뢰하옵니다.

종자 상화 상장

백부님 상서

종자 상서

## 이상화가 이일우에게 보낸 편지

발신자: 이상화
수신자: 이일우
발신일자: 연월 미상
자료 소장처: 대한민국역사박물관 소장 증23264

이 편지는 한글 편지로 또박또박 정성을 드려 쓴 글씨이다. 이상화의 한자필체가 아주 정제된 글씨인데 한글 필체 역시 매우 반듯하다. 남아 있는 편지 가운데 이처럼 한글 혼용문 편지는 많지 않아 더욱 소중한 가치를 가지고 있다. 편지 내용으로 봐서는 백부님인 이일우가 몸이 편찮은 시기인 듯하며 여러 차례 백부님에게 애를 먹였는 듯 용서를 빌며 가채를 갚기 위해 조심스럽게 돈을 요청하는 내용이다. 편지 내용 가운데 "저의 심신의 건강을 위하여 아는 동무에게 약간의 돈幾元을 빌리어서 여행을 여쭈지도 아니하고 나왔습니다."라는 대목을 보아 아마도 18세 무렵 금강산으로 여행간 시절의 편지가 아닐까 추정해 본다.

# 11. 이상화가 백부 이일우에게 보낸 편지

**【원문】**

伯父主前上書


伏米審日來

伯父主 兩位分 氣體度一向萬旺 大小宅

內 諸節均吉否遠外 伏慕區區之至 從子 自

別 慈顏以後 幸無別恙是爲伏幸

渠 等合宿於同舘而眠食 充實又爲伏幸

餘伏祝

氣體度隨節 萬祥千佳不備上書


從子

相和

相伯 上書


**[피봉]**

겉 伯父主 前 上書

안 東京市 神田區 三丁目 九番地

　　美豊舘 內

　　相和

　　相伯

백부님 전 올리는 글

삼가 나날이 살피옵니다.

백부님 양위분 기체 한가지로 왕성하시고 대소댁 내 집집이 멀리 가까이 고루 상서로운시기 삼가 사모하는 마음 그지없습니다. 종자 이후 자별한 사랑을 원하옵니다. 다행이 크게 근심할 바가 없음이 삼가 다행으로 생각하옵니다.

우리 대장 $_{葉}$, 상백 등은 같은 여관미풍관에서 합숙하여 자고 먹으며 충실하고 또 다행으로

삼가 축원함이 있나이다.

기체후 법도에 따라 두루 상서롭고 좋은 일이 있기를 바라오며 이만 줄입니다. 상서

종자

상화

상백 상서

겉 백부님 전 상서
안 동경시 간다구 삼정목 구번지
　미호칸 내
　상화
　상백

## 이상화가 이일우에게 보낸 편지

발신자: 이상화

수신자: 이일우

발신일자: 1921년 9월 경으로 추정

자료 소장처: 대한민국역사박물관 소장 증23264

    1920년 이상화의 동생인 이상백 일본으로 건너와 그 이듬해 4월 와세다제일고등학원早稻田第一高等學院 제1부 문과 입학하였다. 이 때 이상화가 간다神田에 있는 아테네 프랑세에 프랑스어 단기교육을 위해 왔다가 이 두 사람이 함께 동경시 간다神田구 삼정목 구번지 미호칸美豊館 내에 살았던 것으로 보인다.

    지금까지 이상화가 일본에 도착하여 기거한 소재지에 대한 정확하지 않은 정보들이 많았으나 이번에 이 자료를 토대로 하여 정확하게 일본에 도착한 직후 이상화의 거주 소재지를 확인할 수 있게 되었다. 이정수(1983:144)은 "상화는 이이다바시飯田橋에 있는 미요시칸三好館을 하숙으로 정했다. 거기서는 상백이 사는 도즈카戶塚에도 가까웠고 자신이 다닐 아테네 프랑세에도 가까웠다."라고 하여 상화가 동경으로 간 직후의 거처를 엉터리로 밝히고 있다. 이 편지는 이상화가 동경에 도착한 후에 상백과 함께 간다에 있는 미요시칸三好館이 아니라 미호칸美豊館에 거주하고 있음을 알려주는 내용으로 1921년 9월경에 인편으로 보낸 편지이다.

1922년 이상화와 아우 이상오가 자취하던 도쓰카上戶塚 자취집

# 12. 이상화가 백부 이일우에게 보낸 편지

**【원문】**

伯父主前上書


伏米審夜來

伯父主 兩位分 氣體度萬康宅內諸

節均依慶否 伏慕伏祝之至 從子 昨夕

無故到公聘丈所患近淂 大效而 雖有

園園之病是則老年之襄弱故可謂完

全 和復矣 範淳之脚患不旬能步云

然若欲完快則必要一箇月餘眷渾節

憑昔無改願勿 下慮焉 渠 則

三月一日後還省伏許 旅費六元假量從速

下送之地伏望餘不備上白


從子

相和 上書


**[피봉]**

大丘府 本町 二丁目 十一番 李相和 本第入納


公州町 二九五 從子 上壯

백부님 전 상서

삼가 한 밤중에 사뢰옵니다.

백부님 양위 분 기운과 몸이 한가지로 왕성하시고 댁내 집집이 멀리 가까이 고루 상서로우신지 삼가 축복을 바라옵니다. 종자 지난 저녁에 무사히 공주에 편찮으신 빙장 곁에 와서 잘 돌보았으니 비록 몸이 괴로운 병이 있으나 노년의 쇄약한 때문이지만 완전히 회복이 가능할 것이다. 다리가 좋지 않지만 열흘 지나지 않아 아 능히 걸을 수 있다고 하지만 만일 완쾌되려면 반드시 일개월여 시간이 필요하며 온통 전력으로 돌보아야 할 것이다.

옛날처럼 고칠 것이 없으며 원하는 것도 없으니 걱정을 내려놓아도 좋을 것이다. 우리 대장果 곧 삼월 일일 후에 고향으로 되돌아가는 것을 삼가 허락받았는데 여비로 육원 가량 속히 내려주시기를 삼가 바라오며 나머지는 예를 갖추지 못하옴을 사뢰옵니다.

종자

상화 상서

[피봉]

대구부 본정 이정목 십일번 이상화 본제입납

공주정 이구오 종자 상장

## 이상화가 이일우에게 보낸 편지

발신자: 이상화

수신자: 이일우

발신일자: 1920년 3월 1일

소장처: 대한민국역사박물관 소장 증23266


　1919년 10월 13일 공주 출신의 서한보의 따님 서온순과 결혼을 하였다. 1919년 10월 이상화는 큰아버지 이일우의 강권으로 공주군에 사는 달성 서씨 서순애徐順愛와 결혼하였다. 서순애는 공주 유지 서한보徐漢輔의 딸이었는데, 서한보는 1918년 1월 30일에는 충청남도 참사에 임명되었다.

　1920년 3월 1일 경 이상화의 처가가 곧 공주정 295번지인데 장인의 병문안 차 공주에 갔다가 부족한 여비를 보내달라는 내용의 편지이다.

# 13. 이상화가 백부 이일우에게 보낸 편지

**【원문】**

拜別之日於焉 已當今當 臘晦下懷罕切曷以有極

伏未審日來

伯父主兩位分氣體後追時護寧

從伯兄主侍餘體度萬安, 大小宅內渾眷諸節均吉否

遠外伏慕區區之至 從弟從仲兄歸邱後留宿此處從

仲嫂幸無小恙 從弟亦無大何伏幸千萬餘伏祝

從伯兄主迓新萬福以時萬安不備上書


舊臘月晦日

從弟 相和 上狀


**[피봉]**

大邱府

本町 二町目 十一番

李相岳 氏 侍座入納


京城 桂洞 一二七番

從弟 上狀

이별의 인사를 헤어진 어제 같은데 섣달 그믐 삼가 소식이 막막하온지 삼가 또 하루가 오는 것을 살피옵니다. 백부님 양위 분 기체후 시절에 따라 편안 안녕하십니까? 종백형님께서도 몸 건안하시기 기원드리며, 대소댁 내 온 집안 식구들도 모두 편안하시기 바라오며 멀리 가까이 모두 삼가 사모하는 마음 그지없습니다. 종제는 종중형님이 대구로 돌아가신 후 이곳에 머물러 유숙하고 있으며 중형수仲嫂님도 다행히 별일 없사오며 종제는 또한 다행이 큰 일이 없습니다. 삼가 천만여 다행하기를 엎드리어 축원합니다. 종백형님 새롭게 만복 깃들기를 만안하시기를 기원드리며 이만 줄입니다. 상서

섣달 그믐날
종제 상화 상장

대구부
본정 이정목 십일번
이상악 씨 시좌입납

경성 계동 일이칠번
종제 상장

## 이상화가 이일우에게 보낸 편지

발신자: 이상화
수신자: 이상악
발신일자: 1921대정 10년 12월 31일
소장처: 대한민국역사박물관 소장 증23266

이 엽서의 소인이 1921대정10년으로 보이는데 이 시기는 1919년 3.1 독립운동 거사 후 서울로 가서 박태원이 살던 서대문 냉동 92번지에 기숙하다가 독립하여 경성 계동 127번에 살고 있었음을 알 수 있다. 교남 학교에 제출한 이상화의 이력서에 근거하면 이곳에 사는 동안 이상화는 경성기독청년회京城基督靑年會 영어과 강습원에 다니며 공부를 하던 기간이다.

이곳에 이상화의 중형인 이상무(1893~1960)와 이상화의 중형수가 함께 왔다가 중형은 먼저 대구로 내려가고 중형수가 잠시 머물렀던 것으로 보이는데 이상무의 초취 부인 서응조(1893~1918)는 일찍 하세하였기 때문에 이 엽서의 발인 일자가 재취 아내인 이원임(1901~1978)을 뜻하는 것으로 보인다.

## 14. 이상화가 종중형 이상무에게 보낸 편지

**【원문】**

從仲兄님께 올림-

떠나실 때, 뵈옵지 못하옴은, 감히 말로써 알외지 못하올

不敏이옵나이다. 이즘 뫼시고 從仲兄님기체만안

하옵신지 복축하옵는 바이외다. 아오는 떠나시든 그날로, 곳 있

사오며 一身하야 아저머님도 平安히 기내시오니 천백번행인 줄

아는 바이외다. 그리고, 노마는, 그놈 어미의게로 보내엿나이다.

病

도 자못 重하올 뿐 아니라, 市內 어린 兒孩들의 病騷도 있사오나

저도, 줄곳, 어미를 찻기에, 同春이를 식혀 보냇사오니 그리

압시고, 遠念 마시기, 간절히 바라오며, 仔細한 말삼은

未久하야, 오시면 알욀 듯 하여이다. 이만 알외옵나이다.


**[피봉]**

대정 10년 2월 8일 소인

大邱府 本町 二丁目 十一番

李相武 氏 侍座入納


경성계동 일이칠번

從弟 상화 올림

종중 형님께 올림-

 떠나실 때 뵈옵지 못한 것은 감히 말로써 아뢰지 못할 둔하고 재빠르지 못한 일입니다. 이즈음 뫼시고 종중형님 기체만안 하신지 복축하는 바입니다. 아우는 떠나시던 그날로 곧 있으며 일신하여 아주머님도 평안히 지내시오니 천백번 다행인 줄 아는 바입니다. 그리고 노마는 그놈 어미에게로 보내었습니다. 병도 자못 중할 뿐 아니라 시내 어린 아이들의 유행병 소동病騷도 있으나 저도 줄곧 제어미를 찾기에 동춘同春이를 시켜서 보냈으니 그리 아시고 먼 곳 걱정하지 마시기 간절이 바라오며, 자세한 말씀은 멀지 않아 오시면 아뢸 듯 듯 합니다. 이만 아뢰옵니다.

 1921대정 10년 2월 8일 소인
 대구부 본정 이정목 십일번
 이상무 씨 시좌입납

 경성 계동 일이칠번
 종제 상화 올림

## 이상화가 이상무에게 보낸 편지

발신자: 이상화

수신자: 이상악

발신일자: 1921년 2월 8일

소장처: 대한민국역사박물관 소장 증23268

이 엽서는 이상화가 이상악에게 보낸 엽서대한민국역사박물관 소장 증23268와 연관된 편지로 보인다. 이상화의 종중형인 이상무와 그리고 이상무의 아내가 함께 서울로 왔다가 이상무만 대구로 떠나고 이상화의 종형수는 서울에 잠간 남아 있었던 사이에 쓴 편지이다. 이 엽서의 내용에서 언급된 '노마'가 누구인지 그리고 '동춘'이라는 사람이 누구인지 확인 되지 않는다.

# 15. 이상화가 백부 이일우에게 보낸 편지

【원문】
伯父主 前 上書

伏米詢日來
氣體後一向萬安 大小宅內諸節均吉否
伏慕區區之至 從子 九日夕頃 烏致[院]下着而
因自動車之滿員 其夜宿泊於旅館 其翌日卽
十日正午 無故到公 尙今充實此處上下諸眷
依前均慶以此, 下囑不足旅費金幾許元 上告
歸謁之時加送之地伏望餘不備 上白

[피봉]
1921大正 10년 10월 12인 소인

大丘府 本町 二丁目 李相和 本第入納

忠南 公州 旭町 二九五
從子上平書

【해석】

백부님 전 상서

삼가 나날의 안부 사뢰옵니다.

기체후 일향만안하시며 대소댁 내 모든 분들 두루 평안하신지 삼가 안부를 여쭙니다. 종자 9일 저녁 무렵 조치원에 내렸으나 자동차가 만원이라 그날 밤은 여관에서 숙박하고 그 다음날 곧 10일 정오에 무사히 공주에 도착하여 지금까지 이곳에서 여러 권속들과 이전처럼 두루 즐거이 잘 있습니다.

부족한 여비 몇 원을 보내주시기를 허락해 주시기 바라옵니다. 돌아가 아뢰온 바 추가로 보내주시길 삼가 바라오며 두서없이 이만 줄입니다. 상사리

대정 10년 10월 12인 소인
대구부 본정 2정목 이상화 본제입납

충남 공주 욱정 295
종자 상평서

## 이상화가 이일우에게 보낸 편지

발신자: 이상화
수신자: 이상악
발신일자: 1921년 10월 12일
소장처: 대한민국역사박물관 소장 증23269

1919년 3월 8일 대구 3.1운동만세사건을 주도했던 이상화가 일제의 눈을 피해 경성으로 피신 생활을 하였다. 이 무렵 박태원을 만나 외국 문학에 눈을 뜨고 외국어 공부를 한 덕분으로 당대의 다른 문인들보다 서구문학을 습득할 수 있게 된 매우 중요한 시간을 보냈다. 그런데 큰 집 백부인 이일우의 눈에 비친 이상화는 걱정스러웠다. 그해 이상화는 열아홉 되던 1919년 10월 13일 대구로 불러내려 충남 공주에서 공주 참사이며 대부호였던 달성 서씨 집안인 서한보徐漢輔의 딸 서순애徐順愛 와 결혼시켰다. 서순애의 큰오빠 서덕순徐悳淳은 와세다대 정경과를 나왔는데 신익희 선생과 와세다대 동문이었으며 1947년 미군정 시기 충남도지사를 지냈다.

백부 이일우의 사위인 윤홍열『대구시보』사장 역임이 일본 유학시절, 서덕순과 교우한 것이 '공주처녀'와 결혼하게 된 계기가 되었다고 한다. 그래서 이상화는 서덕순과 윤홍렬이 함께 경주를 놀러갔던 사진이 남아 있다.

『조선총독부관보』 1918년 2월 14일 조에 "忠淸南道에서는 道參事 徐 肯淳을 依願解職시키고 公州郡參事 徐漢輔를 道參事로 陞任시키다. 아 울러 金敎駿을 公州郡參事로 任命하다."라는 기록이 있다.

# 16. 이상화가 백부 이일우에게 보낸 엽서

【원문】

伯父主 前 上書

伏米審此來

氣體後一向萬安 大

小宅內諸節均吉否伏慕至祝 從子 與

第告狀依舊無恙 伏幸千萬就白

再昨 下送金無違伏令然減削

條二十五元幸須 下賜焉, 前番計

告實無冗費而悉是自省自諒之

實費以此 下燭從速 下送伏望

不已餘如斯煩白惟恐傷 心不備上白

十月九日

從子 相和 上狀

1922대정 11년 10월 일 소인

朝鮮 大丘府 西城町 一丁目 四四

李一雨 氏 宅入納

日本 東京市外

上戶塚 五七五 尙方

從子上平書

백부님 전 상서

삼가 여태토록 살피지 못하였습니다. 기체후 일향만안하옵시며 대소 댁내 두루 평안하옵신지 삼가 축하를 기원 드리옵니다. 종자 동생과 함께 예삿날과 다름없이 탈 없이 잘 지내옵니다. 삼가 복되기를 천만번 기원드리며 사뢰올 말씀은

재작일 내려 주신 금액은 무사히 잘 받았사오나 덜고 깎은 조목으로 이십오원도 다행스럽게 내려 주셨습니다. 전번에 말씀드린 바 쓸데없는 잡비임을 스스로 살펴 깨달았습니다. 실비는 이와 같으니 빨리 내려 보내 주실 것을 삼가 바라옵니다. 더 드릴 말씀이 없어 잠시 번거롭게 사뢰어 마음 상하실까 생각하기 두려우며 여러 가지 갖추지 못하였습니다. 상사리

십월 구일
종자 상화 상장

1922대정 11년 10월 일 소인
조선 대구부 서성정 일정목 사사
이일우 씨 댁입납

일본 동경시외
상호총 오칠오 상방
종자상 펑서

## 이상화가 이일우에게 보낸 편지

발신자: 이상화
수신자: 이일우
발신일자: 1921대정 11년 10월 일
소장처: 대한민국역사박물관 소장 증23270

앞의 편지대한민국역사박물관 증23265가 이상화가 일본에 도착하여 동경 간다구 3정목 9번지 미쇼칸美豊館에 상백과 함께 기거하다가 그 일대가 물가도 비싸 관계로 거주지를 옮겨 동경시외 도츠카上戶塚 575번지로 옮겨와서 집안 친척인 이상렬과 함께 거주하였다.

# 17. 이상화가 동생 이상오에게 보낸 편지

【원문】

相旿君

除煩-

仔細한 消息을 記送한 書信은

昨夕에 보앗다。回復 깃브다。

그런데, 이 便紙를 가지고 가시는 이가

勿忙하야서 徊徊한 말 다음한다。

다만 할 말은 伯父님의게 傳할

말이다。

日記가 차니 寢具가 있서야겠고-

日服 併(二六十元) 音併를 一襲衣併 (三十一元) 誤記하였고,

移舘할 터이라 今月 旅費가 빨리 와야겠다。

以後로는 學費를 每月 三日內로 倒着

되도록 하시라고 살외라。

忽望한 것은 以後 便에


仲兄


[추기]

兄님의게 내가 말삼 살분 書册-朝鮮歌曲選

되섯나 엿주어 보고 즉참하라。

[피봉]

朝鮮 大丘府 本町 二十一番

李相昉 前 卽急


日本 東京市

新田區

李相和


상오군


제번除煩-

　자세한 소식을 이전에 보내준 서신은 어제 저녁에 보았다. 회복 기쁘다. 그런데 이 편지를 가지고 가시는 이가 아주 바빠서 상세한 말은 다음에 전한다. 다만 할 말은 백부님에게 전할 말이다. 일기가 차니 침구가 있어야겠고-일상복 아울러 2벌 육십원 일습 옷 아울러 삼십일원 오기하였고, 숙소를 옮길 터이라. 이 달치 여비가 빨리 와야겠다. 이후로는 학비를 매월 삼일 내로 도착되도록 하시라고 사뢰어라. 갑자기 바라고 바라는 것은 이후 인편에-

중형

[추기]

　형님에게 내가 말씀 사뢴 서책-조선가곡선

준비 되었나 여쭈어 보고 즉각 참조하여라.

조선 대구부 본정 이십일번
이상오 전 즉급

일본 동경시
신전구
이상화

## 이상화가 이상오에게 보낸 편지

발신자: 이상화
수신자: 이상오
발신일자: 1922대정 11년
소장처: 대한민국역사박물관 소장 증23273

1922년 12월경 도일한 이상화가 처음에는 먼저 도일한 동생 상백과 동경 간다神田에서 동경 시외에 있는 토즈카戸塚로 이사를 하게 되는 과정을 확인할 수 있는 자료이다. 소설가 이정수가 이사오하가 일본에 도착하자 이이다바시飯田橋 부근 미요시칸三好館에서 살았다고 한 것은 완전 허구임을 알 수가 있다. 상화가 1922년 9월부터 1923년 3월까지 약 6개월과정의 프랑스 공부를 했던 아테네 프랑세는 동경 간다神田 미사키초오三崎町에 있었다.

동경 간다神田 미사키초오三崎町에 있었던 아테네 프랑세

아테네 프랑세에서 단기간 수료를 할 무렵

## 18. 이상화가 종백형 이상악에게 보낸 편지

**【원문】**

아-從兄님

무엇이라고 알욀 말삼이 없습니다

從兄님 이놈들의 前途와 家庭을 위하야 眞心竭

力하신 恩惠 誠心으로도 十一을 報酬하게 無

地외다 從兄]님! 假差押하올 날이 멀지 아니

하니 羞恥는 아모럼 當한 것시지마는 差押을

當하야 賣賣하는 날에 損害됨이 어떠함있

까 그런즉 미리 田土를 放賣하야 心志에 跌瘍

症되는 負債를 없게 하여 쥬시옵소서 從兄님

嗟肺肝之所披를 豈能爲弱이시리오

無面目之子觀을 不欲 自明하노이다

從兄님 이놈 大慾은 다맛 그뿐이니다 大慾을

풀어쥬시랴거든 이놈의게 몰래 쥬심을 伏望하오매

맛치나이다, 仔細한 말 엇지 이뿐이릿가마는

羞宅 오淚에 사뭇처 다맛 敬敬行희

적여서 下書을 伏待하오며 남음은

從兄임 萬安하심을 츄슈하옵니다


一九一九 己未 四月

從 相和 上書

[추신] 仔細한 말삼을 伯父님 上書에 보시압

[피봉]

從伯兄主 前 上書


從弟 相和 上書


아—종형님

무엇이라고 아뢰올 말씀이 없습니다.

종형님 이놈들의 전도와 가정을 위하야 진심으로 힘을 다하시는 은혜 성심으로도 십분의 일도 고마움을 갚을 길 없어 부끄럽거나 황송하여 몸 둘 곳이 없습니다. 종형님! 가압류가차압할 날이 멀지 아니하니 수치는 아무래도 이미 당한 것이지마는 차압을 당하야 강매하는 날에 손해됨이 어떠하겠습니까? 그런즉 미리 전토를 방매하야 마음에 품은 뜻에 주저하며 가려움증癢症이 되는 부채를 없게 하여 주시옵소서. 종형님, 안타깝게도 생명폐와 간을 헤치는 바를 어찌 능히 약해지도록 버려두시겠습니까? 형님 뵈올 면목이 없음을 바라는 바가 아님이 분명하옵니다.

종형님 이놈의 바라는 바는 다만 그뿐입니다. 바라는 바를 풀어주시려거든 이놈에게 몰래 빚을 갚아 주심을 삼가 바라오매 이만 글월 마칩니다. 자세한 말 어찌 이쁜 일까마는 집에 수치스러워 눈물이 나며 슬픔에 사무쳐 다만 감사하고 감사히 적어서 이 편지를 삼가 기다리오며 남은 것은 종형님 만안하심을 축수하옵니다.

1919년 기미 사월

종 상화 상서

[추신] 자세한 말씀은 백부님 상서에 보시옵소서

종백형님 전 상서
종제 상화 상서

---

**이상화가 종형에게 보낸 편지**

발신인: 이상화
수신인: 이상악
발신일: 1919년 기미 4월
소장처: 대한민국역사박물관 소장 증23273

1919년 3.8 대구만세운동을 주도했던 이상화가 일제의 피체를 피하여 경성 박태원의 집으로 피신을 간 시기에 큰집 종형인 이상악에게 보낸 편지이다. 문제는 경성의 박태원이 살든 집 주소인 서대문구 냉동 92번지에 머물렀던 것으로 알려져 있는데 이 편지 피봉의 주소가 없어서 확인할 수 없다.

# 19. 이상화가 백부 이일우에게 보낸 편지

【원문】

伯父主 前 上書


伏米審窮沍

伯父主外內兩位分 氣體一向萬康 宅內諸節均

吉否遠外伏慕下誠之至 從子 客狀依舊充健伏幸

何達就白今月學費 昨日伏令 前番上書如告詳

細相佰月謝金三十元 寬諒 下送伏望不已

外套等件冬已過半然然經日而 可無傷身之憂

然月謝金則期限方迫以此 下鑑處分焉, 餘

伏祝

氣體度隨時增旺早速 下示伏望不備 上書


二月九日

從子 相和 上狀]


[피봉]

伯父主 前 上書

從子 相和 上狀

백부님 전 상서

　삼가 몹시 추운 날씨 살피지 못하였습니다. 백부님 내외 양위분 기체후 한가지로 아주 평안하신지요? 댁내 집안 모든 사람도 두루 평안하신지요? 삼가 지극히 그리워하옵니다. 종자 객지에서 지내는 상황은 옛날과 다름이 없사오며 충실하고 건강하여 다행이옵니다. 잠시 사뢰올 말씀은 지난 날 이미 사뢰었던 이 달 학비와 전번 올린 편지와 같음을 고하며 상세히 말씀 드리면 상백相佰 월사금月謝金 등록금 삼십원이오니 관대하게 살펴 돈을 하송키를 삼가 기약없이 바라옵니다. 외투 등의 건은 겨울이 이미 반이나 분명히 지나갔으나 가히 몸이 상하는 근심이 없으나 월사금은 곧 기한이 이에 급박하와 처분해 주시기를 사려주옵기를 삼가 바라옵니다. 기체도 때때로 조속하게 왕성해지시길 삼가 비오며 이만 줄여 사뢰옵니다.

[1923년추정] 2월 9일
종자 상화 상장

백부님 전 상서
종자 상화 상장

## 이상화가 이일우에게 보낸 편지

발신인: 이상화

수신인: 이상악

발신일: [1923년 추정] 2월 9일

소장처: 대한민국역사박물관 소장 증23274

이 편지는 1923년 2월 9일날 발송한 편지로 이상백이 신학기에 내어 아할 월사금 30원을 빨리 보내달라는 내용이다. 아마 이 편지를 발송한 곳이 일본 동경 시외에 있는 토즈카戶塚에 살면서 보낸 편지일 것이다.

# 20. 이상화가 백부 이일우에게 보낸 편지

【원문】

伯父主 前 上書

伏米審比天

伯父主外內兩位分 氣體度一向萬寧 大小宅內諸節以

時均安季從所患幸得多效否遠外 伏慕下誠之至 從子

旅裏宿食依前充實 伏幸何達就白 下送金昨

日伏領而 相佰入齒代十五元(未能代受於從仲兄)及 渠日服價

中未送條十六元, 內衣二襲價(交換洗濯)六元, 今般移館

通負(옴)客五元五十錢(自市內距 二十里)合計三十二元五十錢也

査諒從速 下送之地 伏望伏望餘惟祝

氣體候隨時增旺不備 上白

十日月 五日

從子 相和 上書

[피봉]

伯父主 前 上書

東京外 上戶塚町 五七五

尙方

從子 相和 上狀

백부님 전 상서

하늘 앞에 삼가 바라옵건데 백부님 내와 두 분 기체 늘 안녕하오시며 대소가 내두루 계절에 따라 두루 편안便安하시며 계절에 따라 병환 다행히 머잖아 많은 효험이 있어 삼가 공손히 그리워 정성을 다합니다. 종자 여관에서 자고 먹고 입는 것 모두 충실하오니 삼가 행복을 어디에 비할 수 있겠사오며 사뢰온 송금해 주신 것은 어제 삼가 잘 받았으며 상백相佰이 치과병원비로 십오원 아직도 중형으로부터 대신 받았음과 저가 일상 옷값 가운데 아직 받지 못한 조로 십육원, 내의 두 벌 값교환 세탁 육원, 금반에 여관 옮기는 통운비(잡비)를 각 오원 오십전 시내 거리 이십리 합계 삼십이원 오십전입니다. 살피시어 속히 보내주시기 삼가 바라오며 기원드립니다. 기체후 수시로 더욱 건강하시기 바라오며 이만 사뢰옵니다.

[1922년] 십일월 오일

종자 상화 상서

伯父主 前 上書

東京外 上戶塚町 五七五

尙方

從子 相和 上狀

## 이상화가 이일우에게 보낸 편지

발신인: 이상화

수신인: 이상악

발신일자: [1922년] 12월 5일

소장처: 대한민국역사박물관 소장 증23275

앞선 편지에서 이상화가 일본에 도착하자 동생 상백과 함께 동경 간다新田에 있는 동경 외곽에 있는 토츠카 마치上戶塚町 575번지로 이사했음을 확인할 수가 있다. 이사를 한 시기가 1922년 12월 이전인 것임을 알 수가 있다. 이 때도 역시 상백과 함께 이곳으로 옮아와 상백과 함께 생활비 전반을 관리하는 우두머리棗로서의 역할을 담당하였기에 상방尙方이라는 용어를 사용하고 있다.

이 무렵 상화의 일상에 대해 백기만(1951:157)은

"1923년 봄에 상화는 일본 동경으로 건너갔다. 상화가 동경으로 건너간 것은 동경 유학이 목적이 아니라 프랑스로 갈 기회를 얻기 위함이었으니 그것은 상화가 요시찰 인물이 되어 고향에서는 외국여행비의 교섭이 불가능하였기 때문에이다. 그러나 동경에서도 여행권은 여의치 않았고 그는 동경도 도시마쿠豊島区 이케부쿠로池袋에 숙소를 정하고 프랑스행의 기회를 노리면서 '아테네 프랑스'에 다니며 프랑스어를 배우고 있었다.

상화의 짤막한 동경생화에는 그의 일생에 중대한 영향을 끼친 로맨스가 있었다. 상대자는 함흥 출신의 절세의 미인 유보화다. 보화는 수많은 웅봉호접들의 애간장을 태우던 명화로서 일요일마다 모이게 되는 간다神田區 유학생회관에는 보화의 아름다운 자태가 보고싶어 날아드는 학생들도 많았던 것이다. 상화는 어떠한 길

이 있어 보화와 접근하였는지 어느덧 그들은 상사의 로미오와 줄리엣이 되었으니 재자가인의 심연적 귀결로 볼 수밖에 없는 일이다.", 백기만, 『상화와 고월』, 175~176쪽, 청구출판사, 1951.

라는 글을 곰곰이 뜯어보면 여기저기 오류투성이다. 상화가 도일한 것은 1922년 9~10월 무렵이다. 2023년 3월에 아테네 프랑세를 수료를 했으니 아무리 단기간이지만 1923년 봄 동경에 가자말자 수료를 했을 수가 없다. 6개월 코스로 본다면 1922년 9월에 동경에 도착했을 것이며 이 무렵에 보낸 편지를 통해 확인이 가능하다.

상화의 동경의 유학을 마치 다른 이유가 있는 것처럼 말하고 있지만 실재로는 아테네 프랑세를 수료하자 말자 곧바로 대학에 등록한 것으로 확인된다. 마지막으로 상화가 거주한 곳이 동경도 도시마쿠豊島区 이케부쿠로池袋 부근이 아닌데 왜 여기라고 했을까? 당시에 이상백이 다녔던 와세다제일고등학원早稻田第一高等學院이 이케부쿠로 부근에 있었던 것을 지레 짐작한 것으로 보인다.

마지막으로 이 무렵 상화가 유보화를 만난 것은 틀림이 없으나 그와의 육욕적인 사랑과 정열을 불태울 정황은 아니라고 보인다. 이 무렵에 쓴 「나의 침실로」를 이 유보화와의 열정적인 사랑을 전제로 한 작품으로 도색하게 된 결정적이 단서를 제공한 것이 바로 이 백기만의 질투어린 글 때문이었다. 이 백기만의 글은 다시 이정수라는 소설가를 통해 경남 합천 출신의 이용조李龍祚, 1899~?를 등장시켜 유보화를 이상화에게 소개해 준 것으로 꾸며놓았다. 그러나 이용조는 1925년 3월 일본 동경 릿쇼立正 중학교 졸업하고 1929년 3월에 일본동경 의학전문학교 졸업였으니 1922년 말에 일본에서 이상화를 만날 수 있었는지도 의문이 간다.

# 21. 이상화가 백부 이일우에게 보낸 편지

【원문】

伯父主 前 上書

日前上書無滯 下覽否伏未審新涼漸高之節
伯父主外內兩位分 氣體一向萬安 大小家諸節如一
均迪否伏慕區區之至 從子 客狀無恙從兄昇海海相
佰及相烈各自充實伏量幸莫大於斯幸焉 就白
寢具代金及日服裌衣以此裌衣欲過秋冬方今着衣單衣而已代金於左明
告以此 下鑑後今月晦內 下送之地伏望又來
月旅費同日 添賜焉 是則無他東京市街中新
田區 麴町區等 幾區最繁紛憂而不啻食價最高
故不能勘當 渠等共議移館之地以是 下燭焉
餘不備 上書

九月 二十日
從子 相和 上狀

[별지]

| 寢具代元 | 三十元 |
| --- | --- |
| 日服裌衣 | 三十元 |
| 秋冬內衣各二枚 | 六元 |
| 合 | 六十六元也 |

東京남내산 太平通 二町目 一一三

旅人館 李昌佪


伯父主 前 上書

從子 相和 上狀

백부님 전 상서


일전에 올린 글 무사히 받으셨는지요? 삼가 새해 추위가 더해가는 계절에 살펴드리지 못하여 백부님 내외 양위분 기체 늘 만사가 편안하시며 대소가 여러 사람들 두루 한가지로 편안하신지요? 삼가 구구하게 바라는 바입니다. 종자 객지에서 별탈이 없습니다. 종형님도 승승장구 잘 계시지요? 상백과 상렬이는 각각 충실히 삼가 살피건대 큰 탈이 없습니다. 드리고자 하는 말은 침구 대금과 일상복 제복袷衣이 추동복 제복은 이제 입었습니다. 대금은 왼편에 별지처럼 알려드립니다.

살펴보시고 이달 그믐 내로 송금해주시기를 삼가 바라오며 또 다음 달 여비 이달과 합쳐서 보내 주시옵소서. 이것은 다름 아니라 동경 시내 가운데 간다구新田區 우마마치구麴町區 등 몇몇 구가 최고로 번화하고 복잡하여 식대가 최고로 비싸서 걱정을 아니 할 수 없는 고

로 이를 감당키 어려워 우리가 함께 의론하여 숙소를 옮기려고 하였
으니 내려 밝혀 주기기 바라오며 이만 줄입니다. 상서

九月 二十日

從子 相和 上狀

[별지]

| | |
|---|---|
| 침구대원 | 삼십원 |
| 일복협의 | 삼십원 |
| 추동내의각이매 | 육원 |
| 합 | 육십육원야 |

동경남내산 태평통 이정목 일일삼
여인관 이창동

백부주 전 상서
종자 상화 상장

## 이상화가 이일우에게 보낸 편지

발신인: 이상화

수신인: 이상악

발신일자: 1922년 10월 5일

소장처: 대한민국역사박물관 소장 증23275


이상화는 1922년 9월 무렵 동경으로 가서 간다구 부근에 상백과 함께 살다가 그곳의 물가가 비사기 때문에 10월 초에 토츠카로 이사를 했음을 이 편지를 통해 알 수 있다. 이 편지를 통해서 종래 잘못 알려진 이상화가 동경에 도착하여 거주 지역을 정확하게 확인할 수 있는 자료이다. 각종 자료에서 동경 이이다바시飯田橋 미요시칸三好館에 거주한 것으로 알려졌는데 사실과 다름을 알 수가 있다.

문제는 상화가 일본 동경에 언제 유학을 떠났는지 알 수 있는 자료가 없으나 이 편지 내용으로 봐아서는 1922년 9월 경에 일본 동경으로 건너가서 동경 간다에 있는 아테네 프랑세에 6개월 단기 강습을 했을 것으로 보인다. 그래서 1923년 3월 경에 아테네 프랑세를 수료하였다.

1922년 프랑스 유학의 기회를 갖고자 불어 공부를 위해 동경의 아테네 프랑세에 입학하게 된다. 이 당시 이상화의 동경 근황을 알려 주는 새로 발견된 이상화의 편지가 있다.

1922대정 11년 12월 29일 밤 동경 시외 토츠카上戸塚에서 조선 대구부 본정 2정목 11번지로 동계 방학을 맞이하여 일시 조선으로 귀국한 아우 이상백에게 보낸 편지를 위에서 소개하였다. 겉봉에 대정 12년 1월 1일자 소인이 찍혀 있는 것으로 보아, 이 서간은 이상화의 동경 체류 시절에 쓴 편지임을 알 수 있다. 동경대지진이 일어나기 9개월 전이다. 편지의 내용으로 미루어 이상백 또한 동경 와세다제일고등학원 재학 중으로 이상화와 함께 거주하다가 방학 기간 귀국하였으므로 겉봉에 구체적 주소를 쓰지 않았다.

1923년 3월에 아테네 프랑세를 6개월 단기 프랑스 연수과정을 수료를 한 뒤 이상화는 곧바로 그해 3월 대학으로 진학을 한 것으로 보인다. 1937년 교남학교 교원으로 취업할 당시 학교에 제출한 자신의 이력서를 보면 니혼대학 프랑스어과에 입학 한 것으로 되어 있으니 그해 1923년 9월 일어나 관동대지진으로 인해 그의 유학의 꿈은 모두 물그픔이 된 것이다. 동경 시절 이상화의 행적을 추정할 수 있는 또 하나의 새로 발견된 서간은 동경대지진 당시 이상화 관련 소식을 전하고 있는 아래의 엽서이다.

# 22. 이상화가 김찬기에게 보낸 편지

**【원문】**

料外付接儀오

遽作一夢이라 悵

仰無道오 只切鬱鬱

이외다 謹審日來

静体護安하고 覃

節慶吉이옵신지 祈

溱之至외라 弟는 所涯

一如하니 是爲私幸

이오며 第空雲葉

中 所命番地는 弟亦

未詳이나 太平通 三

通旅館云則 南大

門付近之人은 擧皆略

知矣리니 以此使探

하시와 從果

速敎하시기

緊仰이오며 惟

願

時保하오며 不備禮

七月二十七日
李相和 頓
松岡 大雅

[피봉]
京城府 明倫町 一九 三六-四四
金瓚箕 氏

大丘府 西城町 二-四四
李相和


　급히 글을 쓰는 것이 하나의 꿈만 같습니다. 삼가 암담한 앞길을
슬퍼하옵니다. 지척에서 소식이 단절되니 답답하옵니다. 삼가 나날
이 살피오며 조용히 쉬며 안락하고 한 집안의 모든 사람의 기거동작
이 즐겁고 복 되시온지 바라오며 기원드리오라. 아우는 물 한가운데
에 있는 듯하니 이것도 다행이오며 엽서 중에 말씀하신 곳의 번지는
저 역시 알 수 없으나 태평동太平通 삼통여관三通旅館이라는 곳은 곧
남대문 부근의 사람은 대부분 알 것 입니다. 이것으로 살펴보시어 결
과를 속히 내려주시기 긴급히 바라오며 원하는 바를 시간을 엄수하
여 주시며 이만 총총

7월 27일

이상화 머리를 조아려

송강松岡 대아大雅 평교간이나 문인에 대하여 편지 겉봉 이름 밑에
쓰는 말.


京城府 明倫町 一九 三六-四四

金瓚箕 氏


大丘府 西城町 二-四四

李相和

## 이상화가 김찬기에게 보낸 편지

발신인: 이상화

수신인: 송강 김찬기

발신일자: 년 월 일

소장처: 대한민국역사박물관 소장 증23275


이 편지의 수신자인 김찬기金瓚箕는 달성군 현풍 출신으로 일본 메이
지대학을 졸업한 인물로 김봉기金鳳箕와 형제 간이다. 1921년 4월 3일
『동아일보』 기사에 「현풍청년회에서 메이지대明治大를 졸업하고 환향한
김찬기 군 환영회개최」 현풍 소식이 있다.

1929년 2월 16일 『조선중앙일보』 思想問題에 關한 調査書類 6京鍾警

高秘 제1967호가 있는데 경남의령 출신의 이우식을 비롯한 이시목, 이상협, 최원동, 이진상, 오성환 등과 부산의 백산상회와 연계가 되어 있는 독립운동 후원을 하였던

　1936년 3월 6일자 『동아일보』 기사에는 "비운의 교남교에 천원씩 희사, 그리 넉넉지 못한 재산에서 달성 김찬기 김봉기 씨 형제독지"라고 하여 교남학교에 어려움에 처한 교남학교현대륜학교에 기부금을 내었다는 기사도 보인다. "悲運의 嶠南校에 喜捨金遝至, 妓生기생 劉春淘의 特志도 寶石반지를 빼나, 私學界에 又一快報! 李根夏, 金瓚箕, 金鳳箕 氏가 각각 一千원씩 기부大邱" 이 무렵 김찬기는 경성부 돈의동 명월관 본점, 경성부 인사동 보신여관에 거점을 둔 『중외일보사』 사주 李佑植의 이사로 있었다. 김봉기 씨는 또 유고집 『中國遊記』에 수록된 약력에도 단기 4229년1896으로 되어 있다. 여기서는 이 자료를 토대로 하여 『중국유기』의 내용을 검토하여 이상정 장군의 중국 망명시기와 쓴 유고집인 『표박기』를 『중국유기』로 간행하면서 그 발문을 썼다. 그만큼 이상화 집안과 매우 밀접한 관계가 있었던 분이다. 상정 장군의 육필원고 가운데 출판을 준비하느라 김봉기 씨가 맡아 있던 것을 다시 편집하여

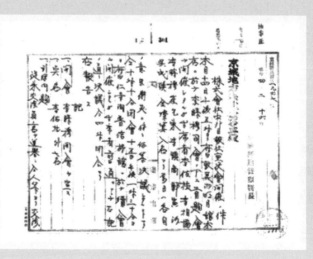

『중국유기』라는 책으로 대구에 있는 청구출판사대표 이형우, 대구 동성로 3가 12번지에서 1950년 2월 15일 출판한 것임을 알 수 있다. 이상정 장군의 영결식은 그가 잠시 교사로 활동하였던 계성학교 교정에서 이루어졌다. 그후 이상정의 남아 있는 육필원고를 『중국유기』라는 이름으로 간행하는 일은 정하택鄭夏擇이 주도하고 장군의 환국환영위원회의 대표위원이 발의하여 우선 이상정 장군이 귀국 당시에 가져와 김봉기 씨에게 전달되었던 육필원고만이라도 출판하고 유고 전집은 후일을 기하기로 한 것이다.

김봉기金鳳箕, 「발문跋文」 『중국유기中國遊記』, 152쪽에 따르면 이상화가 중국에서 가져온 원고를 김봉기가 보관하고 있다가, 1950년 유고집을 만들었다고 한다. 김봉기가 보관한 이외의 원고가 있었을 가능성을 배제할 수 없다.

> 백기만이 동경東京 교외郊外에서 朝鮮 大邱府 本町 二丁目 十一번지 이상악李相岳에게 보낸 서간에는 학비에 관한 백기만의 고민이 잘 나타나 있다. "新學期 始에 臨하와 不可不 二學期分 月謝金 納入이오며 兼하와 大講堂 新設補助金 二〇이 要하오며 書籍 數 三券도 新學期에 必要하올 듯 하와 上達하오니 五十〇 下送하시여 주시옴 伏望하옵나이다. 餘不備上書 九月 三日 侍生 白基萬 上書"

담교장은 백부인 소남 이일우선생이 운영하던 '우현서루'를 본받아 생가 사랑채를 '담교장'이라 이름을 지었다. 이 곳에서 1919년 3월 8일 대구만세운동을 위한 모임 및 태극기와 독립선언서를 만들었다. 또 1926년 '빼앗긴들에도봄은오는가'를 발표하고 '담교장'에서 우국지사 및 문우들과 교류하고 담화하는 장소로 쓰였다. '담교장'이야말로 대구독립운동의 성지이자 대구근대문학의 발원지라 할 수 있다.

　이상화 생가는 서성로 11번지인데 1956년에 토지가 4곳으로 분할되었고, 라일락뜨락은 그 중 11-3번이이며, 담교장은 11-1번지이다.

# 23. 독립운동가 권오설이 이상화에게 보낸 애틋한 엽서

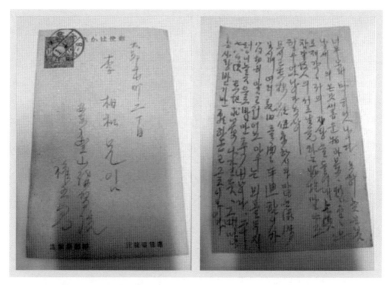

페북에 올린 박찬승 교수, 「1920년대 독립운동가 권오설이 이상화에 보낸 엽서 해독」,
ⓒ 권오설기념사업회 제공

【원문】

너무 오래 막히엇나이다. 요사이 늦은 봄
날세의 온갖 새롭운 物과 景, 形形色色으
로 제각각 저의 자랑을 들어내는 듯.
참말 故人의 서로 生覺하는 懷抱야 [말]로
할 수 없나이다 요사이
모실 案抄 健康하시와 많은 滋味
보시며 여러 親舊들 面面 平通함닛가
名 切히 알고 접어요 아우는 뫼골 무지

렁이 노릇으로 밥만 축냅니다. 二十
七八日頃 貴地 求景나갈 듯, 그때 많
은 사랑 받기만 願하옵고 긏이나이다.


【해석】

너무 오래 적조했습니다. 요사이 늦은 봄 날씨의 온갖 새로운 만물
과 경치가 형형색색으로 제각각 자기 자랑을 드러내는 듯합니다. 참
말 옛 사람처럼 서로 생각하는 회포는 말로 할 수 없나이다. 요사이
모시고 계신 양친께서는 건강하시어 많은 재미 보시며, 여러 친구들
은 모두 평안합니까. 간절히 보고 싶습니다. 아우는 산골의 무지렁이
노릇으로 밥만 축냅니다. 27,8일경 대구에 구경 나갈 듯합니다. 그때
많은 사랑 받기만을 원하옵고이만 그치나이다.


발신일 소화 1(1926)년 4월 8일
수신자 大邱市 町二目 李相和 兄임
발신자 安東 豊山 學習院 權五卨

## 독립운동가 권오설이 이상화에게 보낸 애틋한 엽서

1920년대 초 안동에 사는 독립운동가 권오설 선생이 민족시인 이상화에게 보낸 엽서이다. 이 엽서의 발신인인 권오설 선생은 6.10만세운동의 기획자였던 독립운동가이다.

소화 1(1926)년에 보낸 권오설의 엽서에는 "너무 오래적조했다(서로 연락이 끊겨 소식이 막혔다). 아우는 산골의 무지렁이 노릇으로 밥만 축냈다"면서 "27, 8일경 대구에 구경 나갈 듯하니 그때 많은 사랑 받기만을 원한다(교류를 나누자)"라고 적혔다. 이 무렵 이상화는 경성에 머물고 있던 때이다.

수신자 주소가 "大邱市 [    ]町二目"로 되어 있다.

이상화가 그의 대표작인 「빼앗긴 들에도 봄은 오는가」라는 시를 『개벽』에 발표한 것이 1926년 6월호였다. 그해 4월 25일 순종이 승하하고, 5월 들어 그의 벗 권오설이 6.10만세 운동을 준비하느라 분주하던 바로 그 무렵 이 두사람은 대구에서 만날 기약을 한 내용이다.

박찬승 교수는 2일 「오마이뉴스」에 이상화와 권오설이 "친구 사이일 것이라고는 한 번도 생각해본 적 없었던 시인 이상화와 사회운동가 권오설이 매우 가까운 사이였음이 이 엽서 한 통을 통해 확인됐다"고 밝히고 있다. 짧은 엽서의 글이지만 권오설 선생이 시인 이상화를 향한 지극한 우의가 느껴지는 글로 이상화가 「파스큐라」와 「카프」를 결성한 시점에 사회개혁주의자들과 얼마나 밀접했는지 알 수 있는 근거가 될 것이다.

박찬승 한양대학교 사학과 교수(6.10만세운동기념사업회 부회장)는 지난 4월 권오설선생기념사업회로부터 의뢰를 받아 이 엽서를 해독했는제 필자가 몇 군데를 수정한 것임을 밝혀 둔다.

이상화(1901~1943)는 권오설(1897~1930)보다 네 살 아래지만, 권오설은 엽서에서 '李相和 兄임'이라고 존칭을 사용하고 있다. 박찬승 교수는 "두 사람은 아마도 같은 시기 중앙학교 다닐 때 서로 만나 가까운 사이가 된 것으로 보인다"라고 덧붙였다.

권오설 선생은 6.10만세운동을 주도했다가 일제에 체포되어 서대문형무소에서 순국한 독리1운동가이다. 1897년 경북 안동 가일마일에서 태어난 권오설은 대구고보를 다니다 1916년 친구들에게 '민족의식을 고취했다'는 이유로 퇴학당했다. 이후 서울에 올라와 중앙학교를 다녔지만 학비를 마련하지 못해 중도에 그만둔 뒤 광주로 내려가 전남도청에서 일했다. 1919년 3월 3.1운동이 발발하자 참여하다가 일경에 체포되어 6개월여의 옥고를 치렀다.

1919년 말 권오설은 다시 고향 안동으로 돌아와 원흥학술강습소를 운영하면서 청년운동, 농민운동에 힘을 쏟았다. 그리고 이 시기에 대구로 이상화에게 엽서를 보낸 것으로 추정된다. 권오설은 엽서에 "아우는 산골의 무지렁이 노릇으로 밥만 축냈다"라고 겸양 섞인 말로 자신의 상황을 에둘러 나타냈다.

1901년 대구에서 태어난 이상화는 1915년 중앙학교에 입학해 1918년 봄 중퇴할 때까지 3년여를 서울에서 보냈다. 권오설이 서울에서 유학하던 시절과 겹치는 지점이다. 이상화 역시 1919년이 되자 고향 대구에서 친구들과 함께 3.1운동을 모의했다 발각되어 경성 박태원 집에 은신했다. 대구 3.1운동을 추진할 무렵 이상화는 백기만과 더불어 이호, 이상쾌, 이여성 등과 밀접한 관계를 맺고 있었던 것으로 추저오딘다.

보훈처 독립유공자 공훈록에 따르면 권오설은 1923년 풍산소작인회를 조직해 농민운동에 진력한다. 풍산소작인회는 회원이 5천 명에 달하는 조직으로 성장하고, 권오설은 이를 발판으로 1924년 조선노농총동맹을 조직해 상무집행위원으로 선출돼 활동한다.

1925년 2월 권오설은 김단야, 박헌영 등과 조선공산당 창당을 결의하고 같은 해 4월 조선공산당과 그 산하단체인 고려공산청년회를 창설해 고려공산청년회 조직부 책임자로 활동했다. 이때 그는 상해 임시정부에서 들어오는 자금을 관리하며 조직을 총괄하는 역할을 한다. 그리고 순종 승하 직후인 4월 말경부터 상해의 조선공산당 임시 상해부 인사들과 함께 6.10만세운동을 계획해 만세운동의 투쟁지도부인 '6.10투쟁특별위원회'를 조직해 운영한다.

그러나 거사 사흘 전인 6월 7일 계획이 사전 발각되면서 체포됐고 징역 5년을 선고받아 서대문형무소에서 옥고를 치르는 중인 1930년 옥중에서 순국한다. 일제는 1930년 권오설이 33세로 죽자 고문 흔적을 감추기 위해 시신이 든 목관을 함석으로 밀봉했다. 정부는 고인의 공훈을 기려 2005년에 건국훈장 독립장을 추서했다. 3년 뒤인 2008년 4월 후손들은 부부합장을 위해 무덤을 열었고, 빨갛게 녹이 슨 철관 속에서 함몰된 권오설의 두개골이 발견됐다.

# 24. 이갑성이 이상악에게 보낸 편지

**【원문】**

"兄任 其間 東京 相和 消息을 드러섯ㄴ있가. 族弟는 其後 東亞日
報社에서 鮮人을 爲하여 보낸 李相協君의게다 相和 일을 付託ㅎ여
달라고 其 社長께 信託ㅎ엿ㄴ대 卽日 通知ㅎ엿다 흡데다. 近日 東
京셔 나온 學生을 每日 相逢ㅎㄴ데 彼等의 말은 現今 何處에던지 來
往하던지, 혹은 朝鮮으로 나오ㄴ 것보다ㄴ 方今 收容되여 있ㄴ 곳에
그대로 있는 것이 最上策이라고 하오며 又 各 方面에 調査에와 자기
들 생각과 아는 대로ㄴ 幾人의 勞動者와 其 當時 日本社會住意者社
會主義者의 오식―필자주와 갓치 活動하든 幾 個人마다ㄴ 擧皆 無事
ㅎ다 합데다. 左右間 消息 듣ㄴ 대로 通知하여 주소셔. 相吉 弟ㄴ 近
日 오ㄴ 新聞 等을 讀치 못ㅎ게 ㅎ시옵. 나ㄴ 兄主體候萬重宅內均安
只 祝了 九月 十六日 族弟 甲成 呈"[129]

**【해석】**

　형님 그간 동경 상화 소식을 들었나있까? 족제는 그 후 동아일보
사에서 조선인을 위하여 보낸 이상협 군에게다 상화 일을 부탁하여
달라고 그 사장께 신탁하였는데 즉일 통지하였다 합디다. 근일 동경
서 나온 학생을 매일 상봉하는데 그들의 말로는 현금 어느 곳에든지
내왕하던지 혹은 조선으로 나오는 것보다는 방금 수용되어 있는 곳

---

129)　경성에서 1923년 9월 16일 이갑성이 이상화 가家에 보낸 엽서.

에 그대로 있는 것이 최상책이라고 하오며 또 각 방면에 조사에서와 자기들 생각과는 아는 대로는 몇 사람의 노동자와 그 당시 일본사회 주의자와 같이 활동하던 그 개인마다는 대부분 무사하다 합디다. 좌우간 소식 듣는 대로 통지하여 주소서. 상길 동생은 근일 오는 신문 등을 읽지 못하게 하시옵(소서). 나는 형님 기체 만중 가내 두루 평안하시기 비라오며 9월 16일 족제 갑성 드림.[130]

---

130) 박용찬, 『대구경북 근대문학과 매체』, 역락, 2022, 215~216쪽. 이갑성이 이상화 집안으로 보낸 편지판독문을 참고하여 필자가 현대어로 옮긴 것임을 밝혀 둔다.

### 이갑성이 이상악에게 보낸 편지

이 엽서는 동경에 있던 이상화의 소식을 궁금해 하는 이상화 집안의 집안 친척이었던 이갑성李甲成이 서울에서 대구 상화의 큰댁 본가로 보낸 것이다. 동경대지진이 일어난 날이 1923년 9월 1일인데, 이 엽서는 1923년 9월 16일이다. 관동대지진의 소용돌이 속에서 '사회주의자와 조선인의 방화 및 폭동에 대한 유언비어'131)가 난무하면서 관헌이나 자경단원들에 의해 많은 조선인들이 학살당하고 있었다. 이미 1919년 3월 3.1독립선언 만세 사건 당시에 이갑성은 이상화와 백기만을 통해 대구지역의 만세 운동을 일으킬 수 있도록 추동한 인물인데 마침 관동대지진으로 혼란상에 빠진 일본에 있는 이상화의 안부가 근심이 되어 나름대로 조치를 하고 있다는 내용의 편지이다.

당시 조선인 유학생들 중 관동대지진의 참사를 겪은 작가로는 "김동환, 김소월, 김영랑, 박용철, 양주동, 이장희, 유엽, 이기영, 이상화, 채만식과 노동운동가 전부와 박진 등이 있다. 이 엽서는 동경대지진 당시 이상화의 동경 행적을 추정할 수 있는 근거가 된다. 이 엽서에 나오는 이상협李相協은 『정부원貞婦怨』, 『해왕성海王星』을 쓴 작가이자, 당시 동아일보의 편집국장을 역임한 언론인이다. 아마도 이갑성이 일본으로 특파되는 이상협을 통해 이상화의 안전과 행적을 수소문해달라는 부탁을 한 것이다.

1923년 9월 6일 아침 경부선 차로 남대문역을 출발하여 일본 동경으로 떠나서 1923년 9월 11일에 동경에 도착"132)한 후에 동경에서 현지 상황을 속속 타전해 왔으나 아마 이상화의 행적을 파악하지는 못한 것 같다. 다만 동경에 체류하던 조선의 노동자와 유학생들이 우마마치구趙町區에 있는 유학생 감독부와 동경 시 외곽에 있는 치바켄千葉縣 나라시오習志野 등에 분산되어 있었던 것 같다.

---

131) 강덕상, 『학살의 기억, 관동대지진』, 역사비평사, 2005, 355쪽.
132) 동아일보, 1923.09.11.

제3부

# 이상화 시를 바라보는 눈

상화는 1920년대 한국 시단을 대표하는 시인으로서 1920년대 자유시
를 시도한 몇몇 안 되는 시인 가운데 한 분이다. 시의 은유와 상징의 수
사와 시 형식적인 면에서도 실험 정신이 투철한 시인이었다. 특히 「나의
침실로」와 「빼앗긴 들에도 봄은 오는가」라는 작품을 통해 식민 현실을
극복하려는 시적 실험과 식민 현실의 기층민들의 아픔을 보듬는 따뜻한
서정시인이었다.

# 1. 이상화의 삶과 문학 혹은, 자서전

이상규 시인

## 그 적막하던 달구벌을 울린 메아리

생전에 시집 한 권도 남겨놓지 않고 광복을 눈앞에 둔 어느 날 훌쩍 떠난 이상화 시인, 이 글은 꽤 긴 시간 그를 탐색해온 필자가 이상화의 입장에서 대필한 자서전이다. 되돌릴 수 없는 시간과 공간이지만 다시 그 적막하고 암울했던 1901년 그가 태어난 시공간으로 되돌아가 본다. 다만 이상화의 문학에만 매달려 그의 삶을 두 토막 혹은 세 토막으로 나누어서 설명해온 방식을 벗어나 그의 삶을 지배했던 전반기의 문학인의 삶과 1927년 이후 문화예술운동가로서의 삶의 기간으로 구분하여 살펴 본 다음 다시 이를 통합한 그의 전 생애를 판독해 내려고 한다. 그 이유는 그가 문학에 매달렸던 시간이 물리적인 시간상으로도 결코 길지 않기 때문이다. 그 기간 동안 문학적 성과들이 변했다한들 얼마나 변했을까? 그의 전반기 문학의 삶도 퇴폐적인 시기니 계급문학의 시기니 분리시키지 않고 그보다 더 넓고 더 긴 맥락에서 항일이라는 문학적 에콜을 중시하여 하나로 삼았으며 이 단락은 그의 삶의 후반기를 장식하는 문화예술운동가로서의 삶에 나란히 함께 배열시키는 것이 더 온당하다는 생각 때문이다.

조각난 모자이크처럼 흩어져 있는 그의 삶과 그가 남겨놓은 문학작품들을 재구성하여 이제 한 시인의 이야기를 시작하려고 한다. 한 나라의 문학은 그 나라의 지역문학들이 하나의 꽃다발로 모여서 형성된다. 신라시대 향가에서 조선시대의 시조와 가사가 활발하게 창작되었던 지역이 대구·경북이라는 사실만으로도 대구경북은 한국문학사의 골간을 형성하는 기본 줄기를 차지한다. 특히 국립역사박물관 대구경북 지역문인들은 항일 민족정신을 바탕으로 근대문학을 다양하게 실험하면서 신문학의 여명을 향해 힘찬 발걸음으로 그 길을 이이내었다. 한국 근대문학은 계몽기에 밀려든 새로운 가치와 이념을 바탕으로 시작됐다. 출판사, 학교, 동인지, 잡지 등을 통해 형성되기 시작한 대구의 근대문학은 시인 이상화, 백기만, 이장희, 이육사, 오일도와 소설가 현진건과 시조시인 이상정, 희곡과 연극에 김유영과 홍해성, 아동문학에 윤복진을 만남으로써 그 폭과 깊이를 더하여 우리나라 문학사의 중심에 놓이게 하였다. 1917년 프린트판 동인지『거화』를 펴냈던 현진건, 이상화, 이상백, 백기만 등은 이후 이장희와 함께 한국근대문학 형성의 중요 토대가 되었던『백조』와『금성』의 주요 동인으로 활약했다. 경북 선산 출신인 연극영화인 김유영의 삼촌인 김승묵이 1925년부터 1927년 사이에 발간한 문예지『여명』통권 7호은 1920년대 중반 지역 근대문학의 토양을 일군 중요 문학 매체이다. 또한 1934년 경북 영양 출신 오일도가 간행한『시원』과 김천에서 조선문인협회의 진농성이 간행한『무명탄』, 그리고 1945년 10월 이윤수가 주도한 죽순구락부와 1946년『죽순』의 간행, 그 이후 많은 작가들이 등장하여 한국 근현대문학의 여러 분야를 화려하게 장식했다.

일제에 항거한 이상정, 이상화, 현진건, 이육사 등은 지조 높은 문인들이었다. 이들은 일제의 지속적인 피체와 검열과 억압에도 위축

되지 않고 시대성과 문학성을 겸비한 작품들을 발표, 항일 저항문학의 한 물줄기를 형성했다. 현진건은 『고향』, 『운수좋은 날』 등을 통해 국립역사박물관 민중들의 절망적인 삶의 현실을 음산하고 비참한 「조선의 얼굴」로 표상화했으며, 이상화는 「빼앗긴 들에도 봄은 오는가」, 「통곡」 등을 통해 나라 잃은 비애와 저항의지를 강하게 드러냈다. 상화보다 좀 늦게 문단에 등단한 이육사는 몇 차례의 피검과 투옥을 거듭하면서도 「절정」, 「교목」, 「광야」와 같은 뛰어난 일제 저항시를 남겼다. 그리고 소설가 백신애, 장덕조, 김동리, 시인 이육사, 이병각, 오일도, 박목월, 조지훈, 시조시인 이상정, 이호우, 문학평론가 이원조, 김문집, 아동문학가 윤복진, 김성도, 이응창 등이 이룩한 문학적 성취는 한국 근대문학의 형성과 발전에 크게 이바지했다.

지금부터 꼭 77년 전인 1943년 4월 25일 아침결인 오전 8시 대구시 중구 계산동 2가 84번지. 알아보기 힘들 정도로 바싹 야윈 43세의 상화는 힘없이 몇 마디 입속말을 아내 서순애84년 작고에게 건너 주고는 영원히 되돌아 올 수 없는 영면의 길을 떠났다. 큰아들 용희 씨가 18세, 충희 씨가 10세, 막내 태희 씨가 6세였던 때였다. 그해 정월 달에 경성제대 부속병원에서 위암으로 판명된 지 불과 석 달 만에 영원히 돌아오지 못할 길을 그렇게 급하게 황급히 떠나버렸다. 그해 2월 중순 만주로 떠나기 앞서 목우 백기만이 계산동 고택으로 병문안을 가보니 벌써 눈빛만 형형한 채 여월 대로 여위어 있었다고 전한다. "집필하려던 『국문학사』를 탈고나 해놓고 죽었으면 좋겠는데… 그것도 틀린 모양이지….”라는 말을 남기고.

서서 죽는 한이 있더라도 결코 왜놈들한테 무릎 꿇지 않았고, 어떤 괴로운 감시와 탄압과 고초를 겪어도 동지들에게 자신의 아픔을 내색하지 않고 속으로만 삭혔던 불굴의 상화였지만 병마 앞에 그렇게 힘없이 무너졌다. 민족을 위해 해야 할 태산 같은 일들을 남겨두고…… 우리 문단의 큰 별이 뚝 떨어져버린 슬픈 그날 이후, 상화는 대구시 달성군 본리리 산 13-1번지에 소재한 월성 이씨 이장가 가족묘지에 안장돼 울창한 소나무 숲에서 울려나는 세월의 바람소리를 들으며 깊이 잠들어 있다.

김화수 여사와 용봉상린 네 형제와 손자 충희(1918~1990), 1920년무렵

그해 가을 백기만, 서동진, 박명조, 김봉기, 이순희, 주덕근, 이흥로, 윤갑기, 김준묵 등 해방 전후 공간의 대구를 정신적으로 이끌던 지인 10여명이 힘을 모아 묘비를 세웠다. 상화가 주권을 빼앗긴 민족임을 잊지 않기 위해서 초기에 스스로를 귀머거리, 벙어리로 지칭한 호 '백아' 원래 白啞인데 묘비에는 白亞로 새겨짐를 쓴 묘비명으로 "시인 백아 월성 이공 휘 상화의 묘詩人白亞月城李公諱相和之墓"라고 새겼다.

그 곁에는 상화의 맏형인 중국 망명 국민혁명군 이상정 장군과 상화의 동생인 우리나라 IOC초대 위원이며 서울대교수를 지냈던 이상백, 그리고 수렵인 이상오의 무덤이 나란히 파란의 세월 속에 잠긴 고초의 이야기를 안고 아득한 지난날의 그리움이 소곤거리는 메아리가 되어 달구벌에 울려 퍼지고 있다.

고개를 돌려 일제 서슬이 퍼랬던 식민 무단시대에 글을 쓰면서 온몸으로 현실에 부대끼며 투쟁했던 「빼앗긴 들에도 봄은 오는가」의 시인 이상화의 삶을 되돌아본다. 1901년 4월 5일 대구시 서문로 2가

독립운동가 이상정과 이상화가 태어난 생가 대구부 본정 이정목 십일번지

11번지에서 부친 이시우와 어머니 김신자 사이에 태어난 4형제 중 상화는 둘째아들이다. 부친 이시우의 본관은 경주, 호는 우남이며 그는 대구에서 보통 선비였다. 상화가 일곱 살 때 일찍 세상을 떠났다. 모친 김신자는 김해 김씨로서 신장이 무척 크고 몸무게도 육중한 거인으로 품성은 인자하고 후덕한 모습을 지녔다. 그는 청상의 고절을 노후까지 그대로 곳곳이 지키며 아들들을 교육하는데 남다른 열의를 보인 분이었다. 상화의 형제들이 모두 큰 인물이 될 수 있었던 것은 어머님의 살뜰한 보살핌과 함께 백부 이일우의 가르침의 결과였다.

상화의 큰아버지 소남 이일우는 당시 삼천여석을 하는 대구의 큰 부자였으나 소작인을 가혹히 착취하는 그 시절의 여타 지주들과는 달리 소작료를 저율로 하고 후대하였기 때문에 칭송이 자자했던 명망이 높던 분이었다. 그는 아버지 동진 공으로부터 이어받은 자산으로 「우현서루」를 지어서 많은 서적을 비치하고 각지의 선비들을 모아 강학하게 하였으며 또한 「달서여학교」를 설립, 부인야학을 열어 계몽과 개화의 길에 앞장섰다. 또한 평생 지조를 지켜 총독부에서 제안한 관선 도의원과 중추원참의도 거절한 배일의 지주이며 대구를 대표하는 상공인이 되었던 분이다.

최근 발굴된 이상화가 주고받았던 다량의 편지 자료를 통해 입증되었듯이 이일우는 동생의 아들 4형제의 뒷바라지를 아낌없이 해주었을 뿐만 아니라 인근의 백기만 등 가난하지만 우수한 인재 양성을 위해서도 재정 지원을 아끼지 않은 분이었다. 상화가 남긴 많은 편지글을 보면 소남의 재정적 지원의 덕분으로 그의 용봉상린 4형제는 동량지재로 자라날 수 있었다.

상화의 형제들 가운데 맏형인 상정은 일본 유학을 다녀온 뒤 대구 계성, 신명학교와 경성의 경신학교, 평양 광성고보와 평북 정주 오산학교 등에서 교편을 잡으면서 1919년부터 만주를 넘나들다가 1925년 중국으로 망명, 항일 투쟁에 종사한 국민혁명군 계열의 장군이다. 1937년에는 중일전쟁이 일어나자 국민정부의 초청으로 중경 육군참모학교의 교관을 지냈고 1939년에는 임시정부의원에 선임된 바 있다. 1941년에는 중국 육군유격대 훈련학교의 교수를 거쳐 이듬해 화중군사령부의 고급 막료로 남경 전투에 직접 참가했다. 행방 후 상해에 머물러 교포의 보호에 진력하다가 1947년 9월 어머님의 죽음으로 잠시 귀국하였다가 그해 10월에 갑자기 뇌일혈로 사망했다. 이상정도 시조 시인으로 그리고 화가로 서각과 전각에 능했던 인물이다. 셋째 상백은 우리나라 체육발전의 원로로서 또는 사회학 분야의 석학으로 널리 알려진 분이다. 일본 유학시절와세다 대학부터 운동선수로 활약했고, 1936년 제10회 올림픽 일본 대표단 총무로 베를린에 다녀오는 등 일본 체육 발전을 위해서도 크게 기여했다. 해방이 되자 조선 체육 동지회를 창설, 위원장이 되었고 1946년 조선체육회 이사장을 거쳐 1951년 대한 체육회 부회장을 지냈다. 제 15, 16, 17, 18회 세계 올림픽 한국 대표단 임원, 단장 등으로 대회에 참가했으며 1964년 대한 올림픽 위원회IOC위원에 선출되었다. 또한 서울대학교 교수로서 사회학 분야를 개척했으며 1955년에는 문학박사 학위를 받았다. 동아문학 연구소장, 고등고시위원, 학술원 회원, 한국사학회 회장 등 다채로운 경력을 지녔던 분이다. 이상백도『금성』 동인으로 시인이었다. 막내 동생 상오도 대구고보와 일본 호세이대 법정대학을 졸업한 수렵인이며 수필가였다. 이들 네 형제는 기개와 능력이 모두 출중하였다.

이상화는 본명이며 여러 번 아호를 바꾸어 썼다. 대체로 18세부터 21세까지는 불교적인 냄새가 나는 무량無量을, 22세부터 24세까지는 본명에서 음을 딴, 탐미적인 상화相華를, 25세 이후는 혁명적인 그의 사상적 추이를 엿보게 하는 상화尙火를 썼다. 38세 이후에는 당시의 그의 처지와 심경의 일단이 표현된 백아白啞를 썼던 것을 보면 그 자신의 살아온 삶을 요약한 것 같다.

1913년까지 백부 이일우가 당시 보통학교의 식민교육을 염려하여 사숙에서 이상화는 대소가의 자녀들 칠팔 명과 함께 수학하였으며 서성로 팔운정 101번지 소재했던 우현서루에 설치했던 강의원대성학원에서 한문과 함께 신학문을 배우면서 자라났다. 안타깝게도 1908년 8월 상화의 나이 일곱살무렵 상화 부친 이시우가 별세하면서 상화는 편모슬하에 큰댁 큰아버지의 훈도로 성장하였는데 어릴 때부터 마음이 곱고 매우 여린 순박한 소년으로 자라났다.

1915년 상화는 대성강습소를 수료하였다. 그해 경성중앙학교현, 중동중고등학교에 입학, 서울 종로구 계동 32번지 전진한의 집에 하숙하고 있었다. 그는 그때부터 한문에 뛰어난 실력을 보였으며 항상 학교 성적이 우수하였으며 야구부의 명투수로도 활약하였다.

1917년 대구에서 현진건, 백기만, 이상백 등과 함께 문학동아리를 결성하고 프린트판 습작집 『거화』를 발간했다고 전해지고 있으나 확인되지는 않는다. 아마도 지역문학동아리로서는 전국 최초였으며 이러한 전통이 대구지역에서 『여명』, 『시원』, 『무명탄』, 『문원』, 『죽순』과 같은 지역 문예지가 간행될 수 있게 된 힘이 된 것이다.

1918년 중앙학교 3년 도중에 고향에 내려와서 독서와 글쓰기를 하며 지내다가 그해 7월부터 금강산 등 강원도 일대를 3개월 동안 방랑하면서 자연주의의 생명을 존중하는 그의 사상을 가다듬게 된다. 이 방랑 중에 백기만(1951)은 상화의 대표작이라 할 「나의 침실로」 1923년 『백조』 3호가 완성되었다고 하나 이는 불확실하다. 상화는 그 제작 연대와 발표 연대의 차이가 있는 것은 작품 말미에 제작 연대가 아니면 구고라고 명시해 놓은 것이 많은 데 반하여 이 시는 전혀 그러한 표기가 없는 것으로 보아 이상화의 23세 무렵의 작품으로 추정된다. 또 백기만(1951)이 『백조』 창간호에 발표된 것이라는 주장도 오류이다. 이 작품에서 보이는 산문시적 흔적들을 보면 분명히 『백조』 3호, 즉 1923년 9월에 발표되었다. 이 작품을 보면 아마도 습작기의 산문시로부터 습작하다가 문단에 나오면서 자유시로 넘어온 것으로 보인다.

경성중앙학교를 1918년에 수료하였다. 1919년 전국에서 독립을 위한 만세운동이 물끓듯이 일어나고 있었다. 서울에서 상화와 일족 형인 이갑성(1886~1981)이 「기미독립선언서」 유인물을 대구고보 후배인 백기만과 집안 동생인 이상화를 통해 전달하였다. 기미독립운동 당시 이상화는 백기만, 이곤희, 허범, 하윤실, 김수천, 이상쾌, 애산 이인의 동생인 이호일명 이철 등과 함께 학생들을 동원하고 선전 유인물을 만들어 등사하는 등 시위 행사에 앞장섰다. 한편 중국에서 의열단으로 활동하다가 대구로 온 이여성이 「혜성단」을 조직하여 독립운동에 가세하였다. 그러다가 「제령7호 위반사건」으로 상화의 형인 이상정도 연루되어 상화는 피신하자 그의 백부가 대시 일경에 피의자로 조사를 받게 된다. 그후 백기만을 비롯한 주요 인물들이 검거되자 상화는 서울로 탈출, 서대문 밖 냉동 92번지에서 고향의 친구인 박태원의 하숙집에 머물러 있었다. 아마 박태원의 집에 머문 시간이 길지 않았던 것 같다.

이번에 발굴한 이상화의 편지를 보면 "서대문 밖 냉동 92번"에 잠시 머물다가 "경성 계동 127번지"에 거주했음을 확인할 수 있다. 잠시 함께 살았던 박태원은 상화보다 세 살 위인데 대구 계성 출신이며 중학 시절에 벌써 영문 원서를 읽을 정도의 영어 실력을 지니고 있으며 성악로서도 이름이 있었다. 상화는 그의 아름다운 노래에 심취하여 성악을 배우려고 애쓴 일도 있으며, 그에게서 영어를 배우기도 했다. 상화는 그가 1921년 일본 유학 중에 급성폐렴으로 인해 세상을 떠나자 시 「이중의 사망」과 「마음의 꽃」을 쓰기도 했다. 박태원은 작곡가 박태준의 형이다.

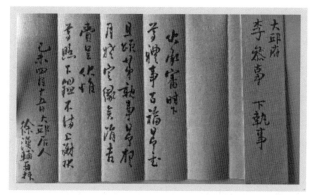

이상화와 서순애 혼사 서한보가 이일우에게 보낸 허혼서, 이상화 고택 전시

이해 음력 10월 13일, 상화는 백부의 강권으로 공주 서한보의 영애 서순애온순과 결혼을 했다. 서순애는 재덕이 겸비하고 용모도 그만하였으며 그때 18세의 꽃다운 나이의 신부였다. 서순애의 큰오빠 서덕순徐悳淳은 1947년 미군정 시기 충남도지사를 지냈는데 서덕순은 와세다대 정경과를 나왔는데 신익희와 와세다대 동문이었고 이상화의 백부 이일우의 사위인 윤홍열일제시대『대구시보』사장이 일본 유학시절, 서덕순과 교우한 것이 '공주처녀'와 상화가 결혼하게 된 계기가 되었다.

상화는 결혼 후에도 다시 서울 계동 127번지로 올라와 외국어 공부를 계속하였다. 1920년에 경성기독청년회 영어과를 수료하였다. 백기만의 말에 따르면 이 시절에 상화는 묘령의 여인을 만나고 있었다고 한다. 경남 출생으로 당시 여자 고등 보통학교를 졸업한 손필련이 바로 그다. 손필련은 독립운동을 하고 있던 여자였으며, 추운 밤 거리에서 자신의 명주 목도리를 풀어 상화의 목에 감아 줄 정도로 상화를 사랑하고 있었다고 한다. 그러나 이상화 관련된 여성의 이야기는 상당히 과장되고 부풀어진 면이 없지 않다. 알려진 바로 손필련이 경남 김해의 독립운동가 김자상의 질녀라고 알려졌으나 이 김자상이라는 인물 또한 확인이 되지 않는다. 백기만(1951)과 이설주(1959)와 이정수(1983)에 의해 꾸며진 소설적인 여성의 문제가 부풀어지고 윤색이 되면서 고 윤장근이상화기념사업회 회장 소설가의 입담에 올려져 널리 와전된 것으로 판단된다. 그리고 이상화의 자신의 시론이나 인생관을 면밀하게 살펴보아도 여성들과 방탕한 생활에 깊이 빠져서 헤쳐 나오지 못했다는 사실이 확인되지 않는다. 나라를 잃어버린 대지에서 하늘에 뜬 별을 바라볼 수 있는 순수 무구한 청년문학도가 어찌 건전하게만 살아야 한다면 시인 노릇을 그만 두어야 옳은 일이 아니었을까?

최근 발굴된 소인이 1921대정10년으로 찍힌 엽서를 보면 1919년 3.1독립운동 거사 후 박태원 집에 잠시 기거하다가 경성 계동 127번으로 옮겨 살고 있으면서 이상화는 경성기독청년회 영어과 강습원에 다니며 외국어 공부를 하고 있었음을 알 수가 있다. 드디어 그의 꿈이 실현되게 된다. 1922년 고향 이웃 친구인 현진건의 소개로 『백조』를 이끌었던 박종화를 통해 그 창간호에 「말세의 희탄」을 발표하고 문단에 나온다. 이후 「단조」, 「가을의 풍경」 등을 발표. 이해 가을 무렵 프랑스 유학 준비를 위해 일본으로 건너간다.

이미 이상화는 일제경찰의 요시찰 인물이 되어 있었다. 기회를 기다리다가 1922년 9월 경에 도일하여 일본 동경에 있는 아테네 프랑세에서 단기과정으로 5개월 수학한 뒤에 1923년 3월 메이지대학明治大 불어학부에 그 이듬해인 1924년 3월 1년 과정을 수료하였다. 대륜고등학교에 남아 있는 이상화의 이력서에는 1922년 3월 25일 동경 아테네 프랑세를 수료하고 동년 4월 1일 동경 메이지대학 불어학부 입학으로 되어 있다.

최근 이 기간동안 거주지를 추정할 수 있는 편지가 무더기로 발굴되어 일본 동경에서의 이상화 삶의 궤적을 추정하는데 결정적인 자료가 된다. 1922년 9월 경 일본 동경으로 건너가자 동경 간다神田구 3정목 9번지에 있는 미호칸美豊館에 먼저 유학을 와 있던 와사대早稲田 제일고등학원을 다니던 동생 상백과 함께 거처를 잡았다가 그 주

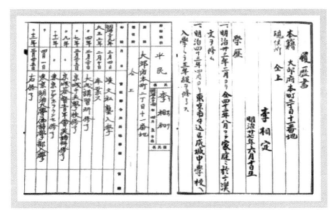

대구 대륜학교구 교남학교에 남아 있는 이상화와 이상정의 이력서

변의 물가가 너무 비싸기 때문에 그해 12월에 동경시 외 도츠카<sup>上戸</sup>塚 575번지로 옮겨 친척동생인 상렬과 더불어 자취를 한다.

1923년 3월에 아테네 프랑세를 단기 5개월 과정으로 수료하였다.

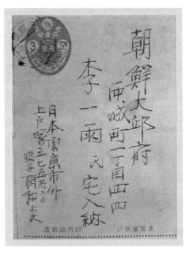

1922년 12월에 동경시외 도츠카上戸塚 575번지로

9월호『백조』3호에「나의 침실로」를 발표하여 문단의 주목을 받게 된다. 그해 9월 일본에서 관동대지진의 참상을 목격하면서 자신도 일본 극우파들에게 붙잡혀 가는 도중에 의연한 자세로 설득, 구사일생으로 살아난다.

이상화의 동경 생활을 백기만이나 이정수는 유보화와 어울려 연애질이나 했던 것으로 그리고 있으나 실재로는 프랑스 아테네 수료와 함께 1923년 4월 메이지대 불어학부에 등록하면서 한편 동경으로 유학 온 친구들과 노동운동과 프로문학에 대한 공부에 매진한 것으로 보인다. 특히 이 시기에 교유관계를 보면 이여성, 김약수, 정운해, 이호, 김정묵 등 재일 사회주의 단체인「흑도회」의 백무, 박열 등 맴버들과 여기서 분리된「북성회」의 재일 사회주의 노동운동단체에 소속된 와 이여성, 김정묵, 이호 등과 긴밀하게 만났다. 이 시기에 무산자계급 문학에 대한 눈을 뜨게 된 시기이기도 하였다.

이 무렵 유엽이 주도하여 백기만, 박태원, 양주동과 함께『금성』지 동인을 결성하였다. 이 시절에 상화는 함흥 출신 동경 유학생인 유보화와의 뜨거운 관계를 맺고 있었다는 뜬금없는 소설적인 이야기가 만들어지게 된 배경에는 그와 가장 가까웠던 고향 친구인 백기만이 퍼뜨린 소문이 이설주의『씨 뿌린 사람들』에 이어 소설가 이정수의 소설『마돈나 시인 이상화』를 통해 윤색되기 시작하였다. 그가 쓴 일제 저항의 시로 평가될 수 있는「나의 침실로」를 마치 유보화와의 탐욕적인 사랑에서 만들어진 육욕적인 퇴폐주의 작품으로 전락시켜버린 결과를 낳게 되었다. 1923년『백조』3호에 발표한「나의 침실로」라는 작품에 문단은 실로 충격에 빠질 수 없게 된 것이다. 그런데 1925

년 4월 1일자로 간행된 『개벽』 제58호에 실린 김기진이 쓴 「현 시단의 시인승전」의 평론 일부를 옮겨 온 것이다.

"이상화 씨 이 사람은 환상과 열정의 시인이다. 「중략」, 「나의 침실로」 이것은 그의 초기의 작품이다. 숨이 막히게 격하는 리듬을 가지고, 놀랠만큼 기이한 환상을 노래한 것이다. 시험삼아서 이 시를 구두점 찍은 곳을 똑똑 끈어가며 낭독하여 보라. 얼마나 그 율격이 격한가? "밤이 주는 꿈, 우리가 얽은 꿈, 사람이 안고 궁그는 목숨의 꿈이 다르지 안흐니, 아 어린애 가슴처럼 세월이 모르는 나의 침실로" 가자는 그 침실인즉, 그의 '이매지-'의 세계임은 의심없다. 이것은 그의 우울성과, 병적으로 발달한 그의 관능이, 순정에 목이 메여서 훌적어리여 우는 울음에 불외하다. 그리고 이 시 전편에 흐르는 것은 모든 것을 살으고자 하는 열정이다. 이것뿐만이 아니라. 그의 시의 도처에서 그가 가지고 있는 정열은 폭죽과 가티 불꽃을 올닌다.
「중략」 이것은 「마음의 꼿」이라는 일편에 있는 구절이다. 이것에 의하야도 그의 정열은 짐작할 수 있다. 허무적 사상을 한 개의 축으로 하여 가지고, 그는 이 축을 중심으로 환상과 열정과 원무를 춤추고 있다. 나는 이 환상과 열정의 시인의 최근의 경향을 지적지 안으면 안 되겠다.
『개벽』 3월호에는 그의 시 「폭풍우를 기다리는 마음」과 「바다의 노래」가 실니엿다. 다만 이 두 편의 시를 가지고서 그의 최근적 경향을 운운하는 것은, 혹은 조계일는지는 알 수 없으나 하여간 이 시인의 환상의 그림자는 점점 엷어저 가는 경향이 확실히 드러난다. 이것은 나에게는 수긍되는 필연의 추세이라 하겠다.

현실은, 엇던 인민에게 있서 가혹한 현실은, 그 현실에 처한 인민으로 하여곰 꿈을 짯도록 하는 것이 보통이다. 현실에게서 눌니고, 깍기고, 억망이 된 그들은 무엇을 즉 광명을 찻다가, 구하다가, 그 중도에서 지여처 혀덕어리고 피곤하야 절망하는 것이 보통이다. 이곳에서 소극적 허무사상이 배태되는 것은 물론이며, 환상은 그들의 유일한 안악소, 은둔처로서의 소산물인 것도 막론이다. 그러나, 그곳에서, 새로운 원기가 니러나서 일보의 진전이 있는 경우에는 곳 그 소극적 허무사상이 맹렬히 돌진되야 적극적 어떠한 '힘'을 짓든가 그렇지 안으면 막다른 골목인 그 자리에서 도라 서서 모든 것에게 반역하는가 하는 것이다. 반역이라 함은 즉 새론 광명에 대한 열망이다. 이것은 필연의 도리라고 밋는다. 그리하야 이 시인에게 있서서는, 최근의 그의 경향이, 전자가 아니고 후자에 속하는 것이라고 나는 미드며 단언한다.

그렇지만, 이와 가튼 것일진대 반다시 그 색채가 강할 것이며, 그 조자가 격할 것이어늘 그의 최근의 시 2편은 그와 가티 색채가 강렬하지 못하고 그 조자가 또한 격하지 못함은 엇지 됨이냐 하면, 거긔에는 또한 상당한 이유가 없는 것은 아니겠스나 나는 설명하고 십지 안타.

최후로 말한다. 그는 허무사상을 축으로 하고 그것을 중심 삼고서 환상과 열정의 원무를 춤추는 다혈성의 시인이라고. 그리고 최근에 와서는 그 환상적 분자가 만히 사라젓다 함을 지적한다. 그의 감각은 건전하다. 그는 본질상으로 그 위치가 반역의 시인임에 있다. 「중략」

박 회월씨 재작년 이후로 1년 반 동안 그는 거의 시를 니저 버린 듯이 발표하지 안는다. 지금 그의 구작을 드러 가지고 말함이, 과연 어떠할는지 의문이다. 그러나 일언하지 아니함도 엇던 독자에게는 괴이하게 생각되는 점이 있을가 하는 의심이 없지 아니함으로 극히 간명하게 말하고 말고자 한다.

　일언으로써 말하면, 그는 환각파의 시인이엿섯다. 그가 『백조』 혹은 『개벽』에 발표한 수만흔 시 중에서 거의 다 이 환각으로써 되지 안은 시가 없었다고 하야도 가하다. 하리만큼 그 만큼 그는 환각을 노래하엿다. 엇던 때의 그 환각은 착각을 더부러 오는 때도 있섯다. 이러한 배면에는 악가 이상화씨를 설명한 때에 말한 바와 가튼 원인이 있슴을 독자는 아러둘 필요가 있다. 따라서 여긔에는 또다시 중복됨을 피하는 바이다. 그의 시 「월광으로 짠 병실」, 「미지의 상」 등, 하나이라도 환각아닌 것은 없다. 그의 표현 수법에 대하야 별로 독특한 점을 별견할 수 없다. 결국 그는 '이마지니스트'이얏다. 그러나 그의 근래의 내적 생활은, 그를 잘 아는 나는, 결코 '이마지니스트'가 아니라고 밋는다. 사담으로 밋그러 염려가 있슴으로 이만하고 멈춘다.", 김기진, 「현 시단의 시인승전」, 『개벽』 제58호 1925년 4월 1일.

　인용문이 다소 길다. 그러나 『카프』를 주도했던 김기진의 입장에서 보면 자기와 일부 의견을 함께 했던 이상화가 계급적 투철함이 약해 보였던 것이다. 이상화를 혹독하게 비판한 내용이다. 여기서 한 걸음 더 나아가 박영희조차도 이상화의 시적 태도를 비난하기 시작하였다.

"그의 최근의 시 2편은 그와 가티 색채가 강렬하지 못하고 그 조자
가 또한 격하지 못함은 엇지 됨이냐 하면, 거긔에는 또한 상당한 이
유가 없는 것은 아니겠스나 나는 설명하고 십지 안타.", 박영희, 「백
조, 화려하던 시절」, 『조선일보』 1933.3.7.

라며 넌지시 이상화의 자유 분망한 사생활을 설명을 더하고 싶지 않
다는 조로 비판하고 있다. 당시 가장 영향력이 컸던 김기진과 박영희
의 이러한 비평은 문단에 엄청난 영향력을 행사하였을 것이다. 특히
경성에 인맥기반이 약했던 상화에게는 실로 말 못할 충격을 주었을
것이다. 이러한 상황을 예민하게 받아들인 이는 상화와 가장 가까웠
던 백기만이였을 것이다. 상화가 죽고 난 뒤에 출간한 『상화와 고월』
에 실린 상화의 여성 관계의 기행기록은 차마 낯이 뜨거울 정도로 조
롱하듯이 기술하고 있다. 이것은 당대 백기만의 처한 입장에서 김기
진이나 박영희의 논조를 전폭적으로 동의했음을 의미한다.

　1927년 이상화가 대구로 낙향한 이후 곧바로 상화는 김기진 등 카
프계열의 인사들로부터 잊힌 인물이 되었다. 김기진이 1927년에 발
표한 계급문학론을 총괄하는 글에서 『카프』 창단 동인이기도 했던 이
상화라는 이름은 일체 언급되지 않게 된다.

　백기만은 당시 경성문단의 분위기를 잘 읽고 있었기 때문에 김기
진 등의 비판적 분위기에 동조하지 않을 수 없었을 것이다. 이상화는
당시 부유한 양반가의 사내들이 축첩의 습속의 관념에서 벗어나지
못한 자유 분망한 그의 행보와 그의 방탕 기가 있는 사생활 특히 음
주와 행각은 날카로운 비수가 되어 자신에게 되돌아오게 된 것이다.

이로 인한 마음의 상처가 1927년 낙향과 함께 글쓰기를 중단한 중요한 직접적인 계기가 될 수 있었음을 충분히 짐작할 수 있다.

카프로 전향했던 이상화가 자기의 문학적 이상을 더욱 굳게 다져야할 무렵 시를 포기한다 이유에 대해 조두섭(2014:148)은 지금까지 그를 추동하던 담론의 정체가 무엇인가를 밝혀야 한다면서 다음과 같이 기술하고 있다.

"이상화의 계급 이데올로기도 『백조』 시대의 '양심'의 변형된 형태라 할 수 있다. 그에 의하면 시는 시인의 양심적 개성의 발로인데, 중요한 것은 이 개성이 현실적 보편성을 획득하는 것이다. 이상화가 양심의 현실적 보편성을 가능케 할 수 있다고 당대에 기댄 것이 계급 이데올로기다. 따라서 계급 이데올로기는 이상화에게 이데올로기 자체가 아니라 양심의 현실적 보편성을 담보하고 실현하는 기제이다. 그런데 카프 1차 방향 전환기의 카프시는 주체가 타자를 자신들의 동일성으로 배제하거나 호명함으로써 양심은 주체를 재정하는 데 기능하지 못한다. 즉, 주체를 구성하는 담론은 양심이 아니라 계급 이데올로기다. 이 단계에 이상화가 시를 포기하는 것은 당연하다.", 조두섭, 148쪽

조두섭도 역시 주체와 타자와의 계급적 담론은 일본 추수적이면서도 자신의 문학적 양심에 반했다는 이유 때문으로 설명하고 있다. 매우 적확한 관찰이라고 할 수 있다. 덧붙이자면 상화가 가진 계급투쟁의 문제 의식이 김기진이나 박영희가 가진 대립적 관계와 전혀 다르

다는 사실을 알고 있었기 때문이다. 곧 상화는 가난한 농민이나 도시의 기층민은 조선 내부의 계급 착취의 관계로 형성된 것이 아니라 바로 일제 식민 침탈의 결과인 것으로 인식하고 있었던 것이다. 그러니까 자연 계급 혁명과 투쟁이라는 카프계 인사들과의 거칠고 전투적인 인식과 차이를 느낄 수밖에 없었던 것이다.

일본 유학 시절동안 이상화는 먼저 동경에 와 있던 동생 상백과 한 때는 친척 동생 상렬과 함께 공동생활을 하면서 살았다. 그리고 일본에서 노동자운동을 활발하게 하던 이여성과 백무白武나 박열(1902~1974), 이호(1903~?), 이적효(1902~?)와 같은 사회주의 계열의 「북풍파」 친구들과 긴밀하게 연대하고 있었던 일들은 전부 반공이데올로기의 여파와 함께 유보화의 치마폭 속으로 감추어져 버린 것이다. 이정수의 소설에서는 이상화에게 유보화를 소개한 인물을 합천출신으로 동경대 의과대학을 다니던 합천출신의 이용조(1899~?)라고 하여 상화와 무척 가까웠던 것으로 기술하고 있지만 실재로 이 두 사람의 관련성을 규명할 근거는 아직 찾아보지 못했다.

1923년 9월 관동대지진의 참상 속에서 엄청난 정신적 충격을 받았으나 관동대지진 이후 곧바로 귀국하지 않고 그 이듬해 봄에 귀국한 이유는 당시 메이지대학 불어학부 1년 과정을 수료하기 위해 어쩔 수 없이 더 머물다가 1924년 봄에 귀국 길에 올랐다. 3월에 귀국하여 경성 가회동 취운정종로구 가회동 1번지 5호에 거처를 정하고 현진건, 홍사용, 박종화, 김기진, 나도향, 노자영 등 『백조』 동인들과 어울리며 잦은 술판을 벌이기도 하였다. 김기진의 기록에 의하면 이때에도 "유보화는 취운정에 드나들고 있었으며 폐결핵을 앓고 있었던 것"으로 전하고 있지만 어느 정도 신빙성 있는지 의문이다. 이 시기에 백기만의 추천으로 이상화의 동생인 이상백과 이장희를 『금성』 동인으로 영입하였다. 고월은 이렇게 해서 문단에 등단하게 된 것이다.

1925년 『백조』가 폐간되고 김기진 등과 무산계급 문예운동을 위한 「파스큐라」를 결성한다. 연이어 『카프』 결성을 준비한 종로 천도교 회관에서 이상화는 문예강연과 「이별을 하느니」를 낭송하면서 상당히 적극적으로 활동하게 된다. 그해 8월에 박영희, 김기진과 함께 카프 조선프롤레타리아예술가동맹에 발기인으로 참가한다. 이 시기, 작품 활동이 가장 왕성했던 해로 「비음」, 「가장 비통한 기욕」, 「빈촌의 밤」, 「이별을 하느니」, 「가상」, 「금강송가」, 「청량세계」 등을 발표. 이해 8월에 결성된 『카프』에 가담하였다. 당시 발표된 그의 대부분 작품들이 경향파적인 색조를 띠고 있는 것으로 판단되기도 하지만 그러한 사상이 실질적으로 육화될 수 있었던가 하는 점에 대해서는 많은 학자들이 회의적인 태도를 보이고 있다.

백기만에 의하면 "1926년 가을에 유보화가 위독하다는 소식을 듣고 함흥으로 달려가 한 달 남짓 직접 간호했으나 보람도 없이 사망하였다"고 하나 이처럼 유보화의 죽음을 묘사한 여러 기록들은 그 시대 상황을 고려하면 전혀 터무니없는 상상에 지나지 않을 것이다. 당시 과년한 처녀의 죽음을 외방의 남자가 끌어안고 있도록 했을 부모가 어디에 있었을까? 이해 장남 용희가 출생하였다.

상화의 대표작의 하나이며 피압박 민족의 비애와 일제에 대한 강력한 저항 의식을 바탕으로 하고 있는 「빼앗긴 들에도 봄은 오는가」를 『개벽』 제70호, 1926.6.에 발표하였다. 그 무렵 카프 기관지 『문예운동」발간 편집인으로 활동하면서 「조선병」, 「겨울마음」, 「지구흑점의 노래」, 「문예의 시대적 변위와 작가의 의식적 태도론」 등을 발표하였다. 이 해에 조태연이 간행한 백기만 편 『조선시인선』 조선통신중학관, 1926이 엔솔로지 형식으로 출판되었는데 여기에 이상화의 시 4편이 발표 당시의 원작과 달리 백기만이 아무 근거없이 수정하여 실었다.

1927년 고향 대구로 낙향하면서 글쓰기를 중단하고 지역의 사회 문화예술운동에 전념한다. 의열단 이종암 사건과 장진홍 조선은행 지점 폭탄 투척사건에 연루, 피의자로 지목되었으며 ㄱ당 사건으로 구금되었다가 재판을 받고 풀려났다. 당시 신간회 대구지부 출판 간사직을 맡고 있었는데 신간회 탄압 구금과도 연관이 있었다. 「ㅇ과회」 활동을 하면서 사회주위 계열의 이상춘, 김용준 등과 문화예술운동에도 앞장섰던 시기이다. 대구 조양회관에서 개최된 제2회 「ㅇ과회」 시가부에 이육사와 함께 「없는 이의 손」, 「아씨와 복숭아」 등 출품하였으나 그 내용은 전하지 않는다.

일제 관헌의 감시와 가택 수색 등이 계속되는 가운데서 행동이 제한된 생활을 한다. 그때 상화의 생가에 마련된 사랑방은 담교장이라 하여 독립운동을 하는 지사들을 비롯한 대구의 문우들과 사회주의자들 모여들어 날로 기염을 토하고 있으며 울분을 달래기 위한 술자리가 밤낮없이 벌어지고 있었다. 이로 인하여 상화는 결국 가산을 탕진하고 4차례에 걸쳐 쫓겨다니듯이 마지막 고택이 된 중구 계산동 2가 84번지로 이사했다. 이 시기의 이상화가 매일 폭음을 하며 기생집 기생들과 방탕한 생활을 하였다는 이야기들도 실로 어디까지 믿을 수 있을까?

　1929년 고월 이장희가 대구 본가로 내려와 자살하였다. 상화의 큰
집과 불과 50여미터도 떨어지지 않은 지척에 고월이 생가가 있었지
만 고월과 상화는 근본적으로 성격과 성향이 달랐다. 그 중에 상화가
고월의 시를 혹평을 함으로써 두 사람 사이가 그렇게 가깝지는 않았
다. 고월이 자살한 후 백기만이 이곤희, 김준묵, 이양상, 김기상 등
과 조양회관에서 이장희 유고전람회와 추도회를 열렸다. 1930년 개
벽사에서 간행한『별건곤』10월호에 대구특집에「대구행진곡」을 발표
하였다.

　1932년 무렵 상화는 경제생활이 점점 어려워지자 상화가 태어난
서문로 집을 처분하고 잠시 큰댁에 살다가 대구시 중구 장관동 50번

이상화 생가 매각 문서

지현 약전골목 안 성보약국자리로 이사하였다. 당시 상화의 생가터는 백부 이일우가 그 권리권을 서온순, 이상백, 이상오 공동명의로 바꾼 후에 다른 사람에게 매도하여 매각했던 문서가 최근에 발굴되었다.

1933년 8월 교남학교 강사경북학비 제449호 자격을 받아 교남학교에 조선어, 영어 과목 무급 강사로 활동하였다. 이 해에 「반딧불」, 「농촌의 집」을 발표하고 두 번째 창작 소설 『신가정』 잡지에 「초동」을 발표하였다. 1934년 향우들의 권고와 생계의 유지를 위하여 신간회 회원들과 관련이 깊은 『조선일보』 대구경북 총국을 맡아 경영하였다. 그러나 경영의 미숙으로 1년 만에 포기하고 말았다. 차남 충희가 태어났다. 조선일보 대구경북총국 운영이 경영난에 부닥치자 다시 대구시 중국 남성로 35번지진골목에서 종로 호텔 방향 현 다전이 있는 자리로 이사를 하였다. 그 후에 1934년에 남성로 35번지로, 1937년

교남학교 교월생활

에 종로 2가 72번지로 이사를 다니다가 1937년 마지막 고택이 된 계산동 2가 84번지로 이사를 하였다.

1935년 무렵 상화가 가장 곤경에 처해져 있었던 시기이다. 일제 압박은 더욱 가중되어 가고 경제적인 궁핍이 더해진 시기이다. 그의 후기 시 정신을 읽을 수 있는 「역천」이라는 시를 영양 출신 오일도 시인이 그해 2월에 창간했던 『시원』 2호에 발표한다. 1934년 그의 경제적 후원자였던 큰댁 백부 소남 이일우가 돌아가셨다. 아버지처럼 의지했던 백부가 돌아가신 것은 상화에게는 정신적으로 엄청난 타격을 주었을 것이다. 1935년 1월 1일 『삼천리』 제7권 제1호에 「나의 침실로」를 4~6연, 10~11연으로 줄이고 일부 수정하여 『반도 신문단 20년 이래 명작선집1』에 명작 시편에 실었다.

1937년 당시 북경에 머물고 있었던 백씨 이상정 장군이 북경감옥에 스파이 혐의로 체포되어 갇혔다가 나왔다는 소문을 듣고 그를 만나기 위해 중국에 건너가 약 3개월간 중국 각지를 돌아보고 귀국하였다. 고향에 돌아오자 일제 경찰 피체되어 3개월 구금되어 온갖 고초를 겪고 나왔다.

1937년 다시 교남학교의 영어와 작문의 무보수 강사가 되어 열심히 학생들을 지도하였다. 이 무렵 전국 각급학교 교원 대표 모임에 참여하여 실무교육의 중요성을 역설하기도 하였다. 이같이 1940년까지 3년간 학생들을 지도하였다. 그 외에 학생들의 교우지 간행을 직접 지도하고 권투부 코치를 맡았다. 특히 권투를 권장, 은연중에 일제에 대한 저항의식을 키웠다. 교남학교에서 배출된 권투부원들이 대구 권투의 뿌리가 된 「태백권투구락부」의 모태가 되었다. 1940년에 대륜중학의 설립을 보게 되었던 것도 상화의 보이지 않는 노력의 결정으로 평가되고 있다. 이 무렵 서동진, 이효상, 권중휘 등과 가깝게 지냈다. 마지막으로 이사한 고택 계산동 2가 84번지로 이사를 한다. 이 집은 큰집 형수인 이명득종형 이상악의 아내의 명의로 된 것인데 아마도 거처를 구할 돈이 없어 그냥 얻어서 살 정도로 빈곤하였다.

1939년 6월에 교남학교 교가 작사 문제로 일경의 조사와 수색을 받게 되어 가택 수색 과정 가지고 있던 육필 원고를 압수당한다. 1951년 상화의 사후, 임화(1908~1953)가 상화의 시를 흠모하여 시집으로 간행하기 위해 상화시를 모았다고 하나 그의 월북으로 모두 유실되었다. 또한 상화의 문하생이였던 이문기가 시집 간행을 목적으로 유고의 일부와 월탄이 내어 준 상당량의 서한을 받아 가지고 6.25때 실종, 이 또한 실현을 보지 못했다.

1941년 상화가 공식적으로 발표한 마지막 작품 「서러운 해조」가 『문장』 25호 폐간호에 실린다. 암울한 당시의 상화의 마음이 고스란히 담긴 시인데 공교롭게도 일제에 의해 『문장』지가 폐간을 당한다. 그 해 고향의 친구 백기만은 북만주 빈강성 기산농장 책임자로 떠났고 영양 출신의 문우 이병각 시인은 후두결핵으로 사망한다.

1943년 음력 1월 병석에 누워 3월 21일양력 4월 25일 상오 8시 계산동 2가 84번지 사랑방에서 위암으로 별세했다. 그는 모든 가족들이이상정 장군은 중국에서 나오지 못함 모인 가운데 대구 명치정, 현재의 계산동 2가 84번지에서 죽음을 맞이한다. 이날 3월 21일에는 고향의 친구이자 『백조』 동인인 현진건도 사망했으며 그해 이육사는 피검되어 북경으로 압송되었다.

1948년 3월 김소운의 발의로 한국 신문학사상 최초로 대구 달성공원 북쪽에 상화의 시비가 세워졌다. 앞면에는 상화의 시 「나의 침실로」의 일절을 당시 열한 살 난 막내아들 태희의 글씨로 새겨 넣었다. 비액과 뒷면은 김소운의 상화 문학에 대한 언급과 시비 제막에 대한 경위가 서동균의 글씨로 새겨져 있다. 이 시비는 우리나라 최초로 세워진 시비이다.

상화가 작고하던 그해 가을에 고향 친구들의 정성으로 묘 앞에 비석이 세워졌다. 1947년 9월 상화의 백씨인 이상정도 어머님의 죽음으로 고국으로 달려왔으나 그해 10월 갑자기 대구 중구 계산동 2가 90번지에서 뇌일혈로 세상을 떠났다.

상화의 시가 비록 단독시집은 아니라 할지라도 최초의 무크 형식의 시집에 수록된 것은 1951년 그의 오랜 친구인 백기만이 편찬한 『상화와 고월』에 와서였다. 그러나 수록된 작품은 16편뿐이었다. 이후 정음사(1973년), 형설출판사(1977년) 등에서 추후 발굴된 작품을 합하여 단행본 형태의 시집, 또는 시전집을 발간면서 수록 작품이 늘어나고 정본화하려는 시도가 이루어졌다. 이상규(2000)는 『이상화시전집』 정림출판사에서 이상화의 시 작품을 일일이 대교한 후에 가장 많은 작품을 수록정리하였다.

1950년 10월 6.25전쟁 피난예술인들이 모여 구 교남학교 자리반월당 구 고려다방 뒤편에 「상고예술학교」원장 마해송을 건립하여 중앙대학교와 서라벌예대의 전 신이 되었다.

이상화의 삶은 문인으로서 글쓰기를 하던 시기와 1927년 대구 낙향 후 글쓰기를 포기하고 현실생활에 뛰어들어 그의 문학적 이념을 실생활 속에 펼치려고 노력했던 시기로 크게 두 단계로 구분할 수 있다. 글쓰기를 했던 시기를 다시 구분하면 『거화』 시기의 문학소년 시대와 『백조』 동인과 『카프』 동인시대로 구분되지만 실제로 이 시기를 다시 재분할 필요가 전혀 없다. 강희근(2015)은 마치 상화의 시 세계가 몇 단계로 변형된 것처럼 "첫째, 시대적 감상과 절망, 그리고 희망의 정서감상주의 시, 둘째, 빈궁과 노동의 정서경향파 시, 셋째, 조선병과 저항의 정서민족주의적 저항의 시"와 같이 구분하거나, 박용찬(2011)은 동경 유학시기를 깃점으로 다시 전후로 나누어 문학사를 서술한 결과 이상화는 낭만주의 시를 대표하는 시인인가? 일제 강점기 시기의 대표적인 항일 저항시인인가? 계급주의 문학의 대표자인가? 민족주의 시인의 대표자인가? 혹은 이상화 시의 페미니즘의 정체는 무엇인가?와 같은 다양한 논쟁만 양산해 왔다.

불과 몇 년 사이에 어떻게 그러한 급격한 시적 변화가 가능이나 한 것인가? 솔직하게 이상화의 삶의 행간을 꿰고 있는 숱한 오류와 낯부끄러울 정도로 상화 시에 대한 전반적인 성찰이 없는 가벼운 감상비평들이 도리어 이상화문학의 본질을 파악하는 길을 가로 막고 있다.

## 글쓰기를 중단한 시절

1927년 이후 경성 취운정 생활을 거둘 무렵 상화가 왜 붓을 꺾게 되었는지 지금까지 아무도 깊이 있는 성찰을 하지 못했다. 1927년에는 상화는 단 한 편의 글도 쓰지 않았다. 1928년에 발표했던 두 편의 시도 1925년 작으로 명기 되어 있으며 1929년에도 시와 시조 한 편이 있을 뿐이다. 1927년 이후 1943년까지 기간에 시 8편, 시조 2편, 동시 1편 교남학교 교가 1편 설문답 1편 등 거의 잡문에 가까운 글과 가벼운 시작만 발표했을 뿐이다. 한 마디로 이 기간동안 문예의 성과는 거의 없었다고 해야 할 것이다.

상화의 여성 문제가 결코 가벼운 것은 아니라 할지라도 엉터리 정보의 여성 문제로 그의 문학 작품을 칼질했던 당시 상황에서 이상화는 참으로 참혹한 심경이었을 것이다. 그와 가장 가까웠던 백기만의 편견과 오류는 심지어 이상화의 작품까지 난도질을 하게 만드는 계기가 되었고 자기의 눈으로 확인되지 않은 사실들을 온통 윤색하여 글로 또는 소문으로 퍼뜨렸다. 백기만(1951)의 『상화와 고월』에는 잡지에 발표되지 않았던 작품이 실리기도 했지만 이미 문예지에 발표했던 작품도 임의로 수정과 개작을 하여 엄청난 혼란만 초래했던 것이다. 광복 이후 이념의 상극과 대치로 인한 눈에 보이지 않는 반공 이데올로기의 이념적 갈등이 그 변형에 원인을 제공했던 것이 아니었을까? 그리고 그와 같은 길을 걸었던 카프 동인인 김기진과 박영희는 이상화의 문학에 대한 계급투쟁의 취약성을 비판하기 위해 상화의 여성문제를 트집잡아 그를 퇴폐적인 시인으로 밀어내었던 왜곡들을 확인할 수 있다. 그 후유증으로 「나의 침실로」를 유보화와 얽힌 애정 편력의 시로 확증 판단해 버리는 결과를 가져 왔다.

상화의 일본 체류 기간 동안의 편지 자료를 통해 그동안 알려졌던 이상화의 전기가 얼마나 잘못 왜곡되고 와전되었는지 일일이 확인할 수 있다. 필자는「나의 침실로」는 일본 동경 시절 유보화의 연애를 배경으로 해서 탄생된 작품이 아니라고 분명히 단언한다. 따라서「나의 침실로」,『백조』제3호 1923.9.와「빼앗긴 들에도 봄은 오는가」,『개벽』제70호 1926.6.은 서로 배치되는 작품이 아닌 일제에 저항하는 상이한 시각으로 창작된 동일한 맥락의 시라는 점을 강조해두고자 한다. 구체적인 논증은 뒤에서 기술할 것이다. 이상화의 문학정신은「문단측면관」,『개벽』제58호, 1925.4.에서 상화는 '생활 문학론'과 '민족문학론'의 이념적 목표를 두고 '개성의 대한 관찰관', '사회에 대한 관찰안', '시대에 대한 관찰력'을 목표로 하고 있다. 곧 "조선에도 생활이 있고 언어가 있는 바에야 조선의 추구열과 조선의 미화욕 곧 조선의 생명을 표현할 만한 관찰을 가진 작자가 나올 때"라는 발언에 당시 이상화 문학관이 집약되어 있다.

상화가 경성에서 만났던 문인 서클의 두 집단인 상섭, 빙허, 도향 같은 이들에게 유탕생활遊蕩生活을 버리고 오늘 조선의 생활을 관찰한 데서 얻은 감촉으로 글쓰기를 권유하고 있다. 또 다른 한편 회월, 월탄, 명희, 석송, 기진 같은 이들에게 그들의 예사롭지 않은 사회적 시대적 책임을 다하는 기대와 바람을 이야기 하고 있다. 상화는 새로운 것을 창조하는 것이 시인의 생명이라고 강조하고 있었던 독자적인 시 의식이 분명하고 또렷했던 시인이다.

1927년 붓을 꺾고 대구로 낙향한 시인 이상화의 삶을 기록으로 많이 남겨준『중외일보』의 다양한 기사들을 통해 그가 얼마나 일관된 삶으로 식민 탈피를 목표로 실천하며 살았던 시인인가를 확인할 수가 있다.

- 1926.12.26.『중외일보』「무산계급 예술동맹, 임시총회에서 위원을 개선」
- 1927.7.26.『중외일보』「신간대구지회, 설치준비회, 준비위원회」
- 1927.8.12.『중외일보』「신간대구지회, 제2 준비위원회」
- 1927.12.31.『중외일보』「신간회, 대구지회대회, 토의 사항 전부 금지」
- 1928.1.1『중외일보』「문예운동의 과거 일 년간의 과정, 각 계단을 단순히 역사적으로 고찰하여, 각 과정을 가능케 한 운동의 원칙에 급함」
- 1928.1.2.『중외일보』「대구신간, 제일회 간사회」
- 1928.5.7.『중외일보』「함창공보 부형회」
- 1928.5.25.『중외일보』「시민위안음악대회」
- 1928.6.30.『중외일보』「문단제가의 견해6」
- 1928.7.14.『중외일보』「십이일까지 십육 명 검거, 각지에서 검거한 수, 대구 모종 대사건 속보」
- 1928.7.16.『중외일보』「최초에 검거한 칠 명 송국, 아직 경찰에도 많이 남아, 대구 모중대사건」
- 1928.7.20.『중외일보』「물증 전무의 대구사건, 경찰은 공연히 초조 중, 위선 육 명은 구류 처분」
- 1928.7.28.『중외일보』「이술상씨 방면, 송국은 십 명」
- 1928.8.4.『중외일보』「경북사건관계 3씨 우복방면」
- 1929.11.19.『중외일보』「진주근지 임시대회」
- 1930.8.28.『중외일보』「신극계 3씨 악수, 경성소극장 창립, 극계

인물 3씨가 악수, 획기적 운동이 목표」

『중외일보』1927.7.26. 신간대구지회 설치준비회

　　최남선이 경영하던 『시대일보』가 경영란에 빠지자 새롭게 경영진
을 구성하였는데 경남 의령 출신 안희재가 자본을 투자하여 이우식
이 경영을 맡았다. 당시 상화와 교류하였던 선산출신 이우석 등이 백
산상회 이사로 참여하였는데 이상화의 종백형인 이상악도 초창기에
재정 이사로 재원을 투자한 신문사이다. 그래서인지 이상화의 집안
과 관련된 기사들이 많이 실려 있다. 위에 실린 신문 기사에서 1926
년 카프 결성 관련 기사를 비롯하여 이상화가 대구로 낙향한 이후 글
쓰기를 그만 두고 무엇을 하고 있었는지 확인할 수 있는 기사들이 많
이 실려 있다. 특히 1932년 『조선일보』 대구경북총국 경영과 함께
『중외일보』 대구지부 기자를 맡고 있던 이육사가 송고했던 이상화 관
련 기사들은 신뢰성이 매우 높은 가사라 할 수 있다. 당시 이상화의
사회활동에 대한 매우 중요한 기록이라고 할 수 있다. 그런데 이상
하게도 상화와 고향 친구라는 백기만의 『상화와 고월』 청구출판사,
1951에서

"상화는 사랑으로 모여드는 여러 친구들을 데리고 밤마다 요정출입을 개시하였다. 밤에는 열두시쯤부터 날이 활짝 밝을 때까지 혼몽천지가 된 주정뱅이들이 중얼중얼거리고 고함치면서 엎들어지고 자빠지면서 상화의 사랑문으로 꾸역꾸역 밀어들었다. 「중략」 그때 상화 사랑방을 담교장이라 자칭하였고 담교장의 특색은 배일파의 집단인 것이며 그 중에는 사회운동가도 있었고 아나키스트도 있었으며 문단인으로는 공초가 복무하였고 간혹 빙허가 나타나서 몇일씩 놀고 갔던 것이다. 이 대원들은 모두 방자한 행동을 하면서도 지사연하였고 망자존대하는 품이 진대의 청담패와 방불한 족속들이었다.", 백기만, 『상화와 고월』, 161~162쪽, 청구출판사, 1951.

백기만은 1927년 상화가 대구로 낙향한 시절을 이렇게 회고하고 있다. 완전 술주정뱅이 미친짓거리를 하는 모습으로 묘사하고 있다. 일견 틀린 말도 아닐 것이지만 왜 이 이후 시인으로서의 작품 활동을 거의 포기할 수밖에 없었는지의 문제에 대해서는 전혀 언급이 없다. 사실 그 무렵 백기만이 김천 금릉학원에 교원으로 가 있었기 때문에 그는 상화 가까인 대구에 없었다. 그러니까 정확한 상화의 심사를 헤아리지 못한 피상적 관찰에 지나지 않으며 상당한 열등 심리에서 나온 지어낸 이야기가 아니었을까?

1926년 무렵 백기만이 김천에 있는 금릉학원 교원으로 있었던 관계로 한동안 상화와 만나지 못한 상황이었음에도 마치 눈앞에서 본 듯이 질투어린 심정을 마치 사실인 듯이 쓴 글이다. 1928년 백기만이 금릉학원에서 강제해직되어 다시 대구로 왔을 무렵 고월 이장희

와 만나면서

"대구에서 고월은 공초와 맞붙어 다니었고 상화 사랑에는 놀러오기를 꺼리었다. 상화 사랑에는 문학동지 이외의 사람들이 많았으니 고월의 입을 빌어 말하자면 속물들이 우굴우굴하는 소굴인 것이다.", 백기만, 『상화와 고월』, 161~162쪽, 청구출판사, 1951.

라고 하여 상화와 고월 이장희이 그렇게 가깝지 않았다는 점을 강조하면서 상화 주변에는 사회주의자들과 어울려 기생집에서 술이나 퍼마시며 작당한 것으로 평가하고 있다. 백기만 역시 사회주의 계열에 맹신하고 있었다. 반공이데올로기가 지배하던 당시 남노당의 일 맹원으로 활동했던 경력을 세탁해야 할 필요가 없지 않았기 때문에 오히려 사회주의 계열의 인사들에 대해 더 혹독한 비판의 방식으로 이상화도 끼워 넣으므로서 자신의 순결성을 드러내려는 불순한 의도가 없지는 않았을 것이다.

곧 담교장에 모여든 상화 주변 인물들은 주로 "문학동지 이외의 사람"이었다는 백기만이 정확하게 진술하고 있다. 사실 이상화와 이장희는 어린 시절 제일 가까운 한 동네에서 자란 친구이다. 백기만은 고월의 이야기를 빙자하여 당시 담교장은 사회주위 "속물들이 우굴우굴하는 소굴"이었다고 비꼬고 있다. 그런 점에서는 가장 밀접한 친구여야 하지만 가는 길이 서로 달랐으며 특히 문학의 관점에서는 상화는 고월을 한 수 아래로 내려다보고 있었다. 이상화의 「지난 달의 시와 소설」, 『개벽』 제60호, 1925.6에서

"「고양이의 꿈」―「겨울밤」―이장희 작―생"

　　이채 있는 시다. 「고양이의 꿈」이란 것은 환상의 나라로 다라나는
　　작자의 시정이다. 여긔서 작자의 시에 대한 태도를 볼 수가 있다. 그
　　는 확실히 정관 시인이다. 그 대신 생명에서 발현된 열광이 없슴을
　　말하지 안흘 수 없다. 그리고 「겨울밤」은 기교나 암시가 죡음 모호하
　　다.", 이상화, 「지난 달의 시와 소설」, 『개벽』 제60호, 1925.6.

라는 비평으로 고월 시에 대해 상당히 비판적인 글을 발표하였다. 이
와 상대적으로 김기진이나 박영희 등에 대한 『카프』 계열의 작가들은
상당히 높은 평가를 한 점에 대해 내성적인 성격을 지녔던 이장희가
마음 편하게 받아들였을리가 만무하다. 1923년 무렵 김기진은 『백
조』 동인들의 도피적 영탄의 시적 경향에 대한 대단히 공격적인 입장
을 가지고 박영희와 이상화의 동의를 얻어내어 결국 『백조』를 붕괴시
켰다. 그 무렵 박영희의 입장을 1933년에 「백조 화려하던 시절」이라
는 회상의 글로 발표한다.

　　"이러한 보헤미안 가운데는 점점 붕괴작용이 생기기 시작하였었
　　다. 이것은 『백조』 3호에서 다소 그 붕아가 표현되었다. 김기진 군
　　이 새로이 동인으로 추대되어서 군의 작품을 게재케 된 때를 한 형식
　　적 계기로서 동인들 가운데는 커다란 회의의 흑운이 떠돌았다. 그것
　　은 예술을 위한 예술, 퇴색하여 가는 상아탑에 만족을 얻지 못할 만
　　큼 사물에 대한 객관적인 관찰이 성장하기 시작하였다. 그전부터 김
　　군과 나는 이 점에서 많은 토론을 거듭하였으나 이 때부터 정식으로

'아트 호우 아트'에 관한 한 개의 항의를 제출하였다. 김군은 거구에 두바쉬카를 입고 다니던 때다. 내 자신도 급격한 예술사상상 변화와 현세의 새로운 정당한 인식이 시작되었다. 여러 번이나 동인들과 구론하였다. 그러나 동인들은 김 군, 나 두 사람의 예술론에 그다지 반대는 아니했으나 내면으로 증오가 생기기 시작하였으며 그러므로 김 군과 나는 『개벽』지로 필단을 옮기고 말았다. 여기서부터 신경향파의 문학이라는 한 매개적 계단이 시작되었다. 그 후로는 『백조』의 평온 미풍에 철럭이던 『백조』는 반발과 탁류로서 움직이게 된 것이며 이 백조 시대의 진리는 신경향파의 진리로 지양된 것이었다.", 박영희, 「백조 화려하던 시절」, 『조선일보』 1933.9.17.

박영희는 상화의 시를 데카당 내지는 퇴폐적 시인으로 규정하였다. 특히 개인의 사생활의 단면을 끌어들여 계급적 투쟁 정신이 미약한 시인으로 규정함한다는 말을 남기지는 않았지만 상화에게는 마음에 큰 상처를 주었을 것이다. 박영희의 표현대로 "내면으로 증오가 생기기 시작"했다는 고백이 결코 틀린 말이 아니었을 것이다.

1927년 대구로 낙향한 이후 이상화는 『카프』 동인들 사이에는 완전 잊어진 인물이 된다. 『백조』가 해체되는 과정을 설명해 주고 있는데 실재로 『백조』 제3호에 실린 이상화의 「나의 침실로」라는 작품이 혜성처럼 나타나 문단을 흔들어 놓자 유미적이고 퇴폐적인 시라는 비판들이 쏟아져 나온 것이다. 프롤레타리아 문학 혁명을 부르짖던 그들에게 이상화의 시는 여자의 달콤하고 관능적인 사랑에 빠진 퇴폐적인 시인으로 내몰아 세운 것이다. 물론 표현을 직설적으로

하지 않았지만 『백조』에서 『카프』로 함께 시의 좌표를 옮겨온 김기진 (1954:154)은

> "이 같은 '마돈나'를 부르는 그의 저 유명한 시가, 비록 그것은 그의 나이가 18세 되던 해, 즉 1918년에 초고된 것으로 알려졌지만, 그리고 『백조』 창간호에 이 시가 발표된 것은 1922년 말경이오, 상화가 유보화 씨와 서로 알게 된 것은 1923년 봄이므로 연대가 서로 어긋나기는 하지만, 이 시와 유보화 양과는 신비스러운 연락을 지니고 있는 것으로 나는 생각한다.", 김기진, 「이상화 형」, 『신천지』 9권9호, 1954. 9.

라고 하여 이 작품이 일단 유보화와는 무관하다는 전혀 앞뒤의 맥락이 맞지 않는 소리를 하면서도 궁극적으로는 계급문학에 미달하는 세속적인 관능적인 시로 폄훼하고 있다.

상화가 일본에서 돌아온 후 발표한 「가상」이라는 작품에 대해서도 박영희는 「신경향파의 문학과 그 문단적 지위」, 『개벽』 제64호, 1926. 라는 글에서

> "그 작품들 모다 무산계급으로서 완성된 작품이라 할 수 없다. 다만 부르죠아 문학의 전통과 전형에서 벗어나서 새로운 경향을 보여준 것만은 자신있게 말할 수 있다.", 박영희, 「신경향파의 문학과 그 문단적 지위」, 『개벽』 제64호, 1926.

고 하여 이상화의 무산계급의 농민들의 삶을 소재로 하여 쓴 글을 계급투쟁 의식이 미달된 작품으로 평가함으로서 상화는 엄청난 마음의 상처를 입었을 것이다. 실제 상화가 바라본 계급문학론에 대해서는 자신 나름대로 질서 정연한 이론을 「세계삼시야, 무산 작가와 무산 작품의 결고」, 『개벽』 제68호, 1926.4에 밝히고 있다. 상화는 무산 계급자의 문학관을 가진 작가군을 세 가지로 그 유형을 나누고 있다.

> "C는 삼파로 난홀 수 잇스니 제일은 인도적 정신에서 동찰을 하는 것이고 제이는 인세의 항하사고를 소멸하려는 뜻으로 작위도 부재도 특권 등속의 일절 과장을 다 집어던지고 몸소 무산계급에 드러가서 그들과 함께 고행의 생활을 하는 것이다. 제삼은 무산자의 환경에 나서 무산자의 지위에 안주하면서 크게는 세계를 적게는 개인의 고민을 인도적 혼과 희생성혈로 얼마씀이라도 가볍게 하려는 박해와 참고의 속을 용감하게 거러가는 것이다.", 이상화, 「세계삼시야, 무산작과와 무산작품의 결고」, 『개벽』 제68호, 1926.4.

아마 상화는 첫 번째 유형인 "인도적 정신에서 통찰"하는 입장에서 계급문학을 시도하려고 했을 것이다. 그의 전통적 유가적 의식이나 비교적 부유한 가문의 태생이라는 점에서 태생적 배경으로나 생리적으로 계급투쟁으로까지 이끌고 가려고 했던 박영희나 김기진의 방식과는 근본적으로 거리가 있을 수밖에 없었을 것이다. 그러한 이상화의 문학적 입장이나 태도는 용인되거나 반영되지 않고 여성 문제로 만든 올가미로 포획되지 않을 수 없게 된 것이다. 그리고 상화는 이 사실을 굳이 변명하거나 벗어나기 위해 몸부림치지 않고 묵묵하게 세태의 비판을 정면으로 받아드렸던 것이다. 이것은 자신이 강조해온 문인의 양심의 문제와 결부된 것이었다.

이상화 문학에 대한 이처럼 관찰자의 시선에 따라 다른 평가들이 쏟아져 나올 수 있었던 문단의 상황은 급기야『카프』로부터 스스로 멀어질 수밖에 없었으며 종국에 가서는 붓을 꺾을 수밖에 없었던 상황에 이른 것이다. 김기진과 박영희를 비롯한 당시『카프』동인들의 냉소적인 헐뜯기에 반골적인 기질을 가졌던 상화로서는 글쓰기를 포기하는 대신 식민 조선의 아픔을 극복하는 사회적 지향성으로서 실천하는 행동 쪽으로 그 자신의 삶의 방향을 바꾸었다고 할 수 있다. 불과 2년 뒤인 1929년 9월 1일 김기진이 정리하여 발표한「조선프로문예운동의 선구자, 영광의 조선선구자들!!」,『삼천리』제2호에는 프롤레타리아 문학 운동을 총괄하는 글에는 김기진과 함께 시작했던 '이상화'의 이름 석 자의 흔적도 찾아 볼 수 없다.

이상화의「나의 침실로」를 유보화와의 연정의 설레임과 충동에 빠진 퇴폐적인 작품으로 규정한 김기진과 박영희의 진술이 확고한 근거가 되어 백기만(1951)과 이설주(1959)에게까지 확산되었으며 이정수(1987)의 픽션 소설 스토리가 그대로 평론가 김학동(2015)의 평론집에 고스란히 이식되었다. 상화 자신이 가졌던 시 의식은 내동댕이쳐진 결과가 되었다. 그러한 상화를 둘러싼 여성의 일화는 이정수의 소설의 소재가 되고 또 이상화기념사업회 회장을 지낸 고 윤장근이라는 소설가의 입을 통해 많은 사람들에게 마치 사실인 듯 흥미있는 이야기꺼리로 퍼져나갔다.

이상화는 「문단측면관」이라는 글에서 매우 분명한 자신의 시 의식을 표명하고 있다. '그 나라 사람', '그 나라 말', '그 나라가 추구하는 바'라는 시대와 사회에 대한 민족적 인식이 매우 투철했음에도 불구하고 과대 포장된 여자의 문제의 덫에 얽혀 버린 것이다. 악마적인 사랑의 날개에는 번뜩이는 예술 창조의 햇볕이 더욱 밀도 높게 쏟아지지만 그 악마적인 뮤즈가 그대로 문학이 될 수 없다는 엇도 사오하가 몰랐을까?

문제의 핵심이 되었던 「나의 침실로」가 단순한 유보화라는 여성과의 애정문제에 조응하는 것이 아니라는 방향으로 역사적 사유를 확장해야 한다는 입장이다. 필자는 기존의 평단에서 주장해 온 유미적 퇴폐주의라는 수사로부터 그 부당성을 부여하여 얼마나 다르게 시적 본질에 다가설 수 있는가 그 가능성을 가늠하는 논증을 찾아내기 위해 그의 삶의 후반부인 1927년 이후의 삶을 보다 정밀하게 읽어내지 않을 수 없었다.

이번에 필자가 새로 발굴한 상화의 일본 유학 시절 동안 쓴 편지를 통해 그의 거주지와 그와 동거했던 동생들과의 관계가 밝혀지고 또 체일 기간동안 사회주의 계열의 인물들과의 교류 관계가 더욱 분명해졌다. 따라서 그 동안 상화의 동경 생활을 유보화와 얽힌 사랑의 이야기는 과장된 것임을 규명하는 단초가 된다. 베일에 숨어 있던 필곡 지천 출신의 이여성은 이상정과 이상화와 이상백과 길고 긴 인연의 고리를 맺고 있다. 1919년에서 이상정의 중국 망명 후 1929년 무렵까지 함께 대구미술전람회에 서양화를 18점씩 출품하였고 중국에서는 의열단원으로 서로 인연을 맺었다. 1923년 무렵 이상화와 이여성은 일본 유학생들로 조직된 「북풍회」의 이호, 백무, 김정규 등과 함께 어울렸으며 1945년 이후 건준위원으로 여운영과 이상백 그리고 이여성이 함께 하였다.

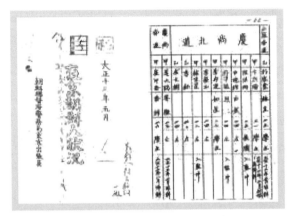

1924년 「북풍회」 연루 순회 강연 사건으로 이여성과 백무백만조, 박열 등이 피체

지금까지 알려진 이상화의 삶 가운데 1927년 이후의 그가 어떤 생활을 했는지를 밝히는 일은 매우 중요한 과제였으나 지금까지 어느 누구도 깊이 있는 관심을 보이지 않았다. 결론적으로 이상화는 위의 『중외일보』에서 밝힌 바와 같이 사회활동과 문화예술운동에 전념하면서 일제 광복을 위해 살았던 시기이다. 자신의 시론이기도 했던 "시의 생활화"의 실천 시기였다고 할 수 있다.

1927년 이후 대구에 내려와서 「ㅇ과회」와 연계된 카프계열의 예술인들과의 문화예술운동, 청소년운동의 일환으로 1921년부터 청소년 축구대회나 정구대회를 지원하였으며, 또 「시민위안음악대회」 1928년 5월 25일자 『중외일보』를 개최하는 등의 활동을 하였다. 그리고 무엇보다 의열단과 연계된 장진홍 의사의 대구조흥은행 폭탄 투척사건과 신간회 대구지부 출판간사를 지내면서 그 내부 조직으로 알려진 ㄱ당 사건 등 꼬리에 꼬리를 물고 일제 경찰에 피체되는 어려운 삶을 살았던 시기이다.

특히 안희제의 백산상회의 지원으로 활동하던 신간회의 전국 조직화와 연계하여 대구경북신간회 결성과 지부 출판간사를 맡아 활동하면서 신간회와 자매조직인 근우회 지방조직을 강화를 지원하기 위해 이상화는 경남 진주지역의 근우회 임시대회1929년 11월 19일『중외일보』에 참석하는 등의 활동을 펼쳤던 것을 확인할 수가 있다. 『조선일보』 대구경북총국은 1932년 이육사가 경영하다가 중국으로 가면서 중단했다. 2년 후에 신간회 선배들의 권유로 시작한 조선일보 경북총국도 경영의 실패로 경제적으로도 더욱 어려움에 빠지게 되었다.

1937년 중국 국민혁명군으로 활동하던 백형 이상정이 스파이 혐의로 죽었다느니 혹은 구속되었다느니 하는 온갖 풍문을 듣고 수소문한 결과 난징에 살고 있다는 것을 확인하고 3개월 간 형을 만나고 되돌아오자 곧바로 그해 8월에 일제에 체포되어 두 달만인 그해 11월에 풀려났다. 이설주(1959)의 글에는 상화가 1935년 이설주가 거주하던 따롄에 들러 하루 함께 묵고 갔다가 이상화가 1년정도 중국에 머물러 있다가 귀국한 것으로 기술하고 있지만 상화가 중국에 들어간 시기는 1937년이며 중국에 머문 기간도 3개월 정도여서 이설주의 기술은 완전 틀린 이야기이다.

그 후 상화는 교남학교 무보수 교원으로 국어와 영어 그리고 특활

1937년 무렵 중국 난징에서 이상정과 이상화

로 권투와 체육을 지도하면서 젊은이들의 육성과 교육을 위해 헌신
하였다. 1935년 1월 1일『조선중앙일보』「우리의 당면한 새 과제, 교
육의 대중적 보급책1」이라는 주제로 원한경연희전문교장, 이상화대
구교남학교, 신봉조배재고보교, 김관식함흥영생고보교장, 오병주원
산해성보교장, 아팬젤라이화여전교장와 함께 지상토론을 벌이기도
하였다. 중요한 발표주제는「모든 기회 이용해서 무식한 동포를 구하
라」등인데 여기에 참석하여 주제발표를 하였다. 1935년 1월 4일『조
선중앙일보』에서 펼친「전조선 민간교육자 지상좌담회/우리의 당면
한 새 과제 교육의 대중적 보급책4」에도 이상화는 참여하였다. 이처
럼 상화는 당시 일제 식민지 상황에서 민족교육의 중요성을 깊이 인
식하고 있었던 것이다.

이상화의 후반기의 삶 곧 1927년 이후 글쓰기를 멈추고 대구지역의 문화예술운동을 통한 사회운동을 한 시기에 대한 올바른 이해는 그의 전반기의 삶 곧 글쓰기를 하던 삶을 온전히 이해하는데 도움을 줄 것이다. 일관된 시인의 삶, 시대와 역사를 관찰하며 실천하는 생활 시인의 모습을 우리들에게 남겨 준 것이다. 때로는 문학의 작품성 이상으로 작가의 삶의 진실성이 중요해 보이는 이유이기도 하다.

## 2. 이상화의 문학 읽기의 다양한 오류

### 상화의 문학텍스트 전모조차 몰라

부끄럽다. 한 시대의 항일 저항 시인에게 덮친 불행의 고통을 단순히 우리들은 타인의 운명으로 관망하면서 스쳐지나 와야 할 것인가? 그의 삶을 관통하는 시대사의 단면조차도 부숴진 퍼즐조각을 제대로 꿰어 맞추지 못하면서 이상화의 이름을 부르고나 있지 않는가? 그가 남긴 문학적 성과들을 과연 온전하게 읽어내고 있는가? 그의 문학적 텍스트를 오류로 읽고 해석하면서도 그 사실조차도 모르는 체 그를 칭송하는 부끄러운 짓을 하지는 않았는가? 역사 앞에 죄스럽고 부끄럽다.

우리는. 그냥 이제라도 시인 이상화가 걸어갔던 길, 그 길 위에 잠시라도 멈추고 쉬면서 그가 남긴 서러움에 사무친 대구의 봄 길을 함께 걸어 가보자. 그가 남긴 문학 작품을 새로 조합하여 꼼꼼히 음미하며 그가 살았던 그 시대의 공간 속에, 그리고 그 시절의 사람들을 만나 어떤 고뇌와 아픔을 이야기하고 나누었는지 살펴야 하는 일이 우리의 몫이 아닌가? 이상화 시낭송회, 시화전, 이상화문학상 등 푸석푸석하고 건조무미한 이벤트에 매달려 진정으로 해야 할 과업을 놓지고 있지는 않는가? 고택보존운동 이후 이상화의 현창 사업이 제 길을 가고 있는지? 이 동네 저 동네 지방단체의 기념사업으로 현창 추모하는 행사판이 벌어진 장터에는 반듯한 그의 정본 시집 한 권 마련되지 않고 또 그의 문학 평론 변변한 책 한 권 없는 현실이 아닌가? 그래서 부끄럽고 슬프다는 말이다.

시인 이상화에 대한 온전한 문학전집 한 권 갖추지 못한 채, 그리고 제대로 된 이상화 평론집 한 권 없는 이 불모의 대지에 과연 이상화는 무슨 의미로 해석되어야 할 것인가? 이상화의 문학이 무엇이며? 그의 삶이 우리에게 무슨 의미를 갖는 것인가? 가슴에 와 안긴 이상화의 흔적이 우리들에게 과연 무슨 의미가 있는가? 광복의 기쁨도 잠간, 밀러닥친 남북 분단, 그마저 우리의 힘이 아닌 타자의 힘으로 조형된 역사가 단절되지 않고 계속 이어져 오고 있다. 온전한 줄로만 알았던 비탈에 서 있는 이 땅의 역사, 다시 두 권력 패거리로 나뉘고 이념과 주장이 협잡과 결합한 뒤숭숭한 이 땅에 과연 봄이 오기는 왔는가? 4만 달러 국민소득의 나라, 외제차 즐비한 고층 도심이 우뚝한 달구, 달구언덕에 이상화는 어떤 의미이어야 할 것인가?

　그동안 늘 외발로 달려 온 민주화 운동은 '반공독재'의 오류를 재물로 삼아 철저하게 깨물고 쥐어뜯어 흩어러놓은 현대사가 피를 흘리고 있다. 유혈낭자한 분열, 대립, 갈등의 붉은 피가 이 땅을 흠뻑 적시고 있다. 빼앗긴 들에도 봄은 오리라 기대했던 상화가 그렸던 광복된 이 땅에는 다시 봄이 아닌 이념 갈등의 핏물로 얼룩진 상처가 가득하다.

　현대사의 역사적 비대칭성은 정치권력의 부침에 따라 일방적 지배 방식으로 만들어지고 길들어진 역사에 문학사가 곁달려 있다. 뭐가 과연 옳은 것인가? 독자에 따라 시대에 따라 역사의 문맥은 새롭게 탈의를 하고 있다. 한민족, 단일민족을 외치면서 독재 권력들이 저절러러 놓은 과거진실에 대한 규명은 거의 손을 놓은 채 한국 현대사를 기술한다. 오류의 깊은 늪에 빠져 있듯이 항일 민족 시인 이상화에 대한 인식도 마찬가지이다.

이상화는 모국어를 버리고 일본어로 통합하라는 강요된 식민동화를 거부한 시인이다. 그러나 그를 우리는 지금까지 어떻게 호명하고 있는가? 시인 이상화, 그가 남긴 시와 소설, 산문과 편지 등 기록을 토대로 평가되고 호명하여 문학사의 한 계단에 자리를 매김을 해야 함에도 무지막지한 문화권력 패거리들이 그의 본질에 대한 성찰은 안중에도 두지 않고 이념적 비판과 칼질을 해 오지는 않았던가? 이상화가 남긴 문학 작품의 전모를 알고 있는 이가 과연 몇 사람일까? 그의 문학 작품의 수준에 대해서는 더 불문가지이며, 그의 시어의 오류들이 왜 생겨났으며, 어떤 유통방식으로 확대 재생산이 되어 왔는지 진지하게 알고 있는 이는 누구일까? 진정 이상화를 일제 저항 민족 시인이라고 호명할 수 있는가? 아니면 사회주의 계급문학가라고 해야 할 것인가? 유미주의 데카당스한 문학가라고 해야 할 것인가? 아직 정리된 이상화의 호명 방식조차도 제 자리를 잡지 못하고 흔들리고 있다.

상화 문학의 텍스트에 대한 정확한 비판 없이 어떻게 문학사상의 위치를 논할 수 있는지 궁금하기 짝이 없다. 최근까지 확인된 이상화의 시는 모두 68편으로 알려 졌다. 이 68편의 시를 가지고 무려 수십 여 명의 박사학위 논문도 쏟아져 나왔다. 그런데 놀랍게도 이상화 시의 텍스트가 엉터리인 채로 연구를 한 박사학위 논문이 발표된 것도 있다. '괴이고양이'를 '개'로, '깝치다최촉하다'를 '까불다', '해채하수구물'을 '미역海菜'으로 오역한 것 뿐 아니라 연행 구분의 오류, 표기법의 오류, 시어의 누락 등 이상화의 문학 작품이 정본화 되지 않고 흔들리고 있다. 그러니까 자연히 이상화의 시 작품의 완결성이 뒤떨어진 것으로 연구했으니 그의 작품의 성과에 대한 평가도 나쁠 수밖에 없다. 공공연하게 대구수성문화원의 이상화 기념사업을 주관하는 이조차도 "이상화 시 작품의 질이 떨어진다."는 말을 부끄럼없이 내뱉고 있는 것을 보았다. 부끄럽고 창피하여 얼굴을 들 수 없다. 문학 작품을 대하는 진지함이나 정밀함이 부족하거나 무관심한 이들이 상화 주변에 몰려들어 푸른 파리처럼 왕왕대고 있다. 그래서 부끄럽다.

이상규(2002)는 그동안 이상화의 문학 텍스트를 발굴하기 위해 꾸준히 관찰하며 오류 투성이의 시어를 교열하여 정본 시로 만들기 위한 준비를 다해왔다. 김학동(1979) 이후 알려진 63편의 시 외에 번역 시 2편과 『문예운동』 2호잔본에 남아 있는 「서러운 조화」라는 시 제목과 단 한 줄 남아 있는 시 한 행, 그리고 「먼 기대」라는 시 제목만 남은 것을 찾기도 하였다. 그러니까 이들을 합치면 총 68편의 시가 있다고 할 수 있다. 그리고 최근에 『동아일보』에 실린 동요 한 작품을 더 추가하면 총 68편이 된다. 산문으로 문학평론 12편, 창작소설 2편, 번역소설 5편, 수필 및 산문으로 10편과 최근 그의 육필 원고 4편이 새로 발견되어 수필 및 산문과 편지가 14편이니까 도합 33편이 남아 있다. 창작 소설 「초동」이 정진규에 의해 상화 작품이 아니라는 평가가 있었으나 사회주의 경향의 문학 작품에 대한 검열을 피하기 위해 파자 이름으로 쓴 것으로 확인되기 때문에 그대로 이상화의 창작 소설로 인정하지 않을 수 없다. 김학동(2015)이 1926.1.2. 『조선일보』에 이상화가 「노동—사—질병」라는 기사를 발표하였다고 하는데 아직 그 원문 검색을 하지 못했다. 이게 확인되면 그의 산문이 한 편

「초동」 작가 이름을 일제 검열을 피하기 위해 '相'자를 '木'+'目'으로 파자한 표기

더 늘어나게 된다.

　새롭게 발굴된 이상화의 문학 작품과 다량의 편짓글을 모두 정리하여 이상화문학전집을 만들어야 하는 일, 또한 우리가 제일 우선해야 할 과제이지 않을까? 그런데 이상화의 시나 문학적 텍스트를 어떻게 더 발굴한 것인지, 그리고 이들을 모아 그의 텍스트를 어떻게 확장할 것인지는 아무도 고민하지도 관심도 없다. 비록 필자가 이러한 근본적인 문제를 제기하고 이상화문학정본화 작업을 하자고 제의한다.

　이상화의 문학작품은 1933년 맞춤법통일안이 만들어지기 전에 쓴 것들이기에 맞춤법의 불일치와 특히 대구 사투리를 과다하게 사용했는데 이를 표준어로 바꾸면서 엄청난 오류를 범한 채 제작하여 유통해 왔다. 2019년 대구광역시에서는 3.1독립운동 100주년 기념사업으로 기념사업회에 의뢰하여 만든 『하늘은 부끄럽게 푸릅니다』에 실린 이상화의 대표작으로 알려져온 「빼앗긴 들에도 봄은 오는가」에 "나비야 제비야 깝치지 마라/맨드라미 들마꽃에도 인사를 해야지/아주까리 기름을 바른 이가 {지심} 매던 그 들이라/다 보고 싶다"에서 '지심'을 누락 시켜 두었다. 그리고 마지막 행 "그러나 {지금은} 들을 빼앗겨 봄조차 빼앗기 겠네"에서도 역시 {지금은}이 누락되어 시의 본래 형태를 완전히 망쳐 놓았다. 그리고 제6연의 4행은 몽땅 누락 시켰으며 제7연 역시 "내 손에 호미를 쥐여다오/살찐 젖가슴같은 부드러운 이 흙을/팔목이 시도록 매고 {밟아도 보고}/{좋은} 땀조차 흘리고 싶다"에서 {발목}을 {팔목}으로 둔갑시켜 놓았고 또 {밟아도 보고}와 {좋은}이 어디로 달아나 버렸다. 1951년 백기만이 왜곡시킨 사실도 알지도 못하고 버젓하게 100주년 기념사업 시집으로 간행한 것이다. 「금강송가」는 『여명』 2호에 싣기 전에 어느 신문에 발표했다고 하나 확인이 되지 않는다. 이 「금강송가」를 백기만이 『상화와 고월』에 실으면서 작품 내용 뿐만 아니라 뒷부분을 삭제해 버린 채로 실었다. 그런데 이 부분을 필자가 고스란히 복원하여 실어놓은 『정본이상화 시전집』의 자료를 인용 표시도 없이 고스란히 그대로 실었다.

이상화에 대한 사랑과 열정이 아무리 열렬해도 이상화의 시정신의 분신인 시 작품을 이처럼 소홀하게 다룬다면 상화의 작품에 대한 평가, 역시 온전할 수 없다. 그뿐 아니라 서울 유명출판사에서는 아예 이상화 시집 출판을 거부하고 있다. 말썽에 시달리기 싫은 이유 때문이 아닐까? 진정한 사랑은 바닥을 쳐야 지고한 진실이 보인다고 했다.

시인 이상화의 문학 정신은 그가 남겨놓은 시와 소설 그리고 산문 텍스트 속에 고스란히 남아 있다. 행간 속에 숨겨놓은 문학적 본질과 인간적 고뇌와 여린 삶의 무늬를 드러내야 할 것 아닌가? 도대체 변변한 그의 작품 정본을 정리하지도 않은 채 무슨 그의 시 정신을 이야기 할 수 있는가? 그냥 표피적인 이야기로 그의 삶의 궤적을 함부로 논단해서는 안 된다.

부끄럽다. 진짜 부끄럽다. 필자가 2000년에 그동안 미공개된 이상화 시와 산문을 새롭게 발굴하여 책을 간행했는데 난데없이 13년 후에 이 내용을 염철이라는 자가 자기가 발굴한 것처럼 서지학회지에 논문으로 싣고 또 언론에 공개한 내용이 『매일신문』에 기사로 실려 있었다. 새벽에 우연찮게 검색하다가 깜짝 놀라지 않을 수 없었다. 학계나 언론 모두 신중하지 못한 지식 약탈행위가 아닌가?

## 이상화의 문학 텍스트의 현황

육당과 춘원이 이끈 계몽문학시대에 이어 서구 시와 문학이론을 도입한 김억의 『폐허』 1920와 주요한이 주도한 『창조』 1919, 황석우와 변영로의 『장미촌』 1921.5, 박종화와 홍사용의 『백조』 1921.12와 박영희와 김기진의 『카프』 1925가 활동하던 1922년 이상화는 『백조』 창간호에 「말세의 비탄」을 시작으로 1941년 『문장』 폐간호에 마지막 작품인 「서러운 해조」를 발표하며 19년 4개월이라는 기간동안 작품

발표를 통해 근대시문학의 끝자락에서 현대 시의 문을 열어준 횃불을 밝혔다.

이상화는 『백조』에 데뷔하기 이전 1917년에 백기만과 어울려 『거화』라는 동인지를 내었을 만큼 이른 나이에 문학 활동을 한 것으로 알려져 있다. 그러나 이상화는 1924년 3월 경에 일본 동경에서 되돌아와 서울 취운정 생활을 하던 1925년에서 1926년 사이 두 해동안 그가 남긴 68편의 시 작품 가운데 거의 반 정도가 되는 34편을 발표하였다. 그뿐만 아니라 평론 7편, 감상문 4편, 번역소설 4편, 번역시 1편, 기타 산문 2편 등 무려 50여 편에 이르는 글을 발표하였다.

이 기간동안 고향 친구 현진건의 사랑방에 많은 문인들이 모여 『백조』 동인으로서 그리고 신경향파 「파스큐라」의 구성과 『카프』 동인으로 활발하게 교류를 한 시기이다. 특히 이 기간동안 일본 유학시절에 만난 함경도 출신 유보화와 서러운 사랑의 이야기가 함께 엮어지면서 박영희와 김기림 등 카프동인들의 견제와 시기를 받았던 시기이기도 하다.

1927년 대구로 귀환한 이상화는 거의 절필한 상태로 문학에 대한 회의와 한계를 절실하게 느꼈을 뿐만 아니라 경제적으로도 매우 궁핍해진 상황이 되었다. 또한 의혈단과 연루된 ㄱ당 사건과 대구신간회 사건에 연루되어 일제에 피체되거나 감시와 탄압을 극심하게 받았던 시기이다. 이상화는 이를 계기로 대구지역 사회주의 문화예술 운동을 활발하게 전개한다. 「○과회」와 「향토회」 활동을 계기로 당시 진보적인 사회주의자였던 이상춘, 이갑기, 김용준, 김유경, 김준묵, 김정규 등과 미술과 연극 영화의 영역까지 폭넓은 문화예술 운동을

펼친다. 마침 사촌형인 이상악이 대구 만경관 운영권을 가지게 된 것
과 무연하지는 않았을 것이다.

　출판사업을 비롯하여 1934년에는 『조선일보』 경북총국의 경영을
맡았다가 1년만에 거의 탕진을 하게 되면서 1932년 서성로 2가 11번
지 생가를 팔고 중구 장원동 50번지로 다시 1934년 중구 남성로 35
번지로 셋집을 얻어 옮겼다가 1937년에는 종로 2가 72번지로 다시
1939년 6월에 그의 마지막 고택이 된 중구 계산동 2가 84번지로 쫓
기듯 이사를 다닌다. 이 기간 얼마나 힘든 삶이었는지를 짐작할 수가
있다.

　이상화는 그리 길지 않는 기간동안 『백조』, 『개벽』, 『신여성』, 『조선
문단』, 『여명』, 『신민』, 『문예운동』, 『조선지광』, 『별건곤』, 『만국부인』,
『신가정』, 『시원』, 『조광』, 『중앙』, 『문장』을 비롯한 『동아일보』, 『조선
일보』, 『시대일보』, 『조선중앙일보』, 『중외일보』 등에 작품을 발표하
였다. 「○과회」 시가부에 서화부에 전시했다는 제목만 알려진 「없는
이의 손」, 「아시와 복숭아」라는 시 2편이 더 있다. 『여명』 잡지도 완전

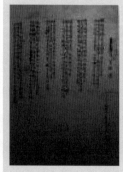

이상화의 육필 시 원고현재 행방을 알 수 없음

히 다 발굴되지 않아서 상화 시 작품이 더 발굴될 가능성도 없지 않다.

그리고 잡지나 신문에 미발표된 작품도 상당수가 있었었던 것으로 보이는데 일경에 의해 여러 차례 원고를 빼앗긴 것으로 알려져 있다. 이 가운데 백기만(1951)이 잡지에 싣지 않은 5편의 작품을 우리에게 소개해 준 것도 있다. 특히 최남선이 잠시 경영했던『시대일보』와 그 후속『중외일보』는 상화의 사촌 형인 이상악이 경영이사였던 관계로 언론의 지면을 상당히 많이 할애를 받았다.

아직까지 이상화 시인이 남긴 문학 자료가 얼마가 발굴되었는지 제대로 알려지지 않았다. 이상화 시인이 남긴 문학 유산의 총량이 얼마나 되는지 아직 정리하지 못하고 있다. 그가 남긴 문학 유산은 먼저 시를 꼽을 수 있으며, 소설과 평론 그리고 수필, 편짓글 등으로 나눌 수 있다. 2020년 필자가 발굴한 이상화 편지 글만해도 00편 이상이다. 이처럼 장르별과 이상화의 작품이 계속 발굴되고 있지만 이를 제대로 정리하지 않은 결과 시 작품이 연구자마다 달리 평가하고 있다. 이성교(2015:24)는 "상화의 작품은 오늘까지 본격 시로 알려져 있는 것이 모두 56편이 남아 있다." 또 이동순(2015:69)은 "이상화는 60여편 남짓한 그리 많지 않는 작품을 문학사에 남겼다.", 김학동(2015:217)은 "상화가 1921년 백조동인으로 출발하여 약 20년간 문단 활동을 하였을 뿐만 아니라, 그의 시작품만도『상화와 고월』에 수록되어 있는 16편을 포함하여 60편 가깝게 당시의 신문이나 잡지에 발표하고 있다."라고 하여 시 잡품의 텍스트가 정확하게 몇 편인지 밝히지 않고 있다. 김용직(2015:157)은 "지금 우리가 알고 있는 이상화의 작품은 도합 40여 편 안팎이다."라고 하여 이상화가 남긴 시 작품의 숫자가 40여 편에서 60여 편으로 추정하고 있을 뿐이다.

　이상화가 살아 있던 생전에 출간된 시집은 없다. 다만 1926년 10월에 조태연이 간행하고 백기만이 편집한 당대의 대표시인 28명의 시작품 138편을 수록한 『조선시인선집』 조선통신중학관에 이상화의 시가 4편 실렸다. 오일도 편, 『을해명시선집』 시원사, 1936, 김동환의 「조선명작선집」 삼천리사, 1936, 이하윤 편, 『현대서정시선』 박문서관, 1939, 임화 편, 『현대조선시인선집』 학예사, 1939, 백기만이 묶은 선집을 일본어로 번역된 김소운이 번역하여 1940년에 『조선시인선집』 河出出版社과 김소운 편, 『조선시집』 흥풍관, 1943 등에서 이상화의 시는 지속적으로 정전화되었다. 그동안 이상화 문학의 텍스트 전모에 대해 밝혀지지 않은 중요한 이유가 바로그의 생전에 문학전집이 단 한 번도 묶여지지 않았는데서 그 원인을 찾을 수 있다.

　그 후 1951년 백기만이 청구출판사에서 펴낸 『상화와 고월』에 「새벽의 빛」이라는 제목으로 시 16편이 실렸는데 그 가운데 잡지나 신문에 게재하지 않은 5편을 제외한 작품도 여기서 어쩐 일인지 원래 발표된 시와 상당히 다르게 변개된 상태로 실려 유전되면서 그 치명적 오류가 수정되지 않고 그대로 전해지게 되었다. 1959년 백기만 편 『씨 뿌린 사람들』 사조사, 1959에도 역시 이상화의 시가 오류 투성인 채로 3편과 16편이 제목이 실렸는데 그 가운데 2편의 제목도 엉터리로 실려 있다. 1971년에 들어서서 김학동이 「상화의 문학유산」, 『현대시학』 3권 6호, 1971.5에 시작품 30편, 소설 1편, 평론 6편, 번역 3편을 모은 것이 이상화 문학 텍스트의 정전화 작업이 시작 되었다.

『상화와 고월』의 이상화 시편「새벽의 빛」

다만 작품의 어휘나 형식 상의 오류는 그대로 잔존해 있었다. 이어서 1973년 문학사상사에서『이상화 미정리작 29편, 폭풍우를 기다리는 마음 외』,『문학사상』제7호, 1973.4.에서 미정리작 29편이 새로 소개되었고, 1973년 문학사상사에서『이상화 미정리작「곡자사」외 5편』,『문학사상』제10호, 1973.7.에서 미정리작 5편이 새로 소개되었다. 1975년 정한모·김용직 편『한국현대시요람』박영사, 1975에 이어서 1982년 김학동이『이상화작품집』형설출판사, 1982를 문고본으로 출판하였다. 1982년 이기철 편『이상화전집』문장사, 1982이 이상화 작품을 일일이 대교하여 전집으로 꾸몄다.

　김학동 편『이상화 전집』새문사, 1987, 1981년 정진규의『이상화 전집, 평전 마돈나, 언젠들 안 갈 수 있으랴』문학세계사, 1981에서 상화의 시 62편, 산문 21편을 실으면서「초동」이라는 작품이 상화의 창작소설이 아니라는 점을 처음으로 문제 제기를 하였다. 1981년 신동욱 편『이상화의 서정시와 그 아름다움』새문사, 1981에 11편의 시를 싣고 있다.

1991년 차한수는『이상화 시 연구』시와시학사, 1991의「이상화작품연보」에 시 65편, 평론 9편, 번역 6편, 창작소설 1편, 수필 4편, 시조 2편, 기타잡문 3편을 소개하였다. 1996년 김재홍의『이상화』건국대학교출판부, 1996에 대표시 감상이라고 하여 시 18편과 대표평론 2편을 싣고 있다. 1998년 대구문인협회 편『이상화 전집』그루, 1998에 이어 2002년 이상규 · 김용락 편『이상화시집』홍익포럼, 이상규 엮음『이상화문학전집』경진출판사, 2015에서 이상화의 시작품이 총 67편임을 확정하였다. 그런데 2001년 상화탄신100주년기념사업으로 대구문인협화와 죽순문학회에서 간행한『이상화탄생 100주년 기념특별전 도록』(2001:56)에서는 시가사 시조 포함 64편, 소설창작 2편, 번역 5편 7편, 평론단평 포함 16편, 수상 2편, 기타 4편이라고 하였다.

그 사이에 이상화의 시 작품을 단권 시집으로 처음 간행된 것은 1973년 정음사에서『상화시집』정음사, 1973에서 처음으로 간행하였다. 이 시집에도 역시 엄청난 오류가 교열되지 않은 채 출판이 되면서 이상화 시 작품이 걷잡을 수 없을 정도로 오류투성이인 상태로 꼬리를 물고 출간 보급되었다. 1985년 범우사에서『이상화시집』, 1989년 선영사에서『빼앗긴 들에도 봄은 오는가』, 1991년 미래사의『빼앗긴 들에도 봄은 오는가』, 1991년 상아에서『빼앗긴 들에도 봄은 오는가』, 1994년 청년사에서『빼앗긴 들에도 봄은 오는가』, 1994년 청목사에서『빼앗긴 들에도 봄은 오는가』, 1997년 인문출판사, 『빼앗긴 들에도 봄은 오는가』, 1998년 대구문협에서『빼앗긴 들에도 봄은 오는가』그루, 1999년 신라출판사에서『빼앗긴 들에도 봄은 오는가』와 시선집으로 장현숙이 엮은『이상화 · 이장희 시선』지식을만드는지식, 2014.에서 비교적 원본에 근접하는 시집을 출판하였다. 이어서 이상규 · 김용락의『새롭게 교열한 이상화 정본 시집, 빼앗긴 들에도 봄은 오는가』에서 시 67수영역시 포함로 2편의 시를 추가로 발굴하였다. 이미 이상규(2001), 『이상화시전집』정림사에 필자가 새로 발굴한 문학 작품에 대해 소개한 바가 있으며 이를 바탕으로 하여 필자가『이상화시전집』정림사, 2001, 이상규 · 김용락의『새롭게 교열한 빼앗긴 들에도 봄은 오는가』민족시인이상화고택보존운동본부, 2001, 이상규 · 신재기의『이상화문학전집』이상화기념사업회, 2009에 그동안 새롭게 발굴한 작품의 발굴 경위와 작품을 소개한 바가 있다.

곧『신여성』18호1925년 1월에 실린「제목미상미들래톤 지음」영국의 작가 Washington Irvin(1778~1859) 원작소설『단장』을 번역하기 전 번역가의 말을 싣는 글 가운데 이상화가 시인 미들래톤 시를 번역하여 인용한 작품에서 발취한 것이다. 이상규(2001), 『이상화시전집』정림사에서 처음으로 발굴 소개한 작품이다.『신여성』18호1925년 1월에 실린「머나먼 곳에 있는 님에게」는 이상화의 번역소설『단장』의 머리말 격인 "역자의 말」 뒤에 실린 무어의 시를 번역한 것이다. 이 작품의 원전을 찾기 위해 필자가 경북대 영문과 김철수 교수에게 부탁하여 오리곤주립대학에 가서 연구 중인 경북대 영문과 최재헌 교수의 도움으로 원전 「She is Far From the Land」를 찾았다. 따라서 번역시의 제목은 달려 있지 않았으나 필자가 원전 제목을 번역하여 「머나먼 곳에 있는 님에게」로 달아두었음을 밝혀 둔다. 이상규(2001), 『이상화시전집』정림사에서 처음으로 발굴 소개한 작품이다. 아울러 경북대 김철수 교수와 최재헌 교수의 협조로 원작시를 찾아 이상규(2001), 『이상화시전집』 정림사에 발표하였음을 밝혀 둔다. 『문예운동』 2호1926년 5월에 실린 「설어운 조화」 한 줄2001년 탄생 100주년 문학인 기념문학제대산문화재단/민족문학작가회의 주최에서 김윤태 님이 발표한 작품연보에서 처음 공개되었다.

그 후 이상규·신재기의 『이상화문학전집』2009에서 문학평론 12편, 창작소설 2편, 번역소설 5편, 수필 9편, 서한 1편을 실어서 앞에서 밝힌 바와 같이 이상화가 남긴 문학작품이 어느 정도 정리가 된 듯하였으나 그 이후 이상화의 편지가 계속 새로 발굴되고 있으며 그 외에 가족 간에 맺은 가옥 매매 문서 등이 발굴되고 있어서 이상화 문학 연구에 한 걸음 더 가까이 다가설 수 있는 여건이 마련되고 있다.

## 추모 시집 『하늘은 부끄럽게 푸릅니다』의 오류

사이상화기념사업회에서 3.1독립운동 100주년 기념사업의 일환으로 제작하여 배포한 『하늘은 부끄럽게 푸릅니다』 시요일, 2019년 4월 15일의 간행 과정에서 엄청난 이상화시 텍스트의 오류를 저질렀고 한편으로는 필자가 교열한 정보 이상화시집을 인용도 하지 않고 전면 표절하는 일이 발생하였다.

『하늘은 부끄럽게 푸릅니다』 시요일, 2019년 4월 15일 3.1독립운동 100주년 기념사업이상화기념사업회

　전문성이 결여된 기념사업회에서는 대구광역시의 교부금에 현혹되어 가장 중시해야할 시 작품의 텍스트에 대한 엄정한 검증과정을 거치지 않고 오류와 표절한 내용의 작품집을 간행하여 100주년 기념사업을 한 것이다. 3.1독립운동 100주년 기념사업으로 간행한 『하늘은 부끄럽게 푸릅니다』 시요일, 2019년 4월 15일라는 시집은 필자가 간행하여 보급한 정본 시집을 기준으로 「빼앗긴 들에도 봄은 오는가」라는 시 한 작품에 무려 22곳의 오류를 범하였다. 이상화가 발표했던 『개벽』 제26호에 게재된 내용 전문 가운데 아예 제6년은 전부 누락되었고 「나의 침실로」는 정본 시집을 기준으로 하여 무려 58곳에 오류가, 「단조」라는 작품은 28곳, 「이중의 사망」이라는 작품은 44곳, 「가을 풍경」이라는 작품은 24곳, 「이별을 하느니」이라는 작품에서는 제

목을 포함하여 70곳의 오류가 있는 체로 작품집을 만들어 보급하였다.

아연 통탄만 할 일이 아니다. 이상화 시의 정신이나 그의 시 작품에 최소한의 지식이라도 갖추었다면 이러한 불상사를 미리 막을 수도 있었지만 그 단체의 대표는 아예 백기만의 『상화와 고월』 1951에 기대어 만든 것이라며 눈 하나 깜짝하지 않았다. 이상화 시인의 대표작이라고 할 수 있는 「빼앗긴 들에도 봄은 오는가」라는 작품을 중심으로 핵심적인 오류를 간추려 보면 다음과 같다.

첫째, 띄어쓰기나 방언형이나 한자어 표기의 오류를 제외하고 시어를 누락 시키거나 연Stanza을 완전 누락시킨 사례로 제7연에서 "아주까리 기름을 바른 이가 {지심} 매던 그들이라", 제11연에서 "그러나 {지금은} 들을 빼앗겨 봄조차 빼앗기겠네"와 같이 {지심}이나 {지금은}이라는 시어 누락으로 인해 시의 텍스트는 완전 망가져 버린 결과가 되었다. 앞에서도 지적했듯이 제6연은 전부 누락되었다.

둘째, 한 행Line이 완전 누락된 경우로 제8연에 "팔목이 시도록 매고 {밟아도 보고 좋은} 땀조차 흘리고 싶다"에서 {밟아도 보고 좋은}이 몽땅 누락되었다.

셋째, 시어를 바꾸어치기 한 사례로 제7연에서 "살진 젖가슴같은 부드러운 이 흙을/{팔목이/발목이} 시도록 메고"로 수정하였다. 원본 시에는 "살진 젖가슴과 같은 부드러운 이 {흙을/발목이} 시도록 밟아도 보고/좋은 땀조차 흘리고 싶다."인데 이 대목을 줄여서 "살진 젖가슴과 같은 부드러운 이 {흙을/팔목이} 시도록 메고"로 수정하면서 {발로}는 멜 수 없으니 {팔목}으로 바꾼 것인데 이것은 바로 백기만의

『상화와 고월』1951의 오류를 그대로 답습한 결과이다.

넷째 연 구분의 오류 등의 들 수 있으며 다른 작품까지 고려해 보면 다섯째 시 제목의 오류 「이별을 하느니」를 「이별」로, 「말세의 희탄」을 「미래의 희탄」으로 바꾼 오류 등을 들 수 있다.

왜 이러한 오류가 발생했는가? 3.1독립운동 100주년 기념사업으로 간행한『하늘은 부끄럽게 푸릅니다』시요일, 2019년 4월 15일라는 시집은 시요사 출판사에서 간행할 때 백기만의『상화와 고월』1951을 기준으로 제작했다는 사실을 「일러두기」에 밝혀 두고 있지만 실은 백기만의『상화와 고월』1951과도 약간의 차이가 있을 뿐만 아니라 「금강송가」는 이상화기념사업회서 간행한『빼앗긴 들에도 봄은 오는가』2017년 5월 26일, 이상규·김용락의『이상화시전집』2002의 내용을 그대로 표절하여 실은 결과이다.

3.1독립운동 100주년 기념사업으로 추진된 대구문협과 대구시협 등과 협의하여 추진키로 한 우국문인 현창 사업은 다른 문학단체와 전혀 협의를 거치지 않고 사이상화기념사업회의 일방적인 사업추진으로 빚어진 결과이다. 항일 민족 시인 이상화의 시 정신을 올바로 길이기 위해서는 무엇보다 시 원전에 대한 철저한 고증을 통해 연구가 이루어져야 함에도 불구하고 이러한 성찰을 하지 못한 강단 학자들이나 추모사업 단체 모두가 깊이 반성해야 할 일이다.

## 백기만의『상화와 고월』1951이 남긴 오류

이상화 시인은 1920년대 전반기에 혜성처럼 반짝인 시론과 시작의 탄탄한 기반을 갖추고 등장한 1920년데 우리 문단의 대표주자 가운데 한 분이었다. 그러나 30년대 이후 일제 투쟁의 한계와 『조선일보』 경북총국 경영의 실패 등으로 인해 시인이 가졌던 문학적 천재성을 꽃 피우지 못한 체 이승을 떠난, 고난의 중심에서 헤매다가 떠난 시인이다.

　이상화 시인이 생존해 있는 동안 시집이 출판되지 못했으니 그의 사후 백기만이 여기저기 잡지사에 발표했던 작품 13편과 미발표작 5편을 모아서 『상화와 고월』 청구출판사, 1951이라는 상화와 고월의 공동 시평집을 엮었다. 그런데 이상화가 작품을 발표했던 시기는 한글맞춤법통일안이 제정된 1933년 이전에 발표된 시가 대부분이다. 따라서 띄어쓰기가 전혀되지 않았고 맞춤법 또한 차이가 많이 난다. 더군다나 이상화의 시에는 대구방언이 곳곳에 나타나기 때문에 이를 현대어에 맞게 표준화하는 데에는 한계가 있을 수밖에 없었다. 백기만이 이러한 한계를 안고 이상화의 시를 정본화하는 과정에 엄청난 잘못을 물려주었다. 이러한 잘못된 교열이 단순히 오자나 철자법 오류나 띄어쓰기의 문제가 아니라 연의 구분, 시어의 누락, 행이나 연의 누락을 비롯한 시 제목의 변화 등의 오류를 남김에 따라 그 이후에 여러 출판사에서 간행된 시집에서는 그런 오류를 반복하거나 일부 교열을 했더라도 상당한 잘못을 남기게 된 것이다.

　백기만의 『상화와 고월』 청구출판사, 1951와 『씨 뿌린 사람들』 사조사, 1959을 출판하여 대구 초창기 문단의 역사를 조명하는 귀중한 자료를 제공하면서 많은 공적을 남기기도 했다. 그 외에도 이상화의 백형의 중국 기행기인 『중국유기』 청구출판사, 1950 간행에 관여하기도 하였다. 먼저 백기만의 『상화와 고월』 청구출판사, 1951에는 이상화와 이장희 시를 함께 묶어서 당시 대구시 동성로 3가 12에 있던 청구출판사대표 이형우에서 간행한 시와 평론을 포함한 시평론집이다. 여기에 실린 이상화의 시는 「빼앗긴 들에도 봄은 오는가」, 「나의 침실로」, 「단조」, 「반디불」, 「이중의 사망」, 「가을의 풍경」, 「미래의 말세의 희탄」, 「이별이별을 하느니」, 「쓸어져 가는 미술관」, 「서러운 해조」, 「역천」, 「가장 비통한 기욕」, 「말세의 희탄」, 「청년」, 「무제」, 「청년」, 「그날이 그립다」, 「금강송가」 18편이다. 백기만 시인이 어떤 절차와 과정으로 이 18편의 시를 뽑았는지에 대해서도 언급하지 않아서 정확한 내용을 확인할 길이 없다. 다만 이들 작품이 실린 잡지를 통해 원작품을 골라내고 시화전용 육필원고 미발표작인 5편을 합쳐서 만들었을 가능성이 크다. 「미래의말세의 희탄」, 「이별이별을 하느니」에서처럼 시 제목도 오류를 범하고 있는데 『씨 뿌린 사람들』에 이 오류가 그대로 전승된다.

우선 『개벽』 70호1926년 6월에 실렸던 「빼앗긴 들에도 봄은 오는가」라는 작품을 이상규(2001:149)가 정본화한 내용을 소개하면 다음과 같다.

빼앗긴 들에도 봄은 오는가

지금은 남의 땅─빼앗긴 들에도 봄은 오는가?

나는 온몸에 햇살을 받고
푸른 하늘 푸른 들이 맞붙은 곳으로

가르마 같은 논길을 따라 꿈속을 가듯 걸어만 간다.

입술을 다문 하늘아 들아
내 맘에는 내 혼자 온 것 같지를 않구나.
네가 끌었느냐 누가 부르더냐 답답워라 말을 해다오.

바람은 내 귀에 속삭이며
한 자욱도 섰지 마라 옷자락을 흔들고
종다리는 울타리 너머에 아씨같이 구름 뒤에서 반갑다 웃네.

고맙게 잘 자란 보리밭아
간밤 자정이 넘어 내리던 고운 비로
너는 삼단 같은 머리를 감았구나, 내 머리조차 가뿐하다.

혼자라도 가쁘게나 가자
마른 논을 안고 도는 착한 도랑이
젖먹이 달래는 노래를 하고 제 혼자 어깨춤만 추고 가네.

나비 제비야 깝치지 마라
맨드라미 들마꽃에도 인사를 해야지
아주까리 기름을 바른 이가 지심매던 그들이라 다 보고 싶다.

내 손에 호미를 쥐어다오
살찐 젖가슴과 같은 부드러운 이 흙을

발목이 시도록 밟아도 보고 좋은 땀조차 흘리고 싶다.

강가에 나온 아이와 같이
짬도 모르고 끝도 없이 닫는 내 혼아
무엇을 찾느냐 어디로 가느냐 우스웁다 답을 하려무나.

나는 온몸에 풋내를 띠고
푸른 웃음 푸른 설움이 어우러진 사이로
다리를 절며 하루를 걷는다 아마도 봄 신령이 집혔나보다.

그러나 지금은―들을 빼앗겨 봄조차 빼앗기겠네.

　이 작품을 백기만은 『상화와 고월』 1951, 11~15에 다음과 같이 싣고 있다. 원본을 토대로 한 정본 시집과 차이나는 부분은 짙은 색으로 나타내어 차이가 나도록 하였다.

빼앗긴 들에도 봄은 오는가

지금은 남의 땅
빼앗긴 들에도 봄은 오는가

나는 온몸에 햇살을 받고
푸른하늘 푸른들이 맞닿은 곳으로
가르마같은 논길을 따라

꿈속을 가듯 걸어만간다

입술을 다문 하늘아 들아
내맘에는 나혼자 온것 같지를않구나
네가 끄을었느냐 누가 부르더냐
{답답해라} 말을 해다오

바람은 {산귀에} 속삭이며
한자욱도 섰지마라 옷자락을 흔들고
종다리는 울타리 넘어
아씨같이 {구름뒤에서} 반갑다 {옳네}

고맙게 잘자란 보리밭아
간밤 자정이 넘어 나리던 고운비로
너는 삼단같은 머리를 감았구나
{내머리조차} 가뿐하다

{6연 전체 누락}

혼자라도 가쁘게나 가자
마른 논을 안고 도는 착한 도랑이
젖먹이 달래는 노래를 하고 제 혼자 어깨춤만 추고 가네

나비 제비야 깝치지마라

맨두라미 들마꽃에도 인사를 해야지
아주까리기름을 바른이가 {지심} 매던 그들이라
다 보고 싶다

내손에 호미를 쥐어다오
살진 젖가슴과같은 부드러운 이흙을
{팔목이} 시도록 {매고} {밟아도 보고 좋은}
땀조차 흘리고 싶다

강가에 나온 아이와같이
짬도 모르고 끝도없이 닫는 내혼아
무엇을 찾느냐 어디로 가느냐
우스웁다 답을 하려무나

나는 온몸에 풋내를 띠고
푸른웃음 푸른 {서름이} 어울어진 사이로
다리를 절며 하로를 걷는다
아마도 봄 신령이 집혔나보다.

그러나 {지금은}-들을 빼앗겨 봄조차 빼앗기겠네
-1926년『개벽』6월호 소재

이 두 작품을 비교하면 원본에서 얼마나 일탈했는지 금방 알 수 있
다. 형식적인 측면에서 11연으로 구성되었던 작품이 6연이 완전 누

락되어 10연의 시로 되었으며 연마다 행 구분은 거의 대부분의 연마다 마지막 행이 별도 행으로 구분되어 있다. 표기법에서 띄어쓰기 문제를 논외로 하더라도 "바람은 {산귀에} 속삭이며, "{팔목이 시도록 매고} 삽입", "{밟아도 보고 좋은} 누락", "푸른 웃음 푸른 서름이 어울어진 사이로", "그러나 {지금은}―들을 빼앗겨 봄조차 빼앗기겠네"에서처럼 시어의 교체와 누락이 심각하게 원 작품과 달리 이루어져 있다. 특히 제8연은 아래와 같이 아예 시작품을 완전히 바꾸어 놓았다.

> 내손에 호미를 쥐어다오
> 살진 젖가슴과 같은 부드러운 이 흙을
> {팔목이} 시도록 {매고} {밟아도 보고 좋은}
> 땀조차 흘리고 싶다

제8연 3행에서 '발목이'를 '팔목이'로 바꾼 이유가 "밟아도 보고 좋은"을 제거하고 '매고'를 넣으니까 호응이 되지 않기 때문에 새로 삽입한 '매고'와 호응될 수 있도록 '발목'을 '팔목'으로 바꾼 것으로 보면 백기만의 의도가 들어난다. 이처럼 이미 이상화는 죽고 없는 마당에 친구였던 상화 시인의 시를 자기의 안목에 맞추어 제6연도 완전히 삭제해 버린 것이다. 이 외에 전면적인 검토를 해 본 결과 백기만은 친구 상화의 시를 자기 입맛에 맞게 변개시킨 것이다.

방연승이 지은 북한의 중학교 4학년 문학 교과서에 실린 「빼앗긴 들에도 봄은 오는가」에서 '깝치다'라는 시어 풀이를 보면 '까불다'라고 풀이해 놓았다. 그러나 남한에서는 '깝치다'라는 말을 '재촉하다'라는 말로 풀이하였다. 참고로 다른 시어 풀이를 소개하면 다음과 같다. "가리마—머리털을 량쪽으로 갈라붙일 때 생기는 골.", "종조리—{종달새}의 옛말", "깝치다—까불다.", "봄신령—:{봄의 신령} 즉 "봄 귀신이라는 뜻"으로서 "봄의 싱싱한 정경"을 이르는 말이라고 정의를 내려 두었다. 농부들은 이른 봄에 겨우내 들 떠 있는 보리밭를 밟아 준다. 그래야만 보리가 땅에 뿌리를 잘 내린다.방연승, 『리상화의 시문학과정에 대하여』, 조선작가동맹출판사 1957 어쩌다 형편이 이 지경이 되었을까?

백기만의 『상화와 고월』 1951에 실린 「금강송가」는 『여명』 2호에 실린 작품인데 이 발표본의 상태가 워낙 낡아서 전문을 수록하지 않고 보이는 부분만 발췌 수록하였다고 한다. 이것은 편자의 변명으로 보인다. 그 이유를 이동순(2015:64)은 "왜냐하면 이 책이 발간되었던 당시는 한국전쟁이 아직 휴전 조인에 이르기 전인 초긴장 상태의 냉전체제로서 '조선'이란 단어는 모두 북한과 관련된 정치적 금기어로 규정되었다."고 하였다. 그러한 이유로 백기만은 이 작품의 원문에서 '조선'이란 대목을 모두 삭제하고, 대신 '이 나라'로 바꾸어 수록하였을 뿐만 아니라 작품도 전문을 싣지 않고 발췌해서 실은 것이다. 비록 냉전 시대의 불가피한 조치였다고는 하나, 편자에 의한 원작 텍스트 훼손은 결과적으로 후대의 이상화 시문학 연구자들에게 커다란 불편과 장애를 초래하였다. 이처럼 우리가 알고 있기로는 백기만이 이상화와 이상정에 대한 많은 추억어린 기록을 남겨 주었지만 그 텍스트를 면밀하게 재검토하지 않으면 대단히 위험하다는 점을 분명히 밝혀 둔다.

## 백기만 편, 『씨 뿌린 사람들』의 오류

2020년 12월에 대구 문학관에 "씨 뿌린 사람들" 특별 전시가 있다고 해서 가 보았다. "씨 뿌린 사람들" 근대대구문화예술의 인물들에 관해서 여러 사람이 나누어 쓰고 백기만이 편집한 책이다. 최근 꼼꼼히 읽어보니 여기저기 오류가 적지 않다. 오늘 기획 전시도 기대에 못 미쳐 아쉬웠다. 대구의 연극과 영화의 씨를 뿌린 김유영이 전혀 반영되지 않았다. 20년대 연극 영화 이론을 이끈 선산 출신인데 소설가 최정희의 첫남편으로 대구에서 잠시 신혼을 보냈다. 그의 삼촌 김준묵은 대구에서 잡지『여명』을 간행한 카프 맴버로 이상화와 함께 대구문화예술 사회운동을 펼쳤던 인물이다.

대구의 근현대를 이어온 주요 문화예술인 11명에 대한 전기를 13명의 필자들이 쓴 글인데 1959년 2월에 이형우가 대구에서 운영하던 사조사에서 간행하였다. 이 책은 대구의 근현대 문화예술 발전을 조망하는데 매우 중요한 길잡이 역할을 해준다. 목차는 서문이상백, 빙허의 생애백기만, 상화의 전기이설주, 고월 낙월애상양주동, 육사소전이은상, 제오일도문권영철, 백신애여사의 전기이윤수, 악단의 선구자 박태원김성도, 사백의 추억박태준, 김유영의 생활연보이형우, 이인성의 생애와 작품이원식, 화백김용조의 전기최해룡으로 구성되어 있다.

여기서는 이설주가 쓴 「상화의 전기」 부분에 한정하여 어떤 오류들이 있는지 살펴보려고 한다. 이설주(1908~201)는 이상화와 일족 동생

2020년 12월에 대구 문학관 "씨 뿌린 사람들" 특별 전시 부스 영상

으로 일본 니혼대학 재학시절 사상범으로 체포되어 중퇴학고 중국만
주 등지를 방랑하며 「들국화」, 「방랑기」 등의 시를 발표하였다. 이설
주가 쓴 글은 아마도 백기만의 『상화와 고월』을 약간 베끼고 개인적
경험을 섞어서 쓴 것으로 보인다. 글 뒤편에 작품 제목 16편의 제목
까지 동일하며 「빼앗긴 들에도 봄은 오는가」, 「나의 침실로」, 「금강송
가」의 내용의 오류까지 완전 일치한다.

먼저 「나의 침실로」라는 작품이 1922년 『백조』 창간호에 발표하였
으며 18세 작이라고 하여 백기만(1951)의 내용을 그대로 옮겨 둔 듯
하다. 다음으로는 『백조』 동인 시대의 이상화의 사생활에 대해 "백조
시대에는 상화는 거의 데카단에 가까운 생활을 하였으며 때로는 기
생들과 술로서 세월을 허비하고 독주를 마구 드리키고는 이성을 잃
은 행동을 자행했으나"(이설주, 「상화전기」, 『씨 뿌린 사람들』, 40쪽, 문화서

점, 1959)라고 하여 이상화를 마치 공격이라도 하는 듯한 인상이다. 실은 그 당시 술을 마시던 현진건을 비롯한 백조동인들과 어울려 술을 많이 마시며 시인의 치기를 부렸을 가능성은 매우 높지만 이처럼 혹독하게 비판할 이유가 무엇이었을까? 이설주가 1929년 대구고보 졸업 때 사진첩에 실린 글인 "풍랑에 일리던 배/어디매로…"라는 시조를 소개하였는데 이후 김용성이 새로 발굴한 시조로 오해하고 「무제」라는 제목으로 다시 실렸으며, 이기철(1982:241)이 서경덕의 작품을 변용한 것일 뿐 이상화의 작품이 아님을 밝힌 바가 있다. 이설주가 한 일가이면서도 이상화의 아버지가 돌아가신 시점을 상화의 나이 네 살이라는 오류를 백기만에 이어 그대로 소개하였다.

그 다음 이상화가 대구에서 3.1독립만세운동 사건 이후 서울로 도피하여 서울 서대문 밖 냉동 92번지 박태원의 집에 기거하였다고 하나 박태원은 상화보다 3살 위인 형이다. 그런데 그 집에 계속 머물지 않았다. 그 백태원에 대한 기술도 매우 엉성하다. "1922년 박태원은 더 큰 뜻을 품고 동경제대에서 영문학울 연구차 도일하였으나 가난하여 뜻을 이루지 못하고 서거하고 말았다."라고 하였는데 이미 이때 박태원은 폐병으로 학업을 계속하지 못하고 급거 상경하여 죽었다. 상화의의 여성문제에 대한 전혀 정확하지 않는 손필연과의 관계와 유보화의 스캔들을 크게 부각시키고 있다. 「역천」, 「이별을 하느니」 등의 시도 아무른 근거도 들지 않고 유보화의 애끊는 사랑을 노래한 것이라 하였다. 이상화의 일본 생활에서 1923년 9월 관동대지진이 발생한 위험 속에서 즉각 귀국하지 않고 1024년 3월에 귀국한 이유라든지 일본에서 교류하였던 인물에 대한 정밀한 관찰이 필요한데도 전혀 언급하지 않고 1927년 대구로 귀향한 이후 다시 상화를 방탕 무뢰배의 삶을 살았던 것처럼 묘사하고 있다.

또 상화가 이상정 장군을 만나러 중국으로 간 것은 1937년임에도 불구하고 1935년 이설주가 대련大連에 있을 때라고 밝히면서 하룻밤을 따렌 부근 성포星浦에서 함께 하루를 보냈다고 하면서 다시 상화가 중국에 1년을 주유하였다는 전혀 근거없는 오류를 생산한 것이다.

## 일어 번역의 오류와 일제 검열의 문제

이상화가 살아생전 자신의 작품을 한 권의 시집으로 묶지 못하였다. 백기만의『상화와 고월』에서 16편의 이상화의 시를 실은 것이 이상화 연구에 엄청난 영향을 미쳤다. 그런데 실재로 그 내용을 검토해 보면 오류가 너무나도 많다. 백기만이 저질은 오류가 1950년대에서 80년대까지 지속적으로 상화 시 텍스트의 잘못을 낳게 했다. 그 후 정진규(1981), 이기철(1982), 차한수(1991), 김재홍(1996), 이상규(2000), 김학동(2015), 장현숙(2014) 등이 이상화의 작품을 새로 발굴하여 전정화 작업을 진행해 왔지만 여전히 상화 시어가 대구방언으로 구사된 예들이 많기 때문에 이상화 시집에는 엄청난 오류가 노정되었다. 이러한 문제를 교정하여 정본화를 처음으로 시도한 시집이 이상규(2000)에서 이루어졌다.

백기만 편의『조선시인선집』을 일본어로 번역한 김소운 편, 『조선시집』홍풍관, 1943에 번역 수록된「나의 침실로」에 나타나는 "마돈나" 오너라 가자. 앞산 그리메가 도깨비처럼 발도 없이 이곳 가까이

오도다./아, 행여나 누가 볼는지—가슴이 뛰누나, 나의 아씨여 너를
부른다."라는 대목의 '앞산'이 그냥 '山やま'으로 번역되어 있다. 이
'앞산'은 상화가 매일 성모당 너머 남쪽 비슬산 줄기가 빼앗긴 들판을
감싼 앞산이다. 이러한 문제가 어떻게 소홀히 다룰 수 있는 문제인
가?

　이상화의 작품에서 백기만이 엮은『상화와 고월』1951에는 시「금
강송가」발표본의 상태가 워낙 험하여 전문을 수록하지 않고 보이는
부분만 발췌 수록하였다고 변명하고 있지만 실재는 밝힐 수 없는 문
제가 있었음을 알 수가 있다. 백기만이 광복이 되자 자신이 몸을 담
았던 남노당 경북도당의 조직원이었던 것을 비롯하여 사회주의 계열
에 종사했던 것을 감추지 않을 수 없었다. 거기에다가 사회주의와 관
련된 용어나 '조선' 등의 낱말 사용이 금지되어 있었기 때문에 1951
년 무렵 초긴장 상태의 냉전체제로서 '조선'이란 단어는 모두 북한과
관련된 정치적 금기어로 규정되었다. 그러한 시대적 상황 때문에 백
기만은 이상화의「금강송가」에 나오는 작품의 원문을 대폭 손질을 하
고 또 '조선'이란 시어를 모두 삭제하는 대신 '이 나라'로 바꾸어놓았
다.

　비록 반공이데올로기라는 냉전 시대에 불가피한 조치였다고는 하
나, 원본의 작품 훼손은 결과적으로 후대의 이상화 시문학 연구자들
에게 커다란 불편과 장애를 초래하였다.

　이상화가 쓴「숙자」라는 창작 소설이『신여성』, 6월호1926년 6월에
실었는데 엄청나게 많은 부분을 ×××××××××××××로 지
워버렸다. 발표 당시 일제의 검열에 의한 결과라고 할 수 있다.

"당신과 나는 이 세상의 모든 거리낌을 써나 당신의 침방에서 오직 단 둘이 안젓슬 때 당신은 붓그러움을 다 니저바리고 내 가슴에 쏙 앵기여서 렬정에 쓸어나오는 음성으로 "내 몸은 벌서 당신의 맷겟스니 당신의 맘대로×××. 나는 당신을 거즛이 없는 참으로 사랑함니다─당신은─" 할 때에 나는 아츰 이슬에 물으익은 앵도 가티 쌜갓코 또 말낭말낭하는 당신의 쌤에××××××××××××××으며 "오─ 숙자씨! 당신은 나의 영원한 사랑이올시다"라고 부르짓든 일이요. 숙자, 성신은 이 W군 ××××에 참예할 겸 숙자를 맛나려 ○○동에 왓섯다.

펄펄 나리는 힌눈과 닥처부는 찬바람이 온 세상을 차듸찬 어름으로 화하여 버리는 듯한 십이월 이십구일 밤이엿다. 숙자와 성신은 이 세상의 모든 거리낌을 써나 ×××××××××××××××××××××× ××

×××××××××××××××××× ×××××××××××××××××× 실로 이 긔회야말로 두 사람의 가슴에 파뭇고 혼자 혼자 썩이든 모든 생각을 서로 쏘다 노코 나는 이럭케 당신을 사모하여 왓슴니다라고 할 만한 둘이 없는 긔회이엿다. 숙자는 지금 북그러운지 슬푼지 깃분×××××××××××× ×××××××××××××××××××××× ×××××××××××××××××××× ×××××××××××××××××××× ×××××××××××

"아! 성신 씨! 당신도 물론 짐작하실 줄 암니다. 하여튼 지금 저는 성신 씨가 없시는 살 수가 없슬 것 갓슴니다. 참으로 당신을 사랑합

니다……………그러면 성신씨 당신은 저를……?" ×××××
×××××××××××××××××××××××××××××× 성
신은 가장 엄숙한 말로한숨을 휴-내쉬며
　　"숙자 씨! 고맙습니다.", 「수자」, 『신여성』, 6월호 1926년 6월


　비단 이 작품 이외에도 이상화의 평론에서도 곳곳에 삭제와 수정
이 가해진 것을 볼 수가 있다. 앞으로 이상화의 시 뿐만 아니라 문학
텍스트 전반에 걸친 일제 검열과 광복 후 사상 검열로 인해 삭제되고
지워진 문학 텍스트 복원을 위한 연구가 반드시 따라야 할 것이다.

## 이정수의 단편 『마돈나 시인 이상화』의 논핀션이 평전으로 둔갑

　1983년 내외신서 출판사에서 소설가 이정수의 장편 소설 『마돈나
시인 이상정』이 간행되었다. 이 소설은 이상화의 평전적 소설이라고
알려졌는데 실제는 팩션이 아니라 작가의 상상력이 많이 삽입된 재
미로 쓰여진 대중소설이다. 문제는 이 소설은 이후 이상화 연구자들
에게 엄청남 영향을 미쳤는데 마치 정확한 팩트로 쓴 이상화의 전기
로 채택된 듯한 인상을 주고 있다. 그리고 이 이정수의 영향을 받은
이상화기념사업회 초대 회장인 윤장근 소설가는 거의 대부분 이 소
설을 근거로 하여 마치 이상화의 생전의 모습을 훤히 알고 있는 듯이
주변에 이야기를 퍼뜨린 결과 상당한 오류와 왜곡된 사실이 마치 진
실인양 알려지게 된 것이다.

　먼저 이정수는 1938년에 대구사법을 졸업하고 1948년 일본 신

1983년 내외신서에서 출판한 이정수 소설

문학원을 수료한 이듬해『대구일보』편집국장과 논설위원을 지내면서 신문소설을 연재한 대중소설가이다. 50년대『영남일보』1952.7.23.~11.29에 연재한「여배우」라는 소설은 영화로 제작된 바도 있으며『영광』영웅, 1953,『허영의 과실』새문사, 1953,『후방도시』광명사, 1953 등의 장편소설을 발표하였으며 그 후에도『검은 구름 흰 구름』1958,『윤전』삼성문고, 1975,『감정여행』신조사, 1978,『소설삼국지』내외신서, 1983 등의 작품을 발표하였다. 특히『마돈나의 시인 이상화』내외신서, 1983은 그동안 발표된 이상화의 평론이나 논문을 거의 섭렵한 다음 이를 소설로 구상화는 과정에 지나치게 대중성을 고려하여 이상화 여성들과의 관계를 농밀하게 기술하면서 실제 시 작품과 연계시킴으로써 자칫 이상화 시 작품 해석에 크나큰 오류나 왜곡을 시킨 것으로 보인다.

상화 시 연구를 통해 학위를 받은 이기철의 오류는 우선 상화의 시어 해독의 오류들이 곳곳에서 보인다. 그 가운데 결정적인 사례를 들어보면 다음과 같다.

맥 풀린 햇살에 반짝이는 나무는 선명하기 동양화일러라.
흙은 아낙네를 감은 천아융 허리띠 같이도 따스워라.

무거워가는 나비 날개는 드물고도 쇄하여라.
아, 멀리서 부는 피리소린가! 하늘 바다에서 헤엄질하다.

병들어 힘 없이도 서 있는 잔디 풀─나뭇가지로
미풍의 한숨은 가는 목을 매고 껄떡이어라.

참새소리는 제 소리의 몸짓과 함께 가볍게 놀고
온실 같은 마루 끝에 누운 검은 괴이 등은 부드럽게도 기름져라.

청춘을 잃어버린 낙엽은 미친 듯 나부끼어라.
서럽게도 즐겁게 조름 오는 적멸이 더부렁거리다.
　　　　　「가을의 풍경」, 『백조』 2호 1922년 5월, ─벙어리 노래에서

이 시의 4연에 '괴이'가 대구방언으로 '고양이'임에도 불구하고 이것을 '개'로 만들어 놓았다. 마루 끝에 누운 검은 고양이와 검은 개는 전혀 시의 분위기를 바꾸어 놓는다. 이처럼 상화 작품 텍스트에 대해

철저한 점검을 하지 않은 탓에 생겨난 잘못이다.

## 이상화 도록에 나타난 오류

이상화 관련 도록과 앨범은 지금까지 3종이 출판되었다. 2001년 상화탄신100주년기념사업으로 대구문인협화와 죽순문학회에서 간행한 『이상화탄생 100주년 기념특별전 도록』과 2008년에 이상화기념사업회가 엮은 『문학앨범 이상화』와 2015년에 역시 이상화기념사업회가 엮어낸 『상화, 대구를 넘어 세계로』라는 책이 있다. 내용의 큰 변화없이 만들어진 홍보용 책자이지만 파급효과는 매우 크기 때문에 이 책에 나타난 각종 오류를 지적해 두지 않을 수 없다. 문제는 이 세 종류의 홍보용 책자는 사진 중심으로 만들어진 것으로 이 책 편집에 깊이 관여한 초개 이상화기념사업회 고 윤장근 회장의 견해가 그대로 반영되어 있어 오류가 개선되지 않고 계속된 점을 우선 지적하지 않을 수 없다.

첫째, 2001년 상화탄신100주년기념사업으로 대구문인협화와 죽순문학회에서 간행한 『이상화탄생 100주년 기념특별전 도록』에 나타난 오류에 대해 살펴보자. 이 책 9쪽에 이상화 생가 투시도에 대한 설명 부분에 "만년의 상화는 주로 서성로의 큰댁 사랑에서 소일했다."라고 하였는데 별로 근거가 없는 내용이다. 1927년 이후 대구로 낙향한 이상화는 재정적 어려움으로 이사를 다녔으며 마지막으로 1939년 6월 계산동 2가 84번지 현 이상화고택에서 집필에 몰두하였음에도 불구하고 서성로의 큰댁 사랑에서 소일했다는 것은 근거없는 내용이다. 10쪽에 「부인 친목 취지서」를 "대한부인회 취지서"라고 한

부분도 오류이다. 16쪽 우현서루의 투시도도 완전 엉터리이다. 최근 발굴된 우현서루 매각 문서에 따르면 4동으로 된 양철지붕을 이른 목조건물임에도 건물 동수가 다를 뿐만 아니라 지붕이 기와형식으로 되어 있다. 17쪽에 하단 사진이 교남학교 교수로 사용되었던 구 우현서루의 도서관 건문을 참조하면 우형서루의 옛모습을 그릴 수 있다.

28쪽의 『개벽』에 실린 상화의 캐리캐처는 안석주가 그린 것이다. 30쪽에 "상화는 1923년 1년 과정의 중등과를 나왔다."라고 되어 있는데 이 또한 오류이다. 1933년에 쓴 상화 자신의 이력서를 참조하면 상화가 동경으로 간 시기는 1922년 9월 무렵이고 1923년 3월에 아테네 프랑세에서 5개월 단기 과정을 졸업하고 그해에 메이지대 불어학부 1년 과정에 입학하여 1924년 3월에 수료하게 된다. 최근 발굴된 상화의 편지자료를 통해 그의 동경 생활의 일부를 확인할 수 있다.

49쪽의 유명한 사진 또한 그 배경이 북경이 아니라 난징의 고궁 부근으로 추정되는데 여기서는 '북경'이라고 하였다. 75쪽 상화의 연보에 1922년 항에 "백조 창간호에 「말세의 희탄」, 「단조」, 「가을의 풍경」 등을 연달아 발표한 후 도일"이라고 했는데 「가을의 풍경」을 발표한 것은 1922년 5월이다. 그러면 5월 이후에 동경으로 갔다면 그 이듬해 3월 아테네 프랑세에 1년 과정 수료라는 설명은 앞과 뒤가 맞지 않게 된다.

둘째, 2008년에 이상화기념사업회가 엮은 『문학앨범 이상화』에 나타난 오류에 대해 살펴 보자. 39쪽의 사진 설명에 "1929년 아우 이상오가 자취하고 있던 도쓰카를 찾아, 좌측에 서 있는 사람이 이상화"

이상화 관련 도록

라고 하고 있는데 년도 판독이 잘못되었다. 1923년이며 1929년에 이 상화가 일본에 가지 않았다.

　최근 이 기간동안 거주지를 추정할 수 있는 편지가 무더기로 발굴 되어 일본 동경에서의 이상화 삶의 궤적을 추정하는데 결정적인 자료가 된다. 1922년 9월 경 일본 동경으로 건너가자 동경 간다神田구 3정목 9번지에 있는 미호칸美豊館에 먼저 유학을 와 있던 와사대早稻田 제일고등학원을 다니던 동생 상백과 함께 거처를 잡았다가 그 주변의 물가가 너무 비싸기 때문에 그해 12월에 동경시 외 도츠카上戸塚 575번지로 옮겨 친척동생인 상렬과 더불어 자취를 한다. 그 무렵에 찍은 사진이다. 45쪽에 그림 설명이 "조양회관 현관 앞에서. 앞 줄 우측 서상일, 맨 뒷줄 좌측 이상화의 백형 이상정1925년"으로 되어 있는데 이 사진이 언제 찍었는지 확인되지 않는다. 46쪽 사진 설명에서도 "중국 가기 전의 이상정1932년"으로 되어 있는데 이상정은 1925년에 중국을 갔다. 이 사진은 이상화의 사진인데 이상화가 백형 이상정을 만나러 간 시기도 1932년이 아닌 1937년이다. 48쪽 그림 설명에 "남산동 교남학교"로 되어 있는데 그림사진은 고급 벽돌로 지은 교사이니 "수성벌로 이전한 대륜학교 사진"임을 알 수 있다. 59쪽 하단의 사진은 이상화가 1937년 이상정을 만나러가서 중국 난징 이상정 지에서 짝은 사진이다. 그런데 65쪽에 이 사진에 대한 설명으로 "1940년대의 이상회"로 잘못 기재하였다. 이 마주 보는 두 개의 의자를 대비해 보면 이 사진은 "1940년 만년의 상화"의 사진이 아닌 1937년 중국 난징의 부자묘 부근에 정원이 딸린 집에서 찍은 사진인 것이다.

98쪽 연보 설명 가운데 1914년 "한문 수학을 마친 후 1년간 신학 문일어 · 산술 · 박물 등 초등학교 과정을 배움"으로 되어 있는데 대

1937년 이상화가 중국을 찾아가서 난징 형님 집에서 소파에서 마주 앉은 사진이다.

성학원을 수료한 것이다.

## 상화 시 평론에 들어나는 오독

상화 시 텍스트에 대한 오독으로 인해 잘못된 평가에 대해서는 이동순(2015:56)이 이미 지적한 바가 있지만 사실은 매우 심각한 상황이라고 하지 않을 수 없다. 상화 시 텍스트 전반에 걸친 이해없이 달랑 몇 편의 시를 가지고 이상화 시 전체를 평가하여 폄훼하거나 그동안 누적되어 온 주관주의 평론에 의한 잘못된 해석들이 만연한 상황이다.

"이상화의 시작품을 1920년대의 만해나 소월의 작품과 단순 비교를 하면서 그들보다 상대적으로 저급하게 평가를 하는 위험한 시각을 드러내기도 한다. 만해나 소월 시와 비교할 때 저자백철: 필자 주가 주류라고 정의한 낭만주의나 퇴폐주의에서 거론한 박종화, 오상순, 황석우, 이상화, 홍노작, 박영희의 소작들은 거의가 문학 이전의 습작수준이다. 이것은 많은 시간이 지나간 뒤에는 힘들이지 않고 얻어지는 뒷 지혜라는 특권적 관정에서 하는 얘기가 아니다."유종호, 「문학사와 가치판단」, 『현대한국문학 100년』, 민음사, 1999, 677쪽.

이 글은 백철의 『조선신문학사조사』를 비판하면서 1920년대 대표 시인을 만해 소월 두 사람만으로 제약하고 있다. 이러한 서술은 평자 자신의 왜곡된 관점을 드러낸 것일 뿐 아니라 문학사 연구의 객관성 확보를 위하여 무책임한 태도를 나타낸 것이다. 백철의 『조선신문학사조사』에 서술된 이상화의 작품 목록은 모두 다섯 편이다. 근대 편에는 「말세의 희탄」, 「나의 침실로」, 「이중의 사망」 등 세 편, 현대 편에는 「가상」, 「빼앗긴 들에도 봄은 오는가」 등 두 편이다. 이 작품들을 어떻게 아무런 비평적 검증이 없이 "문학 이전의 습작 수준"이라고 함부로 매도할 수 있는가.

또 한 가지 우려할 만한 사실은 이상화 시의 오독이 지닌 문제점이다. 이른바 「전집」이란 이름으로 그 동안 발간된 여러 권의 자료들이 교열의 불성실을 드러냄으로써 이상화 시 작품의 원형을 훼손시키는 일에 오히려 상당한 일조를 하고 있다. 이런 아이러니를 극복하기 위해서라도 제대로 된 정본 전집의 확정과 발간은 시급하다. 한국문학사에서 이상화 문학이 지니는 중요성에 비해서 볼 때 그 동안 출간된 문학사 연구 자료들은 텍스트에 대한 본격적인 연구가 대체로 소홀한 것이 사실이었다. 이런 여러 가지 주변적인 상념들을 정리해 볼 때 이상화 문학 다시읽기는 오늘의 우리들에게 매우 필요한 과제 중의 하나라 하겠다.

그러면서 아무런 논증도 없이 이기철(2015:79)은 뜬검없이 "이상화의 초기 시들은 시에 대한 지향점이나 인식이 결여된 상태에서 기분만으로 시를 썼던 흔적을 볼 수 있다."라 단정하면서 단순히 병적인 센티멘털리즘을 시로 인식하고 있었다면서 이상화의 시 자체를 크게 부정하기도 하였다. 평론자들이 인상주의적인 이런 식의 비평은 독자를 도리에 혼란에 빠뜨리게 된다.

특히 「나의 침실로」의 창작 시기에 대해서는 백기만, 『상화와 고월』, 145쪽과 이설주, 『씨 뿌린 사람들』, 44쪽의 글을 인용하면서 금강산에 3개월동안 방랑하던 시절에 쓴 작품으로 보고 보다 더 정확하게 김학동「상화 이상화론」, 『한국근대시인연구』, 일조각, 167쪽에 기대어

　"산문시「그날이 그립다」, 「몽환병」, 「금강송가」 등은 1920년과 1921년이라는 창작 년대를 밝힌 것으로 보아 처녀작이라 일컬어지는 「말세의 희탄」보다 먼저 이루어진 것을 부인할 수 없다. 김학동, 「상화 이상화론」, 『한국근대시인연구』, 일조각, 167쪽.

라고 김학동의 논의에 따라 18살 곧 1918년 무렵 쓴 것으로 추정하는 것은 유추에 지나지 않는다고 비판하다가 더 큰 실수를 저지르게 된다.

　"그것보다는 이 시의 시적 정조로 보아 직접적인 이유가 있었을 것이다. 그것은 첫사랑 손필련과의 관계다. 손필련은 이상화가 박태원과 한방에 하숙하고 있을 때 알게 된 여인이다. 상화는 독립문 바로 옆인 이갑성33인 중 한 사람의 집에서 필련을 알게 된 뒤 서로 연모하게 된 사이이다. 필련은 재원으로 미모와 온정을 겸한 여류 지성이었다. 상화가 필련을 만난 것은 1919년의 일이다. 그러나 그해 10월, 상화는 백부의 엄명에 못 이겨 공주로 장가들고 말았고 상화의 첫사랑은 마침내 비극으로 막을 내리고 말았다백기만, 앞의 책, 154~157쪽. 이러한 맥락에서 「나의 침실로」와 「이별을 하느니」를 읽으면 창작 동기가 보다 선명해지고 시의 이해도 분명해진다. 그렇다면 왜 각 연

첫 구에 '필련아'라 하지 않고 '마돈나'라고 했을까 하는 의문이 제기된다. 그것은 아마도 당시의 상화가 유럽 문명을 동경하고 있었고 일본을 거쳐 프랑스 유학을 하는 것이 꿈이었고 또 당시 지식인이면 누구나 가졌을 기독교에 대한 이해가 있었을 것이다. 그러한 여러 사정이 스스로의 정열과 연정으로 침윤되어 이 시를 탄생시킨 것이라 생각해 볼 수 있다. 마돈나는 사랑하는 연인의 비유적 통칭으로 볼 수 있다.", 김학동, 「상화 이상화론」, 『한국근대시인연구』, 일조각, 167쪽.

상화가 일본 동경을 떠난 것이 1922년이며 「나의 침실로」는 1923년 『백조』 3호에 실린 작품이다. 따라서 '마돈나'가 자신이 해석하는 것처럼 여성이었다면 '손필연'이 아닌 '유보화'가 되어야 할 것이다. 이처럼 시의 텍스트에 대한 정밀한 관찰과 동시에 시적 배경 등을 충분히 고려하지 않고 조국의 독립을 염원하고 갈등하며 몸부림쳤던 시인을 오입장이로 만들어 놓았다. 상화에게는 '빼앗긴 들'이 "지금은 남의 땅"요 이 공간은 "피 묻은 동굴"이며 지금은 "조선이 죽었고", "문둥이 살기 같은 조선"이지만 "조선의 하늘이 그리워 애달픈 마음"을 가진 '조선병'에 사무친 시인이다. "두 팔을 못 뻗는 이 땅이 애달파」하며 "죽음과 삶이 숨박꼭질 하는 위태로운 떵덩이"의 "감옥방 판자벽이 얼마나 울었던지" 가난한 기민들의 아픔을 아름다운 시로 일으켜 새운 시인이다.

그럼에도 불구하고

"이상화의 연인 관계는 다섯 사람이다. 백기만에 의하면 손필련, 유보화, 송소옥, 김백희, 임학복이 그들이다. 3번째 여인이었던 송소옥은 이지적으로 생긴 예쁘장한 여인이지만 기생이었다. 오입쟁이들이 그를 서울 기생으로 아는 것만으로도 소옥의 용모를 짐작할 수 있다. 상화는 정열이 풍부한 사람이라 소옥과의 사랑도 열렬하였다. 소옥과 이상화의 사이에는 소생까지 있었다. 상화가 가산을 탕진할 때까지 5년간이나 떨어지지 못하였으니 상화의 연애로는 최장기의 것이었다" 백기만, 위의 책, 174쪽.

백기만 역시 이상화의 혼외 자식이 있었다고 단정한 것을 그대로 비판없이 옮겨 왔다. 『경주 이씨 익재공 소경공후 논복공파보』 2013, 대보사간에 따르면 상화의 자식은 이용희(1926~1950), 충희(1934~2018), 태희(1938~)로 세 아들이 있는 것으로 확인된다. 이 세 아들은 상화가 1943년 3월 21일 하세 하던 날 모두 아버지의 임종을 보았다고 한다. 용희와 충희 사이에 상당한 터울 있는 것으로 보아 이 사이인 1929년 5월에 '응희'가 태어났지만 8월에 죽게 되었음을 『조선문예』 1929년 6월호에 실린 「곡자사」를 통해 알 수가 있다. 「곡자사」에서 응희의 죽음을 슬퍼하며 쓴 것이다. 그런데 이기철(2015:84)은

"응희는 이상화의 둘째 아들로 태어났으나 첫째 아들 용희가 소년시절에 죽었듯이 응희 역시 태어나 얼마 안 되어 사망했다.「중략」그것을 시인은 "귀여운 네 발에 흙도 못 묻히고 갔다"고 했다. 응희는

호적상에 나타난 것으로 보면 이상화의 서자이며, 서자라면 이 시기에 사귀던 송소옥과의 사이에 태어난 아이이다. 소옥과의 관계도 슬픈 연정 관계이지만 그 사이에 태어난 웅희마저 사망했으니 그 슬픔은 더 비극적이다. 그것을 이 시는 말해 주고 있다.", 이기철(2015:84).

라고 하여 전혀 엉뚱한 이야기를 하고 있다. 1929년 5월에 태어나서 석달 만에 죽은 아이 '웅희'가 호적상에 올라 갈 수도 없을 시간적 여유도 없었을 뿐만 아니라 그 기간동안 두 차례나 감옥에 들어간 사실을 확인할 수 있다. 이 '웅희'를 서자라며 당시 대구 백송정 요정에 마담이었던 송옥경기명 송소옥 사이에 태어난 자식이라는 서술이 전혀 앞뒤가 맞지 않는다.

「곡자사」를 통해 보면 이상화는 1929년 한 해 동안 일제에 항거하다가 두 번의 감옥살이를 한 것으로 확인 된다. 웅희가 태어나던 그 해 5월에 한 차례 구금이 되었고 다시 웅희가 죽은 8월 이후에 2차로 갇혔음을 확인 할 수 있다. 이 무렵 상화는 신간회 대구지부 출판부장으로 활동하면서 ㄱ당 사건에 연루되었던 것으로 추정된다. 그보다 1년 전 1928년 6월 11일 신간회 대구지회 소속인 곽동영, 노차용 등과 함께 달성군 해안면 모 지주 집에 침입하여 독립군자금 마련을 위해 권총으로 협박하여 실패한 사건에 연루된 이유로 일경에 피체된다. 「고등경찰요서」에 따르면 그들은 경찰에 체포되었는데 이 사건을 조사 중이던 일제 경찰은 당시 신간회의 멤버였던 이상화, 노차용, 이강희, 장택원, 정대봉, 문상직, 유상묵, 곽동영, 오진문 등 9명에 대한 일경의 수사와 체포가 진행되었던 것으로 보인다.

그럼에도 불구하고 이기철(2015:84)은 "이상화의 감옥살이는 정확한 연대가 밝혀지지 않고 있지만 첫 번째 감옥살이는 1929년이고 두 번째 감옥살이는 1936년으로 추정할 수 있다. 첫 번째 감옥살이를 1929년으로 추정하는 것은 이때 이상화가 감옥살이를 하면서 쓴 「곡자사」가 있기 때문이고 두 번째 감옥살이를 1936년으로 추정하는 것은 이상화가 맏형 이상정 장군을 만나러 중국에 갔다가 돌아와 체포되어 구속된 사실이 연보상에 나타나기 때문이다."라고 하여 독자들에게 상당한 오해와 잘못된 정황을 전달할 수 있다.

1927년 서울 생활을 접고 대구로 내려 왔는데 일경에 의해 여러 차례 가택수사와 함께 원고도 압수당했다고 한다. 상화의 종자형인 윤홍렬이 의혈단 부단장인 이종암과 연루되어 있었는데 이 사건에 상화도 연루되어 일제 경찰에 수 차례 조사를 받았던 것으로 상화의 맏조카인 이중희씨가 진술한 바가 있으나 여기에 대한 구체적이 조사 자료가 아직 밝혀지지는 않았다. 아마 이 사건과 또 독립지사 장진홍의 대구지점 폭탄 투척사건과도 연계된 것으로 추정된다. 1937년 상화가 중국에서 활동하던 맏형 이상정 장군을 만나고 난 후 귀국하자 8월 3일 일경에 구금되어 조사와 고문을 받고 그 해 11월에 풀려 나왔다.

상화가 1915년 서울 계동 32번지에 하숙하다가 1918년 경성중앙학교 3년을 다니다가 중단하고 그해 7월 금강산으로 무전 유행길에 올랐다. 그 무렵 학교를 중단하게 된 이유에 대해서는 이동순(2015)은 "당시 상화에게 있어서 방량의 의미는 무엇이었을까? 진리를 찾아 떠나는 구도자적 심정이었을 것이다. 일생을 방랑으로 살았던 일본 에도시대의 마쓰오 바쇼松尾芭蕉, 1644~1694는 '방랑규칙'이란 것을 만들어서 삶의 덕목으로 실천했거니와, 17세의 조숙한 소년 상화는 이 방랑을 통하여 땅과 시간, 그리고 그곳에 깃들여 사는 인간에 대한 관점을 조금씩 깨닫게 된다."고 하여 마치 일본의 영향으로 구도자의 길을 간 것으로 평가하고 있다.

조선 유가의 기풍으로 주자의 '무이구곡'의 유산기행을 본받은 조선 후기 유림들의 전통으로 입산입도入山入道의 정신으로 명산대천과 준령을 찾는 것으로 금강산은 매우 중요한 입도처入道處의 하나였다. 그러한 유가의 유습을 본받아 떠난 여행임에도 이를 일본식 유행인 「방랑규칙」을 본받았다는 어떤 증거도 없다. 도리어 중국의 유산기행의 풍습이 조선을 거쳐 일본으로 건너간 것으로 해석해야 할 것이다.

아마도 이 수행과정으로 통해 상화는 식민지 하의 피폐한 농촌과 농민들이나 시골 장터에서 만난 거지와 엿장수, 구루마꾼 등 기민들 삶의 참상을 몸으로 느끼면서 거룩한 조선의 기상을 다시 회복해야 한다는 결심을 굳혔을 것이다. 이동순(2015)는 상화의 금강산 기행의 배경과 목적을 간명하게 "시인으로서의 문학 수업을 위하여 이보다 더 훌륭하고 직접적인 현장체험이 어디에 있으랴."라고 하였다.

일제는 경술국치와 동시에 착수한 한반도 전역의 토지조사 사업을 1918년에 이르러 드디어 완료하게 되었다. 이것은 식민지 체제의 고착화를 위한 작업의 하나였다 상화는 이듬해 봄 전국적으로 펼쳐졌던 독립만세운동에 직접 참가하게 되었는데, 이 경험은 민족과 역사에 대한 자각과 신념을 일깨워 주게 되었다고 정리하고 있다.

소설가 이수정(1983)은 상화가 표훈사, 정양사, 비로봉, 마하연, 백운대, 외금강, 구룡폭포, 온정리를 거쳐 만물상으로 돌아 나온 일정까지 상상으로 그리는 과정에 그 중간에 프랑스에서 여행을 온 여성을 만나 릴케의 시집 선물을 받았던 것으로 픽션처럼 그리고 있다. 문제는 이수정의 소설을 토대로 한 이상화와의 여인의 문제를 아무런 검토도 없이 고스란히 옮겨 온 것과 다를 바 없는 상상의 이야기이다.

## 이상화 시인의 삶에 대한 치명적 오류

이상화의 삶을 문학활동을 중심으로 장현숙(2014:158)은 "성숙기"(1901~1920), "백조기"(1921~1923), "카프기"(1924~1926), "낙향기"(1927~1943)로 구분하고 있다. 장현숙(2014:157)은 또 "초기 단계에는 감상적 낭만주의적 경향의시를 쓰다가 1924년 후반에는 프로문학에 가담하여 현실인식을 바탕으로 한 저항시, 민중시를 쓰게 되며 또 1926년 이후에는 저항의식과 더불어 자연을 소재로 해서 향토적 정서를 담은 시"를 쓴 것으로 평가하고 있는데 문제는 이 짧은 기간동안 마치 시적 시험을 하듯이 그러한 굴절과 변개가 과연 가능이나 한 것인가?

문제는 '낙향기'에 대한 문제를 지금까지 언급한 글이 많지 않다. 그러나 장현숙(2014:161)은

"1926년 가을, 연인이었던 유보화가 폐병으로 사망하자 1927년, 이상화는 향리인 대구로 낙향해 카프나 중앙 문단과는 거리를 두게 된다. 서울 생활을 청산한 이상화는 대구에서 실의와 절망의 나날을

보내며 애정 행각을 벌이고 창작 활동을 하지 못해 작고하기까지 14
년간 침묵기로 진입하게 된다. 그런 상황에서도 1928년 6월, 독립운
동 자금을 마련하기 위한 신간회에서 출판간사직에 있던 이상화는 여
러 차례 가택 수색을 당하고 구금되기도 한다."

이 글을 얼핏 읽어보면 1927년부터 대구에 낙향하여 흥청망청 애
정행각이나 부리며 폐인처럼 살았던 것으로 오해를 받기 안성맞춤이
다. 그러나 이 기간동안 상화는 대구지역의 미술, 연극, 영화인들과
함께 본격적으로 문화예술 사회운동을 펼치던 시기였다. 대구지역의
연극운동단체인 「가두극장」의 신고송과 이상춘과 연계되어 이상춘은
카프에 가담하게 되며 「ㅇ과회」를 중심으로 이상춘, 이갑기, 김용준
을 비롯한 서동진, 이근무, 최화수, 박명조 등과 지역 문화예술활동
을 통한 항일 운동을 지속적으로 펼친 시기임에도 불구하고 시작이
뜸했다는 이유로 흥청망청 술이나 마시며 애정행각을 펼쳤던 시기로
설명하는 것은 아주 결정적이고 치명적인 오류라 아니할 수 없다.

이 기간 동안인 1929년에는 일제 적색 요 사찰 인물이 되어 두 차
례나 일경에 구금되는 과정을 거치며 극도로 실의예 빠진 기간이라
고는 할 수 있다. 그리고 1934년에는 조선일보 경북총국을 경영하다
1년만에 도산하여 경제적으로도 매우 힘든 시기였다. 이 기간 동안
무려 3차례나 집을 처분하여 이사를 다니다가 1937년 중간혁명군으
로 종군하고 있던 만형인 이상정을 만나 3개월동안 중국을 주류하고
돌아오자 다시 일제 경찰에 사찰과 조사를 받게 된다. 이 시기의 이
상화의 심정을 가장 정확하게 반영하고 있는 작품이 바로 「역천」이라

는 작품이다.

1928년 무렵 쓴 시로 추정되는 「곡자사」곧 어린 아들 응희를 잃어버린 아비의 침통한 마음이 쓰며있는 작품이다. "그러께 팔월에 네가 간 뒤 그 해 시월에 내가 갇히어"라는 대목에서 1928년 8월에 응희가 죽고 그 두 달 뒤인 10월에 일제에 구감되어 갇혔음을 알 수가 있다. "지내간 오월에 너를 얻고서/네 어미가 정신도 못 차린 첫 칠 날/네 아비는 또다시 갇히었더니라."라는 대목을 통해 응희가 1928년 5월에 태어났는데 첫 돌이 가기전인 5월 중에 일제에 갇혔음을 알 수가 있다. 시간의 순서가 바뀌어져 있는데 정리하면 1928년 5월에 응희가 태어나고 첫 칠일이 가기 전에 감옥에 갇혔다가 그해 8월 응희가 죽은 두 달 뒤인 10월에 또 갇혔음을 알 수가 있다.

술이나 마시며 기생집에 흥청망청했다면 일제가 왜 이상화를 가두었겠는가? 지금까지 상화의 1927년 이후의 문학 공백기를 너무 소홀하게 다루었기 때문이다. 바로 이 기간 상화는 시로 울분과 갈등을 도저히 풀어낼 수 없는 임계점에 도달해 있었던 것이다. 한 시인으로서 자신의 시 정신을 행동으로 구현하기 위해 대구지역의 문화예술 사회운동으로 이어간 것이며 그 결과 일제는 끊임없는 사찰과 구금을 강행했을 것이다.

문제는 '응희'의 출생 비밀에 관해 당시 상화의 맏아들 용희(1926~1950)와 둘째 충희(1934~2018) 사이에 터울이 길다. 이 시간 동안 일본을 다녀오고 또 서울에 머무는 기간이었다. 대체로 1925년부터 1926년 사이에 서울 취운정에서 작품에 전력을 다할 당시 놀랍게도 상화는 시 34편, 평론 7편, 단편 2편, 감상문 4편 등 50여편에 이르는 방대한 작품을 쏟아낸 기간이었다. 1926년 사랑했던 유보화의 사망으로 상화는 엄청난 상처와 함께 자신의 예술혼을 불태웠던 영매 유보화를 잃고 아마도 방황의 긴 시간을 보냈을 것이다. 문제는 이 죽은 둘째였던 '응희'를 또렷한 근거도 없이 3.1독립운동 후 서울 박태원의 하숙집에 머물면서 잠시 만났던 '손필연'의 아들, 혹은 대구의 금호관의 마담 '송옥경송소희'의 아들이라는 어처구니 없는 온갖 루머들이 퍼져나간 것이다.

당시 상화가 술집에 출입하면서 만난 '춘심', 내당동 언덕배기에 있던 요정 마담 '김백희', 금호관백송정 마담 '송옥경송소희' 등이 있다고 알려져 있지만 상화가 그처럼 철면피하게 서자 자식의 죽음을 애통히 하면서 공개적으로 조선문예사에서 사회주의 또는 경향적 성격을 띤 문인들이 편집에 참여한 잡지인『조선문예』2호에 버젓이 이 작품을 발표했을 까닭이 없다. 숭고한 예술은 사탄과 같은 열애의 치맛자락을 끌고 있는지도 모른다. 그러나 영적으로 직조한 위대한 예술은 육체적인 문제로 풀어낼 수도 풀어내려고 해서도 안될 일이다. 「파우스트」를 16세 먹은 어린 여성에 탐닉했던 괴테의 육체적 영욕으로 다루지 않듯이 상화를 쓰쳐간 여인들은 예술의 독버섯같은 예술적 영매였을 뿐이다.

상화는 누구보다 일찍 조선과 나라를 잃어버린 아픔과 식민 조선의 참담한 현실에 대해 아파하고 치유하고 회복하려는 의지를 가졌던 시인이다. 그의 내적 상처의 대한 반동으로 휘청거렸던 아니면 예술의 영매였던 이성의 문제를 지나치게 부각하여 그의 삶의 후반부를 형편없게 평가한 오류는 시정되어야 할 것이다.

1937년 10월 무렵 난징에서 상화와 상정의 실루엣 사진

## 3. 이상화 고택 보존 운동을 되돌아 보면서

### 이상화 시인 고택 보존 결실 「시민의 힘」

이상화 고택 보존 운동 홍보물

대구 계산동 2가 84번지에 위치한 고택은 항일 민족 시인 이상화(1901~1943) 시인이 1939년부터 1943년까지 마지막 살았던 곳이다. 암울했던 일제강점기에 민족의 광복을 위해 저항 정신의 햇불을 밝힌 시인 이상화의 시향이 남아 있는 곳이기도 하다. 이상화 고택은 1999년부터 고택을 보존하자는 시민운동으로 시작

이상화가 마지막으로 살았던 이상화 고택

하여 군인공제회에서 인근 주상복합아파트를 건립하면서 고택을 매입해 지난 2005년 10월 27일 대구시에 기부채납했다. 대구시는 대지 면적 205m², 건축면적 64.5m²(단층 목조주택 2동)의 고택을 보수하고, 고택보존 시민운동본부에서 모금한 재원으로 고택 내 전시물 설치를 완료했다. 이상화 고택은 암울한 시대를 살면서 일제에 저항한 민족시인 이상화의 정신을 기리고 후손에게 선생의 드높은 우국정신과 문학적 업적을 계승하는 교육의 장으로 활용된다.

고려예식장 일대 30층 주상복합아파트 신축사업으로 위기를 맞았던 이상화고택보존이 아파트사업주인 ㈜L&G측의 협조와 대구시, 고택보존운동본부의 공동노력으로 결실을 맺게 된 것이다. ㈜L&G측은 교통영향심사 통과와 별도로 상화고택보존을 위해 대구광역시에 기부채납 의향서를 체결하고 대구시 중구 계산 2가 84 상화고택을 매입하고 또 상화고택 앞쪽 토지 1필지도 사들여 대구시에 기부채납하였다.

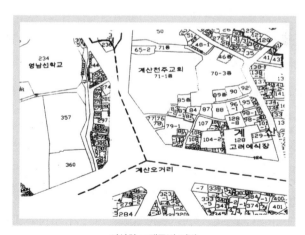

이상화 고택주변 지번

## 민족시인 이상화고택보존운동 본부 결성

• 고문 및 상임대표(가나다라 순)

김극년(대구은행장), 김춘수(시인), 김홍식(금복문화재단이사장), 노희찬(대구상
공회의소회장), 박찬석(경북대총장), 신상철(대구시교육감), 윤덕홍(대구대총장),
이긍희(대구문화방송사장), 이길영(TBC 대구방송 사장), 이상천(영남대총장), 이
윤석(화성장학문화재단이사장), 정재완(대구매일신문사장), 최덕수(대구고법원장)

• 준비위원(자문위원)(가나다라 순)

강덕식(경대의대교수), 강부자(탈랜트), 고은정(성우), 고종규((사)영남여성정보
문화센터 이사장),공재성(대구MBC편성부장), 권기호(경북대 교수), 권오칠(희망
신협이사장), 권정호(예총회장), 권준호(광복회 대구연합지부장), 김권구(박물관
장), 김낙현(대구시주택관리사협회이사), 김문오(대구MBC편성국장), 김상현(영남
여성정보문화센터 이사), 김성희(맥향화랑 대표), 김세진(대구지법 부장), 김약수
(미래대 교수), 김양동(대구민학회장), 김영호(경대교수), 김용락(시인), 김원일
(소설가), 김은옥(신진택시(주) 대표), 김일환(대구시미술협회장), 김정강((사)영남
여성정보문화센터 부이사장), 김종욱(전 고령부군수), 김지희(대구가톨릭대학교 교
수), 김태연(대구대 교수), 김태영(공인노무사), 김태일(영남대 교수), 김한옥(세
무사), 김항재(김항재내과의원원장), 김형기(대구사회연구소장), 김형섭(전교조대
구지부), 김희곤(안동대교수), 남윤호(영남일보), 노계자(우주공업사 대표), 노정
자((주) 동진상사 대표), 노중국(계명대교수), 도광의(대구시문인협회장), 도무찬
(건축협의회장), 돈관(불교방송총괄국장), 라봉희(리라유치원장), 문신자(경북과학
대 사회교육원장), 박동준(박동준패션대표), 박순화((주)신일대표), 박언휘(경산대
교수), 박영택(대륜고동창회), 박인수(영남대교수), 박정자(연극인), 박정희(대구

여성단체협의회장), 박종태(박종태이비인후과원장), 박춘자(전문직 여성 대구클럽 회장), 배영자(YWC A회장), 백명희(대구광역시의원), 백승균(전계명대 부총장), 백진호(홍아엔지니어링대표이사), 서인원(대구경북개발연구원), 석귀화(경북고 교사), 석왕기(변호사), 석정달((주)명진섬유 대표), 손숙(연극인), 송인걸(원불교대구교구청총무국장), 신동학(계명대 의대 명예교수), 권기철(화가), 신재기(경일대 교수), 안명자((주)싱창심유 대표), 안익욱(대구시 교육국장), 양정혜(예림사진관 대표), 엄경옥(안지랑이 우체국장), 엄붕훈(시인), 엄재국(계명대 교수), 여박동(계대교수), 오세영(서울대 교수), 왕종근(아나운서), 우영복(자원봉사센타), 우호성(대구시예총사무처장), 유영구(유영구정형외과 원장), 윤석화(연극인), 윤순영(분도예술기획대표), 윤엽자(죽전여중 교장), 윤태석(경북대교수), 이강언(대구대 교수), 이균옥(민예총대표), 이명미(화가), 이문열(소설가), 이상규(경북대교수, 상화고택보존운동 공동대표), 이상원(대구시립극단감독), 이상익(법무법인 일월, 변호사), 이완식(대륙기업대표이사), 이원순(청구정형외과), 이인화(이화여대 교수), 이정숙(법무사), 이정인(대구경북개발연구원), 이창동(영화감독), 이태수(매일신문논설위원), 이하석(영남일보논설위원), 이화언(대구은행부행장), 이화진(보광병원 의사), 임경희(영남대 강사), 장주효(새대구경북시민회의), 장해준(대경섬유협동조합 부이사장), 전옥희((주)삼양금속 대표), 정만진(소설가), 조두석(광고회사), 정명금(한국여성경제인협회 대구지회장), 조창현(경북채육회사무처장), 주웅영(대구교대교수), 최동호(고대교수), 최미화(매일신문), 최병량(나래기획 대표), 최복호(패션디자이너), 최봉태(변호사), 최영은(대구시음악협회장), 최영희(가톨릭병원장), 최종욱(경북대농대학장), 최현묵(극작가), 최환(영남대중문과교수), 하재명(경북대교수), 하종호(대구시의원), 한상덕(대경대기획실장), 홍경표(대구가톨릭대학교교수), 홍덕률(대구대교수), 홍윤숙(시인), 홍종흠(문화예술회관장)

• 『준비위원회』

준비위원회 공동대표 : 이상규 · 윤순영 / 사업 총괄자문위원 : 도광의 ·
김문오 / 법률자문위원 : 최봉태 · 석왕기 / 시설 및 건설 자문위원 : 도무
찬 · 하재명 / 재정 자문위원 : 이화언 · 하종호

• 『실무위원회』

실무위원장(김용락 · 공재성)/기획위원장 : 최현묵 단장/법률위원장 : 석왕
기 변호사/재정위원장 : 장문환 대구은행 전략기획팀장/건축위원장 : 하
재명 교수/홍보위원장 : 서정윤 시인/출판담당위원장 : 장두현 사장/대외
협력위원장 : 석귀화 선생님/사업담당위원장 : 정만진 선생님/실무간사 :
김인규

2002. 3. 11.
민족시인 이상화고택보존운동본부


그동안 도움을 주신 시민 여러분 특히 이 운동이 성공적으로 추진될 수
있도록 도우신 분들이 이름을 꼭 남겨 놓고 싶었습니다. 민족시인이상화
고택 보존운동 본부 준비위원회 명단은 우리 문학사에 영원한 기록으로
남게 될 것입니다. 다시 한 번 감사의 인사를 드립니다.

# 이상화고택보존운동 선언문

　서슬 푸른 일제의 강압 속에서 우리는 상화로 하여 민족혼을 발견하였고, 독립된 민족의 영예를 꿈꿀 수 있었습니다. 그의 언어들의 메마른 가지를 뚫고 일어나는 봄꽃처럼 우리 민족의 가슴 가슴에 거대한 불길을 옮겨 주었습니다. 대구 근현대사 100년을 되돌아보면 민족시인 이상화 선생을 비롯하여 국채보상운동을 전개해 민족 자립을 선도한 서상돈 선생, 독립운동가 이상정 장군과 같은 큰 별들이 찬란한 광채를 빛내고 있습니다. 우리가 기꺼이 민족의 이름으로 면류관을 드릴 수 있는 이 분들이야말로 우리 지역민의 자랑이자, 민족의 선각자였습니다. 따라서 이들의 고택이 밀집해 있는 대구시 중구 계산동 2가 일대를 문화와 정치, 문화와 경제가 만나는 대구 시민정신의 구심점의 현장으로 보전하는 것은 지역민 모두의 사명이자 책무입니다.

　대구시 중구 계산동 84번지! 이곳은 암울했던 일제시대 민족광복을 위해 저항 정신의 횃불을 밝힌 「빼앗긴 들에도 봄은 오는가」의 일제저항 시인 이상화李相和 선생의 시향이 남아 있는 곳입니다. 또 계산동 2가는 일제에 진 1,300만원의 나라 빚을 대구시민이 앞장서서 갚자며 의연히 일어섰던 국채보상운동의 발기인 서상돈 선생의 고택이 있고, 상화의 맏형이자 독립운동가인 이상정 장군의 고택이 밀집해 있어 이곳이야 말로 가히 대구가 근대 민족 저항정신의 본향이요, 구국 항일운동의 시원지임을 당당히 증명하고 있습니다. 언제부터인지 「지역」은 「변두리」와 유사한 개념으로 받아들여져 모든 것의 중심은 서울이며 그 변두리가 지역이라는 그릇된 인식이 만연하고 있습니다. 이러한 관점에서 「민족시인이상화고택보존운동」은 오랫동안 변두리로 전락한 정서를 반성적 차원에서 극복하여 대구시민들이 한 마음이 되는 거족적 운동입니다.

이제 우리는 「민족시인이상화고택보존운동」의 첫발을 내디디며 더 이상 물질문명과 개발의 논리가 정신문화와 자존의 논리를 짓밟지 못하도록 공고한 연대의 힘을 결집하고자 합니다. 포클레인의 쇠바퀴에 우리의 역사와 문화의 현장이 뭉개지는 순간, 우리의 뿌리와 정신적 유산 또는 매장되어 버릴 것입니다. 문화의 세기로 일컬어지는 21세기는 효율성과 개발의 논리보다 문화적 자산이 더 큰 생산성을 발휘하는 시대입니다. 자연이 우리의 후손들에게 물려주어야 할 자산이듯이, 상화고택보존 운동은 자손만대를 먹여 살릴 문화적인 식량을 마련하는 일입니다.

이러한 이상과 목표를 향해 전 국민과 대구시민의 이해와 동참을 호소하며, 이를 바탕으로 대구시가 고난의 역사를 헤쳐가는 선도적인 도시로서 우뚝 서게 되기를 바라마지 않습니다.

2002. 3. 11.
민족시인 이상화고택보존운동본부

# 항일 민족 시인 이상화 고택 보존을 위한 100만인 서명 운동

　대구가 낳은 항일 민족시인 상화 이상화가 말년에 거주했던 고택
(대구광역시 중구 계산동 2가 84번지)이 현재 소방 도로 계획 선에 물려
곧 뜯겨나갈 상황에 직면해 있다. 상화가 태어난 생가는 이미 오래
전에 흘려져 없어졌고 그가 가난과 병마의 고통과 어려움 속에서 마
지막으로 살았던 고택은 표지판 하나도 설치되지 않은 채 곧 철거될
위기 앞에 직면해 있다.

　언제부터인지 「지역」은 「주변」과 유사한 개념으로 받아들여져 모
든 것의 중심은 서울이며 그 변두리가 지역이라는 인식이 굳어져 왔
지만, 이는 반드시 극복돼야 할 과제이다. 지금부터라도 지역 문화
가 변두리 문화라는 개념이 아니라는 인식의 바탕 위에서 진정한 의
미의 정체성과 새로운 전기를 일으켜 세워 줄 수 있어야 한다. 그런
측면에서 볼 때, 이상화 시인의 고택의 보존 운동은 절실하게 필요한
문화운동임을 인식하였다.

　일제 저항 민족시인 이상화 선생의 고택을 보존하여 자라나는 우
리 후손들에게 이 민족의 시대사를 고뇌했던 이상화 시인의 맑고 깨
끗한 시적 영혼을 되새길 수 있는 교육의 장으로, 그리고 이 지역민
들의 문화적 자긍심과 정체성을 심어줄 수 있는 문화 교육의 장으로
새롭게 열어야 할 것이다. 이러한 사업 취지에 적극 동참할 우리는
향후 다음과 같은 사업을 추진하고자 한다.

1. 이상화 시인 고택 보존을 위한 모금운동

2. 이상화 시인 고택 기념관 건립과 유품 수집

3. 기타 항일 민족 시인들의 관련 자료 및 유품 수집


이러한 대구시민들의 힘을 결집한 결과는 대구광역시에 전달하여 향후 본격적으로 이상화 고택 보존사업으로 착수될 수 있도록 하며 위의 사업 추진에 전적으로 동의하며 회원에 가입하고자 합니다.(본격적이 사업은 회원 100만 명이 모여지면 추진 사업단을 새롭게 꾸릴 것입니다.)

항일 민족 시인 이상화 고택 보존 회원 본부

☐7☐0☐2-☐7☐0☐1 대구광역시 북구 산격동 1370번지

경북대학교 인문대학 국어국문학과

이상규 교수

053) 950-5117, F) 053) 950-5106,

011-812-5117, sglee@knu.ac.kr

*여러분들의 적극적인 참여와 조언을 기다립니다.

# 이상화 고택보존 운동본부 기금 등 1억 상당 시에 기부

지난 2004년 6월 대구시에 기부 채납된 저항시인 상화고택의 향후 유지, 관리방안에 관심이 쏠리고 있다. 29일 오후 분도갤러리에서 민족시인 이상화 고택보존 운동본부(공동대표 이상규·윤순영)는 해산총회를 갖고, 모금기금 8천600여만 원과 시집(1천 700권, 권당 1만 원), 그림 자료 등 1억여 원 상당을 대구시민의 이름으로 대구시에 기부했다.

고택보존 운동본부는 이날 지난 3년간의 시민서명운동·기금모금·상화시집 갖기 등 고택보존운동을 마무리하고, 실내자료관 설립, 유물전시 등 고택의 구체적인 유지방안은 이제 대구시 등 관련기관에서 맡아야 한다는 데 뜻을 모았다.

이날 결산총회에서 참석자들은 허물어질 위기에 처한 민족유산을 시민의 힘으로 지켜냈다는 데 의미를 부여하고, 효율성과 개발 논리보다 문화적 자산이 더 큰 힘을 발휘하는 시대라는 데 공감을 나타냈다. 또 대구시가 시민기금을 바탕으로 현장 유지, 보수에 적극 나서줄 것을 촉구하기도 했다.

윤순영 공동대표는 "상화고택은 앞으로 약전골목 등과 연계, 시민들뿐 아니라 대구를 찾는 외지인들의 방문 1번지로 가꾸어나가야 할 것"이라며 "시·도민의 도움으로 시민문화운동을 모범적이고 투명하게 마칠 수 있게 됐다"고 말했다.

상화고택을 포함한 인근 계산동 일대는 대구 근·현대사 100년의 역사와 문학현장으로 대구 문화도시라는 시민들의 희망과 메시지가 담긴 공간으로 남아야 한다는 지적이 제기되고 있는 곳이다.

매일신문 노진규기자

이 자리를 빌려 이상화고택보존운동에 참여해 주신 모든 분들과 당시 모금운동에 동참해준 중고교 어린 학생들의 참여에 깊이 감사를 드리며, 대구의 자존심을 일깨워 주신데 대해 이 일을 대표로 맡았던 사람으로서 감사의 인사들 드립니다.

근원 김양동 선생이 이상화고택보존운동 본부에 기증한 작품, 이상화문학관에 전시

# 〈이상화 연보〉

## 1901.4.5

- 이상화는 대구시 서문로 2가 11번지에서 부친 이시우와 김신자를 모친으로 하여 4형제 중 둘째아들로 1901년 4월 5일(음)에 태어났다. 그의 호적에는 명치 35(1902)년 4월 5일로 기재되어 있으나 실재 1901년 음력 4월 5일이다. 부친 이시우의 본관은 경주, 호는 우남이며 그는 시골에서 행세하는 보통 선비였으나 상화가 일곱 살 때 별세했다.

- 이일우는 당시 삼천여석을 하는 부자였으며 그는 소작료를 저율로 하고 후대하였기 때문에 칭송이 자자했을 뿐만 아니라 대구사회에서 명망이 높던 분이었다. 그는 1904년 「우현서루」를 창건, 많은 서적을 비치하고 각지의 선비들을 모아 연구케 하였으며 또한 「달서여학교」를 설립, 부인 야학을 열어 개화의 길에 앞장섰다. 또한 평생 지조를 지켜 관선 도의원의 자리에 나가기를 불응하였고 중추원참의를 거절, 배일의 지주가 되었던 분이다.

- 상화의 형제들 가운데 백씨인 상정은 한때 대구의 계성학교와 신명학교, 경성의 창신학교, 평양에 광성학교, 평북 정주 오산학교에서 교편을 잡다가 만주로 망명, 항일 투쟁에 종사한 장군이다. 시서화와 전각에 능했었고 시조시인이도 하였다. 1937년에는 중일전쟁이 일어나자 국민정부의 초청으로 중경 육군 참모학교의 교관을 지냈고 1939년에는 임시 정부의원에 선임된 바 있다. 1941년에는 중국 육군 유격대 훈련학교의 교수를 거쳐 이듬해 화중군 사령부의 고급 막료로 난징전투에 직접 참가했다. 행방 후 상해에 머물러 교포의 보호에 진력하다가 1947년 귀국, 뇌일혈로 사망했다. 셋째 상백相伯은 한국 체육발전의 원로로서 또는 사회학 분야의 석학으로 널리 알려진 분. 일본 유학시절와세다 대학부터 운동선수로 활약했고, 1936년 제10회

올림픽 일본 대표단 총무로 베를린에 다녀오는 등 일본 체육 발전을 위해서도 크게 기여했다. 해방이 되자 조선 체육 동지회를 창설, 위원장이 되었고 1945년 여운영과 이여성 등과 건국동맹준비위원으로 활동하였다. 1946년 조선체육회 이사장을 거쳐 1951년 대한 체육회 부회장을 지냈다. 제 15, 16, 17, 18회 세계 올림픽 한국 대표단 임원, 단장 등으로 대회에 참가했으며 1964년 대한 올림픽 위원회IOC위원에 선출되었다. 또한 서울대학교 교수로서 사회학 분야를 개척했으며 1955년에는 문학박사 학위를 받았다. 동아문학 연구소장, 고등고시위원, 학술원 회원, 한국사학회 회장 등 다채로운 경력을 지녔던 분이다. 이 같은 많은 업적으로 1963년도 건국문화훈장 대통령장을 받았다. 막내 동생 상오는 대구고보와 일본 호세이대 법정대학을 졸업하였다. 알려진 수렵인. 그 기개와 능력이 모두 출중한 형제들이었다.

• 상화의 직계 유족으로는 부인 서온순 여사와 충희, 태희 등이 있다.

• 이상화라는 이름은 본명이며 여러 번 아호를 바꾸어 썼다. 대체로 18세부터 21세까지는 불교적인 냄새가 나는 무량無量을, 22세부터 24세까지는 본명에서 취음한 것으로 보이는 탐미적인 상화相華를, 25세 이후는 혁명적인 그의 사상적 추이를 엿보게 하는 상화尙火를 썼다. 38세 이후에는 당시의 그의 처지와 심경의 일단이 표현된 백아白啞를 쓰고 있는 것이 이채롭다.

### 1905.

• 어린 시절 팔운정 101번지 소재 우현서루와 우현서루 폐쇄 후 설립한 강의원에서 한문 및 신학문 수학하였다.

### 1908.8.

• 상화 부친 이시우 별세

## 1914.

• 이때까지 백부 이일우가 당시 보통학교의 식민지 교육을 염려하여 가정에 설치한 사숙에서 대소가의 자녀들 칠팔 명과 함께 수학. 백부의 엄격한 훈도를 받았다.

## 1915.

• 이해에 대성강습소를 수료한 후 경성중앙학교(현 중동)에 입학하였다. 그는 한문에 뛰어난 실력을 발휘했으며 학교 성적이 우수하였다. 야구부의 명투수로도 활약하였다.

## 1917.

• 대구에서 현진건, 백기만, 이상백 등과 함께 습작집 『거화』를 발간했다고 전해지고 있으나 확인되지는 않고 있다.

## 1918.

• 경성중앙학교 3년을 수료 후 고향에 내려와서 독서와 시작에 심혈을 경주하였다. 그해 7월부터 금강산 등 강원도 일대를 3개월 동안 방랑하였다. 이 방랑 중에 그의 대표작이라고 할 「나의 침실로」가 완성되었다고 하나 이는 불확실하다. 평소 상화는 자신의 작품의 제작 연대와 발표 연대의 차이가 있는 것은 거의 말미나 시제 밑에 제작 연대가 아니면 구고라고 명시해 놓은 것이 많은 데 반하여 이 시는 전혀 그러한 표기가 없는 것으로 보아 이상화의 23세 때의 작품으로 추정된다. 또 일부에서 이 작품이 『백조』 창간호에 발표된 것으로 보고 있는 것도 잘못이다. 이 작품은 분명히 『백조』 3호, 즉 1923년 9월에 발표.

- 서울에서 상화와 일족인 이갑성이 기미독립선언서를 작성하여 지방에 파급시키기 위해 백기만과 이상화를 통해 전달된 것으로 추정된다. 기미독립운동 당시 백기만, 이곤희, 허범, 하윤실, 김수천 등과 함께 대구에서 계성학교 학생들을 동원, 독립을 선언키 위하여 선전문을 스스로 만들어 등사하는 등 시위 행사에 앞장섰으나 사전에 주요 인물들이 검거되자 상화는 서울로 탈출, 서대문 밖 냉동 92번지에서 박태원의 하숙집에 머물러 있었다.

- 박태원은 대구 계성 출신이며 중학 시대에 벌써 영문 원서를 읽을 정도의 영어 실력을 지니고 있었으며, 또한 성악가로서도 이름이 있었다. 상화는 이 같은 그의 아름다운 노래에 심취하여 성악을 배우려고 애쓴 일도 있으며, 그에게서 영어를 배우기도 했다. 상화는 그가 세상을 떠나자 시 「이중의 사망」을 쓰기도 했다. 경성기독청년회 영어과 수료하였다.

- 이해 음력 10월 13일, 상화는 백부의 강권으로 공주읍 욱동 295번지 서한보의 영애 서온순과 결혼을 했다. 호적에는 혼일 일자가 1921년 2월 23일로 되어 있다. 아마 신행일자를 기준한 것으로 보인다. 서온순은 재덕이 겸비하고 용모도 뛰어났다. 결혼 후 상화는 서울로 올라와 학업과 시작에 몰두하였다. 이 시절에 경남 출생으로 당시 여자 고등 보통학교를 마친 재원 손필련과 연애를 하고 있었다고 알려져 있다..

- 현진건의 소개로 『백조』 동인으로 그 창간호에 「말세의 희탄」을 발표하고 문단 데뷔하였다. 이후 「단조」, 「가을의 풍경」 등을 발표. 이해 프랑스에 유학할 기회를 갖고자 일본에 건너간다. 이는 항시 요시찰

인물이 되어 국내에서는 외국 여행 중의 교섭이 절대로 불가능하였기 때문이다. 기회를 기다리면서 1922년 9월 도일하여 2년간 일본 동경에 있는 아테네 프랑스에서 수학하였다.

- 1922년 9월 경 일본 동경으로 건너가자 동경 간다구神田區 3정목町目 9번지에 있는 미호칸美豊館에 먼저 유학을 와 있던 와사대早稻田 제일고등학원을 다니던 동생 상백과 함께 거처를 잡았다가 그 주변의 물가가 너무 비싸기 때문에 그해 12월에 동경시 외 도츠카上戶塚 575번지로 옮겨 친척동생인 상렬과 더불어 자취를 한다. 이 시절에 이여성과, 백무, 이호, 김정규 등 일본에서 노동자운동을 하던 「북성회」 맴버들과 교류하였다.

### 1923.

- 3월에 아테네 프랑세에서 단기 5개월 과정을 수료하였다. 4월에 메이지대학 불어학부 1년제 입학.
- 『백조』 3호에 「나의 침실로」를 발표하여 문단의 주목을 받게 된다.
- 9월 일본에서 관동대진재의 참상을 목격. 자신도 붙잡혀 가는 도중에 의연한 자세로 설득, 구사일생으로 살아난다.
- 백기만이 박태원, 유엽, 양주동과 『금성』지 동인을 결성하였다.

### 1924.

- 3월 메이지대학 불어학부 1년제 수료.
- 관동대진재의 참상 속에서 충격을 받고 프랑스 유학을 포기.
- 24년 3월에 귀국하여 서울 가회동 취운정종로구 가회동 1번지 5호에 거처를 정하고 현진건, 홍사용, 박종화, 김팔봉, 나도향 등 『백조』 동인들과 어울렸다. 김기진의 기록에 의하면 이때에도 유보화는 취운정에 드나들고 있었으며 폐결핵을 앓고 있었던 것으로 기록되고 있다.

• 백기만의 추천으로 이상백, 이장희를 『금성』 동인으로 영입하였다.

**1925.**

• 『백조』가 폐간되고 김기진 등과 무산계급 문예운동을 위한 파스큐라를 결성한다. 종로 천도교 회관에 문예강연과 시낭송회에 출연하여 시 「이별을 하느니」를 낭송하였다. 8월에 박영희, 김기진과 함께 카프 조선프롤레타리아예술가동맹에 발기인으로 참가한다.

• 이 시기, 작품 활동이 가장 왕성했던 해로 「비음」, 「가장 비통한 기욕」, 「빈촌의 밤」, 「이별을 하느니」, 「가상」, 「금강송가」, 「청량세계」 등을 발표. 이 시기에 가장 활발한 작품 활동을 전개하였다.

**1926.**

• 이해 가을에 유보화가 위독하다는 소식을 듣고 함흥으로 갔으나 사망. 이해 장남 용희 출생.

• 상화의 대표작의 하나이며 피압박 민족의 비애와 일제에 대한 강력한 저항 의식을 바탕으로 하고 있는 것으로 평가되고 있는 「빼앗긴 들에도 봄은 오는가」를 발표하였다. 『카프』 기관지 『문예운동』 발간 편집인으로 활동 「조선병」, 「겨울마음」, 「지구흑점의 노래」, 「문예의 시대적 변위와 작가의 의식적 태도론」 들을 발표.

• 백기만이 편찬하고 조태연이 간행한 『조선시인선』 조선통신중학관, 1926을 편찬하였는데 여기에 이상화의 시 4편이 실렸다.

**1927.**

• 대구로 낙향, 문학활동을 거의 중단하였다.

• 담교장에 문우들과 문화예술 사회운동을 하는 친구들과 모임. 일제 관헌의 감시와 가택 수색 등이 계속되는 가운데서 행동이 제한된 생

활을 함. 그때 상화의 생가 터에 마련된 사랑방은 담교장이라 하여 독립운동을 하는 지사들을 비롯한 대구의 문우들이 모여들었다고 한다.

### 1928.

- 의열단 이종암 사건과 장진홍 조선은행 지점 폭탄 투척사건에도 관련 있다 하여 조사를 당함. ㄱ당 사건에 연루되어 구금되었다. 당시 신간회 대구지부 출판 간사직을 맡고 있었는데 신간회 사건과도 연관이 있었다. 명치정 현재의 계산동 2가 84번지로 이사했으나 울분과 폭음의 생활은 계속되었다.
- 대구 조양회관에서 열림 제2회 「ㅇ과회」 시가부에 이원조와 함께 「없는 이의 손」, 「아씨와 복숭아」 등 출품하였으나 그 내용은 전하지 않는다.
- 1928년 7월 24일 『慶尙北道警察部 高等警察要史』에 의하면 비밀항일 운동단체 J당에 관계자 노차용, 장택원, 곽동영, 이강희, 문상직, 류상묵, 정태봉, 오진문, 이상화, 이상쾌가 치안유지법 위반 혐의로 대구지방검찰청에 송치되었다.

### 1929.

- 이장희 자살, 백기만이 이곤희, 김준묵, 이양상, 김기상 등과 조양회관에서 이장희 유고전람회와 추도회가 열렸다.
- 1929년 8월 14일 『조선중앙일보』에 동래유학생학우회가 강연회를 개최하였다. 이상화, 최종해, 한일철, 박길문, 박영출이 가담하였다.

### 1930.

- 개벽사에서 간행한 『별건곤』 10월호에 「대구행진곡」을 발표하였다.

## 1932.

• 생활이 점점 어려워 지자 상화가 태어난 자리인 서문로 집을 처분하고 잠시 큰댁에 살다가 대구시 중국 장관동 50번지현 약전골목 안 성보약국자리로 이사하였다. 당시 상화의 생가터는 백부 이일우가 서온순, 이상백, 이상오 공동명의로 권리권을 매도하여 매각했던 문서가 최근에 발굴되었다.

## 1933.

• 8월 교남학교 강사경북학비 제449호 자격을 받아 교남학교에 조선어, 영어 과목 무급 강사로 활동하였다. 이 해에 「반딧불」, 「농촌의 집」을 발표하고 두 번째 창작 소설『신가정』잡지에 「초동」을 발표하였다.

## 1934.

• 향우들의 권고와 생계의 유지를 위하여『조선일보』경북 총국을 맡아 경영하였다. 그러나 경영의 미숙으로 1년 만에 포기하고 말았다. 차남 충희가 태어났다.

• 경영난에 부닥치자 다시 대구시 중국 남성로 35번지진골목에서 종로 호텔 방향 현 다전이 있는 자리로 이사를 하였다.

• 1934년 7월 10일 자『동아일보』에 전국의 김기진, 박월탄, 현진건, 성대훈, 박팔양, 주요섭, 염상섭, 이태준, 박화성, 이은상, 이상화, 최정희, 양백화, 김자혜 외 70여 명 80여 문사들이 「한글 지지에 대한 선언」을 발표하였는데 그 요점은 다음과 같다.

1. 우리 문예가 일동은 조선어학회의 「한글 통일안」을 준용하기로 함.
2. 「한글 통일안」을 저해하는 타파의 반대운동은 일절 배격함.
3. 이에 제하여 조선어학회의 통일안의 완벽을 이루기까지 진보의 연

구발표가 있기를 촉함.

## 1935.

• 상화가 가장 곤경에 처해져 있었던 시기이다. 일제 압박은 더욱 가중
되어 가고 경제적인 궁핍이 더해진 시기이다. 그의 후기 시정신을 읽
을 수 있는 「역천」이라는 시를 영양 출신 오일도 시인이 그해 2월에
창간했던 『시원』 2호에 발표한다. 이 해에 큰백 백부 소남 이일우가
사망한다. 아버지처럼 의지 했던 백부가 돌아가신 것은 상화에게는
정신적으로 엄청난 타격을 주었을 것이다.

• 1935년 1월 1일 『삼천리』 제7권 제1호에 「나의 침실로」, 반도 신문단
이십년래 명작선집1, 명작시편이 실렸다.

• 1936년 9월 11일 『조선일보』 「문학동호회」 대구서 창립하였다고 한
다. 대구에서는 이상화, 이효상, 조용기, 구자균, 윤복진 씨 등이 중
심이 되어 지난 오일 군방각群芳閣에서 「대구문학동호회」를 조직하얏
다는 데 동일 출석자는 십여명이엇고 사무소는 대구부 경정 일정목
이십육지大邱府京町一丁目二十六地에 두엇다 한다.

## 1937.

• 당시 북경에 머물고 있었던 백씨 이상정 장군을 만나기 위해 중국에
건너가 약 3개월간 중국 각지를 돌아보고 귀국함. 고향에 돌아오자
이제 경찰에 또 다시 구금되어 온갖 고초를 겪고 나옴.

• 다시 교남학교의 영어와 작문의 무보수 강사가 되어 열심히 시간을
보아주었다. 이같이 1940년까지 3년간 시간을 보아주는 외에 학생들
의 교우지간행을 직접 지도하고 권투부 코치를 맡아 열을 올렸으며
특히 권투를 권장, 은연중에 일제에 대한 저항의식을 키웠다. 이것이
대구 권투의 온상이 된 「태백 권투 구락부」의 모태가 되었다. 1940년

에 대륜중학의 설립을 보게 되었던 것도 상화의 보이지 않는 노력의 결정으로 평가되고 있다. 이 해 교남학교 교가 작사 문제로 일경에 조사. 이 무렵 서동진, 이효상, 권중휘 등과 가깝게 지냈다.
• 다시 종로 2가 72번지로 이사를 하였다.

## 1938.

• 태희 출생

## 1939.

• 6월에 다시 그의 마지막 고가가 된 중국 계산동 2가 84번지로 이사를 한다. 이 때 교남학교 교사 작사 문제로 일경의 조사와 수색을 받게 되어 가택 수색 과정 가지고 있는 던 모든 시작품을 압수당한다.

## 1940.

• 교남학교 강사직을 사임한다. 이후 「춘향전」 영역, 국문학사 집필, 프랑스 시 평역 등에 관심을 두었으나 완성을 보지는 못하였다.
• 조태연이 1926년 조선통신중학관에서 간행했던 18인 합동 시선집인 『조선시집선』 시집을 김소운이 일어판 번역 시집으로 『조선시집선』 河出書房에 「나의 침실로」 외 4편의 시가 실렸다.

## 1941.

• 상화가 공식적으로 발표한 마지막 시인 「서러운 해조」가 『문장』 25호 폐간호에 실린다. 암울한 당시의 상화의 마음이 고스란히 담긴 시이며 공교롭게도 일제에 의해 『문장』지가 폐간을 당한다.
• 동향의 친구 백기만은 북만주 빈강성 기산농장 책임자로 떠났고 영양 출신의 이병각 시인은 후두결핵으로 사망한다.

**1943.**

- 음력 1월 병석에 누워 3월 21일양력 4월 25일 상오 8시 계산동 2가 84번지 고택 사랑방에서 위암으로 별세했다. 그는 모든 가족들이 이상정 장군은 중국에서 나오지 못함 모인 가운데 임종했으며 당시 큰 아들 용희는 18세의 중학생, 충희는 10살, 태희는 6세였다. 임종한 곳은 대구 명치정, 현재의 계산동 2가 84번지이다.
- 이날 3월 21일에는 또한 같은 고향의 친구이자 『백조』 동인인 현진건도 사망했으며 이육사는 피검되어 북경으로 압송되었다.
- 상화가 작고하던 해 가을에 고향 친구들의 정성으로 묘 앞에 비석이 세워졌다. 발의는 백기만이 하고 서동진, 박명조의 설계로 김봉기, 이순희, 주덕근, 이홍로, 윤갑기, 김준묵 등 십여 인의 동의를 얻어 일제 강압을 피하기 위해 비밀리에 진행되었다고 한다. 비면에는 "詩人 白啞 李公相和之墓"라 음각되었을 뿐 다른 글은 일체 기록되지 않고 있다.

**1947.**

- 10월 27일 백씨인 이상정, 계산동 2가 90번지에서 뇌일혈로 세상을 떠남.

**1948.**

- 이해 3월 김소운의 발의로 한국 신문학사상 최초로 대구 달성공원 북쪽에 상화의 시비가 세워졌다. 앞면에는 상화의 시 「나의 침실로」의 일절을 당시 열한 살 난 막내아들 태희의 글씨로 새겨 넣었다. 비액과 뒷면은 김소운의 상화 문학에 대한 언급과 시비 제막에 대한 경위가 서동균의 글씨로 새겨져 있다.

**1951.**

- 상화의 사후, 그의 시에 대하여 관심이 깊었던 임화가 자기 나름대로 시집을 낼 목적으로 시를 수집하다가 해방 직후 월북. 또한 상화의 문하였던 이문기가 시집 간행을 목적으로 유고의 일부와 월탄이 내어 준 상당량의 서한을 받아 가지고 6, 25 때 실종, 이 또한 실현을 보지 못했다. 상화의 시가 비록 독립된 시집은 아니라 할지라도 최초의 시집 형태 속에 수록된 것은 1951년 그의 오랜 친구인 백기만이 편찬한 『상화와 고월』에 와서 였다. 그러나 수록된 작품은 16편뿐이었다. 이후 정음사(1973년), 대구의 형설출판사(1977년) 등에서 추후 발굴된 작품을 합하여 단행본 형태의 시집, 또는 시전집을 발간했다.
- 10월 6.25전쟁 피난예술인들이 모여 구 교남학교 자리반월당 구 고려다방 뒤편에 「상고예술학교」 원장 마해송을 건립하여 중앙대학교와 서라벌예대의 전신이 되었다.

**1977.**

- 대통령 표창

**1985.3.**

- 죽순문학회에서 상화시인상 제정

**1986.6.**

- 독립기념관목천 시비동산에 「빼앗긴들에도 봄은 오는가」 시비 건립

**1990.**

- 건국훈장 민족애족장 추서

**1996.8.15.**

• 대구 두류공원 인물동산에 이상화 좌상 건립

**1998.3.**

• 문화체육관광부에서 3월의 문화인물로 선정

**2001.5.**

• 이상화 탄생 100주년 기념특별전대구문화방송

**2001.5.**

• 대구문인협회 이상화 탄생 100주년 기념 『이상화시집』과 CD이상규 제작

**2001.5.**

• 대구문인협회 지원사업으로 『이상화산문집』 이상화기념사업회

**2002.**

• 이상화고택보존운동본부 100만인 서명운동 전개이상규 윤순영 공동 대표

**2003.**

• 대구문인협회 주관으로 대구달성군 화원읍 보리리 가족 묘역 상화 묘소 앞에 묘비 세움

**2006.3.**

• 수성구청 주관으로 수성못 못뚝에 「빼앗긴들에도 봄은 오는가」 시비 건립

**2008.2.**

- 이상화기념사업회 설립이상화고택보존운동본부에서 업무 이관
- 이상화고택 수리 후 시민들에게 개방

**2008.6.**

- 서울 중앙중고 100주년 기념사업으로 학교 교정에 「빼앗긴들에도 봄은 오는가」 시비 건립 및 이상화에게 명예 졸업장 전수식

**2009.**

- 대구광역시 중구 서문로 2가 11번지 이상화 생가터에 표징물 설치 및 이상화문학상을 죽순에서 이상화기념사업회로 이관

**2009.**

- 이상규 · 신재기 엮음, 『이상화문학전집』, 이상화기념사업회.

**2014.**

- 이상화기념사업회와 중국 연변동북아문학예술연구회와 공동으로 이상화문학상제정

**2015.**

- 이상화기념사업회, 『상화, 대구를 넘어 세계로』 간행

**2017.**

- 이상화 기념사업회에서 대구문화재단 지원을 받아 「이상화시집」 간행
- 가곡 오페라 「빼앗긴 들에도 봄은 오는가」 공연수성아트피아

- 10월 가곡 오페라 「빼앗긴 들에도 봄은 오는가」, 대구오페라하우스/
  앙상블 MSG합작

- 3.1독립운동 100주년 기념 민족시인 5인시집시오월 간행. 이상화 시
  를 오류투성이로 제작하여 문제가 야기되었다.
- 3.1독립운동 100주년 기념 민족시인 국제학술대회 개최, 백범김구기
  념관.
- 이상화기념사업회에서 『상화』 창간호 간행.

- 이상화기념사업회에서 수상하던 「이상화문학상」 심사과정의 불공정
  성 시비로 시상 중단, 사업회의 사업비 지급 중단되는 불행한 사태가
  발생.

- 이상화문학상을 다시 『죽순』 문학회에서 주관하기로 결정.

# 〈시인 이상화 작품 연보〉

• 발표지 및 연대

| 1922년 1월 | 「말세의 희탄」, 「단조」 | 『백조』 창간호 |
|---|---|---|
| 1922년 5월 | 「가을의 풍경」, 「To-」 | 『백조』 2호 |
| 1923년 9월 | 「나의 침실로」, 「이중의 사망」, 「마음의 꽃」 | 『백조』 3호 |
| 1923년 7월 | 「독백」 | 『동아일보』 7월 14일 |
| 1923년 7월 | 동요 | 『동아일보』 7월 14일 |
| 1924년 7월 | 「선후에 한마듸」 | 『동아일보』 7월 24일 |
| 1924년 12월 | 「허무교도의 찬송가」, 「방문거절」, 「지반정경」 | 『개벽』 54호 |
| 1925년 1월 | [단장 오편], 「비음」, 「가장 비통한 기욕」, 「빈촌의 밤」, 「조소」, 「어머니의 웃음」 | 『개벽』 55호 |
| 1925년 1월 | 「단장」 번역소설 | 『신여성』 18호 |
| 1925년 1월 | 「잡문횡행관」 평론 | 『조선일보』 1월 10~11일 |
| 1925년 1월 | 「새로운 동무」 번역소설 | 『신여성』 19호 |
| 1925년 3월 | 「이별을 하느니」 | 『조선문단』 6호 |
| 1925년 3월 | 「폭풍우를 기다리는 마음」, 「바다의 노래」 | 『개벽』 57호 |
| 1925년 3월 | 「출가자의 유서」 감상 | 『개벽』 57호 |
| 1925년 4월 | 「문단측면관」 평론 | 『개벽』 58호 |
| 1925년 5월 | [구고이장] 「극단」, 「선구자의 노래」 | 『개벽』 59호 |
| 1925년 6월 | [街相에서] 「구루마꾼」, 「엿장사」, 「거러지」 | 『개벽』 60호 |
| 1925년 6월 | 「금강송가」, 「청량세계」 산문시 | 『여명』 2호 |
| 1925년 6월 | 「지난달 시와 소설」, 「감상과 의견」 단평 | 『개벽』 60호 |

| | | |
|---|---|---|
| 1925년 6월 | 「시의 생활화」 평론 | 『시대일보』 6월 30일 |
| 1925년 7월 | 「오늘의 노래」 | 『개벽』 61호 |
| 1925년 7월 | 「염복」 번역소설 | 『시대일보』 7월 4일, 12월 25일 |
| 1925년 10월 | 「몽환병」 산문시 | 『조선문단』 12호 |
| 1925년 10월 | 「새 세계」 번역시 | 『신민』 6호 |
| 1925년 10월 | 「방백」 수필 | 『개벽』 63호 |
| 1925년 11월 | 「독후잉상」 감상 | 『시대일보』 11월 9일 |
| 1925년 11월 | 「가엽슨 둔각이여 황문으로 보아라」 평론 | 『조선일보』 11월 22일 |
| 1926년 1월 | 「청년을 조상한다」 감상 | 『시대일보』 1월 4일 |
| 1926년 1월 | 「웃을 줄 아는 사람들」 감상 | 『시대일보』 1월 4일 |
| 1926년 1월 | 「속사포」 | 『문예운동』 창간호 |
| 1926년 1월 | 「도-쿄에서」 | 『문예운동』 창간호 |
| 1926년 1월 | 「문예의 시대적 변위와 작가의 의식적 태도론」 평론 | 『문예운동』 창간호 |
| 1926년 1월 | [시삼편] 「조선병」, 「겨울마음」, 「초혼」 | 『개벽』 65호 |
| 1926년 1월 | 「무산작가와 무산작품」 상평론, 「단 한마대」 단평 | 『개벽』 65호 |
| 1926년 1월 | 「파리의 밤」 번역소설 | 『신여성』 26호 |
| 1926년 1월 | 「본능의 노래」 | 『시대일보』 1월 4일 |
| 1926년 1월 2일 | 「노동-사-질병」 번역소설 | 『조선일보』 |
| 1926년 2월 | 「무산작가와 무산작품」 중평론 | 『개벽』 66호 |
| 1926년 3월 | 「원시적 읍울」, 「이 해를 보내는 노래」 | 『개벽』 67호 |
| 1926년 4월 | 「시인에게」, 「통곡」 | 『개벽』 68호 |
| 1926년 4월 | 「세계삼시야」 평론 | 『개벽』 68호 |

| | | |
|---|---|---|
| 1926년 5월 | 「설어운 조화」, 「머―ㄴ 기대」 | 『문예운동』 2호 |
| 1926년 5월 | 「심경일매」 수필 | 『문예운동』 2호 |
| 1926년 6월 | 「빼앗긴 들에도 봄은 오는가」, 「비갠 아츰」, 「달밤 도회」 | 『개벽』 70호 |
| 1926년 6월 | [동심여초] 「달아」, 「파란비」 | 『신여성』 31호 |
| 1926년 6월 | 「숙자」 | 『신여성』 31호 |
| 1926년 7월 | 「사형밧는 여자」 번역소설 | 『개벽』 71호 |
| 1926년 11월 | 「병적 계절」 | 『조선지광』 61호 |
| 1926년 11월 | 「지구흑점의 노래」 | 『별건곤』 1호 |
| 1928년 7월 | 「저무는 놀 안에서」, 「비를 다고」 | 『조선지광』 69호 |
| 1929년 6월 | 「곡자사」 | 『조선문예』 2호 |
| 1930년 10월 | 「대구행진곡」 | 『별건곤』 1호 |
| 1932년 10월 | 「초동」 창작소설 | 『신여성』 37호 |
| 1932년 10월 | 「예지」 | 『만국부인』 1호 |
| 1933년 7월 | 「반딧불」 | 『신가정』 7호 |
| 1933년 10월 | 「농촌의 집」 | 『조선중앙일보』 10월 10일 |
| 1935년 4월 | 「역천」 | 『시원』 2호 |
| 1935년 5월 | 「병적계절」 | 『조선문단』 4월 3호 |
| 1935년 12월 | 「나는 해를 먹다」 | 『조광』 2호 |
| 1935년 | 「민간교육 특질은 사제 거리 접근」 | 『중앙일보』 |
| 1936년 4월 | 「나의 아호」 설문답 | 『중앙』 4권 4호 |
| 1936년 5월 | 「나의 어머니」 공동제수필 | 『중앙』 4권 5호 |
| 1936년 5월 | 「기미년」 시조 | 『중앙』 4권 5호 |
| 1938년 10월 | 「흑방비곡의 시인에게」 편지 | 『삼천리』 1938.10 |
| 1941년 4월 | 「서러운 해조」 | 『문장』 25호 |

• 발표지 및 연대 미상분

| 1925년 | 「제목 미상」미들래톤 작 | 『신여성』18호 |
|---|---|---|
| 1937년 | 「만주벌」 | |
| 1951년 공개 | 「쓸어져가는 미술관」, 「청년」, 「무제」, 「그날이 그립다」, 「무제」 산문시 | 『상화와 고월』 |
| 1951년 공개 | 「무제」 필사본 | 고 이윤수 시인 소장 |
| 미상 | 「위친부미」 한기 「액호구부」 한기필사본 | 자 충희 소장 |
| 미상 | 교남학교현 대구대륜중학교 교가 | 가사대륜중고등학교 |
| 미상 | 「풍랑에 일리든 배」 시조 | 대구고보 앨범 수록 |
| 미상 | 「반다시 애써야 할 일」 | 이상화고택 |

• 최근 발굴 자료

| 이상화가 이일우에게 보낸 편지 | 1 | | 국립역사박물관 |
|---|---|---|---|
| 이상화가 이일우에게 보낸 편지 | 1 | | 국립역사박물관 |
| 이상화 · 이상백이 이일우에게 보낸 편지 | 1 | | 국립역사박물관 |
| 이상화가 이일우에게 보낸 편지 | 1 | | 국립역사박물관 |
| 이상화가 이상악에게 보낸 엽서 | 1 | | 국립역사박물관 |
| 이상화가 이상무에게 보낸 엽서 | 1 | 1935.2.8. | 국립역사박물관 |
| 이상화가 이일우에게 보낸 엽서 | 1 | 1935.10.12. | 국립역사박물관 |

| | | | |
|---|---|---|---|
| 이상화가 이일우에게 보낸 편지 | 1 | 1937 | 국립역사박물관 |
| 연하장 | 1 | 1934.1.1. | 국립역사박물관 |
| 이상화가 이상오에게 보낸 편지 | 1 | | 국립역사박물관 |
| 이상화가 사촌에게 보낸 편지 | 1 | 1919.4. | 국립역사박물관 |
| 이상화가 이일우에게 보낸 편지 | 1 | | 국립역사박물관 |
| 이상화가 이일우에게 보낸 편지 | 1 | | 국립역사박물관 |
| 이상화가 이일우에게 보낸 편지 | 1 | | 국립역사박물관 |
| 이상화가 김찬기에게 보낸 편지 | 1 | | 국립역사박물관 |
| 이상화가 아내 서온순께 보낸 편지 | 4 | | 대구문학관 |
| 이상화가 백부에게 보낸 편지 | 2 | | 이상화문학관 |
| 이상화가 이상정에게 보낸 편지 | 1 | | 이상화고택 |
| 이상정이 이상화에게 보낸 편지 | 1 | | 이상화고택 |
| 이상정이 이일우에게 보낸 편지 | 1 | | 이상화문학관 |
| 이상정이 이일우에게 보낸 엽서 | 1 | | 이상화문학관 |

# 참고문헌

- 강내희, 「언어와 변혁」, 『문화과학』 2권, 1992.
- 강덕상, 『학살의 기억과 관동대지진』, 역사비평사, 2005.
- 강정숙, 「한국 현대시의 상징에 관한 연구-이상화 시에 있어서의 상징성」, 『성심어문논집』 11집, 1986.
- 강창일, 『근대 일본의 조선 침략과 대아시아주의』, 역사비평사, 2002.
- 강희근, 「예술로 승화된 저항」, 『월간문학』 10권 3호, 1977.
- 강희근, 「이상화 시의 낭만주의적 궤적」, 『이상화 시의 기억공간』, 수성문화원, 2015.
- 경주이장가, 『성남세고』, 경진출판, 2016.
- 고려대학교아세아문제연구소육당전집편찬위원회 편, 『육당최남선전집』 2, 현암사, 1973.
- 고형진, 「방언의 시적 수용과 미학적 기능」, 『동방학지』 125호, 연세대 국학연구원, 2004.
- 곽충구, 「이용악 시의 시어에 나타난 방언과 문법의식」, 『문학과 언어의 만남』, 태학사, 1999.
- 구명숙, 「소월과 상화, 하이네의 시에 나타난 아이러니 고찰」, 『숙명여대 어문논집』, 1933.
- 구모룡, 『시의 옹호』, 천년의시작, 2006.
- 국사편찬위원회 한국근현대인물자료www.history.go.kr
- 국사편찬위원회, 『한국독립운동사자료』 18의병편 XI, 1988.
- 권경옥, 「시인의 감각-특히 상화와-고월을 중심으로」, 『경북대 국어국문학 논집』, 1956.
- 권대웅, 「한말 경북지방의 사립학교와 그 성격」, 『국사관논총』 58, 1994.

- 권대웅, 「한말 교남교육회연구」, 중산정덕기박사화갑기념『한국사학논총』, 1996.
- 권대웅, 「한말 달성친목회 연구」, 오세창교수화갑기념『한국근현대사논총』, 1995.
- 권대웅, 『1910년대 국내독립운동』, 한국독립운동의 역사 15, 독립기념관, 2008.
- 권석창, 「한국 근대시의 현실 대응 양상 연구-만해, 상화, 육사, 동주를 중심으로-」, 대구대학교 박사학위논문, 2002.
- 권성욱, 『중일전쟁』, 미지북스, 2017.
- 김 구 지음, 도진순 탈초 교열, 『정본 백범일지』, 돌베개, 2016.
- 김 승, 「한말, 일제하 동래지역 민족운동과 사회운동」, 『지역과 역사』 6, 부경역사연구소, 2000.
- 김 억, 「3월 시평」, 『조선문단』 7호, 1925.
- 김 억, 「시단의 1년」, 『개벽』 42호, 1923.
- 김 억, 「황문에 대한, 잡문횡행관, 필자에게」, 『동아일보』, 1925.11.19.
- 김 참, 「한국 현대시에 나타난 이상향 연구」, 인제대학교 박사학위논문, 2009.
- 김계화, 「이상화 시 연구」, 목포대학교 박사학위논문, 2010.
- 김구 지음/도진순 탈초 교열, 『정본 백범일지』, 돌베개, 2016.
- 김권동, 「이상화의 「역천」에 대한 해석의 일 방향」, 『우리말글』 57, 우리말글학회, 2013.
- 김근수, 「한국잡지개관 및 호별 목차집」, 『한국학자료총서』, 1973.
- 김기진, 「이상화 형」, 『신천지』 9권 9호, 1954.
- 김기진, 「조선프로문예운동의 선구자, 영광의 조선선구자들!!」, 『삼천리』 제2호 1929년 9월 1일
- 김기진, 「측면에서 본 시문학 60년」, 『동아일보』1968.5.25.
- 김기진, 「현시단의 시인」, 『개벽』 58호, 1925

- 김기진의 「문단일년, 상식문학론 「신경향파」 정음기념 적극적 전투부대」, 『동광』 제9호, 1927년 1월 1일
- 김남석, 「이상화, 저항 의식의 반일제 열화」, 『시정신론』, 현대문학사, 1972.
- 김남식, 『남로당연구』, 돌베개, 1984.
- 김대행, 『한국 시가의 구조 연구』, 삼영사, 1976.
- 김도경, 「관동대지진의 기억과 서사」, 『어문학』 125, 한국어문학회, 2014.
- 김도형, 「한말 대구지방 상인층의 동향과 국채보상운동」, 『계명사학』 8, 1997.
- 김동리, 『역사소설−신라편』, 지소림, 1977.
- 김동사, 「방치된 고대 시비」, 『대한일보』1963.4.30.
- 김민호, 이인숙, 송진영 외, 『중화미각』, 문학동네, 2019.
- 김범부, 『화랑외사』, 이문사, 1981.
- 김병익, 『한국 문단사』, 일지사, 1973.
- 김봉균, 『한국 현대 작가론』, 민지사, 1983.
- 김봉용, 「범산 김법린 선생」, 『얼음장 밑에서도 물은 흘러』, 한글학회, 1993.
- 김삼웅, 『약산 김원봉 평전』, 시대의창, 2008.
- 김상웅, 『몽양 여운영 평전』, 채륜, 2015.
- 김상일, 「낭만주의의 대두와 새로운 문학 의식」, 『월간문학』 7권 10호, 1974.
- 김상일, 「상용과 상화」, 『현대문학』 58호, 1959.
- 김석배, 「대구의 극장과 극장문화」, 『월간 대구문화』 410호,
- 김석성, 「이상화와, 빼앗긴 들에도 봄은 오는가」, 『한국일보』, 1963.5.17.
- 김승묵 편, 『여명문예선집』, 여명사, 1928.
- 김시태, 「저항과 좌절의 악순환−이상화론」, 『현대시와 전통』, 성문각, 1978.

- 김안서, 「문예 잡답」, 『개벽』 57호, 1925.
- 김영민, 『한국근대문학비평사』, 소명출판, 2012.
- 김영철, 「현대시에 나타난 지방어의 시적 기능 연구」, 『우리말글』 25집, 우리말글학회, 2002.
- 김오성, 『지도자군상』, 대성출판사, 1946
- 김옥순, 「낭만적 영웅주의에서 예술적 승화로」, 『문학사상』 164호, 1986.
- 김용성, 「이상화」, 『한국 현대문학사 탐방』, 국민서관, 1973.
- 김용성, 『한국현대문학사탐방』, 현암사, 1984.
- 김용준, 『우리 문화예술의 선구자들, 민족미술론』, 열화당, 2001.
- 김용직 외, 『일제 시대의 항일 문학』, 신구문화사, 1974.
- 김용직, 「방언과 한국문학」, 『새국어생활』 6권 1호, 국립국어연구원, 1996.
- 김용직, 「백조 고찰, 자료면을 중심으로」, 『단국대 국문학논집』 2집, 1968.
- 김용직, 「시인의 솜씨와 상황의」, 『이상화 시의 기억공간』, 수성문화원, 2015. 식
- 김용직, 「포괄 능력과 민족주의」, 『문학사상』, 1977.
- 김용직, 「한용운의 시에 기친 R. 타고르의 영향」, 『한용운연구』 신동욱 편, 한국문화 연구총서 5. 새문사, 1982.
- 김용직, 「현대 한국의 낭만주의 시 연구」, 『서울대 논문집』 14집, 1968.
- 김용직, 『전환기의 한국 문예비평』, 열화당, 1979.
- 김용팔, 「한국 근대시 초기와 상징주의」, 『문조』, 건국대 4집, 1966.
- 김용휘, 『우리 학문으로서의 동학』, 책세상, 2007.
- 김윤식 외, 『한국문학사』, 민음사, 1973.
- 김윤식, 「1920년대 시 장르 선택의 조건」, 『한국 현대시론 비판』, 일지사, 1975.
- 김윤식, 『한국근대문학양식논고』, 아세아문화사, 1980.
- 김윤식 · 최동호, 「소설어사전」, 고려대학교출판부, 1998.

- 김은전, 「한국 상징주의 연구」, 『서울사대 국문학 논문집』 1집, 1968.
- 김은철, 「이상화의 시사적 위상」, 『영남대 국어국문학 연구』, 영남대, 1991.
- 김응교, 「1923년 9월 1일, 도쿄」, 『민족문학사연구』 19, 민족문학사학회, 2001.
- 김인환, 「주관의 명징성」, 『문학사상』 10호, 1973.
- 김일수, 「1900년대 경북지역 사회주의 운동」, 『한국 현대사와 사회주의』, 역사비평사, 2000.
- 김일수, 「대한제국 말기 대구지역 계몽운동과 대한협회 대구지회」, 『민족문화논총』 제25집, 2012.
- 김일수, 『근대 한국의 자본가』, 계명대학교출판부, 2009.
- 김재영, 「빼앗긴 들에도…와 상화, 이상화 시인의 고향」, 『서울신문』 1967.08.15.
- 김재홍, 「프로시의 허와 실」, 『한국문학』 184호, 1989.2.
- 김재홍, 「한국문학사의 쟁점」, 『장덕순 교수 정년 퇴임 기념문집』, 집문당, 1986.
- 김재홍, 『이상화: 저항시의 활화산』, 건국대출판부, 1996.
- 김재홍, 『한국현대시인연구』, 일지사, 1986.
- 김재홍, 『한용운 문학연구』, 일지사, 1982.
- 김종길, 「상화의 대표작들」, 『이상화 시의 기억공간』, 수성문화원, 2015.
- 김종욱, 『이팝나무 그 너른 품안에서』, 북랜드, 2017.
- 김주연, 「이상화 시 다시 읽기」, 『이상화 시의 기억공간』, 수성문화원, 2015.
- 김준오 외, 『식민지시대 시인연구』, 시인사, 1985.
- 김준오, 「파토스와 저항-이상화의 저항시론」, 『식민지 시대의 시인 연구』, 시인사, 1985.
- 김지하, 「생명 평화의 길」, 민족미학 3호, 2005.7.

- 김진영, 『시베리아의 향수』, 이숲, 2017.
- 김진흥, 『일제의 특별한 식민지 포항』, 글항아리, 2020.
- 김진화, 『일제하 대구의 언론연구』, 영남일보사, 1979.
- 김창규, 「민족교육자 해동 홍주일 고」, 논문집 35호, 대구교육대학교, 2000.6
- 김춘수, 「이상화론-나의 침실로를 중심으로」, 『시론』, 송원문화사, 1971.
- 김춘수, 「이상화론-퇴폐와 그 청산」, 『문학춘추』 9호, 1964.
- 김춘수, 『한국 현대시 형태론』, 해동출판사, 1958.
- 김태완 , 「문인의 유산, 가족 이야기 〈9〉 시인 리상화의 후손들」, 『월간조선』 8월호, 2015.
- 김택수, 「이상화의 시 의식 고찰」, 조선대 석사논문, 1991.
- 김팔봉, 「문단 잡답」, 『개벽』 57호, 1925.
- 김필동, 「이상백의 생애와 사회학 사상」, 『한국사회학』 282, 한국사회학회, 1994.
- 김학동 편, 『이상화 전집』, 새문사, 1987.
- 김학동 편, 『이상화작품집』, 형설, 1982.
- 김학동 편, 『이상화』, 서강대학교 출판부, 1996.
- 김학동, 「상화, 이상화론」, 『한국 그대시인 연구』, 일조각, 1974.
- 김학동, 「상화의 시세계」, 『문학사상』 164호, 1986.
- 김학동, 「이상화 문학의 유산」, 『현대시학』 26호, 1971.
- 김학동, 「이상화 문학의 재구」, 『문학사상』 10호, 1973.
- 김학동, 「이상화 연구 상」, 『진단학보』 34집, 1972.
- 김학동, 「이상화 연구 하」, 『진단학보』 35집, 1973.
- 김학동, 「한국 낭만주의의 성립」, 『서강』 1집, 1970.
- 김한성, 「이상화 시에서 드러난 남성 화자의 자기분열: 「그의 수줍은 연인에게To his Coy Mistres」와 「어느 마돈나에게A une Madone」와의 비교를 중심으로」, 『비교문학』 76호, 한국비교문학회, 2018.

- 김형필, 「식민지 시대의 시 정신 연구: 이상화」, 『한국외대 논문집』, 1990.
- 김혜니, 「한국 낭만주의 고찰」, 이화여대 대학원, 1970.
- 김흥규, 『문학과 역사적 인간』, 창작과 비평사, 1980.
- 김희곤, 『이육사평전』, 푸른역사, 2010.
- 나창주, 『새로 쓰는 중국 혁명사 1911~1949』, 들녘, 2019.
- 나카미 다사오 지음·박선영 옮김, 『만주란 무엇이었는가』, 소명출판, 2013.
- 대구경북역사연구회 지음, 『역사 속의 대구, 대구 사람들』, 중심, 2001.
- 대구문인협회 편저, 『이상화 전집』, 그루, 1998.
- 대륜80년사편찬위원회, 『대륜80년사』, 대륜중고등학교동창회, 2001.
- 대륜고등학교 홈페이지: http://www.daeryun.hs.kr/
- 대한매일신보』, 『황성신문』, 『해조신문』, 『대한자강회월보』 등.
- 로자룩셈부르크 지음·오영희 옮김, 『자유로운 영혼 로자룩셈부르크』, 예람, 2001.
- 매제민 지음·최홍수 옮김, 『북대황』, 디자인하우스, 1992.
- 모리사키 가즈에 지음·나쓰이리에 옮김, 『경주는 어머니가 부르는 소리』, 글항아리, 2020.
- 문덕수, 「이상화론—저항과 죽음의 거점」, 『월간문학』8집, 1969.
- 문안식, 『한국고대사와 말갈』, 혜안, 2003.
- 문학사상사, 「이상화 미정리작 29편」, 『문학사상』, 1973.
- 미승우, 「이상화 시어 해석에 문제 많다」, 『신동아』344호, 1988.
- 민족문학연구소 편역, 『근대계몽기의 학술, 문예사상』, 소명출판, 2000.
- 박 환, 『만주지역 한인민족운동의 재발견』, 국학자료원, 2014.
- 박경식, 『재일조선인운동사: 8.15해방전』, 삼일서방, 1979.
- 박기석, 「북한에서 바라본 항일의 시인 이상화에 대한 이해와 평가」, 이상화기념사업회 발표문, 2017.
- 박태일, 「『여명문예선집』 연구」, 『어문론총』43호, 한국문학언어학회,

2005.

- 박두진, 「이상화와 홍사용」, 『한국현대시론』, 일조각, 1970.
- 박목월 외, 『시창작법』, 선문사, 1954.
- 박민수, 「나의 침실로의 구조와 상상력—동경과 좌절의 아이러니」, 『심상』 157, 8호, 1987.
- 박봉우, 「마돈나, 슬픈 나의 침실로」, 『여원』, 1959.
- 박봉우, 「상화와 시와 인간」, 『한양』, 1864.
- 박상익, 『밀턴 평전』, 푸른역사, 2008.
- 박양균, 「시와 현실성」, 『계원啓園』, 계성고등학교, 1955.
- 박영건, 「이상화 연구」, 동아대학원, 1979.
- 박영희, 「백조, 화려한 시절」, 『조선일보』, 1933.9.13.
- 박영희, 「초창기의 문단 측면사」, 『현대문학』, 1959.9.
- 박영희, 「현대 한국문학사」, 『사상계』 64호, 1958.11.
- 박용찬, 「1920년대 시와 매개자적 통로—백기만론」, 『어문학』 94, 한국어문학회, 2006.
- 박용찬, 「근대계몽기 대구의 문학장 형성과 우현서루」, 『국어교육연구』 56, 국어교육학회, 2014.
- 박용찬, 「이상화 가의 서간들과 동경」, 『어문론총』 62호, 한국문학언어학회, 2014.
- 박용찬, 「이상화 문학의 형성 기반과 장소성의 문제」, 『이상화 시의 기억 공간』, 수성문화원, 2015.
- 박용찬, 「출판매체를 통해 본 근대문학 공간의 형성과 대구」, 『어문론총』 55, 2011.
- 박용찬, 『대구경북 근대문학과 매체』, 역락, 2020.
- 박유미, 「이상화 연구」, 성균관대학원 석사논문, 1983.
- 박종은, 「한국 연대시의 생명시학」, 경희대학교박사논문, 2010.
- 박종은, 「한국 연대시의 생명시학」, 경희대학교박사논문, 2010.

- 박종화, 「명호 아문단」, 『백조』 2호, 1922.5.
- 박종화, 「문단 1년을 추억하여」, 『개벽』 31호, 1923.1.
- 박종화, 「백조 시대와 그 전야」, 『신천지』, 1954.2.
- 박종화, 「백조 시대의 그들」, 『중앙』, 1936.9.
- 박종화, 「빙허와 상화」, 『춘추』 4권 6호, 1943.6.
- 박종화, 「월탄 회고록」, 『한국일보』, 1973.8.18~9.7.
- 박종화, 「이상화와 그의 백씨」, 『현대문학』 9권 1호.
- 박종화, 「장미촌과 백조와 나」, 『문학춘추』 2호, 1964.5.
- 박지원 저 · 이가원 역, 『열하일기』, 올재클래스, 2013.
- 박진영, 『신문관 번역소설전집』, 소명출판, 2010.
- 박창원, 「대구경북 진보적 민족주의 세력의 영화연극 운동연구」, 『대문』 14호, 대구문화재단, 2011.
- 박철희, 「이상화 시의 정체」, 『이상화연구』, 새문사, 1981.
- 박철희, 「자기 회복의 시인-이상화론」, 『현대문학』 308호, 1980.
- 박태원, 『약산과 의열단, 백양당, 1947
- 박한제, 김형종, 김병준, 이근명, 이준갑, 『아틀라스중국사』, 사계절, 2019.
- 방연승, 「리상화의 시문학과정에 대하여」, 조선작가동맹출판사」, 1957.
- 방인근, 「문사들의 이모양 저모양」, 『조선문단』 5호, 1925.
- 배우성, 『조선과 중화』, 돌베개, 2015.
- 백 철 외, 『국문학 전사』, 신구문화사, 1953.
- 백 철, 『신문학사조사』, 민중서관, 1952.
- 백 철, 『조선 신문학사 조사』, 수선사, 1948.
- 백 철, 『조선 신문학사 조사』, 현대편, 백양당, 1950.
- 백기만 편, 『상화와 고월』, 청구출판사, 1951.
- 백남규, 「이상화 연구」, 『석사 논문』, 연세대학원, 1983.
- 백산 안희제선생 순국70주년추모위원회편, 『백산 안희제의 생애와 민족

운동」, 선인, 2013.

- 백순재, 「상화와 고월 연구의 문제점」, 『문학사상』 10호, 1973.
- 변학수, 『그 사람 모세와 일신론적 종교』, 그린비, 2020.
- 사단법인 거리문화시민연대 편, 『대구신택리지』, 북랜드, 2007.
- 상백 이상백평전출판위원회 편, 『상백이상백평전』, 을유출판사, 1996.
- 서정주, 「이상화와 그의 시」, 일지사, 1969.
- 서정주, 『서정주문학전집』 2, 일지사, 1972.
- 설창수, 「상화 이상화 씨—방순한 색량감을 형성한 소년 시인」, 『대한일보』, 1965.5.20.
- 성대경, 『한국 현대사와 사회주의』, 역사비평사, 2000.
- 소남 이일우 기념사업회, 『소남 이일우와 우현서루』, 경진출판, 2017.
- 손민달, 「이상화 시의 환상성 연구」, 국어국문학 150호, 국어국문학회, 2008.
- 손병희, 「이육사의 생애」, 『안동어문학』 2-3집, 안동어문학회. 1998.
- 손병희, 『현대시연구』, 국학자료원, 2003.
- 손진은, 「다시 읽는 상화의 시」, 『이상화 시의 기억공간』, 수성문화원, 2015.
- 손혜숙, 「이상화 시 연구」, 『석사 연구』, 성신여대 대학원, 1966.
- 송 욱, 「시와 지성」, 『문학예술』 3권 1호. 1956.
- 송 욱, 『시학 평전』, 일조각, 1963.
- 송명희, 「이상화 시의 공간과 장소, 그리고 장소상실」, 『이상화 시의 기억공간』, 수성문화원, 2015.
- 송명희, 「이상화의 낭만적 사상에 관한 고찰」, 『비교문학 및 비교문화』 2집, 1978.
- 송우혜, 『윤동주평전』, 푸른역사, 1988.
- 송희복, 『윤동주를 위한 강의록』, 글과 마음, 2018.
- 신동욱 편, 『이상화연구』, 새문사, 1981.

- 신동욱 편,『이상화의 서정시와 그 아름다움』, 새문사, 1981.
- 신동욱,「백조파와 낭만주의」,『문학의 해석』, 고대출판부, 1976.
- 신영란,『지워지고 잊혀진 여성독립군열전』, 초록비, 2019.
- 심재훈,『상하이에서 고대 중국을 거닐다』, 역사산책, 1919.
- 심후섭,「향기 따라 걷는 길」,『상화』창간호, 이상화기념사업회, 2020.
- 아사오河井朝雄의『대구이야기大邱物語』조선민보사, 1931.
- 모니사키 가즈에森崎和江가 쓴『경주는 어머니가 부르는 소리慶州母呼聲』, 글항아리, 2020.
- 안병삼,『중국길림성조선학교와 그 연구』, 민속원, 2016.
- 알렉산드 라비노비치 지음 · 류한수 옮김,『러시아혁명』, 국립중앙도서관, 2017.
- 야마지 히로아키 지음 · 이상규외 역주,『사라진 여진문자』, 경진출판사, 2015.
- 양애경,「이상화 시의 구조연구」, 충남대학교 박사학위논문, 1990.2.
- 양애경,「한국 현대시사 속에서의 상화 시인」,『이상화 시의 기억공간』, 수성문화원, 2015.
- 양주동,「5월의 시평」,『조선문단』, 1926.
- 양주동,『증정 고가연구』, 일조각, 1965.
- 양하이잉 지음 · 우상규 옮김,『反중국역사』, 살림, 2016.
- 엄순천,『잊혀져 가는 흔적을 찾아서』, 서강대학교출판부, 2016.
- 엄호석,『시대와 시인: 시인 이상화에 대하여』, 조선작가동맹출판사, 1960.
- 오규상,『ドキュメント 재일본조선인련맹: 1945~1949』, 암파서점, 2009.
- 오문환,『동학의 정치철학』, 도서출판 모시는사람들, 2003.
- 오미일,『한국근대자본가연구』, 한울, 2002.
- 오세영,「어두운 빛의 미학」,『현대문학』84호, 1978.
- 오세영,「어두운 현실과 데카당티즘」,『이상화 시의 기억공간』, 수성문화

원, 2015.

- 오양호, 「내 문학 기억공간의 전설」, 『상화』 창간호, 이상화기념사업회, 2020.
- 오양호, 「이상화의 문학사 자리」, 『이상화 시의 기억공간』, 수성문화원, 2015.
- 오영희 옮김 · 로자국셈부르크, 『자유로운 영혼 로자 룩셈부르크』, 예담, 2001.
- 월간문문학사상사 편, 「상화의 미정리작 곡자사 외 5편」, 『문학사상』 10호. 1973.
- 유수진, 「대한제국기 『태서신사』 편찬과정과 영향 연구」, 고려대학교 석사논문, 2011.12.
- 유신지, 「이상화 문학의 사상적 기반 연구」, 경북대학교대학원 석사학위논문, 2019.
- 유재천, 「이상화의 시 「나의 침실로」 연구」, 배달말 64호, 배달말학회, 2019.6.
- 윤곤강, 「고월과 상화와 나」, 『죽순』 3권 2호, 1948.
- 윤장근 외, 「빼앗긴 들에도 봄은 오는가」, 『이상화 전집』, 대구문협, 그루, 1998.
- 윤재웅, 「대구지역 근대 건축의 건립 주체변 유형분석에 관한 연구」, 『건축역사연구』 통권 1호, 한국건축역사학회, 1992.
- 윤지관, 『영어, 내 마음의 식민주의』, 당대, 2007.
- 윤해옥, 『길에서 읽는 중국 현대사』, 책과 함께, 2016.
- 은종섭, 조선문학과용, 김일성종합대학출판사, 2015.
- 이 욱, 『멀고 먼 영광의 길』, 원화여자고등학교, 2004.
- 이 탄, 「『빼앗긴 들에도 봄은 오는가』의 문제점」, 『현대시학』, 1992.
- 이 훈, 『만주족의 이야기』, 너머북스, 2018.
- 이강언 · 조두섭, 『대구 · 경북 근대문인연구』, 태학사, 1999.

- 이광훈, 「어느 혁명적 로맨티스트의 좌절」, 『문학사상』 10호, 1973.
- 이균영, 『신간회연구』, 역사비평사, 1996.
- 이기철 편, 『이상화전집』, 문장사, 1982.
- 이기철, 「사회적 인간이냐 낭만적 인간이냐」, 『이상화 시의 기억공간』, 수성문화원, 2015.
- 이기철, 「시인 이상화의 인간과문학」, 『이상화 시의 기억공간』, 수성문화원, 2015.
- 이기철, 「이상화 시의 실증적 연구」, 『동아인문학』 1권 8호, 2005.
- 이기철, 「이상화 시의 영원성」, 『상화』 창간호, 이상화기념사업회, 2020.
- 이기철, 「이상화 연구의 방향」, 『이상화 시의 기억공간』, 수성문화원, 2015.
- 이기철, 「이상화의 「나의 침실로」, 「빼앗긴 들에도 봄은 오는가」 해석의 제문제」, 『한국시학연구』 6호, 한국시학회, 2002.
- 이기철, 「일화로 재구해 본 이상화 시 읽기」, 『이상화 시의 기억공간』, 수성문화원, 2015.
- 이기철, 『작가연구의 실천』, 영남대학교 출판부, 1986.
- 이나영, 「동학사상과 서정성의 상관성 고찰」, 『동학학보』 42호, 동학학회, 2017.
- 이대규, 「이상화의 빼앗긴 들에도 봄은 오는가는 저항시인가」, 『서울사대어문집』, 1996.
- 이동언, 「김광제의 생애와 국권회복운동」, 『한국독립운동사연구』 제12집, 1998.
- 伊藤卯三郎 편, 『조선급조선민족』 1, 조선사상통신사, 1927.
- 이만열, 『박은식』, 한길사, 1980.
- 이매뉴얼 C.Y.쉬 지음·조윤수, 서정희 옮김, 『근~현대 중국사 상하』, 까치글방, 2013.
- 이명례, 「현대시에 있어서 선비정신 연구-이육사와 이상화를 중심으로」,

『인문과학논집』23호, 청주대학교, 2001.

- 이명례, 「현대시에 있어서의 선비정신 연구-이육사와 이상화를 중심으로」, 인문

- 이명자, 「빼앗긴 상화 시의 형태와 시어」, 『문학사상』, 1977.

- 이명재, 「일제하 시인의 양상-이상화론」, 『현대 한국문학론』, 중앙출판인쇄주식회사, 1982.

- 이명재, 『이상화 연구』, 새문사, 1989.

- 이문걸, 「상화 시의 미적 구경」, 『동의어문논집』, 1991.

- 이문기, 「상화의 시와 시대의식」, 『무궁화』15호 1949.

- 이병탁, 『아도르노의 경험의 반란』, 북코리아. 2013.

- 이상규 편, 『이상화시전집』, 정림사, 2001.

- 이상규 편, 『이상화 시의 기억공간』, 수성문화원, 2015.

- 이상규, 「갈등의 수사학과 방언」, 『이상화 시의 기억공간』, 수성문화원, 2015.

- 이상규, 「대구 최초의 현대 시조작가 청남 이상정1, -장시조 5편과 단시조 9편 신발굴」, 『대구문학』141호, 대구문인협회, 2019.

- 이상규, 「대구 최초의 현대 시조작가 청남 이상정2, -장시조 5편과 단시조 9편 신발굴」, 『대구문학』142호, 대구문인협회, 2019.

- 이상규, 「멋대로 고쳐진 이상화 시」, 『문학사상』9월호, 1998.

- 이상규, 「봄날 성모당에서 이상화를 불러 보고 싶지만」, 『상화』창간호, 이상화기념사업회, 2020.

- 이상규, 『2017 작고문인작품 정본화 추진 사업』, 대구문학관, 2017.

- 이상규, 『둥지 밖의 언어』, 생각의 나무, 2008.

- 이상규, 『민족의 말은 정신, 글은 생명, 조선어학회 33인 열전』, 역락, 2014.

- 이상규, 『방언의 미학』, 살림, 2007.

- 이상규, 『이상화 문학전집』, 경진출판사, 2015.

- 이상규, 『이상화 시의 기억공간』, 대구광역시 수성문화원, 2015.
- 이상규, 『두 발을 못 뻗는 이 땅이 애달파』, 경진출판, 2021.
- 이상규, 「예술가이자 사회운동가로서 이상정과 이여성」, 『대구의 근대 미술』, 대구미술관, 2021.
- 이상협, 「명기자 그 시절 회상2-관동대진재때 특파」, 『삼천리』 6권 9호, 1934.
- 이상화, 「상화의미정리「곡자사외 5편」」, 『문학사상』 제10호, 1973.
- 이상화, 『나의 침실로』, 신영사, 1989.
- 이상화, 『나의 침실로』, 자유문학사, 1989.
- 이상화, 『빼앗긴 들에도 봄은 오는가』, 고려서원, 1990.
- 이상화, 『빼앗긴 들에도 봄은 오는가』, 글로벌콘텐츠, 2015.
- 이상화, 『빼앗긴 들에도 봄은 오는가』, 디자인이글, 2018.
- 이상화, 『빼앗긴 들에도 봄은 오는가』, 문지사, 1988.
- 이상화, 『빼앗긴 들에도 봄은 오는가』, 범우사, 1991.
- 이상화, 『빼앗긴 들에도 봄은 오는가』, 상아, 1991.
- 이상화, 『빼앗긴 들에도 봄은 오는가』, 선영사, 1989.
- 이상화, 『빼앗긴 들에도 봄은 오는가』, 우즈워커, 2014.
- 이상화, 『빼앗긴 들에도 봄은 오는가』, 이상화, 문현사, 1988.
- 이상화, 『빼앗긴 들에도 봄은 오는가』, 이상화시집, 청년사. 992.
- 이상화, 『빼앗긴 들에도 봄은 오는가』, 이상화시집, 청목, 1994.
- 이상화, 『빼앗긴 들에도 봄은 오는가』, 이상화전집, 미래사, 1991.
- 이상화, 『빼앗긴 들에도 봄은 오는가』, 인문출판사, 1997.
- 이상화, 『빼앗긴 들에도 봄은 오는가』, 인문콘텐츠, 2014.
- 이상화, 『빼앗긴 들에도 봄은 오는가』, 창작시대, 2011.
- 이상화, 『빼앗긴 들에도 봄은 오는가』, 『이상화시집』, 신라출판사, 1990.
- 이상화, 「이상화 미정리작 29편」, 『문학사상』 제7호, 1973.
- 이상화, 『이상화시집』, 범우사, 1985.

- 이상화, 『이상화시집』, 앱북, 2011.
- 이상화, 『이상화시집』, 페이퍼문, 2018.
- 이상화기념사업회, 『상화』 창간호, 2019.
- 이선영, 「식민지 시대의 시인」, 『현대 한국작가 연구』, 민음사, 1976.
- 이선영, 「식민지 시대의 시인의 자세와 시적 성과」, 『창작화 비평』 9권 2호, 1977.
- 이선영, 「식민지 시대의 시인-이상화론」, 『국문학 논문선』 9집, 민중서관, 1977.
- 이선화, 「이상화 시의 시간, 공간 연구」, 이화여자대학교 석사학위논문, 1989.8.
- 이설주, 「상화와 나」, 『계원』, 1955.
- 이성교, 「이상화 문학의 미적 가치」, 『이상화 시의 기억공간』, 수성문화원, 2015.
- 이성교, 「이상화 연구」, 『성신여사대 연구논문집』 2집, 1969.
- 이성교, 「이상화의 시세계」, 『현대시학』 27호, 1971.
- 이성시 지음 · 박경희 옮김, 『만들어진 고대』, 삼인, 2001.
- 이숭원, 「1920년대 시의 상승적 국면들」, 『현대시』, 1995.
- 이숭원, 「환상을 부정한 현실 의식」, 『문학사상』 164호, 1986.
- 이승훈, 「『빼앗긴 들에도 봄은 오는가』의 구조분석」, 『문학과 비평』 2호, 1987.
- 이승훈, 「이상화 대표시 20편, 이렇게 읽는다」, 『문학사상』 164호, 1986.
- 이여성, 「조선 복식원주고」, 『춘추』, 1941.
- 이여성, 『조선 미술사 개요』, 한국문화사, 1999.
- 이영숙, 『황아! 황아! 내 거처로 오려므나』, 뿌리와 이파리, 2020.
- 이영옥, 『중국근대사』, 책과함께, 2019.
- 이옥순, 『식민지 조선의 희망과 절망 인도』, 푸른역사, 2006.
- 이용희, 『한국 현대시의 무속적 연구』, 집문당, 1990.

- 이운진, 『시인을 만나다』, 북트리거, 2018.
- 이원규, 『민족혁명가 김원봉』, 한길사, 2019.
- 이인숙, 「석재 서병오1862~1936의 중국행에 대한 고찰」, 석재 서병오기념관, 2020.
- 이재선, 「시적 부름의 사회시학, 상화 시의 사회 역사적 맥락」, 『이상화 시의 기억공간』, 수성문화원, 2015.
- 이재식, 『「나의 침실로」의 이상세계』, 『비교어문연구』 19호, 비교어문학회, 2005.
- 이진우, 『현대성의 철학적 반론』, 문예출판사, 1994.
- 이태동, 「생명 원체로서의 창조」, 『문학사상』, 1977.
- 이-푸 투안 지음, 구동회, 심승희 옮김, 『공간과 장소』, 대윤, 2007.
- 임 화, 「백조의 문학사적 의의」, 『춘추』, 1942.
- 임종국 저ㆍ이건제 교주, 『친일문학론』, 민족문제연구소, 2019.
- 임형택, 『한국문학사의 시각』, 창작과비평사, 1984.
- 장랜홍, 쑨자이웨이 지음ㆍ신진호, 탕군 옮김, 『난징대학살』, 민속원, 2019.
- 장사선, 「이상화와 로맨티시즘」, 『한국 현대시사 연구』, 일지사, 1983.
- 장현숙, 『이상화ㆍ이장희 시선』, 지식을만드는지식, 2014.
- 장호병, 「상화시인상, 걸어온 길과 나아갈 방향」, 『상화』 창간호, 이상화기념사업회, 2020.
- 전동섭, 「이상화 연구」, 석사 논문, 인하대학원, 1984.
- 전목 강의ㆍ섭룡 기록정리ㆍ유병례 윤현숙 옮김, 『전목의 중국문학사』, 뿌리와 이파리, 2018.
- 전보삼, 「한용운 화엄사상의 일고찰」, 『국민윤리연구』 30호, 1991.
- 전봉관, 「1920년대 한국 낭만주의 시의 미적 특성에 관한 연구: 이상화ㆍ김소월을 중심으로」, 서울대학교 석사학위논문, 1996.2.
- 전성태, 「방언의 상상력」, 『내일을 여는 작가』 34호, 한울, 2004.

- 전정구, 『언어의 꿈을 찾아서』, 평민사. 2000.
- 전창남, 「상화 연구」, 『경북대 국어논문학 논문집』 6집, 1959.
- 전호근, 『한국철학사』, 메멘토, 2018.
- 정남영 옮김 · 아또니오 네그리, 『혁명의 시간』, 도서출판 갈무리, 2004.
- 정대호, 「이상화 시에 나타난 비극성 고찰」, 『문학과 언어』, 1996.
- 정백수, 『한국 근대의 식민지 체험과 이중언어 문학』, 아세아문화사. 2002.
- 정병규 외, 「새 자료로 본 두 시인의 생애」, 『문학사상』 10호, 1973.
- 정신재, 「작가 심리와 작품의 상관성: 이상화 시의 경우」, 『국어국문학』, 1994.
- 정영진, 『폭풍 10월』, 한길사, 1990.
- 정재서, 『동양적인 것의 슬픔』, 민음사, 2010.
- 정진규 편, 『이상화』, 문학세계사, 1993.
- 정진규, 『마돈나, 언젠들 안 갈 수 있으랴』, 이상화 전집, 문학세계사, 1981.
- 정태용, 「상화의 민족적 애상」, 『현대문학』 2권 10호, 1957.
- 정태용, 「이상화론」, 『한국 현대시인 연구』, 어문각, 1976.
- 정한모 외, 『이상화 서정시와 그 아름다움』, 새문사, 1981.
- 정한모, 김용직편, 『한국현대시요람』, 박영사, 1975.
- 정현기, 「나의 침실은 예수가 묻혔던 부활의 동굴」, 『문학사상』 164호, 1986.
- 정현기, 『하늘과 바람과 별과 시』, 연세대학교 출판부, 2004.
- 정혜주, 『날개옷을 찾아서』, 하늘자연, 2015.
- 정호성, 『외로워도 외롭지 않다』, 비책, 2020.
- 정효구, 「빼앗긴 들에도 봄은 오는가의 구조 시학적 분석」, 『관악어문 연구』 10집, 서울대, 1985.
- 정효구, 「빼앗긴 들에도…의 구조시학적 분석」, 『현대시학』, 1992.

- 조관희, 『조관희 교수의 중국현대사』, 청아출판사, 2019.
- 조기섭, 「이상화의 시세계 I」, 『대구대 인문학과 연구』, 대구대, 1987.
- 조기섭, 「이상화의 시세계 II-현실 의식과 저항 의지의 대두」, 대구대 『외국어교육 연구』, 1987.
- 조동민, 「어둠의 미학」, 『현대문학』 296호, 1979.
- 조동일, 「김소월, 이상화, 한용운의 님」, 『문학과 지성』 24호, 1976.
- 조동일, 「이상화의 문학사적 위치」, 『이상화 시의 기억공간』, 수성문화원, 2015.
- 조동일, 「현대시에 나타난 전통적 율격의 계승」, 『문장의 이론과 실제』, 영남대 출판부, 1978.
- 조동일, 『고전문학을 찾아서』, 문학과 지성사, 1979.
- 조동일, 『우리 문학과의 만남』, 홍성사, 1978.
- 조두섭, 「역천의 낭만적 미학」, 『대구, 경북 근대문인 연구』, 태학사, 1999.
- 조두섭, 「이상화 시의 근대적 주체와 역구성」, 『이상화 시의 기억공간』, 수성문화원, 2015.
- 조두섭, 「이상화의 시적 신명과 양심의 강령」, 비평문학 22호, 한국비평문학회, 2006.
- 조두섭, 『대구경북현대시인의 생태학』, 역락, 2006.
- 조두섭, 『비동일화의 시학』, 국학자료원, 2002.
- 조두섭, 『한국 근대시의 이념과 형식』, 다운샘, 1999.
- 조두섭, 『대구, 경북 현대 시인의 생태학』, 역락, 2006.
- 조병법, 「이상화 시 연구 - 특히 대지 이미지를 중심으로」, 중앙대학교 석사학위논문, 1996.
- 조병춘, 「빼앗긴 땅의 저항시들」, 『월간조선』 1권 5호, 1980.
- 조연현, 『한국 현대문학사』, 인간사, 1969.
- 조영남, 『중국의 엘리트 정치』, 민음사, 2019.

- 조영암, 「일제에 저항한 시인 군상」, 『전망』, 1956.
- 조우식, 「이상화 시비를 보고」, 『부인』, 1949.
- 조은주, 「계몽의 주체와 향락의 주체가 만난 자리: 이상화의 시에 나타난 시인의 초상과 자연의 의미」, 『한국현대문학연구』 40호, 한국현대문학회, 2013.
- 조지훈, 『상화와 고월』 출판기념회 축사, 1951.09.22.
- 조진기, 『한일 프로문학의 비교연구』, 푸른사상, 2000.
- 조찬호, 「이상화 시 연구」, 석사 연구, 전주우석대학원, 1994.
- 조창환, 「이상화 시의 시사적 위상 정립에 대한 검토」, 제14회 상화문학제, 2019.
- 조창환, 「이상화, 나의 침실로−환상적 관능미의 탐구」, 『한국 대표시 평설』, 문학세계사, 1983.
- 조창환, 「이육사 시의 구조와 미학」, 『어두운 시대의 빛과 꽃』, 민음사, 2004.
- 조창환, 『한국 현대시의 운율론적 연구』, 일지사, 1986.
- 조항래, 「이상화 시의 시대적」, 『효대학보』, 1981.
- 조항래, 「이상화의 생애와 항일의식」, 소헌남도영박사화갑기념 『사학논총』, 1984.
- 조항래, 『1900년대의 애국계몽운동 연구』, 아세아문화사, 1993.
- 존카터 코넬 지음 · 김유경 편역, 『부여 기마족과 왜』, 글을 읽다, 2012.
- 주채혁, 『차탕조선, 유목몽골 뿌리를 캐다』, 혜안, 2017.
- 진치총, 진광평 저 · 이상규, 왕민 역주, 『여진어와 문자』, 도서출판 경진, 2014.
- 차한수, 「이상화 시 연구」, 박사 논문, 인하대학원, 1990.
- 차한수, 『이상화시 연구』, 시와시학사, 1993.
- 채한종, 『드넓은 평원 흑룡강성』, 북랩, 2017.
- 채한종, 『북대황 물향기』, 북랩, 2019.

- 채한종, 『후륀베이얼 양떼몰이』, 북랩, 2018.
- 채휘균, 「교남교육회의 활동 연구」, 『교육철학』 제28집, 한국교육철학회, 2005.
- 천도교중앙총부 편, 『천도교경전』, 천도교중앙총부출판부, 2019.
- 천영애, 「허무적 관능주의에서 민족적 저항시로의 도약」, 『상화』 창간호, 이상화기념사업회, 2020.
- 최 열, 『한국 근대 미술의 역사』, 열화당, 1998.
- 최기영, 「이상정의 중국 망명과 한중연대활동」, 『중국관내 한국독립운동가의 삶과 투쟁』, 일조각, 2015.
- 최남선, 정재승, 이주현 역, 『불함문화론』, 우리역사연구재단, 2008.
- 최덕교, 『한국잡지백년』, 현암사, 2004.
- 최동호, 「이상화 시의 연구사」, 『현대시의 정신사』, 열음사, 1985.
- 최동호, 오세영 편, 『한국현대시사』, 민음사, 2014.
- 최동호, 『한용운 시전집』, 문학사상사, 1989.
- 최명환, 「항일 저항시의 정신사적 맥락」, 『국어교육』, 1986.
- 최병선, 「이상화 시의 시어 연구-종결형태를 중심으로」, 『한양어문연구』, 1990.
- 최수일, 『개벽 연구』, 소명출판, 2008.
- 최승호 편, 『21세기 문학의 유기론적 대안』, 새미, 2000.
- 최영호, 「작품 이해에 있어 그 해석과 평가의 객관성 문제: 빼앗긴 들에도 봄은 오는가를 중심으로」, 『고려대어문논집』, 1992.
- 최원식, 『민족문화의 이해』, 창작과 비평사, 1982.
- 최재목 외, 「일제강점기 신지식의 요람 대구 「우현서루」에 대하여」, 『동북아문화연구』 19., 2009.
- 최전승, 「시어와 방언」, 국어문학 35집, 국어문학회. 1999.
- 최학근, 『증보 한국방언사전』, 명문당., 1990.
- 최한섭, 『김천향토사』, 김천향토사발간회, 1990.

- 최현식, 「민족과 국토의 심미화:이상화의 시를 중심으로」, 한국시학연구 15호, 한국시학회, 2006.
- 최호영, 「1920년대 초기 한국시에서의 숭고시학과 생명공동체의 이념」, 서울대학교 박사학위논문, 2016.
- 취샤오판 지음 · 박우 옮김, 『중국동북지역 도시사연구』, 진안진, 2016.
- 토니글리프 지음 · 이수현 옮김, 『레닌평전123』, 책갈피, 2010.
- 판카지 미슈라 지음 · 강주헌 옮김, 『분노의 시대, 현재의 역사』, 열린책들, 2018.
- 패멀라 카일 크로슬리 지음 · 양휘웅 옮김, 『만주족의 역사』, 돌베개, 2013.
- 페이샤오퉁 지음 · 팡리리 엮음, 『세계화와 중국문화』, 다락원, 2019.
- 피에르 부르디외 지음, 하태환 옮김, 『예술의 규칙』, 동문선, 2002.
- 피에르 부르디외, 정일준 역, 『상징폭력과 문화재생산』, 새물결, 1997.
- 하영집, 「이상화 시의 아이러니」, 『석사 논문』, 동아대학원, 1993.
- 하재현, 「이상화 시의 연구-시의 변모를 중심으로」, 경남대학원. 석사, 1969.
- 한영환, 「근대 한국 낭만주의 문학」, 연세대 대학원 논문집, 1958.
- 한자경, 『한국철학의 맥』, 이화여자대학교출판부, 2008.
- 한홍구 엮음, 『항전별곡』 거름, 1986.
- 허굉 지음 · 김용성 옮김, 『중국 고대 성시의 발생과 전개』, 진인지, 2014.
- 허만하, 「앞산을 바라보고 서 있는 거인」, 『상화, 대구를 넘어 세계로』, 이상화기념사업회, 2015.
- 현택수 편, 『문화와 권력: 부르디외 사회학의 이해』, 나남출판, 1998.
- 홍기삼, 「이상화론」, 『문학과 지성』 24호, 1976.
- 홍기삼, 「한역사의 상처」, 『문학사상』 10호, 1973.
- 홍사용, 「젊은 문학도의 그리던 꿈-백조 시대에 남긴 여담」, 『조광』, 1936.

- 홍성식, 「이상화 시 연구」, 석사 논문, 상지대학원, 1996.

- 황미경, 「이상화 시의 이미지 연구」, 석사 논문, 충남대학원, 1985.

- 황정산, 「이상화 연구」, 석사 논문, 고려대학원, 1984.

- 황패강, 『한국신화의 연구』, 새문사, 2006.

- 염인호, 『김원봉 연구』, 창작과비평사, 1993.

- 한상도, 『대륙에 남긴 꿈: 김원봉의 항일역정과 삶』, 역사공간, 2006.

- 『북한인물록』, 국회도서관, 1979.

- 『역사속의 영남사람들. 52」 이상화」, 『영남일보』, 2005.01.04.

- Avner Zis., 연희원, 김영자 역, 『마르크스 미학 강좌』, 녹진, 1988.

- Bourdieu. p., 한택수 외 역, 『문화와 권력』, 나남출판, 1998.

- De Bary W. T., 표정훈 역, 『중국의 「자유」 전통』, 이산, 1998.

- Dieter Lamping, 장영태 역, 『서정시: 이론과 역사—현대 독일시를 중심으로』, 문.

- Eagleton T., 여홍상 역, 『이데올로기 개론』, 한신문화사, 1994.

- Geeraerts, Dirk(1997), *Diachronic Prototype Semantics, Clarendon Press*. Oxford.

- Insoo Lee · Sung—Il Lee, 『Poem of Yi Sang—hwa, A dual—Language Edition』, Cross—Cultural Communications, Merrick, New York, 2022.

- Greel H. G., 이성규 역 『공자, 인간과 신화』, 지식산업사, 1997.

- Lacant J., 『자크 라깡 : 욕망의 이론』, 권택영 외 역, 문예출판사, 1994.

- Laclau/Mouffe, *Hegemony and Socialist Strategy*, 김성기 외 역, 터, 1990.

- Macdonell D., *Theories of Discourse*, Oxford Publication, 1987.

- Martin Heidegger, 오병남, 민형원 역, 『예술작품의 근원』, 경문사, 1979.

- Michel Foucault, 장진영 역, 김현 편, 『미셸 푸코의 문학비평』, 문학과지성사, 1989.

- Octavio Paz, 김홍근, 김은중 역, 임양묵 편, 『활과 리라』, 1998.

- Paul Hull Browdre, 「Jr. Eye Dialect as a Literary Device」, 「A Various Language, *Perspectives on American Dialects*」, Holt, Rinehart and Winston, INC.
- Reboul. O., 홍재성, 권오룡 역, 『언어와 이데올로기』, 역사비평, 1994.
- Roland Barthes, 김희영 역, 『텍스트의 즐거움』, 동문선, 1997.
- Sumner Ives(1971), 「A Theory of Literary Dialect」, 「A Various Language, *Perspectives on American Dialects*」, Holt, Rinehart and Winston, INC.
- Therborn. G., 『권력의 이데올로기와 이데올로기의 권력』, 백의, 1994.
- Traugott, E. Closs(1988), 「Pragmatic Strengthening and Grammaticalization」, *Berkely Linguistic Society* 14. BLS.
- Traugott, E. Closs(1988), 「Pragmatic Strengthening and Grammaticalization」, *Berkely Linguistic Society* 14. BLS.
- Zima P. V., 허창운, 김태환 역, 『이데올로기와 이론』, 문학과지성사, 1996.
- 『慶州李氏益齋公派少卿公後論福公派譜』, 2013.
- 『大韓每日申報』, 1910.04.27.
- 『大韓每日申報』.
- 『大韓自强會月報』 4호, 1906.10.25.
- 『大韓自强會月報』 4, 1906.
- 『大韓協會大邱支會會錄』 영남대학교 박물관 소장, 필사본.
- 『백조』, 『개벽』, 『문예운동』, 『별건곤』, 『삼천리』, 『시원』, 『문장』 등
- 『城南世稿』.
- 『警視廳特別高等課內鮮高等係事務槪要秘』警視廳, 1924
- 『재일코리안사전』 정희선 외 옮김, 선인, 2012
- 『海潮新聞』, 1909.03.07.
- 『海潮新聞』, 1909.04.22.
- 『皇城新聞』.